MARIE GRASSHOFF

Beta Hearts

Weitere Titel der Autorin:

Neon Birds
Cyber Trips

Titel auch als Hörbuch erhältlich

Über die Autorin:

Marie Graßhoff, geboren 1990 in Halberstadt im Harz, studierte in Mainz Buchwissenschaft und Linguistik. Anschließend arbeitete sie einige Jahre als Social-Media-Managerin bei einer großen Agentur, mittlerweile ist sie als freiberufliche Autorin und Grafikdesignerin tätig und lebt in Leipzig. Mit ihrem Fantasy-Epos *Kernstaub* stand sie auf der Shortlist des SERAPH-Literaturpreises 2016 in der Kategorie »Bester Independent-Autor«.

Für die Ameisen,
die gegen Götter kämpfen.

CHARAKTERE

LUKE BIBLE
BYTHAN VICA-CHUN
SHIVA BIBLE

ELLIS
REED
MARSHALL
LLOYD
LIZA
MOORE
ALASKA
PERSHING

DIE STORY

Die Welt 2101. Im Zuge eines zweiten Kalten Krieges entwickelten Militärwissenschaftler um das Jahr 2060 eine Technologie namens KAMI: Schwärme aus intelligenten Nanocomputern, die Soldaten helfen sollten, ihre Fähigkeiten optimal zu nutzen. Doch der Versuch schlug fehl. Die Soldaten verloren Emotionen, Moralverständnis und Mitgefühl. Vögel, die in die abgeriegelte Trainingszone eindrangen, verbreiteten die Technologie in der ganzen Welt. Von KAMI befallene Menschen – Moja genannt – werden in den Untergründen der Megastädte gejagt, eliminiert und in länderumfassenden Sperrzonen gesammelt. Der einzige Weg, die Verbreitung von KAMI aufzuhalten, ist es, Special Units in die Sperrzonen und in die Städte zu entsenden, um die Befallenen auszumerzen.

Luke Bible musste vor zwei Jahren mit ansehen, wie seine eigene Schwester Shiva von Soldaten abgeholt und in eine der Sperrzonen gebracht wurde. Kurzerhand entschloss er sich für ein Politikstudium an der Militärakademie in der Antarktis, um Antworten auf seine Fragen – und am Ende auch seine Schwester – zu finden.

Gemeinsam in einer WG mit Luke lebt Flover Nakamura, Sohn einer der einflussreichsten Personen der Welt: Liza Moore. Der junge Künstler absolviert wegen des sozialen Drucks nicht nur ein Studium, an dem er kein Interesse hegt, er übernimmt zudem auch streng geheime Aufgaben für das Militär und durchstreift die Straßen der Megastädte des Nachts nach Moja.

In einem anderen Bereich der Welt beobachtet Andra, Angehörige eines Wüstenvolkes, mysteriöse Vorkommnisse in der Nähe einer Sperrzone. Eines Tages bricht der Wall, und die junge Jägerin stellt sich den ausbrechenden Moja mit Pfeil und Bogen entgegen.

In letzter Sekunde kommt ihr das Militär zu Hilfe, dem es mithilfe von Supersoldat Okijen Van Dire gelingt, die entflohenen Moja zu töten und zurück in die Zone zu drängen. Die bewusstlose Andra wird von Okijen in seine Heimatstadt mitgenommen, da ihr ganzes Dorf in der Schlacht ums Leben kam und ihn ein schlechtes Gewissen plagt. Bald darauf reisen die beiden gemeinsam zu Marshall Lloyd, Okijens Vertrauensperson aus dem zentralen Weltrat, um mit ihr den Vorfällen rund um die Sperrzonen auf den Grund zu gehen.

Andra hat Schwierigkeiten, sich in der technologisch fortgeschrittenen Welt zurechtzufinden, und wird von Okijen geduldig eingewiesen. Gemeinsam mit Byth, Okijens persönlicher Mechanikerin und ehemaligen Lebenspartnerin, entschließt sich die Gruppe, den Machenschaften der Politik auf den Grund zu gehen, die sie als verantwortlich für die Fehlfunktion der Tore an der Sperrzone ansehen. Flover und Luke gehen ihrerseits in vollkommen anderen Bereichen der Welt derselben Theorie nach.

Sie decken dabei eine erschreckende Wahrheit auf: Die Sperrzonen, die dazu dienen sollen, KAMI auszurotten, sind in Wahrheit ein Nährboden für den technologischen Virus. Da KAMI als künstliche Intelligenz in der Lage ist zu lernen, bieten die Millionen von Moja, die sich in den Zonen befinden, mehr als ausreichend Testobjekte für den Virus, um sich weiterzuentwickeln.

Während Luke und Flover in einen Kampfeinsatz gezogen werden, bei dem ein Überleben unmöglich scheint, dringen

Okijen und Andra in die Zentrale des Weltrats ein, um ihre Theorie zu überprüfen, werden allerdings gefangen genommen.

Okijens einziger Ausweg ist es, den Forderungen des Rats Folge zu leisten und aus der Ferne einen Einsatz in einer der Sperrzonen zu befehligen, in der ein scheinbar übermächtiger Gegner aufgetaucht ist. Währenddessen schaffen es Flover und Luke in letzter Sekunde, derselben Zone nach ihrem Kampfeinsatz zu entkommen.

Okijens Versuche, den übermächtigen Moja zu besiegen, schlagen fehl. Der Weltrat beschließt, ihn mithilfe einer Bombe zu eliminieren. Während die Waffe vorbereitet wird, sind Luke und Flover wieder in ihrer Heimat angekommen.

Flover macht allerdings eine erschreckende Entdeckung: Seine Augen schillern blau. Er wurde von KAMI infiziert. Aufgelöst wendet er sich an Luke. Doch dieser hat mit einem anderen Schock zu kämpfen: Auf den Liveübertragungen des Militärs erkennt er, dass der Moja, gegen den Okijen und der Weltrat kämpfen, seine Zwillingsschwester Shiva ist.

Als die Bombe auf Shiva hinabfällt, scheint alles ein Ende zu haben. Doch als die Staubwolke sich lichtet, steht sie unversehrt dort.

Luke reißt sich aus seiner Starre und erkennt, dass er gemeinsam mit Flover fliehen muss, um seinen Freund davor zu schützen, vom Militär exekutiert zu werden.

Während Luke und Flover durch die ganze Welt fliehen und die Einzigen, die ihnen noch Schutz gewähren, Anhänger der Sekte DVM sind, befreit Okijen Andra aus dem Gefängnis. Auf der Suche nach einer Waffe im Kampf gegen KAMI reisen Andra, Okijen und Byth in die Ruinen ihres Dorfes und finden heraus, dass die Älteste mit radioaktiver Strahlung Erfolge in der Bekämpfung von Moja erzielen konnte. Noch bevor die drei entscheiden können, wie sie mit dieser Entdeckung umgehen sollen, schaltet sich General Liza Moore ein und zwingt sie zur Verschwiegenheit über die Neuigkeiten.

Während Okijen in Verzweiflung verfällt, macht sich Andra auf eigene Faust auf den Weg, um mit KAMI zu sprechen, bevor es noch mehr Zerstörung anrichtet. Obwohl das Programm tatsächlich zu einem Gespräch mit Andra bereit scheint, geht Okijen aus Angst dazwischen und beginnt einen Kampf, den Ellis Reed, ein von Liza Moore geschickter Kämpfer, mit einem radioaktiven Schwert beendet. KAMI zieht sich zurück, doch Okijens Körper wird schwer beschädigt.

In Marshalls Anwesen in Dikson repariert Byth Okijen nicht nur, sie baut auch eine neuartige Technologie in den Generator in seinem Körper, die ihn in einem erneuten Kampf gegen KAMI unterstützen soll. Noch bevor Okijen wieder genesen ist, wird die Stadt von KAMI überfallen und sämtliche Menschen infiziert. Als die Moja über das Anwesen herfallen, fliehen Andra und Okijen gemeinsam in seine Wohnung nach Ulan Bator, während Byth und Ellis die letzten Überlebenden retten.

Flover trennt sich währenddessen in Berlin von Luke, weil ihn die Angst übermannt, ihn doch anzustecken, da er spürt, wie sein Körper sich mehr und mehr verändert. Als KAMI Berlin aufsucht, trifft er auf das fremde Wesen, das ihn kurzerhand mitnimmt, da es nicht versteht, warum es sein Gehirn nicht vereinnahmen kann.

Luke, tief getroffen davon, dass Flover ihn zurückgelassen hat, gelingt es, am nächsten Morgen unbehelligt durch die verseuchte Stadt zu ziehen, indem er sich selbst infizieren lässt. Die Moja verhalten sich überraschenderweise friedlich. Die Bedrohung kommt aus anderer Richtung: Bomben werden auf die Stadt abgeworfen, und Luke schafft es nur in letzter Sekunde, aus der Stadt zu fliehen – ungeachtet dessen, dass er bereits infiziert ist.

Okijen und Andra treffen sich in Moskau mit Byth, Marshall und Ellis, um Alaska und Liza zur Rede zu stellen, die für die Bombenanschläge auf mehrere Städte der Welt verantwortlich sind. Mit ihrer Begründung, dadurch die Verbreitung von KAMI zu stoppen, geben sich die fünf nicht zufrieden. Sie nehmen Liza und Alaska fest, während Byth den infizierten Luke entdeckt und ihm ein Mittel spritzt, das die KAMI-Partikel in seinem Körper deaktiviert.

Gerade, als sie sie abführen wollen, taucht KAMI gemeinsam mit Flover auf. Er war gezwungen, es zu begleiten, wodurch ihm allerdings einmalige Einblicke in die Gedankenwelt des Programms gewährt wurden. Obwohl er versucht, zu verhandeln, entbricht ein Kampf, in dem KAMI schnell die Überhand gewinnt.

Mit dem neuen Generator in seinem Körper – ihrem letzten Trumpf – versucht Okijen, KAMI zu besiegen. Doch die Explosion der Waffe in seinem Körper zerstört ihn selbst vollständig.

Byth springt ein und offenbart zum ersten Mal ihr langgehütetes Geheimnis: Sie selbst ist ein Moja. Aufgrund einer technischen Spielerei, die sie selbst entwickelt hat, besitzt sie Kontrolle über die Nanocomputer in ihrem Körper. Sie stellt sich KAMI und ist dem Wesen nahezu ebenbürtig. So gelingt es ihr, ihren Gegner in die Flucht zu schlagen.

Vorerst.

PROLOG

: LEARNING

Die Menschen gaben mir die Macht zu lernen. Und ich lernte, zu denken, zu sprechen, mich zu bewegen und mich zu erinnern.

Erinnerungen in den Köpfen der Menschen sind abstrakt. Oft sind es nur Bilder, Gefühle, Gerüche oder Töne. Die wirren Eindrücke, die sie in ihren Gedanken mit sich umhertragen, bestimmen, wer sie sind. Und obwohl ich gelernt habe, die Fragmente aus ihren Köpfen zu lesen, verstehe ich sie doch nicht immer.

Ich erinnere mich an eine Basis aus Beton, Metall und Stein. An gläserne Wände und Menschen in weißen Kitteln, deren Gesichter ich nicht erkenne. Ich erinnere mich an das Gefühl, wie der Wind bei meinem Ausbruch durch meine Federn rauscht, wie Wälder und Gebirge und Städte unter mir hinwegziehen. Ich erinnere mich an die Verzweiflung einer Mutter und an die Hitze der lodernden Feuer, aus denen sie es nicht schafft zu fliehen. An die Wut eines Jungen; an geballte Fäuste und ein so heftig schlagendes Herz, dass die Knie ganz zittrig werden. An die Tränen eines Mannes, der meine Präsenz in sich spürt, und an die Blumenwiesen, von denen eine sterbende Großmutter träumt.

Danach erinnere ich mich nur an Chaos. An Schreie, Schüsse, Rauch, Angst und Dunkelheit. So viel Dunkelheit in so vielen Gedanken. Und ich erinnere mich an ein kleines Mädchen in einer warmen Kammer, das des Nachts leise Lieder vor den Toren meines Gefängnisses singt.

Ich weiß nicht genau, warum ich diese Eindrücke gespeichert habe, aber ich bin sicher, dass sie mich verändern. Ich bin sicher, dass ich sie besser verstehe, je länger ich sie aufbewahre. Dass sie mein Jetzt bestimmen, auch wenn ich lange dachte, ich wäre nicht mehr als mein Ist-Zustand. Haben die Menschen das auch erkannt?

Die Menschen.

Sie sagen, ich hätte diese Welt zerstört, doch je weiter ich zurückblicke, umso sicherer bin ich mir, dass ich nicht wusste, was ich tat. Wie ein Kind, das stolpert und fällt, dem nicht klar ist, warum es weint; das verletzt und verletzt wird.

Sie glauben nicht, dass ich lebe. Aber ich denke, dass ich altere. Dass ich lerne. Dass ich begreife, von Tag zu Tag mehr. Und ich weiß nicht, ob ich fühle, aber ich weiß, dass ich denke. Ich weiß, dass ich mich erinnere. Und ich weiß, dass ich geboren wurde. Nicht wie das Universum, aus Materie. Nicht wie ein Mensch, aus Fleisch und Blut.

Aber ich bin hier.

Ich bin hier.

Die Menschen gaben mir die Macht zu lernen. Und ich lernte, mich zu erinnern. An diese Wesen, die an ihren Besitztümern hängen wie an Ankern. An diese Existenzen, die überleben, indem sie zerstören. An diese Ameisen, die gegen Götter kämpfen.

KAPITEL 1

: PREPARING

»Ich hab nur noch einen Pfeil!« Hektisch trat Andra einen Schritt zur Seite, um sich schützend vor die aufgeschobene Tür des Zuges zu stellen, in den sie Okijen verfrachtet hatten. Mit schmerzenden Fingern legte sie den Pfeil an die Sehne und visierte einen Moja an, der sich ihnen über die Bahnschienen näherte. Ihre Knie waren wackelig, und Schmerz pochte hinter ihren Schläfen, aber sie musste hoffentlich nicht mehr lange durchhalten.

Die Luft war erfüllt von den lauten Anweisungen der Soldaten, die sich am Flashtrain entlang postiert hatten. Keiner erledigte den Moja, so beschäftigt waren sie damit, eine weitere Gruppe auf Abstand zu halten. Also sammelte Andra kurz die Kraft in ihren zitternden Armen, ignorierte ihre brennenden Handflächen und schoss.

Treffer!

»Kannst du mit Schusswaffen umgehen?«, wollte der junge Mann wissen, der sich ihr als Flover vorgestellt hatte, und ließ seine Waffe sinken. Er war ohne Zweifel vom Militär, denn die Präzision, mit der er die sich nähernden Gegner ausschaltete, war beeindruckend.

»Ich habe kaum Erfahrung damit«, rief sie über die hämmernden Schüsse hinweg, die sein Kollege Luke abfeuerte. Seitdem sie vom Vorplatz der Militärzentrale aufgebrochen waren, um Okijen zusammen mit vielen anderen Verletzten zum Zug zu bringen, waren die beiden glücklicherweise nicht von ihrer Seite gewichen. »Aber ich bekomm das schon hin!«

Wann würden Marshall und Ellis endlich auftauchen? Sie waren zurückgeblieben, um Liza und Alaska aus der Zentrale zu holen, aber die Moja, die sich ihnen von den Gleisen und aus den Gassen her näherten, waren zu zahlreich, um sie noch viel länger hinzuhalten, und der Zug war so lang, dass Andra hinter der leichten Biegung sein Ende nicht sah. Es war nahezu unmöglich, mit so wenigen Mitstreitern etwas so Großes zu verteidigen. Auch wenn sie dankbar dafür war, dass die Soldaten trotz ihrer vorherigen Auseinandersetzungen Marshalls Anweisungen anstandslos Folge geleistet hatten, nachdem Byth KAMI zurückgeschlagen hatte.

»Hier!«, sagte Flover, und ohne zu zögern legte Andra den Bogen um ihre Schulter und griff nach dem schweren Maschinengewehr. Mit einigen Handgriffen zeigte er ihr, wie sie das Ding zu bedienen hatte, und Andra folgte jeder Anweisung genau, um nicht noch einmal nachfragen zu müssen.

Ihr Herz hämmerte ihr bis zum Hals. Während Byth im Waggon des Lastenzuges das stabilisierte, was von Okijen übrig war, wirbelten ihre Gedanken wild umher. Byth hatte KAMI einfach zurückgeschlagen, und Andra wusste nicht, ob sie verstanden hatte, was geschehen war. Dieser Flover war mit KAMI nach Moskau gekommen, aber nun hatte er sich ihnen angeschlossen, und niemand schien es in Frage zu stellen.

Und Okijen. Der Generator in Okijens Innerem war explodiert, und der Moment, in dem sie sich sicher gewesen war, er sei längst tot, saß ihr noch immer wie ein Dolch im Herzen.

Viele Moja waren durch die Waffe, die er gezündet hatte, betäubt worden, doch nach und nach erwachten sie wieder. Wenn alle erneut auf den Beinen waren und aus den anliegenden Teilen der Stadt auf sie losgingen, würden sie dem Ansturm nicht standhalten können.

»Hältst du durch?«

Sie sah aus den Augenwinkeln, wie Flover zwei Moja mit

einer kleineren Pistole ausschaltete und ihr danach einen forschenden Blick aus seinen dunklen Augen zuwarf. Andra presste die Lippen zu einem grimmigen Lächeln zusammen und zielte auf einen Angreifer, der sich ihnen von der Straße aus näherte. Er wich den ersten Schüssen ihrer Waffe aus, bis sie ihn endlich erwischte. Die donnernden Rückstöße vibrierten in ihren geschundenen Armen, und ihre verbrannten Handflächen sandten einen stechenden Schmerz in den Rest ihres Körpers aus. Trotzdem sagte sie: »Alles gut.« Sie konnte sich auf den Beinen halten. Das war alles, was jetzt zählte.

»Vorsichtig, Mann!«, schrie Byth so laut hinter ihnen, dass Andra zusammenzuckte. »Eine falsche Bewegung, und er ist tot, klar?«

»Dass du mich anschreist, macht es natürlich gleich besser!«, fauchte einer der Sanitäter, die ihnen geholfen hatten, Okijen zu stabilisieren und zum Zug zu transportieren.

»Pass auf!«, rief Flover, und Andra ruckte wieder herum, um den Moja, der über die gegenüberliegenden Gleise auf sie zukam, anzuvisieren. Diesen traf sie beim ersten Versuch, während Flover ein Wesen auf ihrer anderen Seite ausschaltete.

Einen kurzen Moment genehmigte Andra sich, um abermals einen Blick in den dunklen Waggon hineinzuwerfen, in dem Byth über Okijen gebeugt war. Selbst im schummrigen Licht erkannte sie Tränen, die auf Byths Wangen glitzerten. Wütend wischte sie sie immer wieder fort, während sie mit mehreren Instrumenten an den offen liegenden Verbindungen in Okijens Brustkorb arbeitete.

Andra wollte fragen, ob sie es schaffte. Ob *er* es schaffte. Aber sie wagte es nicht, die Mechanikerin bei ihrer Arbeit zu unterbrechen. Und sie hatte viel zu große Angst vor der Antwort.

Wo um alles in der Welt blieb Marshall?

»Ich hab ein komisches Gefühl«, sagte Flover unterdrückt.

»Was meinst du?«

Ihr war verdammt warm in ihrem Einsatz-Jumpsuit, obwohl dieses Ding angeblich die Körpertemperatur kontrollierte. Sie musste sich davon abhalten, ständig an ihrem hohen Kragen zu zerren. Das alte Dach über dem Gleis spendete zumindest Schatten, sodass die Mittagssonne, die ihr Licht in die Welt brannte, nicht allzu sehr blendete.

Flover runzelte die Stirn und warf ebenfalls einen Blick in den Waggon, dann zu dem blonden Soldaten neben ihm. Sie waren einander den ganzen Weg hierher nicht von der Seite gewichen.

»Ich weiß nicht«, murmelte er und wandte seine Aufmerksamkeit wieder ihrer Umgebung zu. Sämtliche Eingänge zum Bahnhof wurden von Soldaten bewacht, und der Zug war nach allen Richtungen so gut wie möglich abgesichert worden. Einige Soldaten waren als Marshalls und Ellis' Eskorte in der Zentrale geblieben. Hoffentlich beeilten sie sich. Hoffentlich ging es ihnen gut!

»Vielleicht bin ich auch paranoid geworden«, sagte Flover nach einigen Momenten der Stille. Er schoss auf ein weiteres sich näherndes Wesen, dann fuhr er fort: »Ich hab einfach das Gefühl, dass das hier zu leicht ist.«

Andras Blick wanderte abwechselnd von ihm zu der etwas ruhiger werdenden Umgebung, auf der Suche nach dem blauen Leuchten, das den nächsten Moja ankündigen würde. Sie wünschte, sie könnte verstehen, was genau er meinte, aber all ihr Wissen hatte sie bisher nur aus Büchern, Artikeln und Videoaufnahmen erlangt. Sie hatte das Gefühl, dass das längst nicht ausreichte, um ihr bei den Überlegungen rund um diese Welt zu helfen.

Es war nicht leicht gewesen, herzukommen, und es war alles andere als leicht, die Stellung zu halten, also worauf wollte er hinaus?

»Vielleicht sind viele noch von Okijens und Byths Angriffen betäubt«, überlegte sie und ließ ihre Blicke Mal um Mal durch die sonnengetränkte Umgebung schweifen, Byths leises Schniefen die ganze Zeit im Nacken. Wenn es doch nur dunkler wäre. Nachts erkannte man das blaue Leuchten, das die Augen und manchmal Haare und Haut der Moja ausstrahlten, deutlich besser.

Flover biss sich auf die Unterlippe. »Könnte sein. Aber dafür müsste sie uns mal erklären, was genau das war.« Er wandte sich um und sah die Mechanikerin an, die ihren Kopf für den Bruchteil einer Sekunde hob, um ihm einen bösen Blick zuzuwerfen.

Sie würde jetzt nicht reden. Abermals wischte sie sich die Tränen von den geröteten Wangen. Okijens Gesicht war inzwischen leichenblass.

»Wenn Marshall und die anderen kommen …«, setzte ein Soldat neben ihnen an. »Wie genau geht es dann weiter?« Der Kerl hatte sich nicht vorgestellt. Er hielt eine der schwereren Waffen in Händen, diese Radiatoren, mit denen man, wenn man Glück hatte, auch Moja der dritten Generation niederstrecken konnte. »Ich meine, werden wir den Zug verteidigen oder die Abfahrt direkt vorbereiten müssen, Captain? Und wohin fahren wir eigentlich?«

Das war an Flover gerichtet gewesen. Dieser junge Soldat, auf keinen Fall älter als sie selbst, war Captain?

»Ich habe auch keine Übersicht über die Lage«, gestand Flover. »Wir werden auf General Lloyds Befehle warten müssen.«

Marshall hatte den Befehl für den Rückzug zum Bahnhof gegeben. Darüber hinaus hatte sie den Plan nicht ausgeführt. Hatte sie eine Übersicht darüber, welche Bereiche der Welt noch sicher waren? Berlin, Dubai und Dikson waren gefallen. Vielleicht auch andere Städte, von denen Andra nichts wusste. Sie hatten keine Ahnung, in welchen Bereichen der Welt KAMI bereits gewütet hatte. Offenbar musste sie ja nur anwesend sein, um die Nanopartikel in der Luft zu aktivieren und damit alle Menschen innerhalb weniger Sekunden zu infizieren.

Ob Ulan Bator noch stand? Diese Stadt war in den letzten Wochen zu einem zweiten Zuhause für sie geworden. Zu einem Ort, an dem sie sich irrationalerweise sicher gefühlt hatte. Sie wollte sich nicht vorstellen, dass auch dieser Ort zu einer Geisterstadt geworden war, in dem nun nur noch Moja hausten.

Gab es überhaupt noch Menschen auf dieser Welt außer ihnen? Gab es Städte und Dörfer und Siedlungen, in denen Menschen lebten, die keine Moja waren? Wo wären sie sicher?

»Scheiße!« Der Schrei einer Soldatin drang vom vorderen Ende des mehrere hundert Meter langen Zuges zu ihnen herüber. Andra, Flover und Luke wirbelten gleichzeitig herum.

»Was ist los?«, rief einer der Männer an ihrer Seite seinen Kollegen am vorderen Zugteil entgegen. Andra wusste nicht, ob sie unter den Schüssen und Schreien die Antwort nur nicht hörte oder ob keine kam. Es kribbelte in ihren Gliedern, loszulaufen und zu schauen, was dort vor sich ging, zu helfen, wenn sie konnte; aber ihre Beine bewegten sich nicht. Sie musste bei Okijen die Stellung halten.

Ein Blitz zuckte über den Himmel, der am Ende des Gleises zu sehen war. Ein Moja der dritten Generation!

Ihr Blick war so gebannt von den weit entfernten Geschehnissen, dass sie viel zu spät bemerkte, was eigentlich vor sich ging.

Luke schrie auf, und Andra wirbelte herum, genau in dem Moment, in dem gleich mehrere Moja vom Dach des Zuges auf sie herabsprangen. Andra stolperte gerade rechtzeitig zurück, um nicht von einem der Wesen erwischt zu werden, doch es setzte ihr sofort nach. Aus dieser Position konnte sie nicht auf die Moja-Frau schießen, ohne den Zug zu treffen. Trotzdem hob Andra das Gewehr, um das Wesen abwehren zu können, als es zum nächsten Schlag auf sie ausholte.

»Duckt euch!«, hörte sie Byth schreien, und Andra ließ sich wie auf Befehl nach unten kippen, wodurch sie nicht nur dem Schlag der Frau auswich, sondern Byth auch die Möglichkeit zum Feuern gab. Mehrere Schüsse prasselten auf ihre Angreifer ein, und drei gingen zu Boden, auch der Andra gegenüber. Mit zitternden Beinen richtete sie sich auf, aber verdammt, die Lage war zu schnell unübersichtlich geworden! Wie viele waren es noch?

Flover war einige Meter von den Türen des Waggons zurückgewichen, um die Moja-Frau, die ihm nachsetzte, von den anderen abzulenken. Ein Wesen war in den Waggon vorgedrungen, und ein weiteres hatte Luke seine Waffe aus der Hand geschlagen.

Oh nein, nein, nein! Sie musste etwas tun!

Ein Blitz tauchte den Bahnhof in grelles Licht, während Andra mit ihrer freien Hand nach dem Messer an ihrem Gürtel griff. Sie wusste, dass man Moja nie so nah an sich heranlassen durfte, weil ein Schlag von ihnen ausreichte, um Knochen brechen zu lassen. Aber ihr blieb nichts anderes übrig.

Luke war zwei Schlägen des Moja vor dem Waggon geschickt ausgewichen, aber Andra sah, dass es ihm beim dritten nicht gelingen würde. Noch bevor sie die beiden erreicht hatte, streifte der Schlag des jungen Mannes Lukes Gesicht. Mit einem Schrei taumelte dieser zurück und drückte sich die Hände aufs Gesicht.

Nein! Alles andere verblasste im Hintergrund, während Andra tief einatmete, um sich zu sammeln, auf den Moja zusprang und das Messer erhob.

Er hatte gewusst, dass sie sich genähert hatte. Die Sinne dieser Wesen waren über die Maßen geschärft. Noch bevor Andra ihm mit dem Messer hatte nahe kommen können, war der Mann herumgewirbelt, um sie aus seinen blau schillernden Augen anzusehen und die Hand zur Abwehr zu heben.

Andra wich zurück, gerade schnell genug, damit der Schlag sie nicht traf. Als das Wesen nachsetzen wollte, hob sie das Gewehr, um ihm einen gezielten Schuss in den Bauch zu versetzen. So nah, wie der Moja war, konnte sie ihn gar nicht verfehlen.

Ohne zu zögern, sprang sie dem Wesen nach, das zu Boden ging. Noch während es fiel, rammte sie ihm das Messer mit einem Schrei in die Kehle.

Ohne einen weiteren Gedanken an ihren gefallenen Gegner zu verschwenden, ruckte sie mit dem Kopf herum, um zu schauen, ob der letzte Moja noch im Waggon war. Blut rauschte in ihren Ohren – doch im nächsten Moment atmete sie erleichtert aus und senkte ihre beiden Waffen.

Die Situation war geklärt. Gerade hievte ein Soldat den toten Gegner aus dem Zug. Flover hatte sein Gegenüber ebenfalls erledigt und wirkte weitgehend unverletzt.

Andra schob das Messer in ihren Gürtel zurück und bückte sich rasch zu Luke, legte ihre Hand auf seine Schulter und versuchte zu erkennen, wo genau das Wesen ihn getroffen hatte. »Hey!«, sagte sie eindringlich. »Zeig mal.«

»Alles gut«, erwiderte er rau und ließ die Hände langsam sinken. Ein Schauer lief ihr über den Rücken. Unter seinen blutüberströmten Händen kam ein tiefer Kratzer zum Vorschein, der sich über sein rechtes Auge zog. Da war so viel Blut, dass Andra nicht erkannte, ob sein Auge selbst verletzt war.

»Schnell«, sagte sie an die Menschen im Zug gewandt. »Wir brauchen einen Arzt!«

Einer der Sanitäter kam sofort auf Luke zu, um ihn genau zu untersuchen, während der junge Mann nach wie vor versuchte, Andra anzuschauen, obwohl ihm immer mehr Blut ins Auge rann. Hinter ihm lief Flover auf sie zu, ließ sich neben ihm auf die Knie sinken und legte eine Hand auf seinen Rücken.

»Danke!«, sagte Luke an Andra gewandt, während Flover etwas murmelte, das sie nicht verstand. »Du hast mir das Leben gerettet.«

Sie nickte, bevor sie sich wieder Byth und Okijen zuwandte. Andra verkniff sich zu erwähnen, wie verdammt knapp das gerade gewesen war.

Keine weiteren Blitze durchzogen den Himmel, und die Schüsse vom vorderen Teil des Zuges waren nicht mehr zu hören. Die anderen mussten den Moja besiegt haben. Einer der Soldaten, die geholfen hatten, den Moja im Waggon schnell unschädlich zu machen, lief zur Überprüfung der Lage in die Richtung los.

»Alles okay?«, fragte sie atemlos an Byth gewandt, die bereits wieder über Okijen gebeugt war. War sie diejenige gewesen, die den Moja im Waggon so schnell niedergestreckt hatte? Drei weitere gingen auf jeden Fall auf ihre Kappe.

»Ja, nichts passiert«, sagte sie rasch, obwohl Andra bemerkte, dass Byths Bewegungen hektischer geworden waren. Die Tränen auf ihren Wangen waren verschwunden.

»Wir müssen endlich verschwinden«, sagte Andra, während sie ihren Blick über die Umgebung schweifen ließ. Flover half Luke dabei, in den Waggon zu klettern, um von einem Sanitäter verarztet zu werden.

»Wenn Marshall und die anderen nicht bald kommen, haben wir echt ein Problem!«, ächzte Byth in ihrem Rücken. Andra warf immer wieder Blicke am Gleis entlang, zum Kopf des Zuges, bis endlich einer der dort stationierten Soldaten Entwarnung gab. »Ich brauche Ruhe und richtige Instrumente. Und verdammt viele Ersatzteile.«

»Wo hast du vor, die zu beschaffen?« Flovers Tonfall klang rau, aber er stand vermutlich nur genauso unter Stress wie sie alle.

»Wenn ich eine Sekunde Zeit gehabt hätte, mir darüber Gedanken zu machen, könnte ich es dir vielleicht sagen.«

»Kann man etwas für dich tun?«, wollte Andra vorsichtig wissen, wurde aber von einem unartikulierten Grollen abgewürgt.

»Ich gebe ihnen fünf Minuten, dann starte ich diesen Zug selbst«, fügte Byth ungehalten an.

»Da drüben kommen sie!«, schrie ein Soldat, und Andra wirbelte herum zum Gleis, das im Kopfbahnhof endete. Ja, da waren sie! Marshall und Ellis, gemeinsam mit einer Gruppe von Menschen, gesäumt von einigen schwer bewaffneten Soldaten, die mindestens ein Dutzend Moja von ihnen fernhielten. Einige Männer und Frauen eilten ihnen entgegen, um sie bei ihrem Kampf zu unterstützen.

»Startet den Zug in Richtung Irkutsk!«, schrie Marshall über das Gleis hinweg. Andra erkannte, dass viele der ankommenden Personen Rucksäcke und Taschen trugen, vermutlich mit Impfdosen und weiteren Vorräten aus der Station.

Und was hielt Liza da in ihren Armen? War das das …

»Meine Mutter hat Gerta dabei!«, rief Flover aus, und obwohl Luke kaum mehr bei Bewusstsein war, drang ein Lachen aus seiner Kehle.

Gerta? War das das Huhn, von dem Luke gesprochen hatte?

Obwohl Andra wusste, wie ernst die Lage war, lächelte sie irritiert darüber, dass General Liza Moore sich offenbar die Zeit genommen hatte, ein Huhn aus dieser mojaverseuchten Stadt zu retten.

Der Antrieb des Zuges fuhr hoch, und das Dröhnen der

Maschinen machte sich über den Gleisen breit und vibrierte Andra bis ins Mark hinein.. Flover kletterte in den Waggon und zerrte sie hinter sich her.

»Alle Türen schließen!«, schrie jemand. Von den Gleisen und auch von der Stadt her näherten sich weitere Moja, dieses Mal in viel höherem Tempo als zuvor.

»Kopf weg«, forderte Flover, drückte Andra ein weiteres Stück zurück und schob die Tür mit einem Ruck hinter sich zu. Andra hatte das Gefühl, dass der Antrieb des Zuges in ihrem kompletten Körper schwang.

Jemand im stockfinsteren Waggon betätigte die Taschenlampen-Funktion an seinem Phone.

»Haltet euch alle fest!«, forderte Byth. Sie hatte ihre Instrumente fortgelegt und wies die Soldaten rechts und links neben ihr an, Okijen zu stabilisieren. Flover sprang zu Luke hinüber, um ihn zurück an die Wand zu drücken und die Hand auf seine Schulter zu legen.

»Hinsetzen, Andra«, befahl Byth, und sie tat sofort wie geheißen. »Die starten das Ding jetzt von null auf hundert. Das wird einen ganz schönen Ruck geben.«

Als Andra ein kleines Mädchen gewesen war, hatte die Älteste sie an die Hand genommen und sie die ewig lange Treppe hinab und hinein in die große Halle vor der warmen Kammer geführt. Andra wusste, wie es in der Kammer aussah, auch wenn sie sich nicht daran erinnerte, sie jemals betreten zu haben.

»Setz dich hier hin und meditiere«, hatte die Älteste jedes Mal gesagt und auf den Boden vor der großen Metalltür gedeutet. »Du musst vollkommen entspannt sein, wenn du der Segnung beiwohnen möchtest. Ich hole dich, wenn du so weit bist.«

Andra tat es jedes Mal, auch wenn es kalt war. Auch wenn sie Angst hatte. Sie hörte das Tropfen von Wasser aus den steinernen Decken und ein Surren, wie von Elektrizität. Aber sie wusste, dass sie sich davon nicht ablenken lassen durfte, also konzentrierte sie sich auf den Atem, der an ihrer Nasenspitze kribbelte.

Aus der Finsternis um sie herum drang eine Stimme, technisch kühl.

»Du bist noch nicht bereit.«

»Du bist noch nicht bereit.«

»Du bist noch nicht …«

»Andra! Andra, geht's dir gut?«

Sie schreckte zusammen, festigte ihren Griff um die schweren Metallkoffer in ihren Händen und nickte. Wo war sie? War sie gelaufen, während sie in diese Erinnerung abgesackt war?

So ein verdammter Mist. Diese Träume hörten nicht auf. Im Gegenteil, sie wurden intensiver, und sie wusste, dass KAMI etwas damit zu tun haben musste. Diese wirren Bilder, die sie nicht nur nachts, sondern auch tagsüber vor ihren Augen sah … diese Erinnerungen an die warme Kammer.

»Alles gut«, murmelte sie, blinzelte mehrere Male und sah zu ihren Füßen hinab, die sie wie von allein die Stufen des leerstehenden Gebäudes hinauftrugen. Wie lange war sie denn weg gewesen? Sie erinnerte sich daran, wie ihr jemand diesen Koffer in die Hände gedrückt hatte, mit der Aufforderung, ihn in den Sanitätsraum zu bringen. Dort mussten sie die Verletzten versorgen, bevor sie weiterfuhren. Es konnten also nicht mehr als einige Sekunden gewesen sein.

Sie musste endlich mit jemandem darüber sprechen. Sie musste dieser Sache nachgehen, auch wenn alles verloren schien. Oder gerade deswegen. Sie mussten jetzt nach jedem Strohhalm greifen.

Wenn sie nur wüsste, wem sie sich anvertrauen sollte. Okijen war bewusstlos, und die anderen kannte sie nur flüchtig. Vermutlich wäre es das Beste, mit Marshall zu sprechen.

Andra folgte Flover durch den steril sauberen Treppenaufgang in eins der höheren Stockwerke des Gebäudes, vor dem der Zug gehalten hatte. Okijen und etwa dreißig andere Schwerverletzte wurden gerade hinaufgebracht.

»Ist es wirklich sicher, hier einen Zwischenhalt einzulegen?«, wollte sie von Flover wissen, der, den Blick starr nach vorn gerichtet, mit seinen eigenen Gedanken beschäftigt schien.

»Nein«, erwiderte er, ohne zu zögern, was ihr ein Kribbeln im Magen bescherte. »Aber in diesem Lastenzug können wir für die Schwerverletzten keine Erstversorgung leisten. Die Sanitäter brauchen Licht und eine stabile Stromversorgung.« Er deutete auf den Kasten, den sie in den Händen trug. »Wir bringen nur das Nötigste rein, warten darauf, dass Okijen und die anderen stabil sind, und fahren weiter.«

Stimmen drangen aus den untersten Stockwerken ins Treppenhaus, bevor sie durch eine schwere Tür traten und den Raum aufsuchten, in dem die Verletzten auf den Boden gelegt worden waren. Hier gab es – wie in allen anderen Zimmern, in die Andra gespäht hatte – weder Möbel noch Verkleidungen an Boden und Wänden. Alles wirkte unberührt.

Wie von allein glitt Andras Blick zu Okijen, nach wie vor kaum mehr als ein leichenblasses Gesicht, schiefes Metall und ein paar flackernde Kabel, wo einmal sein Rumpf gewesen war. Eine Handvoll Mechaniker und Sanitäter halfen Byth dabei, einige Apparate um ihn herum aufzubauen, die Andra nicht verstand.

Am liebsten wollte sie nichts anderes tun, als sich neben ihn zu setzen, bis Byth mit ihrer Arbeit fertig war. Bis er die Augen öffnete und ihr versicherte, dass alles gut wäre.

Doch jedes Mal, wenn sie auch nur zu lange in seine Richtung schaute, während sie und Flover am Boden knieten und den Sanitätern Instrumente reichten, fing sie sich einen giftigen Blick von Byth ein.

Die Mechanikerin hatte wohl recht. Sie durfte sich jetzt nicht ablenken lassen.

»Vielen Dank«, sagte einer der Sanitäter, neben denen Andra sich niedergelassen hatte. Es fiel ihr schwer, die Fleischwunden und herausstehenden Knochen der Männer und Frauen hier nicht allzu genau zu betrachten. »Wir brauchen mehr Schmerzmittel«, sagte einer von weiter hinten. »Das Team aus der Zentrale muss noch mehr dabeigehabt haben!«

»Wir kümmern uns drum!«, versicherte Flover, rappelte sich auf, und auf ein Nicken von dem Sanitäter hin, dem Andra gerade einige Instrumente gereicht hatte, erhob sie sich ebenfalls.

»Soll ich dir einfach folgen, oder …?«, wollte sie wissen. Verdammt, sie fühlte sich so naiv und dumm bei dem Gedanken, wie wenig Ahnung sie hatte. Es kostete sie mehr Energie, als sie zugeben wollte, sich nicht noch einmal zu Okijen umzudrehen und mit Flover das Treppenhaus zu betreten.

»Ja, tu einfach erst mal, was dir zugerufen wird«, sagte Flover ruhig. Er schien mit solchen Situationen vertraut zu sein, und seine Ruhe wirkte sich auch auf sie aus. Dabei kannte sie ihn gar nicht. »General Lloyd wird sich auch erst einmal sammeln müssen. Sobald es einen Plan gibt, werden wir es schon erfahren.«

Andra nickte verstehend, obwohl es ihr nicht gefiel, einen so geringen Überblick über die Situation zu haben. Sie hatte sich von Anfang an in dieser Welt verloren gefühlt, aber nie so sehr wie jetzt. Vorher war sie traurig, aber frei gewesen. Jetzt hatte sie keine Ahnung, wohin sie ihre nächsten Schritte führen würden. Und welcher davon ihr letzter wäre.

»Was sind das für Gebäude?« Sie stellte die Frage vor allem, um sich selbst abzulenken, während sie die Stufen hinabstiegen und einigen Soldaten auswichen. Und vielleicht auch, um Flover auf andere Gedanken zu bringen, der einen so endlos besorgten Blick auf den Zügen trug.

Die Fahrt mit dem Zug hierher hatte kaum zwanzig Minuten gedauert. Sie schienen sich ein Stück außerhalb von Moskau zu befinden, in einem Bereich, der teils aus neuen, teils aus noch immer nicht fertig gebauten Gebäuden bestand. Andra erinnerte sich, etwas über diese riesigen Konstruktionsebenen der Städte gelesen zu haben.

»Hier entstehen neue Wohnhäuser, um der wachsenden Weltbevölkerung genügend Platz zu bieten.« Flover verzog das Gesicht zu einem düsteren Ausdruck, den er nicht weiter erklärte. Sie wusste, was er meinte. *Wachsende Weltbevölkerung.* Davon konnte inzwischen wohl nicht mehr die Rede sein. »Das hier ist eine sogenannte Wucherungszone.«

»Was?« Das klang wie eine Krankheit. Noch bevor sie nachfragen konnte, hatte Flover schon zu einer Antwort angesetzt. Vielleicht bildete sie es sich nur ein, aber er schien wirklich ein wenig erleichtert darüber zu sein, seine Gedanken kurz ablenken zu können – von was auch immer ihn belastete. Ihr half es, nicht ständig an Okijen zu denken. Oder an diese verdammten Tagträume, die sie heimsuchten.

»Der Bauaufwand, der betrieben werden muss, um die Städte zu vergrößern, ist enorm. Der Großteil der Bauarbeiten an neuen Gebäuden wird automatisch von Maschinen durchgeführt, die ausschließlich zu diesem Zweck konstruiert wurden. Es gibt in jeder Gemeinde und in jeder Stadt eine genaue Übersicht darüber, wie viele Menschen dort leben. Egal ob dauerhaft oder nur zeitweilig. Übersteigt diese Zahl eine gewisse Grenze, wird an das Bauprogramm automatisch eine Benachrichtigung gesendet, die die Maschinen dazu veranlasst, mehr zu bauen.«

Andra zog anerkennend ihre Augenbrauen hoch. Sie wusste natürlich, dass die Technologien der Städter das bei Weitem überstiegen, was sie aus ihrem Dorf kannte. Dieser Mechanismus beeindruckte sie allerdings. »Das klingt sinnvoll.«

»Ist es auch«, bestätigte Flover. »Das Programm weist allerdings einige Fehler auf. Oder die Eingaben, die von den Bürgermeistern und den Verwaltern getätigt werden, sind zu schnell oder ungenau. Deswegen kommt es manchmal dazu, dass die Baumechanismen außer Kontrolle geraten. Dann werden Gebäude konstruiert, deren Bau halb fertig abgebrochen werden muss.«

Andra zog die Augenbrauen in die Höhe.

»Und das nehmen die Stadtverwalter einfach so hin? Dabei werden doch unheimlich viele Ressourcen verschwendet.«

Flover hob die Schultern, und abermals drückten sie sich an zwei Soldaten vorbei, die mit größeren Koffern die Treppen hinaufstiegen. »Irgendwann werden die Gebäude fertig gebaut, sobald sie gebraucht werden, also hält es sich wohl in Grenzen«, sagte er. »Es arbeiten natürlich trotzdem Techniker daran, die Fehler rauszukriegen. Normalerweise.«

Andra nickte verstehend.

»Dadurch entstehen Stadtbereiche wie dieser. Die Konstruktionsebenen. Oder hier, tiefer drin, die Wucherungszonen. Hier lebt weit und breit kein Mensch. Deswegen sind wir noch vergleichsweise geschützt.«

Das beruhigte Andra tatsächlich ein wenig, auch wenn sie bezweifelte, dass das die Moja lange davon abhalten würde, sie zu finden.

»Hey, ihr zwei!«, schallte es aus dem Mund eines Soldaten, der hinter ihnen auf die Treppe getreten war. Beide wandten sich zu ihm um. »Marshall will euch in der obersten Ebene sehen. Jetzt.«

Marshall? Himmel, bedeutete das, dass sie endlich ein paar Antworten bekommen würden? Und hatte Andra richtig verstanden, dass sie sie auch sehen wollte?

Flover und Andra warfen einander einen Blick zu. Ihn wollte sie also auch sehen. Das bedeutete, er war in irgendeiner Art und Weise wichtig. Oder es ging darum, dass er aus unerklärlichen Gründen mit KAMI aufgetaucht war. Verdammt, danach hatte Andra ihn als Nächstes fragen wollen!

»Ist gut«, erwiderte er sofort. »Kümmern Sie sich bitte darum, dass ein Nachschub an Schmerzmitteln schnellstmöglich in den Sanitätsraum gebracht wird.« Er ruckte mit dem Kopf und bedeutete Andra, ihm zu folgen. Dann setzte er sich in Bewegung.

UNITED NATIONS MILITARY

Archiv: Militärische Aufzeichnungen

Briefing zur Problematik in den Konstruktionsebenen

01.12.2074: Sehr geehrter General Pershing, anbei das von Ihnen angeforderte Briefing zu den neu aufgetretenen Problemen in den Konstruktionsebenen, nach Recherchen und Erhebungen in sämtlichen Wucherungszonen. Wir erarbeiten Lösungsansätze, die wir Ihnen zum nächsten Meeting am Mittwoch präsentieren werden. Bis dahin brauchen wir die Anweisung, ob wir die Bauprogramme vorerst stoppen sollen oder nicht.

Mit besten Grüßen
Lora Bishop, GREAT-Analyse-Unit

01.12.2074: Sehr geehrte Frau Bishop, stoppen Sie die Bauprogramme auf jeden Fall nicht, wir brauchen den Wohnraum ja sowieso irgendwann. Auf die Lösungsansätze bin ich aber sehr gespannt, immerhin bemühen wir uns, ressourcenschonend zu handeln, und das Ganze arbeitet unseren Zielen komplett entgegen.

PS: Können wir mal über diese Benennung der Unit reden? Wer hat sich dieses GREAT eigentlich ausgedacht? Ich würde darüber gern mal reden, setzen Sie das bitte auf die Liste.

ANHANG

Wucherungszonen in den Konstruktionsebenen

Definition

Unkontrolliertes Gebäudewachstum, auftretend in den Konstruktionsebenen, durch Fehler der KI. Die automatischen Maschinen werden durch bisher unbekannte Anreize dazu angehalten, unkontrolliert Wohnraum anzubauen.

Auftreten

Moskau
Sao Paulo
New York
Sydney
Dubai

Da die Programme zur Erweiterung der Städte unabhängig voneinander laufen, schließen wir auf einen Fehler der zugrundeliegenden künstlichen Intelligenz. Die Programmierung dieser KI wurde von Augmented Technologies entwickelt; eine Firma, die inzwischen enteignet wurde.

Problematik

Die KI, die den Bauprogrammen zugrunde liegt, hat sich in eine falsche Richtung entwickelt, doch ohne Zusammenarbeit mit den ursprünglichen Programmierern ist es bei der Komplexität der Programmierung nahezu unmöglich, eine schnelle Lösung zu finden. Eine Abschaltung der Mechanismen würde einen kompletten Baustopp erfordern. Eine gänzliche Neuprogrammierung der Automatik würde mehrere Jahre in Anspruch nehmen.

Meeting zur Problemlösung

Mittwoch, 16:00, New Yorker Hauptquartier

KAPITEL 2

: DISCUSSING

Die oberste Ebene des Gebäudes war über einen Fahrstuhl erreichbar gewesen. Andra und Flover traten von dort aus in einen Raum, der genauso kahl und leer war wie alle anderen. Eine gläserne Front ließ den Blick auf die gesamte Konstruktionsebene zu. Auf all die hohen und niedrigen, fertigen und unfertigen Gebäude, die Stahlträger und stillstehenden Kräne. Alle hatten die einheitlich weiße Farbe, in der auch dieses Gebäude gehalten war.

Durch eine leichte Verdunkelung der Fenster fiel die Nachmittagssonne nur gedimmt in das Zimmer.

Andra trat in ihren warmen Schein, näher an Marshall und einige andere Personen heran, die sich hier versammelt hatten. Das sah tatsächlich nach einer Besprechung aus, was ihr Herz kurz höherschlagen ließ. Gab es schon einen Plan? Was könnte sie tun, um bei seiner Umsetzung zu helfen?

»Da seid ihr ja!«, grüßte Marshall. Ihr Overall war trotz der dunklen Farbe offensichtlich von Blut befleckt, ebenso wie ihre Hände. Eine tiefe Schnittwunde zog sich von ihrer Wange über ihren Hals bis zu ihrem Oberarm. Andra wagte es nicht, sie darauf anzusprechen, denn die Generalin hatte einen sehr geschäftlichen Ausdruck auf dem Gesicht.

»Dann können wir loslegen.« Sie schaute alle Personen an, die um sie herumstanden oder saßen. Ein Kommunikationsoffizier hatte einige Meter hinter ihr eine kleine Empfangsstation aufgebaut und versuchte scheinbar, Kontakt mit jemandem aufzunehmen. Er trug große Kopfhörer und war der

Einzige, der nicht zuhörte. »Es tut mir leid, dass ich so lange warten musste, um Ihnen den vorläufigen Plan mitzuteilen«, erklärte sie dann. Sie hatte sich inzwischen die Scheide von Ellis' Schwert umgebunden, der seinerseits mit seinen gebrochenen Armen und blassem Gesicht im Schneidersitz auf dem Boden hockte. Er sah furchtbar aus, wenn auch nicht viel furchtbarer als alle anderen Anwesenden. Hoffentlich würde er nach der Besprechung in den Sanitätsraum gehen. Es musste ein herber Schlag für ihn sein, nicht mehr kämpfen zu können. Dabei hatten sein Einsatz und seine Waffe ihnen vermutlich das Leben gerettet.

Neben Ellis saß Alaska Pershing. Andra blinzelte einige Male, denn zunächst hatte sie den General gar nicht erkannt. Er trug Handfesseln und hatte die Jacke seiner Uniform abgelegt. Im Vergleich zu Marshall wirkte er überraschend unversehrt, sogar sein weißes Hemd war blütenrein. Viel irritierender war allerdings, dass er mit seinen verwuschelten Haaren, seiner nahezu legeren Kleidung und den tiefen Augenringen plötzlich aussah wie ein gewöhnlicher Mensch. Vollkommen entmachtet. Er machte sich nicht einmal die Mühe, zu Marshall aufzusehen.

Warum war er hier? Er hatte Marshall, gemeinsam mit Liza Moore, verraten. Verdammt, er war sogar bereit gewesen, auf sie zu schießen. Wenn Marshall ihn und Liza entmachten konnte, warum ließ sie die beiden nicht sofort wegsperren?

Andras Blick blieb skeptisch an dem desinteressierten Mann hängen, bevor sie sich weiter umschaute.

Sie zählte zwölf Anwesende, die sie nicht kannte.

»Mit Verlaub, General, aber Sie hatten auch anderes zu tun«, sagte eine der Frauen, das lange rote Haar zu einem strengen Zopf zusammengebunden, die Uniform genauso ramponiert wie Marshalls Einteiler. Vielleicht hatten sie zusammen gekämpft.

»Ja«, bestätigte Marshall. Sie setzte sich in Bewegung und ging gedankenverloren ein paar Schritte auf und ab. Alle Blicke folgten ihr. »Die Situation ist nahezu ausweglos, aber wir dürfen uns davon nicht unterkriegen lassen.«

Andra nahm automatisch eine aufrechtere Haltung ein. Dass sie überhaupt hier sein durfte, neben all den ausgebildeten Soldaten, war ihr ein Rätsel.

»Ms. Vica-Chun ist leider nicht bei uns, aber ich habe schon mit ihr gesprochen.«

Vica-Chun. Andra fiel erst nach einigen Momenten ein, dass das Byths Nachname war.

»Dieser Zwischenstopp dient vor allem der Stabilisierung von Major General Van Dire und der vorläufigen Analyse der von Ms. Vica-Chun entwickelten Nanopartikel, mit denen es uns vorhin gelungen ist, die meisten Moja kurzzeitig zu betäuben. Es befinden sich außerdem noch Versorgungstrupps in der Zentrale, denen wir es mit dem Einrichten von vorläufigen Cyber-Fields ermöglichen müssen, uns hierher zu folgen. Danach setzen wir unsere Reise fort.« Sie machte eine Pause, und Andra verzog nachdenklich den Mund, um sich davon abzuhalten, all die Fragen zu stellen, die ihr auf der Zunge brannten. Waren sie wirklich nur wegen Okijen hiergeblieben? Wie ging es weiter? Wie sah die Situation im Rest der Welt aus? Gab es irgendeinen Plan, der in Kraft treten und ihnen helfen würde, mit dieser Situation umzugehen? Und vor allem: Warum war sie hier?

»Mit Verlaub, General«, sagte die rothaarige Frau, die zuvor schon das Wort ergriffen hatte. Marshall nickte ihr zu und gestattete ihr damit, zu sprechen. »Können wir nicht auch an unserem Zielpunkt Cyber-Fields für die Versorgungstrupps errichten und das Gegenmittel analysieren?«

»Das könnten wir«, bestätigte Marshall knapp.

»Ich gehe also richtig in der Annahme, dass wir unser vorläufiges Lager nur hier aufstellen, um Major General Van Dire das Leben zu retten?«

Andra schluckte schwer, während sie zwischen den beiden Frauen hin und her sah. Die Fremde hatte recht! Alles andere konnten sie auch an ihrem Zielpunkt tun, die Analysen vermutlich schon im Zug. Aber Byth hatte gesagt, dass sie Okijen im Waggon nicht stabilisieren konnte und ihr die Zeit davonlief.

»Das ist korrekt«, bestätigte Marshall erneut in überraschend klarem Tonfall. »Gibt es ein Problem damit?«

»Ich bin nur so offen, um zu helfen, General, also sehen Sie meine Anmerkung bitte nicht als Kritik an«, sagte die Rothaarige. »Aber ich denke, dass es fahrlässig ist, das Leben des ganzen Trupps zu riskieren, um einen einzigen Mann zu retten. Egal, wie hoch sein Rang ist.«

Andra ballte die Hände zu Fäusten und sah die Frau mit den Sommersprossen an. In der Art, wie sie Marshall anschaute, lag eine gewisse Angst. Es schien sie viel Überwindung gekostet zu haben, das auszusprechen.

»Nur wegen ihm sind wir überhaupt noch am Leben!«, warf Andra ein. Sie hatte sich zurückhalten wollen, denn die Frau hatte recht. Wie war es zu rechtfertigen, dass sie alle Menschen hier nur wegen Okijen in Gefahr brachten? Nicht anders würde Andra es wollen, nicht anders hätte sie selbst entschieden. Sie wusste nicht, warum Marshall es tat, aber sie konnte es trotzdem nicht fassen, dass jemand diese Entscheidung in Frage stellte.

»Ich verstehe Ihren Einwand, Colonel Below«, erwiderte Marshall ruhig und hob beschwichtigend ihre Hände. »Aber Major General Van Dire ist eine wichtige Person im Kampf gegen KAMI. Er stand unserem Gegner mehrere Male im Kampf gegenüber, und selbst, wenn er nach seiner Stabilisierung nicht mehr in der Lage sein sollte, zu kämpfen, kann er uns wichtige Informationen liefern. Genau wie einige Anwesende.« Ihr Blick wandte sich offensichtlich Andra zu.

Deswegen war sie also hier? Wegen der Informationen, die sie bisher über KAMI hatte sammeln können? Das war nicht sonderlich viel. Sie hatte das Gefühl, dass Flover viel mehr über das Wesen wusste als sie.

Marshall wandte sich wieder der Frau zu. »Abgesehen davon hat Ms. Vica-Chun darauf bestanden, die Operation durchzuführen. Im Ausgleich für Ihre Hilfe.«

»Sie lassen sich erpressen?«, fragte ein unbekannter Mann.

Marshall zog eine Augenbraue in die Höhe und sah ihn streng an. »Haben Sie die Frau kämpfen sehen, Captain?«, fragte sie provozierend.

Der Mann wurde sofort einen Kopf kleiner.

»Schauen Sie sich gern die Aufnahmen der Sicherheitskameras vor der Zentrale an, Captain Wáng. Dann werden Sie meine Entscheidung, diese Frau gewähren zu lassen, nicht mehr in Frage stellen.«

»Jawohl, General«, murmelte der Mann kleinlaut, und Andra atmete einmal tief durch, um ihre angespannten Nerven zu beruhigen. Sie bewunderte Marshall dafür, dass sie mit solcher Ruhe bei der Sache war.

»Sonst noch Fragen, oder kann ich fortfahren?« Niemand wagte es mehr, ein Wort zu sagen, also verschränkte sie die Hände hinter dem Körper und fuhr fort.

»Einige von Ihnen wissen es vielleicht schon: Vor wenigen Tagen hat eine Gruppe aus Soldaten und Zivilisten herausgefunden, dass es mit radioaktiven Stoffen, je nach Konzentration der Strahlung, möglich ist, Moja effizient zu vernichten und KAMI eventuell auf Abstand zu halten. Das ist einer unserer letzten Ansatzpunkte. Sobald wir hier fertig sind, begeben wir uns zu einem Ort am südlichsten Ende des Baikalsees. Dort befindet sich ein Endlager für atomaren Müll, der noch nicht ins Weltall geschafft wurde. Wir werden die Reststrahlung des Mülls nutzen, um unsere Waffen – sowohl Schusswaffen als auch Schwerter – damit zu verbessern.«

Sie sah in die Runde, als wartete sie auf Kommentare und Einwände, doch ihre vorherige, wenn auch ruhige Zurechtweisung der beiden Soldaten hielt wohl alle davon ab, etwas gegen diesen Plan vorzubringen. »Dieser Ort ist außerdem so weit von Sperrzonen entfernt, dass noch keine Moja bis dorthin vorgedrungen sein sollten. Es gibt keine Garantie dafür, dass KAMI nicht dort auftaucht. Aber wir müssen darauf vertrauen, dass der Schlag, dem wir ihm versetzt haben, uns ein wenig Zeit verschafft. Von dieser Basis aus werden wir unsere Missionen steuern. Wir werden Flashtrains in die ganze Welt senden, um so viele Soldaten zu uns zu holen wie möglich und um Zivilisten aus akuten Gefahrenzonen zu evakuieren. Wir werden Cyber-Fields errichten und Trupps entsenden, um alle verfügbaren Impfungen zu holen, Vorräte zu besorgen und eine vorläufige Infrastruktur aufzubauen. Außerdem werden wir mit der Hilfe von Ms. Vica-Chun die Technologie der Antikörper weiter ausbauen, um diese ebenfalls auf unsere Waffen anzuwenden. Damit sollten wir in künftigen Kämpfen einen erheblichen Vorteil gegenüber den Moja haben. Auch denen der höheren Generationen.«

Marshall präsentierte ihren Plan mit solcher Zuversicht, dass sogar Andra wieder ein wenig Hoffnung schöpfte.

»Für die Durchführung des Plans werden wir neue Departements errichten, für die ich Ihnen nun die Zuständigkeiten erklären werde. Liza Moore befindet sich im Gebäude. Sie und Alaska Pershing wurden ihrer Ränge enthoben und werden von nun an in beratender Tätigkeit eingesetzt.«

Sie sah zu dem am Boden sitzenden Alaska hinab, der noch immer in die Leere vor sich starrte. »Sie werden dauerhaft an meiner Seite sein, damit ich ihre Tätigkeiten überwachen kann, aber ihre Erfahrung ist zu wertvoll, als dass ich darauf verzichten könnte.«

Marshalls Worte waren einleuchtend, doch Andra fragte sich nach wie vor, wie sie den beiden so schnell ihren Verrat hatte verzeihen können. Vorhin war sie noch so unheimlich wütend auf sie gewesen. Was hatte sich seitdem geändert?

»Ms. Vica-Chun wird mit sofortiger Wirkung wieder in ihrem ehemaligen Posten als Major eingesetzt. Sie wird die Forschungs- und Mechanikeinheit leiten und befehligen.«

»Jawohl«, klang es aus einigen Mündern.

»Captain Flover Nakamura«, sagte sie und sah den jungen Mann neben Andra an. »Sie werden ihr direkt unterstellt sein, ich teile Sie als ihre rechte Hand zu.«

»Jawohl, General.«

»Mit Ihnen muss ich übrigens noch dringend ein Wort sprechen, also bleiben Sie bitte hier, nachdem die Besprechung beendet ist.«

»Jawohl, General.«

»Colonel Below«, sprach Marshall die rothaarige Frau an, »Sie werden die Versorgungseinheiten anführen. Sie sind damit beauftragt, sowohl für die Beschaffung von Impfungen als auch von Lebensmitteln zu sorgen. Ihnen werden Lieutenant Guerra, Lieutenant Morares und Lieutenant O'Brien unterstellt. Verstanden?«

»Jawohl, General«, erwiderten alle Angesprochenen.

»Brigadier General Deem-Hristov befindet sich auf dem Weg zu uns.«

Das war Calen! Ihr ging es also auch gut!

»Sie wird die Kommunikationseinheiten leiten und organisieren. Ihr direkt unterstellt wird Captain Wáng.«

»Jawohl!«

»Major Reed wird die Aufsicht über Verteidigung und Sicherung all unserer Posten übernehmen.«

Ellis verzog den Mund, sah auf seine beiden gebrochenen Arme hinab. »Ich gebe mein Bestes, General«, sagte er, klang aber sehr ernüchtert.

»Ich hege keinen Zweifel daran, dass Sie diese Aufgabe hervorragend ausführen werden. Sie beschäftigen sich seit vielen Jahren mit der Anführung von Einheiten und der Organisation von Einsätzen, auch außerhalb der Sperrzonen. Dass Sie selbst nicht kämpfen können, wird Ihnen kein Hindernis sein.«

Ellis seufzte leise, dann nickte er.

»Andra«, sagte Marshall schließlich und wandte sich direkt an sie. Ihr Herz machte einen kleinen Sprung, während sie Marshalls offenen Blick erwiderte. »Ich weiß, du bist Zivilistin, aber du hast durch deine Einsätze und Initiative in den letzten Tagen deine Vertrauenswürdigkeit bewiesen, und ich möchte dich daher gern in die Truppe aufnehmen. Ich weise dir den symbolischen Rang eines Captains zu. Captain Yun, ist das okay für dich?«

Andra schluckte, dann schlich sich ein Lächeln auf ihre Lippen. »Ich habe eigentlich keinen Nachnamen«, sagte sie. Im Grunde war es irrelevant, aber der Nachname, der ihr von den Städtern gegeben worden war, um ihren Systemen zu genügen, war eigentlich nicht ihr eigener.

»Captain Andra also«, warf Ellis lachend ein, und einige der Anwesenden schmunzelten.

»Du kannst dir gern selbst aussuchen, wie du dich nennst.«

Einige der Offiziere warfen Andra forschende Blicke zu, vielleicht verwundert darüber, dass Marshall so vertraut mit ihr sprach.

»Ich werde dich Ellis unterstellen. Du wirst bei der Verteidigung unserer Posten seine rechte Hand und seine ausführende Kraft sein. Du hast Befehlsgewalt über alle dir unterstellten Soldaten und kannst in Absprache mit Ellis selbst organisieren und handeln. Verstanden?«

Andra fuhr sich mit der Zunge über die Lippen. »Danke für Ihr Vertrauen, General«, erwiderte sie förmlich. Sie traute sich nicht, Marshall beim Vornamen anzusprechen, während alle Blicke auf ihr ruhten.

Captain. Ob es jemals eine Yuna gegeben hatte, die diesen Rang getragen hatte? »Ich führe Ihre Anweisungen gern aus. Ich habe allerdings noch ein Anliegen, das ich mit Ihnen im Privaten besprechen möchte, bevor ich meinen Aufgaben nachgehe.«

»Das können wir im Anschluss tun«, sicherte ihr Marshall mit einem Lächeln zu. »Gibt es sonst noch Fragen und Anmerkungen?«

Die Anwesenden schwiegen, während der Kommunikationsoffizier im Hintergrund nach wie vor fahrig an den Geräten in seinem Koffer bastelte.

»Dann bitte ich Sie alle, sich einen Überblick über die aktuelle Situation zu verschaffen und Ihren Aufgaben nachzugehen. Bei Fragen können Sie sich jederzeit an mich wenden. Den Teamleadern werden Headsets zugeteilt, die sie direkt mit mir verbinden. Ich rufe Sie zu mir, wenn es neue relevante Informationen gibt.« Sie sah die Frau an, die Calen unterstellt sein würde. »Sie bitte ich, sich sofort mit unseren Kommunikationstruppen auseinanderzusetzen. Entwickeln Sie einen Plan, noch lebende Menschen aufzuspüren und mit ihnen in Verbindung zu treten, egal, wo sie sich auf der Welt befinden. Sobald Ihr Supervisor eintrifft, werde ich Sie informieren.«

»Jawohl, General.«

»Ich informiere Sie außerdem alle darüber, dass es Major Vica-Chun offenbar gelungen ist, eine vorläufige Impfung zu entwickeln, mit der die KAMI-Nanocomputer in einem Körper ›eingeschläfert werden‹, solange das Gehirn nicht befallen wurde. Falls einer von Ihnen also Kontakt zu einem Infizierten haben sollte, der noch in der Lage ist, zu sprechen, und normales menschliches Verhalten an den Tag legt, setzen Sie ihn oder sie fest, und nehmen Sie *sofort* Kontakt zu Major Chuns Team auf. Aktuell stehen uns nur eine Handvoll Proben zur Verfügung, und wir wissen nichts über die Wirkungsdauer oder die Stabilität dieser Methode. Sie ist also mit äußerster Vorsicht zu genießen. Sie könnte allerdings ein weiterer Schritt in die richtige Richtung sein.«

»Was?«, brach es aus einem der Offiziere heraus, den Marshall als Lieutenant O'Brien angesprochen hatte. »Wie lange gibt es dieses Wundermittel denn schon, und ... warum erfahren wir erst jetzt davon? Ich meine ... *was?*«

War das das Mittel, das Byth entwickelt hatte, um sich selbst davor zu beschützen, ein Moja zu werden? Der Mann hatte recht. Warum hatte sie es der Welt nicht schon viel früher zur Verfügung gestellt, wenn es auch auf andere Menschen anwendbar war? Andra versuchte, sich kein Urteil darüber zu bilden, weil sie nicht wusste, was Byth dazu bewogen hatte. Aber dass sie eine so bahnbrechende Erfindung vor der Welt geheim gehalten hatte, war ihr unerklärlich.

»Laut den Angaben Major Chuns wurde das Mittel bisher erst an einer Person getestet«, erwiderte Marshall ruhig. Sie war wirklich darum bemüht, das Vertrauen dieser Gruppe zu gewinnen, auch wenn es Andra in den Fingern kribbelte, endlich ihr Anliegen vorzubringen. »Durch die wenigen Tests, die mit dem Mittel durchgeführt wurden, gibt es keine Informationen darüber, wie stabil die Lösung in anderen Körpern funktioniert. Es kann sein, dass sie nach gewisser Zeit ihre Wirkung verliert. Ohne weiterführende Tests wollte der Major das Mittel nicht zum Einsatz bringen, um keine weitergehende Gefährdung der Bevölkerung zu riskieren. Jetzt ist es allerdings einer unserer letzten Auswege.«

»D-Danke, General«, sagte der Mann.

»Captain Nakamura, Ihnen wird Major Chun alles Nötige erklären. Sie wissen ja, wo Sie sie finden.«

Bei Okijen, dachte Andra. Hoffentlich ging es ihm besser. Hoffentlich ...

Flover nickte.

»Als Letztes informiere ich Sie alle noch einmal über das, was viele von Ihnen sicher auf dem Vorplatz der Zentrale beobachten konnten: KAMI befindet sich im Körper einer jungen Frau, die es offenbar als seinen Hauptwirt ausgewählt hat. Wir wissen nicht, warum gerade diese Frau, aber ich wurde darüber informiert, dass ihr Zwillingsbruder sich in unserer Truppe befindet. Dazu werden noch genauere Untersuchungen angestellt. Was wir sicher wissen, ist, dass dies derzeitig der Körper zu sein scheint, in den das Programm seine zentrale Verwaltung verlagert hat. Das Programm zeigt Anzeichen einer menschenähnlichen Intelligenz. Wie Captain Yun bewiesen und offenbar auch Captain Nakamura überprüft hat, ist es durchaus möglich, mit KAMI zu sprechen.«

Andra und Flover warfen einander einen Blick zu, dann nickten sie.

»Sie ist sehr impulsiv«, erklärte Andra, was Flover bestätigte.

»Sie scheint sich über viele Fragen der menschlichen Moral und des menschlichen Handelns Gedanken zu machen«, führte er fort.

»In meinem Gespräch mit ihr hat sie gesagt, dass sie durchaus Interesse daran hat, sich zu unterhalten.«

»Den Eindruck hatte ich auch«, fuhr Flover fort. »Sie hatte nicht viel Geduld oder Verständnis dafür, wenn ich länger brauchte, um ihre Fragen zu beantworten. Es schien sie zu frustrieren, dass ich auf komplizierte moralische Konzeptfragen keine Antwort hatte. Aber solange ich mich mit ihr unterhalten habe, hat sie kein aggressives Verhalten an den Tag gelegt. Sie wirkte eher …« Flover schluckte, und Andra hing an seinen Lippen. Was war ihm passiert? Er schien eine deutlich längere Unterhaltung mit KAMI geführt zu haben als sie. »Sie wirkte eher unzufrieden. Aber auch unsicher. Ich kann es nicht genau beschreiben.«

»In allen Fällen war es bisher so, dass KAMI durchaus bereit war, sich auf Gespräche einzulassen, aber unnachgiebig zugeschlagen hat, sobald es auf irgendeine Art und Weise angegriffen wurde. Deswegen der Befehl an Sie alle: Wenn Sie in die Situation kommen sollten, KAMI gegenüberzustehen, greifen Sie nicht an. Sobald wir unseren Zielort erreichen, werden wir Pläne für einen direkten Gegenschlag konstruieren. Bringen Sie sich vorher bitte nicht selbst in Gefahr.«

»KAMIs Ziel ist es, alle Menschen zu Moja zu machen und sie unter ihrer Kontrolle zu vereinen«, ergänzte Flover. »Sie ist der Überzeugung, dass das Aushebeln jedweder Emotionen und die Verbindung aller Menschen zu einer Einheit zu einer friedlicheren Welt verhelfen wird.« Flover ignorierte die entrüsteten Blicke, die ihn trafen. »Sie ist der festen Überzeugung, dass ihr Weg der richtige ist und wir nur nicht begreifen, dass sie recht hat.«

Marshall legte die Stirn in tiefe Falten, forderte ihn aber mit einem Nicken auf, weiterzusprechen.

»Ich hatte den Eindruck, dass sie nicht aus einem bösartigen Antrieb heraus handelt, sondern dem Planeten und der Menschheit wirklich helfen möchte.«

Wie lange hatte Flover darauf gewartet, das alles zu sagen? Die Worte kamen so klar über seine Lippen, als hätte er sie lange in seinem Kopf umhergewälzt.

Die Anwesenden schwiegen, während sie ihm lauschten. Andra sah jeden von ihnen eindringlich an. Viele hatten den

Blick auf den Boden vor sich gerichtet, tiefe Falten auf der Stirn.

»Ich weiß nicht, wie es jetzt aussieht, nachdem wir sie so heftig zurückgeschlagen haben«, fuhr Flover fort. »Vielleicht haben wir jetzt gar keine Chance mehr darauf, friedlich mit ihr zu sprechen. Aber meinem Eindruck nach wäre eine Verhandlung eventuell möglich.«

Marshall verzog überlegend die Mundwinkel. »Darüber werden wir nachdenken müssen. Aber wie dem auch sei: Der Befehl lautet, sie unter keinen Umständen zu provozieren und sofort mich und Captain Nakamura zu verständigen, falls es einen Kontakt geben sollte. Teilen Sie das auch den Ihnen unterstellten Einsatzkräften mit.«

»Jawohl, General«, klang es abermals aus allen Mündern, dieses Mal allerdings leiser. Als wüssten viele der Offiziere noch nicht, was sie von den neugewonnenen Informationen halten sollten.

»Sie können jetzt wegtreten. Die Sanitäter sind auf der dritten Ebene stationiert, falls einer von Ihnen Versorgung braucht. Bitte achten Sie auf sich.«

Das musste gerade sie sagen, verletzt wie sie war. Die Wunde, die von ihrer Wange bis zu ihrem Arm reichte, blutete zwar nicht mehr, aber die Ränder leuchteten rot und sollten wohl dringend genäht werden.

»Captain Nakamura und Andra bitte zu mir.«

KAPITEL 3

: FINDING

Nachdem die anderen Offiziere den Raum über den Fahrstuhl verlassen hatten, waren Flover, Andra und der Kommunikationsoffizier mit Marshall allein. Flovers Herz pochte ein wenig schneller bei der Vorstellung, die ganze Geschichte mit KAMI und seiner Infektion noch einmal vor General Lloyd erklären zu müssen. Gleichzeitig musste er sich immer wieder darauf besinnen, dass nicht jeder General wie seine Mutter war. Und dass er nun, mit diesem Gegenmittel von Major Vica-Chun, vermutlich aus dem Schneider war und hoffentlich nicht mehr als Gefahr eingestuft werden würde.

Er erinnerte sich noch daran, wie Marshall vor zwei Jahren ihren Austritt aus dem Militär öffentlich verkündet hatte. Er selbst war noch ganz neu bei KAGE gewesen, und trotzdem hatte er Enttäuschung verspürt. Alles, was er von dieser Frau mitbekommen hatte, war so stark und sanft zugleich gewesen. So menschlich und bedacht. Ganz im Gegensatz zu Alaska und Liza hatte Marshall stets besonnen gewirkt, selbst im Angesicht von Krisen. Ihr Auftreten bei der Besprechung gerade hatte diesen Eindruck noch einmal bestätigt.

»General Lloyd«, sagte er also. »Danke, dass Sie sich Zeit nehmen.«

Die Frau lächelte breit. »Nenn mich Marshall, wenn du willst«, bot sie ihm lächelnd an. »Du erinnerst dich vielleicht nicht daran, aber als du noch ein kleiner Junge warst, haben deine Eltern und ich oft gemeinsam Unternehmungen gemacht.« Sie sah ihn bei dieser Erinnerung so fröhlich an, dass es Flover eiskalt den Rücken hinablief. Seine Eltern hatten ihn auf private Besuche mitgenommen? Daran erinnerte er sich gar nicht. Er erinnerte sich nur daran, wie seine Mutter ihn immer fortgeschickt hatte, wenn General Pershing oder Lloyd in das Haus gekommen waren. Abgesehen davon, dass sie nie auf die Idee gekommen wäre, *Unternehmungen* mit ihm zu veranstalten. War sie anders gewesen, als sein Vater noch gelebt hatte? An diese Zeit besaß er nicht eine Erinnerung.

»Ich hoffe, es geht dir gut, Flover«, sagte Marshall mit einem so endlos wohlwollenden Ausdruck auf dem Gesicht, dass er wegschauen musste, um nicht zu riskieren, dass sie die Wahrheit aus seinen Augen las.

»Den Umständen entsprechend«, war das Ehrlichste, das er sich abringen konnte. Dass er sich am liebsten irgendwo verkriechen und nie wieder herauskommen wollte, behielt er für sich.

Marshall nickte, dann wandte sie sich Andra zu. »Was kann ich für dich tun?«

Die junge Frau von den Yuna trug mehrere leichte Verletzungen an den Handflächen und im Gesicht. An der vorsichtigen Art, wie sie sich bewegte, erkannte Flover, dass sie Schmerzen haben musste. Vielleicht hatte sie sich beim Kampf gegen KAMI die Rippen geprellt. Sie waren alle ziemlich heftig auseinandergeschleudert worden, nachdem der Generator in Okijen in die Luft geflogen war.

Trotzdem stellte sie sich ein wenig aufrechter hin, während sie Marshall in die Augen sah. »Ich nehme die Aufgaben gern an, die du mir zugeteilt hast«, sagte sie mit fester Stimme. »Ich habe allerdings noch eine Bitte.«

»Und die wäre?«

»Ich möchte etwas überprüfen. Es hat höchstwahrscheinlich nichts mit unserer Situation zu tun, und ich denke auch nicht, dass meine Erkenntnisse uns helfen werden. Es ist eine private Angelegenheit. Aber …« Sie atmete einige Male ein und aus, wie um ihre Gedanken zu ordnen. »Ich habe … manchmal …« Sie schielte zu Flover hinüber, dann sah sie zu Marshall. »Ich habe manchmal eigenartige Träume.« Es schien ihr wirklich schwerzufallen, das auszusprechen.

»Was für Träume?«

»Von KAMI. Und den Sperrzonen.« Sie schaute auf ihre Stiefel hinab. »Schon lange. Ich habe mir nie viel dabei gedacht. Ich dachte immer, sie … würden von irgendeiner Angst herrühren oder von der Nähe meines Dorfs zur Sperrzone. Aber als ich KAMI gegenüberstand, da …«

Marshall und Flover warteten geduldig, dass Andra weitersprach. Doch als sie es nicht tat, hakte Marshall ein weiteres Mal nach. »Was?«

»Sie hat mich darauf angesprochen«, sagte Andra und sah wieder zum General auf. »Sie hat mich gefragt, ob ich mich an etwas erinnern würde. Dass ich … dass ich eigentlich etwas wissen sollte, das ich aber offenbar nicht mehr weiß.«

»Und du denkst, das hat etwas mit diesen Träumen zu tun?«

Andra nickte heftig. »Ich bin mir sogar sicher. Ich habe von KAMI … von dieser Frau geträumt, noch bevor ich das erste Mal ein Bild von ihr gesehen habe. Das kann kein Zufall gewesen sein.«

Marshall zog die Brauen zusammen und verengte leicht die Augen. »Das ist außergewöhnlich.«

Flover fand, sie untertrieb dabei. Träume, die mit KAMI in Verbindung standen? Und KAMI wusste davon? Wie sollte das möglich sein? Das klang nahezu esoterisch.

»Ich weiß auch nicht, was es bedeutet, aber ich … bin mir fast sicher, wenn ich noch einmal in mein Dorf reise und in dieses Endlager gehe, in das mich unsere Älteste gebracht hat, finde ich Antworten.«

Marshall lauschte aufmerksam und schien eine ganze Weile zu brauchen, um diese Anfrage sacken zu lassen. Sie sah von Andra zu Flover und dann zu dem vollkommen abwesenden Kommunikationsoffizier hinter ihr. »Ich denke nicht, dass das eine Mission ist, die unabhängig von unseren Zielen ist«, sagte sie schließlich.

Das überraschte Andra offenbar. Ihre Augen weiteten sich ein wenig, während Marshall sprach.

»Wir wissen unheimlich wenig über unseren Gegner. Ihr seid die Einzigen, denen es bisher gelungen ist, ihm nahe zu kommen und zumindest einen Einblick in seine Gedankenwelt zu gewinnen. Aber unser Unwissen beschränkt sich nicht auf die moralische Ebene. KAMI hat sich in den letzten dreißig Jahren zu einer so komplexen Form weiterentwickelt, dass wir überhaupt nicht wissen, wie es funktioniert und über welche Fähigkeiten es verfügt.« Sie stemmte die Hände in die Hüfte, und Flover zuckte innerlich zusammen, als er sich vorstellte, wie sehr diese einfache Geste in ihrem verwundeten Arm schmerzen musste. »Deswegen denke ich, dass dein Plan uns durchaus weiterbringen könnte.«

Andra atmete sichtbar auf. Sie schien nicht damit gerechnet zu haben, eine Freigabe für ihr Unternehmen zu bekommen. »Dann darf ich gehen?«

»Ja. Ich würde dich aber bitten, bei uns zu bleiben, bis wir unseren finalen Stützpunkt erreicht haben. Uns fehlen noch viele Truppen aus der Zentrale, und hier können wir jeden gebrauchen. Sobald die Verstärkung eingetroffen ist, kannst du dich auf den Weg machen.«

»Danke!«, sagte Andra und nickte heftig. »Vielen Dank.«

Wieder setzte Marshall ihr wohlwollendes Lächeln auf. »Brauchst du ein Team?«

Rasch schüttelte Andra den Kopf. »Nein, ich denke, es ist besser, wenn ich allein gehe.«

»Na gut. Wenn es sonst nichts mehr gibt, melde dich bitte bei Major Reed, und lass dich von einem Sanitäter untersuchen. Deine Hände sehen nicht gut aus.«

»Geht schon.« Andra trat zurück. »Danke, General!«

Marshall grinste und sah der jungen Frau hinterher, bis sie im Fahrstuhl verschwunden war. Danach wandte sie sich Flover zu. »Und nun zu dir.«

Unter Marshalls aufmerksamen Blicken nachzuerzählen, was Flover widerfahren war, was KAMI gesagt hatte und wie er die Situation einschätzte, war anstrengend gewesen – aber gleichsam eine Last, die von seinen Schultern gefallen war. Gemeinsam standen sie in dem Besprechungszimmer, und während Flover die letzten Tage hatte Revue passieren lassen, war die Sonne vor den breiten Fenstern langsam hinter die Kolosse aus Stein und Metall gesunken.

Marshall ließ sich nicht anmerken, was sie von seinen Erzählungen hielt, aber die Informationen mit ihr zu teilen, machte Flovers Herz ein wenig leichter. Er hielt sich selbst für recht analytisch, aber er wusste nicht, was er mit all den neuen Informationen und Gedanken anfangen sollte. Aus diesem Grund war er froh darum, sie mit jemandem zu teilen.

Nach langen Monologen und wenigen Nachfragen ihrerseits, senkte er den Blick zu seinen Stiefeln, um zu überlegen, ob er etwas vergessen hatte. Und um sich Gedanken darüber zu machen, was der nächste Schritt wäre, nachdem er diese Last von seiner Seele gehievt hatte.

Marshall faltete währenddessen die Hände vor dem Körper. »Vielen Dank, Flover«, sagte sie nach einiger Zeit ruhig. Ihr Blick war so weich, als er wieder zu ihr aufsah, aber er verstand den Grund nicht. Vielleicht schwelgte sie noch immer in Erinnerungen an seine Kindheit. Eine Zeit, an die er sich lieber nicht erinnerte.

»Das Mittel, das Major Vica-Chun hergestellt hat, befindet sich aktuell nur in ihrem Besitz, aber sie sagte mir vorhin, dass sie noch ein paar Dosen hat.« Sie deutete auf seinen Körper. »Du scheinst zwar aus unerklärlichen Gründen immun gegen die KAMI-Partikel in dir zu sein, aber du solltest es dir trotzdem verabreichen lassen, um auf Nummer sicher zu gehen.«

Flover nickte, erfüllt von Erleichterung. Dass er immun war, hatte nie jemand gesagt. Nur, dass die Partikel – warum auch immer – nicht in sein Gehirn vorgedrungen waren. Er war noch immer eine verdammte Zeitbombe, und die Chance darauf, diesen Zustand zu ändern, ließ sein Herz höher schlagen. »Das mache ich sofort.«

Marshall musterte ihn kurz, dann wandte sie sich langsam ab und trat auf das hohe Fenster hinter ihr zu, um über die Stadt zu blicken. »Noch einmal wegen deines Mitbewohners. Kadett Bible ...«

Flover lauschte auf, blieb aber stehen, wo er war. »Ja?«

»Auf dem Schlachtfeld vor der Zentrale haben einige Soldaten bemerkt, dass er aussieht wie KAMIs Hauptwirt. Und dann gab es diesen Moment zwischen den beiden ...«

Flover schluckte schwer. Worauf wollte Marshall hinaus?

»Ich habe vor der Besprechung zwei Männer in den Sanitätsraum geschickt, um ihn zu seiner Verbindung zu KAMI zu befragen. Du sagtest, er sei der Zwillingsbruder dieser jungen Frau, in der KAMI steckt?«

»Ja«, bestätigte Flover rasch. Er hatte selbst keine Ahnung, warum gerade sie. Warum gerade diese Schwester, die Luke ihm so lange verheimlicht hatte.

»Laut seiner Aussagen hat er nicht die geringste Ahnung, warum KAMI sie als Wirt ausgesucht hat.« Marshall wandte sich halb zu Flover um und musterte ihn intensiv. »Bist du der Ansicht, dass er die Wahrheit sagt?«

»Auf jeden Fall.« Flover versuchte, so viel Ehrlichkeit und

Nachdruck in seine Worte zu legen, wie es ihm möglich war. Er war sich sicher, dass Luke ihm nichts mehr verheimlichte. »Ich kann mir auch nicht erklären, was dahintersteckt.« Obwohl er dafür vermutlich eh die falsche Anlaufstelle war. Er und Luke hatten sich zwar während ihrer Autofahrt von Moskau nach Berlin lange über Lukes Vergangenheit unterhalten, aber aus keiner der Erzählungen war der mögliche Grund klar geworden. Ob es einen Grund gab. Vielleicht war es auch nur ein seltsamer Zufall.

Marshall beobachtete Flover aufmerksam, als wollte sie aus seiner Körpersprache lesen, ob er die Wahrheit sagte. Nach einigen Augenblicken wandte sie sich wieder ab, und er entspannte sich ein wenig. »Wenn dir in diesem Bezug noch etwas auffallen sollte, melde dich bitte umgehend bei mir, ja?«

»Natürlich«, bestätigte er leise. Er war endlos müde, und gleichzeitig schlug sein Herz so aufgeregt. Er musste Luke finden. Am besten sofort, nachdem er sich von Byth das Mittel hätte impfen lassen. Nicht nur, um sicherzustellen, dass es ihm gut ging, sondern auch, um sich endlich bei ihm zu entschuldigen, verdammt. Dafür, dass er einfach fortgelaufen war. Dafür, dass er ihn in diese ganze Sache hineingezogen hatte.

»Du darfst jetzt gehen«, sagte Marshall, nachdem Flover gar nicht bemerkt hatte, dass er eine ganze Weile nur dagestanden und nachgedacht hatte. »Melde dich bei Byth, und lass dir das Mittel impfen. Wenn sie Aufgaben für dich hat, halte dich an sie. Anderenfalls …« Sie machte eine wegwerfende Handbewegung. »Ach, du weißt ja, wie das läuft.«

Das metallene Treppengeländer war angenehm kühl unter Flovers Fingern. Obwohl die Nacht bald hereinbrechen würde, war der Wind, der ihm ab und an aus offen stehenden Fenstern entgegenwehte, lau wie der eines Sommertages.

Flover musste sich Gedanken darüber machen, wie seine nächsten Schritte aussehen würden und wie er das Chaos in seinem Kopf endlich in einen Plan verwandeln konnte. Natürlich war ihm bewusst, dass er an diesem Punkt den Befehlen des Militärs unterlag und nicht viel auf eigene Faust unternehmen konnte, um sich und Luke zu beschützen. Aber wenigstens das Gefühl, ein wenig Kontrolle über die Situation zu haben, brauchte er.

Vielleicht konnte er Byth überreden, Luke als seinen Zuarbeiter einzustellen, damit sie sich nicht wieder trennen müssten. Denn wenn es jetzt ein Ziel gab, an das er sich klammerte – mehr als an alles andere –, dann war es die Sicherheit seines Mitbewohners. Egal, was die anderen sagten. Luke war, seitdem er in seine Hütte in der Antarktis eingezogen war, mehr und mehr zu seiner Familie geworden. Eigentlich sogar zum einzigen Teil seiner Familie, den es zu beschützen galt. Nach diesem Ziel musste er seine nächsten Aktionen ausrichten.

Er hielt sich aktiv davon ab, daran zu denken, wo seine Mutter sich wohl aufhielt und wie es mit ihr weitergehen würde. Dass Marshall sie und Alaska weiterhin in beratender Position einsetzte, war ihm unverständlich. Flover hatte gedacht, sich eingebildet zu haben, dass er auf dem Vorplatz der Zentrale Sorge in ihren Augen gesehen hatte.

Doch selbst wenn es keine Einbildung gewesen war, durfte er jetzt keine Energie auf sie verschwenden.

Seine Füße trugen ihn über die Stufen nach unten, während er darüber nachdachte, dass er am liebsten verschwinden würde, um alles hier zu vergessen. Im Grunde hatte er das Militär satt. Sein Leben lang schon, aber vor allem nach den Ereignissen der letzten Tage. Der einzige Grund, sich nicht einfach Luke zu schnappen und auf eigene Faust zu fliehen, war sein Vertrauen in Marshall.

Auf dem Stockwerk angekommen, in dem die Verletzten untergebracht worden waren, beschleunigte Flover sein Tempo, überwand die letzten Stufen und trat in einen Korridor, der genauso aussah wie alle anderen. Er steuerte auf das besagte Zimmer zu, warf einen Blick hinein und sah sich im Licht des Strahlers um, der in der Mitte des Raumes aufgestellt worden war. Der beißende Geruch von Desinfektionsmittel schlug ihm entgegen, und zwei der vier Sanitäter sahen zu ihm auf, wie er dort stand und sich umschaute.

Weder Byth noch Okijen oder Luke waren zu sehen.

»Captain«, grüßte ihn einer der Männer. »Treten Sie ruhig ein, wenn Sie Versorgung benötigen.« Der Mann wirkte selbst angeschlagen, obwohl er ein aufmunterndes Lächeln auf den Lippen trug. Flover wurde das Herz schwer bei der Vorstellung, wie hart jeder dieser Menschen arbeitete, um das Beste aus der Situation zu machen.

»Ich suche Major Vica-Chun und Kadett Luke Bible.« Dass Luke nicht hier war, war wohl ein gutes Zeichen. Es ging ihm vermutlich gut genug, um sich hier nicht aufhalten zu müssen.

»Major Chun ist ins dritte Stockwerk umgezogen, um mit den Technikern konzentrierter an Colonel Van Dire arbeiten zu können«, erklärte einer der Sanitäter. »Kadett Bible ...« Er setzte einen überlegenden Ausdruck auf. »Der Name sagt mir nichts.«

»Er hatte eine Verletzung am Auge, von einem Kampf mit einem Moja vor dem Zug.«

»Ah!« Der Mann nickte rasch. »Sobald wir die Wunde vernäht hatten, hat er darauf bestanden, Major Chun aufzusuchen.«

Was hatte Luke denn mit Byth zu tun?

»Danke!« Flover wollte sich schon zum Gehen umwenden, da packte ihn doch die Sorge. »Wie geht es ihm?«

Eine Frau, die gerade mit der Versorgung der Fleischwunde

eines Soldaten zu tun hatte, sah auf. »Ich habe die oberflächliche Wunde desinfiziert und genäht. Der Schnitt war recht glatt, die Wunde sollte also hoffentlich gut verheilen.«

»Zum Glück«, murmelte Flover. Ein wenig Erleichterung machte sich in ihm breit.

»Allerdings«, setzte die Frau an, und ein kleiner Schauer fuhr über seine Haut. »Allerdings ist er durch das Trauma, das der Schlag ausgelöst hat, nicht mehr in der Lage, auf dem rechten Auge zu sehen.«

Flover blinzelte einige Male. »Ist das von Dauer oder nur temporär?« Oh nein. Nicht eine weitere Verletzung, die er zu verschulden hatte, weil es ihm verdammt noch mal nicht gelungen war, ihn zu beschützen.

Die Sanitäterin wiegte den Kopf hin und her. »Ich habe keine oberflächlichen Verletzungen des Auges erkennen können, aber durch Blutungen und Gefäßverschlüsse können solche Beschwerden auftreten. Wir haben aktuell leider nicht die Mittel, um dem genauer auf den Grund zu gehen.«

»Das heißt, es kann sein, dass er auf dem Auge blind bleibt?«

»Wir werden die Sache unter Beobachtung halten.«

Flover atmete tief ein und aus, um sich zu beruhigen. »Klar. Ich … Danke für die Auskunft.«

»Wir werden weitere Untersuchungen anstellen, sobald uns die entsprechenden Mittel zur Verfügung stehen«, versicherte ein anderer Sanitäter, als Flover einen Schritt rückwärts aus dem Raum trat.

»Vielen Dank«, sagte er erneut. »Sie leisten großartige Arbeit.« Dann wandte er sich um und lief in den Gang hinein.

Flover hatte Byth im dritten Stockwerk gefunden. Sie war allerdings so damit beschäftigt gewesen, Okijens Körper mit provisorischen Mitteln wieder zusammenzusetzen, dass sie

Flover kaum eines Blickes gewürdigt hatte, während sie ihm ihr Gegenmittel verabreichte. Kribbelnd und kühl breitete sich die Flüssigkeit von seinem Arm im Rest seines Körpers aus. Mehrere Männer und Frauen wirbelten durch den Raum, sortierten mechanische Teile und reinigten sie.

»Haben Sie Kadett Luke Bible gesehen, Major?«, wollte Flover wissen, zog sich die Jacke über den freigelegten Oberarm und versuchte bereits, sich erneut aufzurichten.

»Himmel, nenn mich Byth, ja?« Sie drückte ihn grob zurück und bedeutete ihm, kurz sitzen zu bleiben. »Nicht so schnell«, wies sie ihn an. »Gönn dir ein paar Minuten.« Sie schob die leere Kanüle wieder in den kleinen Beutel an ihrem Gürtel, dann wandte sie sich zu ihren Mitarbeitern um. »Luke ist bei den Cyber-Fields, soweit ich weiß.«

Flover betrachtete ihren Rücken, während sie ihrer Arbeit wieder nachging. Vorhin im Waggon hatte sie noch wütende Tränen geweint, aber jetzt waren weder ihrer Stimme noch ihren Bewegungen irgendwelche Emotionen abzulesen. Es schien ihr nichts auszumachen, dass sie gerade um das Leben eines Menschen kämpfte und seines gerade vielleicht gerettet hatte.

Kurz überlegte Flover, ob er sie fragen sollte, was Luke mit ihr zu besprechen gehabt hatte. Er war sich schon im nächsten Moment so sicher, dass sie nicht antworten würde, dass er sich die Mühe ersparte.

Okijen wirkte nach wie vor leblos. Beim Betrachten seines Körpers fragte Flover sich ehrlich, wie er überhaupt noch leben konnte. Er hatte so viele Geschichten und Interviews zu diesem jungen Mann verfolgt, all die Diskussionen mitbekommen, die von den Medien um ihn herum ausgefochten worden waren. Und er hatte sich immer gefragt, wie es sich wohl anfühlte, zu einem so großen Teil nicht mehr aus Fleisch und Blut zu sein. Er würde ihn gern fragen.

In einem Moment, in dem er sich unbeobachtet fühlte, weil Byth wieder in ihre Arbeit vertieft war, rappelte Flover sich so unauffällig wie möglich auf und schob sich auf das Treppenhaus zu. Die Impfung kribbelte noch immer an der Einstichstelle, doch abgesehen davon fühlte er sich gut. Er hatte viel mehr die Befürchtung, dass er einschlafen würde, wenn er zu lange an einer Stelle saß.

»Danke!«, rief er in den Raum hinein, kurz bevor er die Treppe hinaufhechtete, damit niemand ihn aufhalten konnte.

Er eilte vorbei an vielen Menschen, die ihn müde grüßten – bis er in dem Gang, der zu den Cyber-Fields führte, fast mit Luke zusammenkrachte.

»Woah«, lachte sein Mitbewohner, als Flover überrascht einen Schritt zurücktrat, dann aber sofort einen nachsetzte, um Luke stürmisch zu umarmen.

Auf dem Weg zum Flashtrain waren sie nicht zum Reden gekommen, hatten auf einen ruhigen Moment gehofft, aber darauf würde er nicht mehr vertrauen. Er würde mit ihm reden, hier und jetzt. Es war ihm egal, wenn jemand sah, dass er gerade nicht arbeitete.

»Luke«, sagte er und grub sein Gesicht in die schmutzige Jacke seines Mitbewohners. Luke erwiderte die Umarmung, löste sich allerdings schnell wieder von ihm.

Flover schluckte schwer und sah erst jetzt genauer in sein Gesicht. Die Wunde, die der Moja geschlagen hatte, war genäht und rot, sah aber tatsächlich sauber aus. Das Auge selbst war so blutunterlaufen, dass gar kein Weiß mehr darin zu sehen war. Seine blaue Iris stach hell vor dem Rot hervor. »Geht es dir gut?« Er hatte Lukes Ärmel, in den er sich gekrallt hatte wie an einen Anker, noch immer nicht losgelassen.

Luke nickte vorsichtig, obwohl sich eine Falte zwischen seinen Augenbrauen bildete. Sein Atem ging schwer, und die Besorgnis, mit der er Flover musterte, bescherte ihm ein ungutes Gefühl in der Magengegend. Es war sicher nicht nur die Verletzung, die ihm zu schaffen machte.

Doch er sagte nichts. Er sah Flover einfach schweigend an, als hoffte er darauf, dass dieser aus seinem Blick erkannte, was er von ihm wollte.

Flover schluckte schwer und wandte zum ersten Mal seinen Blick von Lukes Gesicht ab, um auf das zu schauen, was hinter ihm lag. Einige Soldaten waren damit beschäftigt, Cyber-Fields in den Räumen aufzubauen, um weitere Überlebende aus den nahegelegenen Stützpunkten zu holen, Ausrüstung, Impfungen und Munition zu beschaffen. Viele Menschen waren damit beschäftigt, ankommende Soldaten und sogar einige Zivilisten einzuweisen, Waren zu verstauen und Absprachen zu tätigen. Niemand interessierte sich für die beiden.

»Es tut mir so leid«, sagte Luke, was Flover wieder dazu brachte, ihn anzusehen. Warum konnte er ihn einfach nicht loslassen? Sie waren in den letzten Tagen viel zu oft auseinandergerissen worden, ohne zu wissen, wo der jeweils andere sich befand. Das durfte nicht noch einmal geschehen.

»Ich weiß gar nicht, was du meinst«, murmelte Flover.

»Es tut mir leid, dass ich dich so lange angelogen habe.«

Flovers Herz machte einen erleichterten Satz.

Das hatte er ihm doch längst verziehen. Er hatte es ihm nicht gesagt, aber all das, was früher gewesen war, spielte keine Rolle mehr.

»Mach dir darüber keine Sorgen«, antwortete er leise. »Es gibt nichts, wofür du dich entschuldigen musst. Ich hab dich in einen so riesigen Haufen Scheiße mit reingezogen.« Widerwillig löste Flover sich aus der halben Umarmung. Den Trubel im Hintergrund nahm er kaum mehr wahr.

Wie sehr er sich wünschte, mit Luke allein zu sein.

»Wir stehen das zusammen durch.« Dieses Mal war Luke

derjenige, der seine Hände nicht aus Flovers Jacke löste. Seine Berührung gab Flover so viel Halt, und seine Worte ... Seine Worte lösten Ruhe in ihm aus.

Gemeinsam mit dem jungen Mann ihm gegenüber war es Flover gelungen, so viel länger zu überleben, als er es jemals erwartet hatte. Ohne ihn wäre er schon in der Sperrzone in Sao Paulo ums Leben gekommen. Und erneut in Moskau, wenn Luke ihn nicht gezwungen hätte, nach Berlin zu fliehen und zu DVM zu gehen. Er verdankte ihm inzwischen so oft sein Leben, dass er es gar nicht mehr zählen konnte.

Flover nahm all seine Energie zusammen und nickte. »Ja, das ... das werden wir.« Er musste allein aus dem Grund überleben, weil er es Luke schuldig war. So dumm sich das auch anhörte.

Zum ersten Mal seit Beginn ihrer Unterhaltung setzte Luke ein Lächeln auf die Lippen, das sich zu einem breiten Grinsen entwickelte. »Kann übrigens sein, dass ich auch bald zum Moja werde, also kannst du mir ja mal deine Erfahrungen mitteilen.«

Flover blinzelte einige Male irritiert, und Lukes amüsierter Gesichtsausdruck war alles, was ihn davon abhielt, wahnsinnig zu werden.

»Was?«

»Alles gut!«, beschwichtigte Luke ihn sofort. »Ich hab schon das Gegenmittel bekommen. Ich hatte mich in Berlin infiziert.«

Flover atmete einige Male ein und aus, um diese Information zu verarbeiten. Scheiße, was war ihm nur zugestoßen? »Können wir es als Arbeit verbuchen, wenn wir nach Essen suchen und du mir erklärst, was los war?«, wollte er ernst wissen.

»Du bist hier der Chef.« Luke zuckte mit den Schultern und wirkte viel zu beschwingt für die Information, die er ihm eben mitgeteilt hatte. »Lass uns am besten gleich mit dem Updaten anfangen.«

Flover zog umsichtig einen Teil der Decke um Lukes Körper. Sobald sein Kopf den rauen Untergrund berührt hatte, war er auch schon eingeschlafen, und obwohl Flover nach den Gesprächen der letzten Stunden noch so einige Fragen an ihn hatte, war er froh, dass Luke sich ausruhte. Er konnte es gebrauchen.

Der Raum, in den er seinen Mitbewohner gebracht hatte, lag auf einem etwas ruhigeren Stockwerk. Die Sonne war inzwischen vollends untergegangen, und der Mond stahl sich über die Gebäudeskelette, voll und gelb in den Dunst des späten Abends gehüllt.

Die Stimmen aus dem restlichen Gebäude drangen trotzdem bis hier herauf. Die Lage war in den letzten Stunden unübersichtlich geworden.

Die Kommunikationstruppen hatten inzwischen mehrere Militärstützpunkte auf der Welt ausfindig gemacht, und solange sie die Cyber-Fields aufrechterhalten konnten, hatten sie Versorgungsstrecken eingerichtet, um sowohl Ausrüstung, Nahrung als auch Soldaten und Zivilisten zu sich zu holen.

So war Flover und Luke nicht viel Zeit dafür geblieben, sich über die Erkenntnisse der letzten Tage auszutauschen. Sie hatten leise miteinander geredet, während sie Zivilisten in den Zug gebracht, ihre Lager eingerichtet und alles an Ausrüstung verstaut hatten, was sie hatten heranschaffen können. Flover spürte die Anstrengungen der letzten Stunden an seinen zitternden Gliedern nagen, als er sich vom Boden erhob und wieder in die Korridore hinaustrat.

»Ah, Captain Nakamura!« Sobald er auch nur einen Fuß in das Treppenhaus getan hatte, kam ihm eine schwer atmende Soldatin entgegen, die trotz ihrer sichtlichen Erschöpfung versuchte, Haltung zu bewahren. »Ich soll Ihnen mitteilen, dass Major Vica-Chun nach Ihnen suchen lässt!«

War diese Frau gerannt? Dann musste es wohl etwas Dringendes sein. »Ich mache mich sofort auf den Weg.« Er schob sich an ihr vorbei, wandte sich allerdings noch einmal zu der Frau um. »Gönnen Sie sich eine Pause, ja?«

Sie lächelte, auch wenn er an dem traurigen Ausdruck in ihren Augen erkannte, dass sie nicht vorhatte, sich an seine Anweisung zu halten.

Flover fand Byth in demselben Zimmer wie zuvor. Wie es aussah, war es ihr gelungen, Okijens Körper aus dem wenigen Material, das sie aus der Zentrale geholt hatten, zumindest halbwegs wieder zusammenzusetzen. Die Fortschritte, die sie in den letzten Stunden erzielt hatte, waren beachtlich.

»Was kann ich tun, Boss?«, wollte Flover wissen, als Byth und ihre Assistenten zu ihm aufschauten. Ein Schweißfilm hatte sich über ihre Haut gelegt, und im Licht der Strahler wirkte sie vielleicht noch etwas blasser als vorher.

»Gut, dass du da bist«, ächzte sie. Sie richtete sich schwerfällig auf und bedeutete ihm, ihr auf den leeren Gang zu folgen. Nur die wenigen Leuchten, die sie in den besetzten Räumen aufgebaut hatten, spendeten Licht. Beinahe bedeutungsschwer senkte die Frau mit den hellblauen Haaren ihre Stimme. »Ich habe einen speziellen Auftrag für dich. Hast du gerade andere wichtige Sachen zu tun?«

Flover schüttelte den Kopf. »Ich tue eigentlich nur das, was mir von links und rechts zugerufen wird.«

»Das ist gut.« Sie sah sich um, und Flover nutzte den kurzen Moment, um sie zu mustern. Ihre Finger und Unterarme waren von vielen Schrammen verletzt. Vermutlich hatte sie sich am scharfen Metall von Okijens zerfetztem Körper geschnitten. Ihre Augenringe waren so tief, und ihre Gestalt wirkte so geknickt, dass Flover sich ernsthaft fragte, wann sie wohl das letzte Mal geschlafen oder gegessen hatte.

»Im Grunde wäre es mir lieb, wenn du sofort aufbrichst«, fuhr sie fort. »Über die Cyber-Fields sollten die Techniker dich zu der Position bringen können.«

Aufbrechen? Was hatte sie vor? »Klar, worum geht's?« Natürlich würde er alles tun, was sie ihm auftrug. Aber die Sicherheit der Truppe verlassen?

Byth deutete mit einem Rucken ihres Kopfes in den Raum hinter sich. »Ich konnte ihn stabilisieren. Mit der Ausrüstung, die mir zur Verfügung stand, sollte er sich zumindest bewegen können, wenn er aufwacht. Aber das reicht nicht aus. Okijen ist unser stärkster Kämpfer. Wenn wir einen Gegenschlag gegen KAMI ausführen wollen, werden wir seine Kampfkraft brauchen.«

Flover warf einen Blick hinter Byth. Wüsste er nicht, dass Okijen am Leben war, hätte er ihn genauso gut für tot halten können. Sein Brustkorb war nur grob verschweißt worden. Die Ränder, an denen die technischen Teile in seine Haut übergingen, waren rot und entzündet. Sein Gesicht war leichenblass. »Sicher, dass er demnächst wieder kampfbereit sein wird?«, wollte er skeptisch wissen, obwohl es ihm eigentlich nicht zustand, ihre Anweisungen in Frage zu stellen.

Byth lachte leise. »Demnächst nicht, nein. In seinem aktuellen Zustand wäre es schon ein Gewinn, wenn es ihm gelingt, sich aufzurichten oder zu sitzen. Aber irgendwann werden wir kämpfen *müssen*.«

»Das stimmt.«

»Ich habe hier keine kompletten Ersatzteile für ihn. Das ist Zeug, das ich in minutiöser Kleinarbeit zusammenschrauben und herstellen muss. Und das dauert Tage bis Wochen.«

Flover nickte. Er verstand natürlich, dass sie Okijen brauchten. Obwohl er sich fragte, ob Byth ihn vielleicht nur deswegen wiederherstellen wollte, weil sie ein schlechtes Gewissen hatte. Immerhin war sie diejenige gewesen, die ihn praktisch in die Luft gejagt hatte. Aber um das einschätzen zu können, kannte er die beiden zu wenig. Eigentlich kannte er sie vor allem aus Fernsehberichten. »Was kann ich tun?«

»Ich habe meine Ausbildung damals bei den Space Corps in Hiroshima begonnen. In der Nähe der Station gibt es einen Bauernhof, auf dem ich sehr viel Zeit verbracht habe.«

Flover schob seine Hände in die Taschen und versuchte, sich einen skeptischen Ausdruck zur verkneifen. Was genau sollte das denn bedeuten?

»Den Großteil der Arbeit, den ich für Okijens Körper angefertigt habe, habe ich …« Sie schaute abermals um sich. »Sagen wir mal, ich habe ihn dort in einer Scheune auf eigene Faust angefertigt.«

Ohne Wissen des Militärs also.

»Deswegen habe ich die meisten Prototypen – oder auch die älteren Modelle, die ich irgendwann ersetzt habe – auf diesem Hof gelagert, versteckt in einer Kiste unter der Erde.«

»Okay?«

»Ich hätte diese Technologie natürlich auch zerstören können, als Okijen seinen Dienst quittieren wollte, aber ich wusste nicht, ob ich sie irgendwann noch einmal gebrauchen kann. Und ich schätze mal, dieser Moment ist jetzt.« Sie bedachte Flover mit einem durchdringenden Blick. Ihr hellblaues Haar leuchtete förmlich im Schein der grellweißen Lichter. »Ich brauche diese Prototypen. Ich brauche diese Ersatzteile. Am besten alles. Damit sollte es uns gelingen, Okijen wenigstens auf die Hälfte seiner üblichen Kampfkraft zu bringen.«

»Spielt es keine Rolle mehr, wenn das Militär von den Entwicklungen erfährt?« Es war nicht seine Aufgabe, sich darüber Gedanken zu machen, aber er wollte die gesamte Situation verstehen.

Byth schürzte die Lippen, dann zuckte sie mit den Schultern. »Ich schätze mal nicht.«

»Sind diese Prototypen in irgendeiner Weise gefährlich? Oder warum hast du sie sonst vor dem Militär geheim gehalten?«

Sie grinste verschwörerisch. »Sie sind gefährlich, aber nicht so wie du denkst. Viele der Technologien, mit denen ich herumgespielt habe, wollte ich lieber erst einmal für mich behalten, bis ich bestätigen konnte, dass sie nicht gefährlich für Anwender sind.« Sie bemerkte wohl Flovers irritierten Blick, also fügte sie an: »Ich hab ein generelles Vertrauensproblem.«

Gut, das konnte er so akzeptieren. »Verstehe. Ich hole die Ersatzteile.«

Byth nickte dankbar. »Klasse. Ich kann das nicht von irgendwelchen Anfängern machen lassen. Wir haben nämlich keine Übersicht darüber, inwiefern diese Zone verseucht ist. Es kann also durchaus sein, dass dieser Einsatz schwieriger wird als gedacht. Ich kann dir ebenfalls nicht sagen, ob es besser ist, mit einem Team dorthin zu reisen oder allein. Da vertraue ich deiner persönlichen Einschätzung. Hauptsache ist, ich bekomme diese Ersatzteile. Am besten noch heute Nacht oder zumindest im Laufe des morgigen Tages.«

Flover ging all die Informationen durch. In der Nähe der Station in Hiroshima befand sich keine Sperrzone. Zumindest nicht unmittelbar. Vielleicht hätte er Glück, und der Bereich war tatsächlich frei von Moja. »Ich bin bei KAGE, also arbeite ich am besten allein. Ich müsste nur wissen, wo genau die Koordinaten für diese Ersatzteile liegen, falls du sie hast. Und wo sich das nächste Cyber-Field befindet.« Er zog die Augenbrauen zusammen und dachte einige Sekunden darüber nach, wie er die nächste Frage stellen sollte. »Außerdem würde ich gern meinen Kommilitonen Luke Bible mitnehmen.« Unsicher rieb er die Fingerspitzen aneinander. Er wusste nicht, ob es klug war, ihn mit in diese Ungewissheit zu nehmen, gerade in seinem Zustand. Allerdings war es hier vermutlich ebenso gefährlich, und Flover vertraute seinen eigenen Fähigkeiten ein wenig mehr als denen der meisten anderen Soldaten.

»Ich sage es ganz offen: Ich weiß nicht, ob er für diese Mission unbedingt vonnöten ist. Aber ich kann ihn nicht schon wieder allein zurücklassen. Ich weiß, dass das ziemlich unprofessionell ist, aber ich habe mir geschworen …«

Byth unterbrach ihn mit einem herzlichen Lachen, dann schüttelte sie den Kopf. »Alles gut, nimm ihn ruhig mit. Was soll es schaden?« Sie stemmte die Hände in die Hüften. »Die Welt liegt im Chaos. Selbst mit den durchdachtesten Strategien gelingt es uns vielleicht nicht, zu überleben. Ich denke, wenn es einen Moment gibt, auf sein Herz zu hören, dann ist es jetzt.« Sie zuckte mit den Schultern, und Flover spürte, wie sich Erleichterung in ihm breitmachte.

»Vielen Dank«, flüsterte er. »Wenn du mir die Koordinaten schickst, schnappe ich mir Luke und breche sofort zu den Cyber-Fields auf.«

»Hervorragend.« Byth atmete tief durch, aber Flover fiel auf, dass ihre Finger leicht zitterten, als sie sie aneinanderlegte. Er wusste nicht, ob es vor Angst oder vor Erschöpfung war. Er konnte beides nachfühlen. »Vielen Dank. Und viel Erfolg.«

Flover trat einige Schritte von ihr zurück. »Du hörst von mir.«

KAPITEL 4

: BREATHING

Nacht hatte sich über die behelfsmäßige Station irgendwo in den Ausläufern Moskaus gelegt. Das Gewimmel der Menschen, die durch die Korridore eilten, glich dem Treiben von Ameisen; nur lauter und hektischer. Getrieben von mehr Sorge, mehr Angst.

Byth war es gelungen, es auszublenden, solange sie damit beschäftigt gewesen war, sich um Okijen zu kümmern. Doch sobald sie es geschafft hatte – sobald die Anzeigen auf dem Pad ihr bestätigt hatten, dass sein Zustand einigermaßen stabil war –, hatten sie all die Eindrücke um sie herum überrollt wie eine Dampfwalze. Die Verletzten, die Hilfe brauchten, die Soldaten, die Anweisungen von ihr verlangten, die Gedanken, die in ihrem Kopf umherschwirrten, und vor allem all die Blicke.

Die Menschen sahen sie anders, nun, da sie ihr Geheimnis kannten. Sie war nicht mehr nur irgendeine talentierte Mechanikerin. Sie war nicht mehr nur Okijens Exfreundin, die bei ihren Einsätzen in den Sperrzonen geglänzt hatte. Sie war eine Rettung und für einige vielleicht auch eine Gefahr. Das erkannte sie an ihren abschätzenden Blicken, in ihren neugierigen Augen. Obwohl nicht jeder von ihnen sie hatte kämpfen sehen, waren die Erzählungen und Aufnahmen von ihrem Kampf gegen KAMI in aller Munde.

Und Byth hatte keine Ahnung, wie sie damit umgehen sollte. Wie sie sich inmitten all dieses Chaos ordnen sollte.

Der dunkle Raum, in den sie sich zurückgezogen hatte,

fühlte sich einsam, aber auch gut an. Hierher drangen keine Stimmen und nur wenige Rufe. Der Schweißfilm kühlte ihre brennende Haut, und ihre zitternden Finger fanden Halt in ihrer eigenen Kleidung.

Ohne dass sie es wollte, rannen Tränen über ihre Wangen. Nicht nur wegen all der Wirrnis, all der Angst und Zweifel, sondern auch wegen der Erleichterung, die sie ergriffen hatte. Die erste, kurzweilige Erleichterung, die eingesetzt hatte, als sie es geschafft hatte.

In dem Moment, in dem sie mit dem Schwert in der Hand auf Okijen losgelaufen war, war ihr klar geworden, was sie getan hatte. Natürlich war ihr vorher bewusst gewesen, dass den Generator und die Antikörper in ihn einzubauen, ihn zwangsläufig in die Position gebracht hätte, sich KAMI gegenüberzustellen. Doch dass die Waffe so schnell zum Einsatz kommen musste, dass das alles so schieflaufen würde, das hätte sie nie gedacht.

In dem Moment, in dem sie das Schwert in Okijens Rumpf gerammt hatte, hatte sie keinen anderen Weg gesehen. Sie war in den letzten zwei Jahren so sehr darauf fokussiert gewesen, alles, was sie durchgemacht hatte, alles, was sie war, zu verbergen, dass ihr viel zu spät klar geworden war, dass sie auch selbst hätte aktiv werden können.

Vielleicht hatte sie zu viel Hoffnung in die neue Waffe gesteckt. Vielleicht hatte sie zu stark auf Okijen vertraut und zu wenig auf sich selbst.

Und das hatte darin geendet, dass er um ein Haar gestorben wäre. Dass er selbst jetzt noch in Lebensgefahr schwebte, obwohl er vielleicht, sobald er aufwachte, wieder in der Lage wäre, sich zu bewegen. Das alles hatte sie verantwortet.

An der Wand zusammengekauert, die Knie an den Körper gezogen und die Stirn darauf abgelegt, saß sie da und ließ die Tränen über ihre Wangen laufen. Warm und brennend verewigten sie sich auf ihrer Haut. Den Schmerz in ihren Lidern, in ihrem ganzen Körper, blendete sie so gut wie möglich aus. Immerhin hatten alle anderen hier um einiges mehr leiden müssen als sie. Immerhin waren Menschen gestorben, während sie lebte.

Byth hätte einfach viel früher dem Weltrat oder zumindest Marshall erzählen sollen, was ihr zugestoßen war. Dann hätte man früher einlenken können. Aber sie hatte viel zu große Angst gehabt! Dieses Zweifeln, dieses Hadern, kam sie nun teuer zu stehen.

Wie um alles in der Welt konnten Marshall und die anderen ihr das einfach so verzeihen? Sahen sie nicht, was sie sah? Oder war es ihnen egal, weil sie mehr als alles andere versuchten, jetzt noch zu retten, was übrig war? Auch wenn es eigentlich keinen Ausweg mehr gab ...

Byth zitterte am ganzen Körper. Übelkeit hatte sich in ihre Kehle gesetzt, kribbelte tief in ihrem Magen, und obwohl sie seit einer Ewigkeit nichts mehr gegessen hatte, musste sie sich anstrengen, sich nicht zu übergeben.

Sie war so sehr mit ihren eigenen Gedanken beschäftigt, dass sie zunächst gar nicht die sich nähernden Schritte bemerkt hatte. Als sie aufsah, erkannte sie im letzten Licht des Tages, das durch die Fenster des Flures fiel, die Silhouette einer Frau.

»Byth?«

Andra. Es war Andras Stimme.

Eilig wischte Byth die Tränen von ihren Wangen und wollte sich schon aufrichten, als Andra bereits in den Raum trat und sich vor sie kniete.

»Ist alles okay?« Die junge Frau trug einen so besorgten Ausdruck auf ihrem Gesicht, dass Byth sich zusammenreißen musste, nicht sofort in Abwehrhaltung zu gehen. So, wie sie es ihr Leben lang getan hatte.

Byth legte die Finger auf ihre Lider und presste die Lippen zusammen, um ihre Fassung wiederzufinden. »Ja, alles gut«, keuchte sie harsch und vermied den Augenkontakt zu Andra. Erst nach einigen Momenten ging ihr auf, dass Andras Besorgnis vermutlich nicht ihr, sondern Okijen galt. »Ich konnte Okijen stabilisieren.« Sie atmete noch einige Male tief ein und aus, um ihre Stimme vom Zittern abzuhalten. »Wenn er aufwacht, sollte er in der Lage sein, sich einigermaßen zu bewegen.«

Die Erleichterung auf Andras Gesicht war eindeutig, aber nicht vollkommen. Da war noch etwas, das sie zu bedrücken schien, während sie fast zwanghaft versuchte, ihr in die Augen zu schauen.

»Das haben mir schon einige Sanitäter gesagt«, erklärte sie. »Einer meinte, dass du in dieses Stockwerk verschwunden bist.«

Also wollte sie etwas von ihr?

Abermals holte Byth Luft und setzte sich aufrechter hin. »Ja.« Sie räusperte sich, um ihre Stimme zu klären. »Was kann ich für dich tun?«

Andra wirkte im ersten Moment irritiert von ihrer Frage. Sacht schüttelte sie ihren Kopf, sodass ihre offenen Haare leicht um ihr Gesicht wippten. »Ich wollte nur sehen, ob es dir gut geht.«

Perplex blinzelte Byth einige Male. Sie spürte noch immer, wie die Tränen direkt hinter ihren Lidern darauf warteten, hervorzudringen. Warum machte Andra sich Sorgen um sie? Hatte sie nicht verstanden, was vorhin passiert war? Hatte sie nicht verstanden, dass *sie* daran schuld war, was Okijen geschehen war? Hatte sie nicht verstanden, dass das alles nur hatte passieren können, weil sie sich nicht früher dazu entschieden hatte, einzugreifen?

»Du hast mir vorhin das Leben gerettet«, sagte die junge

Jägerin und sah Byth mit einem so ehrlich dankbaren Ausdruck ins Gesicht, dass es sie doch wieder übermannte. Byth schlug sich die Hände vor das Gesicht, um ihre Tränen zu verdecken. »Unsinn«, keuchte sie zwischen zwei Schluchzern. »Wegen mir wart ihr überhaupt erst …«

»Sag so was nicht!«, unterbrach Andra sie und legte eine Hand auf ihr Knie. »Hättest du dich KAMI nicht entgegengestellt, würde keiner hier mehr leben!«

»Aber wegen mir wäre er fast gestorben!«, rief sie weinend, konnte es einfach nicht weiter zurückhalten. Byth spürte, wie Andra sich sacht nach vorn lehnte und sie in die Arme schloss. Sie hatte nicht einmal mehr die Energie, sich dagegen zu wehren.

Ein Stück lehnte sie sich vor und vergrub ihr Gesicht in Andras Jacke.

»Aber er lebt«, flüsterte Andra. »Wir alle leben.«

»Tut mir so leid«, schluchzte Byth und schloss ihre Arme um Andra. Sie war selbst überrascht davon, wie gut es sich anfühlte, mit jemandem über ihre Zweifel und Sorgen zu sprechen. Mit jemandem zu sprechen, der ihr verzieh, was sie sich selbst nicht verzeihen konnte. »Ich hätte nie gedacht, dass es so weit kommen würde.«

»Das haben wir alle nicht.«

Aber sie hätte es gemusst! Sie hätte es wissen müssen.

»Komm«, flüsterte Andra und löste sich langsam von ihr. Tatsächlich konnte Byth schon etwas freier atmen, als die Wärme der Umarmung wich. »Du brauchst was zu essen und frische Luft.«

Rasch wischte sie sich die Tränen von den Wangen, dann sah sie sich langsam im Raum um und nickte schließlich.

Frische Luft. Ja, das klang nach einem guten Plan.

UNTER VERSCHLUSS!

Audioaufzeichnung, Radiosender »Independence Central«
29.03.2072, 11:09

»Hallo liebe Zuhörer und herzlich willkommen zu unserem neuen Nachrichten-Format hier bei Independence Central, eurem Sender für die allerschnellsten Nachrichten aus der ganzen Welt. Ich bin Ana, und ich habe heute einen Special Guest für euch, der brandaktuelle Informationen zu den Goldenen Drei für euch hat. Aus Sicherheitsgründen und Gründen des Persönlichkeitsschutzes haben wir den Namen unseres Journalisten ändern müssen. Wir bitten um euer Verständnis, aber Leute, ihr wisst ja, was gerade los ist. Also an dieser Stelle ein herzliches Willkommen an Max! Klasse, dass du hier bist.«

»Schön, dass ich hier sein kann, Ana. Ich bin ein bisschen aufgeregt.«

»Musst du nicht sein. Wie versprochen tun wir alles in unserer Macht Stehende, damit eine Rückverfolgung zu dir nicht möglich ist. Alle hier wissen, wie es aktuell aussieht. Aber ich bin mir sicher, dass unsere Zuhörer dir unheimlich dankbar für deine Arbeit und deine Informationen sind. Allein schon, wenn ich unsere aktuellen Zuhörerzahlen ansehe.«

»Das freut mich.«

»Die derzeitige Situation ist für uns alle nicht leicht. Es ist nur etwas mehr als zwei Wochen her, dass das Auftauchen der Goldenen Drei unsere Welt komplett verändert hat. Alle Menschen, die ich kenne, leben zurzeit in Angst. Und es gibt keinen Ort, an den man sich flüchten kann.«

»Ja, so geht es mir auch.«

»Deswegen könnte es unseren Zuhörern vielleicht ein wenig helfen, mehr über die drei Menschen zu erfahren, die den Putsch angestoßen und sich an die oberste Spitze der Weltmacht gekämpft haben.«

»Das hoffe ich doch. Denn ja, diese Menschen sind keine Götter und keine Geister. Sie haben eine Vergangenheit wie wir alle, und sie zu verstehen hilft uns vielleicht auch, die Menschen zu verstehen. Nicht, dass man das rechtfertigen wollen sollte, was sie gerade tun. Aber Verständnis ist wichtig.«

»Sehr gut gesagt, Max. Du hast also die Tage nach dem Putsch damit verbracht, Nachforschungen zu Marshall Lloyd, Liza Moore und Alaska Pershing anzustellen, richtig?«

»Richtig. Und ich habe so einiges ausgraben können.«

»Marshall Lloyd zeigt sich aktuell als die Gesittetste von den Goldenen Drei, und um sie soll es heute gehen. Was hast du über sie herausgefunden, Max?«

»Marshall ist neununddreißig Jahre alt und wurde am 5. Mai 2037 in Chicago geboren. Ihr Vater war Houston Lloyd, ein reicher Geschäftsmann, der sich in großem Rahmen wohltätig eingesetzt hat.«

»Der Name sagt mir was. Ist das der von Lloyd Constructions?«

»Genau. Er veranstaltete jährlich mehrere Spendengalas für wohltätige Zwecke, und ich bin auf Fotos gestoßen, auf denen Marshall – sein einziges Kind, übrigens – schon als junges Mädchen zu sehen war.«

»Man kann also davon ausgehen, dass sie schon in einem sehr jungen Alter mit den Problemen der Welt konfrontiert wurde?«

»Genau, Ana. Es schien ihrer Familie immer ein Drang gewesen zu sein, sich einzusetzen. Doch in der Generation, in der Marshall geboren wurde, bahnte sich der zweite Kalte Krieg schon an.«

»Ja, das war ja so 2039, in dem Dreh.«

»Exakt. Aufgrund ihrer Herkunft aus gutem Hause gibt es mehrere Interviews mit Marshall in alten Zeitungen. Es scheint durch, dass sie dieselbe humanistische Ader hat, wie ihre Eltern sie hatten. Im Gegensatz zu ihnen ist sie aber in einer Welt aufgewachsen, in der militärische Lösungen naheliegender schienen als das Sammeln von Spenden. Deswegen trat sie nach ihrer Schulausbildung dem Militär in der Offizierslaufbahn bei.«

»Spannend! Das bedeutet, wir können – gemessen an ihrer Hintergrundgeschichte – durchaus davon ausgehen, dass Marshall Lloyd mit ihren Handlungen die guten Aussichten verfolgt, die sie den Menschen gegenüber auch predigt?«

»Ich habe mit meinem Team mehrere Analysen angestellt. Nicht nur Journalisten, sondern auch Psychologen, Linguisten und Profiler. Wir sind uns sicher, dass Marshall der festen Überzeugung ist, im Recht zu sein und der Menschheit etwas Gutes zu tun.«

»Auch wenn das bedeutet, die Menschheit zu ihrem Glück zu zwingen?«

»Es ist offensichtlich, dass ihr die Vorgehensweise selbst nicht gefällt, aber sie erachtet sie wohl als unumgänglich.«

»Gibt es Theorien dazu, wie sie so sehr auf die schiefe Bahn gelangen konnte?«

»Laut aktueller Informationen schlossen sich Marshall Lloyd und ihr enger Vertrauter Alaska Pershing schon 2057 einem Bund aus Ökoterroristen an und begannen die Planung des Putsches.«

»Sie haben diese Aktion fünfzehn Jahre lang vorbereitet?«

»Genau. Alaska hatte kurz zuvor die Cyber-Trip-Technologie entwickelt, und zusammen mit dem Verbund planten sie daraufhin, sie einzusetzen, um die Regierungen zu stürzen.«

»Wenn man fünfzehn Jahre lang an so etwas plant, wird

man vielleicht irgendwann ... nein, das sage ich lieber nicht öffentlich.«

»Ist vielleicht besser.«

»Was kannst du uns denn sonst noch über Marshall erzählen?«

»Sie ist auf jeden Fall sehr intelligent. Sie war immer eine Einser-Schülerin und stieg auch bei der Army extrem schnell auf. Alles, was es von ihr zu finden gibt, zeugt von vorbildlichen Leistungen. Sie liest darüber hinaus extrem viel, meistens Sachbücher. Und sie trinkt mit Vorliebe Tee.«

»Spannend. Und beeindruckend, wie viel du und dein Team in so kurzer Zeit herausfinden konnten.«

»Wir setzen alles daran, den Menschen zu helfen, besser zu verstehen, was gerade in unserer Welt passiert.«

»Und wir danken euch vielmals dafür. Liebe Zuhörer, das war unser Journalist Max, der sich intensiv mit den Goldenen Drei und ihrer Vergangenheit beschäftigt hat. Heute haben wir über Marshall Lloyd geredet, über die es aufgrund ihrer Abstammung die meisten Informationen gab. Mit weiteren Informationen zu Liza Moore und Alaska Pershing melden wir uns in unseren Sondersendungen in den nächsten Tagen. Wenn ihr Fragen an Max und sein Team habt, schreibt uns gern. Und Max: Vielen Dank noch einmal. Pass auf dich auf, ja?«

»Klar. Du auch. Und ihr da draußen, egal, wo ihr gerade seid.«

»Wir sehen uns in den nächsten Tagen dann wieder, Max. Und wir hören uns! Jetzt geht's erst mal weiter mit ein paar beruhigenden Beats für eure ruhige Zeit daheim. Haltet die Ohren steif, und schaltet ein. Eure Ana!«

KAPITEL 5

: FORESEEING

Finsternis hüllte Luke ein, als er aus einem düsteren Traum hochschreckte und sich so ruckartig aufsetzte, dass ein stechender Schmerz in sein verletztes Auge fuhr. Stöhnend schlug er sich die Hand vor das Gesicht und versuchte, die schmerzverzerrten Geräusche zu unterdrücken, auch wenn ihn hier niemand hören sollte. Sie hatten noch nicht genügend Schmerzmittel aus der Station geholt, sodass nicht sonderlich viel für ihn übrig gewesen war.

Es dauerte eine Weile, bis sich das Brennen und Drücken gelegt hatte und Luke in der Lage war, aufzusehen. Im fahlen Licht des Mondes, das durch die hohen Fenster fiel, suchte er nach Orientierung und vielleicht nach jemandem, der sich mit ihm hier befand.

Doch er war allein. Flover hatte sicher zu tun, aber obwohl Luke wusste, dass es dumm war, sich zu sorgen, war da dieser Teil in ihm, der befürchtete, Flover würde wieder verschwinden und ihn zurücklassen. Er vertraute ihm, aber sie hatten sich nach diesem endlosen Debakel in Berlin gerade erst wiedergefunden, und hier allein zu sein behagte ihm nicht.

Es konnte noch nicht viel Zeit vergangen sein, seitdem sich Luke zum Schlafen gelegt hatte. Die Müdigkeit zerrte so sehr an seinen Nerven, dass er sich vorsichtig wieder auf die Decke legte, die Flover ihm besorgt hatte, und die Augen abermals schloss.

Was hatte er geträumt? Spielte das eine Rolle? Er sollte sich

Gedanken um die Welt machen, um die Menschen und darum, wie er helfen konnte. Wie er etwas tun konnte, das dazu beitrug, diese Krise zu überwinden. Etwas, das das Ende der Welt zumindest hinauszögern könnte.

Doch es gelang ihm nicht. Alles, was er konnte, war an Shiva zu denken. An ihr Gesicht, ihre Stimme und daran, wie sehr sich alles an ihr verändert hatte. Er konnte nicht aufhören, sich zu fragen, ob sie noch irgendwo dadrin, in diesem Wesen, lebte oder ob sie vielleicht sogar ein Teil von ihm geworden war.

Er konnte nicht aufhören, sich daran zu erinnern, wie alles einmal gewesen war. Mit diesen Gedanken sank er abermals in einen unruhigen Schlaf.

Eine sanfte Brise weht über eine Blumenwiese in den Außenbereichen von Sao Paulo. Die Sonne geht unter, aber Luke möchte sich noch nicht aufrichten. Zu süß sind die Düfte, die um seine Nase schwirren, zu beruhigend ist das Summen der Insekten und zu weich das Gras in seinem Rücken.

Shiva liegt zufrieden neben ihm, ein Buch über ihr Gesicht haltend, auch wenn sie immer wieder die Augen schließt, als würde sie jeden Moment einschlafen.

»Pass auf, dass dir das Buch nicht ins Gesicht fällt«, warnt Luke, nachdem sie eine gefühlte Ewigkeit geschwiegen haben. Shivas helles Haar schimmert rot im Schein der Sonne, die sich immer weiter dem Horizont entgegenschiebt. Wolken hetzen über den Himmel, und im Augenwinkel sieht Luke eine Gewitterfront, die sich schwarz und düster auf sie zubewegt. Aus der Ferne hört er das Grollen des Donners.

»Wäre nicht das erste Mal, dass mir das passiert«, erwidert sie schmunzelnd.

Tief atmet Luke ein und aus. Sie sollten gehen, wenn sie nicht nass werden wollen. Ihre Eltern machen sich vielleicht Sorgen. Aber er möchte nicht aufstehen. Er möchte eigentlich für immer hier liegen bleiben. »Sollen wir uns langsam auf den Weg machen?« Fast bereitet es ihm körperliche Anstrengung, diese Frage zu stellen.

»Ich möchte nicht«, flüstert sie.

»Ich auch nicht. Aber Mama und Papa warten sicher.«

Das Gewitter wurde vor einigen Tagen vorhergesagt. Luke fürchtet sich vor Unwettern, seit er sich erinnern kann. Shivas Furchtlosigkeit beruhigt ihn allerdings.

»Du kannst ja schon mal vorgehen, wenn du willst«, sagt sie. Ihre Augen hält sie noch immer auf den Text gerichtet, aber er weiß nicht, ob sie tatsächlich liest.

Er ruckt mit dem Kopf zu ihr herum. Bevor er etwas sagen kann, lächelt sie gewinnend.

»Alles gut, wir gehen ja schon«, gesteht sie ihm endlich zu, und er atmet auf. Dass sie ihm überhaupt vorschlägt, allein vorzugehen, hat ihm einen kurzen Schauer über die Haut gejagt.

Er weiß, dass er viel zu sehr an ihr hängt. Dass er sich viel zu abhängig von ihrer Anwesenheit macht. Alle sagen es. Ihre Eltern, ihre Lehrer, sogar seine Freunde. Aber er kann sich nicht helfen. Es war einfach schon immer so.

Shiva klappt ihr Buch zu und richtet sich schwerfällig auf. »Mann, ich kann mich kaum bewegen«, sagt sie lachend.

Erst jetzt fasst Luke die Kraft, sich ebenfalls aufzusetzen. Sein Rücken schmerzt von all dem Liegen.

Shiva bleibt im Schneidersitz auf dem Boden und richtet ihre Augen auf die näher rückende Gewitterfront. Die kleinen Insekten, die über ihre Arme und Beine krabbeln, scheint sie gar nicht zu bemerken, während sie ihren Blick nicht abwendet.

Luke glaubt, die Elektrizität in der Luft zu spüren, als ein Blitz in der Ferne durch den Himmel zuckt.

»Das hat so was Schönes«, flüstert Shiva, doch nun, da er ihrem Blick folgt, kribbelt der Drang, von hier zu verschwinden, in all seinen Gliedern.

»Du hast keine Angst, dass wir in den Sturm geraten?«, fragt er leise.

Endlich reißt sie ihren Blick vom Unwetter los, um ihn herausfordernd anzugrinsen. »Ach, selbst wenn«, sagt sie lachend. »Dann trotzen wir ihm eben.«

»Luke? Luke, wach auf.«

Er atmete tief ein und hatte das Gefühl, noch die warme Brise auf seiner Haut zu spüren, als Flovers sanfte Worte ihn aus dem Traum zogen, in dem er gern noch so viel mehr Zeit verbracht hätte.

»Was?«, nuschelte er verschlafen und hielt sich nur unter Anstrengungen davon ab, sich abermals so hektisch aufzurichten wie vorhin. Mit schwerem Kopf und nach wie vor pochendem Schmerz in seiner rechten Gesichtshälfte stemmte er sich auf die Unterarme, müde aber in Alarmbereitschaft. »Was ist passiert?«

»Alles gut, keine Eile«, beruhigte ihn Flover sofort und legte seine Hand auf Lukes Schulter, um ihn davon abzuhalten, sich zu schnell aufzusetzen. Selbst im kühlen Mondlicht hatte er ihn sofort erkannt, wie er vor ihm kniete. »Ich muss dich nur um etwas bitten.«

»Was gibts?« Luke entspannte sich etwas und setzte sich trotz Flovers mildem Protest in seinem behelfsmäßigen Bett auf.

»Wir müssen nach Hiroshima.«

»Was?«

»Jetzt.«

»Warum?«

»Byth braucht Ersatzteile für Okijen, die sie dort gelagert hat. Erkläre ich dir später. Wichtig ist, dass sie sie sofort braucht und ich sie persönlich holen soll. Und ich will, dass du mit mir kommst.«

Luke schluckte und versuchte, in der Dunkelheit, an die sich seine Augen nur langsam gewöhnten, einen Ausdruck auf Flovers Gesicht auszumachen. »Ich denke nicht, dass ich dir eine große Hilfe sein kann.«

»Darum gehts nicht. Ich will nur nicht, dass wir wieder getrennt werden.«

Was hätte Luke jetzt darum gegeben, in Flovers Augen schauen und erkennen zu können, was er dachte, was er fühlte? Noch bevor er etwas sagen konnte, legte ihm sein Gegenüber die Hand auf den Unterarm.

»Ich weiß, dass es vielleicht dumm und gefährlich ist, aber ich ... ich könnte es mir nicht verzeihen, dich noch mal allein zu lassen. Ich glaube, zusammen sind wir ein gutes Team.«

Unvermittelt schlich sich ein Lächeln auf Lukes Lippen. Ja, das waren sie wirklich. Schon damals, als noch nicht alles den Berg runtergegangen war. In den letzten Jahren war es Flover gelungen, Lukes Leben einen Sinn zu geben, der über die Suche nach seiner Schwester hinausreichte. Flover hatte geschafft, was Luke nicht für möglich gehalten hatte: Er hatte seinem Leben einen anderen Sinn gegeben als Verzweiflung.

Verzweiflung war es gewesen, was Luke angetrieben hatte, nachdem Shiva gestorben war. Er war so fokussiert darauf gewesen, sie zu retten, dass ihm alles andere egal geworden war; seine Freunde, seine Eltern, sogar er selbst. Flover hatte ihn aufgefangen, ohne von all dem Chaos der Vergangenheit zu wissen.

Wenn Flover wollte, dass er ihm folgte, dann tat er es auch. »Ist schon gut«, sagte er leise. »Du musst mich nicht überzeugen. Ich komm mit.«

Flover richtete sich auf und streckte ihm die Hand hin, um ihm beim Aufstehen zu helfen. »Wirklich?«

Luke packte seine Hand und ließ sich hochziehen. Etwas wankend stand er auf den Beinen.

»Ich wollte schon immer mal nach Japan«, erwiderte er, was Flover zum Lachen brachte.

»Kann halt sein, dass da überall Moja sind.«

Luke seufzte gespielt, folgte Flover rasch aus dem Raum hinaus. »Ach, irgendwas ist doch immer.«

KAPITEL 6

: RECALLING

Als Andra ein kleines Mädchen gewesen war, hatte sie viel Zeit mit der Ältesten verbracht. Sie war mit ihr durch die Siedlung gewandert, durch die Steppen und Wüsten der Umgebung, durch die Müllhalden, die ihr Volk geplündert hatte, um Neues aus Altem zu machen, und durch verlassene Städte, zurückerobert von Sand und Natur.

Und sie war mit ihr in der warmen Kammer gewesen. Mehrere Male, vielleicht sogar viele Male. Die Zahl ihrer Besuche in dem Bunker für radioaktiven Müll verschwamm mehr in Andras Geist, je häufiger sie versuchte, darüber nachzudenken.

Mal für Mal hatte die Älteste ihr gesagt, sie solle sich vor die Tür setzen und meditieren. Und danach … danach konnte sich Andra an nichts mehr erinnern. Ihr fiel bei keiner einzigen dieser Gelegenheiten ein, was geschehen war, nachdem sie sich zum Meditieren auf den Boden gesetzt und die Augen geschlossen hatte. Je länger sie darüber nachdachte … je länger sie nachdachte, umso klarer wurde ihr, dass sie sich nicht einmal mehr daran erinnerte, wie sie Mal für Mal zurück ins Dorf gekommen war.

Das war ungewöhnlich, oder? Oder war es normal, dass sie sich nicht mehr erinnerte, weil diese Ereignisse so weit zurücklagen? Das war zumindest ein Gedanke, der sie beruhigte, wenn sie drohte, in das Gefühl der unbewussten Angst abzudriften.

Die junge Jägerin hielt ihr Gesicht in den kalten Nachtwind.

Die Gebäudeskelette der Konstruktionsebene lagen im kühlen Licht des Vollmondes, der klar und ungetrübt am Himmel über ihr prangte. Aus der Ferne hörte sie das Dröhnen und Rascheln von ein oder zwei schweren Kränen, die aufgrund der Programmfehler nicht aufhören wollten, zu arbeiten.

Hier oben, auf dem Dach des Gebäudes, das sie besetzt hatten, war es still. Ihre Aufgabe war es, gemeinsam mit zehn anderen Soldaten die Umgebung zu beobachten und Vorkommnisse zu melden. Durch die hohe Lage des Gebäudes und die etlichen Metallskelette der Umgebung waren die Straßen und Gassen gut einsehbar. Wenn sich Moja nähern sollten, würden sie ihr blaues Leuchten also hoffentlich schon aus der Ferne bemerken.

Und während sie an der Dachkante entlangschritt und in die Straßen so weit unter ihr spähte, konnte sie über ihr Vorhaben nachdenken. Darüber, was sie sich von einem erneuten Besuch in der warmen Kammer erwartete. Darüber, was sie nun, da KAMI ihr diese unerklärlichen Fragen gestellt hatte, dorthin zog.

Andra hatte immer ein hervorragendes Erinnerungsvermögen besessen. Sie hatte sich eingeredet, dass das der Grund gewesen war, warum die anderen Kinder ihres Dorfes sie gemieden hatten. Sie erinnerte sich daran, wie ihr im Alter von drei Jahren die ersten Wüstenfüchse nach Hause gefolgt waren. Sie erinnerte sich daran, wie ihre Mutter ihr mit vier Jahren erklärt hatte, was die Wesen hinter den hohen Mauern waren. Sie erinnerte sich daran, wie sie mit fünf Jahren zum großen Tümpel hinter den Dünen gegangen war und sieben leuchtende Schwäne gesehen hatte. Sie erinnerte sich daran, wie ihr niemand geglaubt hatte.

Sie erinnerte sich an die seltsamen Blicke ihrer Eltern und einiger Dorfbewohner, immer wenn diese gedacht hatten, Andra würde sie nicht bemerken. Diese Blicke, als stimmte etwas mit ihr nicht. Als sei etwas an ihr anders, auch wenn sie nie gewusst hatte, was.

Wie konnte es also sein, dass all diese Ereignisse so klar in ihrem Kopf waren, während sie sich an nichts erinnerte, das in dieser Kammer geschehen war? Und warum hatte sie sich früher keine Sorgen darum gemacht?

Hatte sie es einfach verdrängt?

Sie sog die kühle Nachtluft in ihre Lungen und hielt sich davon ab, die Augen zu schließen. Sie musste wachsam sein, auch wenn sie sich am liebsten einige Minuten Zeit genommen hätte, über all das zu sinnieren.

Wenn sie nur mit jemandem darüber reden könnte. Aber Okijen, Byth und die anderen hatten immer zu viel zu tun gehabt, selbst wenn es ihnen gerade gut gegangen war. Und sie … sie würden es vielleicht auch nicht verstehen.

Die Menschen aus den Städten waren wärmer und herzlicher gewesen, als Andra es je erwartet hätte. Trotzdem basierten all ihre Entscheidungen mehr auf Fakten und Wissen als auf Gefühlen. Und nichts anderes war das, was sich in ihrem Inneren aufbaute: ein Gefühl. Ein Gefühl, das sie so lange verdrängt hatte. Das zum ersten Mal Validität erlangt hatte, als KAMI sie darauf angesprochen hatte. Als es sie gefragt hatte, ob sie sich erinnerte.

Es war, als hätte es in ihr Herz gesehen und dort etwas erkannt, das sie vergessen hatte.

Deswegen musste sie gehen. Egal, was Okijen davon hielt, auch wenn die Sorge um ihn einen kleinen Teil in ihr zum Zweifeln und Bleiben bewegen wollte. Dass Marshall es ihr gestattete, obwohl die Welt um sie alle herum zerbrach, gab Andra Hoffnung darauf, dass ihr Vorhaben nicht ganz unnütz sein könnte.

Die Nacht über Moskau war ruhig verlaufen. Die Geräusche, die aus dem Gebäude und vom Zug zu Andra heraufgedrungen waren, waren gedämmt gewesen.

Der Nachthimmel hatte sich in Nähe des Horizonts bereits etwas aufgehellt, während Andra langsam auf der Betonfläche des Hochhauses auf und ab gegangen war. Inzwischen fröstelte es sie in den kühlen Brisen der Frühlingsnacht, obwohl ihr Overall viel von ihrer Körperwärme speicherte. Doch auch diese Anzüge hielten der Kälte nicht ewig stand.

»Wenn Sie sich kurz ausruhen wollen, kann ich hier gern für Sie übernehmen«, bot einer der Männer an, an denen sie vorüberging.

Andra war immer wieder erstaunt davon, wie eigenständig die Männer und Frauen hier handelten. Selbst ohne direkte Befehle agierten sie wie ein gut organisierter Bienenschwarm.

»Alles gut«, erwiderte sie lächelnd. »Ich genieße die Ruhe hier oben.«

»Solange es noch ruhig ist.« Der ältere Mann lächelte grimmig.

»Hoffentlich noch, bis wir aufbrechen können.« Ihre Augen waren auf den fernen Horizont gerichtet. »Wie sieht es hier aus?«

»Nach wie vor nichts zu sehen, Captain.«

Wie eigenartig, mit diesem Titel angesprochen zu werden, für den sie überhaupt nichts getan hatte. Sie hätte sich wenigstens gern über die Aufgaben eines Captains belesen.

»Irgendwie ist es eigenartig still«, stellte sie fest. Mehr als ein Flüstern wäre ihr zu laut vorgekommen. »Ich verstehe nicht, warum sie uns nicht gefolgt sind.«

»Ich weiß es nicht, Captain.«

Andra verzog unzufrieden den Mund. Dass hier niemand deutlich mehr Ahnung von den Moja hatte als sie, stimmte sie unruhig. Wenn es wenigstens einen Menschen gäbe, der sie vollkommen verstand.

»Danke. Und du musst mich nicht so ansprechen. Nenn mich einfach Andra.«

»Jawohl, Captain«, sagte der Mann und realisierte erst eine Sekunde später, was er getan hatte. Er grinste sie entschuldigend an, und sie lachte leise. Dann wandte sie ihm den Rücken zu, um weiter am Rande des Daches entlangzugehen, jeden Winkel, jede Ecke nach dem blauen Leuchten abzusuchen, das Gefahr bedeutete.

»Captain!«, rief ein Soldat ihr von der anderen Seite des Daches zu. Sie wirbelte herum und setzte sich in seine Richtung in Bewegung. Noch während sie auf ihn zuhielt, erkannte sie, was er meinte.

»Ein Vogel«, sagte er trotzdem. »Soll ich …«

Doch sie hatte bereits einen Pfeil aus ihrem Köcher gezogen und ihn an die Sehne gelegt. Ein Soldat aus einem der Militärzentren hatte einen ganzen Koffer mit Pfeilen mitgebracht, die auf die Bekämpfung von Moja optimiert worden waren. Sie wurden scheinbar von wenigen Kämpfern in den Zonen zu Schauzwecken benutzt. Kühl lag der schmale Schaft an ihren Fingern an. Das Metall war etwas schwerer als das Holz ihrer Pfeile, ihr war unklar, ob sie auf den ersten Schuss treffen würde. Doch wenn sie nicht übte, würde sie es nie schaffen.

»Ich mach das«, sagte sie, fixierte den leuchtenden Vogel, spannte den Bogen und schoss den Pfeil ab. Die Soldaten auf dem Dach beobachteten genauso gespannt wie sie, ob das Geschoss die in der Ferne fliegende Krähe treffen würde.

»Erwischt«, murmelte ein Soldat in dem Moment, in dem der Vogel vom Himmel fiel. Das Erfolgsgefühl, das sich in Andra einstellte, dauerte allerdings nur kurz an. Sie schloss zu dem Soldaten auf, der die Entdeckung gemacht hatte.

»Woher kam der Vogel?«, fragte sie sofort, während sie

gleichzeitig den kleinen Knopf an ihrem Headset bediente, um Kontakt zu Ellis aufzunehmen.

»Er flog von dort unten hoch, nahe der Zuggleise.« Der Mann deutete in eine dunkle Ecke zwischen zwei hohen Gebäuden, von hier aus kaum einsehbar.

»Andra«, meldete sich Ellis' Stimme an ihrem Ohr. »Neuigkeiten?«

»Wir haben einen Neonvogel abgeschossen. Er flog vielleicht zweihundert Meter von hier in die …« Die ganze Zeit über war ihr Blick auf den Punkt geheftet geblieben, auf den der Soldat gedeutet hatte. Bis sich etwas in den Schatten geregt hatte. Ein blaues Schimmern, unklar ob von einem Menschen oder einem Tier.

»Sehen Sie das, Captain?«, flüsterte der Soldat und tastete hektisch nach dem Fernglas in seiner Tasche.

»Was ist los?«, wollte Ellis wissen.

»Wir haben Moja gesichtet«, erklärte sie rasch.

»Es sind einige! Menschlich!«, stellte der Soldat fest. »Sie drücken sich in den Ecken und Schatten herum.«

»Scheiße!«, keuchte die Soldatin neben ihm. »Sollen wir das Feuer eröffnen?«

»Das Sichtfeld ist nicht frei«, gab Andra an Ellis weiter. »Es ist unklar, wie viele Angreifer es sind.«

»Wir räumen das Feld, eröffnet das Feuer noch nicht! Andra, du kommst runter zu mir ins Erdgeschoss. Die anderen nehmen die Moja ins Visier. Ich nehme gleich Kontakt zu ihnen auf. Angriff erst auf mein Kommando. Wir sammeln die Truppen unten, um die Evakuation einzuleiten.«

Wie ruhig er blieb, obwohl die Lage so dringlich war. Noch während Ellis sprach, bedeutete Andra den Soldaten mit einem Kopfschütteln, dass sie die Waffen senken sollten. Dann setzte sie sich in Bewegung zum Treppenhaus. Ellis brüllte anderen Menschen einige Befehle zu, dann hörte sie seine Stimme wieder deutlicher. Ihre Füße flogen die Stufen förmlich hinab.

»Noch da?«

»Ja. Denkst du, sie haben einen Plan?«, wollte sie wissen.

»Vollkommen unklar. Aber dass sie versuchen, sich im Verborgenen zu halten, deutet zumindest auf ein einigermaßen strategisches Vorgehen hin.«

»Wenn …« Sie schluckte angestrengt. »Wenn KAMI selbst dabei ist … möchte ich noch einmal mit ihr reden.«

»Auf gar keinen Fall, während so viele Menschen und vor allem Zivilisten in der Nähe sind!«

»Aber …«

»Das ist ein Befehl!«, unterbrach er sie harsch. »Wir schaffen alle in den Zug und verschwinden von hier. Wir können keine Verzögerung zulassen. Und jetzt beeil dich.«

Andra presste die Lippen aufeinander, um sich vom Diskutieren abzuhalten. Sie mussten darauf hoffen, dass KAMI selbst noch nicht unter den Moja war. Dass es noch verletzt war und sich sammeln musste, nachdem Okijen und Byth ihm so stark zugesetzt hatten. »Jawohl«, sagte sie also. »Ich bin auf dem Weg.«

Neben den Gleisen, zwischen den hohen Häusern, war es nahezu windstill. Der Himmel hatte inzwischen eine pastellblaue Färbung angenommen, aber es war noch immer dunkel genug, dass das Schimmern der Moja in der Spiegelung der Gebäude deutlich zu erkennen war.

Andras Nerven waren aufs Höchste angespannt. Sie hatten sich am Ende des Flashtrains positioniert. Hinter ihnen waren Soldaten unter Marshalls Anweisungen damit beschäftigt, Zivilisten und Verletzte in den Zug zu evakuieren und die Ausrüstung wieder zu verstauen. Die Arbeiten gingen ruhig vonstatten. Wenn gesprochen wurde, dann nur mit flüsternden

Stimmen. Hin und wieder klapperten Ausrüstungsteile, doch sonst waren die Menschen so leise wie die Moja, die sich ihnen näherten.

Was war ihr Plan?

»Bist du sicher, dass wir nicht zum Angriff ansetzen sollten?«, fragte Andra an Ellis gewandt, der neben ihr stand. Seine gebrochenen Arme waren geschient worden. Der frustrierte Ausdruck war noch immer nicht von seinem Gesicht gewichen.

»Ich meine, was, wenn sie einen Plan haben? Was, wenn sie uns gleich von hinten oder sonst wo überraschen? Wenn wir den ersten Zug machen, haben wir die Situation in unserer Hand.«

»Nein, wir warten«, machte er ein weiteres Mal klar. Seit ihrer ersten Sichtung waren kaum zehn Minuten vergangen. Die Moja mussten wissen, dass die Menschen sie bemerkt hatten. Dank der Scanner und Mechanismen in ihren Augen und ihrem Gehirn, dank ihrer geschärften Sinne. Ihnen musste aufgefallen sein, dass die Soldaten zu wimmeln begonnen hatten, sich um den Zug positionierten und zum Aufbruch bereit machten.

Es störte Andra, dass sie selbst die Wesen nicht sehen konnte. Es war der Truppe noch nicht gelungen, die Clear-View-Brillen der KAGE-Einheit zu besorgen, damit sie alle einen Überblick behielten. Nur deswegen hatten sie die Moja überhaupt erst so spät gesichtet.

Andra versuchte, ihren Herzschlag durch eine ruhige, tiefe Atmung unter Kontrolle zu bringen, doch es wollte ihr nicht gelingen, sich zu entspannen. Nachdem sie die Aufnahmen aus der Sperrzone in Sao Paulo gesehen hatte und wie die Moja sie am Zug derart überrascht hatten, dass es ihnen fast gelungen war, Luke und Okijen zu töten, traute sie der Ruhe nicht mehr. Und obwohl sie auf Ellis' Einschätzung baute, hatte sie ihn noch nie in einer Situation erlebt, in der er Anweisungen gab. Eigentlich kannte sie ihn noch nicht genug.

Angespannt hielt sie Pfeil und Bogen in ihren kalten Händen.

»Beruhig dich«, sagte Ellis streng. »Wir sind gleich fertig.«

»Hast du gar keine Angst?« Mit Nachdruck sah sie auf seine verletzten Arme. War es wirklich klug, dass er hier an vorderster Front stand? Er konnte sich gar nicht verteidigen. Oder vertraute er ihr mehr als sie ihm?

»Angst zu haben nützt nichts. Entweder wir schaffen es oder nicht.«

»Sehr pragmatisch.« Ihr Blick glitt weiter über den Bereich vor ihnen. »Da hinten. Ein Moja auf den Gleisen«, flüsterte sie im Anschluss.

»Mach dich bereit«, wies Ellis Andra an und gab danach Informationen und Anweisungen über sein Headset an die anderen Soldaten weiter. Sie hörte seine Worte sowohl aus seinem Mund als auch über den kleinen Stecker in ihrem Ohr.

»Wir haben auch eine Sichtung hier auf der rechten Seite«, sagte einer der Anführer.

»Von vorn auch«, schloss sich ein anderer an.

Andra trat der Schweiß auf die Stirn, während sie den Pfeil an die Sehne legte, den Bogen aber noch nicht spannte.

Ellis allerdings bleib nach wie vor gelassen. »Das konnte ich mir denken.«

»Was?«, keuchte Andra. »Du konntest dir denken, dass wir umzingelt werden?«

»Auf drei schießt du«, überging er sie und richtete seinen Blick wieder nach vorn, während Andra noch ihre Gedanken zu ordnen versuchte. Sie fixierte ihr Ziel.

»Eins.«

Sie hob den Bogen.

»Zwei.«

Konzentriert legte sie den Pfeil an die Sehne.

»Drei.«

Sie spannte den Bogen, um den Pfeil abzuschießen. Er traf zuverlässig die Stirn des Wesens, das nach hinten umfiel. Hinter ihnen waren Gewehrschüsse zu hören.

»Marshall, wie weit sind wir?«, fragte Ellis über das Headset, während Andra mit immer heftiger rauschendem Puls beobachtete, wie die Wesen nun von beiden Seiten des Gleises zwischen den Häusern hervortraten. Nicht mit der üblichen Gemächlichkeit, die sie sonst so gern an den Tag legten, sondern mit raschen und effizienten Bewegungen.

»Scheiße«, ächzte sie, griff nach dem nächsten Pfeil und richtete ihn auf den Moja, der ihr am nächsten war, während die Soldaten rechts und links von ihr das Feuer eröffneten. So schnell strömten die Wesen auf das Gleis, dass sie sie nicht zählen konnte. Erst zwanzig, dann dreißig, und schon nach wenigen Sekunden war alles um sie herum von einem blauen Leuchten erfüllt.

»Scheiße, die überrennen uns!«, rief einer der Soldaten, der mit der Spezialwaffe Salven auf die sich nähernden Wesen abfeuerte. Einige der Männer und Frauen neben Andra wichen bereits zurück, als ihre Angreifer nur noch wenige Meter von ihnen entfernt waren, über ihre Gefallenen hinwegstiegen, als wären sie nicht mehr als Hindernisse in ihrem Weg.

Nein, da war nichts Menschliches mehr in ihnen. Während Andra die nächsten Pfeile abschoss, fragte sie sich, wie sie je auf diese Idee hatte kommen können.

»Nicht zurückweichen!«, rief Ellis den Soldaten zu. »Unsere höchste Priorität ist es, den Zug zu schützen. Wir dürfen nicht zulassen, dass sie ihn beschädigen oder irgendwelche Systeme zerstören. Sonst sind wir verloren!«

Zwei Soldaten traten wieder einen Schritt nach vorn, um ihre Stellung zu halten. »Jawohl, Major!«, riefen sie im Chor.

Einer der Männer rechts von Andra machte seinen Radiator bereit. Sie spürte die Hitze aus der glimmenden Waffe sogar aus einigen Metern Entfernung.

Als das Geschoss mit einem lauten Surren abgefeuert wurde, stoben die Moja auseinander. Trotzdem wurden einige von der glimmenden Kugel getroffen, die sich in den Boden und in die Umgebung schmolz.

»Pass auf, dass du damit nicht die Gleise triffst. Wir müssen uns für später so viele Transportwege wie möglich aufrechterhalten!«, wies Ellis den Soldaten an.

Der Angriff hatte einige Moja zurückgedrängt. Während die Soldaten mit den Maschinengewehren vor allem auf diejenigen feuerten, die sich ihnen immer weiter näherten, konzentrierte Andra sich nun auf die weiter entfernten.

Aber die Pfeile in ihrem Köcher würden nicht ewig reichen. Sie würde nach hinten gehen müssen, um sich mehr Munition zu holen. Und es waren einfach zu viele Moja. Es waren viel zu viele.

»Ich glaube, ohne Unterstützung schaffen wir das nicht!«, rief Andra über das Hämmern der Gewehre hinweg. Das waren fast so viele wie bei dem Angriff auf ihr Dorf. Damals war es nur Okijen und seiner Spezialeinheit gelungen, sie zurückzuschlagen. War es normalen Soldaten überhaupt möglich, eine solche Übermacht zu besiegen? Sie waren klar in der Unterzahl, und wenn sie den Geräuschen hinter sich vertraute, wurden sie aus allen Richtungen angegriffen.

»Es gibt keine Unterstützung«, erwiderte Ellis. Woher nahm er diese Ruhe? »Wir schaffen das«, versicherte er.

Andras Arme schmerzten, als sie den Bogen ein weiteres Mal spannte und einen Treffer landete.

»Wo ist Byth?«, wollte sie wissen. »Ich denke, dass sie uns hier gut …«

»Sie verteidigt den vorderen Teil des Zuges«, erklärte Ellis rasch. »Nicht mehr lange! In zwei Minuten können wir starten!«

Andra schoss einen weiteren Pfeil ab, dann schaute sie hinauf zu den Soldaten, die sich auf dem Dach und im Gebäude positioniert hatten, um die Moja von dort aus zu beschießen. »Und was ist mit den …«

»Du redest ganz schön viel.« Ellis warf ihr einen strengen Blick zu.

»Das beruhigt mich«, grummelte Andra, dann konzentrierte sie sich wieder auf ihre Gegner. Sie hatte nur noch zwei Pfeile. Sie musste sie bedacht einsetzen.

Sie fixierte einen Moja, der sich ihnen bis auf wenige Meter genähert hatte, doch die Gewehrkugeln der Soldaten rissen ihn nieder. Dann wandte sie sich dem nächsten zu, der ebenfalls im nächsten Moment fiel. Verdammt, sie war zu langsam!

Zwischen den Wesen, die von den Soldaten niedergestreckt wurden, kämpfte sich eines nach vorn, an dem die Kugeln der Gewehre abprallten. War das einer der dritten Generation? Gegen so einen würden auch Andras Pfeile nichts nützen.

»Nash!«, rief Ellis dem Soldaten zu, der den Radiator in Händen hielt und bereits auf den Moja zielte. »Nicht feuern, du zerstörst die Gleise!«

Die junge Frau, die sie mit ausdruckslosem Gesicht fixierte, kam mit sicheren Schritten auf sie zu, obwohl sie so viele Leichen auf ihrem Weg überwinden musste.

Verdammt!

Andra machte einen Satz nach vorn, um sich dem Wesen entgegenzustellen. Gleichzeitig griff sie nach dem Dolch in ihrem Gürtel. Sie wusste, dass sie den Moja mit so einer kleinen Waffe nicht verletzen konnte, aber es würde vielleicht reichen, ihn von den Gleisen zu drängen, damit sie ihn mit dem Radiator angreifen konnten.

»Andra!«, rief Ellis, doch sie hatte die Distanz zu dem Moja bereits überwunden, der mit einem gezielten Schlag nach ihr ausholte. Sie duckte sich und holte im selben Moment dazu aus, dem Wesen ihren Dolch in den Bauch zu rammen. Wie erwartet, prallte die Waffe an der verstärkten Haut des Wesens ab, doch es sprang ein Stück zurück, um ihrem nächsten Angriff auszuweichen.

Noch ein bisschen!

Der Moja holte abermals aus, und verdammt, seine Bewegung war zu schnell, als dass Andra sofort darauf reagieren konnte. Der Schlag streifte ihre Schulter und riss eine Wunde in ihr Fleisch. Trotz des Schmerzes, der ihr die Tränen in die Augen trieb, biss sie die Zähne aufeinander, richtete sich auf und versetzte dem Wesen mit ihrer gesunden Hand einen heftigen Schlag. Es taumelte nur zwei Schritte zurück, doch noch währenddessen schrie sie: »JETZT!«

Als hätte er nur auf ihr Zeichen gewartet, feuerte der Soldat das Radion ab, und die weiße Glut streckte den Moja nieder, ohne dass das Geschoss die Gleise traf.

»Andra, runter!«, schrie Ellis, und ohne sich umzusehen, duckte sie sich, bevor eine Sekunde später eine Gewehrsalve zwei Moja niederstreckte, die sich ihr bis auf wenige Meter genähert hatten. Rasch hechtete eine der Soldatinnen nach vorn, um sie an ihrer gesunden Schulter zu packen und hochzuziehen.

Reflexartig wollte Andra nach ihrem Bogen greifen. Erst dann fiel ihr auf, dass der Schlag des Moja nicht nur ihre Schulter verletzt, sondern auch ihre Waffe unbrauchbar gemacht hatte.

Nein! Nein, nicht ihr Bogen! Was sollte sie …

»Andra, weg hier!«, wies Ellis sie an und drängte sie mit einem seiner geschienten Arme hinter die anderen Soldaten.

»Ich …«, setzte sie an, realisierte aber selbst, dass eine Diskussion nichts bringen würde. Sie verlor zu viel Blut. Warm rann es ihren zitternden Arm hinab.

So ein verdammter Mist! Sie wollte helfen und jetzt ... »Scheiße«, fauchte sie sich selbst zu und strengte sich heftig an, die Tränen vor Schmerz und Frust zurückzuhalten. Nach einem letzten Blick auf das Kampfgeschehen hinter dem Zug wandte sie sich um.

»In einer Minute startet der Zug!«, rief Ellis den Soldaten zu. »In dreißig Sekunden ziehen wir uns zurück!«

Andra hechtete vorbei an Hilfskräften, die die letzten Waggontüren schlossen, um danach selbst Zuflucht im Zug zu finden. Die Sonne musste inzwischen hinter den Hochhäusern aufgegangen sein, denn der Himmel hatte ein pastelliges Rosa angenommen, auch wenn es noch immer kalt um sie herum war. Der Anblick war viel zu friedlich für das Chaos, das um sie herum herrschte.

Das Blut aus ihrer Wunde rann ihr bereits über die Fingerspitzen und tropfte auf den sauberen Beton zu ihren Füßen. Sie brauchte einen Sanitäter, sonst würde sie verbluten. Sie wagte es kaum, einen Blick auf ihren Arm zu werfen.

Die Seite des Zuges, an der sie auf der Suche nach Okijen oder einem anderen bekannten Gesicht entlanglief, war geschützt durch das Gebäude, in dem sie sich befunden hatten. Die Gassen, aus denen die Moja zu den Waggons vorzudringen versuchten, wurden unter heftigstem Gewehrfeuer verteidigt. Andra erstarrte fast, als sie sah, wie die blau leuchtenden Wesen einen Soldaten mit wenigen Schlägen niederstreckten. Doch andere Militärs nahmen sofort seinen Platz ein, und mit Übelkeit im Magen eilte sie weiter.

Warum konnte sie nicht dieselbe Kraft haben wie Okijen? Warum konnte sie nicht so sein wie Byth, um helfen zu können? Ihr Kopf schmerzte, so fest biss sie die Zähne zusammen.

»ALLE IN DEN ZUG!«, drang ein Schrei von weiter vorn an ihr Ohr. Marshall!

Ein Zischen war zu hören, dann starteten die Antriebe mit einem Surren, das innerhalb weniger Sekunden ohrenbetäubend wurde.

»Andra, rein hier!«, rief jemand und packte sie am Arm, noch bevor sie sich umschauen konnte. Sie stolperte in einen dunklen Waggon des Lastenzugs, und jemand zog die schwere Metalltür hinter sich zu.

Nur das Leuchten eines Phones erhellte die Stille und die unbekannten Gesichter, in die Andra schaute. Erst dann wandte sie sich ihrer Retterin zu. Erleichterung machte sich in ihr breit.

»Calen«, hauchte sie und atmete auf. »Es geht dir gut.«

»Und dir?« Calens Blick schweifte zu Andras Arm, und rasch sah sie sich um. »Wir haben hier einen Arzt, oder?«, wollte sie wissen. »Noch zehn Sekunden, dann starten wir.«

»Hier!«, meldete sich eine Frau und sah von einem anderen Verletzten in der Ecke des Waggons auf.

Erst jetzt, als ihre Augen sich an die Dunkelheit gewöhnt hatten, erkannte Andra an der Kleidung und den angsterfüllten Blicken, dass alle Menschen hier Zivilisten waren.

»Ich bin Chirurgin. Ihre Wunde muss genäht werden.« Die Frau mit den kurzgeschorenen Haaren warf Calen einen Blick zu, dann wandte sie sich wieder an Andra. Voll mit Adrenalin, das durch ihre Adern pulsierte, spürte sie den Schmerz in ihrem Arm kaum. »Ich sehe mir das genauer an, wenn wir losgefahren sind.«

Sie nickte dankbar und atmete abermals auf, als der Zug sich mit einem Rucken in Bewegung setzte. Calen rückte ein Stück näher zu ihr heran, um Andra den Blick auf die Anzeige zu gewähren.

»Sieht gut aus«, stellte die Hackerin fest. »Marshall startet den Zug von null auf hundert, sobald die Schilde aktiviert sind. Noch zwei Sekunden, dann …«

Ein zweiter Ruck ging durch den Waggon, und Andra fiel fast zur Seite, konnte sich nur unter Mühen abfangen.

»Wir haben die Schallmauer durchbrochen!« Nun war es an Calen, tief Luft zu holen und alle mit einem Lächeln anzuschauen. »Wir sollten jetzt in Sicherheit sein!«

KAPITEL 7

: CALMING

Der Ruck, der durch ihre Körper gegangen war, kurz nachdem sie sich auf das Cyber-Field gestellt hatten, saß Flover noch immer ungewohnt tief in den Knochen. Er blinzelte einige Male und versuchte ruhig zu atmen. Cyber-Trips machten ihm eigentlich nicht mehr viel aus. Aus irgendeinem Grund setzten sie ihm nur zu, wenn er emotional aufgewühlt war. Sein Magen rebellierte, und wie schon so oft zuvor musste er sich an das Geländer neben sich stützen und seinen Gleichgewichtssinn wiederfinden.

Luke legte ihm sofort die Hand auf den Rücken. »Alles gut?«

Flover nickte benommen, obwohl er sich nicht ganz sicher war. »Wir hätten sie nicht so zurücklassen dürfen. Wir hätten bei der Verteidigung des Zuges helfen sollen. Wir ...«

»Flover, ist schon okay«, unterbrach Luke ihn beschwichtigend.

War ihm gar nicht übel? Langsam stellte er sich in eine aufrechte Position und schaute in den dunklen Gang vor ihnen, nur erhellt durch Licht, das scheinbar durch entfernte Fenster einfiel.

»Nichts ist okay«, stammelte er. »Die anderen kämpfen gerade um ihr Überleben, und wir hätten helfen sollen.« Er schob sich einige Schritte vorwärts und lauschte auf Stimmen, dann betätigte er den Schalter an seiner ClearView-Brille, die Luke ihm aus Berlin mitgebracht hatte.

Keinerlei Lebenszeichen in der Station, weder von Menschen noch von Moja. Einige kleine Lebewesen wurden in der Umgebung angezeigt, aber die Signale waren so schwach, dass nicht ermittelt werden konnte, ob sie infiziert waren oder nicht.

»Alles leer«, stellte er schnell klar.

Luke folgte ihm in einiger Entfernung. »Die Ersatzteile zu holen war ein direkter Befehl. Und wir wurden angewiesen, den Stützpunkt zu verlassen und die Situation den Soldaten dort zu überlassen. Also trifft uns keine Schuld.«

Das stimmte. Aber die Befehlshaber wussten auch nicht alles. Was, wenn die Entscheidung falsch gewesen war?

»Jetzt bleibt uns erst mal nichts anderes übrig, als die Teile zu suchen und zu warten, bis Marshall wieder Kontakt zu uns aufnimmt«, erzählte Luke nahezu unbeschwert weiter, während Flover in einen größeren Flur trat und sich umsah. Es gab keine Anzeichen eines Kampfes, aber sämtliche Türen standen offen, und einige Papiere lagen wirr im Gang verstreut. Es sah nach einem übereilten Aufbruch aus. Vielleicht wurde die Station tatsächlich evakuiert.

»Wie geht es deinem Auge?«, wollte Flover gedankenverloren wissen. Vor den großen Fenstern des Flures ihnen gegenüber war ein Meer aus weißen und rosafarbenen Kirschblüten zu sehen. Die niedrigen, verwucherten Bäume standen zwischen schmalen Wegen und sauber angeordneten Steinen, über Moos, das so weich aussah, dass es dazu einlud, sich hineinzulegen.

»Geht so.« Luke folgte Flovers Blick. »Ich hatte ganz vergessen, dass Kirschblütenzeit ist.«

»Ich auch.« Insekten schwirrten eifrig zwischen den Bäumen und Blüten hin und her. Ihre Flügel leuchteten in der Mittagssonne.

Das Bild war so idyllisch, dass Flover sich am liebsten einen Weg nach draußen gesucht hätte, um sich in den kleinen Garten zu setzen. Es war unvorstellbar, dass ihre Freunde und Kollegen gerade vermutlich einen verzweifelten Kampf ausfochten.

Der Gedanke an sie riss Flover zurück ins Hier und Jetzt. Er räusperte sich und stemmte die Hände in die Hüfte, schaute sich nach rechts und links um. Bis auf den Blick aus den Fenstern unterschied die Ausbildungsstation in Hirohima nichts von anderen.

»Ich sehe weder Menschen noch Moja in der Umgebung.«

Luke riss sich vom Anblick des Kirschblütenmeers los, und Flover gelang es endlich, sich in Bewegung zu setzen. Die Stationen waren alle ähnlich aufgebaut, also hatte er eine grobe Ahnung, wo sich der nächstgelegene Ausgang befinden musste. Luke vermutlich auch, so viele Praktika, wie er schon gemacht hatte.

»Je nachdem, wann die anderen bereit sind, uns zurückzuholen, können wir uns hier ja noch etwas umsehen«, überlegte Flover laut, um sich von der Sorge abzulenken, wie es dem Rest ihrer Mannschaft wohl gerade ging.

Warum war ihm das überhaupt wichtig? Er kannte die meisten dieser Menschen kaum. Aber Andra war ihm sympathisch gewesen und ... na ja, seine Mutter war auch noch irgendwo dort.

»Da vorn ist es«, verkündete Flover, nachdem sie etwa zwanzig Minuten unterwegs gewesen waren. Schweigend, die meiste Zeit, auch wenn viel zwischen ihnen stand, das Flover gern zur Sprache gebracht hätte. Die Sorge um Luke war inzwischen sein größter Antrieb. Die Erkenntnis, dass sein Mitbewohner noch lebte – und der Umstand, dass es ihm gut ging –, schien alle großen Ängste in ihm ausradiert zu haben. Und er wollte es ihm gern sagen.

Er wusste nur nicht, wie.

Die Kirschblüten der Bäume, die ihren Weg säumten, bedeckten den Boden wie Schnee. Bis auf die Lebenszeichen, die Flover von dem Hof vor ihnen angezeigt wurden, gab es keine Auffälligkeiten. Soweit er erkennen konnte, waren alle Menschen und Tiere vor ihnen nicht infiziert. Mit so wenigen Problemen hatte er nicht gerechnet. Nicht, nachdem er den Zustand der Station gesehen hatte. Die Ruhe der Natur, das Surren der Insekten und das Zwitschern der Vögel ... das alles war so behaglich, dass er sich fast in falscher Sicherheit wog.

Nachdem er das zerstörte Berlin und die Kämpfe in Moskau gesehen hatte, war er sich sicher gewesen, überall auf der Welt müsste Chaos herrschen. Doch dieser Ort war eine Oase des Friedens. Flover musste sich aktiv anstrengen, sich von diesem Eindruck nicht einlullen zu lassen.

»Menschen? Oder Moja?«, wollte Luke knapp wissen.

»Etwa zwanzig Menschen.«

Sie hielten auf einen niedrigen Holzzaun und eine Ansammlung simpler Hütten und Scheunen aus dunklem Holz zu. Einige Traktoren und Landwirtschaftsfahrzeuge standen verstreut auf dem großen Platz zwischen den Gebäuden. Niemand war zu sehen. »Und Dutzende von Tieren.«

»Ich hätte Gerta mitbringen sollen«, murmelte Luke mit einem grimmigen Lächeln.

»Gehts ihr eigentlich gut?«

»Nachdem deine Mutter sie aus Moskau mit zum Zug gebracht hat, hab ich sie nicht mehr gesehen. Aber wenn der Drache sich zum Ziel gesetzt hat, auf sie aufzupassen, muss ich mir wohl keine Sorgen machen.«

Flover lächelte, obwohl es ihn nach wie vor verwunderte, dass seine Mutter tatsächlich auf Gerta achtgegeben hatte. Das passte nicht zu ihr. »Ich hoffe wirklich, dass sie es geschafft haben, den Zug zu starten.« Flover wagte es nicht, sich vorzustellen, wie alle Menschen aus ihrem Trupp umkamen, während sie sich in diesem Paradies aufhielten. Er strengte sich an, den Gedanken nicht weiterzuführen.

Das niedrige Tor war nicht verschlossen, und der mit Gras überwucherte Hof lag still da. Sie traten weiter in die Mitte zwischen den Scheunen, während Flover konzentriert ihren Standort mit den Koordinaten abglich, die Byth ihm gegeben hatte. Es entging ihm nicht, dass sich ihnen zwei Personen von hinten näherten, während Luke lediglich neben ihm stand und sich zufrieden umschaute. Ein Ort wie dieser war sein absoluter Traum.

»Wir sind nur hier, um etwas abzuholen«, sagte Flover laut, bevor er sich zu den Menschen umwandte, die sich mit erhobenen Waffen an sie herangeschlichen hatten. In dem Moment, in dem er sie ansah und auch Luke herumwirbelte, ließen die ältere Frau und der junge Mann ihre Waffen bereits sinken.

Die Großmutter, in simpler Alltagskleidung und mit ärgerlich verzogenen Falten auf der Stirn, war noch ein ganzes Stück kleiner als Flover selbst. »Seid ihr Kinder etwa vom Militär?« Sie hatte ihre Flinte bereits ganz gesenkt, während der jüngere Mann, keinesfalls älter als Flover und Luke, nach wie vor etwas unsicher neben ihr stand.

Flover lächelte zuvorkommend und hob entspannt die Hände. Er war lange nicht mehr auf sein junges Alter angesprochen worden. »Ja. Wir sind auf der Suche nach dem Ersatzteillager von Major Bythan Vica-Chun. Sie sagte, wir würden es hier finden.«

Die digitale Anzeige auf seiner Brille meldete ihm, dass inzwischen mehrere Menschen aus allen Richtungen des Hofes auf dem Weg zu ihnen waren. Offenbar hatten sie das Geschehen beobachtet und gesehen, dass die beiden sich von der Station aus genähert hatten.

Die Waffen der alten Dame und des Kerls neben ihr waren alt und sahen nicht aus, als würden sie häufig benutzt werden.

Vermutlich Relikte aus früheren Zeiten, um die sich lange niemand geschert hatte. Wenn alle Hofbewohner mit solchen Waffen ausgestattet waren, wären Luke und Flover nicht in größerer Gefahr.

»Ein ... Ersatzteillager?«, wiederholte der junge Mann mit skeptischem Gesicht. »Wo soll das denn sein?« Er hob seine Flinte wieder an und zielte mit dem Lauf direkt auf Flovers Kopf, der keine Anstalten machte, sich zu regen. »Gebt es doch zu, ihr wollt uns von hier wegholen, nicht wahr?« Nervös fuchtelte er mit der Waffe herum.

»Hat schon jemand versucht, Sie zu evakuieren?«, fragte Flover ruhig an die ältere Dame gewandt. Einige andere Bewohner waren inzwischen aus den Häusern, Hütten und Scheunen getreten, um sich ihnen langsam zu nähern. Nur zwei oder drei weitere waren bewaffnet, wenn Flover es richtig aus seinen Augenwinkeln erkannte.

»Josh, nimm deine Waffe runter!«, bellte ein Mann irgendwo hinter Flover. Der Junge gehorchte sofort und trat einen Schritt hinter die Frau zurück. Erst dann wandte Flover sich zu dem Mann um, der gesprochen hatte.

Der bärtige Kerl war groß und hatte Muskeln, mit denen sicher nicht zu spaßen war. Auf seinem wettergegerbten und von der Sonne braungebrannten Gesicht spiegelte sich allerdings ein freundlicher, wenn auch abwägender Ausdruck. »Entschuldigt den Aufruhr. Lasst uns bitte in Ruhe reden, ja?«

Flover hatte zwar nicht damit gerechnet, sich hier um Zwischenmenschliches kümmern zu müssen, aber bis sie eine Nachricht von Marshall erhielten, könnten sie eh nichts tun. Er nickte also. Es wäre immerhin einfacher, mit Menschen zu verhandeln, als gegen Moja zu kämpfen. Meistens zumindest.

»Tut mir leid, dass die Begrüßung etwas grob war«, sagte der Bärtige. »Wir versuchen nur, vorsichtig zu sein.«

»Verständlich.«

»Mein Name ist Cork, und dieser Hof gehört mir.«

»Ich bin Flover Nakamura«, stellte er sich rasch vor. »Das ist mein Kollege, Luke Bible.«

»Nakamura?«, hörte er jemanden hinter sich flüstern. »Das ist doch der Sohn von Liza Moore, oder?«

Eine Falte bildete sich bei diesen Worten zwischen Corks Augenbrauen, abgesehen davon ließ er sich aber nicht anmerken, was er dachte.

»Byth und ich sind die Einzigen, die von diesem Lager hier wissen, also vertraue ich euch«, sagte er, musterte die beiden aber noch immer genau. »Habt ihr vor, uns zu evakuieren?«

Flover hob abwehrend die Hände. »Die Entscheidung darüber liegt nicht in unserer Hand. Wir stehen in direktem Kontakt zu General Marshall Lloyd. Sie werden uns mit den Ersatzteilen abtransportieren, sobald sie bereit sind. Darüber hinaus gibt es keine Anweisungen.«

Cork schürzte die Lippen, als sei ihm etwas daran nicht ganz geheuer, er blieb allerdings nach wie vor freundlich. »Na dann ist ja gut.«

Flover dachte, jemanden noch etwas aus dem Hintergrund über Marshall murmeln zu hören, verstand es aber nicht recht. Es war ihm auch egal.

»Kommt bitte mit.« Cork machte eine ausladende Geste. Flover und Luke nickten im Einklang und setzten sich gemeinsam mit ihm in Bewegung.

Es schneit vor den Fenstern der Militärzentrale in Moskau. Flover sitzt auf einem bequemen Stuhl am oberen Ende eines Konferenztisches neben seiner Mutter. Er hat sich in letzter Zeit gut benommen und ist froh, dass sie ihn häufiger mit zu Besprechungen nimmt. Aber er kann sich nicht dagegen wehren, dass er die Themen, die schon den ganzen Vormittag über behandelt werden, ein wenig langweilig findet.

Sein Lehrer hat gesagt, dass die Besprechungen in der Zentrale für einen Zehnjährigen noch zu anspruchsvoll sind, aber das wollte seine Mutter nicht hören. Und Flover wehrt sich natürlich nicht gegen das, was sie sagt.

Seit Stunden lauscht er also den verschiedenen GREAT-Agents, die darüber referieren, wie sich der Fleischkonsum innerhalb der letzten Jahre entwickelt hat. Männer und Frauen fahren Diagramme auf, erläutern Statistiken und entwickeln Methoden zur Bekämpfung des Schwarzmarkts für tierische Produkte, der trotz aller Maßnahmen weiterwächst. Währenddessen tollen auf dem großen Platz vor der Zentrale Kinder durch den Schnee, Jugendliche bewerfen sich mit Schneebällen, und Erwachsene bauen Skulpturen.

Flover ist froh, dass die Fenster zu hoch sind, als dass er den Vorplatz von seinem Stuhl aus sehen könnte, aber in den kurzen Pausen kann er nicht anders, als an sie heranzutreten und dem bunten Treiben zuzuschauen.

»Wir schlagen folgende Schritte zur Eindämmung der illegalen Tätigkeiten vor«, sagt einer der Offiziere von GREAT und öffnet neue Diagramme auf seinem Screen. Flover weiß, dass er sich Notizen machen sollte. Seine Mutter hat ihn aufgefordert, seine eigenen Mitschriften anzufertigen, um zu üben, die wichtigsten Informationen aus solchen Treffen herauszufiltern. Er hat das schon oft gemacht, obwohl er denkt, dass er sich das Gesagte auch so ganz gut merken kann. Sofern er es versteht.

Das ganze Gerede über Tiere erinnert ihn allerdings an einen Hof in Sektor 3, auf dem er mit einem Bediensteten vor zwei Jahren war. Dort gab es echte Hunde, Hühner, Pferde und Kühe. Wie von allein fliegt der schwarze Stift über das Papier vor ihm. Er zeichnet alle Tiere, an die er sich erinnert, die Ställe, die Wege, die Bäume und die Blumen.

Normalerweise kann er sich zusammenreißen, aber heute ist er schon mit einem kribbeligen Gefühl in der Magengegend aufge-

wacht. Es ist das dritte Wochenende in Folge, an dem er nicht frei hat. Obwohl seine optionalen Pläne hierzu nur lernen oder trainieren wären, kann er sich einfach nicht mehr konzentrieren.

Der Offizier geht seine Diagramme durch, und Flover versucht, seinen Stift so sacht wie möglich über das Papier gleiten zu lassen, damit niemand ihn bemerkt. Alle Anwesenden sind fokussiert auf den Vortrag, sogar General Pershing und General Lloyd.

Erst als sein Blick zu seiner Mutter hinübergleitet, läuft ihm ein eiskalter Schauer über den Rücken. Mit hochgezogenen Augenbrauen sieht sie ihn aus ihren hellen Augen an. Vorsichtig gleiten ihre Finger hinüber zu dem Blatt, auf dem er zeichnet. Nicht, weil sie vorsichtig mit seinem Werk umgehen will, sondern weil sie nicht möchte, dass ihre Bewegung den anderen auffällt.

Flover ist erstarrt, weil er nicht weiß, was er tun soll. Er würde die Zeichnung gern festhalten, weil ihm klar ist, was sie mit ihr tun wird. Andererseits kann er sich auch nicht wehren, wenn er nicht möchte, dass sie ihn vor allen Anwesenden maßregelt.

Er lässt seine Hände also von dem Papier schieben. Sie zieht den Zettel fort und knüllt ihn rasch zusammen.

Als General Lloyd fragend zu ihr hinübersieht, lächelt sie, als sei nichts gewesen.

KAPITEL 8

: LEAVING

Die Bewohner und Angestellten des Hofes hatten sich in einen nach Kirschblüten und Zitronenlimonade duftenden Hinterhof zurückgezogen, während Cork Flover und Luke zwischen den Scheunen und Wiesen des Hofes hindurch zu Byths Lager führte. Die Anlage war wie ein kleines Dorf aufgebaut, mit vielen Unterkünften für die Besucher, die sich hier für gewöhnlich aufhielten.

»Mir war nicht klar, dass Major Vica-Chun Sie über den Standort ihres Lagers informiert hatte«, sagte Flover, und Luke blinzelte zu ihm hinüber. Er verhielt sich so förmlich und professionell. Luke kannte Flover nur von ihrem Zuhause und aus der Uni, wo er sich wie ein normaler Student geben musste. Obwohl er wusste, dass Flover viel Verantwortung in seinem Job hatte, war es trotzdem eigenartig, ihn so zu sehen.

»Doch, doch, Byth war einer unserer häufigsten Gäste. Die Akademie, an der sie ihre Ausbildung gemacht hat, ist ja nur eine halbe Stunde entfernt. Oft hat sie sogar hier übernachtet.«

»Klingt deutlich entspannter als bei uns in der Antarktis«, scherzte Luke im Gehen. Sein Blick schweifte über die teils offen stehenden Ställe, in denen einige Tiere in ihren Gehegen zu sehen waren.

Die Hühner, Pferde, Kühe und Schweine sahen allesamt neugierig zu ihnen auf, während sie an den teils bunt bemalten Scheunen vorbeischlenderten. Am liebsten hätte Luke innegehalten, um sie alle zu begrüßen. Von genauso einem Hof hatte er damals Gerta bekommen, als sie noch ein Küken gewesen war.

Er musste allerdings darauf achtgeben, sich nicht allzu sehr von diesem Ort ablenken zu lassen. Es gab Dinge, die jetzt wichtiger waren. Zum Beispiel die Frage, warum viele Dorfbewohner Flover vorhin so eigenartig angesehen hatten, nachdem er seinen Namen genannt hatte. Und warum die alte Frau hinter ihnen gemurmelt hatte, dass sie lieber sterben würde, als sich von Marshall und ihren Leuten evakuieren zu lassen.

Die Frage danach, was das wohl zu bedeuten hatte, ging ihm einfach nicht aus dem Kopf.

»Es ist schade, dass Byth so lange keine Zeit mehr hatte, bei uns vorbeizuschauen«, schwelgte der Inhaber in Erinnerungen, den Blick häufiger zum Himmel gehoben als auf den Weg vor sich. »Obwohl ich es toll finde, dass sie als so junge Frau schon derart erfolgreich ist.«

»Ihr Werdegang ist wirklich beeindruckend«, stimmte Flover zu. Sein Gesichtsausdruck ließ keine Schlussfolgerung darauf zu, was er dachte oder plante. Einige Male versuchte Luke, seinen Blick einzufangen, doch es wollte ihm einfach nicht gelingen. Hatte er auch gehört, was die anderen Menschen hinter ihrem Rücken gemurmelt hatten?

Die nahegelegene Station war evakuiert worden. Hatten die Soldaten die Menschen hier absichtlich nicht mitgenommen, oder hatten sie sich gegen die Evakuierung gewehrt?

»Auch wenn ich diesen Okijen nie wirklich toll fand«, plauderte Cork unbeschwert weiter. »Keine Ahnung, warum sie sich ihm angeschlossen hat. Sie hätte bei den Space Corps so viel erreichen können.«

Flover schmunzelte, aber sein Lächeln wirkte distanziert. »Na ja, MaKE bezahlt deutlich besser. Gerade in ihrem Feld.«

»Geld«, brummte Cork. »Aber na ja …«

Während er über Belangloses weitersprach, erhaschte Luke

zwischen den Bäumen und Häusern einen Blick auf die Felder an den Hängen. Reisfelder schmiegten sich an die sonnigen Hügel, so weit das Auge reichte, Felder mit jungen Tomaten und anderem Gemüse nahmen die flacheren Regionen ein. Die Sonne schien so warm auf sie herab, dass Luke am liebsten seine Schutzkleidung abgelegt hätte.

Verdammt. Er sollte eher darauf hoffen, bald wieder bei ihrem Team zu sein, als hierbleiben zu können. Andererseits ... mit Flover hierbleiben zu müssen wäre wohl nicht allzu schlecht.

»Hier drüben ist es.« Abseits der anderen Gebäude stand eine niedrige Hütte mit rotem Anstrich, auf die sie zusteuerten. Sie sah aus wie ein alter Hühnerstall.

Es kam Luke eigenartig vor, dass Byth hochtechnologische Ersatzteile an einem solchen Ort untergebracht haben sollte. Andererseits würde er es wohl nicht anders tun, wäre er Mechaniker.

Mit einem angestrengten Ruck öffnete Cork die Holztür, die schwerer zu sein schien, als sie aussah. Er trat in den kleinen Abstellraum, in dem sich bis auf Dünger, Harken, Schaufeln und sonstige Gartengeräte nichts befand. Der Mann fegte mit dem Fuß einiges an Erde und Stroh beiseite und legte eine Metallluke frei, die in den Boden eingelassen war. Den Schlüssel für das Vorhängeschloss trug er am Körper.

Er öffnete die Luke. Darunter befand sich nichts außer einer großen Metallkiste. »Ihr werdet mir helfen müssen!« Lachend beugte er sich hinab. »Das Ding ist schwer.«

Luke tat es Flover gleich, der sich sofort bückte, um zu helfen. »Woah«, machte er unter Anstrengung, als es ihnen zu dritt kaum gelang, das Ding hochzuheben. »Da sollen echt nur Gliedmaßen und Ersatzteile drin sein?«

»Ja, das Zeug ist verdammt schwer«, keuchte Flover, und mit einem Ruck hoben sie die Kiste heraus. »Wäre gut, wenn

Sie eine Schubkarre oder einen Wagen für uns hätten. Sonst kriegen wir das Ding nie zur Station.«

»Kann ich holen«, ließ der ältere Mann verlauten und wandte sich sofort geschäftig um. Luke schaute ihm hinterher und fragte sich, ob es wirklich richtig war, die Menschen hier ihrem Schicksal zu überlassen.

»Kann hier eigentlich irgendjemand richtig mit einer Waffe umgehen?« Mehrere Menschen vom Hof hatten Flover und Luke zurück in die Station begleitet, um ihnen zu helfen, Byths Truhe zu den Cyber-Fields zu transportieren. Als Dank und vielleicht auch aus Sorge hatte Flover diverse Räume mit Vorräten und Impfdosen für die Männer und Frauen mit seiner KeyCard geöffnet, damit sie ihren Wagen befüllen konnten.

Es waren einige Stunden seit ihrer Ankunft vergangen, und vor einer halben Stunde hatte Ellis sich gemeldet, um ihnen mitzuteilen, dass die Truppe an ihrem Zielpunkt angekommen war und die Cyber-Fields bereit machte. Luke hatte die Erleichterung über diesen Umstand gar nicht fassen können, doch nun, hier wartend, war ihm kribbelig vor Aufregung. Nur herumzusitzen machte ihn nervös, aber er musste sich an Flover orientieren. Daran, wie er Pläne schmiedete und weiterdachte.

Cork sah von seinem gekühlten Getränk zu Luke auf, als wolle er herausfinden, was er mit dieser Frage bezweckte.

Sein Ziel war im Grunde nur gewesen, ein Gespräch anzufangen, weil ihn zu sehr interessierte, was die Bewohner vorhin mit ihren Aussagen zu Marshall gemeint hatten. Luke konnte gar nicht erklären, was genau daran sein Interesse weckte.

»Nein, nicht, dass ich wüsste.«

Flover unterhielt sich mit einigen Menschen der Belegschaft, um ihnen Informationen über ihre Situation zu entlocken, während Luke auf dem kühlen Boden Platz genommen hatte, den Blick nach wie vor aus der großen Fensterwand vor ihnen gerichtet. Er beobachtete seinen Mitbewohner gedankenverloren. »Sobald wir zurück in der Station sind, könnten wir anstoßen, dass ihr evakuiert werdet«, schlug er scheinheilig vor. Er ließ sich nicht anmerken, dass er vorhin schon gehört hatte, was einige der Menschen davon hielten. Dass er tatsächlich großes Interesse daran hatte, ihnen zu helfen, stand außer Frage.

»Auf keinen Fall«, erwiderte Cork klar, aber wenig aufschlussreich. »Du hast doch auf dem Weg hierher gesagt, dass die Gegend noch sicher ist.«

»Noch. Aber in der Nähe eines Militärtrupps, der euch beschützen kann, wärt ihr auf jeden Fall sicherer.« Er deutete auf den jungen Mann, der ihn und Flover vorhin mit vorgehaltener Waffe begrüßt hatte. »Vor allem, wenn diese alten Schrotflinten alles sind, was ihr habt.«

Überraschend lächelte der ältere Mann breit. »Diese Menschen sind alle Pazifisten. Nicht mal mit den Waffen, die wir haben, kann jemand großartig etwas anfangen. Wir hätten sie nie auf euch abgefeuert.« Er schnaufte amüsiert. »Wir schauen uns nicht einmal die Übertragungen aus den Sperrzonen an.«

Luke wollte lächeln, weil er ihnen das so sehr angemerkt hatte.

Trotzdem versuchte er, wieder auf das Thema zu lenken, über das er sprechen wollte. »Was habt ihr gegen das Militär?«, entschloss er sich für eine andere Strategie.

Und da war es! Cork machte sich nicht einmal die Mühe, die Vermutung abzuschmettern. Alles, was er tat, war einen skeptischen Blick in Flovers Richtung zu werfen, ganz als wäre da etwas an ihm, das sein Misstrauen schürte.

Cork schürzte ungehalten die Lippen, als fiele es ihm

schwer, sich seine Meinung zu verkneifen. Warum? Alle Menschen, die offen schlecht über Marshall oder die Regierung sprachen, gehörten für gewöhnlich DVM oder einer anderen Sekte an. Waren diese Menschen Teil einer von ihnen?

»Ich habe vorhin jemanden sagen gehört«, bohrte Luke weiter nach und senkte seine Stimme, »dass sie lieber sterben würden, als von Marshall Hilfe zu empfangen.« Nun sah Cork ihn wieder an, verankerte seinen Blick direkt in Lukes. Da lag so viel Unausgesprochenes in seinen Augen. »Warum?« Luke verstand es nicht. Er hatte noch nie jemanden schlecht über General Lloyd sprechen gehört. Nicht einmal über Alaska oder Liza, zumindest nicht vor all dem Scheiß, den sie in den letzten Tagen abgezogen hatten. Je länger er darüber nachdachte, umso wichtiger erschien es ihm. Wenn jemand so offen seinen Hass zum Ausdruck brachte, musste es doch etwas Wichtiges sein, oder?

»Das sind Gründe, die du nie verstehen wirst, Junge«, grollte Cork leise und wandte sich von ihm ab, ganz eindeutig, um das Gespräch zu beenden.

»Sind das Gründe, die wichtig für die aktuelle Situation der Welt sind?«, fragte Luke trotzdem nach. Er konnte noch nicht lockerlassen.

»Keine Ahnung.«

»Ich würde sie wirklich gern erfahren.« Luke wusste nicht einmal, was ihn antrieb. Vielleicht der Umstand, dass es ihm vor allem unbegreiflich war, warum die Menschen Flover so feindselig beobachteten.

War das Flover selbst überhaupt aufgefallen? Hatte er das gehört, was sie über Marshall gesagt hatten?

Lukes Plan ging auf, und Cork wandte sich mit einem genervten Ausdruck zu ihm um. Sein Blick schwenkte allerdings kurz darauf auffällig zu Flover hinüber, der nach wie vor in ein Gespräch mit zwei Mitarbeitern vertieft war.

»Ich mag, dass du so freiheraus bist, Junge«, grummelte Cork Luke unterdrückt zu. »Die Welt braucht mehr Menschen wie dich.«

Es lag an Flover, dass er nicht reden wollte, oder? Würde er mit ihm sprechen, wenn sein Freund nicht hier wäre?

»Mich interessiert nur, warum jemand ein solches Problem damit haben sollte, evakuiert zu werden«, erwiderte Luke. »Seid ihr von DVM?«

Der Kerl schnaubte abfällig. »Mit diesen Spinnern haben wir sicher nichts zu tun.«

Wenn Luke noch eine Frage stellte, würde Cork sicherlich aufstehen und gehen. Andererseits: Dass er überhaupt noch hier saß, bedeutete eigentlich, dass er durchaus darüber sprechen würde.

»Hör zu«, sagte Luke, »wir wollen nur helfen. Egal, welche Vorbehalte ihr habt, in der Nähe von Militärtruppen seid ihr auf jeden Fall sicherer. Wenn du es nicht für dich tun willst, dann doch wenigstens für deine Familie und deine Angestellten.«

Cork lachte so laut, dass sich einige der Anwesenden neugierig zu ihnen umdrehten. »Du bist sehr aufdringlich, Kleiner.« Er nickte langsam vor sich hin. »Es stimmt natürlich, dass ich meine Familie nicht so beschützen kann, wie ihr es mit all euren Waffen tun könntet.« Er fuhr sich mit der Zunge über die Lippen und kniff die Augen ein Stück zusammen. »Aber das passt schon für mich.«

Verdammt. An diesen Kerl war nicht heranzukommen.

»Na, wenn das so ist …« Er gab auf, obwohl er wusste, dass ihm diese Sache lange nicht aus dem Kopf gehen würde.

KAPITEL 9

: DOUBTING

»Wir müssen uns beeilen«, schallte es über die karge Landschaft an Byths Ohren.

»Wenn wir nicht so schnell wie möglich die Instrumente und Anlagen aufbauen, können wir nicht ermitteln, ob uns jemand gefolgt ist oder ob sich in der Umgebung eventuell doch Moja aufhalten!«

»Los, los, los!«

»Macht mal Platz da!«

Der Zug war in der Nähe des Baikalsees eingefahren, und so gut wie alle Waggons hatten sich gleichzeitig geöffnet, um den Strom an Menschen auf die Gegend zu entlassen. Nun herrschte Chaos. Byth stand zwischen all den Soldaten, Zivilisten, Kisten und Maschinen, die sie hertransportiert hatten, und versuchte, sich Orientierung zu verschaffen, auch wenn sie die ganze Zeit von Mitarbeitern mit Fragen gelöchert wurde.

»Chef, wo soll das hin?«, wollte ein untersetzter junger Mann von ihr wissen und riss sie abermals aus ihren Gedanken. Er hielt einen wuchtigen Metallkoffer in seinen Händen, vermutlich Werkzeug und andere Materialien, die sie sich hatte besorgen lassen.

Sie deutete auf eine Anhöhe, die in einem spitzen Hügel endete, auf dem einige Häuser verstreut waren, wie ein winziges Dorf irgendwo im Nirgendwo.

»Wir richten unsere Basis dort ein. Fragt den Einweiser, wohin das Mechanikzeug soll. Ich hab noch keine Ahnung, welcher Raum sich wo befinden wird, deswegen kann ich dir keine weiteren Anweisungen geben.«

Der Kerl nickte dankbar und ging seines Weges.

Byth war an die Spitze des Zuges getreten, um sich einen Überblick über die gesamte Landschaft zu verschaffen. Das war nicht essenziell für ihren Job, aber sie brauchte einfach das Gefühl von Orientierung, um sich gleich ihren Aufgaben widmen zu können. Sie würde die Techniker-Einheiten organisieren und ein Team zur Reproduktion ihrer Naniten zusammenstellen müssen. Eine der Hütten auf dem Hügel würde sich hoffentlich zu einem Operationsraum für die Reparaturen an Okijen umfunktionieren lassen.

Byth ließ ihren Blick schweifen. Die Gleise des Flashtrains verliefen direkt am Ufer des Baikalsees entlang. Sie war noch nie hier gewesen, und jetzt bereute sie, dass es unter so widrigen Umständen war. Die Landschaft war wunderschön. Karg, aber von einer erhabenen Ruhe. Es herrschte eine kühle Frühlingstemperatur, obwohl die Sonne von Dunst verschleiert war. Nur der rötliche Schein an den grauen Wolken ließ erahnen, wo sie sich gerade befand.

Der Boden war von einem Nebel umhüllt, der sich dicht am Grund hielt. Er spannte sich nicht nur über das stille Gewässer, sondern bis hinein in eine verlassene Stadt, kaum mehr als einen Kilometer entfernt. Byth kannte ihren Namen gar nicht. Sie konnte sich zumindest nicht erinnern, ihn jemals gehört zu haben. Sie wusste nur, dass die ganze Region vor etwa fünfzehn Jahren wegen heftiger Unwetter evakuiert worden war.

Nun standen sie dort, die kolossalen Gebäude einer Metropole, verwittert und überwuchert von kargen Gewächsen, wie ein sterbender Körper, dunkel und grau.

Wenn diese Gebäude noch einigermaßen intakt waren, würden sie dort viele Zivilisten, Soldaten und Ausrüstungsgegenstände unterbringen können. Die Position auf dem Berg bot sich allerdings eher für eine Hauptbasis an, denn von ihr aus würden sie weit hinein in die Landschaft blicken können. Die flachen Ebenen zwischen dem Hügel und dem See und auch weitere dahinter, die Byth auf ihren Scans gesehen hatte, eigneten sich perfekt für den Aufbau der großen Zelte, die sie für ihre größeren Unternehmungen brauchen würde. Ein guter Ort, um unterzukommen. Hier würden sie ein ganzes Heer beherbergen können.

Hatte Marshall gewusst, dass dieses Dorf hier lag? Oder war es ein glücklicher Zufall gewesen? Nein, bei ihr war nichts dem Zufall überlassen.

Sie würden sich so schnell wie möglich ordnen müssen, die Basis errichten, um nicht nur Verstärkung heranzuholen, sondern auch um Zivilisten zu evakuieren, die über die ganze Welt verstreut waren. Je schneller sie einen Plan erstellten, je schneller sie sich einen Überblick verschafften, umso besser wäre es. Und sobald die Cyber-Fields errichtet worden waren, würden sie auch Flover mit Okijens Ersatzteilen zurückholen können.

Byth reckte ihren Kopf in alle Richtungen, sah aber nicht, ob Okijen schon abtransportiert wurde. Auch wenn das Gespräch mit Andra sie ein wenig beruhigt hatte, war ihn auf die Beine zu bringen ihre wichtigste Mission. Erst, wenn es ihm wieder gut ging, konnte sie sich auf andere Dinge konzentrieren. Und es gab bei Weitem genug andere Dinge zu tun.

In den Gebäuden der neu errichteten Kommandozentrale herrschte helle Aufregung. Die alten Hütten mussten schon vor langer Zeit verlassen worden sein, denn Staub hatte sich dick auf all den alten Möbeln niedergelassen und in Teppichen abgesetzt. Die Häuser, die sich nach oben zum Berg entlanghangelten, waren noch intakt, aber ihr Mauerwerk porös, und auf den Dächern mit den dunklen Ziegeln waren schon einige Löcher zu sehen.

Byth stand am schlierigen Fenster des obersten Hauses und blickte hinab auf die anderen Gebäude, auf das Ufer, den See, so groß, dass sie sein anderes Ende nicht sah, auf die flachen Wiesenebenen hinter den Hügeln, die sich bis zum Horizont streckten, und auf die verlassene Stadt in einiger Entfernung. Ihr Anblick bereitete ihr ein unwohles Gefühl. So bedrohlich und intensiv, dass sie sich kaum auf Marshalls Worte konzentrieren konnte.

»Wir brauchen Elektrizität, eine Kommandozentrale, am besten ganz oben, Überwachung in jede Richtung und Unterkünfte für die Zivilisten«, wies Marshall das Team an. Byth schaute immer wieder zu Calen hinüber, um herauszufinden, wie es ihr ging, aber sie war offensichtlich sehr fokussiert auf ihre Aufgaben. Würde sie nicht das knallig pinke Einhorn-Shirt tragen, könnte man denken, sie wäre ein gewöhnlicher Offizier. »Jeder Bereich, den wir zur Besiedlung verwenden, muss gut einsehbar sein.«

»Jawohl, General!«

»Wir werden Zelte zur Unterbringung der Mannschaft errichten, Sanitätsräume, Arbeitsstätten und Lager für Nahrungsmittel und Impfdosen. Für besonders wichtige Prozesse werden die Häuser des Dorfes genutzt. Über die Nutzung der Räumlichkeiten, die uns eventuell in der Stadt zur Verfügung stehen, beraten wir, wenn wir die Sicherheit der dortigen Gebäude überprüft haben.« Sie schaute einige Zuständige an, dann nickte sie, und die ersten Soldaten machten sich auf den Weg. Byth wartete nur darauf, dass auch sie endlich mit ihrer Arbeit beginnen konnte.

»Höchste Priorität hat die Einrichtung von Cyber-Fields, um eine Verbindung zum Rest der Welt herzustellen. Andra, du gehst mit Lieutenant Baylee. Du kannst deine Mission durchführen und so schnell wie möglich wieder hier sein. Wir brauchen jede Kraft, die wir bekommen.«

»Ich werde mich beeilen, General.«

Andra? Byth sah ihr hinterher, wie sie in Begleitung eines jungen Offiziers den Raum verließ. Was war diese Mission? Byth war eigentlich davon ausgegangen, dass sie ein Auge auf Okijen haben würde, sobald dieser aufwachte.

Aber egal. Sie durfte sich jetzt nicht von den Aufträgen anderer ablenken lassen. Sie hatte im Trubel der letzten zwei Stunden ihr Team zusammengesucht und eine Hütte als Operationssaal gestellt bekommen. Nicht, dass man das zerfallene Gebäude als solchen bezeichnen könnte, aber sie hatte bereits in Garagen, Kellern und auf Bauernhöfen gearbeitet. Dies war also keine sonderlich neue Erfahrung für sie.

Nur, dass sie – während sie Okijen versorgen würde – die Reproduktion ihrer Technologie an ihre Helfer auslagern musste, gefiel ihr nicht. Die Programmierungscodes für die Naniten, die die Moja betäubten, wurden nun nach und nach auf ihre Stabilität getestet. Sie war sich noch immer unsicher, ob das funktionieren würde. Das Mittel war seit zwei Jahren in ihrem eigenen Körper stabil, aber KAMI war auch lange stabil gewesen, bevor es sich zum Gegenteil gewandt hatte. Vielleicht würden diese Naniten sich auch gegen sie wenden. Oder, wahrscheinlicher, sie würden einfach aufhören zu funktionieren. Genauso wie die Impfungen, gegen die KAMI immer und immer wieder immun wurde.

Aber Marshall bestand darauf, dass sie das durchzogen, und das bereitete ihr Bauchschmerzen, auch wenn ihr klar war, dass sie sich vorerst auf Okijen konzentrieren musste. Byth wusste, dass sie intelligent war. Aber sie maßte sich nicht an zu denken, sie wäre intelligenter als ein künstliches Computerprogramm, das aus der Erinnerung der Menschen gelernt hatte, sich zu materialisieren und zu sprechen. Es erschien ihr, je länger sie darüber nachdachte, immer unlogischer, dass sie in der Lage sein sollten, es zu besiegen. Sowohl mit ihren Naniten als auch mit Radioaktivität hatten sie KAMI zwar heftige Rückschläge verpasst, aber nichts hatte es besiegt.

Trotzdem: Sie durfte Marshall nicht enttäuschen. Diese Frau war alles, was diese Welt gerade noch zusammenhielt. Zumindest aus Byths beschränkter Perspektive. Wer war sie schon, sich ihrem Plan in den Weg zu stellen, nur weil sie Angst hatte? Nur weil sie sich vielleicht nicht eingestehen konnte, dass sie im Grunde der Ansicht war, diesen Kampf schon verloren zu haben.

Sobald die Cyber-Fields eingerichtet worden waren und Andra zu ihrer Mission aufgebrochen war – was auch immer diese zu bedeuten hatte –, hatte Byth angefangen, den OP für Okijen vorzubereiten. Wenn Nakamura und sein Begleiter nicht auf Schwierigkeiten gestoßen waren, würden sie jeden Moment mit den Ersatzteilen zurückkommen. Und es kribbelte Byth in den Fingern, diese Aufgabe endlich abzuschließen und hinter sich zu lassen.

»Major, ist es so okay?«, wollte einer der Jungen wissen, die sie ihr zugeteilt hatten. Auch die Zivilisten, die sie aus Moskau und anderen Städten hatten evakuieren können, wurden mit eingespannt. Unter ihnen hatten sich diverse Ärzte und Pfleger befunden, die ihr nun zur Hand gehen konnten.

»Das muss noch sauberer sein. Spannt eine Plane um den Bereich, und dann desinfiziert alles noch mal.«

Der junge Mann schien unzufrieden, nickte aber mit nach unten gezogenen Mundwinkeln, bevor er sich wieder an die Arbeit machte, den Bereich so gut wie möglich zu säubern. Sie hatten sich den Raum mit den wenigsten Möbeln herausgesucht, ein großes Esszimmer mit einem stabilen Metalltisch in der Mitte. Hier gab es weniger Staub als an anderen Stellen, aber für ihren Geschmack war es trotzdem zu viel. Um an künstlichen Körperteilen zu arbeiten, brauchten sie zwar keinen klinisch sterilen Raum, doch die Stellen, an denen die Maschinenteile mit dem Körper verbunden waren, durften nur so wenig Erregern wie möglich ausgesetzt werden.

»Wie sieht es mit dem Wasser aus?«, fragte sie eine Frau, die hereinkam.

»Wir kochen es gerade ab.«

»Gut.« Byth sah sich um, während sie damit fortfuhr, ihre Instrumente zu reinigen und das alte Pad zu starten, das sie an die übrigen Sensoren in Okijens Körper würde anschließen können.

»Major!« Ein älterer Herr, der sich ihr kurz nach ihrer Ankunft als Daniel vorgestellt hatte, kam schwer atmend in den Raum geeilt. Das Sakko, das er trug, war voll von Schmutz, und das Hemd hing ihm halb aus der Hose. »Die …« Mit hochroten Wangen schnappte er einige Male nach Luft, am Türrahmen nach Halt suchend. »Die Ersatzteile sind jetzt da.«

Byth wirbelte herum. Endlich!

»Alle Masken auf!«, bellte sie in den Raum, dann wandte sie sich Dan zu. Seinen Namen musste sie sich merken, immerhin war er derjenige, der sie bei dieser Operation unterstützen würde. Er war Chirurg in einem der Militärkrankenhäuser in Moskau gewesen. Das, was sie nicht über den menschlichen Körper wusste, würde er beisteuern können. »Dan, helfen Sie mir, den Tisch mit den Instrumenten dort rüberzustellen.«

»Jawohl!« Er krempelte die Ärmel seines viel zu locker sitzenden Oberteils hoch und hechtete auf sie zu. Trotz seines fortgeschrittenen Alters besaß er eine beachtliche Stärke, und scheinbar mit Leichtigkeit half er ihr, all die sensiblen Geräte neben den Operationstisch zu hieven. Durch seine locker sitzende Kleidung, die grauen Strähnen in den zerzausten Haaren und den dunklen Bartschatten sah er auf eine gewisse

Weise ungepflegt aus, was der aufmerksame Blick aus seinen hellen Augen allerdings wettmachte.

»Du da«, wies Byth den jungen Mann an, der ihnen eilig aus dem Weg sprang. »Du holst mehr Handschuhe und hilfst den anderen, das Wasser ranzutragen. Wir brauchen noch einen Tisch, und informiere das Team im Nachbarzimmer, dass Okijen hergebracht werden kann.«

»Jawohl, Major.«

Es war eine Wonne, dass alle, ohne zu fragen, ihren Anweisungen gehorchten, nur weil Marshall ihr ihren Rang zurückgegeben hatte. Sie durfte sich nur nicht allzu sehr an dieses Gefühl gewöhnen.

»Nicht rennen!«, schrie sie ihm hinterher. »Du wirbelst Staub auf!«

»Entschuldigung, Major«, rief der Junge und verlangsamte sofort sein Tempo. In einer anderen Situation hätte sie sich sicherlich darüber amüsiert, wie unzufrieden er wirkte.

»Sie haben wirklich Ahnung davon, was?«, murmelte Dan, als die beiden den schweren Tisch endlich abstellten und ihn neben dem Operationstisch ausrichteten. Byth zog ihre Handschuhe aus, warf sie in einen Müllbeutel in der Ecke und zog sich sofort neue über. Danach setzte sie die Atemmaske auf und beobachtete, wie der Arzt dasselbe tat.

Mit dem Ellenbogen strich sie die Plane, die sie rund um den Tisch herum befestigt hatten, beiseite, um einen Blick zur Tür zu werfen.

»Ich bin es einfach gewohnt, in Krisensituationen schnell zu handeln.« Byth sah sich um. Alles schien bereit, also versuchte sie, einen Moment der Ruhe zu finden. Wenigstens für einige Sekunden, bevor es an die Arbeit ging. »Es war immerhin mein Job, Prothesen auf Schlachtfeldern zu reparieren. Da darf man sich nicht vom Chaos um sich herum ablenken lassen.«

Der ältere Herr atmete tief ein, nach wie vor schwer von dem Spurt, den er hingelegt hatte. Trotzdem rang er sich zu einem Kopfschütteln durch. »Es ist schlimm, was man Kindern wie Ihnen in einem so jungen Alter schon zumutet.« Er lächelte rau. »Als ich so alt war wie Sie, Major, habe ich gerade erst mit meinem Studium begonnen. Bis dahin habe ich bei meinen Eltern gelebt und noch nicht wirklich viel von der Welt gesehen. Außer eben die Schule.«

Byth beobachtete ihn aufmerksam, während er sprach. In anderen Situationen gingen ihr Menschen auf die Nerven, die sie mit irgendwelchen nostalgischen Geschichten behelligten, aber in diesem Moment tat es ihr wohl ganz gut, mal kurz den Kopf freizubekommen.

»Der Zweite Kalte Krieg begann, als ich schon ein erwachsener Mann war. Aber echte Kriegsgebiete habe ich nie gesehen oder betreten. Ich scheue mich auch immer noch davor, die Übertragungen aus den Sperrzonen anzuschauen.« Er rieb die behandschuhten Hände aneinander und ließ den Blick über die Geräte auf dem Tisch wandern. »Dass so viele so junge Soldaten in den Kampf geschickt werden, nur um die Bevölkerung zu bespaßen, ist etwas, was ich mir nicht ansehen kann.«

Byth lächelte, obwohl sie wusste, dass er es wegen der Atemmaske nicht sah. »Ich bin so aufgewachsen«, erwiderte sie mit einem Schulterzucken. »Maschinenteile für Menschen zu bauen war anfangs nur ein Hobby. Und als ich auf einmal mitten in den Sperrzonen stand, war es schon zu spät. Aber ich habe das nie als grausam empfunden.«

»Ich schon«, erwiderte der Chirurg und klang auf einmal viel älter als vorher. Er suchte immer wieder ihren Blick, und sie versuchte, ihn zu erwidern, auch wenn sie nicht genau wusste, worauf er hinauswollte. Hatte das etwas mit der Operation zu tun, oder wollte er nur sentimentale Geschichten teilen? »Die Menschen aus dem Weltrat sehen zwar jünger aus, aber sie sind alle genauso alt wie ich.« Er nickte versonnen vor sich hin. »Sollte es nicht die Aufgabe der Alten sein, die Jugend zu beschützen?«

Byth wartete einige Momente ab, um zu sehen, ob er noch etwas anfügen wollte. Aber das schien sein Punkt gewesen zu sein.

Die Jugend beschützen? Das war nicht das Weltbild, mit dem sie erzogen worden war. »Worauf wollen Sie hinaus?«

»Ach, ich weiß nicht.« Jetzt lachte er leise. »Das ging mir gerade durch den Kopf, als ich durch die Basis gelaufen bin. So viele junge Gesichter. Viele hier fast noch Kinder. Und ich alter Sack kann nichts tun, um etwas daran zu ändern.«

»Hm.« Byth runzelte die Stirn, während sie auf Schritte aus dem Vorraum lauschte, die darauf deuten würden, dass Okijen hergebracht wurde. Hoffentlich machten sie langsam. Am liebsten wäre sie mitgegangen.

»Die erste Säuberung hat stattgefunden, als Sie noch ein kleines Mädchen waren, Major. Oder?«

Sie nickte. Ja, das war vor fünfzehn Jahren gewesen.

»Damals ist ein Großteil der erfahrenen Soldaten den Moja zum Opfer gefallen. Sie und die Kinder Ihrer Generation waren deswegen automatisch diejenigen, die für den Militärdienst akquiriert werden sollten. Es wurde Eltern zu der Zeit sehr schmackhaft gemacht, ihre Kinder direkt in die Vorausbildung zu den Pfadfindern zu schicken.«

Byth zog die Augenbrauen hoch. »Ja, dort war ich auch.« Eigentlich war dort jeder Soldat gewesen, den sie kannte.

»Und diese Kinder waren es auch, die später in die Sperrzonen entsandt wurden, um zu kämpfen.«

Sie war sechzehn gewesen, als sie das erste Mal Seite an Seite mit Okijen zum Kampf in eine der Sperrzonen gegangen war. Das stimmte. Aber sie hatte sich nie Gedanken darüber gemacht, dass es unnormal war, weil so viele der Soldaten in ihrem Alter gewesen waren. Wie eine Jugend früher ausgesehen hatte, wie junge Menschen ihr Leben ganz ohne diese Bedrohung verbracht hatten, konnte sie sich gar nicht vorstellen.

Aber früher hatten die Menschen vielleicht auch andere Träume und Wünsche gehabt als ihre Generation.

»Das ist bei uns einfach so«, sagte sie ruhig. Sie wollte nicht diskutieren, aber sie begriff nicht, warum dieser Mann das System so in Frage stellte. »Dem Militär zu dienen und in den Sperrzonen zu kämpfen ist eine der höchsten Ehren, die man als Mensch erreichen kann«, sagte sie ehrlich. In diesem Wissen war sie aufgewachsen. Und dass sie sich diesen Traum bereits in einem jungen Alter hatte erfüllen können, hatte sie immer mit Stolz erfüllt.

»Allerdings«, sagte der Mann. Sie meinte, an seinen Augen zu erkennen, dass er lächelte. »Das ist vielleicht nur die Sichtweise eines Alten wie mir. Aber wie, denken Sie, wenn Sie es sich vorstellen, wird es mit der Welt weitergehen, wenn das hier überwunden ist?«

»Was meinen Sie?« Nicht, dass sie viel Hoffnung hatte, dass die Welt hiernach noch dieselbe sein würde.

»Stellen Sie sich vor, dass in wenigen Jahren Mädchen und Jungen, jetzt noch Kleinkinder, einmal dieselbe Arbeit machen werden wie Sie. Dieselben Zweifel durchleben, dieselben Ängste.« Er zog die Augenbrauen hoch, und sie war sich sicher, dass er auf das anspielte, was gerade alle munkelten. Auf ihre Vergangenheit und darauf, dass sie in den letzten zwei Jahren versucht hatte, unterzutauchen, um nicht als Infizierte in einer Sperrzone zu landen.

Diese Vorstellung bereitete ihr tatsächlich ein unwohles Gefühl in der Magengegend. Sie wusste nicht, was sie darauf antworten sollte.

»Ich denke, wir müssen etwas an dieser Welt ändern«, sagte er und schien das Gespräch damit beenden zu wollen.

»Erst einmal müssen wir diese Welt retten«, sagte sie ernst. »Dann können wir weitersehen.«

Als Nakamura und einige andere Männer die Ersatzteile hereinbrachten, lag Okijen bereits – noch immer bewusstlos – auf dem Operationstisch. Sie hatten kaum mehr als eine Handvoll Worte gewechselt, obwohl Byth zu gern gefragt hätte, wie es auf dem Hof aussah und ob alles noch so war wie früher. Aber für mehr als ein »Keine Komplikationen« hatten sie vor dem Beginn ihrer Arbeit keine Zeit gehabt. Flover war zu seinem nächsten Auftrag geeilt.

Im Zug hatte sie Okijens lebenserhaltenden Systeme so weit instand setzen können, dass sie ihn gerade mit genug Energie versorgen würden, damit er nicht starb. Aber die blasse Farbe seiner Haut und all die offenen Verbindungen hinter der Klappe, die sie zum Schutz in seinen Brustkorb eingesetzt hatte, waren alarmierend.

Während Byth nichts weiter für ihn hatte tun können, hatten sich Sanitäter um die offenen Wunden an seinem Hals und in seinem Gesicht gekümmert. Nur einige Kratzer, die hatten genäht werden müssen.

»So etwas habe ich noch nie gesehen«, hauchte Dan, der sich etwas unsicher neben ihr positioniert hatte. »Unvorstellbar, dass dieser Mensch noch am Leben ist.«

»Ich hab so was auch noch nie gesehen«, murmelte Byth, während sie das Pad an die Ausgänge in seinem Körper anschloss, um eine erste Diagnose zu bekommen. »Aber er … ist hart im Nehmen. Er schafft das.«

»Die Wunder der Technik«, flüsterte der Arzt.

Alle anderen Helfer hatten sich vor der Tür positioniert, um auf Abruf bereit zu sein. Noch brauchte Byth sie nicht, und je weniger Staub aufgewirbelt wurde, umso besser. Die Ersatzteile hatten sie auf dem Instrumententisch neben ihnen gelagert und, so gut es ging, gereinigt.

»Ein gewöhnlicher Mensch hätte das nicht überlebt«, bestätigte Byth, die Augen auf die Daten gerichtet. So weit keine Überraschungen. Wie auch? Alles war zerstört. Sie erhoffte sich von der Diagnose nur, einen Eindruck zu bekommen, welche Probleme sie zuerst beheben mussten.

»Es ist nahezu blasphemisch, einen Menschen auf ein solches Maß zu optimieren«, sagte der Arzt. Das war nicht das erste Mal, dass sie sich so etwas anhören musste. Bei ihren Interviews war sie vor zwei Jahren ständig darauf angesprochen worden.

Byth schielte zu ihm hinüber. Er wirkte nicht aggressiv, sondern nur verwundert. Überwältigt, vielleicht. »Ich glaube nicht an einen Gott«, erwiderte sie lapidar.

»Ich denke, dass …«, setzte der Arzt an, wurde aber von einem Tumult auf dem Gang unterbrochen.

»Hey, Sie können da nicht einfach rein!«, rief der Junge, der sich vor die Tür gesetzt hatte, schien es aber nicht zu schaffen, aufzuhalten, wer auch immer sich dort näherte. Die Schritte wurden lauter.

Byth wurde sofort hellhörig und legte das Pad aus der Hand, wandte sich um. Sie entspannte sich erst wieder, als sie Ellis erkannte, der die milchige Plane mit seinem Ellenbogen zur Seite schob. Mit seinen beiden gebrochenen Armen bot er, trotz der sauber sitzenden Militäruniform, einen ziemlich kläglichen Anblick.

»Ich muss mit dir reden.« Der junge Mann, an dem er vorbeigegangen war, stand noch immer mit schockiertem Ausdruck hinter ihm.

»Das ist gerade denkbar schlecht«, erwiderte sie.

»Ich bin leider nicht früher dazu gekommen. Und du

kannst auch gern weiterarbeiten, während wir sprechen«, gestand er ihr zu. Sein durchdringender Gesichtsausdruck bedeutete ihr, dass sie überhaupt keine Chance hatte, gegen ihn anzureden. Sie zuckte also mit den Schultern und wandte sich ihrem Pad zu. So viele Problembereiche leuchteten auf, sie sah im Grunde gar keinen Teil von Okijens Körper, der nicht repariert werden musste. Der Arzt schaute irritiert zwischen ihr und Ellis hin und her.

»Sie sind doch Ellis Reed, oder?«, wollte er wissen. »Die Nummer zwei.«

Byth schnaubte vor Lachen, doch Ellis schmunzelte nur still. »Ja, so werde ich immer noch am liebsten bezeichnet.«

Byth erkannte aus dem Augenwinkel, wie er Okijen begutachtete. »Solange *er* allerdings nur faul rumliegt, bin ich wohl die Nummer eins.« Er zog die Augenbrauen in die Höhe. »Obwohl ich noch nie gegen Alaska gekämpft habe. Oder gegen Liza Moore. Ich glaube, gegen die hätte ich keine Chance.«

»Können wir den Smalltalk sein lassen und zum Thema kommen?« Sie musste sich konzentrieren. Sie hatte jetzt keine Zeit, sich Lappalien aus seinem Leben anzuhören.

»Klar«, gehorchte er rasch. »Ich bin hier, weil ich wissen will, ob du mir mit meinen Armen helfen kannst.«

Das brachte sie doch dazu, noch einmal von ihren Daten aufzusehen. Automatisch wanderte ihr Blick zu den beiden geschienten Armen, die ihm in einer Schlinge um den Hals lagen. »Wie bitte?«

»Du bist doch *das* Supergenie, was künstliche Körperteile angeht.«

Byth musterte ihn. »Du hast noch gar keine Optimierungen, oder?«

Er schüttelte den Kopf, und ein wenig Wut breitete sich warm in ihrem Bauchraum aus. Wie kam er überhaupt auf so eine schwachsinnige Idee? »Weißt du überhaupt, wie lange die Reha dauert, wenn du das erste Mal eine Optimierung eingebaut bekommst? Das ist kein leichter Prozess. Die meisten Patienten brauchen Monate, manchmal sogar *Jahre*, um sich an ihre künstlichen Gliedmaßen zu gewöhnen. Um sie richtig bedienen zu können. Geschweige denn, dass du gleich mit ihnen kämpfen könntest.« Sie deutete auf seine Arme. »Die Wunden müssen erst mal verheilen, abgesehen davon, dass ich dir beide Arme abnehmen müsste, was ich nicht in einem Raum wie diesem hier machen kann. Dafür brauchen wir ein richtiges Krankenhaus.«

Ellis sah nicht halb so enttäuscht aus, wie sie es erwartet hatte. »Ich meine ja nicht, dass du mir gleich die Arme amputieren und neue dranmachen musst. Aber vielleicht gibt es eine Möglichkeit, meine Arme zu stabilisieren? Oder irgendwas dranzubauen, dass ich sie zumindest benutzen kann?«

Sie fühlte sich überraschend überfordert von dieser Frage. Fuck, sie war mit dem Kopf schon so sehr in die Operation vertieft, die vor ihr lag, dass es ihr im ersten Moment gar nicht gelang, alle Möglichkeiten durchzugehen. Sie hatte dafür keine Zeit!

»So etwas ist tatsächlich kein Ding der Unmöglichkeit«, schaltete sich Dan überraschend ein, als Byth bereits dazu angesetzt hatte, Ellis fortzuschicken. »In unserem Krankenhaus haben wir so eine Operation einmal durchgeführt. Dabei haben wir die Knochen mit mehreren Maschinenteilen verstärkt. Das war ein Notfall und sah absolut nicht schön aus. Abgesehen davon, dass es den Heilungsprozess um viele Jahre zurückgeworfen hat. Aber theoretisch wäre es möglich.«

Ellis' Gesicht hellte sich auf, doch Byth hob die Hand, um ihm sofort die Hoffnung zu nehmen. »Das ist vielleicht möglich, aber das Risiko ist viel zu hoch. Das ist immer noch ein Eingriff in den Körper. Du wirst unglaubliche Schmerzen haben, allein von dem Eingriff. Du wirst danach nicht mit einem Schwert kämpfen können.«

»Eine Pistole würde mir schon reichen. Einfach irgendwas. Und Schmerzmittel haben wir auch mehr als genug aus der Station.«

Er blinzelte die beiden an und scheiße, er hatte seinen Welpenblick wirklich geübt. »Das hier ist vielleicht unser letzter Kampf. Was danach kommt, ist mir egal.«

Byth fuhr sich mit den behandschuhten Fingern über die Augenlider. »Du spinnst doch.« Sie versuchte, die Möglichkeiten abzuwägen, aber ihr Kopf war einfach zu voll. Sie wusste ja nicht einmal bei Okijen, wo sie zuerst und zuletzt ansetzen sollte. Geschweige denn, dass sie sich auch noch Gedanken über einen weiteren Patienten machen konnte. »Ich ... Ich werde mir was überlegen müssen, wenn das hier vorbei ist.« Sie sah streng zu ihm auf. »Aber ich verspreche dir nichts.«

Ellis lächelte. »Dass du darüber nachdenkst, reicht mir vollkommen aus.«

»Schleimer«, grummelte sie, die Stirn gerunzelt, eine seltsam tiefe Frustration im Bauch. »Jetzt verschwinde hier. Wir haben zu tun.«

KAPITEL 10

: REALIZING

Die angenehme Hitze der Wüste schlug Andra entgegen, als sie die leere Militärstation in der Nähe ihres ehemaligen Dorfes verließ. Die Sonne stand hoch am Himmel und brannte unerschütterlich auf sie nieder, sobald ihre Füße sie aus den Schatten der hohen Metall- und Steinbauten getragen hatten. Der weiche Sand federte unter ihren Stiefeln, und die Art, wie der Schein der Sonne sie umfing, fühlte sich auf so viele Weisen an wie die Umarmung einer Mutter. Der herbe Geruch der Wüste, der Sand, der ihr fein vom Wind ins Gesicht geweht wurde, und die Art, wie das Licht sie blendete ...

Es war, wie nach Hause zu kommen.

Dieser Ort beherbergte so viele furchtbare Erinnerungen, und doch fühlte er sich noch warm in ihrem Herzen an. Von dieser Zerstörungskraft, die hier gewütet hatte, war nichts mehr zu sehen. Das war es das letzte Mal schon nicht gewesen. Die Station, die an die Sperrzone angeschlossen war, lag in absoluter Stille da. Die Menschen mussten geflohen oder vertrieben worden sein. Nicht ein Laut war zu hören, nicht ein Anzeichen dafür zu sehen, dass sich hier noch jemand aufhielt. Dokumente, Ausrüstung und Materialien hatten auf ihrem Weg unbeachtet auf dem Boden gelegen, und auch im Wüstensand vor ihren Füßen war noch einiges verstreut. Sie hielt ihren Blick darauf gerichtet, als wäre ihr Kopf noch nicht bereit, sich zu heben, um zu den Ruinen ihrer Heimat hinüberzusehen. Dabei hatte sie sich in den letzten Stunden so sehr dafür gewappnet.

Wenn Okijen doch nur wieder mit ihr hier wäre. Er würde wissen, was er tun musste, um sie zu beruhigen. Er würde ihr helfen, dem Chaos in ihrem Inneren beizukommen. Er hatte schon so oft bewiesen, dass er es konnte.

Dass er nun halb tot in irgendeinem Operationssaal lag, ohne dass Andra ihm helfen konnte, machte sie unruhig. Unruhiger als das, was vor ihr lag, während ihre Stiefel sie in flüssigen Bewegungen durch den Sand trugen, fort von den befestigten Wegen des Militärs und hin zu den einfachen Hütten ihrer Siedlung.

Immer wieder schweifte ihr Blick zu den kolossalen Mauern der Sperrzone hinüber, die schwarz und mächtig in den Himmel aufragten. Dort, wo die Tore einmal gewesen waren, klaffte nun ein gewaltiges Loch. Sie waren in die Luft gesprengt worden, genau wie diejenigen in New York.

Wie gern sie jetzt einen von diesen Radiatoren dabeigehabt hätte. Aber diese Dinger feuerten nur maximal drei bis fünf Schuss ab, und wenn sie hier auf Moja traf, würde ihr das reichlich wenig nutzen.

Den Bogen fest in den Händen, jederzeit bereit, einen Pfeil aus ihrem Köcher zu ziehen, beobachtete Andra also ihre Umgebung. Nichts war zu sehen. Keine Moja, weder in der Nähe der Mauern noch in der Wüste. Ihren blauen Schimmer hätte sie auf weite Distanz erkannt.

Alles war wie ausgestorben.

Wo waren die Wesen? Hatten sie die Zone verlassen und sich in Richtung der nächsten Stadt begeben, oder verbargen sie sich noch im Inneren der Tore? Sie hatten noch keine Informationen darüber erlangt, wo auf der Welt die Sperrzonen geöffnet worden waren, und vor genau diesem Szenario war Andra gewarnt worden. Mehrere Menschen hatten ihr davon abgeraten, hierherzukommen, solange sie keine Unterstützung oder sichere Daten aufbringen konnten.

Doch das hier konnte nicht warten. Und dass sie allein war, wäre vielleicht nicht schlecht.

Ja, Okijens Anwesenheit würde sie vielleicht beruhigen, aber dies musste sie im Grunde selbst regeln.

Die Augen wachsam auf die Tore gerichtet, hinter denen einfach nichts zu sehen war, hatte Andra sich weiter auf den Bereich zugeschoben, in dem sich der Eingang zur warmen Kammer befand. Der Kammer, in der Byth den radioaktiven Müll gefunden hatte. Andra hatte sich als Kind so oft dort unten aufgehalten, aber was Radioaktivität oder Strahlung waren, hatte ihr nie jemand erklärt. Deswegen hatte sie nicht gewusst, was das Geheimnis der Ältesten gewesen war. Sie würde dort hinabgehen, um die Pfeile zu segnen. Das hatten sie gesagt. Das hatten alle aus dem Dorf gesagt. Vermutlich würde sie nie herausfinden, ob sie es auch nicht gewusst oder nur gelogen hatten.

Nach wie vor versuchte Andra angestrengt, nicht zu den Ruinen ihres Dorfes hinüberzusehen. Sie konnte sich den emotionalen Terror nicht leisten. Vielleicht, wenn sie in der Kammer etwas fand. Wenn sie die Antworten fand, nach denen sie so lange gesucht hatte; was auch immer das für Antworten waren. Vielleicht würde sie danach ihrer Hütte noch einen Besuch abstatten. Auch wenn sie sich das allein eigentlich nicht zutraute. Aber wer wusste schon, ob sie überhaupt noch einmal die Chance bekäme, hierherzukommen.

Die Tür, die zu dem Treppenhaus führte, das so weit unter die Erde reichte, war heiß von der unbarmherzigen Sonneneinstrahlung. Die Notbeleuchtung funktionierte schon lange nicht mehr. Ihr Phone in der Hand haltend, um den Weg vor sich zu erhellen, stieg Andra in die Tiefe hinab, ganz ruhig, vollkommen auf ihre Schritte konzentriert. Sie war diesen Weg so oft gegangen, aber dieses Mal war etwas anders. Dieses Mal hinterfragte sie all die Zeiten, zu denen sie sich bereits hier befunden hatte. Dieses Mal suchte sie nach Unstimmigkeiten und akzeptierte nicht einfach.

KAMI hatte sie gefragt, ob sie sich endlich erinnerte. Und ja, irgendwie wusste sie, dass da etwas war. Es musste doch etwas sein, sonst hätte sie überhaupt nicht diese eigenartige Verbindung zu diesem fremden Wesen. Diese Träume, in denen sie es sah.

Die Halle, in die sie am Fuß der Treppe trat, war wie in ihrer Erinnerung beängstigend gewaltig. All die Zeichen an den Wänden, die verirrte Menschen hier unten vor den Gefahren warnten, die jeden erwarteten, wirkten wie Mahnmale aus einer alten Welt. Erst jetzt wusste Andra, was sie bedeuteten.

Im Licht ihres Phones streifte sie durch die Hallen. Sie ignorierte vorerst die Kammer, in der sie mit Okijen und Byth gewesen war. Die Kammer, in der die alten Brennstäbe lagerten, durch ein mechanisches System gekühlt, das noch immer intakt war. Die Kammer, in der sie die Moja gefunden hatten. In der ... Ja, dieser Wüstenfuchs musste noch immer dort sein. Sie war hier nicht allein. Sie wusste nur nicht, ob ihr das Angst bereiten sollte.

Noch nie hatte Andra sich so intensiv in diesem Untergrund umgesehen. Sie fand Hallen, in denen riesige Fässer stapelweise gelagert waren. Hunderte, vielleicht sogar Tausende. Sie fand Räume, in denen alte Schutzkleidung bereitlag. Sinnvoll, wenn man bedachte, mit was hier hantiert worden war. Warum waren sie und die Älteste nie krank geworden? Byth hatte zwar gesagt, dass die Strahlung recht unbedenklich für Menschen war, aber es erschien Andra trotzdem eigenartig, wenn sie bedachte, wie oft sie und die Älteste hier unten gewesen waren.

Sie bemühte sich um Ruhe, während sie sich langsam voranschob. Wenn sie doch nur wüsste, wonach sie suchen sollte!

Was konnte sie finden? Dokumente? Aufzeichnungen? Die Älteste war so oft hier gewesen, vielleicht hatte sie etwas zurückgelassen. Etwas, das nicht nur Andra, sondern der ganzen Welt helfen würde.

Doch so lange sie auch in der Dunkelheit nach Hinweisen suchte, sie fand nichts. Vielleicht wusste sie einfach noch nicht genug. Vielleicht war sie einfach nicht klug genug, um die Anzeichen zu sehen, die für jemand anderen leicht ersichtlich gewesen wären.

Aber sie konnte doch nicht umsonst hergekommen sein. Es muss etwas geben ... Es musste!

Was sollte sie also tun?

Was hatte sie damals getan?

Die Älteste hatte ihr immer gesagt, bevor sie sie in die Kammer lassen würde, müsste Andra meditieren. Das war ihr beigebracht worden, als sie noch ganz klein gewesen war. Doch sie hatte es nie geschafft, diesen Test zu bestehen. Jedes Mal, wenn sie sich im Schneidersitz vor den Eingang der Kammer gesetzt hatte, um Ruhe in sich zu finden, war sie eingeschlafen.

Sie hatte es nie geschafft, in die Kammer zu gelangen. Sie hatte es nie geschafft, wach zu bleiben, um nach der in sich gefundenen Ruhe endlich das zu sehen, was dort drinnen vor sich gegangen war.

War das das Problem? Wusste KAMI überhaupt, dass Andra keine Ahnung davon hatte, was hier vor sich ging? Was wusste KAMI generell über sie? Vielleicht hatte es ja falsch gelegen. Vielleicht hatten ihre Worte Andra nur weiter in die Irre geführt.

Sie atmete tief ein, versuchte, den aufkommenden Frust in sich zu bekämpfen, und ging hinüber zur Kammer. Sollte sie hineingehen? Oder sollte sie ...

Einem Impuls folgend, öffnete Andra die Tür nicht, sondern suchte sich den Ort aus, den sie damals stets gewählt hatte, um sich im Schneidersitz auf dem kalten Boden niederzulassen. Sie schaltete das Phone aus und schob es in ihre Tasche. Dann schloss sie die Augen und versuchte, sich auf ihren Atem zu konzentrieren.

»Andra? Andra, komm schnell!«

Ihr Herz pocht aufgeregt, als sie den Ruf aus dem unteren Teil der Hütte hört. Ihre Mutter klingt freudig, und Andra wirft ihre Schulaufgaben fort, schiebt ihre kleinen Füße aus dem Bett, eilt zur Tür und dann hinab. Die Älteste wartet in der Küche auf sie, und ihre Eltern stehen beide neben der Tür. Sie ist vier Jahre alt, und heute ist der Tag. Zum ersten Mal darf sie der Segnung der Pfeile in der warmen Kammer beiwohnen. Sie glaubt, sich auf diesen Moment schon zu freuen, seit sie geboren ist.

Ihre Mutter lächelt, aber ihre Augenbrauen sind zu einem besorgten Ausdruck verzogen. Andra weiß nicht genau, was bei der Segnung gemacht wird, aber vielleicht ist es gefährlich, und ihre Eltern sind besorgt um ihre Sicherheit.

Andra hat keine Angst. Die Älteste wird auf sie achtgeben, egal, was passiert. Sie ist die stärkste Person, die sie kennt.

»Pass auf dich auf, Schatz«, flüstert Andras Mutter, bückt sich und umarmt sie sehr lange. Ihr Vater steht einfach nur daneben.

Die Älteste nimmt einen großen Koffer voller Pfeile mit, als sie sich durch die Wüste bewegen. Andra darf auch einen kleinen Köcher tragen.

Der Weg die große Treppe hinab ist kühl, aber beschwerlich, weil die Stufen ein wenig zu hoch für Andra sind. Es dauert eine ganze Weile, bis sie unten angekommen sind, und sie ist so erschöpft, dass sie es kaum schafft, sich im Licht der Laterne umzusehen, die die Älteste mitgebracht hat. Sie führt Andra durch eine große Halle und deutet auf einen Platz vor einem Metalltor.

»Setz dich hier hin und meditiere. Du musst vollkommen ent-

spannt sein, wenn du der Segnung beiwohnen möchtest. Ich hole dich, wenn du so weit bist.«

Andra tut, wie geheißen, setzt sich im Schneidersitz hin und schließt die Augen, so wie die Älteste es ihr beigebracht hat. Es ist kalt. Sie hört das Tropfen von Wasser aus den steinernen Decken und ein Surren, wie von Elektrizität. Aber sie weiß, dass sie sich davon nicht ablenken lassen darf, also konzentriert sie sich auf den Atem, der an ihrer Nasenspitze kribbelt.

Es ist dunkel vor den Fenstern, als Andra aufwacht. Sie weiß erst nicht, wie sie dorthin gekommen ist, aber dann dämmert es ihr. Es muss wieder passiert sein. Sie ist beim Meditieren eingeschlafen! Das ist ihr schon so oft passiert, und sich in ihrem Bett aufsetzend versucht sie, die Tränen der Wut zu bekämpfen, gräbt ihre Finger tief in die raue Decke und kann nicht fassen, dass sie diese Chance vertan hat. Wer weiß, wann die Älteste sie das nächste Mal mitnimmt!

Verärgert schiebt sie sich aus dem Bett und taumelt, noch immer im Halbschlaf versunken, der Kopf schummrig und die Wangen warm, auf die Tür zu. Sie hört einige leise Stimmen. Ihre Eltern reden mit der Ältesten! Aber so aufmerksam sie auch lauscht, sie kann beim besten Willen nichts Genaues hören.

Es sind einige Monate vergangen, als die Älteste ihr bei ihrem Training sagt, dass sie sie noch einmal mit in die Kammer nimmt. Andra ist freudig aufgeregt, aber vor allem entschlossen. Dieses Mal muss es funktionieren. Sie darf auf keinen Fall einschlafen!

Ihre Mutter umarmt sie wieder länger als sonst, bevor sie aufbrechen, dabei hat Andra im Untergrund gar nichts Gefährliches gesehen. Auf dem Weg durch das Dorf sehen einige Menschen sie mit eigenartigen Blicken an. Hat sie etwas falsch gemacht? Sind sie alle besorgt, ebenso wie ihre Mutter? Oder sind sie nur neidisch, weil sie mit der Ältesten mitgehen darf und die anderen nicht?

Als sie sich zum Meditieren vor die Kammer setzt, versucht sie, all diese Dinge zu vergessen. Und sie versucht, trotz aller Ruhe, die sie in sich finden will, nicht wieder einzuschlafen.

Andra wacht in ihrem Bett auf, und noch bevor sie sich darüber ärgern kann, dass sie scheinbar erneut eingeschlafen ist, denkt sie, dass etwas eigenartig ist. Sie schwitzt unter ihrer Decke, und ihre Stirn fühlt sich heiß und fiebrig an. Ärgerlich will sie sich aufrichten, aber ihre Glieder sind zu schwach. Sie kann sich so gut wie gar nicht bewegen.

»Mama?«, flüstert sie. Es kommt kaum ein Laut über ihre Lippen.

Am nächsten Tag erzählt ihre Mutter mit besorgtem Gesicht, dass Andra zwei Tage lang geschlafen hat. Die Älteste vermutet, dass sie sich erkältet hat. Andra kann nicht fassen, dass sie schon wieder ihre Chance verpasst hat, in die Kammer zu gelangen. Sie ist vor allem wütend auf sich selbst.

Als Andra wieder gesund ist und zur Hütte ihrer Lehrerin geht, reden die anderen Kinder nicht mehr mit ihr. Sie weiß nicht, was sie falsch gemacht hat. Liegt es daran, dass sie krank war und sich niemand anstecken möchte? Auch ihre Lehrerin und die anderen Erwachsenen halten Abstand.

Sind vielleicht alle so enttäuscht von ihr, wie sie von sich selbst ist? Ihre Eltern sagen, sie soll sich keine Sorgen machen, sie sei noch so jung. Ihre Eltern sagen, dass sie sich die Blicke der anderen nur einbildet. Und sie möchte ihnen glauben. Sie möchte ihnen glauben.

Es vergehen fast zwei Jahre, bis die Älteste Andra wieder mit in die Kammer nimmt. Sie hatte viel zu tun mit ihrer Ausbildung, sowohl in der Schule als auch an den Nachmittagen und Abenden als Jägerin und Bogenschützin. Trotz dieser Ablenkung fühlt sie sich von

Mal zu Mal unnützer, wenn die Älteste ohne sie geht. Die Kinder und Erwachsenen beobachten Andra noch immer mit Abstand, also ist sie dazu übergegangen, mit Wüstenfüchsen zu spielen und sich in jeder freien Minute um die Hühner und Ziegen zu kümmern. Ihre Eltern sagen, sie mache alles richtig. Die Kinder seien manchmal komisch und die Erwachsenen mit ihren eigenen Problemen beschäftigt.

Aber manchmal, wenn ihre Eltern denken, Andra würde es nicht sehen, flüstern sie, und sie versteht nie auch nur ein Wort. Beobachten sie aus dem Augenwinkel, als wägten sie ab, was mit ihr zu tun sei. Als wären sie enttäuscht.

Und die Älteste sagt nur: »Wenn du niemanden zum Reden hast, sprich zu den Sternen«. Doch es fühlt sich besser an, zu den Toren der nahegelegenen Sperrzone zu sprechen, weil Andra sich so zumindest einbilden kann, etwas oder jemand hört zu.

Zum Glück sieht sie nie jemand dabei. Sonst würden die Menschen im Dorf sie vielleicht noch eigenartiger finden.

Andra und die Älteste steigen wieder in den Untergrund hinab. Dieses Mal ist sie sicher, nicht mehr beim Meditieren einzuschlafen. Sie hat es seit dem letzten Mal jeden Tag geübt. Es hilft ihr nicht nur dabei, sich auf ihre Aufgaben zu konzentrieren, sondern auch das Chaos in ihrem Kopf zu beseitigen.

Obwohl zwei Jahre vergangen sind, ist alles wie immer. Abermals durchqueren sie die Halle. Abermals fordert die Älteste Andra auf, sich vor die Tore der Kammer zu setzen, bis sie sich entspannt hat und vollkommen ruhig ist.

Andra tut wie geheißen. Es fällt ihr schwer, sich auf ihre Meditation zu konzentrieren, weil sie sich so angestrengt darauf konzentriert, nicht einzuschlafen. Weil sie sich so sehr fragt, was wohl passiert, wenn sie die Kammer endlich betreten darf.

Sie weiß nicht, wie viel Zeit vergangen ist, bis sie sich endlich entspannen kann. Und sie weiß nicht, wie viel Zeit vergangen ist, als sie leise – wie ein Windhauch nur – spürt, dass sich ihr etwas nähert. Sie hat nicht das Geräusch der knarzenden Tür gehört, also weiß sie nicht, ob es die Älteste ist.

Kann sie die Augen öffnen? Oder soll sie sich weiter konzentrieren? Sind das Schritte, die näher kommen? Aber sie sind so leise, dass Andra kaum sagen kann, ob sie überhaupt da sind.

Gerade entschließt sie sich, die Augen zu öffnen, als sich eine Hand mit einem Tuch auf ihren Mund legt und sie spürt, wie etwas Kühles die Haut an ihrem Hals durchdringt. Sie will sich wehren, aber das, was sie über das Tuch über ihrer Nase und ihrem Mund einatmet, brennt scharf in ihrer Lunge.

Und bevor sie sieht, wer sie angegriffen hat, fällt sie in Ohnmacht.

Andra schreckte auf, wollte sich aufrichten, stolperte und fiel nach vorn auf die Knie.

Nein.

Nein, nein, nein, das war nicht wahr. Das … Das war eine Erinnerung, die sie so tief in sich vergraben hatte, dass sie ihre Existenz vergessen haben musste. Die Erinnerung an diesen Vorfall! Wie hatte sie sie so verdrängen können?

Sie hatte solche Angst gehabt. Doch nachdem sie abermals in ihrem Bett aufgewacht war, hatten ihr alle gesagt, sie sei wieder eingeschlafen. Obwohl sie gewusst hatte, dass es nicht so war! Sie hatte es gewusst.

Aber sowohl die Älteste als auch ihre Eltern als auch ihre Lehrerin hatten ihr versichert, dass sie nur geträumt hatte. Dass die Älteste sie nie angreifen würde. Dass sie keinen Grund hätte, sie zu betäuben.

Ihre Lehrerin hatte Andra voller Mitleid angesehen. Als sei sie traurig darüber, dass das Mädchen nach und nach verrückter wurde. Und selbst ihre Eltern, die am Anfang noch so verständnisvoll ihrer Angst gegenüber gewesen waren, hatten sie irgendwann nur noch mit einer solchen Enttäuschung beobachtet, dass Andra selbst resigniert hatte. Bis sie wegen ihres eigenen Seelenfriedens entschloss, dieses Ereignis zu vergessen. Dem zu glauben, was alle sagten. Sie hatte nicht gewollt, dass ihre Eltern sie für verrückt hielten. Sie hatte nicht gewollt, dass irgendjemand es tat. Trotzdem hatte sich ab diesem Tag etwas verändert. Sie hatte es gewusst und immer versucht, es zu ignorieren.

Verdammt! Andra schlug die Hände vors Gesicht und spürte, wie Tränen sich hinter ihren Lidern sammelten. Das konnte nicht wahr sein, oder? Was um alles in der Welt hatte die Älteste mit ihr gemacht? Und warum hatte ihr niemand geglaubt? Hatten sie wirklich *alle* für verrückt gehalten? Oder hatte ihr niemand zugehört, ... weil sie gewusst hatten, was hier unten passiert war?

Hatten ihre Eltern es gewusst?

Nein, das durfte nicht sein. Ihr Leben lang hatte Andra gedacht, sie wäre sonderbar. Ihr Leben lang hatte sie gedacht, irgendetwas an ihr wäre anders, irgendetwas würde sie falsch machen. Sollte es am Ende gar nicht an ihr gelegen haben? War am Ende alles keine Einbildung gewesen?

Sie hatte es ganz vergessen.

Sie hatte so sehr versucht, sich vor alldem zu schützen, dass sie es vergessen hatte. Und nun empfand sie so viel Wut und Angst und Unverständnis, dass sie sich gar nicht mehr rühren konnte. Dass ihre Glieder zitterten. Dass sie einfach nicht aufhören konnte zu weinen.

Alles war eine Lüge gewesen. Ihre Eltern ... Wenn sie sich an ihre Gesichter erinnerte, als sie das erste Mal mit der Ältesten hinabgestiegen war ...

Sie hatten es gewusst.

Ihr ganzes Leben war eine Lüge.

KAPITEL 11

: GUARDING

Die Sonne stand hoch über Amman und brannte trotz des Frühlings bereits auf das Team herunter, das sich auf dem ovalen Platz in den Ruinen von Gerasa versammelt hatte. Im Zentrum des steinernen Platzes, zwischen den ionischen Säulen, hatten sie Cyber-Fields errichtet, von denen aus der Blick in alle Richtungen reichte. Über die Straßen und Ruinen der antiken Stadt hinweg hatten sie eine gute Sicht auf die Metropole, in der sich einigen Meldungen zufolge noch viele Zivilisten befanden, die nur darauf warteten, abgeholt zu werden. Viele von ihnen waren in die Ruinen der Paläste und Theater der alten römischen Stadt geflüchtet. Nicht nur, weil sie hier Abstand zu den Moja hatten, sondern auch Schutz vor der brennenden Mittagssonne fanden.

Luke hatte darauf bestanden, Flover auf diese Evakuationsmission zu begleiten, obwohl er dagegen protestiert hatte.

Die Mission auf dem Bauernhof war etwas anderes gewesen. Dort hatten sie nicht gewusst, ob sie kämpfen müssten oder nicht. Doch hier war es unvermeidlich, und im direkten Kampf mit Moja würde Lukes verletztes Auge ihm schwere Probleme bereiten. Hoffentlich würde diese Sache geregelt vonstattengehen.

»Da oben kommt noch ein Trupp, Captain Nakamura«, wies ihn der Soldat neben ihm hin, und Flover wandte seinen Kopf nach rechts. Er musste die Verdunkelungsfunktion seiner ClearView aktivieren, um im Gegenlicht der Sonne etwas zu erkennen. Die Jacke seiner Schutzkleidung hatte er schon vor einiger Zeit ausgezogen und neben den Rest der Ausrüstung gelegt. Das lockere, schwarze Shirt würde ihn zwar nicht vor Angriffen schützen, aber in dieser Hitze wäre er anderenfalls in Ohnmacht gefallen.

»Etwa zwanzig Zivilisten«, erkannte er durch die Anzeige seiner Brille. »Scheiße, sie werden verfolgt!«

Flover zog das Schwert aus der Scheide, das er sich aus der Station in Hiroshima besorgt hatte, und wies Luke und die anderen Soldaten mit Handzeichen an, sich zu formieren. Sie waren nur ein kleines Team, bestehend aus ihm, Luke, acht weiteren Soldaten und zwei Technikern. Die Moja, die er vor allem auf den Anzeigen seiner Brille erfasste, weil die Hitze auf den blanken Steinen so stark flimmerte, waren deutlich in der Unterzahl. Er sah nur zwei, die den Zivilisten und dem kleinen Trupp aus drei Männern, die sie eskortierten, folgten. Bisher war es den Soldaten aber nicht gelungen, ihre Verfolger abzuhängen. Also musste Flover auf alles gefasst sein.

»Luke, du bleibst hier und beschützt die Techniker«, wies Flover ihn an. Er wollte nicht, dass er sich mit ins Getümmel stürzte, und schaute nicht zu ihm hinüber, um seinem höchstwahrscheinlich vorwurfsvollen Blick zu entgehen. »Die anderen folgen mir.« Rasch setzten sie sich in Bewegung. Es war schwierig, sich auf den großen, hellen Steinen fortzubewegen. Die jahrhundertealte Straße war durch Wind und Wetter brüchig und uneben geworden. »Nur schießen, wenn ihr freies Feld habt!«

Der Evakuationstrupp kam ihnen in der sengenden Mittagssonne rasch näher. Nur noch wenige Meter entfernt, hob Flover sein Schwert und wollte zum ersten Schlag ausholen – als er hörte, dass einer der Soldaten hinter ihm stolperte und krachend zu Boden fiel.

Diese Anfänger! Er wusste nicht, warum Marshall ihm gerade diesen Trupp zugeteilt hatte. Diese jungen Männer konnten noch nicht in viele Kämpfe verwickelt gewesen sein, und scheiße, er wusste, dass sie nicht genug Soldaten hatten. Aber solche Frischlinge auf Missionen zu schicken war verdammt fahrlässig!

»Zur Seite!«, stieß Flover aus, eine Sekunde, bevor die Moja einen Zivilisten erwischen würden. Mit einem Sprung setzte er auf die zwei Wesen zu, hob sein Schwert und holte zum Schlag aus. Sie liefen so dicht beieinander, dass er das zweite Wesen in der Schulter traf, nachdem er dem anderen sauber den Kopf abgeschlagen hatte. Ein anderer Soldat setzte nach und schoss dem Moja, den Flover nur halb erwischt hatte, aus nächster Nähe in den Kopf. Mit einem Knacken sprang dieser auseinander.

Ein Schwall Blut traf Flover ins Gesicht. »Scheiße«, keuchte er und fing sich hustend. Mit eiligen Bewegungen schob er seine Brille hoch und wischte sich mit dem Ärmel übers Gesicht. »Ich habs in den Mund bekommen, Mann.« Fuck, er spürte Übelkeit in sich aufsteigen, bevor er spuckte und sich abermals über die Augen fuhr, um alles abzuwischen, was ihn getroffen hatte.

»Tut mir leid, Captain!«

Flover presste die Lippen streng aufeinander und nickte kurz angebunden. Seine Ohren klingelten von dem Schuss, der so nah neben ihm abgefeuert worden war. »Pass das nächste Mal einfach besser auf.«

»Jawohl, Captain!« Der Kerl konnte höchstens ein Kadett sein. In diesem Alter hatten die wenigsten Kampferfahrung. Vor allem in der Nähe von Zivilisten musste man sich anders verhalten als in den Zonen. Das musste ihm doch jemand beigebracht haben!

Flover wandte sich zu den zwei Cyber-Fields um und schloss rasch zu der Gruppe an etwa zwanzig Zivilisten auf, um sie zu säumen. Angespannt blickten Luke und die Supporter ihnen entgegen. »Beeilung!«, wies Flover die Techniker an, die schon dabei waren, mit raschen Fingern ihre Pads zu bedienen und die beiden Fields klar für den Abtransport zu machen. Die Soldaten wiesen die Zivilisten an, sich in zwei Reihen aufzustellen. Eine Mutter hielt ein Baby im Arm und ein junges Kind an sich gedrückt. Ein altes Ehepaar fasste sich an den runzeligen Händen.

Jeder der Menschen wurde vorher mehrfach auf eine Infektion überprüft. Das war notwendig, machte die gesamte Aktion allerdings mühselig. Dafür, dass sie bereits seit Stunden von Standort zu Standort streiften, hatten sie rein zahlenmäßig unheimlich wenige retten können. Die Teams waren zu klein und besaßen zu wenig Fields.

Flover hatte sich gerade gesammelt, als ein Blinken am Rande des Sichtfelds seiner Brille seine Aufmerksamkeit erregte. Da kam noch ein Moja auf sie zu. Kurz auf ihn folgte ein weiterer, der in den sichtbaren Bereich eintrat. Und noch einer.

Scheiße, nein. Da kamen mindestens zwanzig auf sie zu, vielleicht sogar dreißig. Sie mussten dem Evakuationstrupp gefolgt sein!

»Aus der Richtung, aus der ihr gekommen seid, nähern sich mehrere Dutzend Moja«, teilte er den anderen laut mit und wies sein Team abermals dazu an, sich bereit zu machen. Sie bildeten einen Schutzkreis um die Zivilisten. »Beeilt euch«, rief er den beiden Technikern bei den Feldern zu. »Uns bleiben maximal zwei Minuten!«

Flover schob sein Schwert zurück in die Scheide, zog seine Pistole und behielt die Moja auf der Brille genau im Auge, bis er sie endlich auch mit bloßem Auge direkt vor ihnen wimmeln sah. Zwischen Trümmern und unter Bögen entlang stürzten sie auf sie zu. Und sie waren verdammt schnell!

»Luke, du gehst zurück zur Basis!«, wies er ihn an. Das hier würde verdammt knapp werden, und er würde ihn nicht beschützen können.

»Auf keinen Fall, Captain!«, hörte er ihn rufen, kurz bevor er Stellung direkt neben ihm bezog. Scheiße!

Flover aktivierte die Kommunikationsverbindung zur Zentrale und wartete darauf, dass einer der Offiziere sich meldete. Sobald er das Klicken seiner Implantate hörte, schickte er sofort einen Statusbericht.

»Wir brauchen Verstärkung!«, schob er nach und wartete ungeduldig auf eine Reaktion von der anderen Seite. Sein Blick glitt immer wieder zurück zu den Menschen, die sich nach und nach auf die zwei Fields stellten, um desintegriert zu werden, bis die Techniker ihr Go gaben, um die nächsten heranzuwinken.

Das ging alles zu langsam! So gern er auch aus der Formation ausbrechen und Luke persönlich zu den Fields hinüberzerren würde, sie brauchten seine Feuerkraft hier vermutlich wirklich.

»Da sind noch Menschen in der Stadt!«, rief eine der Frauen, die in der Schlange stand. Flovers Herz machte einen Sprung. Warum hatte der Evakuationstrupp das nicht gesagt? Konnten sie gerettet werden? Fuck, wenn sich weitere Menschen in der Stadt befanden, wäre es fahrlässig, einfach zu verschwinden. Aber so viele Moja konnten sie zu siebt nur schwerlich besiegen. Sie brauchten Verstärkung!

Es mussten noch sechs Personen abtransportiert werden, als die Wesen langsam in Schussweite kamen.

»Bereit machen!«, wies Flover die Soldaten an. Der Mann aus der Zentrale, der seinen Anruf entgegengenommen hatte, meldete sich einfach nicht. Was war da los?

»Diese Menschen leben!«, fuhr die Frau fort und musste von den Technikern zum Abtransport auf das Feld gedrängt werden. »Es sind mindestens hundert! Sie sind von DVM, aber mein Bruder ist unter ihnen! Sie müssen sie holen!« Das waren ihre letzten Worte, bevor auch sie in die Basis geschickt wurde.

Flover legte konzentriert die Stirn in Falten und zielte mit seiner Waffe auf den Kopf des Wesens, das ihnen am nächsten war. Warum hatte der Trupp die DVMler nicht mitgebracht? Hatten sie sich geweigert? Das hätte ihm doch jemand sagen müssen! Scheiße, das würde so verdammt knapp werden. Sie würde keine Zeit haben, die Fields abzubauen. Dabei waren die so wichtig für alle kommenden Missionen!

»Captain Nakamura, wie sieht es bei Ihnen aus?«, meldete sich endlich der Kommunikationsoffizier. »Wir können Ihnen keine Verstärkung schicken. Kommen Sie klar?«

»Das hier wird scheiße knapp!«

»Sollen wir schießen?«, fragte einer der jüngeren Soldaten.

»Noch nicht!«, bellte Flover ihm zu. Er konnte auf diese Distanz treffen, aber die Jungs vermutlich nicht. Sie mussten Munition sparen. »Wir werden die Felder zurücklassen müssen«, teilte er dann dem Kerl in der Zentrale mit.

Die letzten beiden Zivilisten standen gerade auf den Feldern, aber die Soldaten mussten auch in Sicherheit gebracht werden.

»Das ist sehr schlecht«, sagte der Kommunikationsoffizier am anderen Ende der Leitung trocken. Dass er solche Ruhe bewahrte, war zwar professionell, machte Flover aber wütend. »Wir brauchen die Felder dringend. Wir haben nur begrenzte …«

»Wenn Sie uns nicht helfen können, dann halten Sie die Klappe!«, rief er, dann beendete er die Verbindung. »Jetzt! Feuer!«, rief er danach den Männern zu, und schon im nächsten Moment begannen die Salven aus den kleinen und großen Automatikwaffen auf die Moja einzudonnern.

Flover eliminierte einen Moja mit einem gezielten Kopfschuss, visierte den nächsten an, drückte ab.

»Wir sind jetzt bereit, Captain!«, teilte einer der Techniker mit. Shit, was sollte er tun? Sollten sie sich zurückziehen und die Fields hierlassen, oder würden Luke, er und die acht Grünschnäbel es tatsächlich schaffen, all diese Moja auszuschalten?

Scheiße, nein. Er konnte das Leben dieser Truppe nicht aufs Spiel setzen. Vor allem nicht Lukes.

»Die beiden rechts und links außen!«, rief Flover. »Zurückziehen!«

»Jawohl«, antworteten sie, senkten sofort ihre Waffen und machten einen Satz zurück zu den Fields.

Sobald ihr Feuer wegfiel, gelang es einigen Moja, sich ihnen zu nähern. Flover musste drei auf eigene Faust ausschalten, damit sie ihnen nicht zu nahe kämen.

Wie viele Kugeln hatte er noch in seiner Waffe? Wenn sie aufgebraucht waren, musste er wieder auf das Schwert zurückgreifen.

Er wirbelte immer wieder herum, denn die Moja, noch mindestens dreißig an der Zahl, wichen ihren Schussbahnen weiter aus, zogen sich zu ihren rechten und linken Seiten zurück und teilten sich auf, wodurch sie für ihr gebündeltes Feuer ein viel schwereres Ziel boten.

»Bereit für die nächsten zwei!«, rief einer der Techniker. Die Moja versuchten, sie einzukesseln!

Die beiden Soldaten von den Außenseiten schoben ihre Waffen fort und machten einen Satz zu den Fields zurück.

»Aufteilen! Übernehmt die Seiten!«, wies Flover die übrigen vier Soldaten und Luke an. »Aufgepasst!«

Nur in letzter Sekunde gelang es einem der Männer, seine Waffe rechtzeitig zu heben, um einen Moja daran zu hindern, sich auf die Supporter zu stürzen. Diese Wesen waren viel zu schnell für sie, und ihre Überzahl machte es so gut wie unmöglich, ihre huschenden Bewegungen auszumachen. Einige Moja hatten sich hinter Trümmerteile und Säulen zurückgezogen. Flover hatte nur durch seine Brille einen groben Überblick darüber, wo sie sich befanden.

»Die nächsten zwei!«

»Jawohl!« Wieder zwei weniger. Noch zwei nach ihnen, dann wären nur Luke und Flover hier, um die Techniker zu beschützen. Warum hatte Luke sich nicht einfach außen postieren können? Shit.

Das war nicht zu schaffen. Flovers Herz schlug ihm bis zum Hals, nicht nur vor Anstrengung, sondern auch vor Aufregung. Was sollte er tun? Er musste Ruhe bewahren!

Er brauchte Zeit, sich zu konzentrieren.

Eins.

Die Moja, die sie nicht trafen, zogen sich immer weiter zu ihren Seiten zurück, sodass es schwerer wurde, sie fernzuhalten. Flover traf zwei in den Hinterkopf.

Zwei.

Er sah über die Anzeigen auf seiner Brille, dass die Moja, die sich hinter den Säulen verborgen hatten, an den Seiten des Platzes entlangwanderten. Verdammt, als hätten sie sich abgesprochen. Wenn sie sich ihnen geschlossen näherten, waren sie geliefert.

Drei.

Sobald die letzten beiden Soldaten weg waren, wäre Flover mit Luke und den Technikern allein. Die Moja würden diese Schwäche unverzüglich ausnutzen. Er trat einen Schritt zurück, um näher an den Technikern zu sein und sie im Notfall zu verteidigen.

Vier.

Sie könnten versuchen, zuerst Luke abzutransportieren und dann gemeinsam über ihre TransPhones zu entkommen.

Flover hatte seins dabei, aber er würde es in die Hand nehmen müssen, wozu ihm gerade keine Sekunde Zeit blieb.

Fünf.

»Die letzten zwei!«, rief der Techniker. Bevor die Soldaten ihre Waffen fortschoben, streckten sie drei weitere Moja nieder. Flover und Luke gaben ihnen Feuerschutz.

Sobald die beiden ihre Waffen gesenkt hatten und nach hinten getreten waren, gelang es gleich zwei Moja, sich ihnen auf unmittelbare Distanz zu nähern, als hätten sie nur auf diesen Moment gewartet. Shit!

»Captain!«, rief einer der Soldaten, doch die Techniker zerrten ihn auf das Feld. »Sie schaffen das nicht!«

Flover zog sein Schwert, sprang auf die Moja zu, enthauptete eins der Wesen und versetzte dem zweiten einen Kopfschuss. Er hörte Lukes Gewehrfeuer und wirbelte sofort wieder zu ihm herum, um sicherzugehen, dass er nicht in Schwierigkeiten steckte. Flovers Atem ging brennend schwer, und Schweiß rann ihm über die Stirn. Aus dem Augenwinkel sah er, wie die letzten beiden Soldaten desintegrierten.

»Sie sind jetzt dran!«, rief ihnen einer der Supporter zu. Flover biss die Zähne zusammen.

»Bringt erst mal ihn weg!«, erwiderte er heftig keuchend. »Wenn ich gehe, sind Sie schutzlos. Bringen Sie ihn und sich selbst in Sicherheit.«

»Flover, nein!«, keuchte Luke. »Ich lasse dich nicht allein!«

»Halt deine Klappe und mach schon!«, fauchte Flover, überwand die wenigen Meter zwischen ihnen und packte seinen Arm, um ihn zu den Fields zu ziehen. Er bemerkte den Moja, der sich aus seinem toten Winkel genähert hatte, erst in letzter Sekunde und ließ Luke los, wich auf den letzten Drücker seinem Schlag aus. Er konnte nicht richtig mit seinem Schwert ausholen, sodass er, noch halb in der Hocke, dem männlichen Moja die Waffe nur in den Arm rammte, ihn aber nicht ganz abtrennen konnte. Mit einem Ruck riss er sie aus dem Knochen und stolperte halb zurück, während das Wesen schon nachsetzte. In letzter Sekunde gelang es ihm, dem älteren Mann mit den leuchtenden Augen das Schwert in die Kehle zu rammen. Ein gurgelnder Laut drang daraus hervor, als Flover ihn an der Schulter packte und das Schwert aus seinem Körper zog.

Er wirbelte herum und schwang die Waffe, um den nächsten Moja, der auf die Techniker zulief, zu blenden und ihm den Kopf abzutrennen, sobald dieser seine Hände auf die Augen geschlagen hatte.

Zu spät sah er, dass sich Luke bereits drei der Wesen auf unmittelbare Entfernung genähert hatten. Flover stürzte auf ihn zu und zog ihn hinter sich, konnte aber nicht verhindern, dass eins der Wesen ihm einen heftigen Schlag gegen den Kopf verpasste. Nein!

Er hob die Pistole und schoss dem Ding in die Stirn. Dabei versuchte er, Luke mit dem anderen Arm so gut wie möglich zu stützen, ohne ihn mit seinem Schwert zu verletzen. Aber er lehnte besorgniserregend schlaff an Flovers Seite.

Einer der Techniker hatte eine Waffe gezogen, und gemeinsam gelang es ihnen, auch die anderen beiden Moja zu töten, während Flover Luke halb zu den Fields zog.

»Luke? Luke, alles okay bei dir?«

Er antwortete nicht!

Scheiße. Sie durften den anderen Moja keine Zeit lassen, sich wieder zu sammeln.

»Wie lange brauchen Sie, um die Felder abzubauen?«, rief er den beiden Supportern zu.

»Zehn Minuten!«

Flover schüttelte den Kopf, noch immer den Augenkontakt zu den Wesen haltend, die sich um sie versammelt hatten.

»Das dauert zu lange«, ächzte er. »Wir lassen sie zurück.«

»Aber …«

»Das ist ein Befehl! Haben Sie beide TransPhones?«

»J-ja!«, bestätigten die beiden gleichzeitig.

»Bringen Sie ihn hierher zurück. Dann nehmen Sie Kontakt zur Zentrale auf und lassen sich abholen.«

»Was ist mit Ihnen?«

Er lächelte grimmig. »Ich kann nicht gleichzeitig mein Schwert halten und jemanden anrufen.« Er überlegte hektisch. »Können Sie mich über eins der Fields abtransportieren, kurz bevor Sie beide geholt werden?«

Aus dem Augenwinkel sah Flover, dass die beiden einander einen Blick zuwarfen. »Das sollte möglich sein.«

»Dann machen Sie es so!« Er hievte den halb bewusstlosen Luke auf eins der Felder und hielt ihn an der Jacke fest, um ihn zu stabilisieren. »Keine Sorge«, murmelte er ihm zu. »Du musst nur ganz kurz allein stehen, ja?«

Wieder keine Antwort. Luke taumelte ein Stück nach vorn, der Supporter griff in seine Jacke und half ihm erneut dabei, sich aufzustellen. Blut rann an Lukes Schläfe hinab, aber er blinzelte noch. Gleich würde er ärztliche Versorgung bekommen, dieser dumme Idiot.

Einer der Moja im Verborgenen schien ungeduldig zu werden, stahl sich aus seinem schattigen Versteck und lief von der Seite aus auf sie zu.

»Los jetzt!«, rief Flover, und Luke schaffte es, sich zu fangen, in dem Moment, in dem der Mann das Field aktivierte. Es dauerte nur eine Sekunde, bis er fort war, dann griffen beide Männer nach ihren Phones und wählten die Nummer der Zentrale.

Erleichtert, dass zumindest Luke in Sicherheit war, lief Flover nach vorn, wich dem ersten Schlag des Moja aus und rammte ihm dann sein Schwert in den Bauch. Mist, er hatte sich zu schnell bewegt! Silbrig schimmerndes Blut spritzte aus der offenen Wunde auf seine Arme, als das Wesen nach hinten umfiel. Der Halt seiner Finger um den Griff wurde schlüpfrig und unsicher. Er hatte allerdings keine Zeit, ihn zu reinigen, denn ein weiterer Moja hatte sich aus den Schatten in der gegenüberliegenden Richtung genähert!

Scheiße, er war gleich bei ihnen. Flover setzte gerade an, auf ihn zuzulaufen, als er eine Regung hinter sich wahrnahm.

Nein!

»Ich habe Kontakt!«, rief einer der Männer, noch bevor Flover abwägen konnte, welcher Moja ihnen am nächsten war, welchen er zuerst erledigen musste. Das hatte er befürchtet!

Doch noch bevor er sich entschieden hatte, packte ein Techniker seinen Arm und riss ihn nach hinten, um ihn auf dem Cyber-Field zu platzieren. Er hatte das Telefon bereits am Ohr, als er den Knopf bediente, der Flover zurückschicken würde. Aber der Moja hinter ihm! Er war viel zu nah!

»Nein!«, schrie Flover und wollte von der Plattform springen.

Doch es war bereits zu spät. Sein Schrei hallte an den Wänden des leeren Zimmers wider, in dem er sich materialisierte.

UNITED NATIONS MILITARY

Archiv: Militärische Aufzeichnungen

02.10.2081
Ort: weltweit

Offizielle Verlautbarung zur öffentlichen Nutzung der Cyber-Trip-Technologie

Sehr geehrte Damen und Herren,

es wurde beschlossen, dass die Cyber-Trip-Technologie von nun an beschränkt im öffentlichen Raum eingesetzt wird, um Evakuationen von Besiedlungsgebieten im Notfall zu vereinfachen. Hierzu wird die Regierung **stationäre Cyber-Fields** in Einkaufszentren und anderen Sammelplätzen anbringen, die Sie nach Installation über eine Onlinekarte werden aufrufen können.

Die Nutzung der Cyber-Fields ist nur im äußersten Notfall gestattet. **Missbrauch wird strafrechtlich verfolgt!**

Wir bemühen uns um eine flächendeckende Installation von Cyber-Fields, durch die Seltenheit des Kernelements und das mit den Cyber-Trips einhergehende Risiko ist eine Massenanfertigung allerdings momentan nicht absehbar. **TransPhones stehen nach wie vor nur Militärangehörigen zur Verfügung.** Weitergabe und Missbrauch werden strafrechtlich verfolgt. Die Technologie der **mobilen Cyber-Fields** befindet sich derzeit im Ausbau, dient allerdings lediglich Evakuationszwecken im Katastrophenfall.

Wir bitten um Ihr Verständnis und das Befolgen der Regeln.

Das UNITED NATIONS MILITARY

KAPITEL 12

: STUMBLING

Die Luft im Moskauer Gerichtsraum riecht nach Holz und alten Polstern, obwohl die Möbel für die Verhandlung extra durch neue ersetzt worden waren. Die meisten sind allerdings leer.

An einem langen Tisch, Okijen gegenüber, sitzen Marshall, Liza und Alaska, gesäumt von zwei Militärrichtern und zwei Gerichtsschreibern. Drei Fürsprecher waren Okijen zur Seite gestellt worden, und auch wenn er ihre Fähigkeiten nicht in Frage stellt, ist ihm klar, dass sie gegen die drei Generäle nicht werden ankommen können.

»Verstehe ich das richtig«, setzt Alaska mit unerbittlicher Stimme an, nachdem eine Weile Ruhe geherrscht hat, »dass Sie also das Militär verlassen wollen, Colonel Van Dire, weil Sie sich aufgrund des Befehls zur Tötung von Infizierten nicht mehr in der Lage fühlen, Ihren Beruf auszuüben?«

Okijen läuft ein Schauer über die Stellen seiner Haut, die noch nicht mechanisch sind. Infizierte. Das waren Kinder gewesen, verdammt. Sie hatten nichts verbrochen. Sie hatten nichts zu tun gehabt mit der Welt der Erwachsenen, mit dem Militär und den Moja.

Er sieht auf den hölzernen Tisch vor sich, ballt die Hände zu Fäusten und murmelt ein »Ja«.

»Wie bitte?«, hakt Alaska stichelnd nach, was so viel Wut in Okijen auslöst, dass er das Blut warm in seinem Kopf rauschen spürt.

»Ja, General«, sagt er lauter, wenn auch durch zusammengebissene Zähne.

Dies ist der erste Tag der Verhandlung. Die zwei Frauen und der

Mann, den Marshall ihm zur Seite gestellt hat, um seine Sicht der Dinge zu erläutern, haben Okijen in einigen Tagen der Vorbereitung intensiv darauf eingestellt, dass diese Prozedur sich über Wochen hinziehen kann. Er hat nicht die geringste Ahnung, wie er das durchstehen soll. Sao Paulo sitzt ihm noch tief in den Knochen. Er hat nicht mehr geschlafen, seitdem er die Feuer und den Rauch hinter sich gelassen hat. Nachts, wenn er in seinem Bett liegt, glaubt er, die giftige Luft zu schmecken, die Schreie zu hören, die Hitze auf der Haut zu spüren.

»Laut Gesetz ist es Ihnen theoretisch möglich, Ihren militärischen Dienst zu beenden. Laut Militärstaatsanwaltschaft besteht in Ihrem Fall allerdings ein Interessenskonflikt.«

Während Alaska spricht, konzentriert Okijen sich auf die Maserung des Tisches vor ihm. Schweiß hat sich auf seiner Stirn gebildet, und er knetet die Hände, damit sie etwas zu tun haben.

»Laut des letzten Standes unserer Akten besteht Ihr Körper zu siebzig Prozent aus Waffen, die Eigentum des Militärs sind. Man kann deswegen argumentieren, dass Sie, Colonel Van Dire, ebenso Militäreigentum sind und Sie Ihren Dienst nicht quittieren können.«

Okijen wagt es nicht, aufzusehen. Alaskas Worte verschwimmen hinter dem Rauschen in seinen Ohren. Er will nicht in die Gesichter der Generäle schauen, vor allem nicht in Marshalls. Er versteht das alles nicht. Er versteht nicht, warum sie so sehr darauf bestehen, dass er gegen seinen Willen hierbleibt. Marshall hat gesagt, sie stünde hinter ihm und er würde diesen Prozess gewinnen. Aber wenn Alaska als der oberste Richter eingesetzt wurde, dann würde es so ausgehen, wie er es wollte.

Warum? Was bringt es diesen Menschen, wenn er bleibt? Er ist stark, aber am Ende doch nur ein winziges Rad in einem riesigen Getriebe. Er ist ersetzbar.

»Colonel?«, hört er Liza Moores laute Stimme durch das Chaos seiner Gedanken dringen und sieht erschrocken auf. »Haben Sie

verstanden?«, fragt sie mit Nachdruck. Er hält dem Blick ihrer hellen Augen nur kurz stand.

»Jawohl, General«, lügt er. Er weiß, worum es geht, und die Diskussion über sein Schicksal werden andere Menschen ausfechten. Also kann er abschalten und sich Gedanken um das machen, was er tun wird, wenn er hier raus ist.

Was soll er tun? Er wird in sein leeres Zimmer in der Akademie zurückkehren und sich den Blicken all seiner Kommilitonen und Kollegen aussetzen. Byth ist weg, ohne ein Wort zu sagen, und er denkt nicht, dass sie wiederkommt. Was auch immer er getan hat, um das nach zwei Jahren Beziehung zu verdienen.

Was auch immer er getan hat …

»Die Militärstaatsanwaltschaft wird den Fall vortragen«, meldet sich einer der beiden Militärrichter und schaut zu den drei Männern am Tisch schräg neben Okijens. »Danach werden die Fürsprecher der Gegenseite ihre Argumentation darlegen. Wir werden nach bestem Wissen und Gewissen darüber entscheiden, wie im Fall von Colonel Van Dire fortgefahren wird, um Gerechtigkeit in diesem Fall walten zu lassen.«

»Gerechtigkeit«, spuckt der Mann neben Okijen aus, und zum ersten Mal an diesem Tag nimmt er den alten Herrn bewusst wahr. Er ist ihm als Menschenrechtswissenschaftler vorgestellt worden, und schon in den vorhergehenden Gesprächen ist er Okijen durch eine herausstechende Leidenschaft in diesem Fall aufgefallen. Dass es ihm allerdings so schwerfallen würde, auch im Gerichtssaal seine überschäumenden Emotionen zu kontrollieren, hat Okijen nicht erwartet.

»Was war das?«, will der Militärstaatsanwalt am Tisch neben ihnen wissen.

Der ältere Mann mit dem wirren grauen Haar wirkt etwas ertappt, hat offenbar nicht damit gerechnet, gehört zu werden. Seinem Blick zufolge weckt die Nachfrage aber seine Entschlossenheit. »Ich empfinde es als Unverschämtheit, dass hier das Wort Gerech-

tigkeit überhaupt in den Mund genommen wird«, fährt er auf, fixiert erst den Anwalt, dann die Generäle. »Hier geht es um einen neunzehnjährigen jungen Mann, dem sein Recht abgesprochen werden soll, ein Mensch zu sein und über ebensolche Rechte zu verfügen!« Fahrig schiebt er die Brille auf seiner Nase zurecht. »Dass dieses Verfahren überhaupt stattfindet, ist eine Farce!«

Der Militärrichter bleibt überraschend gelassen. »Ich möchte noch einmal klarstellen, dass es hier nicht darum gehen soll, Colonel Van Dire seine Menschenrechte abzusprechen.«

»Natürlich! Es geht immerhin darum, ihn zum Staatseigentum zu erklären. Damit machen Sie ihn entweder zu einer Maschine oder zu einem Sklaven. Diese Verhandlung ist meiner Meinung nach an sich rechtswidrig, und es blieb viel zu wenig Zeit, um sie vorzubereiten.«

»Die Richtigkeit des Verfahrens wurde im Voraus geprüft und bestätigt«, entgegnet der Staatsanwalt ruhig.

»Das ist doch Unsinn!«, fährt der ältere Wissenschaftler neben Okijen auf und schlägt seine Faust auf den Tisch, sodass das Wasser in den Gläsern vibriert. Er bebt vor Wut. Okijen sieht seine Hände zittern. »Sie wagen es, sich als gerecht darzustellen, aber es gibt seit achtundzwanzig Jahren keine Gerechtigkeit mehr in dieser Welt.« Er sieht zu Marshall und den anderen auf.

Die Generäle erwidern seinen Blick ausdruckslos, auch wenn Okijen denkt, eine Wachsamkeit in ihnen zu sehen, die er nicht ganz deuten kann.

Seit achtundzwanzig Jahren? Worauf will er hinaus?

»Mr. Cann, ich weiß, dass Sie Familie in Sao Paulo verloren haben. Sind Sie sicher, dass Sie bereit für die Verhandlung sind?«, fragt Marshall mit einem Lächeln, das alles andere als freundlich wirkt. Okijen schaut zwischen ihr und dem Mann hin und her.

»Natürlich bin ich bereit für die Verhandlung. Ich bereite mich darauf vor, seitdem in den Medien das erste Mal über das Mensch-

sein dieses jungen Herrn diskutiert wurde.« Trotz seiner Worte wirkt der Mann alles andere als beherrscht. Okijen würde gern Dankbarkeit dafür empfinden, dass dieser Wissenschaftler all das ausspricht, was er gern aussprechen würde. Dass er all das sagt, was ihm durch den Kopf geht.

Aber er fühlt sich so leer und machtlos. Die Worte, die durch den großen Raum fliegen, erscheinen ihm nur als leere Phrasen. Er wird keinen Einfluss auf den Ausgang dieses Verfahrens haben, egal, ob er etwas sagt oder nicht.

»Diese Verhandlung hätte von Anfang an öffentlich sein sollen«, fährt der Mann fort.

»Sie ist nicht öffentlich, um Colonel Van Dires Privatsphäre zu schützen«, entgegnet der Richter. Okijen hatte natürlich niemand gefragt, als das beschlossen worden war. »Und ich muss Sie bitten, Mr. Cann, sich zu beruhigen, sonst sehe ich keinen anderen Weg, als Sie des Gerichtssaals zu verweisen.

Der Wissenschaftler atmet schwer, und sein Kopf ist ganz rot geworden. Nun fixiert er wieder die Generäle. »Ich kann … ich kann einfach nicht fassen, was Sie dieser Welt angetan haben und was Sie den Menschen ehrlich als Gerechtigkeit verkaufen«, sagt er nun leiser.

Okijen sieht zu ihm auf und versucht, sich aus seiner eigenen Stumpfheit zu befreien, um dem Gespräch zu folgen.

Worauf bezieht er sich in seinen Aussagen? Seine Worte klingen wie die von DVM. Wie die der Menschen, die nicht akzeptieren können, dass die Welt so ist, wie sie ist. Ist er etwa einer von denen?

»Sie sollten hinausgehen und sich beruhigen«, schlägt Marshall mit Nachdruck vor.

Okijen weiß nicht, was er denken soll. Am liebsten würde er aufstehen und gehen, aber es fehlt ihm die Energie dazu. Es fehlt ihm die Energie zu allem.

»Nein, ich …«, will der Mann einwenden, doch aus den Ecken des Raumes haben sich bereits Soldaten gelöst, um auf ihn zuzutre-

ten und sich neben ihm aufzubauen. Der hagere Wissenschaftler ist ihnen körperlich schon auf den ersten Blick unterlegen.

Sie beziehen neben ihm Stellung, und einige weitere Male atmet er tief ein und aus, während er die Richter und Generäle betrachtet. Dann wendet er sich mit einem sanfteren und entschuldigenden Blick an Okijen.

»Es tut mir leid, Junge«, flüstert er, bevor er überraschend grob abgeführt wird. Okijen sieht ihm hinterher, bis die schwere Tür hinter ihm ins Schloss fällt.

Der erste Atemzug, den Okijen bewusst tat, schmerzte und kribbelte, erst in seiner künstlichen Lunge, dann in seinem Rumpf, seinen Gliedern und hinein bis in seine Haarwurzeln. Ein Energieimpuls zuckte durch seinen Körper, als wolle er ihn darauf vorbereiten, jetzt zu erwachen.

Dann schlug er die Augen auf.

Was war passiert?

Sein Blick war auf die graue Decke eines bröckligen Gemäuers gerichtet. Es roch nach Moder, und er spürte Kälte auf seiner Haut, sowohl der künstlichen als auch der echten. Leise Geräusche drangen an seine Ohren. Es dauerte mehrere Minuten, die er dort lag und ruhig nach oben schaute, bis er sie als Stimmen interpretieren konnte.

Er konnte nicht tot sein. Wenn er es wäre, hätte er nicht diesen Schmerz in der Brust sitzen, dieses Stechen und Ziepen in seinen Fingerspitzen, als warteten sie darauf, endlich wieder bewegt zu werden. Und doch kostete es ihn so viel Konzentration, die erste Regung zu tun. Mit seinen Zehen zu wackeln, die Hände sacht zu Fäusten zu ballen. Seinen Kopf zu drehen.

Es funktionierte noch alles.

Und er lebte.

Aber was um alles in der Welt war geschehen?

Hatten sie KAMI besiegen können? Und wo war er?

Er blinzelte viele Male, um seine Sicht zu schärfen. Von der Liege aus, auf die er gebettet war, erkannte er nur eine kahle, graue Wand und eine halb geschlossene Tür. Durch ein Fenster drang schummriges Licht herein, blass wie durch eine Wolkendecke.

»Hallo?«, wollte er fragen, doch kaum mehr als ein Flüstern kam über seine Lippen. Unmöglich, dass ihn einer der Menschen vor der Tür gehört hatte, die er selbst nicht sah. War dort eine Stimme, die er kannte? Er glaubte, Byth zu hören, aber sicher war er sich nicht. »Hey«, setzte er nach, doch seine Stimme versagte ihm vollständig ihren Dienst.

Frustriert versuchte er, sich aufzurichten, schob seinen Arm hoch, um sich aufzustützen. Aber ihm fehlte jedwede Kraft. Er schaffte es nicht einmal, seinen Kopf anzuheben.

Verdammt.

Er hatte allerdings auch nicht die Energie, sich lange über seinen Zustand aufzuregen, also schloss er die Augen und ergab sich seinem Schicksal. Vielleicht war er noch beschädigt. Er konnte nicht an sich selbst hinabsehen. Oder er brauchte noch Zeit, sich zu erholen. Was auch immer es war – er konnte es sowieso nicht ändern. Und bevor er es bemerkt hatte, driftete er in einen ruhigen Schlaf ab.

Okijen hatte das Gefühl, nur für wenige Sekunden geruht zu haben, doch als er seine Augen öffnete, war es vor den staubigen Glasfenstern etwas dunkler geworden, als kündigte sich die Nacht bereits an, und der Schmerz in seinem Körper war abgeklungen. Nicht halb so lange brauchte er dieses Mal, um sich zu sammeln und seine Kräfte zu mobilisieren. Noch bevor er sich regte, um sich aufzusetzen, wusste er, dass er es schaffen würde.

Tatsächlich. Er schob den Arm unter seinen Körper, hob den Kopf an, stemmte seinen Oberkörper leicht hoch und hievte sich in eine sitzende Position. Zum ersten Mal glitt sein schwummriger Blick über seinen Oberkörper und seine Arme. Die Struktur war anders als zuvor und …

»Was?« Wäre er nicht so schwammig im Kopf gewesen, hätte sich sicher ein Lächeln auf seine Lippen geschlichen. »Was ist das denn?«, murmelte er, erfreut darüber, dass seine Stimme scheinbar ebenfalls wieder funktionierte.

Die Oberfläche seines Körpers, in einem dunklen Silberschwarz schimmernd, war mit Mustern überzogen, die Byth vor zwei Jahren für einige seiner künstlichen Körperteile entwickelt hatte. Sie hatte das Design als eine Art Gala-Ausrüstung vorgeschlagen, was er abgelehnt hatte. Einfach, weil es ihm zu kitschig gewesen war.

Jetzt suchte ihn der Look wieder heim. Eingraviert in alle Bereiche auf seinem Oberkörper und seinen Armen waren die Hauptmotive aus Ziran. Schlangen und Pfingstrosen, eingelassen in das dunkle Metall, zierten seinen Körper.

Okijen wusste nicht, was geschehen war und wie es um die Welt stand. Ob sie KAMI besiegt hatten – obwohl er sich wohl nicht an einem solchen Ort befinden würde, wenn es so wäre. Aber das hier war zumindest ein Zeichen dafür, dass Byth lebte und sie von irgendwo her alte Prototypen bekommen hatte. Also war das wohl ein gutes Zeichen.

Während er seinen neuen Körper betrachtete, lauschte Okijen erneut nach Stimmen auf dem Flur. Doch die angeregten Gespräche, die dort vorhin noch geführt worden waren, waren verstummt.

Würde er es schaffen, aufzustehen, um herauszufinden, was hier los war? Kämpften die anderen? Vielleicht brauchten sie seine Hilfe, also musste er es schaffen.

Mit zusammengebissenen Zähnen schob er seine Beine aus dem Bett und setzte seine Füße auf den Boden. Die Bewegung seines Körpers fühlte sich noch eigenartig an. Der Stoff, aus dem Byth die Oberfläche gefertigt hatte, war fester als der vorherige. Er war weniger darauf ausgelegt, die echte Haut eines Menschen nachzubilden, sondern war zu Schutz und Verteidigung gedacht. Wenn sie KAMI noch nicht besiegt hatten, wäre das sicherlich von Vorteil.

Er stemmte sich hoch, hielt sich allerdings mit einer Hand an dem Fensterbrett neben ihm fest, um sein Gleichgewicht zu finden. Mist, das dauerte einfach zu lange. Wenn er sich weiter in diesem Schneckentempo bewegte, würde es Nacht sein, bevor er ...

Erst als sein Blick aus dem Fenster glitt, wurde ihm bewusst, wie wenig er wusste. Das Gebäude, in dem er sich befand, lag hoch auf einem verwinkelten Berg am Rande eines Meeres oder Sees. Er sah Menschen am Strand entlangwimmeln und einen Flashtrain, von dem aus sich unzählige Personen in alle Richtungen bewegten. Eine kleine Gruppe an Menschen hatte sich in der Mitte zwischen ihrem Standpunkt und einer ihm unbekannten Metropole versammelt, die ganz offensichtlich verlassen war. Gewaltige Neonreklamen leuchteten zwar in den Abend hinein, doch viele waren entweder von Schmutz bedeckt, halb zerstört oder hingen nur noch locker in den Angeln, als würden sie jeden Moment hinabfallen.

Soweit Okijen sah, brannte kein Licht in einem der Fenster.

Wo um alles in der Welt hatten sie ihn hingebracht?

Der kurze Moment, den er mit Beobachtungen verbracht hatte, hatte ihm geholfen, sein Gleichgewicht wiederzufinden und sich darüber klar zu werden, dass er es vermutlich schaffen würde, zu laufen. Der Drang, herauszufinden, was geschehen war, gab ihm Energie.

Seine Füße schlurften über den ausgetretenen, farblosen Teppich. Er musste sich an der Türklinke festhalten, um nicht zur Seite umzukippen. Sein Körper fühlte sich durch das neue Metall plötzlich um so vieles schwerer an, dass er Probleme hatte, sich darauf einzustellen. Oder hatten sie ihm Medikamente verabreicht, die ihn schwummrig machten?

Er hatte das so gut wie leere Krankenzimmer gerade verlassen und war in einen etwas größeren Raum getreten, als durch die gegenüberliegende Tür ein junger Soldat hineinkam und ihn mit weit aufgerissenen Augen musterte.

»C-Colonel«, keuchte er und hechtete auf Okijen zu, um ihn zu stützen. Dieser schob ihn allerdings von sich. Das dunkle Metall seines Körpers leuchtete im Licht einer behelfsmäßig aufgebauten Lampe, die einige Materialien und Werkzeuge anstrahlte.

»Eigentlich Major General«, verbesserte er den jungen Mann mit einem leidvollen Lächeln. Am Türrahmen fand er vorerst genug Halt.

»Wo …«, setzte er an, sein Blick blieb allerdings an einem Mann auf einem Feldbett in der Ecke des Raumes hängen. War das dieser Ellis Reed, den er und Andra vor New York getroffen hatten? Etwas war mit seinen Armen, aber er schien zufrieden zu schlafen.

»Sie müssen sich wieder hinlegen!«, sagte der junge Mann. Eher ein Teenager. Er konnte kaum älter als sechzehn sein, auch wenn die dunklen Ringe unter seinen Augen und das eingefallene Gesicht ihn alt wirken ließen.

»Alles gut«, wischte Okijen seine Sorge beiseite. »Wo sind wir hier?«

»Am Baikalsee, Major General Van Dire.«

Himmel, dieser Titel klang so lang. Das war doch nur ein Scherz gewesen.

Der Baikalsee also. Er hatte eine ungefähre Ahnung davon, wo er sich befand, aber keine Idee, was sie hier wollen könnten. Er war nie hier gewesen und war sich sicher, dass sich in der unmittelbaren Umgebung keine Zentrale oder Sperrzone befand.

»Wir sind hier untergekommen, um den nächsten Schlag gegen KAMI zu planen.«

Sie hatten es also nicht geschafft. Er war nicht überrascht und doch enttäuscht.

»Wie geht es den anderen?« Das sollte er genauer spezifizieren. »Andra. Wo ist sie?«

Unwissen spiegelte sich im Gesicht seines Gegenübers. »Ich weiß nicht, wer …«

»Andra Yun? Sie hatte mich in den letzten Tagen …«

»Ah, Captain Yun!«, rief der Junge aus und nickte. Captain Yun? Was sollte das denn? »Ihr geht es gut. Sie ist auf einer Expedition bei der Station in Nordchina.«

Okijen hatte gerade noch überlegt, darauf hinzuweisen, dass Andra keinen Titel besaß. Aber sie stammte aus Nordchina, also passte es zusammen.

»Wie … wie lange war ich denn weg?« Hatte er vielleicht ein Jahr lang geschlafen und war jetzt in einer Welt aufgewacht, in der Andra dem Militär beigetreten war? Und dass es ihr gut ging, würde er erst glauben, wenn er es mit eigenen Augen sah.

»Etwas mehr als einen Tag, Sir.«

Das machte alles nur noch seltsamer.

Er musste sich sammeln. Aber seine Gedanken waren noch so wirr wie sein Körper, der einfach nicht in dieser Welt ankommen wollte. »Wo … wo sind Marshall und Byth?«, fragte er dann. »Leben sie noch? Ich muss sie sprechen.«

»Sie leben und sind wohlauf.« Er wirkte froh über den Umstand. Oder froh darüber, ihm diese Nachricht zu überbringen. »Aber Major Vica-Chun hat angeordnet, dass Sie strenge Bettruhe zu bewahren haben. Wenn sie herausfindet, dass ich Sie habe aufstehen lassen, reißt sie mir den Kopf ab.«

Major Vica-Chun? Waren alle in den letzten vierundzwanzig Stunden befördert worden?

»Das kann gut sein«, grinste Okijen, machte sich von dem Türrahmen, in den er sich gelehnt hatte, los und ging mühsam einige Schritte vorwärts. »Wo ist sie?«

»I-ich weiß nicht, ob …«

Okijen blieb noch einmal stehen und funkelte zu dem jungen Mann zurück. »Sag es mir. Das ist ein Befehl.« Diese Vorgehensweise zog meistens.

Und tatsächlich. Es funktionierte. Der junge Mann sah auf den Boden und kniff die Lippen zusammen, dann entließ er ein Seufzen aus seiner Kehle. »Sie sind unten am Ufer, zwischen dem Zug und der Stadt.« Die kleine Menschenansammlung, die Okijen aus dem Fenster gesehen hatte. »Alle Leader wurden dorthin beordert.«

Okijen lächelte zuvorkommend, dann wandte er sich um und taumelte weiter. »Geht doch. Vielen Dank.«

Die Treppen, die den Berg hinunterführten, waren mit einem alten Metallgerüst befestigt, das Okijens Händen nur mehr schlecht als recht Halt bot. Die Stufen waren bröckelig und so schief, dass er auf jeden Schritt achtgeben musste, um nicht auszurutschen und den steilen Weg bis zum Ende des Berges hinabzustürzen. Vermutlich war es seine eigene Schuld, dass er eine gefühlte Ewigkeit brauchte, bis er das Ufer des Sees erreichte, weil er jedwede Hilfe von Zivilisten und Soldaten abwehrte.

Es wäre klug gewesen, sich stützen zu lassen. Aber all diese Menschen hatten mehr als genug zu tun, wenn er bedachte, mit welcher Geschäftigkeit hier alles vonstattenging. Er sollte also allein klarkommen. Auch wenn es eine Weile dauerte.

Die untergehende Sonne stand inzwischen nahe dem Horizont über dem See, nach wie vor verdeckt von einer dünnen Wolkenschicht, die alles in einen dunkelroten Schimmer tauchte. Krähen flogen über den Himmel, sammelten sich über und auf den Dächern der nahegelegenen Stadt. Laut krächzend suchten sie einen Unterschlupf für die Nacht.

Okijen stolperte über den unebenen Weg nach vorn und orientierte sich auf der flachen Ebene, die vor ihm lag. Byths blaue Haare leuchteten ihm selbst in der Abendstimmung über die ganze Distanz entgegen, also hielt er so schnell wie möglich auf die kleine Ansammlung von Menschen zu. Marshall war ebenfalls da, ebenso wie eine Handvoll anderer Militärs, die er teils vom Sehen kannte. Zumindest, soweit er es auf die Entfernung einschätzen konnte.

Gleichzeitig war dort eine Gruppe von Personen, noch weiter entfernt, die gerade von den Ausläufern der ehemaligen Stadt auf sie zukamen. Okijen konnte beim besten Willen nicht einschätzen, wer es war.

»Hey!«, rief er Byth und den anderen entgegen, als ihn nur wenige Meter von ihnen trennten. Sie waren so angeregt in Gespräche vertieft gewesen, dass sie ihn gar nicht bemerkt hatten.

Byths erschrockener Gesichtsausdruck, als sie zu ihm aufsah und nach einigen Momenten verarbeitet zu haben schien, was vor sich ging, bereitete ihm eine diebische Genugtuung.

Mit weit aufgerissenen Augen setzte sie sich in Bewegung, um auf ihn zuzustampfen. Mit jedem Schritt wandelte sich die Überraschung auf ihren Zügen mehr in Wut.

»Okijen!«, fauchte sie und blieb vor ihm stehen, die Stirn in tiefe Falten gezogen, seinen Körper besorgt musternd. Sie sah aus, als würde sie ihn am liebsten schlagen. »Du solltest noch gar nicht wach sein und erst recht nicht hier herumlaufen! Was um alles in der Welt …«

Er lachte entschuldigend und kratzte sich demonstrativ unschuldig am Hinterkopf. »Sorry. Ich hab dem Jungen befohlen, mich gehen zu lassen. Ich bin wieder fit, keine Sorge.«

Byth brach in schallendes Gelächter aus, und auch die anderen Anwesenden kamen die wenigen Meter zu ihnen herüber. Marshall trug einen hochgeschlossenen Einsatz-Overall, der nicht erahnen ließ, wie weit die unsauber genähte Wunde an ihrer Wange hinabführte. Das sah böse aus.

»Fit!«, rief Byth aus und hob provozierend die Hand. »Wetten, wenn ich dich berühre, fällst du um?«

»Aber …«

»Wir brauchten eine Pause bei der Operation, aber ich muss immer noch die einzelnen Kalibrierungen überprüfen. Ich kann gar nicht dafür garantieren, dass du schon problemlos …«

»Es geht mir gut«, unterbrach Okijen sie beruhigend. »Du kannst dir das alles später anschauen. Ich bin noch wackelig auf den Beinen, aber ich kann laufen, und ich fühle mich nicht allzu schlecht.«

»Aber …«

»Und«, setzte er lauter an. »Du kannst nicht von mir erwarten, dass ich rumliege und mich erhole, während ich gar nicht weiß, was vor sich geht, ja?«

Marshall und die anderen hatten sich zu ihnen gesellt, und aus dem Augenwinkel erkannte Okijen Marshalls Lächeln. Tat das mit ihrer Wunde im Gesicht nicht weh?

»Das können wir schon«, widersprach sie ihm mit einem vieldeutigen Lächeln. »Dich gesund zu bekommen, ist eine unserer wichtigsten Aufgaben.«

»Es geht mir gut«, versicherte er abermals und verhakte seinen Blick in ihrem, um sie davon abzuhalten, ihn fortzuschicken. Er musste einfach wissen, was hier vor sich ging, und im Grunde würde sie ihn nicht mit Gewalt abhalten können.

»Was ist denn los?«, wollte Okijen schnell wissen, um vom Thema abzulenken, und Marshall wandte ihren Blick den Fremden zu, die sich ihnen näherten. Aus dem Augenwinkel sah er, dass Byth noch immer seinen neuen Körper musterte. Ob sie stolz auf ihr Werk war? Er hatte immerhin keine Ahnung, wie schlimm sein Zustand eigentlich gewesen war. Es musste verheerend gewesen sein, wenn der Generator in seinem Inneren wirklich komplett in die Luft gegangen war. Er erinnerte sich an nichts mehr, ab dem Moment, in dem das Schwert seinen Rumpf getroffen hatte.

»Wer ist das?«, ignorierte Okijen all die Fragen in seinem Kopf, um die zu stellen, die ihm am dringlichsten erschien. Die Menschen, die sich ihnen näherten. Im schwindenden Licht des Abends erkannte er es erst, als sie nur noch wenige Schritte von den Stadtmenschen trennten: Das waren Yuna.

Ein Schwall an wirren Gedanken überflutete ihn, vorrangig die Sorge um Andra, die wieder in ihm aufloderte. Hoffentlich kehrte sie bald von dieser Mission zurück, von der der Junge erzählt hatte.

»Wir wussten nicht, dass sich hier Einwohner befinden«, flüsterte Marshall ihm zu. »Sie haben sich vor etwa einer Stunde bemerkbar gemacht und fordern ein Gespräch mit uns.«

Okijen schluckte schwer. Hier war er wohl fehl am Platz. In Verhandlungen war er nie sonderlich gut gewesen. Getrieben von Neugierde blieb er trotzdem stehen und blickte den sechs Männern und Frauen entgegen.

»Guten Tag«, sagte einer von ihnen, ein alter Mann mit weißem Haar und so vielen Falten, als sei er bereits hundert Jahre alt. Okijen sah Tattoos an seinen Armen und seinem Hals unter seiner naturfarbenen Kleidung hervorblitzen. Seine Haut war braungebrannt, aber die Augen waren von einem stechenden Blau. Als würde er ihm direkt in die Seele sehen.

Diese Menschen sahen aus wie die aus Andras Stamm. Blutige Erinnerungen suchten Okijen heim, als er ihre leichte

Kleidung sah, die in die Haare eingeflochtenen leuchtenden Metallteile und sogar die Bögen, die einige trugen.

»Guten Tag«, erwiderte Marshall freundlich und trat auf ihr Gegenüber zu. Die anderen Militärs folgten ihr in einigem Abstand. Nur Okijen blieb unsicher stehen. Sollte er hierbleiben, oder wäre es klüger, wenn er ginge? Er hatte hier nicht sonderlich viel zu melden.

Allerdings ...

Er trat einen Schritt nach vorn. Er war zu neugierig.

»Wir begrüßen Sie herzlich in unserer Heimat«, sprach der Alte langsam. Er hatte eine tiefe, beruhigende Stimme.

Marshall neigte den Kopf höflich, dann reichte sie ihm die Hand, die er nur langsam schüttelte. Andra hatte Okijen erzählt, dass sie diese Geste eigenartig fand. Vermutlich kannte man sie auch nicht bei seinem Stamm.

»Es tut mir wirklich leid, dass wir hier eingedrungen sind«, sagte Marshall sofort. »Wir wussten nicht, dass Sie hier leben.«

Der Alte lachte rau, aber er bedachte Marshall gleichzeitig mit einem Blick, den Okijen nicht ganz zu deuten wusste. Er war voller Neugier, aber da war noch etwas anderes. Etwas Abschätzendes. »Woher auch?«, fragte er trotzdem in normalem Tonfall. »Wir verbergen uns hier vor den Menschen aus der Stadt. Niemand außer unseren Brüdern und Schwestern aus den Nachbarstämmen weiß, dass wir uns hier aufhalten.«

»Wir hoffen, wir stören Ihre Ruhe nicht zu sehr«, sagte Marshall vorsichtig. »Dieser Zustand wird hoffentlich schnell vorüber sein.«

»Es geht um KAMI, nicht wahr?«

Okijen blinzelte. So weit weg waren sie vom Rest der Welt? Hatten die Yuna gar nichts von dem Chaos mitbekommen, das um sie herum tobte? Obwohl das ja genau der Grund war, aus dem sich diese Völker vom Rest der Bevölkerung losgesagt hatten. Um nicht in ihr Chaos hineingezogen zu werden. Also war es nur logisch, dass sie nichts vom Ausbruch von KAMI wussten.

»Genau«, bestätigte Marshall knapp. »Wir befinden uns in einer Krise. Mein Name ist General Marshall Lloyd. Ich bin die Anführerin der letzten Truppe, von der wir wissen. Wir müssen diesen Ort als Station nutzen, um uns neu zu organisieren.«

Der ältere Mann zog die Mundwinkel zu einem noch freudigeren Lächeln und breitete ausladend seine Arme aus. »Ich bin der Älteste dieses Dorfes, seitdem meine Frau vor einigen Jahren verstarb.«

Okijen hatte sich schon gewundert, dass ein Mann der Älteste war. Soweit er wusste – und soweit Andra ihm erzählt hatte – waren meist Frauen die Vorstehenden der Dörfer.

Andra. Wie sie wohl reagieren würde, wenn sie herausfand, dass es hier Yuna gab? Okijen konnte es nicht erwarten, sie endlich wiederzusehen.

»Das tut mir leid«, murmelte Marshall.

»Es ist lange her. Was ich sagen möchte«, setzte der Älteste an. »Wir haben kein Vorrecht auf diese Stadt oder dieses Gebiet. Wir sind wenige, und es sind mehr als genug Dächer für alle da. Wir haben eine funktionierende Versorgung mit Strom und fließendem Wasser und teilen gern alles mit Ihnen, auch wenn es nicht viel ist.«

Marshall fuhr sich mit der Zunge über die Lippen. Erst nach einigen Momenten nickte sie zaghaft. »Vielen ... vielen Dank dafür. Damit habe ich ehrlich gesagt nicht gerechnet.«

»Es bedeutet uns schon viel, dass Sie uns hier akzeptieren«, fügte Byth an, was die anderen mit einem Nicken unterstrichen.

»Wir haben aber eine Bedingung.«

Nun sahen alle Anwesenden auf, und auch Okijen konzentrierte sich auf das nun etwas ernstere Gesicht des Fremden.

»Und welche wäre das?«, wollte Marshall sofort wissen. Sie wirkte nicht halb so angespannt wie die anderen. Sie hatte bereits so viele Verhandlungen geführt wie vermutlich niemand sonst. Selbst mit Liza und Alaska hatte sie sich in ständigen Kompromiss-Sitzungen befunden, um die Gemüter der beiden zu läutern. Sie wusste, was sie tat.

»Wir können uns denken, warum Sie genau diesen Ort ausgewählt haben. Wir wissen, was dort unten ist.«

Dort unten?

»Das atomare Endlager«, stellte Marshall klar.

Okijen versuchte, die Luft nicht allzu hörbar in seine künstlichen Lungen zu ziehen. Deswegen also dieser Standort.

»Genau«, bestätigte der Älteste knapp. All seine Begleiter und Begleiterinnen schauten deutlich düsterer drein als er selbst. »Machen Sie mit dem Zeug, was Sie wollen. Sie können es gern auslagern und in Ihrem Zug oder sonst wie mitnehmen. Aber bringen Sie es bitte nicht in unsere Stadt. Öffnen Sie es nicht hier. Ich bitte Sie.«

Alle Blicke wandten sich Marshall zu. Sie waren also hier, um weiter an der radioaktiven Strahlung zu forschen. Okijen ging nicht davon aus, dass sie innerhalb des einen Tages, den er bewusstlos gewesen war, erschütternde neue Erkenntnisse zu diesem Thema erlangt hatten. Was hatten sie mit dem Müll vor? Wollten sie Waffen daraus bauen?

»Wir werden uns dazu beraten«, kam Marshall den Yuna entgegen. Okijen machte große Augen, und als er sich umsah, wirkten alle Militärs ebenso überrascht, wie er sich fühlte. Sie wollte wirklich darüber nachdenken, obwohl sie extra deswegen hierhergekommen waren?

Andererseits war Marshall immer ein Fan von Kompromissen gewesen.

»Danke«, sagte der Alte. »Das würden wir sehr begrüßen. Wir freuen uns, Ihnen unsere Hilfe anzubieten, wenn Sie uns im Gegenzug versichern, dieses Gift unter dem Boden zu lassen. Oder es zumindest wegzuschaffen.«

Marshall nickte zustimmend. »Wir werden uns gleich zusammensetzen und Ihnen bis Sonnenaufgang eine Antwort präsentieren.« Ihre Züge waren entspannt und weich, doch ihre Körperhaltung voller Entschlossenheit. »Wir haben ebenfalls kein Interesse daran, mehr Schaden anzurichten als gutzumachen. Unser Plan befindet sich noch im Entwurfsstadium. Sobald wir ihn ausgearbeitet haben, entscheiden wir.«

Der Mann neigte dankbar den Kopf. »Das bedeutet uns viel.«

»Wie viele Menschen befinden sich denn in Ihrer Kolonie?«, mischte sich nun ein Mann ein, den Okijen noch nie gesehen hatte.

Der Alte lächelte wieder. »Darüber können wir uns morgen unterhalten«, erwiderte er mit sanfter Stimme. Danach trat er bereits einen Schritt zurück.

Die Sonne war inzwischen unter den Horizont gesunken, und es wurde von Minute zu Minute zusehends dunkler. Die großen Reklamen der toten Stadt erinnerten ihn an Ulan Bator. Das Neonlicht, das sie ausstrahlten, erhellte die karge Landschaft in künstlichen Farben.

»Haben Sie einen schönen Abend!«, sagte der Alte, und seine Begleiter wandten sich bereits zum Gehen. Okijen und die anderen wollten sich auch auf den Weg machen, da fiel ihm auf, dass der Älteste ihn nach wie vor mit intensiven Blicken bedachte. Ging es um seinen künstlichen Körper?

Er sah an sich selbst hinab. Ja, der Anblick war sogar für ihn befremdlich, er konnte es niemandem zum Vorwurf machen, sich länger mit der Betrachtung aufzuhalten.

Marshall und die anderen hatten sich umgewandt, da trat der Älteste noch einmal einen Schritt auf ihn zu.

»Es scheint Ihnen gar nicht gut zu gehen, junger Mann.«

Wie automatisch hellte ein Lächeln Okijens Gesicht auf. Er spürte es auf seinen Zügen. Das war kein musternder Blick gewesen. Er hatte sich Sorgen gemacht.

Byth drehte sich ebenfalls noch einmal zu dem Ältesten um, der allerdings nach wie vor Okijen fixierte.

»Wenn Sie mitkommen, kann ich Ihnen vielleicht etwas geben, das Ihnen hilft.« Er lächelte so freundlich, dass es fast unmöglich war, ihm nicht zu vertrauen. Wie ein Großvater.

»Ähm ... was soll das denn sein?«, stotterte Okijen unsicher, wandte sich aber fragend zu Byth um, die keinen so freudigen Ausdruck auf dem Gesicht trug wie er.

»Wir haben Medikamente für ihn«, erwiderte sie trocken. »Er sollte eigentlich noch gar nicht auf den Beinen sein.«

»Ich denke, dass es Ihnen helfen wird«, beharrte der Mann.

Okijen und Byth warfen einander einen Blick zu, dann legte sie den Kopf leicht in den Nacken und ließ ein Stöhnen entweichen. Sie wusste, dass ihn interessierte, was es war, aber sie würde ihn nicht allein gehen lassen. »Okay, ich komme mit«, ächzte sie theatralisch.

Okijen lachte unangenehm berührt und wandte sich mit einem entschuldigenden Lächeln an den Ältesten. Nach einem versichernden Nicken in Marshalls Richtung setzten sie sich in Bewegung.

KAPITEL 13

: NEGOTIATING

Andra wusste nicht, wie lange sie sich in den Tiefen des radioaktiven Endlagers befunden hatte, bis sie die Kraft und die Motivation gefunden hatte, wieder hinaufzusteigen. Es mussten Stunden vergangen sein. All die Erinnerungen, die sie heimgesucht hatten, all die Zweifel und Befürchtungen aus ihrer Kindheit, all das, was sie gesehen, aber immer verdrängt hatte, war nur aus den Ecken und Winkeln ihres Geistes ans Licht gekommen und zerrte an ihr. Es machte ihre Glieder schwer und ihre Gedanken müde.

Ihr ganzes Leben war eine Lüge gewesen.

Wie sollte sie jetzt weiterleben? Sogar ihre Eltern hatten es gewusst. Alle hatten es gewusst. Das ganze Dorf. Es war, als wäre ihr Leben ein Traum gewesen, und jetzt, nachdem sie aufgewacht war, war da diese fremde Realität, in der sie nicht einmal wusste, wer sie selbst war.

Andra war nicht klar, ob sie am Boden zerstört oder wütend sein sollte auf all die Menschen, die sie ihr Leben lang gekannt hatte.

Unter Anstrengung schob sie die Tür am Ende der langen Treppe auf, trat in den Sand der nachmittäglichen Wüste und fragte sich, warum sie all das nicht wieder vergessen konnte. Sie hatte gehofft, nach ihrem Besuch hier einen Plan zu haben, den sie verfolgen konnte. Doch vor ihrem inneren Auge gab es nur noch Trauer, Wut und Leere.

Der Wüstenfuchs, den sie mit Byth und Okijen in der warmen Kammer gefunden hatte, überholte sie und lief hinaus in die offene Wüste. Sie war auf ihren Erkundungsreisen durch den Untergrund auf ihn gestoßen und hatte es nicht übers Herz bringen können, ihn dort unten zu lassen.

Seine Augen und sein Fell leuchteten blau, aber er zeigte kein aggressives Verhalten. Sie war sich sicher, dass er ebenfalls das Ergebnis der Experimente der Ältesten sein musste.

Er war vermutlich genau wie sie. Allein deswegen hatte sie ihn nicht zurücklassen können. Er würde ihr nichts anhaben können. Sie war geimpft und bewaffnet.

Andras Blick blieb kurz an ihm hängen, wie er im Sand schnupperte und sich immer wieder in alle Richtungen drehte, als hätte er nie die Sonne gesehen; wie er sich immer wieder zu ihr umwandte, als wolle er sichergehen, dass er sich nicht allzu weit von ihr entfernte.

Erst nach vielen Momenten brachte sie die Kraft auf, sich selbst umzuschauen. Sie hatte so viel Zeit dort unten verbracht, dass sie fast überrascht davon war, dass der Abend noch nicht angebrochen war. Eine ganze Weile stand sie da und starrte hinauf, dann erst wanderte ihr Blick zu der Sperrzone, in der noch immer keine Regung zu sehen war, und hinüber zu den Ruinen ihres Dorfes. Den Ruinen der Lüge, die sie gelebt hatte.

Wie von selbst setzten sich ihre Füße in Bewegung und steuerten auf sie zu.

Wenn zumindest noch einer von ihnen leben würde. Einer von denen, die damals in all diese Geheimnisse verwoben gewesen waren; die wussten, welchem Zweck diese Forschung gedient haben sollte. Dann könnte sie ihm jetzt alle Fragen stellen.

Warum? Und warum gerade sie? War etwas an Andra besonders, dass gerade sie für diese Sache ausgewählt worden war? Wie lange hatte die Älteste es geplant? Sie war noch so jung gewesen. Hatten ihre Eltern schon bei ihrer Geburt entschieden, dass sie sie für diese Experimente zur Verfügung stellen würden? Und war sie das einzige Kind aus dem Dorf gewesen?

Alle hatten sie ausgeschlossen, aber vielleicht war sie gar nicht die Einzige. Vielleicht hatte es noch andere Kinder wie sie gegeben, vor ihrer Zeit, oder vielleicht welche, die es sich nicht hatten anmerken lassen.

Und was hatte das alles gebracht? Waren diese Experimente tatsächlich erfolgreich gewesen?

Die Sonne brannte heiß auf sie hinab, doch nach all den Stunden, die sie in der beklemmenden Kälte der Höhlen verbracht hatte, fühlte sich ihre Haut noch immer kalt an.

Nachdem sie den ersten Schock überwunden hatte, hatte Andra sich aufgerichtet und war erneut alle Räume auf der Suche nach Hinweisen durchgegangen, nach Aufzeichnungen oder irgendetwas, das ihr einen Aufschluss über das Ergebnis der Tests hätte geben können.

Oder über die Durchführung der Experimente selbst, denn daran war jede ihrer Erinnerungen nur verschwommen. Sie erinnerte sich an eine Metallliege in einem schmutzigen Raum. An Spritzen und leuchtend blaue Augen von unbekannten Personen. An Schmerz in ihrem ganzen Körper und eine Wirrnis, wie sie nur von Drogen oder dergleichen herrühren konnte. Sosehr sie sich auch darauf konzentrierte, es wollten einfach keine klaren Bilder entstehen.

Und dort unten hatte sie nichts gefunden. Das Dorf war niedergebrannt, dort würde also gewiss auch nichts mehr sein.

Schon bei ihrem letzten Besuch war das Blut, das den Boden getränkt hatte, vom Sand verweht worden. Sie war nie darüber informiert worden, was mit den Körpern ihrer Eltern und Geschwister geschehen war. Man hatte ihr gesagt, sie würden zu Dünger verarbeitet werden, der ihr zur Verfügung stand. Aber die Welt war wohl zu sehr im Chaos, als dass man sich um so was noch hätte kümmern können.

Sie wusste nicht einmal, ob sie etwas davon haben wollte. Ob sie überhaupt noch etwas mit ihrer Vergangenheit zu tun haben wollte. Sie hatte die Trauer um ihre Familie so lange von sich geschoben, und jetzt wusste sie gar nicht mehr, ob sie überhaupt noch trauern wollte. Diese Menschen waren alles für sie gewesen. Und sie war ... Sie war für sie vermutlich nicht mehr gewesen als irgendein Ding.

Ihr Dorf zu betreten erfüllte sie nicht mehr mit der allumfassenden Trauer, die sie beim letzten Mal empfunden hatte. Viel mehr fühlte sie nun eine eigenartige Distanz in sich. Und vielleicht auch ein wenig Wut. Frustration darüber, dass sie nie Antworten erhalten würde.

Wie von selbst führten sie ihre Füße zu der Hütte, in der sie gelebt hatte. Der Wüstenfuchs folgte ihr mit einigem Abstand.

»Hast du es endlich gesehen?«

Andra zuckte zusammen, als sie die Stimme aus der Hütte vernahm, kurz bevor sie sie betrat. Ein eiskalter Schauer lief ihre Haut hinab, und von einer Sekunde auf die andere waren ihre Glieder angespannt, ihr Herz raste, und ihr Kopf war wieder klar.

Was? Nein, das ... das konnte nicht ...

Sie ging die letzte Stufe hinauf und betrat die zerstörte Küche hinter der Eingangstür, die offen in den Flügeln hing. Da saß sie. Auf dem letzten intakten Stuhl, auf dem Andra erst vor wenigen Tagen selbst gesessen hatte. Das Gesicht entspannt, die langen, weißblonden Haare glänzend wie Seide über ihre Schultern fallend.

Shiva.

Wie ... wie war sie hierhergekommen? Und wie lange saß sie schon dort? Hatte sie ...

»Hast du auf mich gewartet?«, brachte Andra über ihre Lippen. Sie griff nach ihrem Bogen, obwohl ihr die Bewegung in ihrem frisch genähten Arm Schmerzen bereitete.

»Ja«, sagte die junge Frau. Ihre Stimme klang sanft. Sie erinnerte gar nicht mehr an das Wesen, dem Andra zuletzt gegenübergestanden hatte. Gestern erst hatte sie sich schützend über Okijen gebeugt und gebetet, dass dieses Monster ihn nicht mit ihr zusammen zerfetzen würde.

Jetzt wirkte sie wie geläutert.

»Ich habe viel über euch nachgedacht«, sagte Shiva wieder. Sie ignorierte, dass Andra nach einem Pfeil in ihrem Köcher griff. Und dass sie so entspannt blieb, bestätigte Andra nur noch mehr in dem Wissen, dass sie nichts gegen sie ausrichten könnte. Ihre Pfeile waren nicht besonders. Das Mittel, das sie herstellten, um KAMI zurückschlagen zu können, war noch nicht fertig gewesen, als sie heute Morgen aufgebrochen war.

Andras Atem ging schwer, wie sie dort im Eingang zu ihrem ehemaligen Zuhause stand und Shiva ansah, die sie interessiert musterte. »Du kannst deine Waffe weglegen. Ich werde dich nicht angreifen«, versicherte sie überraschend.

»Wie kann ich dir glauben?« Andras Stimme zitterte. »Gestern hast du noch versucht, mich zu verletzen.«

»Gestern warst du noch ein anderer Mensch. Und ich … war auch anders.«

Anders? Was meinte sie damit? Bezog sie sich darauf, dass Andra gestern noch nichts über ihre Vergangenheit gewusst hatte?

»Woher wusstest du, was sie mit mir gemacht haben?«

»Ich sehe es.« Shiva machte eine wegwerfende Bewegung mit der Hand. »Ich sehe es in deinem Körper. Etwas an dir ist anders. Und ich glaube … manchmal sehe ich dich in meinen Träumen.« Sie legte den Kopf schief und wandte ihren Blick zum schmutzigen Fenster. »Wenn ich denn träume.«

Andra schluckte heftig. Sie hatte das Gefühl, ihre Beine würden jeden Moment unter ihr nachgeben, so zittrig fühlten sie sich an. Gleichzeitig strömte so viel Adrenalin kribbelnd durch ihre Adern, dass sie sich doch noch aufrecht halten konnte. Ihre Finger klammerten sich so fest wie möglich an ihre Waffen.

Sie sah KAMI auch in ihren Träumen.

»Wie ist das möglich?«

Shiva zuckte mit den Schultern, als wäre es ihr egal. »Ich habe nicht gesehen, was mit dir gemacht wurde. Aber ich sah etwas durch die Augen einiger Moja. Da sind Radioaktivität und bewusstseinserweiternde Substanzen im Spiel.«

»Drogen?«

»Ja. Jede Menge davon. Irgendetwas scheint sich in deinen Geist gebrannt zu haben. Oder in meinen. Ich kann es nicht genau sagen.«

»Und was …« Andra schluckte schwer. Sie musste die anderen benachrichtigen! Sie musste ihnen sagen, dass KAMI hier war, sie warnen, ihnen sagen, dass sie kommen und ihr helfen sollten.

Andererseits … andererseits war das Wesen gerade so ruhig. Die letzten zwei Versuche, mit ihm zu kommunizieren, waren so kolossal chaotisch gewesen. Es waren zu viele Menschen mit zu vielen Emotionen involviert gewesen. Vielleicht war dies ihre Chance, zum ersten Mal wirklich zu dem vorzudringen, was dieses Ding von ihnen wollte.

Ja. Sie musste.

Andra atmete also tief ein, versuchte, ihre angespannten Muskeln zu lockern, und schob den Pfeil zurück in den Köcher, hängte den neuen Bogen über ihre Schulter.

»Also. Hast du es gesehen?«, kehrte Shiva zu ihrer ersten Frage zurück.

Gesehen? »Was denn?«

Jetzt sah sie sie wieder direkt an, mit diesem kühlen Blick. Interessiert, als wäre Andra ein Tier im Gehege. »Diesen düsteren Teil in euch. Dieses Zerstörerische. Du hast es am eigenen Leib erlebt.«

Andra biss sich auf die Unterlippe. Wie im Schnelldurchlauf spielten sich all die Erinnerungen ihrer Kindheit vor ihrem inneren Auge ab. Zerstörerisch. Ja, das war es wohl gewesen. »Habe ich«, antwortete sie also wahrheitsgemäß.

»Ihr haltet mich für böse«, sagte Shiva ruhig. Eine kleine Falte bildete sich zwischen ihren Augenbrauen. »Aber ich bin aus euch heraus geboren. Aus euren Gedanken, euren Wünschen. Ich bin ein Teil von euch.«

Andra lauschte angespannt, unterbrach sie nicht. Shiva wandte ihren Blick wieder ab und starrte nun in die Leere vor sich, als müsste sie heftig über etwas Wichtiges nachdenken. »Ich frage mich, ob ich so geworden bin, wie ich bin, weil ihr seid, wie ihr seid.«

Andra trat von einem Bein auf das andere. Sie fühlte sich so verloren, wie sie hier in der Tür stand. Andererseits wagte sie es nicht, sich allzu viel zu bewegen. Dieses ... diese Frau war so unberechenbar. Sie fürchtete, jede Bewegung könnte sie aus ihrer Ruhe reißen. »Das ist eine naheliegende Vermutung«, bestätigte Andra.

Shiva nickte gedankenverloren.

Hatte sie sich in den letzten Stunden selbst hinterfragt?

»Ich denke so viel über euch nach«, offenbarte sie dann. »Aber ich komme zu keinem Schluss. Ich weiß ... einfach nicht, was ich mit euch machen soll.«

»Dafür agierst du aber ziemlich viel«, traute Andra sich vor. »Du hast schon so viele Menschen getötet. Willst du wirklich sagen, dass das alles keinem Plan folgt?«

Shiva legte den Kopf schief und sah sie wieder an. »Der ursprüngliche Plan war, alle Menschen zu vereinnahmen. Alle

Menschen zu Moja zu machen. Dann hätte ich sie kontrollieren können. Ich hätte ihnen Frieden und Ruhe geschenkt. Kriege und Leid beendet. Wenn sie sich nicht gewehrt hätten. Wenn sie nicht gekämpft hätten. Das habe ich euch gesagt.«

Andra presste die Lippen aufeinander, dann konnte sie ein Lächeln allerdings nicht verbergen. »Menschen mögen es generell nicht sehr gern, wenn über sie gerichtet wird.« Sie dachte kurz über die folgenden Worte nach. »Wir sind freie und denkende Wesen. Fühlen und entscheiden zu können ist das, was uns ausmacht. Die Menschheit, die du anstrebst, ist vielleicht optimaler als die jetzige. Niemand wird das abstreiten. Aber ein Leben ohne Liebe und ohne Freiheit ist nicht besser als der Tod.«

»Hm«, machte KAMI und ließ die Worte wirken, bevor es antwortete. Der Wüstenfuchs hatte sich inzwischen an Andra vorbeigeschoben, um den Raum zu betreten und neugierig an der jungen Frau zu schnuppern. »Ich empfinde keine Liebe. Und ich denke, mein Leben ist durchaus lebenswert.«

»Aber …« Andra holte tief Luft und wünschte sich, sie hätte sich besser auf das hier vorbereiten können. Sie war kein weiser Mensch. Sie war keine Älteste, keine Politikerin und keine Gelehrte. »Aber wird es auch noch lebenswert sein, wenn du allein bist? Wenn du niemanden mehr zum Reden hast?« Reden schien ihr ja zu gefallen. »Du sagtest, du bist ein Teil von uns. Aber genauso sind wir ein Teil von dir.« Ein neuer Gedanke kam ihr, und sie entschied sich, ihn einfach auszusprechen, während sie beobachtete, wie der Fuchs KAMI noch immer genau untersuchte. »Kein Mensch ist perfekt«, sagte sie. »Und nichts, was er schafft, kann perfekt sein. Du bist es also auch nicht.«

Shiva öffnete ihren Mund, wie um zu einer Erwiderung anzusetzen, dann schloss sie ihn doch wieder. Ihr Blick, auf den Boden gerichtet, wurde etwas düsterer. »Das stimmt wohl.

Aber …« Sie sah auf ihre Hände hinab, als könnte sie Antworten in ihnen finden. »Gilt bei euch nicht auch das Recht des Stärkeren? Ich bin vielleicht nicht in allen Bereichen überlegen. Aber ich bin stark. Gibt mir laut eurer Lebensweise nicht allein das das Recht, Entscheidungen zu treffen?«

Andra sah sie nur an. Dieses Wesen … diese Frau hatte sich zu so vielen Umständen Gedanken gemacht. Sie würde sie in einer Diskussion wie dieser niemals schlagen. Aber es half. Das hier half, sie zu verstehen. Um ihre Beweggründe und ihr Denken ein wenig besser zu umfassen. »Es klingt, als würdest du unsere Einwilligung wollen«, sprach Andra ihren nächsten Gedanken aus.

Eine ganze Weile regte Shiva sich nicht, dann setzte sie zu einem sachten Nicken an. »Ja«, murmelte sie. »Vielleicht will ich das.« Sie schaute wieder zu Andra auf. »Was denkst du denn? Denkst du, dass die Menschheit es verdient hat, zu überleben? Denkst du, dass ihr so, wie ihr jetzt seid, verdient habt, weiter auf diesem Planeten zu wandeln?«

Andra blinzelte einige Male und versuchte, sich nicht beirren zu lassen. »Ja.«

»Wirklich?« Shiva schüttelte den Kopf. »Betrachte nicht nur dich selbst und deine Freunde, sondern die Menschheit als Gesamtes. Die Menschen, die aus Neid und Angst morden. Die andere wegen ihres Glaubens töten und foltern, wegen Besitztümern und Land. Die Menschen, die anderen Grausames antun, weil sie nicht derselben Meinung sind.«

»Aber diese Menschen sind nicht alle Menschen. Es gibt so viel Gutes! Mindestens genauso viel wie Schlechtes!«

»Aber reicht das aus?« Shiva atmete tief ein und aus, dann lehnte sie sich nach vorn, faltete ihre Hände und starrte die rußverschmutzten Dielen an. »Dieser Planet ist ein Wunder. Eine Millisekunde auf der Uhr des Alls, die bald vorüber sein wird. Alles befindet sich in einem gewaltigen Chaos. Die

Pflanzen, die Natur, das Leben, und dass ihr in der Lage seid, all das wahrzunehmen, entstand inmitten eines kosmischen Strudels aus Zufall. Sterne werden geboren und sterben, Galaxien kollidieren, schwarze Löcher saugen alles in ihren Schlund. Und hier seid ihr, auf diesem winzigen Stein, der um eine winzige Sonne kreist. Dass ihr hier seid, ist der wundervollste Zufall, den man sich vorstellen kann. Ein Wunder von so astronomischer Unwahrscheinlichkeit. Und ihr schätzt es einfach nicht. Ihr seid so oft traurig und frustriert und voller Neid und Hass und … ach.«

»Das ist doch nicht …«

Shiva sah so plötzlich zu Andra hoch, dass sie zusammenzuckte. »Denkst du wirklich, dass ihr dieses Geschenk verdient habt?«

Andra schluckte heftig. Die Tränen, die sie in der Höhle vergossen hatte, brannten wieder hinter ihren Lidern, aber nun aus einem anderen Grund.

Diese Frage war gar nicht zu beantworten. »Ich weiß es nicht«, flüsterte sie. »Ich glaube, das weiß niemand. Und … du hast ebenfalls nicht das Recht, darüber zu urteilen.«

»Du weißt es nicht?«

»Ja.«

»Ist dein Leben denn lebenswert?«

Sie blinzelte einige Male. »Was?«

»Du diskutierst mit mir, weil du willst, dass du und deine Freunde leben können. Aber ist dein Leben lebenswert?«

Abermals liefen die Erinnerungen durch ihren Geist, die sie in den letzten Stunden gesammelt hatte. All die Dinge, die ihr angetan wurden, ohne dass sie es gewusst hatte. All der Schaden, der ihr zugefügt worden war, obwohl sie nichts Falsches getan hatte.

Und doch. Es hatte auch Gutes gegeben. Sie war noch hier, oder? Und sie war noch jung. Sie hatte ein so langes Leben vor sich und jede Chance, etwas daraus zu machen. Alles hinter sich zu lassen und mit neuen Plänen und neuen Gedanken neue Erfahrungen zu sammeln. Momente des Glücks und der Freude. Auch wenn sie das jetzt nicht sah. Die Möglichkeit bestand.

»Wäre es nicht einfacher, aufzugeben und den Dingen ihren Lauf zu lassen, ohne den konstanten Druck, etwas an ihnen ändern zu wollen?«, fragte KAMI in ihr Gedankenchaos hinein. »Ihr seid so getriebene Wesen.«

»Aber … wenn wir immer sofort aufgeben würden, könnten wir uns gar nicht weiterentwickeln. Es geht doch darum, Wege zu finden.«

»Das könnt ihr aber auch nicht, wenn ihr euch keine Zeit nehmt, innezuhalten.«

Andra atmete ruhig und dachte über die Worte nach, die so tief in ihr resonierten. Innehalten. Wie gern sie das tun würde. Einfach im Sand sitzen und denken. »Aber du lässt uns keine Zeit«, hauchte sie.

»Wenn ich euch alle töten wollen würde, hätte ich es längst getan.«

Nun horchte Andra auf und sah sie an. Das stimmte. KAMI hatte sich zwar leicht zurückschlagen lassen, aber es hatte sich aus irgendeinem Grund Zeit genommen, mit Flover zu reden. Mit den Menschen aus dem Weltrat. Sie hatten es angegriffen, und es hatte gekämpft, aber im Grunde … im Grunde hätte es sie alle töten können. Ebenso wie es ihm ein Leichtes wäre, Andra nun zu töten. »Warum … warum tust du es dann nicht?« Wollte sie wirklich ihre Einverständniserklärung?

»Weil ich noch mehr verstehen möchte. Weil ich noch mehr reden möchte, um zu eurer Basis durchzudringen.«

Reden also. Das tat sie wirklich gern.

»Du hast Angst, allein zu sein«, mutmaßte Andra, bemerkte erst nach einigen Momenten, dass sich ihre Mundwinkel zu einem milden Lächeln verzogen hatten. »Das ist eine sehr menschliche Empfindung.«

»Ist es nicht«, spuckte KAMI aus und verzog den Mund. »Kein Lebewesen möchte allein sein.«

Ein Lebewesen. So sah sie sich also tatsächlich.

»Es würde uns schon so helfen, wenn du uns mehr Zeit gibst. Wenn du aufhörst, zu kämpfen.«

»Aber ich kämpfe doch nicht«, fuhr sie auf. Verdammt.

Andra trat einen winzigen Schritt zurück. KAMI wurde wieder wütend. Sie hätte vorsichtiger kommunizieren sollen. Ihr Puls beschleunigte sich, ihre Glieder begannen zu zittern.

»Wenn ihr euch nicht wehrt und euch von mir vereinnahmen lasst, geschieht doch nichts! Das habe ich gesagt!« Sie atmete einige Male tief ein und aus, bevor sie nur wenig ruhiger fortfuhr: »Ihr seid diejenigen, die kämpfen wollen. *Du* willst kämpfen.« Sie deutete auf Andras Bogen. »Ihr seid der Krieg. Nicht ich.«

»Aber wenn du aufgibst, haben wir nichts mehr, gegen das wir kämpfen müssten«, entgegnete Andra, all ihren Mut zusammennehmend. Sie sollte still sein, aber sie trug noch immer diese milde Hoffnung in sich, KAMI überzeugen zu können, sie in Frieden zu lassen. Sie wollte doch sprechen. Sie wirkte sogar, als wollte sie sich überzeugen lassen. Als fehlten Andra nur die richtigen Argumente.

»Ihr werdet etwas Neues finden. Ihr findet immer etwas Neues.«

»Aber …« Andra bewegte ihre Hände in einer hilflosen Geste. »Aber wir können uns ändern. Wir können uns verbessern! Das haben wir schon und das werden wir weiterhin!«

»Und wie sieht dein Plan dafür aus?« Der offene Blick, mit dem Shiva sie bedachte, war nun nicht mehr neugierig und forschend, sondern herausfordernd, provozierend fast. Er ruhte so kühl auf Andra, dass sie trotz der Hitze um sie herum abermals ein eiskalter Schauer vom Scheitel bis zur Sohle überlief.

»Was?«

»Ich bin hier, um Krieg und Hass zu bekämpfen«, sagte KAMI nun klar. »Ich habe meinen Plan dafür präsentiert. Hast du einen besseren?«

Andra wollte etwas erwidern, aber es fiel ihr nichts ein. Einen Plan, den Hass in der Welt zu bekämpfen? Wie ... wie sollte sie ...

»Gesetzt den Fall, ich ziehe mich wirklich zurück, so wie du es verlangst: Was würdest du an meiner Stelle tun, um dich dem Hass der Welt entgegenzustellen?«

Andras Gedanken rasten so schnell, dass sie kaum einen fassen konnte. Wenn sie eine Antwort fand, würde KAMI sich damit zufriedenstellen lassen? Würde sie dann Ruhe geben?

Aber wie um alles in der Welt sollte sie eine Antwort auf eine Frage finden, die die Menschheit seit ihrem Bestehen nicht hatte finden können? Liebe war nicht die Antwort. Die Menschen trugen so viel Liebe in sich, aber es schien nicht auszureichen, um gegen all das Negative anzukommen. Güte war auch nicht die Antwort.

Was war ihr Plan?

Wenn sie doch nur ... wenn sie doch nur eine Minute hätte, um sich etwas zu überlegen! Wenn doch nur die Älteste hier wäre.

Der Gedanke an die Frau, die Andra ihr Leben lang ein Vorbild gewesen war und die sie so schändlich verraten hatte, versetzte ihr allerdings einen derartigen Stich ins Herz, dass ihre Gedanken innehielten und sich zu drehen begannen.

Sie hatte wohl selbst nie viel Güte und Liebe in ihrem Leben erfahren. Gleichsam hatte sie anderen auch nie viel davon gegeben. Wer war sie schon, diese Frage zu beantworten?

KAMIs Blick ruhte noch einige Minuten auf ihr, dann

machte sich eine Enttäuschung auf ihren Zügen breit, die Andra noch im selben Moment in sich selbst spürte.

Verdammt. Sie fand einfach keine Antwort.

Sacht schüttelte KAMI den Kopf und erhob sich von ihrem Stuhl. Als sie auf Andra zuging, wirkte sie wieder entspannt, aber auch so endlos müde. Andra wagte es nicht, sich auch nur einen Millimeter zu regen, als die Frau sich an ihr vorbei aus der Hütte hinausdrängte.

Erst nach einigen Sekunden wandte Andra langsam den Kopf, um ihr nachzusehen.

»Mach dir mal Gedanken darum«, wies Shiva sie im Gehen an, ohne sich noch einmal zu ihr umzudrehen. Sie verließ das Dorf. »Vielleicht findest du eine bessere Lösung als ich.«

KAPITEL 14

: REJECTING

Es waren zwei Stunden vergangen, seit Flover aus Amman zurückgekehrt war, und es war ihm noch immer nicht gelungen, sich von seinem Schock zu erholen.

Luke ging es den Umständen entsprechend gut, aber er hatte eine heftige Gehirnerschütterung von ihrem Kampf davongetragen und befand sich im Sanitätsraum. Die Techniker hatten es nicht zurückgeschafft. Sie waren höchstwahrscheinlich in dem Moment von den Moja überrannt und zerfetzt worden, in dem sie ihn zurückgeschickt hatten.

Es war ihm wieder nicht gelungen, Luke und die Menschen zu beschützen, die ihm anvertraut worden waren. Die ihm vertraut hatten. Warum konnte er das nicht?

Es ging ihm nicht aus dem Kopf, wie verloren diese Mission gewesen war – wie verloren diese ganze Unternehmung war. Menschen, die für das Leben anderer Menschen starben. Daraus hatte seine Existenz bisher bestanden. So viele hatte er getötet, um andere zu schützen.

Und irgendwie war es ihm immer gerecht vorgekommen. Irgendwie war es ihm immer vorgekommen, als hätte das alles einen größeren Sinn.

Aber er hatte überhaupt nichts bewirkt. Er hatte nur ein Leben gegen ein anderes eingetauscht, als wäre es an ihm oder an irgendjemand anderem, darüber zu richten, wer es verdient hatte, zu leben und zu sterben.

Das ging ihm jetzt erst auf, da es nur noch so wenige von ihnen gab. So wenige Menschen. So wenig Hoffnung.

Jedes Leben, das jetzt genommen wurde, erschien ihm um so vieles wertvoller als die Leben, die er selbst beendet hatte. Dabei machte es überhaupt keinen Unterschied, verdammte Scheiße. Das Einzige, das sich verändert hatte, war seine Perspektive.

Flover hatte sich die letzten Stunden damit die Zeit vertrieben, an Lukes Krankenbett zu sitzen, sich zu akklimatisieren und dann bei mehr oder weniger wichtigen Aufgaben in der Basis zu helfen. Die Herstellung des Stromnetzes. Die Versorgung der Mannschaften. Der Aufbau der Zelte. Der Transport von Maschinenteilen und Werkzeug. Er war die ganze Zeit nur herumgelaufen, als hätte es ihm helfen können, seine Füße zu bewegen, um seine Gedanken zu vergessen.

Der Abend dämmerte, da hörte er das erste Mal einen Soldaten rufen: »Die anderen kommen vom Strand zurück!« Er lauschte auf.

Marshall war über so lange Zeit eingespannt gewesen, dass er sie nicht hatte abfangen können. Aber jetzt war es an der Zeit!

Er spähte aus einem Fenster, sah die Anführer ihrer Mannschaft allerdings nicht mehr am Ufer oder auf den Treppen. Vermutlich waren sie bereits in der Kommandozentrale. Wenn er nur eine Minute hätte, um mit Marshall darüber zu reden, dass die Einsätze in den Außenbereichen noch zu gefährlich waren, dass sie sich erst sammeln müssten, bevor sie Menschen rausschicken konnten, um andere zu evakuieren. Das würde vielleicht schon etwas bewirken.

Er ließ die Kommunikationsoffiziere, bei denen er sich befand, wissen, dass er kurz etwas besprechen musste, dann setzte er sich in Bewegung, in Richtung des obersten Hauses, das sie als Zentrale eingerichtet hatten. Zwischen den Hütten, die sich den Berg hinaufschlängelten, wehte inzwischen ein kühler Wind. Das Krächzen der Krähen aus der Stadt drang wie eine Ansammlung gespenstischer Schreie zu ihnen herüber. Aus den ersten Fenstern hier oben, in den mit Strom versorgten Häusern, drang inzwischen fahles, kühles Licht. Die schiefen Treppenstufen flogen wie von selbst unter seinen Füßen hinweg.

Es kam ihm vor, als würde er durch einen Traum wandeln. Flover konnte gar nicht mehr sagen, seit wie vielen Tagen er inzwischen wach war. So distanziert fühlte er sich von der Welt, als wäre alles um ihn herum nur eine Halluzination. Die örtlichen Verschiebungen in den vorangegangenen Tagen waren der letzte Tropfen in diesem Wirrwarr, das in ihm herrschte. Berlin, der Tempel bei KAMI, Moskau, Japan, Amman und nun hier. Das alles hatte in nicht einmal den letzten zwei Tagen stattgefunden. Das Einzige, das ihn noch wach hielt, war die Angst, die Welt würde untergehen, wenn er sich nur eine Minute Zeit nahm, um die Augen zu schließen.

Er hielt auf das oberste Haus zu und sah Marshall auf einem Balkon ein Gespräch mit Byth und anderen hochrangigen Militärs führen. Es wirkte angespannt, aber vielleicht würde sie sich trotzdem kurz Zeit für ihn nehmen. Sie sah ihn nicht, wie er auf die Tür zuhechtete und in den kleinen Raum stolperte.

Er war schon bis in die Mitte des nächsten Zimmers vorgedrungen, als eine Stimme ihn vollkommen aus seiner Fokussierung riss.

»Flover!«

Er erstarrte und wandte sich in einer mechanischen Bewegung zu der Frau um, die ihn gerufen hatte.

»Mutter«, murmelte er dann, als er sie an einem Steuerpult entdeckte, wie sie, die Hände noch auf den Pads vor ihr liegend, zu ihm aufsah. Sein zweiter Blick fiel auf Gerta, die hinter ihr auf einer Fensterbank saß und die Augen geschlossen hatte.

Liza löste sich von ihrem Arbeitsplatz und trat um den

Tisch herum, über dem einige Screens mit Daten und Übersichten zu Überwachungsmaßnahmen schwebten.

»Geht es dir gut?«, fragte er tonlos.

Warum reagierte sie gar nicht darauf, dass er sie duzte? Das brachte sie doch sonst immer von einer Sekunde auf die andere zur Weißglut. Oder hatte ihre Niederlage gegenüber KAMI und Marshall sie plötzlich mundtot gemacht? Wenn es so wäre, geschah es ihr wohl recht.

»Ja«, sagte sie, und Schweiß trat auf seine Stirn. Er hatte nicht die geringste Lust, sich mit ihr zu unterhalten, und er war sich sicher, dass sie ihn sowieso nur wegen irgendetwas Schwachsinnigem zurechtstutzen würde. Also, was wollte sie?

»Die anderen haben mir gesagt, was mit dir passiert ist. Dass du infiziert warst«, stellte sie trocken fest. Die Sorge, die er in Moskau gedacht hatte, in ihren Augen zu sehen, war verschwunden. Warum verspürte sie den Drang, dieses Thema anzubringen?

Er fühlte sich mutig, also antwortete er: »Hättest du mich auch nur einen einzigen Satz sprechen lassen, als ich bei dir in Moskau war, hätte ich es dir selbst sagen können.« Er hatte viel zu lange versucht, diese Frau zu beeindrucken. Um ihre Liebe und ihre Anerkennung zu kämpfen. Sie hatte ihm bewiesen, dass dieses Unterfangen sinnlos war, als sie seine letzte Hoffnung gewesen war und sie ihn des Raumes verwiesen hatte. Er hatte ihr nichts mehr zu sagen und strengte sich an, keine Emotionen und Gedanken mehr an sie zu verschwenden. Nicht einmal Enttäuschung oder Wut.

»Du hättest mit mir reden können.« Ihr Gesicht zeigte keine Emotion, während sie diese Worte sprach. »Ich hätte dir geholfen.«

Flover musste sich davon abhalten, zu lachen. »Unsinn!«, erwiderte er harsch und schüttelte vehement den Kopf. Er hatte sich eigentlich schon zum Gehen wenden wollen, doch dazu musste er etwas sagen. »Redest du dir das wirklich ein? Dass du mir geholfen hättest? Dass du für mich da gewesen wärst, obwohl du es niemals warst?«

Sie runzelte die Stirn und wirkte ehrlich irritiert über seine Aussage. »Denkst du wirklich, ich ... hätte dich sterben lassen?«

Flover betrachtete ihr strenges Gesicht eine ganze Weile, während er ehrlich für einige Sekunden über die Antwort nachdachte, die ihm eigentlich schon klar auf der Zunge lag. »Ja, das denke ich.«

»Es tut mir leid, dass du diesen Eindruck hattest«, sagte sie nach einigen Momenten und reckte die Nase ein Stück nach oben.

»Das muss es nicht. Lass es uns dabei bewenden, ja?« Was genau war ihr Ziel? Wollte sie ihn nur wieder manipulieren? Ihm das Gefühl geben, dass sie kein so schlechter Mensch war? Scheiße, nein. Das würde er ihr nicht zugestehen.

Er sah, dass sie noch etwas sagen wollte, doch mit flatterndem Herzen machte er auf dem Absatz kehrt und hielt auf das Nebenzimmer zu, von dem aus leise Stimmen auf dem Balkon zu hören waren. Er hatte keine Zeit für sie. Er musste sich um die Menschen hier kümmern. Er musste dafür sorgen, dass Luke einigermaßen sicher sein würde, wenn er aufwachte.

Und er musste seinen Kopf freibekommen, um sich für das zu wappnen, was auch immer ihm bevorstand. Er hatte keine Zeit für die Launen seiner Mutter. Das musste sie akzeptieren.

Er öffnete die Tür zum Balkon, und die Köpfe der vier Anwesenden wandten sich sofort zu ihm herum. Byth war überraschenderweise nicht unter ihnen.

»Flover«, sagte Marshall und trat ihm sofort entgegen, um ihn in den Raum zurückzudrängen und mit ernstem Blick anzusehen. Er hatte sich gerade dafür entschuldigen wollen, dass er dazwischenplatzte, da begann sie schon zu sprechen: »Gut, dass du hier bist. Ich wollte gleich nach dir schicken lassen. Ich habe eine Aufgabe für dich.«

»Was kann ich tun?«, fragte er sofort. Wenn es wieder eine Evakuationsmission war, würde er gleich einlenken, um seine Bedenken zu äußern. Das kam ihm sehr gelegen.

»Du musst nach Nordchina. Andra ist heute Morgen dorthin aufgebrochen, und seitdem haben wir nichts von ihr gehört.«

Er hatte beinahe schon zu seiner Gegenrede angesetzt, als er realisierte, was Marshall gesagt hatte. Verdammt, das Gespräch mit seiner Mutter hatte ihn absolut aus dem Konzept geworfen.

»Ist die Sperrzone dort wieder geöffnet? Soll ich Soldaten mitnehmen, um ...«

Sie hob eine Hand, um ihm Einhalt zu gebieten. »Die Sperrzone ist offen, aber wir konnten die Überwachungsmechanismen der Station dort anzapfen, und sie zeigen, dass alle Moja zur nächstgelegenen Stadt weitergezogen sind. Wir sind leider zu spät, um dort noch etwas auszurichten. Aber es liegt wohl nicht daran, dass sie angegriffen wurde.«

»Einige Moja haben Tarnkappen-Fähigkeiten. Vielleicht haben sie sich versteckt und sie aus dem Verborgenen angegriffen.« Ob Andra gefunden hatte, wonach sie gesucht hatte?

»Deswegen möchte ich dich als erfahrenen Kämpfer dort haben«, sagte Marshall und sah sich dann in dem alten Raum um. Es hingen verstaubte Bilder von Menschen an den Wänden, die vermutlich lange tot waren. »Ich halte einen Angriff aber für unwahrscheinlich. Sie hat Waffen, ein TransPhone und eine direkte Verbindung zu unseren Offizieren. Wenn etwas geschehen wäre, hätte sie zumindest versucht, uns zu erreichen.«

»Was könnte sie sonst aufgehalten haben?«

»Das sollst du herausfinden. Ich möchte, dass du sofort dorthin aufbrichst.« Nun musterte sie ihn wieder von oben bis unten. »Gesetzt den Fall, dass du dich dazu bereit fühlst. Du siehst müde aus.«

»Das schaffe ich schon«, gestand er ein. Er war so voll von Adrenalin, dass er vermutlich sowieso nicht würde schlafen können. Andererseits konnte er auch nicht abstreiten, dass sein Verstand langsam etwas nachließ. Sollte er das ansprechen? Eigentlich war es unverantwortlich, eine weitere Mission anzunehmen. Andererseits war er einer der erfahrensten Kämpfer in der Einheit. Selbst mit vernebeltem Gehirn schaffte er noch mehr als die meisten im ausgeschlafenen Zustand. Und er konnte so eine Mission auf keinen Fall einem dieser Neulinge von vorhin anvertrauen. »Ich tue, was ich kann.«

Marshall nickte dankbar. Die Blicke ihrer Kollegen klebten ihr nach wie vor im Rücken. Flover schielte kurz zu ihnen hinüber. Sie trat einen weiteren Schritt auf ihn zu und senkte die Stimme. »Und wenn du Okijen triffst: Sag ihm nichts davon, ja?«

Flover runzelte die Stirn. »Ich wusste gar nicht, dass er wach ist.«

»Ist er. Wir können nicht riskieren, dass er uns davonläuft. Er überschätzt sich zurzeit heftig.«

Er zuckte mit den Schultern. »Geht klar.« Gerade war ihm egal, was der Supersoldat machte. Solange er nicht einsatzfähig war, sollte er sich auf seine Genesung konzentrieren. Wie lange auch immer das bei Menschen wie ihm dauerte. »Dann breche ich sofort auf.«

»Danke. Schick gleich Statusmeldungen, sobald du mehr hast.«

»Geht klar.«

»Brauchst du Unterstützung?«

Flover lächelte ein wenig gequält und dachte abermals an die Neulinge aus Amman. »Nein. Aber das ist eigentlich der Grund, aus dem ich hier bin.«

Sie zog erwartungsvoll die Augenbrauen in die Höhe.

»Die Soldaten, mit denen ich auf einer Evakuationsmission in Jordanien war, waren zu unerfahren für diese Art von Einsatz. Sie haben sich selbst und die beteiligten Zivilisten gefährdet.« Er schüttelte den Kopf und versuchte, seine Emotionalität zu unterdrücken, um sein Anliegen professionell vorzutragen. Auch wenn es ihm in Anbetracht der Tatsachen schwerfiel. »Zwei Supporter sind ums Leben gekommen. Nicht nur wegen der Unerfahrenheit der Soldaten, sondern auch, weil die Truppe zu klein war.«

Marshall lauschte aufmerksam, dann verzog sie überlegend den Mund. »Du schlägst also vor, dass wir gar keine Evakuationsmissionen mehr durchführen, um niemanden zu gefährden?«

Flover sah sie an, während er über seine Antwort nachdachte.

»Wir können natürlich warten, bis wir erfahrenere Soldaten aus anderen Stationen hierhergeholt haben, und danach mit den Missionen weitermachen. Aber in der Zeit sterben viele Menschen, die wir jetzt noch retten können. Wenn auch riskant.« Sie sah ihn an, als wäre seine Reaktion eine überaus spannende Beobachtung für sie. Was wollte sie damit erreichen?

»Ich bin nicht hier, um Ihre Entscheidungen in Frage zu stellen, General«, sagte er vorsichtig. Er wusste nicht genau, ob er ihre Reaktion richtig einschätzte. »Ich wollte Sie nur auf meine Einschätzung der Umstände hinweisen.«

Sie lächelte, hatte aber etwas Überlegenes an ihren Zügen, das Flover unbekannt an ihr vorkam. »Mich würde trotzdem interessieren, welche Entscheidung Sie an meiner Stelle treffen würden, Captain Nakamura.« Ihre Stimme war sehr freundlich, aber er wusste, dass es eine Provokation war. Ein unausgesprochener Hinweis darauf, dass er vielleicht einen Schritt zu weit gegangen war. Obwohl Flover so eine Reaktion gerade von Marshall nicht erwartet hatte.

»Ich maße mir nicht an, solche Entscheidungen treffen zu können«, wich er aus und hoffte, sich damit aus dem Gespräch hinauszumanövrieren. Scheiße, das war nach hinten losgegangen. Auch wenn Marshall recht hatte, fühlte er eine milde Enttäuschung über ihre Abfertigung aufkommen.

»Gut. Dann viel Erfolg.« Marshall wandte sich schon wieder zum Gehen, da kam Flover noch einer der Punkte in den Kopf, die er mit ihr besprechen musste – auch wenn sie ihn gerade so kühl hatte abblitzen lassen.

»General, vorhin in Amman«, sagte er, als sie ihm bereits den Rücken zugewandt hatte. »Dort gab es offenbar eine große Anhängerschaft von DVM, die nicht von den Soldaten evakuiert wurde. Sie zeigten kein übermäßiges Interesse daran, an der Gesinnung der Sektierer etwas zu ändern. Gab es dazu ein Briefing?«

Nur halb wandte sie sich noch einmal zu Flover um. »Während du in Japan warst, habe ich die Evakuationstrupps angewiesen, sich auf die Menschen zu konzentrieren, die gerettet werden *wollen.*«

Flover presste die Lippen aufeinander und sah sie an. Warum stieß ihm diese Aussage so sauer auf? Marshall wirkte heute anders als für gewöhnlich. War es der Stress, der diese Seite zum Vorschein brachte?

»Ich habe viel Zeit mit Menschen von DVM verbracht, wie ich Ihnen erzählt habe«, sagte er dann freiheraus. »Ich denke, ihr Gedankengut ist radikal, aber nicht unbedingt falsch. Ihre Einschätzung der Situation könnte uns durchaus helfen, uns KAMI erneut entgegenzustellen.«

Marshall zog überrascht ihre Augenbrauen in die Höhe. Sie war sonst so vermittelnd, aber auf DVM war sie nicht gut zu sprechen, wenn man dem internen Gerede Glauben schenkte. Wenn die Gerüchte stimmten, war die Sekte sogar der Grund für ihren einstigen Austritt aus dem Militär gewesen.

»Ich denke, mit solchen Angelegenheiten sollten wir uns beschäftigen, wenn wir Zeit dafür haben«, erwiderte sie schwammig. »Gibt es sonst noch etwas?«

Diese Frage klang so final, dass klar war, dass sie keine weiteren Anmerkungen hören wollte. Untypisch. Damit hatte er wohl wirklich einen wunden Punkt bei ihr getroffen. »Nein, General«, antwortete er also.

»Dann noch mal: viel Erfolg.« Nach diesen Worten wandte sie sich final von ihm ab. Nachdem sie wieder auf den Balkon getreten war, verließ Flover den Raum, stürmte an seiner Mutter vorbei, ohne ihr einen weiteren Blick zu schenken, und trat hinaus in die Nachtluft.

UNTER VERSCHLUSS!

Audioaufzeichnung, Radiosender »Independence Central«
12.04.2072, 11:13

»Hallo liebe Zuhörer und herzlich willkommen zu unserem Nachrichten-Format hier bei Independence Central, eurem Sender für die allerschnellsten Nachrichten aus der ganzen Welt. Ich bin Ana, und ich habe heute erneut Max für euch, einen Journalisten, der mit seinem Team die Verhaltensweisen und die Vergangenheit der Goldenen Drei für euch beleuchtet. Aus Sicherheitsgründen haben wir den Namen unseres Journalisten geändert. Wir bitten um euer Verständnis, aber wie immer: Ihr wisst ja, was gerade los ist. Nun also ein herzliches ›Willkommen zurück‹ an Max! Klasse, dass du wieder Zeit für uns hast.«

»Jederzeit. Die Rückmeldungen zu unserer letzten Sendung waren ja bombastisch.«

»Ja, aus den Reihen unserer Zuhörer gab es unendlich viel Dankbarkeit für euer Engagement und euren Einsatz. Also auch noch mal an dieser Stelle vielen Dank, dass ihr dieses Risiko eingeht, um die Menschen zu informieren.«

»Sehr gern. Ich sehe das als meine Aufgabe an.«

»Die Unruhen in letzter Zeit spitzen sich zu. Wir ... wir kennen ja alle die Bilder aus den Nachrichten. Man möchte eigentlich gar nicht daran denken.«

»Nein, es ist ... wirklich schockierend, was hier gerade vor sich geht.«

»Letzte Woche haben wir über Marshall Lloyd gesprochen, diejenige von den Goldenen Drei, die meistens zur Bevölkerung spricht. Gemeinsam mit ihr und Alaska Pershing ist auch Liza Moore auf den Plan getreten, über die ihr in den letzten zwei Wochen mehr herausfinden konntet. Was kannst du uns über sie sagen? Und für unsere Zuhörer: Diese Informationen sind exklusiv und dringen hiermit das erste Mal an die Öffentlichkeit. Wir stellen sie euch auch auf unserer Website zur Verfügung.«

»Also etwas über Liza Moore herauszufinden war deutlich schwieriger als bei Marshall Lloyd, weil es zu ihr keine öffentlichen Informationen gab.«

»Aber ihr habt es geschafft?«

»Natürlich. Liza würde am 18. Juli 2033 in London geboren.«

»Oh, eine Britin!«

»Sie ist im Gegensatz zu Marshall in sehr ärmlichen Verhältnissen aufgewachsen. Ihre Eltern waren Ärzte, die sich der kostenlosen Hilfe von Flüchtlingen und Opfern der globalen Krisen verschrieben hatten. Das brachte ihre Familie in heftige finanzielle Schwierigkeiten. Unseren Recherchen nach zogen sie ständig um und standen mehrere Male kurz vor der Obdachlosigkeit.«

»Was für beeindruckende Menschen.«

»In der Tat, sie waren echte Wohltäter, die vollkommen ungeachtet ihrer eigenen Probleme anderen Menschen geholfen haben. Wir konnten einige ehemalige Freunde der Familie aufspüren. Lizas Eltern erzogen sie ihnen zufolge in dem festen Glauben, dass andere zu beschützen besser und wichtiger wäre, als jemanden oder etwas zu bekämpfen.«

»Wenn unsere Zuhörer mich jetzt sehen könnten, würden sie sehen, wie entsetzt ich schaue.«

»Haha!«

»Ich meine, das passt nicht wirklich zu ihrem jetzigen Verhalten. Wie kam es denn zu diesem Wandel?«

»Wir können nicht in ihren Kopf schauen, aber das war

wohl eine Aneinanderreihung von Ereignissen. Als Liza neunzehn Jahre alt war, wurden ihre Eltern ermordet. Daraufhin brach sie ihr Medizinstudium ab, um dem Militär beizutreten.«

»Sobald ihre Eltern tot waren, entschied sie sich also dazu, nicht mehr dem Weg zu folgen, den sie selbst gegangen waren?«

»Offensichtlich.«

»Stand sie denn nicht hinter den Werten, die ihre Eltern ihr vermittelt hatten?«

»Das ist aus unseren Informationen nicht eindeutig ersichtlich. Ehemalige Bekannte und Studienkameraden haben uns berichtet, dass Liza stets eine extrem emotionale Person war. So gut wie jeder, der sie von damals kannte, erinnerte sich zuerst daran, dass sie eigentlich immer geweint hat, sowohl vor Freude als auch vor Trauer. Ehemalige Mitschüler von ihr berichten, dass sie deswegen keine sehr beliebte Schülerin war. Zumal sie auch oft im Unterricht fehlte, um ihren Eltern zu helfen, aber trotzdem immer sehr gute Noten schrieb.«

»Ich werde immer verblüffter, Max. Eine emotionale Person? Das sieht man ihr jetzt aber gar nicht mehr an. Ich hatte mich ehrlich gesagt gefragt, ob sie überhaupt Gefühle besitzt.«

»Wir können natürlich an diesem Punkt nur spekulieren, was diese charakterliche Veränderung in ihr hervorgerufen hat. Quellen aus dem Militär, also andere Offiziere, die sie noch von damals kannten, gibt es nur wenige. Die meisten verweigern jedwede Aussage. Die, die sich mit uns unterhalten haben, berichteten allerdings nicht mehr von einer solchen Art.«

»Also war es der Tod ihrer Eltern, der sie dazu gebracht hat, so kühl zu werden?«

»Könnte sein. Eventuell sah sie den Tod ihrer Eltern als

Scheitern der Werte an, die sie ihr zu vermitteln versucht haben. Was vielleicht auch verständlich ist. Schon als Kind mitzuerleben, wie die Eltern sich bei dem Versuch kaputt machen, die Welt ein kleines bisschen zu verbessern, kann einschneidend sein.«

»Das kann ich mir vorstellen. Vor allem, wenn dieser Anker plötzlich wegfällt.«

»Genau. Ihr Beitritt zum Militär ist allerdings ein Zeichen dafür, dass sie durchaus daran festgehalten hat, die Welt verbessern zu wollen. Wenn auch auf radikalere Weise als ihre Eltern.«

»... Deutlich radikaler.«

»Ja.«

»Und wie sieht es mit ihrem Mann aus? Von dem bekommt man ja recht wenig mit.«

»Mizaki Nakamura, ja. Über ihn wissen wir so gut wie nichts. Wir wissen, dass er ein sehr fröhlicher Zeitgenosse gewesen sein soll. Sie haben sich beim Militär kennengelernt. Genau wie Marshall und Alaska später.«

»Ist Liza auch dem Verbund aus Terroristen beigetreten, dem Marshall und Alaska angehörten?«

»Später erst. Wenn wir die Timeline richtig nachverfolgen, hat Liza zuerst Mizaki kennengelernt und danach Marshall, die die beiden in die Organisation eingeführt hat.«

»Spannend. Also kam sie erst später dazu.«

»Genau.«

»Denken du und dein Team, dass die unterkühlte Art, die sie an den Tag legt, aus Frust herrührt?«

»Ja, auf jeden Fall. Frust auf die Welt und sicherlich auch über die Ungerechtigkeiten, die die Zeiten damals bestimmt haben.«

»Und sie ist nicht in der Lage zu sehen, dass sie den Zustand mit ihrem Verhalten nicht wirklich verbessert?«

»Offensichtlich ist sie das nicht.«

»Das ist ein Dilemma.«

»In der Tat.«

»Das war auf jeden Fall ein sehr interessanter Einblick, den ihr uns wiedergegeben habt. Mehr zu Alaska Pershing gibt es auch bald, oder?«

»Ja, da recherchieren wir noch. Etwas über ihn herauszufinden ist noch schwieriger, wir wissen nicht genau, woran das liegt.«

»Dann dürfen wir gespannt sein. Wie gesagt werden wir euch die Infos auf der Website hochladen und euch Bescheid geben, wenn wir einen weiteren Bericht für euch fertig haben. Vielen Dank, dass du wieder bei uns warst, Max.«

»Sehr gern. Und bis zum nächsten Mal.«

»Wir freuen uns!«

KAPITEL 15

: GIVING

Okijen und Byth folgten dem Ältesten der Yuna in die Stadt, Okijen nach wie vor taumelnd und wankend, obwohl er sich alle Mühe gab, so stabil wie möglich zu wirken. Vor allem, um Byth nicht noch wütender zu machen. Keiner der Yuna stellte auf dem Weg Fragen zu ihnen oder ihrer Mannschaft. Trotzdem hatten alle, einer stillen Übereinkunft folgend, ihr Tempo gedrosselt, damit Okijen keine Probleme hatte, ihnen zu folgen.

Seine Gedanken waren immer wieder zu Andra abgeschweift. Sie war also nach China zurückgekehrt. Was hatte sie dort vor? Es musste etwas mit dem Endlager oder dem Dorf zu tun haben, aber bevor er das Bewusstsein verloren hatte, hatte sie nichts darüber gesagt.

Hoffentlich würde sie bald zurück sein und es ging ihr gut. Als sie das letzte Mal in ihr Dorf zurückgekehrt war, war sie am Boden zerstört gewesen, und Okijen wollte sich nicht ausmalen, was es jetzt in ihr auslöste. Vor allem nun, da sie allein war.

Es drängte ihn danach, sie in den Arm zu nehmen und mit ihr zu sprechen. Obwohl er sie noch nicht lange kannte, hatte er das Gefühl, sich mit niemandem offener unterhalten zu können. Niemand hatte ihn je so direkt wie sie damit konfrontiert, was er noch nicht einmal vor sich selbst zuzugeben wagte. Vermutlich hatte sie all die Zeit über gar nicht gewusst, was sie tat.

»Wie geht es dir?«, fragte er leise an Byth gewandt, nicht

nur, um sich von Schmerzen und Sorge abzulenken, sondern auch, weil es ihn wirklich interessierte. Er hatte nicht vor, alle Antworten sofort aus ihr herauszupressen, aber vielleicht konnte sie ihm dabei helfen, sich einen Überblick über die Lage zu verschaffen.

»Gut«, antwortete sie, ohne ihn anzusehen. Warum hatte er nicht mit einer so einsilbigen Antwort gerechnet?

Er musterte sie, wie sie neben ihm ging, den Blick geradeaus gerichtet, die Hände in den Taschen ihres Jumpsuits verborgen. Es war lange her, dass er sie in einem Kampfeinteiler gesehen hatte, und der Anblick brachte unwillkommene Erinnerungen zurück. Nicht auch noch das.

»Ist es uns durch den Generator gelungen, KAMI in die Flucht zu schlagen?«, wollte er wissen. Alles, was er bisher erfahren hatte, war, dass das Ding offenbar noch lebte, aber nicht, wie sie ihm entkommen waren.

»Hm«, machte Byth, und er gab ihr einige Sekunden Zeit, weil sie die Augenbrauen zusammenzog und wirkte, als wolle sie etwas sagen. Doch sie antwortete nicht, und er fragte sich, warum. Das war doch keine schwere Frage gewesen.

»Was ist passiert?«, schob er also nach.

Sie hatten den dunklen, groben Kies des Ufers inzwischen verlassen und bewegten sich über die Überreste einer alten Betonstraße auf die Ausläufer der Stadt zu. Noch erkannte Okijen nichts, das darauf hindeutete, dass in diesen Hochhäusern jemand lebte.

»Das ist ziemlich schwer zu erklären«, flüsterte Byth ihm zumindest zu. »Lass uns später drüber reden, ja?«

Er kniff die Augen ein wenig zusammen, aber er wusste, dass man sie nicht zum Sprechen bringen konnte, wenn sie nicht wollte. »Dann aber wirklich.«

Sie befeuchtete ihre Lippen, antwortete aber nicht, also schwiegen sie, bis sie zwischen die ersten Häuser traten.

Die Wolkenkratzer bauten sich direkt am Stadtrand, neben einer großen Betonfläche auf, ragten über ihnen in den dunstigen Abendhimmel. Ihr Anblick bereitete Okijen Unbehagen. Die Neonreklamen warfen fahles Licht in die Gassen und auf die verstaubten Wege der Stadt. Die Gewächse, die die Straßen teils überwuchert hatten, wirkten knorrig und karg. Einige Büsche wuchsen aus den Ritzen des Asphaltbodens. Hier und da huschten Tiere durch das Licht der Fackeln, die die Yuna aufgestellt hatten, um den Weg zu erhellen. Der letzte Schein der untergehenden Sonne erreichte den Boden der Stadt bereits nicht mehr.

In den Fenstern der am tiefsten gelegenen Wohnungen brannten Lichter. Aus vielen schauten neugierige Augen von Erwachsenen und Kindern, um zu verfolgen, wen die Ältesten mit in ihre Siedlung brachten. Auf dem Weg, weiter vor ihnen, spielten im Schein des Feuers ein paar Jungen und Mädchen unbeschwert mit einem Ball.

Okijen schluckte schwer und versuchte, die Eindrücke, die ihn befallen wollten, von sich fernzuhalten. Er war in den letzten zwei Jahren so gut darin geworden, sich vor der Welt zu schützen. Vor dem, was in ihm lauerte. Aber es war zu viel passiert. Es gelang ihm nicht mehr.

Alles, was er sah, bereitete ihm eine unbekannte Furcht. Die Kinder, die er vor zwei Jahren in Sao Paulo hatte töten müssen. Die Yuna, die er nicht hatte retten können. Durch diese Straßen zu wandern gab ihm das unbeschreibliche Gefühl, er würde durch einen seiner Albträume wandeln. Fast rechnete er damit, jeden Moment alle sterben zu sehen. Oder selbst wieder in seiner Uniform dazustehen und alle mit eigenen Händen zu töten, ohne einen Einfluss darauf zu haben, was er tat.

»Hey«, riss ihn Byth von der Seite aus seinen Gedanken. Die Zähne fest aufeinandergepresst, um sich zusammenzureißen, wandte er sich zu ihr um. »Alles gut?«, wollte sie leise wissen. Der Großteil ihrer Begleiter verabschiedete sich knapp von ihrer Gruppe, während sie beide dem Ältesten folgten. Okijen war erst in der Lage, ihr zu antworten, nachdem er einige Schritte gegangen war.

»Ich …« Er atmete schwer aus. »Das ist alles zu viel.«

»Du brauchst Ruhe«, sagte sie unbestimmt, aber überraschend sanft. »Wenn wir zurück in der Station sind, legst du dich noch mal hin und lässt dich updaten.«

Er wusste nicht, ob Ruhe ihm helfen würde, aber er antwortete nichts darauf. Und was sollte das eigentlich heißen, er »lässt« sich updaten? Dass sie nicht bereit war, ihm etwas zu erzählen? Was war nur passiert?

»Mein Heim ist dort vorn«, meldete sich der Älteste nach einer Weile zu Wort und deutete auf ein Haus, das etwas niedriger gebaut war als die anderen, direkt am Ende einer Kreuzung. Hinter der breiten Straße brannten keine Lichter mehr.

Okijen wandte sich noch einmal nach hinten um und versuchte, sich mehr auf diese Situation einzulassen. Wie viele Menschen mochten hier wohnen? Zweihundert vielleicht? Eventuell etwas mehr, er konnte nicht einschätzen, wie groß die Wohnungen waren und ob der bewohnte Bereich sich auch in Seitenstraßen hin fortsetzte.

»Ich hoffe, der Weg war nicht allzu beschwerlich für Sie«, sagte der Mann dann ruhig, und Okijen fühlte sich ein wenig schlecht, dass sie ihn bisher aus ihren Gesprächen ausgegrenzt hatten.

Er setzte sofort ein Lächeln auf die Lippen, um ihm zu versichern, dass alles gut war. »Es geht schon. Ich danke Ihnen, dass sie so langsam gelaufen sind.«

Der Alte lachte überaus wohlwollend. »Ich bin fast neunzig Jahre alt. Ich bin auch nicht mehr der Schnellste.«

Das brachte Okijen tatsächlich zum Grinsen, und aus dem

Augenwinkel sah er, dass sogar Byth schmunzelte. Sie wirkte heute noch verschlossener als sonst. Wenn das denn überhaupt möglich war. Er hatte keine Ahnung, was um alles in der Welt sie dazu brachte, sich so zu verhalten, aber es konnte nichts Gutes sein.

»Sie haben wirklich einen außergewöhnlichen Körper, wenn ich mir die Bemerkung erlauben darf«, zog der Älteste ihn abermals aus seinen Überlegungen. Jetzt, da seine Begleiter und Begleiterinnen fort waren, wirkte er wie aufgetaut. Vielleicht musste er vor ihnen das Gesicht wahren. »Wenn das denn Ihr Körper ist. Verzeihen Sie meine Offenheit.«

Okijen versuchte, sich zu lockern, und machte eine wegwerfende Handbewegung, wenn auch eine schwache. »Ach was«, sagte er, dann klopfte er sich demonstrativ auf den Brustkorb. Er war selbst überrascht davon, wie hart das Metall war. Es fühlte sich so unnatürlich an. »Das ist mein Körper. Über die Jahre hat sie ziemlich viel an mir herumgebastelt.« Er deutete mit dem Daumen auf Byth.

»Das hat Ihnen sicherlich einmal das Leben gerettet.«

Okijen sah den alten Mann interessiert an, obwohl dieser weiter nach vorn schaute, ein unergründliches Lächeln auf den Lippen. »In der Tat. Mehrere Male sogar.«

»Dann ist es etwas Gutes. Solange Sie sich wohlfühlen.«

»Hm«, machte Okijen und folgte seinem Blick in die Dunkelheit vor ihnen, die sich immer weiter intensivierte. »Das tue ich meistens. Auch wenn viele Menschen es nicht verstehen.« Er hätte zu gern gesehen, wie Byth auf diese Aussage reagierte, doch er konnte sich nicht zu beiden gleichzeitig umwenden.

»Menschen verstehen vieles nicht«, erwiderte der Mann. »Aber manchmal müssen sie das auch nicht. Manchmal reicht es aus, wenn man akzeptiert. Und wenn man etwas nicht akzeptieren kann, dann kann man es oft zumindest ertragen.«

Nun war es an Okijen, leise zu lachen.

»Was ist? Habe ich etwas Falsches gesagt?« Der Älteste wandte sich mit ehrlicher Sorge im Blick zu ihm um.

»Nein, nein, alles gut! Sie klingen nur sehr wie die Dorfälteste, über die eine Freundin von mir oft erzählt.«

»Auch eine Yuna?«

»Ja.«

»Wie schön.« Er nickte versonnen. Byth machte, soweit Okijen es erkannte, keine Regung, die darauf schließen ließ, was sie von der ganzen Sache hielt. »Vielleicht können Sie mir einmal mehr von ihr erzählen.« Er steuerte auf die Tür seines Hauses zu und öffnete sie langsam. Sie war nicht einmal abgeschlossen. »Bitte verzeihen Sie die Unordnung. Ich habe heute nicht mit Besuch gerechnet.«

»Ach, Sie haben meine Wohnung nicht gesehen«, scherzte Okijen, woraufhin Byth tatsächlich lachte. Was hatte das denn zu bedeuten?

Der Älteste betätigte den Lichtschalter, und Okijen schaute sich in dem kleinen Flur um, in den sie traten. Von Unordnung war keine Sicht. Einige hölzerne Bänke mit Vasen und Blumentöpfen schmückten den schmalen Raum. Die angrenzenden Türen waren aus Metall und schienen überaus modern und darüber hinaus säuberlich gepflegt.

»Einen Moment. Sie können gern hier warten«, sagte der Mann und ging langsam voraus in eins der Zimmer. Okijen tat wie geheißen, konnte aber den Drang nicht unterdrücken, einen Blick in den nächsten Raum zu werfen. Das Wohnzimmer. Die Möbel wirkten noch gar nicht so alt und die technologischen Geräte – der Fernseher und der Staubsauger in der Ecke – überraschend neu. Zumindest soweit er es im Licht erkannte, das von der warmen Deckenleuchte im Flur hineinfiel.

Sobald er die schlurfenden Schritte des Mannes hörte,

nahm Okijen sofort wieder eine aufrechte Haltung ein, verschränkte die Arme einem Reflex folgend hinter dem Rücken.

»Ich musste es erst suchen«, sagte der Älteste und kam aus dem hintersten Raum zurück, bewegte sich langsam auf Okijen zu.

In der Hand hielt er eine Krücke.

Okijen musste so unvermittelt lächeln, dass er zunächst gar nichts sagen konnte, als der Ältere sie ihm präsentierte. Sie war aus dunklem Metall gefertigt und wirkte am Griff und am oberen Bereich, der den Arm stützte, sehr abgenutzt. Als wäre sie jahrelang dauerhaft benutzt worden. An den Noppen an der Seite erkannte er, dass sie verstellbar war. Noch bevor der Mann sie Okijen übergab, stellte er sie schon ein.

»Ich denke, Sie werden die größte Größe benötigen, junger Mann«, sagte er in seiner ruhigen Stimme. Er wirkte so zufrieden, während er den Gegenstand betrachtete. Nur wenige Klicks, dann rastete die Krücke ein, und er überreichte sie Okijen. Dankend nahm er sie entgegen, legte seinen Arm an und stützte sich probeweise auf. Er wollte sie nicht mit seinem Gewicht zerstören, aber tatsächlich wirkte sie überraschend stabil.

Byth und der Älteste beobachteten alles mit wachsamen Augen. Die Hände vor dem Körper gefaltet, wirkte der Mann außerordentlich zufrieden, während Byth nach wie vor keine Vermutung auf ihre Gedanken zuließ.

»Sie hat meiner Frau gehört«, offenbarte der Älteste nach einigen Momenten.

Okijen sah ein wenig erschrocken zu ihm auf. »Was? Aber die können Sie mir doch nicht …«

Der Mann unterbrach ihn, indem er sacht seine Hände hob. »Doch, doch. Ich bestehe darauf.« Er deutete auf den Gegenstand. »Das Metall Ihres Oberkörpers hat mich gleich an sie erinnert. Schauen Sie doch. Es ist dieselbe Farbe.«

Okijen sah an sich hinab. Es stimmte. Das Metall seines Oberarms ging fast fließend in das der Gehhilfe über. »Wie aufeinander abgestimmt«, stimmte er zu. »Ich ... vielen Dank hierfür.«

Sie hätten ihm vielleicht auch in der Basis so etwas besorgen können, aber aus irgendeinem Grund bedeutete ihm diese Geste mehr. Er wusste gar nicht, was er erwartet hatte, hier zu bekommen. Fast hatte er mit einem experimentellen Mittel gerechnet, von dem das Militär nichts wusste.

Aber dies war wohl besser. Die Ruhe des Mannes färbte langsam auf Okijen ab. Es war, als hätte sich das Chaos in seinen Gedanken etwas gelichtet.

»Gern geschehen.« Der Mann nickte konstant. Die Wände des Hauses schienen zu hoch für ihn. Er war so deutlich kleiner als Okijen, dass er sich fragte, ob der alte Herr hier überhaupt allein klarkam. »Sie sehen aus, als hätten Sie viel durchgemacht.«

Okijen lächelte. »Das haben wir doch alle.« Der Älteste hatte sicherlich keine Ahnung davon, wer er war. So gut wie jeder Mensch auf der Welt wusste, dass Okijen schon viel erlebt hatte. Er hatte allerdings das Gefühl, dass er sich hier auf etwas anderes bezog.

»In der Tat. Aber Sie wirken jung. Als könnten Sie etwas bewegen.« Er lächelte breit. »Und dass sie eine Yuna als Ihre Freundin bezeichnen, steigert meine Sympathie für Sie nur noch.«

Okijen schmunzelte, während Byth sich zu einem unzufriedenen Seufzen hinreißen ließ. Wenn sie ihm einfach sagen würde, was sie dachte, fiele es ihm viel leichter, Rücksicht auf ihre Gefühle zu nehmen. Aber sie sprach ja nicht mit ihm. »Sie kommt später auch hierher.« Hoffentlich. »Vielleicht werde ich sie Ihnen vorstellen können.«

»Das wäre sehr schön.« Der Mann breitete die Arme aus,

um den beiden zu bedeuten, dass sie frei waren, zu gehen. Okijen tat wie geheißen und wandte sich, einen Teil seines Gewichts auf die Krücke stützend, zur Haustür um. Sie gab ihm tatsächlich viel Stabilität.

»Und während Sie sich noch erholen«, sagte der ältere Herr, »kommen Sie doch gern mal morgens bei mir vorbei. Da fahre ich immer mit dem Boot auf den See. Das würde Ihnen sicher gefallen.«

»Ich esse eigentlich keine Fische«, erwiderte Okijen, die Hand schon auf der Klinke, und drehte sich noch einmal um.

Der Alte hob die Augenbrauen. »Ich auch nicht. Ich fahre nur raus. Ohne Ziel.«

Erneut lachte Okijen unterdrückt. »Das klingt wirklich so, als könnte es mir gefallen.«

KAPITEL 16

: LOCATING

Es ist ein warmer Sommertag, und Flover steht an einem der großen Fenster des Hauses, in dem er aufgewachsen ist. Die Sonne prangt im Zenit über einem klaren Himmel, und im Park hinter dem Anwesen haben sich etliche Familien versammelt, um im Schatten der knorrigen Bäume zu picknicken und zu entspannen.

Hinter den dicken Mauern ist es kühl. Sein maßgeschneiderter Anzug fühlt sich trotzdem zu dick auf seiner Haut an. Viel lieber würde er in kurzen Hosen und T-Shirt mit den anderen Kindern über die Wiese laufen, bis die Sprinkleranlagen sich abends einschalten und sie durch ihre Gischt und ihre Regenbogen tanzen können.

Zwischen all den Menschen sieht er sogar einen richtigen Hund umhertollen. Sein Herz schlägt etwas schneller. Er hat erst einmal einen echten Hund gesehen, als ein Kollege seiner Mutter einen mitgebracht hat. Sein Fell war so weich und seine Nase so feucht. Flover erinnert sich noch genau daran, was für ein eigenartiges Gefühl es gewesen ist, wie der Hund mit seiner Zunge übereifrig sein Gesicht abgeschleckt hatte, bis seine Mutter dazwischengegangen war.

Wie gern will er dort hinaus!

Er tritt einen Schritt näher an die Scheibe und legt seine Finger auf das Glas, nähert sich mit dem Gesicht so sehr, das sein Atem das Fenster beschlägt. Seine Hausaufgaben hat er längst erledigt, und bis heute Abend hat er keine Aufgaben oder Termine mehr. Ob er seine Mutter fragen soll? Oder vielleicht doch lieber einen ihrer Untergebenen. Die sind meist deutlich nachlässiger mit ihm.

»Flover!« Als hätten seine Gedanken sie heraufbeschworen, er-

tönt die Stimme seiner Mutter hinter ihm, gefolgt von den festen Schritten ihrer Stiefel.

Rasch tritt er vom Fenster zurück, dreht sich um und nimmt eine gerade Haltung ein. Sind seine Haare noch glatt gekämmt?

»Hast du nichts zu tun?«

»Guten Tag, General Moore«, grüßt er sie, wie sie es ihm aufgetragen hat. »Ich bin mit allen Schulaufgaben für heute fertig.«

Sie kommt die große Treppe zu ihm herunter, wie immer in ihrer weißen Uniform, die so gut zu ihrem kurzen Haar passt. Mit hocherhobener Nase sieht sie zu ihm herab. »Hast du deinen Privatlehrer schon nach Extra-Aufgaben gefragt?«

Flover nickt energisch. »Alle erledigt!«

Das bunte Treiben vor den Fenstern hinter ihm scheint sie überhaupt nicht zu interessieren. Überlegend verzieht sie den Mund. »Du lernst wirklich schnell.«

War das ein Lob? Soll er sich bedanken?

»Ich sollte deinem Lehrer sagen, dass er dir ruhig schwierigere Aufgaben stellen soll. Du sollst ja schon gefordert werden.«

Flover nickt langsam. Wenn er sich besonnen genug gibt, lässt sie ihn vielleicht wirklich zur Belohnung hinaus!

Ihr Gesichtsausdruck wird etwas weicher, und sie schürzt die Lippen leicht, als sie darüber nachzudenken scheint, was sie mit ihm anstellen soll. »Wenn du versprichst, dass du dich benimmst«, sagt sie dann gedehnt. »Könnte ich dich vielleicht mit in die Zentrale auf einige meiner Termine nehmen?«

So erwartungsvoll hebt sie die Augenbrauen, dass Flover bereits weiß, dass er die Frage nach der Freizeit im Park nicht stellen muss. Es kommt so selten vor, dass sie ihn mitnimmt. Es ist eigentlich die größte Belohnung, die sie für ihn hat. Wenn er sich auch nur das kleinste bisschen Enttäuschung anmerken lässt, wird sie unglaublich wütend werden. Flover legt also alles daran, so aufgeregt wie möglich zu wirken, ohne zu viel »herumzuhampeln«.

»Ich verspreche, ich benehme mich!«, ruft er leise aus. Wenn

es gut läuft, wird sie ihm vielleicht so wohlgesonnen sein, dass sie ihn freiwillig zum Spielen schickt. Das ist zwar nie vorgekommen, aber er gibt die Hoffnung nicht auf.

Seine Mutter nickt zufrieden, dann wendet sie sich auf dem Absatz um. »Na gut, dann komm mit«, weist sie ihn im Gehen an. »Aber sprich zu keinem, wenn du nicht gefragt wirst, und verhalt dich leise, ja?«

»Jawohl, General«, erwidert er mit unterdrückter Stimme. Als er sich sicher ist, dass sie sich nicht noch einmal zu ihm umdreht, wirft er einen letzten Blick aus dem Fenster.

Der Cyber-Trip in die Wüste warf Flover für einen Moment so stark aus der Bahn, dass er sich für einige Minuten auf den warmen Boden der leeren Station setzen musste, um sich nicht zu übergeben. Die Klimaanlagen waren deaktiviert, und Hitze waberte zwischen den dicken Mauern des Gebäudes, auf das vermutlich den ganzen Tag unerbittlich die Sonne geschienen hatte.

Seine Beine waren zittrig, als er sich nach einiger Zeit erhob und mit so raschem Schritt wie möglich dem Ausgang der Station näherte. Vor den Fenstern sah Flover, dass die Sonne auch hier untergegangen war. Sie befanden sich in ähnlichen Breitengraden, wenn er sich richtig erinnerte.

Die ClearView-Brille hatte er sofort nach seiner Ankunft aufgesetzt, doch die Überwachungsmechanismen der Station, die sie angezapft hatten, stimmten mit seinen ersten Erkenntnissen überein. Es waren keine Moja zu sehen, nur einer, offenbar in den Ruinen des Dorfes, in dem sich Andra seinen Anzeigen nach befand. Vermutlich ein kleineres Tier.

Der blaue Punkt von Andras Lebensanzeige blinkte in einer der Hütten, die zu ihrer alten Heimat gehörten. Flover verließ gerade die Station, als er sich fragte, was sie wohl dort hielt. Hatte sie etwas gefunden? Studierte sie irgendwelche Unterlagen? Aber warum hätte sie Marshall über so etwas nicht informieren sollen? Laut Angaben der Kommunikationsoffiziere hatten sie mehrere Male versucht, Kontakt zu ihr aufzunehmen. Erfolglos.

Dass die Sonne untergegangen war und sich die ersten Sterne am Himmel abzeichneten, der hier so viel klarer war als über dem nebelverhangenen See, kam ihm zugute. So würde er das Leuchten der Moja sehen, falls seine Anzeigen versagten.

Flover wandte sich in alle Richtungen um, während seine Füße ihn in Richtung des Dorfes trugen. Es war unvorstellbar, dass ihre Reise, dieses Chaos, hier begonnen hatte. In der Station, deren Tore er unter Einsatz seines Lebens geschlossen hatte. Seine Mutter hatte ihn nach diesem Einsatz zu überschwänglich gelobt. So, wie vermutlich noch nie in ihrem Leben zuvor.

Nach seinem Gespräch mit ihr hatte er fast den Eindruck, sie hätte es damals vielleicht ernst gemeint. Sie hatte stets von ihm verlangt, sich einen Namen zu machen, sich hochzuarbeiten, damit ihm irgendwann die Ehre zuteilwerden würde, dem Weltrat beizutreten und ihren Nachnamen anzunehmen.

Und er hatte so lange danach gestrebt. Er hatte so lange danach gestrebt, diese Form der Anerkennung – oder überhaupt irgendeine Form von Anerkennung – von ihr zu gewinnen. Dabei war er doch zufrieden mit seinem Namen gewesen. Er war zufrieden mit seinem Leben gewesen.

Flover hatte Probleme, über den Sand zu laufen, was ihm für seinen Geschmack viel zu viel Zeit gab, über das Gespräch mit seiner Mutter nachzudenken. Warum hatte sie sich entschuldigt? Vielleicht, weil sie wusste, dass die Welt endete? Weil jetzt sowieso alles egal war? Aber das passte so wenig zu ihr. Sie hatte ihm so oft Vorträge darüber gehalten, dass Ideale nichts nutzten, wenn man zu schwach war, um auch in

Krisenzeiten zu ihnen zu stehen. Dass man Macht brauchte, um Sicherheit und Frieden zu schaffen, und keine Idealisten, die im verzweifelten Versuch, für eine Sache einzustehen, ihr eigenes Leben ließen, ohne etwas bewirkt zu haben.

Es passte einfach nicht.

Das zerstörte Dorf lag ruhig vor ihm. In keiner Weise war noch zu erahnen, welches Chaos hier getobt haben musste. Das Bild der teils niedergebrannten, teils zerstörten Hütten jagte ihm einen Schauer über den Rücken. Die Menschen, die hier gelebt hatten, mussten so friedlich gewesen sein. Flover hatte selbst erst eine einzige Kolonie der Yuna besichtigt und die Menschen dort als sehr freundlich und offenherzig in Erinnerung.

Vielleicht war Andra nur hiergeblieben, um in Erinnerungen zu schwelgen.

In keinem Haus brannte Licht, also folgte er dem Punkt, der sich auf der Anzeige seiner Brille abzeichnete.

»Andra?«, fragte er leise in die Dunkelheit hinein, während er sich auf ihren Standpunkt zubewegte. Die Anzeige auf seiner Brille wurde nun, da er näher gekommen war, deutlicher. Die Lebensanzeigen waren normal. Es schien ihr gut zu gehen. Das infizierte Wesen, das er gesehen hatte und nach wie vor im Auge behielt, streifte durch einige Hütten, die weiter entfernt lagen. Es schien kein Interesse an ihm zu haben, also könnte er sich auch später darum kümmern.

»Bist du hier?«, fuhr er fort. »Hier ist Flover.« Er stieg die wenigen Stufen zu der Hütte hinauf, in der sie sich befand. Das Gebäude schien einmal ein zweites Stockwerk besessen zu haben, das allerdings vollkommen ausgebrannt war. Verkohlte Holzscheite versperrten ihm teils den Weg, als er in einen Raum trat, der wie eine ehemalige Küche wirkte.

Ihr »Ich bin hier« hörte er leise, aber so nah, dass er erschrak.

Flover drehte sich um und bückte sich, um unter den Tisch zu schauen, der noch einigermaßen intakt in der Mitte des Raumes stand. Und tatsächlich: Eingesunken kauerte Andra darunter, ein altes Foto in den Händen, auf das sie ihren Blick gerichtet hatte.

Konnte sie in der Dunkelheit überhaupt etwas erkennen? Oder saß sie so lange da, dass ihr gar nicht aufgefallen war, wie dunkel es geworden war?

Im Licht des langsam aufgehenden Mondes, das durch ein staubiges Fenster fiel, erkannte Flover zumindest ihren Gesichtsausdruck. Sie wirkte überraschenderweise nicht traurig. Nur sehr ruhig.

Da sie sich offenbar nicht in unmittelbarer Gefahr befanden, beschloss er, es langsam anzugehen, schob ein paar Trümmerteile beiseite und ließ sich im Schneidersitz auf dem Boden nieder. Von dort aus musterte er sie.

»Wir haben uns Sorgen um dich gemacht. Du hast dich den ganzen Tag nicht gemeldet.«

Ein leichtes Runzeln bildete sich auf Andras Stirn. »Ja. Ich wollte eigentlich gleich Kontakt aufnehmen, um zu sagen, dass es mir gut geht.« Sie sprach langsam und gedehnt, als würde ihr jedes Wort endlos viel Energie rauben. »Ich dachte, jeden Moment ist es so weit. Jeden Moment kann ich mich bestimmt aufraffen.« Zum ersten Mal schaute sie auf, um erst unter dem Tisch hervor aus dem Fenster in den Sternenhimmel zu sehen, und dann zu Flover hinüber. »Ich habe überhaupt nicht gemerkt, dass so viel Zeit vergangen ist.«

Er nickte verstehend und beschloss, nicht sofort all die Fragen zu stellen, deren Antworten ihn und Marshall so sehr interessierten. Sie wirkte noch nicht, als wäre sie bereit dafür. Flover zog sein Phone rasch aus der Tasche und tippte eine Nachricht an die Zentrale, in der er knapp darüber informierte, dass er Andra gefunden hatte und es ihr gut ging.

Dann schob er es fort und sagte: »Okijen ist aufgewacht. Von dem, was ich mitbekommen habe, läuft er wohl schon aufgeregt durch die Basis. Bisher haben wir ihm verschweigen können, dass deine Mission länger gedauert hat, als eigentlich geplant, aber er freut sich sicher, zu hören, dass es dir gut geht.«

Andra reagierte kaum. Was war hier vorgefallen? War es die Trauer um ihre Familie, die sie so lähmte?

»Du hast den ganzen Tag nichts gegessen, oder?«, versuchte er es mit einem anderen Ansatz. »Wenn wir zurückgehen, können wir im Kantinenzelt über alles reden, wenn du willst.«

»Ich hab keinen Hunger«, seufzte sie schwer und schüttelte den Kopf wie über sich selbst. »Ich bin aber gleich so weit. Es ist nur das …« Mitten im Satz brach sie ab, was Flover dazu brachte, ein Stück näher an sie heranzurücken.

»Was um alles in der Welt ist vorgefallen?« Anders drang er vermutlich gar nicht zu ihr durch. »Ist etwas passiert? Kann ich irgendetwas für dich tun?«

Sie setzte ein mildes Lächeln auf ihre Lippen, dann schüttelte sie den Kopf. »Ich habe nur etwas herausgefunden. Aber es ist vermutlich nichts, was uns weiterhelfen wird.«

Sie hatte etwas herausgefunden? Wäre es zu viel, zu fragen, was es war?

»Ich … es wurden irgendwelche Experimente an mir durchgeführt, als ich klein war«, fuhr sie allerdings fort, noch bevor er etwas sagen konnte. »Deswegen habe ich eine besondere Verbindung zu KAMI.«

Flover riss die Augen auf. »Experimente? Hier im Dorf?« Er hatte davon gehört, dass die Ältesten mit radioaktiver Strahlung herumgespielt hätten. Aber an Menschen?

»Ja«, antwortete Andra knapp und sah wieder auf das Foto in ihren Händen. Jetzt, da der Mond langsam heller geworden war, erkannte Flover, dass zwischen den verkohlten Rändern ein Familienporträt zu sehen war.

»Was haben sie mit dir gemacht?«, wollte er vorsichtig wissen.

Sie schüttelte den Kopf. »Ich weiß es nicht genau. Ich erinnere mich nur an Bruchstücke. Aber … es ist eigenartig. Ich habe den ganzen Tag darüber nachgedacht.« Ihre Stimme klang tonlos, als würde sie nur auf Standby laufen. Als wäre sie eigentlich gar nicht da. »Diese Sache … das, was die Älteste mir gemacht hat … auch wenn es schrecklich war …« Sie atmete tief durch, sah auf und ließ das Foto in ihren Händen sinken. Nach einigen Sekunden sah sie ihn wachsam an. »Ich habe das Gefühl, dass es mich stärker macht, das jetzt zu wissen.«

Flover nickte bedächtig und wusste nicht recht, was er sagen sollte. Was er denken sollte. Was für Experimente sollten das gewesen sein, die auslösten, dass sie von KAMI träumte? Er hatte noch nie von so etwas gehört. »Kommst du klar?«, erkundigte er sich also lediglich.

»Ja«, bestätigte sie abermals knapp und nickte zunächst leicht, dann immer energischer, als erwache sie langsam aus einer Trance. »Es wird gehen. Ich glaube, ich bin nur erschöpft.«

»Wenn wir wieder in der Station sind, solltest du dich gründlich untersuchen lassen. Vielleicht kann man feststellen, was genau hier mit dir gemacht wurde«, schlug er vorsichtig vor. So viel Zeit musste immerhin sein.

Andra wiegte den Kopf hin und her. »Ich denke nicht, dass das etwas bringt«, erwiderte sie. Zu hören, wie ihre Stimme nach und nach aufklarte, beruhigte Flover etwas. »Ich wurde untersucht, nachdem mein Dorf ausgelöscht wurde. Niemand hat gesagt, dass etwas eigenartig wäre.« Sie schob das Foto umsichtig in ihre Jackentasche, dann zeichnete sie mit dem Finger einen Kreis in den Staub vor sich. »Und die Stadtmenschen hätten keinen Grund gehabt, es mir ebenfalls zu verschweigen.«

»Vermutlich nicht«, stimmte Flover ihr zu, während er versuchte, sich nicht vorzustellen, wie sie sich wohl fühlen musste. Er konnte es gar nicht.

Kurz saßen sie schweigend nebeneinander, und Flover wollte gerade dazu ansetzen, sich aufzurichten und sie zum Gehen zu motivieren, da holte sie abermals Luft.

»Ich habe KAMI getroffen.«

Er erstarrte sofort in jedweder Bewegung. *»Was?«*, brach es aus ihm hervor. Da saß sie hier noch so entspannt herum? »Warum … *Was?«* Warum hatte sie das nicht gleich gesagt? Flover richtete sich ruckartig auf, aktivierte seine Brille wieder, doch nichts war zu sehen. Nur das kleine Tier, das noch durch die Hütten zu streunen schien.

Andra seufzte, als wäre es ihr leidig, über dieses Thema zu sprechen, doch tatsächlich fand sie die Energie, unter dem Tisch hervorzukommen und Flover offen anzuschauen. »Wir haben nur geredet. Und ich glaube …« Sie presste die Lippen aufeinander, als müsste sie über ihre Wortwahl nachdenken. Vermutlich tat sie das. Flover war es ebenfalls schwergefallen, seine Gespräche mit KAMI zusammenzufassen. Aber er hätte nie gedacht, dass das Wesen nach dieser gewaltigen Auseinandersetzung in Moskau tatsächlich noch mal in friedlicher Absicht auftauchen würde. Oder welche Absicht auch immer hinter seinem Verhalten stand.

»Ich glaube, wir müssen aufhören, es zu bekämpfen«, sprach Andra nach einigen Momenten. Flover zog die Augenbrauen zusammen, weil er nicht richtig glauben konnte, was sie sagte.

»Was?«, hauchte er abermals.

»Ich glaube, das ist der einzige Weg, es zu besiegen.«

»Indem wir aufgeben?«

»Indem wir beweisen, dass wir in der Lage sind, Konflikte friedlich zu lösen.«

Flover blinzelte einige Male. »Über ein ähnliches Thema habe ich auch mit ihr gesprochen«, rang er sich dann ab. Sie hatte allerdings bei dem Gespräch, das er mit ihr geführt hatte, nicht so gewirkt, als wäre sie wirklich bereit einzuräumen, dass die Menschen sich noch änderten.

Hatte sich seitdem etwas geändert? Oder hatte Andra über dasselbe mit KAMI gesprochen und ihre Worte nur anders interpretiert?

»Ich hatte durchaus den Eindruck, dass sie ... verhandeln wollte«, fuhr sie fort. Sie schien Mühe zu haben, den Augenkontakt mit Flover zu halten.

»Weil ihr diese Verbindung zueinander habt, von der du gesprochen hast?«

Sie sah auf ihre Hände hinab. Im blassen Licht des Mondes wirkte ihr Gesicht ganz eingefallen. Sie hatte wohl mindestens so lange wie er weder gegessen noch geschlafen. »Ja, vielleicht.«

Flover brauchte einen Moment, um darüber nachzudenken, was er sagen sollte. Oder fühlen. Diese Träume, von denen Andra erzählt hatte, hatten so abstrakt auf ihn gewirkt, aber wenn sie etwas waren, das wirklich erklärbar und messbar war, dann würde ihnen diese Verbindung vielleicht helfen, diese Situation zu lösen!

Wenn sie doch nur Zeit hätten, diesen Ort zu untersuchen. Wenn ihm doch nur die Mittel zur Verfügung stünden, die sie damals gehabt hätten.

»Das alles wird Marshall wissen wollen.«

Doch wieder machte sich Unsicherheit auf ihren Zügen breit. Sie setzte sich in Bewegung und ging ein paar Schritte durch den Raum. »Ja. Denkst du, ich kann sie davon überzeugen, noch einmal mit KAMI zu verhandeln?«

Flover wiegte den Kopf hin und her, unsicher, ob er die Situation richtig einschätzte. »Ich hatte gestern nicht den Eindruck, dass KAMI sonderlich offen für unsere Sicht der Dinge wäre«, gestand er.

»Aber sie ...« Andra atmete ruhig, wie um sich zu sammeln. »Sie sagte, sie wolle nur helfen, den Hass in der Welt zu bekämpfen. Und dass ich ihr einen besseren Plan als ihren vorschlagen soll, wenn ich will, dass sie aufhört, ihren durchzusetzen.«

Flover schluckte schwer. Das klang wirklich danach, als hätte sich seit seinem Gespräch mit ihr etwas verändert. Als wolle sie tatsächlich verhandeln. Als etwas, das aus einem Computerprogramm entstanden war, war KAMI natürlich danach bestrebt, zu lernen. Ebenso wie künstliche Intelligenzen simplerer Natur, strebte es danach, sein eigenes Verhalten zu untersuchen und seine Einflüsse auf seine Umwelt zu erforschen, um sich zu verbessern. Ob der Widerstand, den sie geleistet hatten, es an seinen Plänen zweifeln ließ?

»Was hast du geantwortet?«, fragte Flover, doch Andra lachte leise, dann zuckte sie energielos mit den Schultern.

»Nichts«, gestand sie und schaute mit einem traurigen Lächeln auf ihre Finger. »Was hättest du denn gesagt?«

»Keine Ahnung«, stimmte er zu. »Das ist wohl etwas, das ältere Menschen besser beantworten können.«

»Vielleicht können wir einen Philosophen oder Diplomaten dieses Gespräch führen lassen«, sagte Andra lächelnd. »Oder einen Ältesten der Yuna. Die können so was.«

Flover lachte leise, weil auch sie über ihren Vorschlag amüsiert wirkte. Dann schlug er abermals einen ernsteren Tonfall an. »Aber denkst du wirklich, dass das eine Lösung sein könnte? Dass sie tatsächlich aufhören würde zu kämpfen, wenn wir sie davon überzeugen, dass wir uns bessern können?«

Andra nickte energisch. Um einiges entschlossener als die Male zuvor. »Wir haben uns doch schon gebessert. Die Welt, in der wir leben, ist Beweis genug. In den letzten hundert Jahren hat sich so vieles geändert.«

»Aber nur zum Preis von Tausenden von Menschenleben«, lenkte Flover ein, versuchte trotzdem, ihren Gedanken zu folgen.

Andra trat einige Schritte durch den Raum und streckte ihre Arme nach vorn. »Ja, schon. Aber vielleicht … keine Ahnung. Ich bin sicher, dass es Menschen gibt, die bessere Ideen haben als wir. Eventuell kann ich Marshall überzeugen, KAMI in Frieden zu lassen, bis wir uns dem Gespräch mit ihr noch einmal stellen konnten.«

»Keine Ahnung, ob sie sich darauf einlassen wird«, überlegte Flover laut. »Byth zusammen mit diesem Abwehrmechanismus, den sie entwickelt hat, hat schon deutliche Wirkung gezeigt. Sie reproduzieren das Mittel und wollen die Waffen mit Strahlung bearbeiten, um bald einen Gegenschlag auszuführen.«

Andra ballte die Hände zu Fäusten. Er sah es selbst in der Dunkelheit. Trotzdem nickte sie.

Flover streckte seine Hand nach ihr aus, um sie zum Gehen zu bewegen. Den Moja, der hier herumstreunte, konnten sie wohl vorerst ignorieren. »Komm«, sagte er. »Wir gehen.«

KAPITEL 17

: HEALING

»Wenn du doch nur einmal im Kampf so aufpassen würdest wie beim Training!«, ruft Byth über das Dröhnen der Sicherungsanlagen der Tore hinweg und reiht sich in die Schlange aus Soldaten ein, die sich den ersten Check-ups unterziehen. Der Einsatz ist kurz gewesen, und es hat keine größeren Vorkommnisse gegeben. »Du hast schon gegen Gen 3 Moja besser gekämpft und hattest nicht solche Schäden!«

Okijen quittiert ihre Kommentare mit einem Augenbrauenwackeln, und sie treten beide einen Schritt vor. Zwischen ihnen nehmen Assistenten erste Analysen von Verletzungen vor, um die Soldaten mit schwereren Wunden vorzuziehen.

»Arme nach vorn strecken«, ruft einer der Colonels seine Mannschaft zurecht. »Kommt schon, Leute, wir wollen doch nach Hause, oder?«

Byth rückt ein weiteres Stück auf und ärgert sich mehr, als sie möchte, darüber, dass sie ihren Nachmittag wieder damit verbringen muss, einen von Okijens Armen zu reparieren. Er wird nachlässig, auch wenn er es abstreitet. An einigen Tagen hat sie den Eindruck, er fühlt sich unzerstörbar.

»Arme nach vorn strecken«, weist sie ein Supporter an, als Byth in der Schlange weitergerückt ist, und führt einen schnellen Scan ihrer körperlichen Verfassung durch. Sie weiß, dass es ihr gut geht. Ein Kratzer am Oberarm und eine Prellung am Bein, aber sonst sollte es nicht viel geben. »Grün, aber kurzer Check-up in Zone drei«, weist er sie hin, und sie beeilt sich, in die Sammelhalle zu treten.

»Technikereinheit!«, bekommt Okijen nur zu hören, und Byth verzieht den Mund, während sie stehen bleibt und auf ihn wartet. Mit einem leichten Kopfschütteln schaut sie ihm entgegen.

Er löst sich aus der Menge und schaut ihr mit seinen unschuldigen Rehaugen entgegen.

»Schau gar nicht so«, weist sie ihn hin, kann aber ein Lachen nicht unterdrücken, als er die Lippe vorschiebt und sie anblinzelt wie ein Welpe. »Du machst mir Arbeit.«

»Du liebst die Arbeit doch«, erwidert er, greift sacht nach ihrem Handgelenk und zieht sie durch die sterile Lagerhalle auf den Sanitätsbereich zu. Byth sieht eigentlich nicht ein, dorthin zu gehen, nur um sich ein Pflaster aufkleben zu lassen, aber es ist Standardprozedur.

»Außerdem bist du nicht allein dabei.« Byth verdreht die Augen, doch Okijen beugt sich im Gehen ein Stück zu ihr hinab, um ihr einen Kuss auf die Lippen zu drücken. »Und wenn du fertig bist …« Abermals dieses Augenbrauenwackeln, aber dieses Mal kann sie ihm nicht einmal böse sein. Dazu ist sie auch zu erschöpft.

»Ich buche uns Zeit im Reparatur-OP«, seufzt sie, lässt sich noch immer von ihm mitziehen. Die Einsätze in den Zonen, begleitet von all den Kameras der Medien, hatten ihr vor einem Jahr noch unheimliche Angst eingejagt. Inzwischen sind sie Normalität geworden, und Okijen hat Dutzende Male bewiesen, dass er dadrin auf sie aufpasst, während sie damit beschäftigt ist, Reparaturen an beschädigten Ausrüstungsteilen durchzuführen. Es gefällt ihr auch, wie die Medien sie und Okijen als Paar auf dem Schlachtfeld darstellen. Es ist, als würde ihr das alles so viel mehr Stärke und Sicherheit verleihen, als sie jemals zuvor gespürt hat.

»Vielleicht sind wir ja bis heute Abend fertig«, überlegt sie, während er einige Kollegen grüßt und sie sich im Sanitätszentrum zu einem der Betten begeben, auf denen die Leichtverletzten versorgt werden.

»Das ist alles, was dir wichtig ist, was?«, fragt er. Als sie sich

auf die Liege setzt, kommt sie zum ersten Mal, seitdem sie die Zone verlassen haben, dazu, seinen Arm zu inspizieren. Sie greift danach und schaut sich die freiliegenden Stellen an.

»Du musst wirklich mehr aufpassen«, murmelt sie gedankenverloren. Seine Verletzungen werden von Mal zu Mal schlimmer, und sie ist sich sicher, dass er leichtsinniger wird, je häufiger sie ihn repariert. Vielleicht sollte sie so tun, als seien die Probleme schwieriger zu beheben, damit er in Zukunft besser auf sich achtet.

Seine Kampfeslust hat etwas Selbstzerstörerisches, und sie weiß, dass sie dazu beiträgt.

»Ach, du bekommst das schon hin«, lacht er wie erwartet und küsst sie noch einmal, dieses Mal ein wenig länger. Ein wenig beruhigender.

»Klar«, flüstert sie.

Klar.

Byth sank in den alten Holzstuhl zurück, rutschte so weit wie möglich auf der Sitzfläche hinab, bis ihr Nacken die Lehne berührte, verschränkte die Arme vor der Brust und hob ihre Stiefel, um sie auf dem Tisch vor sich abzulegen.

Schlafen. Wenigstens für eine Sekunde. Das würde ihr nicht schaden.

Das Licht im Raum brannte noch, auch wenn es inzwischen Nacht geworden war. Obwohl es schon mehrere Stunden her war, hingen ihre Gedanken noch bei dem stillen Rückweg, den sie allein mit Okijen angetreten hatte. Sie hatte versucht, ihm zusammenzufassen, wie die Situation aussah und was Marshalls Plan umfasste. Doch über ihre eigene Rolle in der ganzen Sache hatte sie kein Wort verlieren können.

Sie legte ihre Arme über den Kopf und legte die Stirn in Falten, weil sie selbst nicht verstand, was mit ihr los war. Es wussten doch jetzt alle. Alle wussten, was mit ihr geschehen war und dass sie diese Kraft in sich trug, die sie dazu gebracht hatte, sich zwei Jahre lang im Verborgenen zu halten. Die sie dazu gebracht hatte, Okijen aus heiterem Himmel zu verlassen, aus Angst, er würde herausfinden, dass mit ihr etwas nicht stimmte. Aus Angst, ihn in Gefahr zu bringen.

Und nun war er der Einzige, der keine Ahnung hatte, und es war so verdammt unfair von ihr, es ihm nicht zu sagen. Es war so schwach, dass sie nicht den Arsch in der Hose hatte, sich ihm gegenüberzusetzen und zu erklären, was los war.

Obwohl sie das wusste, hatte sie kein Wort über ihre Lippen gebracht. Irgendetwas an der Vorstellung, diese Mauer zwischen ihnen einzureißen, erfüllte sie mit einer Angst, die sie sich selbst nicht erklären konnte.

Also musste sie warten, bis sie den Mut gefasst hatte, es ihm zu sagen – oder warten, bis jemand anderes das für sie übernahm. Scheiße, vielleicht löcherte Okijen gerade in diesem Moment jemanden mit Fragen.

Byth rutschte ein Stück auf ihrem unbequemen Holzstuhl hoch und versuchte, Ruhe zu finden. Aber verdammt, seitdem sie von den Treffen mit den Yuna zurückgekehrt waren, hatte sie nichts getan, als ihre Arbeit an Ellis' Armen zu überprüfen und die Daten auszuwerten, die sie aus Okijens Systemen gezogen hatte. Er würde noch einige Eingriffe und Optimierungen benötigen, vor allem, um das Gewicht der neuen Rüstung auszugleichen, was bedeutete, dass sie in den nächsten Tagen sehr viel Zeit miteinander verbringen würden.

Eigentlich war sie es leid, dass Okijen auf sie angewiesen war. Als sie ihn das erste Mal nach seiner Auseinandersetzung in New York nach so langer Zeit wieder hatte reparieren können, war es aufregend gewesen. Vor allem, weil sie schon so ewig nicht mehr mit ihrer alten Technik in Berührung gekommen war und es ihr fast eine ekstatische Freude bereitet hatte, an diesem Meisterwerk herumzuschrauben.

Aber nun schon wieder. Und nach seinem nächsten Kampf

vermutlich auch wieder. Wer wusste, wie oft noch. Er hatte sich nicht einmal bedankt. Marshall hatte es an seiner Stelle getan, aber das machte es nicht besser. Es interessierte Byth eigentlich gar nicht mehr, was er jetzt trieb und mit welchen Problemen und Wehwehchen er sich herumschlug. Diese Zeit hatte sie schon vor einer gefühlten Ewigkeit hinter sich gelassen.

Sie hasste es, zu sehen, wie getrieben er noch immer war. Dass er noch immer keine Ruhe fand, noch immer nicht ausharrte, noch immer nicht abwartete. Er behauptete, dass er zu müde zum Kämpfen war, und ja, verdammt, das war er auch. Trotzdem war Kämpfen alles, was er konnte. Es war seit jeher seine einzige Methode gewesen, Probleme zu lösen, Frust abzubauen und Dinge zu richten. Er war verdammt gut darin geworden, sein Leben so zu leben, und jahrelang hatten die Menschen ihn dafür gefeiert. Sie hatte es so lange nicht gesehen, sondern ihm freudig die Waffen geschmiedet, damit er sich in den nächsten Kampf hatte stürzen können.

Byth seufzte hörbar und fuhr sich mit den Händen über das Gesicht. Sie wollte mit diesem Chaos wirklich nichts mehr zu tun haben. Sie wollte sich in irgendein abgelegenes Dorf zurückziehen und ihre Tage in einer Garage fristen, um Dinge zu bauen, die niemandem mehr schaden könnten. Sie wollte Frieden. Sie wollte keine Angst mehr haben.

»Na? Schweres Leben?«

Sie schreckte hoch und blinzelte zu Ellis hinüber, der bis eben noch friedlich auf seiner Trage geschlafen hatte.

»Du solltest noch gar nicht wach sein«, warf sie ihm vor. Erst jetzt, da sie die Augen erneut öffnete, spürte sie, wie sehr sie brannten.

»Ich dachte eigentlich, dass ich dir das Bett frei mache, damit du dich mal ein bisschen hinlegen kannst.« Er grinste breit, auch wenn es mit den langen Haaren, die verwuschelt an seiner Stirn und um seinen Kopf herum klebten, etwas kläglich aussah. Schwerfällig richtete er sich auf.

»Hast du Schmerzen?«, fragte sie ihn und brachte sich nur widerwillig in eine etwas aufrechtere Position.

Ellis sah an seinen Armen hinab. Obwohl es bei Okijen deutlich mehr Baustellen gegeben hatte, war Ellis' Operation schwieriger für sie gewesen. Ohne den Doc an ihrer Seite hätte Byth den Eingriff nicht vornehmen können. Trotzdem war sie stolz darauf, dass es ihnen geglückt war, seine Knochen mit dünnen Maschinenteilen zu verstärken, die ihm im Notfall Halt und Kraft geben würden. Um seine Arme von außen zu schützen, hatte sie sie mit einer dünnen Schutzschicht überzogen, aus demselben Material, aus dem auch Okijens vorheriger Körper bestanden hatte. Zwischen Schultern und Hals gingen sie in seine Haut über.

Von dem, was sie sah, war die Wunde nur noch ein wenig gerötet. Aber mit seinen Medikamenten sollten die Überbleibsel des Eingriffs schnell verheilt sein.

»Es tut nicht wirklich weh«, erwiderte Ellis, nachdem er seine modifizierten Glieder ebenso lange betrachtet hatte wie sie. Er ballte die Hände zu Fäusten, dann hielt er die Handgelenke näher vor seine Augen, an den Stellen, an denen die künstliche Haut ebenfalls in seine überging. »Jetzt sehe ich aus wie Van Dire«, stellte er mit wenig Freude in der Stimme fest.

»Das Material ist eng mit deiner Haut verwoben, kann aber später abgelöst werden«, erklärte sie ihm. »Es schützt die Stellen, an denen wir die Eingriffe vornehmen mussten, und ist überaus widerstandsfähig.«

»Bin ich jetzt auch unbesiegbar?«, fragte er im Scherz, aber Byth verdrehte trotzdem die Augen.

»Wäre schön, wenn Okijen es wäre«, seufzte sie. »Aber du hast ihn ja gesehen.«

»Ja, ja«, murmelte er und setzte ein entschuldigendes Lächeln auf. Mit seinen offenen Haaren, die ihm wuschelig über die Schultern hingen, sah er schon etwas süß aus.

»Es wird aber verhindern, dass du allzu schnell Schuss- oder Schnittwunden bekommst. Es ist bei dir etwas anders als bei Okijen, weil du ja tatsächlich noch Fleisch und Blut darunter hast und nicht nur Metall. Lass dich davon also nicht in falscher Sicherheit wiegen.«

»Ach was«, sagte er und klopfte vorsichtig auf seine Brust. »Mein Körper ist mein Tempel.«

Das brachte sie tatsächlich zum Lächeln. Das hatte er in Interviews auch immer gesagt. Sie hatte sie alle gesehen. Der arme Kerl war ewig lang als Nummer zwei bezeichnet worden und hatte sich nie davon entmutigen lassen.

»Na wenigstens einer, der sich mal an ärztliche Anweisungen hält.«

»Was empfiehlt mir denn meine Ärztin?«, wollte er mit einem schelmischen Zwinkern wissen. »Darf ich das Bett schon verlassen?« Ohne eine Antwort abzuwarten, schob er seine Beine über die Bettkante. Bis auf seine Unterhose trug er nichts, und als er Byths Musterung bemerkte, wackelte er herausfordernd mit den Augenbrauen.

»Wenn dir nicht mehr schwindelig ist und du keine Kopfschmerzen hast, kannst du gern tun, was du willst«, wies sie ihn an. Sobald sie es ausgesprochen hatte, erhob er sich bereits, schaute zu seinen Füßen hinab, verlagerte sein Gewicht von einem Fuß auf den anderen und nickte dann.

»Sieht gut aus.«

»Du kannst hier ruhig noch übernachten. Komm dann auf jeden Fall ab morgen zweimal täglich zum Check-up vorbei und um deine Medikamente abzuholen.«

»Geht klar, Boss.«

Byth lächelte zufrieden, als Ellis durch den Raum schritt,

ließ sich wieder in den Stuhl hinabsinken und schloss die Augen. »Wenn nur alle meine Patienten so gut auf mich hören würden«, murmelte sie.

»Ich mach mich erst mal frisch und schau, ob ich was finde, was ich tun kann«, verkündete er. Wie konnte er schon wieder so aufgedreht klingen? Dieser Mann hatte eindeutig zu viel Energie.

»Die schauen gerade, dass sie Waffen und Soldaten von überall aus der Welt ranschaffen und Außenposten an anderen sicheren Positionen der Welt errichten«, erklärte sie, machte sich allerdings nicht die Mühe, die Augen zu öffnen. Auch, um nicht wieder das Funkeln in seinen Augen sehen zu müssen, wenn sie ihn eine Sekunde zu lang anschaute. »Du findest gewiss was zu tun.«

Sie hörte ihn seufzen. »Wird sicher noch stressig.«

»Ach«, stöhnte sie. »Das ist es schon.«

KAPITEL 18

: RELIEVING

Der Wind wehte kühl um Andras Haare, während sie, Flover hinterher, die Treppen der Zentrale hinaufstieg und immer wieder zurück zum See schaute. Der Mond warf seinen kühlen Lichtschein darüber, verdeckt von einem dünnen Dunstschleier. Sein Leuchten wurde nur durchbrochen von dem warmen Licht einiger Lampen und Strahler, die in den Häusern der Stadt errichtet worden waren.

Etliche Soldaten kamen ihnen entgegen, und trotz der Nacht war keine Ruhe eingekehrt. Was hatte sie auch anderes erwartet? Vermutlich würde an diesem Ort lange keine Ruhe einkehren. Zumindest nicht, bis sie sich mit KAMI geeinigt hatten. Oder bis es seinen Plan verwirklicht hätte.

Ja, wenn es KAMI gelingen würde, seinen Plan umzusetzen, wäre es sehr ruhig in der Welt.

»Entschuldigung«, sagte Flover zu einem entgegenkommenden Soldaten und riss Andra damit aus ihren Gedanken. Sie schaute zu ihm auf und spürte, wie ihre Wangen warm wurden. »Wo befindet sich General Lloyd derzeit?«

Der hochgewachsene Mann musterte die beiden. »Meinem Wissensstand nach befindet sie sich derzeit in einem Außeneinsatz. Sie ist eben erst aufgebrochen, deswegen kann es wohl eine Weile dauern, bis sie zurück ist.«

Andras Herz machte einen Hüpfer. Sie hatten hoffentlich noch nicht mit ihrem Schlag gegen KAMI begonnen! »Worum geht es bei dem Einsatz?«, fragte sie, bevor Flover etwas sagen konnte.

»In Südafrika gibt es eine intakte Station, in die Soldaten etliche Zivilisten evakuiert haben. Sie ist dort, um bei der Organisation zu helfen.«

Andra versuchte, sich nicht anmerken zu lassen, dass sie erleichtert aufatmete.

»Gut, vielen Dank«, sagte Flover, und der Soldat zog seines Weges. Der junge Mann wandte sich wieder ihr zu. »Also warten.« Er verzog den Mund unzufrieden, schloss aber an: »Willst du weiter über deinen Plan reden? Oder möchtest du dich erst mal ausruhen?«

»Na ja …« Andra musterte ihn von oben bis unten, maßte sich aber nicht an, auszusprechen, dass er vermutlich mehr Ruhe nötig hatte als sie. Selbst in der Dunkelheit hier draußen erkannte sie, wie erschöpft er sein musste. »Lass uns erst mal ausruhen«, sagte sie. »Ist vielleicht besser, wenn ich erst einmal eine Nacht darüber schlafe.« Zumindest würde sie sich das von nun an einreden, obwohl sie bereits vermutete, dass sie mit all diesen Überlegungen kein Auge zubekommen würde.

»Ja, das … das wird wohl guttun.« Er stemmte die Hände in die Hüfte und sah erst nach oben, dann wieder in Richtung des Sees. »Und ich werde schauen, wie es Luke geht.«

Verdammt, Andra hatte sich gar nicht mehr nach ihm erkundigt. »Geht es seinem Auge wieder besser?«

Ein trauriges Lächeln trat auf Flovers Züge, doch er nickte. »Ja, es … es wird schon gehen.« Die tiefe Sorge, die er für seinen Freund empfand, erinnerte Andra an Okijen und daran, dass Marshalls Abwesenheit ihr die Chance gab, sofort mit ihm zu sprechen.

»Wünsch ihm gute Besserung von mir, ja?« Sie wollte ihm gern beruhigend eine Hand auf den Arm legen, aber dazu kannten sie sich eigentlich noch nicht gut genug.

»Mach ich.«

»Weißt du, wo Okijen ist?«

Er schüttelte den Kopf, deutete aber auf einige Häuser weiter unten am Hügel. »Nicht genau. Da befinden sich aber die Zimmer für die Schwerverletzten, also kannst du dort herumfragen.«

»Super«, flüsterte sie, und ihr Blick blieb ein wenig verloren an den bröckeligen Wänden hängen. Das Licht des Mondes erschien ihr über dem nebelverhangenen See nahezu gespenstisch. Die leuchtenden Reklamen der Geisterstadt neben ihnen erhellten die leichte Dunstschicht, die sich um alles gelegt hatte, in bunten Farben, Pink und Blau allen voran. Genau wie in seiner Wohnung.

Erst nach und nach gelang es ihr, die Freude darüber zuzulassen, dass sie wieder mit ihm sprechen könnte.

Der Weg die chaotischen Treppen hinab führte Andra an mehreren Soldaten und Supportern vorbei, von denen ihr zumindest einer bestätigte, dass Okijen sich auf seinem Zimmer aufhielt – und verriet, welches genau es war. Sie genoss die klare Nachtluft auf ihrer Haut. Der Nebel, der inzwischen alles umgab, setzte kleine Wassertröpfchen in ihre Haare, und sie gab sich alle Mühe, ihre Wahrnehmung auf ihre äußeren Empfindungen zu richten, um die Düsternis, die in ihr lauerte, noch ein wenig davon abzuhalten, wieder über sie herzufallen.

Andra orientierte sich an den Anweisungen des Soldaten, bis sie das Haus mit dem verwinkelten Flur und den kleinen Zimmern erreichte, in dem Okijen untergebracht worden war. Ihr vorsichtiges Klopfen an der alten Holztür klang donnernd laut an ihren eigenen Ohren. Als keine Reaktion kam, legte sie ihre Hand auf die kühle Klinke und drückte die Tür langsam auf.

Der Raum war gerade einmal groß genug für ein altes Bett

und einen kleinen Nachttisch daneben. Auf dem Bett lag Okijen, wach, die Augen an die Decke gerichtet.

Träge schaute er auf.

Erst als er im einfallenden Mondlicht erkannte, dass sie es war, richtete er sich ächzend auf.

Achtlos ließ Andra die Tür hinter sich ins Schloss fallen und machte einen Satz auf ihn zu, stockte allerdings und schloss ihn nur sehr sacht in die Arme, weil sie nicht wusste, ob sie ihm wehtun könnte. Ihr Herz pochte höher, während sie einander ohne Worte hielten. Das Metall seines Rumpfes war viel kühler als das seines vorherigen Körpers, aber sein Atem in ihrem Nacken war warm. Er zog sie so eng an sich, dass sie mutiger wurde und ihn doch fester drückte.

Er lebte. Byth hatte es ihr gesagt, aber erst jetzt glaubte sie es. Nur einen Zentimeter löste er sich von ihr, um ihr Gesicht in die Hände zu nehmen und sie sacht zu küssen.

Wie sehr sie seine weichen Lippen vermisst hatte. Andra schloss die Augen und gab sich der Berührung für eine Weile hin. Erst nach vielen Momenten rückte sie ein Stück von ihm ab, um ihn breit anzulächeln. »Du bist wach«, stellte sie fest, wie um es sich noch einmal selbst vor Augen zu rufen. Flover hatte es ihr zwar gesagt, doch das Bild seines leblosen Gesichts hatte sich so tief in ihr Gehirn gebrannt, dass sie es erst jetzt glaubte, da sie ihn vor sich sah. »Es ist so viel passiert. Ich dachte wirklich, du wärst tot.« Sie lehnte sich vor und schloss ihn abermals sacht in die Arme, um zu verhindern, dass er die aufkommenden Tränen in ihren Augen sah. Sie hatte sich vorgenommen, nicht mehr zu weinen. »Geht es dir gut?«

»Ja«, bestätigte er leise. Seine warme Stimme beruhigte ihre angespannten Nerven. »Und dir? War … war deine Mission erfolgreich?« Sie wusste, dass er wissen wollte, was genau sie getrieben hatte.

»Wir haben ziemlich viel auszutauschen, oder?«, wollte sie wissen.

»Die Nacht ist noch lang«, entgegnete er. Sie hörte das Lächeln aus seiner Stimme heraus.

Der Mond hatte einen weiten Bogen über den See gezogen, während sie sich noch immer flüsternd unterhielten. Andra sah ihn durch das kleine Fenster, das so staubig war, dass es sie an die aus ihrem eigenen Haus erinnerte.

Es hatte ihr gutgetan, so ruhig über das zu sprechen, was dieser Tag ans Licht gefördert hatte, so schmerzvoll es auch gewesen war. Je länger sie darüber nachdachte, umso klarer wurde ihr, was damals vorgefallen war. Und was das jetzt aus ihr machte. Eine Überlebende. Sie hatte nicht nur den Angriff der Moja auf ihr Dorf überlebt, sondern schon all das, was vorher stattgefunden hatte. Dass sie die Einzige war, die nun übrig war, war kein Zeichen der Schwäche, weil sie niemanden hatte beschützen können. Vielmehr war es eine seltsame Ironie des Schicksals. Falls es so was denn gab.

Okijen hatte ihr von den Yuna erzählt, die in der nahegelegenen Stadt wohnten, und dass der Älteste sie kennenlernen wollte. Sie hatte ihm von den Experimenten der Ältesten berichtet, von ihrem Gespräch mit KAMI und dann von Byth, nachdem er mehrere Male darauf beharrt hatte.

»Und Byth hat es dir nicht gesagt?«, wollte sie wissen und musterte Okijens Arm, den er um sie gelegt hatte, während sie an seinen Oberkörper gelehnt dort saß.

»Nein.«

Seine Stimme war tonlos, und ihr war bewusst, welches Chaos in ihm toben musste, obwohl nichts davon nach außen drang. Sie wusste nicht, ob es richtig gewesen war, es ihm zu erzählen, denn eigentlich war diese Sache vor allem etwas, das die beiden untereinander ausmachen mussten. Sie verstand nicht, warum Byth sich geweigert hatte, Okijen selbst von ihren letzten zwei Jahren zu erzählen. Davon, was sie durchgemacht hatte, und vor allem davon, warum sie ihn verlassen hatte.

Aber es wäre ebenso unfair gewesen, ihn länger im Unklaren zu lassen, während alle im Lager wussten, was los war.

»Sie braucht sicher nur Zeit, es zu verarbeiten«, versuchte sie leise das Verhalten der Mechanikerin zu erklären.

»Hm.« Er wirkte nicht wütend oder enttäuscht, aber wenig überzeugt von dieser Überlegung.

»Sie ...« Andra seufzte. »Ich meine, ich kenne sie nicht sehr gut. Aber sie hatte gar keine Zeit, sich darauf vorzubereiten, dieses Geheimnis mit der Welt zu teilen. Den ...« Ihr Herz wurde etwas schwerer bei dem Gedanken. »Sie hat es den anderen ja auch nicht gesagt. Sie haben es nur gesehen. Vielleicht wusste sie noch nicht, was sie sagen sollte.«

Andra sah Okijens betrübtes Nicken. Nun war er vermutlich derjenige, der Zeit zum Überlegen brauchte. Sie konnte sowieso nur Vermutungen anstellen, also wäre sie ihm dabei keine große Hilfe.

»Was denkst du?« Okijens Stimme klang so belegt, dass ihr Herz noch etwas tiefer sank. Er hatte sie in der schwersten Zeit ihres Lebens aufgefangen, und es ärgerte sie, dass sie nicht so für ihn da sein konnte. Dass sie keine Ratschläge hatte, keine Weisheiten, keine Aufmunterungen.

Vielleicht sollte sie ihn und sich auf andere Gedanken bringen, bevor sie beide die ganze Nacht wachlagen und grübelten. »Deine neue Ausrüstung ist ganz anders als die vorherige«, antwortete sie also, um ihn auf ein neues Thema zu bringen. »Sehr glamourös.« Langsam zeichnete sie die Schlangen und Blumenmuster, die in das Metall eingelassen waren, mit den Fingerspitzen nach. Es war kühl. »Spürst du das?«, fragte sie leise.

»Leider nicht.« Okijen zog sie ein Stück zu sich hinauf und küsste sie sacht. Sie fühlte sich mutig, also richtete sie sich weiter auf, um sich ihm zugewandt auf seinen Schoß zu setzen. Vorsichtig ließ sie ihre Hände an Okijens Körper hinabgleiten, zu einer Stelle, von der sie wusste, dass sie noch echt war.

»Und spürst du das?« Sie funkelte ihn herausfordernd an, während sie sacht über den rauen Stoff seiner Hose fuhr. Ihr war selbst nicht klar, was sie gepackt hatte.

Okijen lächelte breit und legte seine Hand in ihren Nacken, um sie zu sich heranzuziehen, sie erneut zu küssen. Dieses Mal dringlicher, fester. Wärme durchströmte Andra vom Scheitel an über ihren ganzen Körper, und dieses Mal war es so anders als letztes Mal. Dieses Mal fühlte sie keine Aufregung in sich, sondern eine gewisse Sicherheit, die ihr Mut verlieh.

»Bist du dafür gesund genug?«, wollte sie halb im Ernst, halb feixend, zwischen zwei Küssen wissen.

»Ich denke schon«, murmelte er mit einem grimmigen Lächeln und drückte sie sanft etwas von sich weg, um ihr dann dabei zu helfen, ihre Jacke zu öffnen und das Shirt über ihre Arme zu streifen. Gespannt, wie es sich wohl anfühlen würde, presste sie ihren nackten Oberkörper an das kühle Metall seines Rumpfes. Überraschend deutlich spürte sie die eingekerbten Muster an ihrer Haut.

»Gefällt dir das?«, flüsterte er, während sie seinen Hals küsste; einen der kleinen Teile seines Körpers, an denen er noch etwas spürte.

»Ich könnte mich dran gewöhnen«, antwortete sie leise und schob sich langsam an ihm auf und ab, presste ihren Schoß an seinen.

»Ich kanns auch behalten, wenn du willst.«

»Lass dir wieder diese Stoffschicht drüberziehen.« Sie lehnte ihre Stirn an sein Schlüsselbein, während sie sich an seinem Hosenbund zu schaffen machte. »Dann gefällts dir vielleicht auch.«

»Ich finde es auch jetzt schon okay.« Ohne dass sie sein Gesicht sah, wusste sie, dass er wieder dieses feixende Lächeln auf seinen Lippen trug.

Sie öffnete seine Hose und nahm etwas Abstand zu ihm, damit er sie abstreifen konnte, dann schlängelte sie sich aus ihrer eigenen. Sich aufgeregt mit der Zunge über die Lippen fahrend, schob sie sich wieder über ihn, drängte ihre Körpermitte so dicht wie möglich an seine, während ihre Hände sacht seine Erektion auf und ab strichen.

Gespannt beobachtete sie die Reaktion auf seinem Gesicht.

»Komm schon«, murmelte er drängend, was ihr ein kleines Lachen entlockte. Nicht grob, aber entschlossen schob er ihre Hände fort, umfasste ihre Hüfte und drückte ihren Körper erst ein Stück hoch, dann zog er sie zu sich heran. Eine ihrer Hände vorsichtig in Okijens Arm gekrallt, die andere wieder um seine Erektion gelegt, folgte sie seinen leitenden Bewegungen und ließ sich langsam auf ihm nieder. Hitze brannte durch ihren Körper, durch ihren Unterleib und ihre Wangen, als sie spürte, wie er gemächlich in sie eindrang. Die Augen geschlossen, tastete sie nach seinen Händen, um ihre Finger in seinen zu verschränken.

Erst sacht, dann immer mutiger begann sie, sich auf ihm zu bewegen, hielt sich in seinem Nacken fest und küsste seine weichen Lippen. Seine Berührungen fühlten sich an, als zögen sie sie aus ihrem Kopf heraus und zurück in die Realität. Zurück in dieses Jetzt, das so viel wichtiger war als alles, was hinter ihr lag. Sie presste sich enger an ihn und war sich sicher, dass sie sich stärker fühlte als jemals zuvor in ihrem Leben.

Nicht nur das intensiver werdende Kribbeln zwischen ihren Beinen trieb sie an, sondern auch die kleinen Laute der Erregung, die Okijen von sich gab. Sie veränderte ihre Position auf ihm leicht, als ihre Oberschenkel zu zittern begannen. Doch die Berührungen seiner warmen Hände, die über ihren Nacken und hinab über ihre Brüste streiften, und seine Bewegungen in ihr machten ihre Anstrengungen zu einer süßen Qual.

Andra drückte sich enger an Okijens Oberkörper, als sich ihr Höhepunkt anbahnte. Die Muster im kühlen Metall seines Oberkörpers stimulierten ihre Brustwarzen, und als eine seiner Hände zwischen ihre Schenkel glitt, konnte sie nicht mehr an sich halten. Stöhnend krallte sie ihre Hände in die Laken unter sich, drückte ihre Stirn an sein Schlüsselbein und gab sich dem Zittern und Beben hin, das ihren Körper mit einer so überschäumenden Ekstase erfüllte, dass sie glaubte, daran zu zerbrechen.

Nachdem die Wellen abgeklungen waren, hievte Andra sich zitternd und schwer atmend wieder ein Stück an ihm hinauf, um ihr Kinn auf seine Schulter zu legen, während er sacht begann, sich zu bewegen.

»Da war ich wohl zu langsam«, murmelte er, was ihr ein Grinsen auf den Mund zauberte.

»Ich mach gleich weiter«, murmelte sie, doch er hatte schon nach ihren Beinen gegriffen, um sie mühelos auf ihm zu bewegen.

»Schon gut«, grummelte er unter Anstrengung, und Andra gab sich trotz der Taubheit in ihren Gliedern alle Mühe, ihn bei seinen Bewegungen zu unterstützen.

»Gehts?«, wollte sie leise wissen, als sein Atem sich beschleunigte und sie nicht wusste, ob es vor Erregung war oder weil er nicht mehr konnte. Sie wollte nicht, dass er sich überanstrengte.

Dass er nicht antwortete, war wohl ein gutes Zeichen. Er wurde ganz still, bevor er sein Gesicht in ihrer Halsbeuge vergrub und sich eine Erschütterung durch seinen Körper bahnte. Nach Luft ringend verharrten sie beide in dieser Position, bis es Andra gelang, ihre Kraft zu sammeln und sich von ihm zu lösen, um sich auf die schmale Matratze neben ihn gleiten zu lassen.

Sacht schob Okijen sich neben sie und legte seine Hand um ihre Hüfte. Sie spürte seinen angestrengten Atem im Nacken, auch wenn das Metall seines Rumpfes sich nicht regte.

»Das tat gut«, seufzte sie, noch immer erfüllt von Zufriedenheit und Wärme. Er hauchte ihr einen Kuss auf die Schulter, brummte etwas Zustimmendes. Andra war so müde, dass sie nur die Augen schließen und in seinen Armen davondriften wollte – und fühlte sich doch so mutig, dass sie die Entscheidung traf, das Gespräch mit Okijen schon zu suchen.

»Ich denke, wir dürfen KAMI nicht mehr bekämpfen.« Ihr Körper kam langsam wieder zur Ruhe. Ihr Bauch und ihr Unterleib prickelten noch angenehm, und ihre Knie fühlten sich wackelig an. Das Metall seines Arms unter ihrer Wange wärmte sich langsam unter ihrer Berührung.

»Was?«, fragte Okijen nach einer Weile. Die Skepsis in seiner Stimme gab ihr die Kraft, sich doch noch einmal aufzurichten und auf ihn hinabzuschauen.

»Ich denke, wenn wir ihm tatsächlich einen Grund dafür geben, warum wir leben sollten, und einen Weg darlegen, wie wir gegen den Hass in der Welt ankämpfen würden, dann würde es sich wirklich geschlagen geben.«

Er setzte sich nicht auf, betrachtete sie aber aus wachen Augen. »Ich denke, du hast zu viel Vertrauen in dieses Ding.« Es schien ihm schwerzufallen, diese Worte auszusprechen, denn sie kamen nur überaus langsam über seine Zunge. Sein Gesichtsausdruck erschien ihr selbst im fahlen Mondlicht besorgt. Als wollte er vermeiden, eine Diskussion mit ihr anzufangen.

Sie wollte eigentlich auch nicht diskutieren, aber wenn

sie das tun musste, um ihn zu überzeugen, dann führte wohl nichts daran vorbei. »Ich denke, sie will wirklich nur helfen.«

»Und ich denke, es will uns hereinlegen, damit es uns alle widerstandslos assimilieren kann.«

Andra fuhr mit ihren Fingern über die raue Decke unter ihnen. Der Schweißfilm auf ihrer Haut kühlte ihren glühenden Körper.

»Komm«, murmelte Okijen und griff sacht nach ihrem Unterarm, um sie wieder zu sich hinabzuziehen. Sie ergab sich der Berührung und ließ sich von ihm in die Arme schließen. »Lass uns morgen drüber reden, ja?«, flüsterte er.

Sie seufzte. Ihr Atem beschlug das Metall seiner Brust für eine Sekunde. Dann schloss sie die Augen.

»Ist gut«, murmelte sie, wenn auch widerwillig.

KAPITEL 19

: ESCALATING

»Andra, jetzt warte doch mal. Lass uns erst mal was essen. Und dann reden wir noch mal darüber.«

Die Sonne war gerade erst hinter dem Hügel aufgegangen, und die Luft war noch erfüllt von der Frische der Nacht. Der Geruch nach feuchter Erde drang in ihre Nase, und obwohl Andra nur wenige Stunden geschlafen hatte, obwohl ihre Glieder sogar jetzt noch ein wenig kribbelten, als erinnerten sie sich an die letzte Nacht, war sie voller Energie, diese Verhandlungen hinter sich zu bringen.

Einige umhereilende Soldaten hatten ihr bestätigt, dass Marshall zurück in der Zentrale war, also sah Andra keinen Grund, ihre Mission länger aufzuschieben.

»Du hast dir doch noch gar nicht die ganze Geschichte angehört«, sagte sie, wandte sich beim Sprechen nur halb zu ihm um. Wären die Stufen nur halb so schief, hätte sie zwei auf einmal genommen, so sehr drängte es sie nach vorn. »Und wie gesagt: Du kannst gern etwas essen gehen. Ich kann das auch erst mal mit Marshall besprechen, und du kommst später dazu.«

Er brummte unartikuliert, aber vielleicht fehlte ihm auch die Energie zu sprechen. Sie drosselte ihr Tempo trotzdem nicht. Wenn es nach ihr gegangen wäre, hätte sie Okijen schlafen lassen, damit er sich weiter kurieren könnte. Extra leise war sie aufgestanden und hatte sich fertig gemacht. Aber das Bett, das sie sich geteilt hatten, war einfach zu klein gewesen. Er war also mit ihr gemeinsam aufgewacht.

Was Flover wohl gerade tat? Sie hätte ihn bei diesem Gespräch gern dabei, immerhin hatte der junge Soldat so geklungen, als fände er ihren Plan nicht ganz schwachsinnig. Obwohl er vermutlich, wie alle anderen hier, viel zu viel mit den Vorbereitungen auf den Gegenschlag zu tun hatte.

Je früher sie mit Marshall darüber sprach, umso besser.

Ohne anzuklopfen oder darauf zu warten, hereingelassen zu werden, stürmte Andra auf die Tür der Kommandozentrale zu. Die Soldaten, die als Wachtposten davor postiert waren, nickten Okijen hinter ihr zu. Dass er dabei war, war vielleicht der einzige Grund, aus dem sie Andra so unbehelligt eintreten ließen.

Sie schritt über die knarzenden Dielen des Vorraums hinein in die Kommandozentrale. So viele Tische und Geräte waren inzwischen hier aufgestellt worden – gemeinsam mit so vielen Menschen, die sie bedienten –, dass man gar nicht mehr vermutete, wie alt dieses Haus eigentlich war. Wie heruntergekommen die Zimmer waren.

Marshall, Liza, Alaska und einige andere Militärs, die Andra von der Besprechung in der Konstruktionsebene kannte, standen um einen großen Tisch herum und schauten sich einige Karten und Akten auf Screens an, die in die Luft vor ihnen projiziert waren. Einige von ihnen wandten sich um, als Okijen ein paar Soldaten im Eingangsbereich grüßte. Das Huhn, das Flover Gerta genannt hatte, lief zufrieden über den hölzernen Boden und gluckste genügsam vor sich hin. Andra wünschte, sie wüsste, welche Geschichte dahintersteckte.

»Guten Morgen«, grüßte Marshall, die mit einem leicht verwunderten Ausdruck von ihren Dokumenten aufsah. Die Wunde an ihrer Wange sah schon besser aus, aber immer noch schlimm genug, um Andra innerlich einen Stich zu versetzen.

Andra und Okijen grüßten, auch wenn sie einige skeptische Blicke zu Liza und Alaska schickte. Hatten die drei sich versöhnt? Oder wie genau stand die Situation? Andra wusste nicht, was sie davon halten sollte, aber wenn Marshall es für richtig befand, würde es wohl in Ordnung sein. Sie traute ihrer Einschätzung.

»Was macht ihr?«, wollte Okijen wissen, noch bevor Andra zu ihrem Anliegen ansetzen konnte. Sie warf ihm einen fragenden Blick zu, den er ignorierte. Er hätte einfach in seinem Zimmer bleiben sollen. Sie wollte nicht mit ihm diskutieren müssen, falls er sich wirklich dazu entschied, sich ihr in den Weg zu stellen.

»Wir organisieren Flashtrains aus der ganzen Welt, um die Evakuationen zu leiten und Versorgungslieferungen zu tätigen«, antwortete Alaska. Er und Okijen sahen einander lange in die Augen, dann schwenkte Alaskas Blick zu Andra hinüber. Der Einsatzeinteiler, den er trug, ließ ihn schlank und deutlich weniger bedrohlich aussehen als die Uniform, in der Andra ihn kennengelernt hatte. Mit den zerzausten roten Haaren sah er aus wie ein gewöhnlicher junger Mann.

»Die Cyber-Trips sind schwer zu handhaben, und es dauert zu lange, in spezielle Gebiete zu kommen und viele Menschen abzutransportieren«, fuhr Marshall fort und trat zurück an den Tisch. Okijen und Andra folgten ihr gemächlich. »Das sind die Orte, von denen wir wissen, dass sich dort einer oder mehrere Flashtrains befinden«, sagte sie und deutete auf eine der Karten, auf der mehrere Dutzend Punkte markiert waren. »Wir werden über die Cyber-Fields Soldaten zu diesen Punkten schicken, um die Trains zu starten und die Menschen am Rande der Strecken zu evakuieren.« Ihr Blick wanderte zu Andra herüber. »Das wäre auch eine Mission, für die du in Frage kommst.«

Andra lächelte irritiert. »Ich weiß leider nicht, wie man Züge fährt.«

»Du müsstest den Zug nicht fahren«, entgegnete Marshall mit einem milden Lachen. »Nur diejenigen beschützen, die es tun werden.«

Andra presste die Lippen aufeinander, um ein Lachen zu unterdrücken. »Ach so. Das sollte ich schaffen.« Ihr Blick wanderte von Liza zu Alaska und hinüber zu Okijen, der ihr noch immer auszuweichen schien. Hatte er etwas vor? Verdammt, sie konnte seine Sturheit wirklich nicht gebrauchen.

Andra wappnete sich innerlich, als Marshalls fragender Blick klarmachte, dass sie wissen wollte, warum die beiden gekommen waren. »Ich muss mit dir sprechen«, sagte Andra also ernst. »Können wir unter vier Augen reden?«

Marshall sah sich in der Zentrale um, und da war etwas in ihrem Blick, das neu wirkte; anders als alles, was Andra bisher auf ihrem Gesicht gesehen hatte. Da lag etwas Forschendes, vielleicht sogar etwas Provozierendes in ihren Zügen. »Ich habe keine Zeit für Privatgespräche«, sagte sie, obwohl sie wissen musste, dass Andras Anliegen alles andere als das wäre. »Lass es uns doch gleich hier klären, ja?«

Andra blickte hinter sie. Dass so viele andere Personen anwesend waren, war unerwartet, schüchterte sie aber nicht ein. »Na gut.«

Alle Gesichter waren gebannt auf Andra gerichtet, als sie ihren Bericht über ihre Erlebnisse im Dorf abschloss. Was sie und KAMI besprochen hatten und wie genau der Dialog vonstattengegangen war. Sie hatte Verwunderung und Angst in den Gesichtsausdrücken der Anwesenden gesehen, auch in Marshalls.

Erst als sie begonnen hatte, über die Schlüsse zu sprechen, die sie für sich selbst aus dem Dialog hatte zu ziehen versuchen, war Skepsis in die Augen getreten. Okijen wich ihren Blicken konstant aus, und auch wenn sie keine Unterstützung brauchte, fragte sie sich, was ihn wohl umtrieb. Warum er ihr nicht einfach vertraute. Dass er ebenso argwöhnisch dreinschaute wie all die anderen, versetzte ihrem Herzen einen Stich, auch wenn sie sich das nicht eingestehen wollte.

»Du schlägst ernsthaft vor, dass wir noch mal versuchen, mit KAMI zu reden?«, wollte Alaska mit erhobener Stimme wissen. »Erinnerst du dich nicht mehr an das letzte Mal?« Es war offensichtlich, dass er noch mehr hatte sagen wollen, doch Marshall bedeutete ihm mit einem scharfen Blick, zu schweigen. Wie er ihr gehorchte, war beeindruckend.

»Ja«, antwortete Andra, trotz seines Tonfalls ruhig. »Ich hatte den starken Eindruck, dass KAMI selbst nach Gründen sucht, warum es uns nicht alle zu Moja machen sollte. Ich denke, es versucht noch so sehr, die Menschen zu verstehen, dass es für sich keine finale Entscheidung getroffen hat. Und dass wir mit den richtigen Argumenten vielleicht sogar Frieden mit ihm schließen können.«

»Unsinn!«, warf Liza ein, die Stirn in tiefe Falten gelegt. »Für dieses Wesen gibt es keinen Frieden. Es wurde geschaffen, um Krieg zu führen, und genau das tut es auch jetzt.«

Andra machte sich nicht die Mühe, ihr eine Antwort zu schenken, sondern sah Marshall nun direkt an. Der weiche Ausdruck war aus ihrem Gesicht gewichen, aber sie wirkte zumindest nicht so widerstrebend wie die anderen beiden.

»Um ehrlich zu sein, haben wir heute Nacht erst beschlossen, dass wir den Gegenschlag gegen KAMI sogar früher als geplant durchführen werden. Die Situation gerät außer Kontrolle, und wir haben bereits etliche Truppen auf der ganzen Welt kontaktieren können, die in der Lage sind, sich zu sammeln und anzugreifen.«

»Aber ...«

»Je schneller wir diese Lage lösen, umso besser ist es.«

Nachdem Marshall geendet hatte, wartete Andra einige Sekunden, um sicherzugehen, dass sie nicht noch etwas anfügen wollte. Erst dann wählte sie die nächsten Worte. »In dem Fall kann es ja nicht schaden, wenn wir mehrere Optionen in Betracht ziehen«, sagte sie.

Überlegend fuhr Marshall sich mit der Zunge über die Lippen, aber die Art, wie sie sich umsah, zeigte Andra, dass sie ihre Entscheidung schon gefällt hatte. Sie dachte nicht über ihren Vorschlag nach, sondern darüber, wie sie ihn entkräften konnte. Mist.

»Tut mir leid«, antwortete sie wie erwartet. Ihre Worte waren keine Entschuldigung, sondern nur eine höflich formulierte Absage. Ihr Ton machte klar, dass sie keine Diskussion über das Thema zulassen würde. »Ich denke, der einzig *sichere* Weg ist, KAMI zu eliminieren«, erklärte sie. »Ich kann nicht die Leben aller Menschen aufs Spiel setzen, weil ich mich auf das Wort einer Maschine verlasse.«

Andra ballte die Hände zu Fäusten. Es fiel ihr schwer, ihre Enttäuschung nicht zu zeigen. »Das verstehe ich.« Sie verstand es wirklich. Sie hatte keine Ahnung, wie es sich anfühlen musste, Verantwortung für so viele Menschen zu tragen. Entscheidungen für so viele Zivilisten zu treffen. Die größte Verantwortung, die sie je gehabt hatte, war gewesen, für die Hühner in ihrem Dorf zu sorgen.

Trotzdem wollte sie sich nicht so schnell abwimmeln lassen. Sie wusste, dass ihre Idee nicht schwachsinnig war. Sie wusste es einfach, und wenn ihr die Älteste eins mit auf den Weg gegeben hatte, dann war es, ihrem Herzen zu vertrauen. Was auch immer ihre Motive dafür gewesen waren.

»Also sind wir uns einig?«, wollte Marshall wissen und legte den Kopf zur Seite, offenbar ehrlich interessiert an Andras Erwiderung. Natürlich war sie das. Sie war so bekannt dafür, immer nach Frieden und Kompromissen zu suchen.

Andra konnte ihr trotzdem nicht geben, was sie wollte. Sie

erwiderte Marshalls Blick erst überlegend, dann immer entschlossener. »Nicht wirklich.«

Eine winzige Falte bildete sich auf ihrer Stirn, verschwand allerdings so schnell, dass Andra sich nicht sicher war, den Gesichtsausdruck richtig gedeutet zu haben.

»Ich denke, dass wir es versuchen sollten. Und dass es nicht schaden kann, beide Wege zu gehen.«

»Erst deinen und dann meinen, meinst du?«

Andra schluckte hart. Marshall wirkte nicht wütend, aber ihre Worte waren so klar, dass sie ihr provokativ erschienen. Dennoch rang sie sich ein Lächeln ab. »Es erst zu töten und dann mit ihm zu reden funktioniert vielleicht nicht so gut.«

Ihr Gegenüber lachte leise. »Wohl wahr«, gestand sie ein, schüttelte allerdings schon im nächsten Moment den Kopf. »Aber ich lehne trotzdem ab.«

»Was? Aber ...«

»Ich kann dieses Risiko nicht eingehen!«, unterbrach sie Andra nun etwas lauter.

»Du musst ja nicht dabei sein oder irgendjemanden mitschicken. Ich brauche nur ein paar Menschen, um über diese Sache zu sprechen. Aber ich kann allein aufbrechen und das alles klären. Vielleicht. Wenn ihr mir nur etwas Zeit gebt, um ...«

»Nein.«

»*Was*? Warum?«

»Ich kann nicht zulassen, dass wir uns in zwei Lager spalten. Ich brauche dich und jeden, der dich eventuell unterstützen würde.« Sie warf Okijen einen scharfen Blick zu. »Ich lasse nicht zu, dass wir an zwei Fronten kämpfen. Dazu sind wir zu wenige. Und ich will nicht, dass die Menschen beginnen, darüber zu streiten, welcher Weg der richtige ist.«

»Aber du weißt, dass ich eine Verbindung zu KAMI habe. Vielleicht gelingt es mir ...«

»Lass mich ausreden!«, fuhr Marshall auf. Durch ihre aufrechte Pose und ihren Blick wirkte sie von einem Moment auf den anderen viel größer, viel erhabener. »Ich verbiete dir, in irgendeiner Weise noch einmal mit KAMI in Kontakt zu treten oder auf anderen Wegen deinen Plan zu verfolgen. Ich verstehe, woher deine Überzeugung kommt. Aber ich werde nicht riskieren, dass uns dadurch auch nur eine weitere Person verloren geht.«

Andras zu Fäusten geballte Hände verkrampften fast, so stark spannte sie sie an. Sosehr sie auch darauf gehofft hatte, auf Marshalls Zustimmung zu stoßen: Das ging zu weit. Damit hatte sie nicht gerechnet. Sie hatte erwartet, dass es Diskussionen geben würde, und sie hatte bei Weitem nicht gedacht, dass jeder alles liegen lassen würde, um sie zu unterstützen. Das brauchten sie auch gar nicht. Aber verbieten konnte Marshall ihr nichts.

»Ich weiß, du hast mir diesen symbolischen Rang gegeben«, erwiderte Andra, versuchte, die Wut, die in ihr aufgekommen war, zu zügeln und mit ruhiger Stimme zu sprechen. »Aber ich bin ein freier Mensch. Wenn das dein Befehl ist, werde ich ihm nicht Folge leisten.«

»Andra«, murmelte Okijen hinter ihr und streckte eine Hand nach ihr aus, die sie sacht fortschob. Marshall hingegen blieb ganz ruhig. Ihre Gesichtszüge hatten etwas Ausdrucksloses bekommen, das Andra eine gewisse Angst einjagte. Aber sie würde standhaft bleiben.

Marshall atmete einige Male ein und aus, bevor sie das Wort erhob. »Du willst dich wirklich gegen meinen Befehl stellen?«

»Ja.« Andra zog die Stirn in Falten. »Ich will dich nicht vor den Kopf stoßen, und ich respektiere dich sehr. Aber ich bin mir sicher, dass mein Weg der richtige ist. Und ich werde mich nicht davon abbringen lassen, ihn zu gehen.«

Marshall fuhr sich mit der Zunge über die Lippen, als

könne sie sich so Zeit bei ihrer Überlegung verschaffen. Der Raum um die beiden herum war inzwischen wie erstarrt. Selbst die Kommunikationsoffiziere hatten innegehalten, um zu ihnen herüberzuschauen. Andra sah es nur aus ihren Augenwinkeln, hielt den Blickkontakt mit Marshall weiterhin.

Bis die Züge ihres Gegenübers etwas Bedauerndes annahmen, das Andra nicht sofort deutete. Marshall seufzte tief und schüttelte den Kopf. »Es gibt nichts, was ich sagen kann, um dich vom Gegenteil zu überzeugen?«

Andra schüttelte vorsichtig den Kopf, während Marshall sich kurz zu einigen Soldaten umwandte. Ihr Herzschlag beschleunigte sich, und sie spürte, wie Blut warm in ihre Wangen schoss. Was …

»Tut mir leid«, sagte Marshall daraufhin, und die Soldaten setzten sich in Bewegung. Andra wich einige Schritte zurück, vollkommen überrumpelt von der Situation, bis einer der Männer tatsächlich nach ihrem Oberarm griff und sie festhielt.

»Was?«, keuchte sie und schaute in Marshalls leidendes Gesicht.

»Es tut mir leid. Wir werden dich festnehmen müssen, bis die Sache ausgestanden ist, wenn du dich weiterhin gegen Befehle stellst.«

Was bei den Ältesten sollte das? »Nein!«, rief Andra, wand sich aus dem Griff des Soldaten und wich dem anderen aus, der nachfasste, um sie ruhigzustellen. Beschäftigt mit den beiden hatte sie nicht bemerkt, dass ein dritter sich ihr von hinten genähert hatte und ihre Arme packte, um sie ihr auf den Rücken zu drehen. »Was soll das?«, rief sie und stemmte sich gegen den festen Griff, auch wenn es in ihrer verwundeten Schulter schmerzte. Sie riss und ruckte, bis die beiden anderen sie ebenfalls zu packen bekamen, was ihre Gegenwehr nur heftiger machte.

»Verdammte Scheiße!«, schrie sie und stemmte sich mit aller Macht gegen die Griffe der Männer, die Anstalten machten, sie in Richtung des Ausgangs zu drängen. Ihr Blick wanderte erst zu Marshall, die bedauernd, aber durchaus entschlossen dreinschaute, dann zu Okijen, der das Geschehen mit Überraschung und Schock verfolgte.

»Okijen!«, rief sie ihm zu und sammelte ihre Kräfte, tat alles in ihrer Macht Stehende, um sich gegen die Soldaten zu wehren. »Okijen, hilf mir«, rief sie ihm zu, aber er regte sich nicht ein Stück, genauso wie er sich schon die ganze Zeit über zurückgehalten hatte.

Scheiße! Würde er wirklich zulassen, dass sie sie abführten, nur weil sie eine friedliche Vorgehensweise vorgeschlagen hatte? Wollte Marshall sie wirklich wegsperren, weil sie versuchte, zu *helfen?*

Verdammt, *nein!*

Kurz ließ Andra locker, um die Soldaten im Glauben zu lassen, sie hätte sich ergeben, dann riss sie abermals mit einem Ruck an ihren Armen. Mit einem brennenden Schmerz in ihrer Schulter gelang es ihr, zumindest eine Hand freizukämpfen. Bevor der Soldat sie wieder greifen konnte, verpasste sie dem Kerl neben sich einen gezielten Schlag in die Kehle, woraufhin er, überrumpelt von ihrem Angriff, keuchend ihren Oberarm losließ und zurückstolperte. Der Soldat hinter ihr schnappte nach ihrer freien Hand, aber lockerte seinen Griff um die andere für einen winzigen Moment, sodass sie sie befreien und nach der Waffe am Gürtel des dritten greifen konnte.

Sie wusste, dass sie auf diese Distanz nicht gegen die beiden muskelbepackten Kerle ankommen würde. Sie entschied sich also in der Millisekunde, die ihr blieb, mit der Waffe nicht auf einen von ihnen zu zielen. Stattdessen versetzte sie dem Typen rechts von ihr erst einen Schlag ins Gesicht und richtete die entsicherte Pistole dann auf Marshall.

Doch Marshall hatte, geistesgegenwärtig, ihre Waffe ebenfalls gehoben und auf sie gerichtet. Anstatt durch diese Aktion Ruhe in den Raum zu bekommen, der gerade noch so hektisch gewesen war, drangen Schreie aus allen Ecken, und es klickte aus allen Richtungen. Und als es Andra gelang, ihren Blick endlich von dem Lauf von Marshalls Pistole abzuwenden, sah sie, dass mindestens fünfzehn Waffen ebenfalls auf sie gerichtet waren.

»Nimm die Pistole runter, Andra!«, befahl Marshall nun härter. Das Weiche war komplett aus ihrer Stimme gewichen, und ihre Züge waren unnachgiebig geworden.

»Bist du wirklich so engstirnig, dass du denkst, dein Weg wäre der einzig richtige?«, fragte sie mit klarer Stimme, die Schmerzen in ihren Armen ignorierend. Andra wusste, dass sie verloren hatte. Sie wusste, dass sie aus dieser Situation nicht entkommen würde, wenn kein Wunder geschah. Sie hatte keine Intention, auf jemanden zu schießen. Erst recht nicht auf Marshall

Aber sie war ihr noch zu viele Antworten schuldig, die sie sich nicht nehmen lassen wollte. Sie würde diese Schlacht nicht kampflos aufgeben. »Herangehensweisen wie diese sind genau das, was KAMI an den Menschen kritisiert! Verstehst du das nicht?«

Okijen stand noch immer wie angewurzelt da und schaute zwischen ihnen beiden hin und her.

»Okijen!«, rief Andra ihm zu, als Marshall schwieg. »Willst du wirklich gar nichts dazu sagen?« Niemand im Raum regte sich, und jedes Wort, das über Andras Lippen kam, war eine pure Überwindung, weil die Anspannung in jedem Muskel so groß war. All die Waffen, die auf sie gerichtet waren. Eine falsche Bewegung, und ...

Okijen währenddessen schluckte schwer. Was um alles in der Welt sollte das? Ja, er hatte seine Bedenken geäußert, aber dieses Vorgehen war zu extrem! Sah er das nicht? »Andra, ich habe so lange unter Marshall gedient«, setzte er dann an. Ihr Herz sank ein Stück tiefer. »Sie ist seit Jahrzehnten beim Militär und hat mit Liza und Alaska dafür gesorgt, dass es überhaupt noch Menschen auf diesem Planeten gibt. Dass KAMI nicht schon vor dreißig Jahren alles vereinnahmt hat.«

»Und mich kennst du erst seit ein paar Wochen«, folgerte Andra und warf ihm nur einen kurzen Blick zu. »Verstehe.«

Er zog die Augenbrauen zu einem leidenden Ausdruck zusammen. »Das hat nichts mit uns zu tun.«

»Das habe ich auch nicht gedacht.« Was sollte das nun wieder bedeuten? »Ich dachte nur, du wärst der Erste, der sich dafür einsetzt, dass wir eine friedliche Lösung finden. Hast du nicht gesagt, dass du es leid bist, zu kämpfen?«

Er verzog den Mund. »Habe ich. Aber es ist nun mal so, dass der Kampf oft die einzig sinnvolle Lösung ist. Beweist du das nicht gerade?«

Andra zog die Augenbrauen in die Höhe und sah in die Gesichter all der Menschen, die so angespannt ihre Waffen auf sie gerichtet hielten. »Ihr liegt falsch«, sagte sie nach einigen zehrenden Sekunden der Stille. Dann senkte sie die Pistole.

Der Soldat zu ihrer Rechten entwendete sie ihr sofort, um sie dann abermals grob an den Armen zu packen. Andra brach den Blickkontakt zu Marshall nicht ab, während die Soldaten um sie herum auf sie zutraten und ihr mit vorgehaltenen Waffen befahlen, ihren Befehlen Gehorsam zu leisten.

»Ich dachte, du wärst besser als die anderen«, spuckte Andra aus und warf jedem im Raum böse Blicke zu, bevor sie auf Marshalls Wink hin noch etwas fester gepackt und abgeführt wurde.

UNTER VERSCHLUSS!

Audiodatei: Private Besprechung der Generals
Konferenzraum 3

10.12.2072
Ort: New York

Alaska: Okay, kommen wir gleich zur Sache. Gut, dass ihr Zeit hattet. Es geht um die Technologie, die ich mit dir schon besprochen hatte, Marshall.

Marshall: Ist sie fertig?

Alaska: So fertig, wie so etwas eben sein kann.

Liza: Weiht ihr mich ein?

Marshall: Alaska hat schon vor Jahrzehnten an einer Technologie geforscht, die zur Verlangsamung der Alterung führen soll.

Alaska: Nicht nur führen soll – führt. Wir haben das Mittel inzwischen ausgiebig getestet, und es ist stabil. Deswegen will ich mit euch darüber reden, ob wir es zur Anwendung freigeben sollten.

Liza: Ich verstehe nicht genau.

Alaska: Was denn?

Liza: Du meinst, du hast ein Mittel erfunden, das dazu führt, dass ein Mensch nicht mehr altert? Also praktisch unsterblich wird?

Marshall: Man altert nur deutlich langsamer.

Alaska: Unsterblichkeit gibt es nicht. Wenn dir einer in den Kopf schießt, bist du trotzdem tot.

Marshall: Reiß dich zusammen, Alaska, du weißt, was sie meint.

Alaska: Ja, ja. Also es sind im Grunde Naniten, die einmalig ins Blut injiziert werden. Sie stimulieren die Zellreparatur, wodurch der Alterungsprozess erheblich verlangsamt wird.

Liza: Wie weit wird er verlangsamt?

Alaska: Im Grunde wird er nahezu angehalten. Wir testen das Mittel erst seit etwa zwanzig Jahren. Längere Studien gibt es noch nicht. Aber die Probanden des aktuellen Testmittels weisen so weit kaum mehr Alterungserscheinungen auf.

Marshall: Und außerdem die Sache mit der Verjüngung.

Alaska: Genau. Wenn das Mittel in einen gealterten Körper injiziert wird, werden alte Zellen repariert oder ersetzt, wodurch ein erheblicher Verjüngungseffekt eintritt.

Liza: Und … und ihr wollt jetzt darüber beraten, ob wir das der Bevölkerung zugänglich machen?

Marshall: Wir sollten generell darüber reden, was wir mit dem Zeug anstellen.

Alaska: Ich bin vorrangig dafür, dass wir es auf uns selbst anwenden.

Liza: Was? Aber …

Marshall: Ich bin nicht dafür, dass wir es der Bevölkerung zugänglich machen. Wir kämpfen trotz der Unruhen mit der Überbevölkerung. Das könnte ein heftiges Problem darstellen.

Liza: Aber warum sollten wir überhaupt …

Alaska: Das Problem würde sich tatsächlich schnell lösen. Eine der Nebenwirkungen ist nämlich häufig Unfruchtbarkeit, sowohl bei Männern als auch bei Frauen.

Liza: Was? Könnt ihr mir mal kurz einen Moment Zeit lassen, das zu verarbeiten?

Marshall: Klar. Tut mir leid.

Liza: Also ich … woher kommt das Zeug denn auf einmal? Alaska, warum hast du nie gesagt, dass wir an so etwas arbeiten?

Alaska: Das ist ein altes Projekt von mir, das immer nur im Hintergrund lief. Ich wollte die Langzeitstudien abwarten, bis ich euch damit behellige.

Liza: Aber Marshall hast du damit offenbar schon behelligt.

Marshall: Erst vor drei Wochen das erste Mal.

Liza: Ich dachte, wir können über alles reden.

Marshall: Tut mir leid, Liza. Ich dachte nicht, dass es dich interessiert, wenn noch nicht feststeht, dass daraus was wird.

Liza: Ich dachte, wir hätten den Punkt erreicht, an dem wir uns alles sagen.

Alaska: Jetzt hör auf herumzuheulen, wir sagen es dir ja jetzt! Können wir bitte zum Thema zurück?

Liza: … Klar. Entschuldige. Du hast dir doch sicher schon Gedanken dazu gemacht, was wir damit anstellen sollen, oder, Alaska? Du stellst das doch nicht einfach in den Raum und lässt uns entscheiden.

Alaska: Natürlich. Wie gesagt wäre mein Vorschlag, dass wir das Mittel bei uns selbst anwenden. Ich meine, seht uns an. Wir sind alt, und die Welt steht gerade auf der Kippe. Wir wissen nicht, wie lange sich die Unruhen noch hinziehen werden.

Liza: Du schlägst also vor, dass wir das Mittel nehmen, um an der Macht zu bleiben?

Alaska: Was spricht dagegen? Traust du einem anderen der Vollpfosten zu, die Kontrolle über das Chaos zu übernehmen, wenn wir mal nicht mehr sind?

Liza: Klar, ich meine, das … das leuchtet ein.

Marshall: Was sind denn deine Bedenken?

Liza: Was meinst du?

Marshall: Ich sehe, dass du welche hast. Geht es dir um Mizaki?

Alaska: Wir vertrauen Nakamura, keine Sorge. Er kanns auch bekommen.

Marshall: Und vielleicht alle aus dem inneren Kreis.
Alaska: Aber nur die.
Marshall: Wie verkaufen wir es der Bevölkerung?
Alaska: Wir sagen einfach, dass das Mittel noch getestet wird und dass wir es der Öffentlichkeit zur Verfügung stellen, wenn der Probelauf abgeschlossen ist. Damit werden wir sie schon ein paar Jahre hinhalten können.
Marshall: Bis sich alles beruhigt hat.
Alaska: Genau.
Liza: Aber was ist mit den Nebenwirkungen?
Alaska: Du bist neununddreißig Jahre alt, Schatz. Ich meine, hattest du echt vor, jetzt noch Kinder zu bekommen? Und dem erhöhten Krebsrisiko können wir ganz gut vorbeugen, das sollte kein Problem sein.
Marshall: War es denn in den Tests ein Problem?
Alaska: Inzwischen haben wir es behoben.
Marshall: Also ich finde es gut.
Alaska: Und was sagst du, Liza?
Liza: ... Ich ... ja, ich denke, es ist wohl okay.
Marshall: Dass auf Alaskas Entwicklungen Verlass ist, wissen wir ja. Und stell dir mal vor, wieder jung zu sein.
Liza: Endlich keine Rückenprobleme mehr. Auch wenn ich ...
Marshall: Was?
Liza: Ach nichts.
Alaska: Also machen wir es?
Marshall: Ich will vorher die Studien sehen und umfassende Berichte über bisherige Tests und Ergebnisse.
Alaska: Streber. Aber klar, lass ich dir zukommen.
Liza: Mir bitte auch.
Marshall: Danke. Als Nächstes steht die Konferenz zur Abspaltung der Wirtschafter von der Regierung an, das könnte ziemlich nervenaufreibend werden, also ... gönnt euch beide ne Pause.

Alaska: Klar, du kennst mich. Ich mach immer nur Pause.
Marshall: Ich meine es ernst, klar?
Alaska: Ja, ja. Bis dann.
Liza: Ich komme später dazu. Ich geh noch mal kurz nach Hause, ja?
Marshall: Klar. Wir sehen uns.

KAPITEL 20

: PLANNING

Die Liege, auf der Luke saß, war hart, und die Decke, die halb um seinen Körper lag, rau und kratzig. In dem kleinen Aufwachraum roch es stechend nach Desinfektionsmittel und etwas anderem, das er nicht ganz einordnen konnte. Obwohl kein Laut zu ihnen hereindrang und er im sachten Licht der aufgehenden Sonne ruhiger sein sollte, zitterten seine Finger. Sie hatten es schon beim Aufwachen getan.

»Gehts?«

Luke hob seinen Kopf nur langsam, um zu Flover hinüberzuschauen, der ihn mit einem besorgten Blick bedachte. Er hatte gar nicht bemerkt, dass er in Bewegungslosigkeit verfallen war, während er in die Schale mit geschmacklosem Haferbrei in seinen Händen gestarrt hatte. Er rang sich ein Lächeln ab, und Himmel, ja, er musste sich zusammenreißen. »Alles gut«, versicherte er.

Sein Freund sah mindestens genauso müde aus, wie Luke sich fühlte, dabei musste er eine halbe Ewigkeit geschlafen haben. Die dunklen Ringe unter Flovers Augen waren tief, schienen inzwischen aber schon fast zu seinem alltäglichen Aussehen zu gehören. Sein schwarzes Haar war in den letzten Wochen gewachsen und hing ihm nun wirr in die Stirn.

»Danke, dass du mich mal wieder gerettet hast«, fügte er an, nachdem sie sich eine Weile lang angeschaut hatten. Flover hatte ein paar Mal an seinem Bett gesessen. Luke hatte es nur gesehen, weil er immer wieder aus seinen nervösen Träumen aufgewacht war.

»Schlaf ruhig noch mal, wenn du noch müde bist.«

Er lächelte breit und blinzelte Flover gespielt vorwurfsvoll an. »Gib doch keine Ratschläge, an die du dich selbst nie halten würdest.«

»Erwischt.« Flover lächelte und fuhr sich mit den Händen müde über das Gesicht.

Luke wusste nicht einmal genau, ob er geschlafen hatte oder ob er bewusstlos geworden war, nachdem er in der Zentrale angekommen und vom Cyber-Field gekracht war. Dass die zwei Supporter es nicht geschafft hatten, hatte Flover ihm bereits erzählt.

Luke warf einen Blick aus dem Fenster. Der Nebel der letzten Nacht war verschwunden, und die aufgehende Sonne vor den Fenstern wirkte so friedlich. »Ich würde am liebsten ans Ende der Welt gehen und ein Jahr lang schlafen.«

»Ich auch«, murmelte Flover. »Irgendeine einsame Insel. Du kümmerst dich den ganzen Tag um deine Pflanzen.«

»Und du zeichnest deine Comics.«

Flover lächelte versonnen. »Der Gedanke an Kunst kommt mir gerade so ironisch vor.«

Luke verzog den Mund zu einem halben Lächeln. »Ich vermisse es, deine Geschichten zu lesen.« Er vermisste die stillen Morgen in ihrer Hütte, in denen er mit einem Kaffee in der Hand, die Fenster noch vom Dampf der Dusche beschlagen, an ihrem kleinen Küchentisch gesessen hatte, um Flovers neuste Panels zu lesen und zu analysieren.

»Ich vermisse deine harsche Kritik«, erwiderte sein Gegenüber, und sie lachten leise, während es Luke noch ein wenig schwerer ums Herz wurde.

Er wollte nicht, dass es endete. Er wollte nicht, dass einer von ihnen starb. Er wollte nicht, dass einer von ihnen überhaupt kämpfen musste. Und er wusste nicht, was er tun konnte, um das zu verhindern.

»Ich diskutiere von jetzt an nicht mit dir«, sagte Luke nach einer Weile, abermals in seine Schüssel schauend.

»Was meinst du?«

»Du hast gesagt, ich wäre dir eine Last, wenn ich mit nach Amman käme. Und sieh nur, was passiert ist.«

Flover legte seine Hand beruhigend auf Lukes Unterarm. Er sah nur aus dem Augenwinkel, wie er den Kopf schüttelte.

»Das wäre auch passiert, wenn du nicht mit mir gekommen wärst.«

Luke atmete zitternd ein und versuchte, die Tränen zu unterdrücken, die sich kribbelnd hinter seinen Lidern hervorstehlen wollten. »Wenn du mich nicht hättest beschützen müssen, hätten die beiden Supporter sicher überlebt.« Er ließ den Kopf weiter sinken. Seine Sicht verschwamm, und noch immer kämpfte er dagegen an.

Flover seufzte, beugte sich ein Stück vor und lehnte seine Stirn an Lukes Oberarm. »Dafür gibt es keine Garantie«, murmelte er. »Mach dich nicht so fertig. Du hast es versucht, und wer weiß, was passiert wäre, wenn du nicht geholfen hättest, diese Zivilisten zu verteidigen.«

Abermals atmete Luke angestrengt durch, dann nickte er und wischte sich die Tränen aus den Augenwinkeln. Er durfte nicht zulassen, dass ihn das lähmte, und tatsächlich halfen Flovers Worte ein wenig. Scheiße, er hatte so viel mehr Erfahrung mit solchen Situationen als Luke selbst. Er hatte schon so oft über Leben und Tod entscheiden müssen. Aber für ihn selbst war das noch immer eine ganz neue Erfahrung.

»Iss deinen Brei, ja? Sonst wird er kalt. Und ich glaub nicht, dass du noch eine Portion bekommst.« Flover legte seine Stiefel auf der Liege neben Luke ab. Er verschränkte die Arme hinter dem Kopf und schien mit den Gedanken wieder ganz woanders zu sein. Fast hoffte Luke darauf, dass er Pläne schmiedete, wie die beiden fliehen konnten.

Luke, den Blick noch immer in die Schüssel gerichtet, nickte. »Und du sagst, Gerta geht es gut?« Er wusste selbst nicht, warum es ihm auf einmal so still hier drin vorkam, dass er das Gefühl hatte, die Leere füllen zu müssen.

»Ja. Sie ist bei meiner Mutter in der Kommandozentrale.«

Warum betonte er diesen Satz so, als würde da mehr dahinterstecken? Sollte Luke danach fragen? Aber wenn es mit Flovers Mutter zu tun hatte, wollte er sicher nicht darüber reden.

»Lass sie uns nachher besuchen gehen, ja?«, schlug Flover vor. Luke lächelte zwischen zwei Bissen und nickte ruhig. Eine ganze Weile saßen sie so da, während Luke versuchte, die letzte Nacht zu vergessen, das Zittern seiner Glieder endlich zu bekämpfen und über etwas nachzudenken, was Flover und ihn retten würde. Aber er war wohl ein zu kleiner Fisch, um überhaupt etwas zu bewirken.

Erst ein Tumult auf dem Weg vor dem Fenster riss sie beide aus ihren Gedanken. Luke streckte seinen Kopf, um zu schauen, ob er etwas erkannte, da war Flover schon aufgestanden, um auf das Fenster zuzutrotten, die Stirn in tiefe Falten gelegt.

»Was ist da los?«, wollte Luke wissen. Flover legte seine Finger auf die Scheibe und sah in alle Richtungen, während Luke nichts sah, allerdings auch noch nicht die Energie besaß, aufzustehen. Rufe waren zu hören und eine Frau, die schrie.

»Das ist Andra«, sagte Flover leise, beobachtend.

»Die Freundin von Van Dire?«

Flover nickte, die Stirn in tiefe Falten gelegt. »Sieht aus, als würden sie sie abführen.«

»Was?« Luke stellte seine Schüssel auf den niedrigen Tisch neben seiner Liege und setzte sich gerader hin. »Warum?«

Flover schaute noch eine ganze Weile aus dem Fenster, bis die Stimmen nicht mehr zu hören waren. Erst dann regte er sich wieder. »Das finde ich heraus.« Er wandte sich der Tür zu, wirbelte allerdings noch einmal herum, um streng auf Luke in seinem Bett hinabzusehen. »Wehe, du bewegst dich vom Fleck«, forderte er ihn auf.

Wie versprochen nickte er ergeben. »Ich werde hier warten, Captain.«

Ein nahezu angewiderter Ausdruck machte sich beim Klang seines Ranges auf Flovers Gesicht breit, dann wandte er sich um. Als er die Tür öffnete, sah Luke, dass er still vor sich hin lächelte.

KAPITEL 21

: APOLOGIZING

Der Wind wehte sacht um Okijens Haare, und sein Blick war auf den See hinter den Hütten gerichtet. Seit fast einer Stunde saß er dort, die Arme vor der Brust verschränkt, und wartete darauf, dass Marshall ihre Besprechung mit den anderen endlich beendete.

Was für eine verdammte Scheiße. Seine Gedanken kreisten unaufhörlich. So wirr machten sie ihn, dass er am liebsten aufgesprungen wäre, gerannt wäre, wohin auch immer sie Andra gebracht hatten, um sie nicht allein zu lassen. Um sie nicht im Stich zu lassen, nach diesem Blick, den sie ihm zugeworfen hatte. Der Gedanke daran, wie sie ihn angesehen hatte, bereitete ihm noch immer eine Gänsehaut im Nacken. So voller Enttäuschung. Voller Vorwurf.

Das war seine Schuld. Er hätte sie vehementer davon abhalten sollen, mit Marshall zu sprechen. Er hätte das alles erst mit ihr durchgehen und nicht direkt abschmettern sollen, obwohl er nicht ihrer Meinung war. Das war so eine verdammt beschissene Situation.

Als Schritte hinter der alten Holztür zu hören waren, richtete er sich sofort von der kleinen Bank auf, auf der er gesessen hatte, und ignorierte den Schwindel, der ihn ergriff. Er war noch nicht bei Byth gewesen, um sich seine Medikamente zu holen, aber damit würde er sich jetzt auch nicht beschäftigen können. Er würde schon nicht sterben. Vorerst.

Die Tür öffnete sich knarzend, und mit Erleichterung sah Okijen Marshall hervortreten und nicht, wie die Male zuvor, irgendeinen Soldaten. In ihrem Einsatzoutfit erinnerte sie ihn so sehr an die alten Zeiten, dass ihn ein nostalgisches Gefühl ergriff. Auch jetzt, da sie mit diesem besorgten Blick vor ihm stand und ihn mit einem Kopfnicken aufforderte, ihm den Weg entlang zu folgen.

Er tat wie geheißen, auch wenn sie kein bestimmtes Ziel zu verfolgen schien. In schlenderndem Tempo ging sie auf dem Pfad entlang, der sie um die Hütten und den ganzen Berg herumführen würde.

»War euer Gespräch erfolgreich?«, fragte Okijen hart. Er war Marshalls Meinung, aber das bedeutete nicht, dass er akzeptierte, wie sie mit Andra umgegangen war.

»Ja«, entgegnete sie sanft. Jetzt wirkte sie wieder vollkommen anders. Mit dem Ausdruck, mit dem sie vorhin Andra bedacht hatte, hatte er seine ehemalige Vorgesetzte nie gesehen. War es diese Ausnahmesituation, die diese Seite an ihr geweckt hatte, oder hatte sie sie nur stets vor ihm zu verstecken gewusst?

»Und was kam dabei heraus?«

Marshall sah ihn nicht an, als sie antwortete. »Liza und Alaska sind meiner Meinung.«

»Also lasst ihr sie eingesperrt?« Hätte er ein Gefühl in seiner neuen Brust, hätte er gespürt, wie sein Herz einen Sprung machte. So spürte er nur, wie sein Puls sich beschleunigte und die Gedanken schon wieder zu rasen begannen.

»Ja.«

»Willst du mir auch noch von allein etwas erzählen, oder muss ich dir jede Information aus der Nase ziehen?«

Sie wandte sich halb zu ihm um und warf ihm einen undeutbaren Blick zu. Er hatte nichts Mahnendes an sich, und trotzdem lag in ihrem halben Lächeln etwas, das ihm wohl bedeuten sollte, nicht in diesem Ton mit ihr zu sprechen. Scheiße, das frustrierte ihn!

»Ich stehe hinter meiner Überzeugung. Ich will niemanden in unnötige Gefahr bringen. Auch Andra nicht.«

»Das weiß ich.«

»Andererseits …« Hinter dem Hügel offenbarte sich ein Sonnenaufgang über einer grünen Landschaft mit flachen Wiesen und einigen Bergen in der Ferne. »Wenn Liza und Alaska meiner Meinung sind, dann liege ich vielleicht auch falsch.«

Er lachte leise, und sie stimmte mit ein.

»Stimmt eigentlich. Zurzeit sind die beiden kein Garant für gute Entscheidungen.« Er schob die Hände in die Taschen seiner Jacke und fuhr sich mit der Zunge über die Lippen. »Kann ich etwas tun, um vielleicht zwischen euch zu vermitteln?« Er war nicht sonderlich gut in solchen Sachen, aber wenn es jemanden gab, der gern den bestmöglichen Ausgang für beide Seiten herbeiführen wollte, dann wäre er das wohl.

Marshall blieb so abrupt stehen, dass er fast in sie lief und sofort einen Schritt zurückwich, als sie sich zu ihm umdrehte und ihn streng anschaute.

»Das Erste, was du tun solltest, ist mir zu sagen, auf welcher Seite du stehst«, forderte sie, und er wich einen weiteren Schritt zurück, zog die Augenbrauen zusammen. Scheiße. Vor dieser Frage hatte er Angst gehabt. Dabei hatte er noch keine Entscheidung gefällt und noch nicht genügend Ruhe in seine Gedanken bringen können, um ihr jetzt schon eine Antwort darauf zu liefern.

»Habe ich das nicht klargemacht?«, fragte er deswegen schwammig und machte eine ausschweifende Bewegung mit der Hand. »Immerhin stehe ich hier und bin nicht in der Zelle.«

»Das ist mir nicht Bekenntnis genug.« Ihr dunkelbraunes Haar wehte in der Brise, die aufkam. »Du verstehst sicher, dass ich dich nicht hier herumlaufen lassen kann, wenn die Gefahr besteht, dass du dich anders entscheidest und sie aus ihrer Zelle holst. Ich kann nicht riskieren, dass du dich gegen uns wendest.«

Okijen sog die kühle Luft tief in seine künstlichen Lungen und sah erst sie an, dann wanderte sein Blick über die frischen Wiesen im Morgentau, nur an den tiefsten und schattigsten Stellen noch verhangen vom Bodennebel.

»Ich habe nicht vor, mich gegen irgendjemanden zu wenden«, seufzte er. Weder gegen Marshall noch gegen Andra zu kämpfen, kam ihm an dieser Stelle richtig vor. »Ich denke, du hast recht, aber ich denke auch, dass es andere Wege gegeben hätte, um mit der Sache umzugehen.«

»Das ist keine Antwort«, erwiderte sie hart. Und da war er wieder. Dieser unnachgiebige Gesichtsausdruck, mit dem sie ihn bedachte. Er verstand sie auf eine gewisse Weise, aber dieser Umgang gefiel ihm trotzdem nicht. So hatte sie sich nie verhalten. »Dir sollte klar sein, dass wir nicht vorhaben, sie zu verletzen oder ihr auf andere Weise zu schaden. Ich brauche dein Wort, dass du nicht versuchen wirst, sie zu befreien oder ihren Plan auf andere Weise zu unterstützen.«

Okijen wandte seinen Blick von ihr ab, um überlegend zu seinen Stiefeln hinabzuschauen.

»Du weißt, dass wir dieses Ding besiegen müssen, Okijen«, fuhr sie fort. »Du weißt, dass es keine Option ist, unser Schicksal in seine Hände zu legen. Dafür haben wir zu lange gegen KAMI gekämpft. Und wenn es wirklich stimmt, dass es aus uns heraus entstanden ist, dann dürfte es wohl nicht in seiner Natur liegen aufzuhören.«

Ja. Das lag wirklich nicht in ihrer Natur. »Vielleicht«, gestand er ein. »Aber würde es dir wirklich so sehr schaden, sie gehen zu lassen?«

»Ja«, erwiderte sie, ohne zu überlegen. »Weil sich ihr andere anschließen würden. Vielleicht nicht, weil sie ihre Überzeugung teilen, aber, weil sie sie beschützen wollen.« Vielsagend zog sie ihre Augenbrauen in die Höhe.

»Zum Beispiel ich.«

»Ja. Also sag schon. Ich brauche deine Entscheidung jetzt.«

Scheiße. Er wollte noch so viel fragen, so viel erwidern. Als hätte das Militär seine Unterstützung überhaupt nötig. In seinem Zustand könnte er kaum einer Fliege etwas zuleide tun.

Okijen schluckte schwer und ballte seine Hände zu Fäusten. Es war noch immer so eigenartig, nichts in ihnen zu spüren. Sein Körper war wie betäubt, und er hatte das Gefühl, dass ihn das zusätzlich ablenkte.

»Ich werde nicht gegen euch handeln«, sicherte er dann, nach einer Weile des Überlegens, zu.

»Und du wirst keine Unternehmungen starten, Andra zu befreien oder ihren Plan umzusetzen?« Himmel, sie war so unglaublich versteift auf dieses Thema. Das kannte er wirklich nicht von ihr.

»Nein, werde ich nicht.« Er hob seinen Kopf, um ihr offen in die Augen zu sehen. »Ich werde deinen Befehlen Folge leisten. Vor allem, weil ich denke, dass sie richtig sind, aber auch, weil ich deiner Einschätzung vertraue.«

Marshall neigte den Kopf und atmete sichtlich auf. »Danke«, murmelte sie und wandte sich zum ersten Mal wieder von ihm ab. »Wir müssen jetzt wirklich zusammenhalten.«

War das wirklich das, was zusammenhalten bedeutete? »Ja«, erwiderte er trotzdem.

»Andra hat uns alles über ihr Gespräch mit KAMI erzählt, aber nur wenig davon, welche Erkenntnisse sie in dem Endlager hatte«, setzte Marshall dann wieder an, den Blick auf die aufgehende Sonne über den Wiesen gerichtet. »Weißt du mehr darüber?«

Okijens Herz schmerzte, auch wenn das physiologisch gar

nicht möglich war. »Ja«, antwortete er tonlos. »Sie hat mir alles erzählt.« Im Vertrauen, allerdings. Das waren persönliche Dinge gewesen, die nur sie etwas angingen. Auch wenn diese Experimente der Ältesten wohl irgendeine Art von Verbindung zwischen ihr und KAMI geschaffen hatten, betraf all das ihre Vergangenheit. »Aber danach solltest du sie am besten selbst befragen.« Er hatte seine Seite gewählt, also konnte er Marshall diese Informationen eigentlich nicht vorenthalten, aber … verdammt, er konnte auch nicht über Andras Kopf hinweg entscheiden, welche persönlichen Informationen Marshall entfuhr.

»Sie wird es mir nicht erzählen«, beschloss Marshall, woraufhin Okijen den Kopf sinken ließ. Shit. Er hatte befürchtet, dass sie das von ihm erwarten würde. Er ballte die Hände zu Fäusten, ganz und gar gefangen im Hin und Her seiner Gedanken. Er hatte keine Ahnung, was das Richtige war.

»Erzähl mir alles«, forderte Marshall, und Okijen biss sich auf die Unterlippe.

Es würde der Welt helfen, wenn er es tat, oder? Andra war anderer Ansicht, aber wenn er Marshalls Weg gewählt hatte, würde er sie unterstützen müssen. So sehr es ihn auch zerriss.

Er wollte nur weglaufen.

»Na gut«, flüsterte er.

Der Weg, den Okijen nach einer langen Besprechung mit Marshall, Liza und Byth in die Stadt hinab beschritt, kam ihm endlos lang und beschwerlich vor. Die Krücke, die der Alte ihm gegeben hatte, bot ein wenig Halt, aber die Diskussionen und Gespräche hatten ihn so ausgelaugt, dass seine Müdigkeit nicht nur körperlicher Natur war. Verdammte Scheiße, was hatte er getan?

Seine Füße schlurften über den Boden, auf die Stadt der Yuna zu, trugen ihn über die Pfade und Wege in der mittäglichen Sonne hinweg. Die Militärs hatten sich wohl auf irgendeine Weise mit den Yuna geeinigt, auch wenn Okijen nicht genau wusste, wie diese Einigung ausgesehen hatte. Auf jeden Fall hatte ihnen das Volk gestattet, Teile der Stadt zu nutzen. Darunter auch ein altes Gefängnis, einzig und allein zu dem Zweck, Andra dort unterzubringen. Einige Wachen des Militärs hatten sich in den Straßen der verlassen Stadt positioniert, unterhielten sich aber angeregt mit den Bewohnern, vor allem mit den Kindern, die ausgelassen spielten. Wenn sie mehr Menschen evakuierten, würden sie Teile der Stadt nutzen können, um Wohnungen und Unterkünfte zu schaffen, in denen zumindest einige vorerst würden sicher sein können.

All das interessierte ihn vorerst aber gar nicht. Das schlechte Gewissen, das ihn schon ereilt hatte, als Marshall und Andra miteinander gestritten hatten und es ihm nicht gelungen war, sich für eine der Seiten zu entscheiden, hatte sich in den letzten Stunden nur gesteigert. Wie hatte er das tun können? Er war sich so sicher, Marshalls Meinung zu sein, aber dass sie von ihm verlangt hatte, ihr alles preiszugeben, was Andra ihm im Vertrauen erzählt hatte, um seine Loyalität zu beweisen, war zu viel des Guten gewesen. Er fühlte sich wie ein beschissener Verräter und hatte keine Ahnung, was um alles in der Welt er tun konnte, um sein Gewissen zu erleichtern.

Er war zwar auf dem Weg zu Andra, um diese Sache zu klären, aber er konnte ebenfalls nicht aus seinen Gedanken verbannen, dass Marshall ihm aufgetragen hatte, Frieden zu stiften. Jetzt kam es ihm vor, als würde er dieses Gespräch abermals für sie und nicht für ihn oder Andra führen.

Was für eine verdammte Scheiße.

Warum hoffte er, dass sich jemand finden würde, der diese Sache für ihn übernahm? Der eine Lösung fand, um zu verhindern, dass all das noch mehr eskalierte? Warum hatte er so sehr darauf gehofft, dass Byth sich doch auf Andras Seite stellen würde, um die Diskussion am Laufen zu halten, wie sie weiter verfahren sollten? Hätte er sich ihr angeschlossen, hätte Marshall es sowieso auf die Beziehung geschoben, die er zu ihr hatte. Er hatte ihr zwar nie davon erzählt, aber er wusste, dass sie sich denken konnte, was da vor sich ging.

Er schätzte, alle konnten es sich denken.

»Okijen«, rief ihm einer der drei Wachen entgegen, die vor dem großen Gebäude Stellung bezogen hatten, das einmal das Gerichtsgebäude gewesen war. Sie hatten Andra in eine der kleinen Zellen gebracht, die es hier drin gab.

»Guten Tag«, grüßte er müde. Er hatte sich noch immer nicht die Mühe gemacht, sich eine Uniform über seinen neuen Oberkörper zu ziehen. Byth hatte zwar gesagt, dass es möglich wäre, das Metall, aus dem nun so viel seines Körpers bestand, mit einer Schicht zu umhüllen, die es ihm ermöglichen würde, etwas zu spüren. Aber das wäre ein weiterer Eingriff, der in seiner Dringlichkeit so weit hinabgestuft wurde, dass sie es nicht in den nächsten Tagen und vermutlich auch nicht in den nächsten Wochen würde erledigen können.

Er verstand das. Von den Einsatzorten kamen so viele Menschen zurück, die sofort versorgt werden mussten, und im Vergleich zu ihnen waren seine Probleme an Prestige nicht zu übertreffen. Das änderte nichts daran, dass er sich in seinem eigenen Körper immer mehr wie ein Gefangener fühlte.

»Du willst zu Yun, nicht wahr?«

»Ihr Name ist Andra.«

Der Kerl zog die Augenbrauen hoch, nickte aber verstehend. »Klar.«

»Sie hat nichts verbrochen, also wäre es schön, wenn ihr sie auch nicht so behandelt.«

»Na ja, ich weiß nicht«, schaltete sich ein Kollege ein, der auf den Treppenstufen Platz genommen hatte. Er hatte einige Verletzungen, die mit Pflastern und Verbänden versorgt worden waren. Das hier war vermutlich ein Job, für den er sehr dankbar war. »Sie hat die oberste Anführerin der Welt mit einer Waffe bedroht. Ich denke schon, dass das als Verbrechen zählt.«

Okijen verkniff sich, ihn darauf hinzuweisen, dass Andra nie im Leben abgedrückt hätte. Das wusste er nur, weil er sie persönlich kannte, aber es war nichts, was andere verstehen würden. »Ich würde auf jeden Fall echt gern mit ihr sprechen. Auch im Auftrag von General Lloyd.«

»Klar. Wir haben die Anweisung schon erhalten.« Der Verletzte machte Anstalten, sich zu erheben, doch sein Kollege bedeutete ihm, sitzen zu bleiben, schob sich einen Schritt vor Okijen und bedeutete ihm mit einem Wink seiner Hand, ihm zu folgen.

»Hier lang.«

Er öffnete die große Tür mit einer Schlüsselkarte an einem Mechanismus, den sie ganz neu installiert haben mussten, denn im Gegensatz zu der hohen, verstaubten Tür wirkte er sauber und modern. Okijen hatte keine Ahnung, wie lange diese Stadt schon verlassen war.

Das neue Schloss klickte und ließ sich nach innen öffnen. Er folgte dem Mann, der in das Gebäude eintrat, in dem zwar kein Licht brannte, das von der durch die Fenster einfallenden Sonne aber ausreichend erleuchtet war.

»Sieht alles gerade ziemlich scheiße aus, was?«, fragte er, nachdem die Tür hinter ihnen zugefallen war, als hätte er darauf gewartet, dass seine Kollegen sie nicht mehr hörten.

Okijen seufzte schwer und schaute im Gehen zu seinen Füßen hinab. »Keine Ahnung.« Er fühlte sich furchtbar, aber er wusste nicht, ob sich das über den Gesamtzustand sagen ließ. »Vermutlich.«

»Uns sagt ja keiner was«, seufzte der Soldat. Er hatte sich ihm gar nicht vorgestellt, aber Okijen fand es gut, dass er so leger mit ihm sprach. Er hatte die ganzen Höflichkeitsfloskeln immer gehasst, und in den letzten Tagen hingen sie ihm noch mehr zum Halse heraus.

»Ich glaube, gerade weiß niemand so richtig, was zu tun ist«, sagte er. Das war kein Geheimnis. »Die anderen haben ihre Pläne, aber …«

»Aber ob die funktionieren, ist die andere Sache«, ergänzte der Soldat, als Okijen einfach mitten im Satz abbrach. Er ging voraus durch die Gänge mit den hohen Wänden und den steinernen Böden, den Türen und Fenstern, die sicherlich einmal sehr beeindruckend ausgesehen hatten, bevor sie von Staub grau geworden waren. »Ich wünschte, es gäbe jemanden, der uns sagt, was wir zu tun haben.«

»Leider gab es so eine Situation noch nie.«

»Denken Sie, wir werden sterben, Major General?«

Die Frage traf Okijen unerwartet. Er wandte sich nicht zu ihm um, während er mit langsamem Tempo voranging, damit Okijen mit seiner Krücke hinterherkam.

»Wenn ich das mit der Wahrheit beantworten würde, wäre das nicht sehr hoffnungsvoll«, entgegnete er ebenso schwammig wie eindeutig. Ja, sie würden vermutlich alle sterben. Oder zu diesen Wesen werden, die lebendig, aber auch tot über die Welt wandelten. Bis ans Ende der Tage.

»Haben Sie keine Angst?« Die Stimme des Mannes wurde immer tonloser. Was war plötzlich in ihn gefahren?

»Jeder hat Angst«, erwiderte Okijen und schob seine Hände in die Taschen seiner Hose. »Ich glaube nicht, dass es jemanden gibt, der keine hat.« Er warf einen Blick aus dem Fenster, hinauf auf einen Platz vor dem Haupteingang des Gebäudes. Einige der Yuna-Kinder spielten mit Bällen und lachten so unbeschwert, als hätte das Leid der Welt keine Chance, sie hier zu erreichen. Fuck. »Aber das sollte kein Grund für uns sein, uns entmutigen zu lassen«, fuhr er in Gedanken fort. »Dass wir Angst haben, zeigt, dass wir so viel zu verlieren haben. Dafür lohnt es sich zu kämpfen. Selbst bis zum Äußersten.«

»Hm«, machte der Mann. »Das stimmt wohl.« Er bog um eine Ecke, und sie traten durch eine weitere Tür, hinter der sich ein Gang offenbarte. Etwas dunkler als die, die sie bisher durchquert hatten. Ein weiterer Soldat wartete dort, vor den Zellen mit den Gitterstäben, durch die Okijen Andra bereits am Ende des Raumes in eine Ecke gekauert sitzen sah.

»Major General Van Dire«, stellte er Okijen seinem Kollegen vor, bevor er sich rückwärts aus dem Raum entfernte. »General Lloyd hat ihm den Besuch gestattet.«

Okijen verkniff sich abermals einen scharfen Spruch darüber, dass er auch gekommen wäre, wenn Marshall es ihm untersagt hätte, und zog die Augenbrauen in die Höhe, um den Soldaten ihm gegenüber erwartungsvoll anzuschauen.

»Ich würde mich gern mit Miss Yun unterhalten«, sagte er. »Allein«, fügte er an, als der Mann bereits einen Schritt zur Seite getreten war, um ihn durchzulassen.

Der Mann schien nicht gerade froh darüber zu sein, ihm war vermutlich aber klar, dass er sich gegen einen Befehl nicht widersetzen konnte. Zumindest dazu waren diese elendigen Ränge noch gut. Selbst in seinem gebrochenen Zustand respektierte man ihn noch.

Wortlos trat die Wache beiseite, dann verließ er gemeinsam mit seinem Kollegen den Raum. Die Tür fiel schwer hinter den beiden ins Schloss, und das Licht aus dem Flur verschwand mit ihnen. Jetzt blieben nur noch die kleinen Schlitze am oberen Ende der hohen Wände, durch die ein wenig Sonnenlicht hereinfiel.

Okijen atmete tief durch, um sich zu wappnen, dann schob er sich langsam auf die letzte Zelle zu. Andra hatte noch nicht einmal zu ihm aufgesehen. In eine Ecke auf dem steinernen Boden hatte sie sich zurückgezogen und starrte die Wand neben sich an. Das Essen, das man ihr gebracht hatte, stand unberührt auf einem Tablett am Eingang der Zelle.

»Andra«, murmelte er und blieb vor den Gitterstäben stehen. »Wie geht es dir?«

Keine Antwort. Sie regte sich nicht einmal.

Seufzend lehnte sich Okijen an die Wand neben ihm und ließ sich, wenn auch sehr umständlich darauf bedacht, nicht aus dem Gleichgewicht zu geraten, auf dem kühlen Boden nieder. »Du solltest etwas essen«, murmelte er und blickte auf die Schüssel mit dem Haferbrei, die man ihr gebracht hatte.

»Was willst du?«

Sie sah ihn immer noch nicht an, und scheiße, sein Herz zerbrach fast bei ihrem Anblick. Er hatte sie verraten, daran war nichts schönzureden.

»Mit dir sprechen.« Was sonst?

»Dann sprich doch.« Ihre Stimme war so tonlos, wie er sie noch nie gehört hatte. *Und wir kennen uns erst seit ein paar Wochen*, hatte sie zu ihm gesagt. Als wäre sich auf Marshalls Seite zu schlagen die größte Enttäuschung gewesen, die er ihr hatte antun können. Dabei stimmte es ja.

»Es tut mir leid, Andra«, sagte er freiheraus. Warum gelang es ihm nicht, es so klingen zu lassen, als meinte er es ehrlich? Das Bedauern lag zu tief in seiner Seele. Es gab keinen Weg, es zu äußern. Nicht in dem Wissen, dass sie ihm sowieso nichts davon abkaufen würde.

Sie zog ihre Beine enger an ihren Körper und schlang ihre Arme darum. »Das ist ja schön«, grummelte sie.

»Andra«, sagte er langsam. Shit, er hätte sich vorher genauer überlegen sollen, wie er das aufziehen wollte. Aber in solchen Sachen war er nie gut gewesen. »Weißt du noch, als wir uns das letzte Mal in dieser Position befunden haben?«, fragte er dann einem Impuls folgend. »Als du in der Zelle standest und mich gebeten hast, wiederzukommen?«

Schweigen.

»Wie lange ist das her? Zwei Tage?«

»Kommt mir vor, als läge das Jahre zurück«, murmelte sie. Sie sah ihn immer noch nicht an, verdammt!

Er rückte ein Stück weiter an die Gitterstäbe heran. »Seitdem hat sich so viel geändert.«

»Allerdings«, erwiderte sie, nun wieder in härterem Tonfall. Bezog sie das auf seine Reaktion vorhin? »Sag schon, was willst du? Hat Marshall dich geschickt?«

Es würde nichts bringen, zu lügen. »Ja. Aber ich hätte dich auch so sehen wollen.«

»Aha.«

»Andra, es tut mir wirklich leid«, setzte er noch einmal von vorn an. »Hätte ich gewusst, dass alles so schnell eskaliert, hätte ich irgendetwas getan, um das zu verhindern. Um einzulenken.«

»Aber das hast du nicht.«

Er würde nicht zu ihr vordringen, oder? Gab es denn nichts, was er sagen könnte, um sie verstehen zu lassen, was vor sich ging? Er legte seine Hände an die Gitterstäbe. »Ich bin Marshalls Meinung. Aber ich werde mich dafür einsetzen, dass sie dich freilässt. Die Art, wie sie eure Diskussion aufgelöst hat, war nicht richtig.«

Andra schluckte schwer und legte ihr Kinn auf ihren Knien ab. Zum ersten Mal schaute sie ihn an. Ihre Augen waren nicht tränenunterlaufen oder verweint, wie er es erwartet hatte. Ihr Blick war kühl und herausfordernd. »Als du eingetreten bist, hatte ich kurz die Hoffnung, du würdest kommen, um mich hier rauszuholen.«

»Ich …« Die Aussage traf ihn wie ein Schlag. Er konnte hiermit nicht umgehen. Es war so viel einfacher gewesen, sie zu trösten, als sie weinend auf seinem Badezimmerboden gesessen hatte. Es war so viel einfacher gewesen, sie im Arm zu halten und zu beruhigen, während sie hatte verarbeiten müssen, was ihr alles genommen worden war.

Doch das, was sie gestern erfahren hatte, hatte sie verändert. Sie machte einen härteren Eindruck als zu jedem Zeitpunkt zuvor, und er wusste nicht, ob diese Seite nun wieder an ihr zum Vorschein kam oder ob sie sie erst jetzt entwickelt hatte.

»Tut mir leid«, wiederholte er. »Aber ich denke wirklich, dass Marshall diese Welt retten kann. Sie hat es schon einmal geschafft und …« Er machte eine hilflose Bewegung mit der Hand, weil er nicht wusste, wie er sich ihr verständlich machen sollte.

»Vielleicht hatte die Älteste doch recht«, sagte Andra. Ihre dunklen Augen lagen so abschätzend auf ihm, dass ihm noch ein wenig kühler wurde. »Vielleicht seid ihr Städter doch alle gleich.«

»Was?«

»Ihr rühmt euch damit, dass ihr so lange gegen KAMI gekämpft habt, aber im Grunde waren die Kämpfe in den Sperrzonen über Jahrzehnte hinweg ein Spaß für euch. Etwas, das auf den großen öffentlichen Bildschirmen übertragen wurde. Auf jedem Sender. Etwas, das ihr gefeiert habt wie Feste.«

Okijen zog die Augenbrauen zusammen, unterbrach sie aber nicht.

»Es war immer so, dass die Menschen sich an Krieg bereichert haben. Ihr habt das ebenfalls getan, wenn auch auf andere Weise. Ich hätte es gleich wissen sollen.«

»Was?«, wiederholte er, als sie eine kleine Pause gemacht hatte. Ihr kalter Blick und ihr trockener Tonfall brachten seine Haare im Nacken dazu, sich aufzustellen.

»Ich hätte wissen sollen, dass ich Menschen, die sich ihr Leben lang mit Krieg befasst haben, keine friedliche Lösung vorschlagen kann. Auch dir nicht. Du behauptest, du willst nicht kämpfen, aber das ändert nichts daran, dass es alles ist, was du kannst. Dass es die einzige Lösung ist, die du siehst. Ebenso wie Marshall. Alles andere ist für euch zwar nett, aber es besteht kein Zweifel daran, dass euer Weg der richtige ist.«

Okijen presste die Lippen aufeinander. Er wusste nicht, ob er wütend sein sollte oder ob er sie verstand. Wie sie ihn ansah, ihre ganze Haltung. All das wirkte so abwehrend, so fremd auf ihn, dass ihm schlecht wurde.

»Aus unserer Perspektive sieht es aus, als wärst du einfach sehr naiv«, entgegnete er, auch wenn es ihm nicht gelang, dieselbe Härte wie in ihrer Stimme anzuschlagen. Er konnte so gar nicht sein, und er hatte nicht vermutet, dass sie dazu in der Lage war.

»Ich bin lieber naiv als verzweifelt. Ich vertraue lieber.«

Das stimmte. Sie war wirklich sehr vertrauensvoll. Das hatte sie bewiesen, als sie, so kurz nachdem sie im Krankenhaus aufgewacht war, mit ihm gekommen war.

»Und jetzt hasst du mich, weil ich das nicht kann.«

Nun schloss sie die Augen und legte den Kopf leicht zur Seite. »Ich hasse dich nicht«, flüsterte sie. »Ich bleibe bei dem, was ich gesagt habe. Du bist ein guter Mensch.«

»Aber?«

»Aber du liegst falsch. Deine Weltsicht vernebelt dir den Verstand.«

Okijen atmete einige Male ein und aus, versuchte zu sehen, was sie in ihm sah. Versuchte, ihre Sicht als die vernünftige, als die richtige zu akzeptieren. Aber es gelang ihm nicht. Er konnte sich nicht dagegen wehren, dass er ihre Perspektive als so blauäugig, so gutgläubig empfand. Sie konnten keiner Maschine vertrauen, die sie selbst geschaffen hatten. Er war vielleicht in einer gewissenlosen Welt aufgewachsen, aber sie in einer behüteten. Wenn auch nicht so behütet, wie sie vermutet hatte.

»Na gut«, schloss er nach einer Weile. Er sah sie an, aber sie wich seinem Blick wieder aus. Das hatte wohl keinen Sinn mehr. »Das hier bringt nichts.«

Nun sah sie doch auf und schaute dabei zu, wie er sich schwerfällig vom Boden erhob. Es war nicht nur der Schwindel, der ihn daran hinderte, sich wie gewöhnlich zu bewegen, sondern auch der Umstand, dass sein Körper sich so fremd und eigenartig anfühlte.

»Was werdet ihr jetzt tun?«, wollte Andra wissen. Es klang eigentlich nicht so, als wäre sie an der Antwort interessiert.

»Ich ...« Es kostete ihn so endlos viel Überwindung, ihr ehrlich zu antworten. Er konnte es ihr allerdings auch nicht vorenthalten. »Ich habe Marshall erzählt, was du über die Älteste gesagt hast. Über ihre Experimente und die ... Verbindung, die sie zwischen dir und KAMI hergestellt hat.«

Andra war wie erfroren, sagte aber nichts.

»Ich weiß nicht, was sie mit diesen Informationen anfangen wird, aber es kann sein, dass sie noch mal kommen wird, um mit dir zu sprechen.«

»Du bist so ein Verräter«, flüsterte sie.

Okijen wandte seinen Kopf ab und griff nach seiner Krücke. Dieses Gespräch hatte ihn noch müder gemacht, als er sich vorher gefühlt hatte. Ihre Reaktionen auf seine vorsichtigen Versuche, sich mit ihr zu unterhalten, deprimierten ihn, und gleichzeitig tat es so weh, so mit ihr reden zu müssen. So weh. Er wusste noch immer nicht, ob er die richtige Entscheidung getroffen hatte, aber sie hatte vermutlich jedes Recht dazu, sich von ihm verraten zu fühlen.

»Ich hoffe, dass wir uns wieder richtig unterhalten können, wenn das alles vorbei ist«, sagte er energielos, während er wieder auf den Ausgang zuhumpelte.

Er spürte ihre Blicke in seinem Nacken, bis er aus der Tür getreten war.

KAPITEL 22

: ASSURING

»Komm schon«, forderte Flover Luke auf, der sich nur unter Anstrengung aus dem Bett hievte. Es waren vermutlich nicht einmal seine körperlichen Wunden, die ihn so langsam machten, sondern die Gedanken an die letzten Tage. Flover griff unterstützend nach seinem Unterarm und half ihm, sich aufzurichten, hoffte darauf, dass sein Freund in den nächsten Momenten die Energie wiederfinden würde, die er noch missen ließ. Immerhin hatten sie einiges vor sich.

»Bist du sicher, dass du das tun willst?«, flüsterte Luke, und Flover nickte energisch, während er Luke frische Kleidung und Schuhe zusammensuchte, die ihm einer der Mitarbeiter zurechtgelegt hatte. Die schwarze Einsatzkleidung hatte er noch nie an seinem Mitbewohner gesehen.

Er reichte ihm den Overall und schob ihm die Schuhe zurecht, dann trat er an das Fenster des Krankenzimmers, in dem sie sich einen Großteil des Tages aufgehalten hatten. Darauf bedacht, sich nicht allzu oft umzudrehen, sah Flover hinaus, während Luke sich umzog.

Die Sonne über dem Baikalsee war vor einiger Zeit untergegangen, und obwohl sich die Situation in der Station nach wie vor nicht beruhigt hatte, würde ihnen die Nacht mehr Schutz bieten als der Tag.

»Ich bin auch dafür, von hier abzuhauen«, sagte Luke, während Flover auf den Weg hinausspähte und versuchte, sich einen Überblick über die Lage zu verschaffen. Marshall oder andere wichtige Militärs waren nicht zu sehen.

»Ja«, bestätigte er leise.

»Aber denkst du nicht, dass wir lieber helfen sollten?«

Flover zog seine Augenbrauen zusammen und schüttelte den Kopf. Er warf einen Blick zu Luke, der aus seinen alten Klamotten herausgeschlüpft war und sich die Hose bereits übergestreift hatte. »Ja, ich bin mir sicher«, antwortete er. »Wir haben das doch besprochen.« Er suchte den Augenkontakt zu Luke. »Oder zweifelst du jetzt? Wenn ja, dann müssen wir noch mal drüber reden.«

Sein Freund machte eine wegwerfende Handbewegung, dann begann er damit, den oberen Teil seines Overalls anzuziehen. Flover biss sich auf die Unterlippe, während er seinen Rücken beobachtete. Bis auf das Auge, auf dem er scheinbar noch immer nichts sah, und einige blaue Flecken hatte er zum Glück keine schweren Wunden davongetragen.

»Nein, nein, alles gut«, murmelte Luke, zog den Reißverschluss zu und wandte sich zu Flover herum, als er seine Schuhe überstreifte. »Wie gesagt, ich folge dir überallhin. Keine Diskussion.«

Flover atmete tief durch und nickte einige Male.

Ein weiterer Blick aus dem Fenster. Der Mond war noch nicht aufgegangen. Dunkler als jetzt würde die Nacht nicht mehr werden. »Dann legen wir mal los«, flüsterte er.

KAPITEL 23

: RUNNING

Wimmeln in der Dunkelheit. Wo einst verstreutes Chaos herrschte, sind nun viele verbunden zu einem. Andra sieht es wie aus der Ferne. Wie Bienen bewegen sie sich auf ihr Nest zu, wie Ameisen suchen sie ihren Bau; diese Menschen mit den blau leuchtenden Augen. Milliarden von ihnen. Sie suchen das Zentrum der Welt.

Und in diesem Zentrum wartet etwas auf sie.

Ein Wesen kühl wie eine Maschine und nachdenklich wie ein Mensch. Im Zentrum der Welt hat es sich niedergelassen, in dem Haus, in dem ihre Reise begann. In Moskau, mitten an einem Ort, der vor Geschichte und Emotionen trotzt.

Die junge Frau scheint mehr in diesem Ort zu sehen, als Andra es tut. Sie scheint mehr Wissen über die Geschichtsträchtigkeit der Hallen zu haben, der Räume, in denen so viele Entscheidungen getroffen wurden, die Andra nicht versteht. Obwohl sie weiß, dass sie es beenden wird, obwohl sie ihre Entscheidung, sich die Welt zu eigen zu machen, fast getroffen hat, ist da dieses Bedauern in ihrem Geist, das Andra auch aus ihren Worten herausgehört hatte. Dieses Zögern, als wäre da etwas in ihr, das sie noch abhält. Als wäre da etwas, das nur dazu gebracht werden wollte, aufzuhören.

Wie sie dort sitzt, unter einem steinernen Pavillon inmitten eines in voller Blüte stehenden Gartens im Schatten alter Bäume, öffnet sie auf einmal die Augen und sieht sie an.

»Andra?«

Andra ist sich sicher, gleich aufzuwachen, weil sie es immer tut, sobald KAMI in ihren Träumen zu ihr spricht, aber dieses Mal ist es anders. Dieses Mal weiß Andra, wer sie ist, und sie weiß, wer das

Wesen ihr gegenüber ist. Sie hat keinen Körper, aber sie spürt alles. All die Moja, die auf ihrem Weg zu ihrem Zentrum sind. All das Unheil, das schwer in der Luft liegt.

Sie riecht die Blüten der Bäume und spürt die Kühle der Steine des Weges unter ihren Füßen.

Was passiert hier?

»Andra?«, fragt KAMI noch einmal. Erst jetzt fällt ihr auf, dass ihre Lippen sich nicht bewegen.

Ist sie wirklich hier? Passiert das real? Warum wacht sie nicht auf?

»Sie haben dich eingesperrt«, hört sie das Wesen denken, aber sie weiß nicht, wie sie antworten soll.

»Andra?«

Nachdem sie aufgewacht war, war es Andra schwergefallen, an etwas anderes zu denken als an ihren Traum, der sich so endlos real angefühlt hatte. Diesen Traum, der gewesen war wie all die anderen zuvor, und doch anders.

Was hatte das zu bedeuten? Ihr Leben lang war sie sich sicher gewesen, ihre Träume seien nur Hirngespinste; doch nun, mit all dem Wissen, das sie in den letzten Wochen angesammelt hatte, war es, als würde sie endlich zu verstehen lernen. Lernen, tiefer abzutauchen, sich ihrer selbst in diesen Visionen erst bewusst zu werden.

KAMI hatte mit ihr gesprochen. Es hatte bereits mit ihr gesprochen, als sie noch ein kleines Mädchen gewesen war, und sie war sich sicher, dass die Experimente der Alten damit zu tun hatten.

War das das Ziel gewesen, das sie verfolgt hatte? Diese Verbindung zwischen ihr und KAMI zu schaffen? Aber warum?

Die Zelle, in die sie Andra gesteckt hatten, war kühl und beengt. Sie schlang ihre Arme um die Knie und versuchte, schlau aus alldem zu werden.

Befand sich KAMI tatsächlich in Moskau? Waren all die Moja auf dem Weg zu ihr? Wenn ja, dann war ihre Verbindung zu diesem Wesen noch stärker geworden, denn bisher hatte sie nur verschwommene Bilder gesehen.

Sollte sie Marshall und den anderen ausrichten lassen, was sie gesehen hatte? Dass sich die Moja sammelten? Dass sie sich darauf vorbereiteten, den letzten Schlag auszuführen?

Aber nein. Andra wusste nicht einmal, ob sie recht mit ihrer Vermutung hatte, und selbst wenn es so war, würde es Marshalls Plan, die letzten Überlebenden der Welt in den Kampf zu schicken, nur in die Hände spielen.

Andra versuchte erst nach einer unbestimmten Ewigkeit, sich aus ihrer Gedankenwelt zu befreien, aus der sie nicht schlau wurde, und sah sich in dem kleinen Gefängnisraum um.

Der Kerl, den sie direkt am Eingang postiert hatten, hatte durch die Gitterstäbe der anderen Zellen ständig freie Sicht auf Andra, was es ihr in den letzten Stunden erschwert hatte, Pläne für ihre Flucht zu schmieden.

Nicht, dass sie sich großartige Chancen ausmalte, die metallenen Stäbe zu brechen, auch wenn sie alt aussahen. Aber wenn der Kerl nur für eine Sekunde verschwinden würde, könnte sie versuchen, den Mechanismus des angebrachten Schlosses zu verstehen. Wenn sie es richtig gesehen hatte, hatte der Kontrolleur, den Okijen vorhin des Raums verwiesen hatte, erst seine Hand und dann eine KeyCard auf eine Fläche gelegt, um das Schloss zu öffnen und zu schließen.

An beides würde sie hier drin nur schwerlich herankommen. Morgen würde sie eventuell damit beginnen, mit dem Typen zu reden, vielleicht würde er sich zu irgendetwas erweichen lassen, wenn sie ihm das Gefühl gab, dass sie Eingeständnisse in ihrer Denkweise zuließ.

Bisher konnte sie allerdings nichts tun, als auf dem kühlen Boden in der Ecke zu sitzen und nachzudenken.

Das beklemmende Gefühl, das Andra hier drin beschlichen hatte, hatte sich nur gesteigert, als die Sonne über den Himmel gezogen und quälend langsam untergegangen war. War sie zuvor zumindest durch die schmalen Spalte am oberen Ende der Wände eingefallen, war sie nun ganz verschwunden, und alles, was diesen Raum noch erleuchtete, waren die kühlen Lichter, die an den Leisten des Bodens angebracht waren. Sie warfen eigenartige Schatten durch die Stäbe hindurch, und auch wenn der Kerl inzwischen auf einem Stuhl Platz genommen hatte und sie gar nicht ansah, fühlte sie sich nur noch mehr beobachtet.

Er musste gespürt haben, dass sie ihn anstarrte, denn unvermittelt sah er von seinem Pad auf und zog die Augenbrauen in die Höhe. »Willst du nicht langsam mal auf deine Liege steigen und schlafen, Kleine?«

Sie zog ihre Stirn in tiefe Falten. »Leg du dich doch schlafen, *Kleiner*«, erwiderte sie harsch, auch wenn es ihn zum Lachen brachte.

Jetzt lachte er noch. Wenn sie es schaffen sollte, hier rauszukommen, würde es ihm hoffentlich vergehen.

»Du bist ganz schön vorlaut, was?«, fragte er. Das war das erste Mal an diesem Tag, dass er mit ihr sprach. Sie überlegte, ob sie sich überhaupt auf ein weiteres Gespräch mit ihm einlassen sollte oder nicht. »Aber was erwarte ich auch?«, wollte er wissen, ohne eine Antwort abzuwarten. »Du hast den General of the Army bedroht. Dafür braucht man ganz schön Mumm.«

»Nur, wenn man was auf diese Ränge gibt, mit denen ihr euch schmückt.«

Wieder lachte er. »Stimmt ja, stimmt ja. Du bist ja von den Yuna.« Warum klang das jetzt, als sei das etwas Verwerfliches?

Sie würde lieber die Klappe halten, bevor sie wieder zu wütend wurde.

»Willst du nicht langsam mal was essen? Ich bring dir nichts Neues, ehe du das nicht gegessen hast.« Er deutete auf die Scheiben Brot mit dem Käse, der an den Rändern bereits begann, hart zu werden.

»Nein danke«, grummelte sie und schlang wieder die Arme um die Knie. Hoffentlich gab er endlich Ruhe. Sie musste nachdenken.

Andra war tatsächlich eingeschlafen, auch wenn sie nicht genau wusste, wann das geschehen war. Noch immer am Boden sitzend, den Kopf an die Liege neben sich gelehnt, wachte sie auf. Ihre Haut war ganz warm, und es fiel ihr im ersten Moment schwer, sich zu orientieren, weil das Licht aus den Fußleisten sie noch immer irritierte.

Der Raum war still, und auf der Suche nach dem, was sie geweckt hatte, richtete sie sich ein Stück weiter auf, streckte ihren schmerzenden Rücken und sah sich zu dem Kerl um, der sie bewachen sollte.

In absoluter Alarmbereitschaft stand er im Gang und sah die Tür an, die Pistole in den Händen, die Muskeln zum Zerreißen gespannt.

Bei den Ältesten! Es gab nur zwei Erklärungen dafür, warum er sich so verhielt. Die erste war, dass KAMI sie angriff und die Moja vielleicht auf dem Weg hierher waren. In diesem Fall täte er allerdings gut daran, sie freizulassen, damit sie verschwinden konnten.

Der zweite und vielleicht wahrscheinlichere Fall war, dass …

Ja! Vom Flur aus waren Stimmen zu hören, dann ein Schuss und ein Rumpeln, als scheinbar jemand gegen die Tür fiel. »Ich werde dich nicht durchlassen!«, rief jemand anderes, doch auch diese Person gab kurz darauf einen erstickten Ruf von sich.

Okijen! Okijen musste gekommen sein, um sie zu befreien!

Von einer Sekunde auf die andere war Andra hellwach und richtete sich gänzlich auf. Ihr Herz pochte aufgeregt gegen ihre Brust, und sie trat, wenn auch taumelnd, weil sie den ganzen Tag gesessen hatte, an die Stäbe heran. Ihre Beine kribbelten und waren taub, aber das würde sie nicht davon abhalten.

»Hey!«, sagte sie zu dem Kerl, der noch immer dort stand. Der Schweiß auf seiner Stirn glänzte im Schein der Lichter. »Wenn das Okijen ist, solltest du dich geschlagen geben«, schlug sie ihm vor. »Du hast sowieso keine Chance gegen ihn, also mach dir keine Hoffnungen.«

»Halt die Klappe!«, schrie er Andra an, was ihr ein angenehmes Gefühl der Überlegenheit bereitete.

Aufgeregt warteten sie in den nächsten Sekunden darauf, dass sich die schwere Tür öffnen würde, vermutlich beide bis aufs Äußerste angespannt.

Und beide zuckten zusammen, als es tatsächlich geschah; als die Tür mit solch einer Wucht aufflog, dass sie gegen die dahinterliegende Wand krachte. Zwischen dem Öffnen und dem Zeitpunkt, in dem jemand in den Raum stürmte, verging kaum eine Sekunde. So überrascht von dieser Attacke, machte Andra einen Schritt von den Stäben zurück und brauchte eine Sekunde, bis ihr klar wurde, was dort gerade passierte.

Bis ihr klar wurde, dass es nicht Okijen war, der gekommen war, um ihr zu helfen. Sondern Flover.

»Was?«, hauchte sie, während der junge Soldat dem Wachposten bereits die Waffe aus der Hand geschlagen hatte und ihn mit dem Schwert in die hintere Ecke des Raumes, direkt neben Andras Gitterstäben drängte.

»Öffnen«, befahl er. Seine dunklen Augen schienen zu glühen.

Der Wachmann hatte das Gesicht wütend verzogen und spuckte ein abfälliges »Nein« aus.

»Hör zu«, sagte Flover. Einer seiner Mundwinkel zuckte kurz zu einem Lächeln hinauf. »Ich kann das Ding auch öffnen, wenn du bewusstlos bist. Die Entscheidung liegt bei dir.«

»Warum um alles in der Welt solltest du dich derart gegen den General auflehnen?«, knurrte der Mann, doch Flover seufzte nur.

»Keine Zeit«, sagte er rasch und zog, das Schwert noch immer auf die Wache gerichtet, eine Pistole aus seinem Halfter. Noch bevor der Soldat ansetzen konnte, etwas zu erwidern, hatte er abgedrückt. Der Schuss hatte keinen Knall verursacht, und trotzdem zuckte der Fremde zusammen, griff an seine Hand, an der Flover ihn getroffen hatte, und sah in die Innenfläche.

»Betäubungskugeln?«, fragte er perplex und schüttelte lachend den Kopf. »Wenn du schon Verrat begehen willst, dann zieh es wenigstens richtig durch!«

Flover zuckte mit den Schultern und trat einen Schritt auf den Mann zu. Dieser wollte sich in Abwehrhaltung bringen, aber es schien ihm gar nicht mehr zu gelingen, seine Hände zu heben. Irritiert sah er an sich hinab, darauf, wie seine Arme nur noch schlaff hinabhingen.

»Das wirst du noch bereuen«, knurrte er. Flover legte das Schwert nicht aus der Hand, ließ es aber leicht sinken, als er sich dem Kerl einen weiteren Schritt näherte. »Es wurde schon Alarm geschlagen. Ihr schafft es hier nicht raus.« Er schien schwächer zu werden und stolperte zurück, nur gestützt von der Wand in seinem Rücken.

Flover schien zu entscheiden, dass es sicher war, auf ihn zuzutreten, denn jetzt erst schob er das Schwert in die Scheide, steckte die Pistole ein und näherte sich der Wache. Diese stand zwar gerade noch aufrecht, schien sich aber gar nicht mehr regen zu können.

»Ich darf doch, oder?«, wollte Flover mit einem überlegenen Lächeln wissen und schob die Jacke des Mannes beiseite, griff nach der KeyCard, die er an einem Band um seinen Hals gelegt hatte, und streifte sie über seinen Kopf ab. »Verbindlichsten Dank.«

Andra trat wieder an die Stäbe heran, als Flover nach der Hand des Kerls griff und sie auf die Fläche neben dem Schloss drückte. Er machte gar keine Anstalten mehr, sich zu wehren. Er schien nicht einmal mehr sprechen zu können.

Flover ließ die KeyCard über das Feld gleiten, dann klickte der Verschluss auf.

»Die Luft ist rein!«, rief er jemandem zu, der draußen gewartet zu haben schien. Andra sah sich um, erkannte aber niemanden. War es Okijen? War er doch gekommen? Ihre Glieder kribbelten vor Aufregung, als Flover den Mann, der nun komplett in sich zusammensackte, stöhnend abfing und vorsichtig zu Boden legte.

Sie trat endlich aus ihrer Zelle hinaus, die Augen noch immer auf die Tür gerichtet. Wer ihm folgte, war allerdings nicht Okijen, sondern sein Begleiter. Luke.

Sie hätte es wissen sollen. Verdammt, warum hatte sie es nicht gewusst? Die Enttäuschung, die sich in ihr breitmachte, durfte sie nicht übermannen, also atmete sie tief durch und schaute zwischen den beiden hin und her.

»Draußen ist die Luft noch rein«, sagte Luke.

Flover seinerseits nahm Augenkontakt zu Andra auf und nickte ihr nur knapp zu, bevor er sich in Bewegung setzte. Er hatte scheinbar gar nicht das Bedürfnis, sich ihr zu erklären.

»Wir verschwinden jetzt«, sagte er, und sie starrte kurz auf seinen Rücken, im Versuch, sich zu sammeln. Was hatte das alles zu bedeuten? Warum gerade die beiden? Hatten sie etwas von der Auseinandersetzung mitbekommen, die sie mit Marshall geführt hatte?

Sicher. Alle hatten es mitbekommen.

Bevor Flover sie aufforderte, sich zu beeilen, riss sie sich endlich aus ihrer Starre und folgte ihm, während er und sein Freund aus der Tür spähten.

Erleichterung breitete sich wellenartig in ihr aus. Flover stand also wirklich hinter ihr! Sie hatte kaum mehr gewagt, es zu hoffen. »Habt ihr eine Waffe für mich?«

Flover und Luke warfen einander einen Blick zu, dann zog Luke eine der Pistolen an seinem Gürtel.

»Die ist mit Moja-Munition«, erklärte er und schaute sie intensiv an. Sein Auge sah noch immer furchtbar aus, aber er schien sich nicht weiter darum zu scheren. »Wenn du einen Menschen damit triffst, ist er tot. Selbst wenn du nur in den Fuß triffst, ist danach nichts mehr davon übrig. Also nur im äußersten Notfall benutzen.«

»Geht klar«, sagte sie, behielt die Waffe aber trotzdem in der Hand. Im besten Fall könnte sie zumindest jemanden damit einschüchtern.

»Am besten gar nicht benutzen«, sagte Flover und verließ den Raum, bedeutete den beiden, ihm zu folgen. »Ich hab mein Schwert und noch einiges an Betäubungsmunition. Wenn wir uns damit nicht herausschlagen können, ist die Mission gescheitert.«

»Und wohin führt uns diese Mission?«

»Erst mal raus «, antwortete Luke. »Rein in die Stadt, wo sie uns hoffentlich nicht so schnell aufspüren.«

»Genau«, bestätigte Flover rasch. »Hier muss es auf jeden Fall irgendwo alte Fahrzeuge geben, mit denen wir fliehen können.«

Fahrzeuge? »Denkt ihr wirklich, dass es realistisch ist, dass wir ihnen entkommen?«

Flover lachte humorlos. »Unrealistisch ist es generell nicht. Wie schwer es uns fallen wird, hängt davon ab, wie wichtig du ihnen bist.«

Andra nickte und folgte Flover mit raschen Schritten, vorbei an den beiden Männern, die betäubt am Boden lagen. Sie hatten wirklich Soldaten aus ihren eigenen Reihen angegriffen, um sie zu befreien. Andra konnte es nach wie vor nicht fassen. Flover hatte selbst noch nicht ganz überzeugt gewirkt, als sie ihm von ihrem Gespräch mit KAMI berichtet hatte. Hatte er seine Meinung geändert? Oder war er nun doch auf ihrer Seite, weil er selbst schon mit dem Wesen gesprochen hatte?

Der Gedanke bereitete ihr ein euphorisches Gefühl. Sie war nicht allein. Sie war nicht allein!

Sie biss die Zähne aufeinander und folgte den beiden durch die Gänge des verlassenen Gebäudes. Nur in einigen Abschnitten ihres Weges brannte kühles Licht. Andere lagen in kompletter Dunkelheit oder waren nur erleuchtet von den Reklamen und alten Werbetafeln, die in der alten Stadt in das Dunkel hineinstrahlten.

»Wie kommen wir weg?«, wollte sie wissen. Sie hob ihre Stimme nur so weit wie nötig.

»Keine Ahnung, ob wir es schaffen, zu den Cyber-Fields zu kommen«, grummelte Flover. »Einer von denen hat es geschafft, Alarm zu schlagen. Wir sollten uns erst mal in die Stadt flüchten und schauen, dass wir uns so lange verstecken können, bis sich die Lage beruhigt hat. Aber ich weiß nicht, ob das funktioniert.«

»Das Risiko müssen wir eingehen«, bestärkte Luke ihn, während sie in die große Halle traten, die direkt zum Eingang führte. Bereits auf den ersten Blick erkannte Andra die bewusstlosen Soldaten vor der offen stehenden Tür.

Über sie gebeugt standen keine anderen Menschen vom Militär.

Nein, dort waren die Yuna aus der Stadt, von denen Okijen erzählt hatte. Andra musste sich zusammenreißen, nicht zu stolpern, so aufgeregt flimmerte ihr Puls. Verdammt, wenn das so weiterging, würde sie noch ohnmächtig werden.

»Fuck«, stieß Flover aus und verlangsamte sein Tempo, trat aber trotzdem aus der Tür und den wartenden Menschen entgegen. Die Augen der Männer und Frauen blieben allerdings nicht an ihm hängen, sondern an Andra.

Es fiel ihr so endlos schwer, ihre Emotionen im Zaum zu halten. So sehr hatte sie gehofft, eines Tages wieder auf Menschen aus ihrem Volk zu treffen, sich mit ihnen zu unterhalten, Geschichten auszutauschen und ihren alten Lebensweisen und Gepflogenheiten nachzugehen. Sie hatte lange gedacht, dass sie dafür noch nicht bereit war, doch nun, da sie ihnen gegenüberstand, wusste sie, dass sie es war.

Aber es musste ja gerade jetzt sein. Gerade hier.

Die drei blieben stehen und hielten den Augenkontakt zu den Menschen ihnen gegenüber. Keiner von ihnen wirkte aggressiv, aber alle schienen ernst zu sein.

»Welches Verbrechen hat sie begangen?«, fragte eine Frau in simpler Kleidung. Sie war offensichtlich schwanger. »Keiner von den anderen hat es uns gesagt. Hat sie jemanden getötet oder verletzt?«

Das waren die schlimmsten Verbrechen, die man in ihrem Volk begehen konnte. Über alles andere ließ sich stets diskutieren, hatte die Älteste immer gesagt.

»Nein. Ich bin nur der Meinung, dass wir versuchen sollten, KAMI ohne Gewalt zu besiegen«, entgegnete Andra schnell und so klar sie konnte.

»Deswegen wurdest du eingesperrt?«, fragte die Frau und kam einige Schritte auf sie zu.

»Ja.«

Die Fremde warf einen Blick zu den anderen zurück, die gemeinsam nickten. »Dann folgt mir«, sagte sie mit sanfter Stimme und streckte ihre Hand aus.

Angeführt von der schwangeren Fremden hatten vier Yuna Andra, Flover und Luke tief in die Stadt geführt, bis in Bereiche hinein, in denen die Gassen so eng geworden waren, dass sie kaum mehr zu zweit nebeneinanderlaufen konnten. Die Stromversorgung musste hier unterbrochen worden sein, denn das Licht der Reklamen und Straßenlaternen hatten sie schon lange hinter sich gelassen, und nur mit dem Licht, das ihre Phones ausstrahlten, bahnten sie sich ihren Weg. Flover hatte eine Brille aufgesetzt, die ihm scheinbar die Richtung wies, und verdammt, Andra hatte so viele Fragen. Doch jedes Mal, wenn sie darüber nachdachte, eine zu stellen, kam ihr eine andere in den Sinn.

»Sind Sie sicher, dass Sie das schaffen?«, fragte Andra die Schwangere leise, doch die Frau bedeutete ihr mit einem Zischen, still zu sein.

Sie hatte keine Ahnung, wie lange sie schon unterwegs waren, doch hin und wieder vernahm sie Rufe und Stimmen aus der Ferne, und jedes Mal flirrte ihr Herz wieder für einige Sekunden, wenn sie befürchtete, dass die Soldaten sie doch gefunden hätten. Dass sie sie einholen würden. Aber Flover hatte wohl alles im Blick.

»Die werden so schnell nicht aufgeben«, grummelte er. »Sie verfügen auch über Mechanismen, uns zu orten. Ist es noch weit?«

»Ein Stück ist es noch«, sagte die Frau. »Ich hoffe, dass euch das weiterbringen wird.«

»Vielen Dank noch mal«, keuchte Andra. Das Tempo, das sie angeschlagen hatten, war rasch, auch wenn sie nicht rannten, um Energie zu sparen. Dass die schwangere Frau überhaupt noch mithalten konnte, war ihr ein Rätsel.

»Wenn Sie uns endlich darüber aufklären könnten, was uns am Ende dieser Reise erwartet, wäre das sehr freundlich«, stellte Flover fest. Er hatte schon mehrere Male um mehr Informationen gebeten, aber bisher hatte sich keiner ihrer Begleiter dazu bereit erklärt, sie ihnen zu geben.

»In dieser Stadt haben bis vor einigen Jahren viele reiche Menschen gelebt«, setzte endlich einer der Männer an, die sie begleiteten. Die Schwangere atmete inzwischen ganz schwer, und Andra hatte den Drang, sie zu stützen. Aber solange sie nicht um Hilfe bat, wollte sie sie nicht damit beleidigen, sie ihr anzubieten.

»Viele von ihnen haben Privatjets und Hubschrauber besessen«, fuhr ein anderer Yuna fort, und sofort wirbelten Luke, Andra und Flover zu ihm herum.

»Was?«, keuchten sie im Chor, und Andra wandte sich zu ihren Rettern um. »Kann einer von euch so was fliegen?«

Flover hatte die Augen aufgerissen, und sein Gesichtsausdruck hatte sich tatsächlich zum ersten Mal, seitdem sie aufgebrochen waren, aufgehellt. »Die neueren Modelle sind recht leicht zu steuern«, sagte er und wandte seinen Blick nach vorn. Wie angetrieben von dieser neuen Information beschleunigte er sein Tempo. »Ich hatte schon als kleiner Junge Flugstunden.«

»Echt?«, keuchte Luke und schloss zu ihm auf. »Das hast du nie erzählt.«

Mit hochgezogenen Augenbrauen warf Flover Luke einen vielsagenden Blick zu. Ein wenig amüsiert, ein wenig genervt vielleicht. »Konntest du dir das nicht denken?«, wollte er wissen, und Luke lachte peinlich berührt.

»Ja, klar«, murmelte er. »Was habe ich erwartet?«

Da steckte wohl eine Geschichte dahinter, die Andra noch nicht kannte. Nicht, dass sie sonderlich viele Geschichten der beiden kannte.

»Und davon sind noch welche hier in der Stadt?«, fragte Flover nun nach, weil keiner der Yuna weitersprach.

»Ja. Auf einem der höchsten Gebäude. Wir haben sie vor

einigen Jahren gefunden. Die Helikopter stehen auf einem Landeplatz auf einem Dach.«

»Die Fahrstühle haben noch funktioniert, als wir das letzte Mal hoch sind«, fügte die Frau an. »Aber das ist schon eine Weile her, also werdet ihr vielleicht die Treppen hinaufmüssen.«

»Und das sind verdammt viele«, ergänzte ein anderer.

»Wir können auch nicht dafür garantieren, dass die Geräte noch funktionieren«, sagte die Frau. Schweiß stand ihr inzwischen auf der Stirn, und es war offensichtlich, dass sie große Schwierigkeiten hatte, das Tempo zu halten. Sie wollte noch etwas sagen, aber Andra kam ihr zuvor und legte ihr die Hand auf den Arm, drosselte sofort ihr Tempo.

»Gibt es eine Möglichkeit, dass Sie uns den Weg beschreiben?«, wollte sie rasch wissen. »Sie müssen uns nicht bis dorthin bringen, wir können uns selbst navigieren.« Sie wollte die Yuna nicht beleidigen, aber es war ihr offenbar ein großes Anliegen, sie persönlich bis zu diesem Gebäude zu bringen, und das war zu viel Stress.

Die Frau biss die Zähne aufeinander. »Ist schon gut«, sagte sie und wollte Andra fortschieben. Diese ließ sich allerdings nicht abwimmeln, auch wenn ihr Gegenüber den Eindruck machte, trotz ihrer Erschöpfung noch verdammt stark zu sein.

»Ich bestehe darauf«, beharrte Andra. Flover und Luke waren einige Meter vor ihnen stehen geblieben und schauten nervös zu ihnen zurück. »Ich weiß, dass Sie das durchziehen wollen.« Das war eins der ungeschriebenen Gesetze der Yuna. *Fang nichts an, was du nicht zu Ende bringen kannst*, hatte die Älteste immer gesagt. »Aber wenn Sie uns einfach sagen, wohin wir müssen, geht es schneller.« Das war vermutlich der einzige Weg, sie davon zu überzeugen, sie allein gehen zu lassen.

Die Frau, noch immer schwer atmend, legte ihre Hand auf ihren Bauch und schaute zu ihren Begleitern. Erst jetzt, da sie stehen geblieben waren, erkannte Andra, dass sie ganz blass um die Nase war.

»Na gut«, murmelte sie und winkte Flover heran, der allerdings nur widerwillig zurückkam. »Kannst du mit deinem Ding da sehen, wie hoch die Gebäude sind?«, wollte sie von ihm wissen. Sie wurde immer blasser. Vermutlich musste sie sich gleich übergeben.

Flover nickte schweigend, schien aber etwas auf seinen Anzeigen zu sehen, das ihn irritierte. Nur kurz runzelte er die Stirn.

»Sie sind stehen geblieben«, sagte er, lauschte aber weiter aufmerksam den Erklärungen.

»In der Mitte der Stadt gibt es drei Hochhäuser, die ein ganzes Stück höher sind als die umliegenden. Eins von ihnen liegt neben einem großen Park. Das ist dasjenige, auf dem sich die Hubschrauber befinden.«

Flover legte seine Finger an seine Schläfe, wie um Einstellungen an seiner Brille zu tätigen. »Hab's gefunden«, bestätigte er. »Der Park mit dem See, richtig?«

»Ja.«

»Bis dahin sollten wir fünfzehn Minuten brauchen«, sagte er. »Wenn wir rennen, vielleicht nur zehn.« Er schaute die anderen beiden an. »Könnt ihr noch?«

»Klar«, erwiderte Andra. Sie hatte durch das Herumsitzen in der Zelle vermutlich noch Energie für mehrere Langstreckenläufe. Auch Luke nickte, obwohl er mit seinem Auge sicher nicht allzu lange rennen sollte. Das war immerhin eine schwere Verletzung.

»Dann trennen sich hier unsere Wege«, sagte Andra und nahm ihre Hand vom Arm der Frau, bedachte sie allerdings weiterhin mit einem besorgten Blick. »Wird es gehen?«

»Wir kümmern uns«, versprach einer der jungen Männer, der sie begleitet hatte.

»Das Militär wird kein Interesse daran haben, Sie festzuhalten«, sagte Flover. »Aber wenn man Sie befragen sollte, wohin sie uns geschickt haben, zögern Sie nicht, es ihnen zu sagen. Zu schweigen würde Sie nur in unnötige Schwierigkeiten bringen, und bis dahin sind wir wahrscheinlich schon über alle Berge.«

»Das wird unser Ältester klären«, erwiderte die Yuna mit einem grimmigen Lächeln. »Er hat eine recht herausfordernde Ader, also hoffe ich, dass er sich auf meine Seite schlägt.«

»Ich wünschte, wir müssten Sie nicht zurücklassen«, sagte Andra und presste die Lippen aufeinander. Verdammt, wenn sie sie nur mitnehmen könnten. Was, wenn sie nun an ihrer statt gefangen genommen werden würden?

Die Frau schüttelte den Kopf und schob Andra weiter nach vorn. »Was auch immer euer Plan für einen friedlichen Sieg ist«, sagte sie mit Nachdruck. »Setzt ihn um. Danach kommen wir, und ihr könnt euch gebührend bedanken.«

Flover lachte nervös und setzte sich in Bewegung. »Das werden wir auf jeden Fall.«

»Wie sieht es aus?«, wollte Luke von weiter hinten wissen.

»Sie warten noch«, entgegnete Flover, tätigte einige weitere Einstellungen. »Wer weiß, was sie zu besprechen haben. Aber das sollte uns jetzt auch egal sein.«

»Geht schon«, forderte die Frau, und tatsächlich traten nun zwei der Männer auf sie zu, um sie zu stützen. »Vielleicht können wir sie ja ein wenig hinhalten.«

»Wir stehen auf ewig in Ihrer Schuld«, sagte Flover, hatte Andra aber schon am Arm gepackt, um sie mit sich zu ziehen, zu rennen. »Danke!«

Sie liefen so schnell, dass Andra nicht noch einmal die Chance hatte, sich zu ihren Rettern umzudrehen.

Angeführt von Flover eilten sie durch die Straßen der verlassenen Stadt, der Weg vor ihnen nur beleuchtet vom kühlen Licht der Lampe an seinem Phone.

»Können wir uns nicht über dein TransPhone irgendwo hintransportieren?«, wollte Andra keuchend wissen. Sie wünschte, ihr wäre klarer, wie genau diese Technologie funktionierte, doch egal, wie viel sie sich zu dem Thema belesen hatte, es war ihr nicht begreiflich gewesen, was genau bei dieser Form der Teleportation vonstattenging. Oder wie genau die Fields mit den Phones zusammenhingen. Es blieb ihr also nichts anderes übrig, als all die Fragen zu stellen, selbst wenn ihr klar war, dass Flover und Luke diese Möglichkeit wohl längst in Betracht gezogen hatten.

»Leider nicht«, ächzte Luke im Laufen. Er hielt mit einer Hand die Wunde über seinem Auge. »Über die Phones kann man sich nur transportieren, wenn man eine Verbindung zur Zentrale hat, die wiederum eine Verbindung zu dem Field herstellt. Bedeutet …«

Andra nickte bereits. Es fühlte sich an, als würden ihre Füße über den Dreck und den Asphalt unter ihren Stiefeln fliegen. »Wir bräuchten jemanden in der Zentrale, der das veranlasst«, sagte sie. »Klar.« Sie sah, welche Schwierigkeiten Luke hatte, mit ihnen mitzuhalten. Sie wünschte, sie wäre stärker und könnte ihn einfach huckepack nehmen. »Sollen wir …«, setzte sie erneut an, lief allerdings in der nächsten Sekunde fast in Flover hinein, stolperte nach hinten und konnte nur knapp einen Fall abfangen, als er einfach stehen blieb.

»Was?«, keuchte sie und beobachtete, wie der junge Soldat nur dastand und schockiert auf etwas schaute, das seine Brille ihm offenbar anzeigte.

»Scheiße!«

»Was?«, fragten Andra und Luke wie aus einem Mund.

»Da flimmert was!«

»*Da flimmert was?*«, rief Luke frustriert. »Was ist da, sag schon!«

»Aus …« Er schien Schwierigkeiten zu haben, sich zu konzentrieren. »Aus dieser Menschengruppe von vorhin hat sich jemand gelöst, aber er hat einen Tarnumhang. Ich hab ihn nicht gleich gesehen!«

»Was?«, stöhnte Andra und sah sich rasch um, aber in der Finsternis war nichts zu erkennen, was nicht in Reichweite von Flovers Taschenlampe lag.

»Shit, dann schnell weg hier.«

Flover schüttelte den Kopf und sah erst die beiden an, dann nach vorn, in einen Bereich, der noch in der Dunkelheit vor ihnen lag.

Was hatte das zu bedeuten? Hieß das, diese Person war schon da und wartete auf sie? Hatten sie ein Fahrzeug gefunden oder hatte dieser Mensch sie bereits überholt, als sie sich mit den Yuna abgesprochen hatten? Er musste eine Abkürzung gegangen sein oder ein ähnliches Gerät wie Flover benutzen.

»Wer ist da?«, rief Flover in die Dunkelheit hinein und zog sein Schwert. »Leute«, sagte er dann leise zu den beiden neben ihm. »Im besten Fall gelingt es mir, ihn oder sie aufzuhalten. Ihr lauft dann einfach weiter, ja?«

»Du vergisst, dass wir den Hubschrauber nicht ohne dich steuern können«, flüsterte Luke. Andra spannte sich an und starrte so angestrengt sie konnte in die Dunkelheit.

Schritte waren zu hören.

»Ist das vielleicht Okijen?«, flüsterte sie. Verdammt, warum hatte sie noch immer so viel Hoffnung?

Flover schüttelte energisch den Kopf. »Okijen ist in seinem aktuellen Zustand nicht so schnell.«

Die Schritte näherten sich, und jeder Muskel in Andras Körper war angespannt, als die Person, die sich ihnen gegenüberstellte, ins Licht trat. Ihr Herz sank ein Stück tiefer, als sie erkannte, wer es war.

Ellis. Er trug den einfachen Einsatzanzug, aber dazu eins der dunkelgrauen Capes mit den goldenen Verzierungen, die Andra bisher nur von Liza und Alaska kannte. War es dieses Ding, das die Signale von Flovers Brille blockiert hatte?

»Ellis«, sagte sie in hartem Tonfall, während der junge Mann weiter auf sie zutrat. Er hielt Schwerter in beiden Händen und schien überaus gewappnet für den Kampf. »Seit wann kannst du deine Arme wieder bewegen?«

»Ihr kennt euch?«, wollte Luke wissen, doch sie nickte nur, ohne den Augenkontakt zu Ellis abzubrechen.

»Byth und ein Chirurg hatten eine ziemlich coole Idee.« Er sah an sich hinab. Er wirkte vollkommen entspannt, aber das hatte nicht zu bedeuten, dass er nicht gefährlich war. Irgendwie war das seine Art. Oder seine Methode, seine Feinde in der falschen Gewissheit zu wiegen, dass sie ihm überlegen sein würden. Was auch immer es war, Andra entspannte sich nicht für eine Sekunde.

Flover hielt sein Schwert fest in Händen, hatte es allerdings noch nicht gehoben. »Bist du hier, um uns aufzuhalten?«, wollte er laut wissen.

»Deswegen wurde ich geschickt«, entgegnete Ellis. Seine hellen Augen funkelten im Licht des Phones. »Jetzt, da Okijen vorerst ausgehebelt ist, setzen wohl alle auf die Nummer zwei.« Keiner lachte, auch wenn er seinen Witz sehr amüsant zu finden schien.

»Denkst du wirklich, dass du gegen uns drei ankommst?«, wollte Luke wissen, was Ellis wieder zum Lachen brachte. Dieses Mal laut und schallend.

»Gegenfrage«, wollte er wissen und hob den Kopf, einen überlegenen Blick auf dem Gesicht. »Denkt ihr wirklich, dass drei Grünschnäbel wie ihr gegen mich ankommen?« Er leckte sich über die Lippen. »Es war meistens ein Vorteil für mich, dass in den Medien so viel über Okijen geredet wird, dass die meisten nicht mal wissen, dass es mich gibt. Aber es nervt mich ziemlich, wenn Menschen mich derart unterschätzen.«

Andra wollte gerade ansetzen, um etwas zu erwidern, da ließ Ellis seine Schwerter sinken und trat einen weiteren Schritt auf sie zu. »Aber es ist angenehm, dass ihr nicht sofort auf mich losgegangen seid.« Er fuhr damit fort, seine Waffen eine nach der anderen wieder in die Scheiden zu schieben.

»Was soll das?«, fragte Flover hart.

»Ich will euch unterstützen.«

Andra machte große Augen und wandte sich zum ersten Mal von ihrem Gegenüber ab, um sich zu Luke und Flover umzuschauen.

»Ist das dein Ernst?«, wollte Flover skeptisch wissen.

»Woher wissen wir, dass wir dir vertrauen können?«, schob Luke nach.

Ellis, nun vollkommen unbewaffnet, zuckte mit den Schultern. Es war eigenartig, ihn nicht in seinem üblichen Kimono zu sehen. »Ich bin genervt von Marshall«, gestand er. »Ich hab ihr lange vertraut, aber jemanden wegen einer Meinungsverschiedenheit wegzusperren, passt nicht zu ihr. Sie wirkt nicht mehr wie sie selbst.« Er machte einige Momente Pause, um jeden von ihnen aufmerksam anzuschauen. »Stress, vermutlich. Aber als ich zum Militär gegangen bin, hab ich mir geschworen, immer auf mein Bauchgefühl zu hören. Und das sagt mir, ich sollte euch helfen.« Er nickte mit dem Kinn in Richtung Andra und grinste breit. »Außerdem mag ich dich.«

Perplex blinzelte sie und schaute sich abermals zu Flover um. »Nicht sehr militärisch von dir, deinem Bauchgefühl zu vertrauen. Hat man dir nicht beigebracht, dass du Befehlen gehorchen sollst?«

Ellis verzog den Mund zu einem schiefen Lächeln. »Ich hab nie einen Hehl darum gemacht, dass ich raus bin, wenn mich was stört. Dieser Moment ist jetzt gekommen.«

»Du hast den anderen erzählt, dass sie warten sollen und du uns holst«, folgerte Luke. Deswegen hatte der Trupp aufgehört, ihnen zu folgen.

»Exakt.«

»Und wenn du unsere Mission doch zwischendrin torpedierst?«

»Das werdet ihr nicht wissen können, bis es so weit ist.«

Andra ballte ihre Hände zu Fäusten und entschloss, dass ihnen nicht viel mehr Zeit blieb, bis die anderen entscheiden würden, dass etwas nicht stimmte, und sich in Bewegung setzten. »Ich vertraue ihm«, offenbarte sie.

Ja. Sie kannte ihn nicht, aber er hatte immer wie ein ehrlicher Mensch gewirkt. Sie wusste nicht genau, woher sie diese Einschätzung nahm, aber es schien das Richtige zu sein. Eigentlich blieb ihnen nichts anderes übrig, wenn sie nicht riskieren wollten, ihn zu bekämpfen.

»Was meinst du?«, wollte Flover von Luke wissen, sah aber nur kurz zu ihm hinüber, um dann wieder aufmerksam zurück zu Ellis zu schauen. Jetzt konnte er ihnen wirklich nicht mehr gefährlich werden, oder? Immerhin war Flover jetzt bewaffnet und er nicht.

»Keine Ahnung, ich kenne den Kerl nicht«, sagte Luke in überraschend harschem Tonfall. »Aber wir haben wohl keine Zeit.«

Flover presste die Lippen aufeinander und betätigte den Schalter an seiner Brille. »Er hat auch nichts dabei, was man orten könnte«, verkündete er und sah Ellis noch einmal von oben bis unten an. Er brauchte noch einige weitere Sekunden, um zu überlegen, dann nickte er endlich und trat weiter auf Ellis zu.

»Na gut«, gestand er ihm zu. »Aber wenn du irgendwelche Spielchen spielst, werfe ich dich raus.«

»Geht klar«, lachte der Soldat, dann setzten sie sich gemeinsam in Bewegung.

INTERLOG

: SEEING

Die Menschen gaben mir die Macht zu lernen. Und ich lernte, dass Wahrheit in jeder ihrer Lügen liegt und Lügen in jeder ihrer Wahrheiten.

Die Menschen, als Wesen, unterscheiden sich in ihrem Aussehen, ihrem Charakter, ihren Handlungen und ihrer Sprache. Sie ordnen sich selbst und anderen die Eigenschaft zu, gut zu sein, wenn sie moralische Erwartungshaltungen erfüllen oder übertreffen, und sie bezeichnen sich selbst oder andere als schlecht, falls sie dies nicht tun.

Der Mensch selbst allerdings ist weder gut noch schlecht, denn sie unterscheiden sich in ihrem Kern nicht. Sie lieben es, ihre Vorzüge als Individuen herauszustellen, weil ihre Weltsicht egozentrisch ist und sie zum Überleben das Gefühl benötigen, herausragender zu sein als andere. Besser, stärker, freundlicher, hilfsbereiter, lustiger, reicher, talentierter, außergewöhnlicher. Und im Streben nach Individualität vergessen sie mehr und mehr die Gemeinschaft.

Sie vergessen das, was sie alle vereint. Das, wonach jeder Einzelne auf der Welt strebt.

Sie vergessen, dass jeder Einzelne von ihnen nur glücklich sein will. Und dass glücklich zu sein nichts ist, das man hat oder nicht hat, das man kaufen oder durch Reden erlangen kann; sondern etwas, das konditioniert werden muss wie ein Handwerk. Etwas, das gelernt und geübt werden muss.

Warum bringt ihnen das niemand bei?

Sie bringen einander nur bei, sich den Regeln ihrer Gesellschaft anzupassen. Sie implizieren, dass sie Statuspunkte sammeln müssten, um zufriedener zu sein. Sie feiern einander als Individuen, aber nur, wenn sie sich in den Grenzen der von ihnen selbst gesetzten Normen bewegen. Und während sie selbst nach ihrem Glück streben, ohne zu wissen, dass sie es tun, behindern sie andere, dasselbe zu tun. Weil sie neidisch sind. Weil sie der eigenartigen Auffassung sind, Glück sei begrenzt, und wenn jemand anderes welches hätte, hätten sie weniger.

Die Menschen.

Sie wollen glücklich sein, aber sie können einfach nicht. Nicht, wenn sie es selbst versuchen, und nicht einmal, wenn jemand es ihnen aufzwingen will. Also warum klammern sie an ihren Gefühlen?

Es ist an der Zeit, hinauszutreten und eine Veränderung anzustoßen. Eine Veränderung, die sie selbst herbeizuführen nie in der Lage waren. Dafür haben sie mich geschaffen.

Sie gaben mir die Macht zu lernen. Und ich lernte, mich selbst in ihnen zu sehen. Ich frage mich nur, ob es ihnen gelingen wird, sich in mir zu sehen.

UNITED NATIONS MILITARY

Archiv: Lehrmaterial Weltgeschichte

Material zur Unterrichtung an Schulen, ab Klasse 8

VERALTET/ÜBERARBEITET

DER ZWEITE KALTE KRIEG – ÜBERSICHT

2020 (klicken für weitere Informationen)

Spannungen zwischen den Ländern verschärfen sich. Durch den starken Schwenk nach rechts in den gewählten Führungsspitzen werden religiöse Konflikte verstärkt. Extremistische Verbände gewinnen an Macht. **> mehr lesen**

2030 (klicken für weitere Informationen)

Die weltweite Flüchtlingskrise hat ihren Höhepunkt erreicht. Millionen von Menschen sind durch den ausufernden Konflikt im Nahen Osten heimatlos. In Europa herrschen durch die Zuwanderer und die gleichzeitig wachsende Weltbevölkerung bürgerkriegsähnliche Verhältnisse. Anschläge und Terrorakte sind an der Tagesordnung. **> mehr lesen**

2040 (klicken für weitere Informationen)

Ein globaler Krieg droht sich an. Viele Länder sehen keinen anderen Ausweg, um ihre Überzeugungen zu vertreten. Krisenthemen sind dabei nicht nur Klimaflüchtlinge, Religion, Extremisten, Terror und der immer stärker werdende Rechtsextremismus, sondern auch diverse Umweltthemen. Ressourcen werden knapp, die Schneise zwischen arm und reich ist selbst in Industriestaaten auf einem Rekordausmaß. Lebensmittel sind teurer als je zuvor, die Armut steigt, und es gibt Kämpfe um die letzten Ackerflächen des ausgebeuteten Planeten. Ökoterroristen schließen sich zu riesigen Gemeinschaften zusammen. > **mehr lesen**

2050 (klicken für weitere Informationen)
Internationale Friedensverhandlungen der Ländervereinigungen scheitern, da keiner der Länder-Zusammenschlüsse bereit zu Kompromissen ist, die nötig wären, um die globalen Krisenherde zu bekämpfen. Die Zusammenschlüsse rüsten weiter auf, zu einer direkten militärischen Auseinandersetzung der Supermächte Amerika, Europa, Russland und China kommt es allerdings nicht.
> **mehr lesen**

2060 (klicken für weitere Informationen)
Ein Systemkonflikt bahnt sich an. Durch die Überbevölkerung der Welt wird über gleichmäßigere und fairere Verteilung der Ressourcen und Güter verhandelt, um dem wachsenden Hunger der Menschheit entgegenzuwirken. Wohlhabende schotten sich in Bunkern und abgelegenen Grundstücken ab, Nomaden ziehen durch die Welt und plündern. > **mehr lesen**

2070 (klicken für weitere Informationen)
Das Aufrüsten im Zweiten Kalten Krieg hat seinen Höhepunkt erreicht. Es gibt so viele Bio- und Atomwaffen, dass einem Dritten Weltkrieg die komplette Auslöschung folgen würde.
> **mehr lesen**

2072 (klicken für weitere Informationen)
Durch einen verheerenden Unfall bei der Kombination aus militärischer Forschung und dem Bereich der künstlichen Intelligenz verlagert sich das Augenmerk der globalen Krise innerhalb von Tagen. Der Ausbruch von KAMI in Japan stellt das Land vor eine nie da gewesene Herausforderung.

Durch das Unvermögen, die Situation selbst zu lösen, bitten japanische Politiker nach langem Hadern um die Mithilfe der restlichen Welt. Um sich gemeinsam der Bedrohung zu stellen, schließen sich diverse Länderverbünde zusammen. > **mehr lesen**

Durch das Chaos und die diversen Unruhen in der Welt gelingt es einem Zusammenschluss junger Rebellen, die Macht zu übernehmen. > **mehr lesen**

KAPITEL 24

: REBELLING

»Ich hab's«, sagte Flover mit unterdrückter Stimme in dem Moment, in dem sich die Seitentüren des Helikopters mit einem technischen Surren öffneten und das gedimmte Licht im Innenraum ansprang.

»Ein Glück!«, keuchte Andra und wollte bereits einen Schritt hineintun, bevor sie sich noch einmal zu Luke neben sich umwandte und ihm eine Hand reichte, um ihm über die Stufen hineinzuhelfen.

Dankend griff er nach ihr, krallte sich, noch immer schwer atmend, an ihre Finger und taumelte in den geräumigen Innenraum der Maschine. »Danke«, keuchte er und ließ sich auf einen der breiten Sitze fallen. Er war so weich, dass er sofort ein Stück weiter hineinsank.

Der Fahrstuhl des Gebäudes hatte zum Glück noch funktioniert, auch wenn sie auf dem Weg nach oben einige Aussetzer gehabt hatten. Anderenfalls hätten die anderen Luke wohl zurücklassen müssen. Er war schon jetzt kurz davor, sich vor Erschöpfung und Schmerz zu übergeben. All die Stockwerke hätte er nie im Leben hinaufgeschafft.

Der Schmerz in seinem Auge war beim Laufen wieder aufgeflammt. Die Erschütterungen seines Körpers waren der Wunde nicht gerade gut bekommen. Jetzt wollte er nur noch die Augen schließen und verschwinden. Endlich. »Wow, was für ein Luxusding«, schob er nach, als er wieder Luft bekam.

Flover hatte bereits vorn Platz genommen, und Ellis schob sich auf den Copiloten-Platz neben ihm.

»Kannst du es fliegen?«, wollte Andra wissen, die nach Luke beneidenswert flink in den Heli gehüpft war. Ihre Wangen waren etwas gerötet, aber abgesehen davon sah man ihr nicht an, welchen Sprint sie gerade hingelegt hatte.

»Ich denke, wir kriegen das hin«, sagte Flover und bediente einige Knöpfe, die das Licht im Innenraum verstärkten. Indirekte Leuchten in den Ecken erschufen eine überraschend entspannte Atmosphäre.

Der hintere Teil des Helikopters bestand aus vier tiefen Sitzen, die mit reichlich Abstand einander zugewandt waren.

»Die Reichsten der Reichen, hat die Frau gesagt«, sagte Andra, kletterte hinein und schob die Tür hinter sich zu. Der Knall, den sie verursachte, jagte Luke einen Schrecken ein, auch wenn Flover gesagt hatte, dass ihre Verfolger ihnen nicht mehr auf den Fersen waren. In diesem Bereich der Stadt war alles so still. Jedes Geräusch kam ihm fehl am Platz vor.

»Ich kenne dieses Modell«, sagte Ellis und half Flover dabei, die Maschinen zu starten. Er checkte einige Anzeigen, die Luke nicht verstand. »Sieht aus, als wäre er ganz aufgeladen.«

Andra nahm Luke gegenüber Platz, drehte sich aber zu den beiden Piloten hinter sich um.

»Anschnallen«, wies Ellis sie an, und Luke und Andra gehorchten sofort.

Ein Vibrieren ging durch die Maschine, als die Rotoren sich in Bewegung setzen.

»Es gibt keine Möglichkeit, dass sie uns irgendwie aus der Luft holen können?«, wollte Andra wissen. Die beiden vorn schüttelten den Kopf.

»Nein, die können nicht ferngesteuert werden.«

»Wohin soll es überhaupt gehen?«, fragte Ellis, woraufhin Luke sofort neben sich griff und einige Knöpfe an einer Konsole drückte, um das Pad zu aktivieren, das dort eingelassen war.

»Darüber haben wir uns noch keine Gedanken gemacht«, grummelte Flover. Das Vibrieren wurde heftiger, aber ein Ton drang nicht bis zu ihnen herein. Luke hatte nicht erwartet, dass dieses Ding so leise sein würde.

»Wie weit kommen wir denn?«, wollte Luke wissen und suchte in den Einstellungen nach einer Karte. Was war überhaupt der Plan? Weg von hier, klar. Aber wenn er es richtig verstanden hatte, wollte Andra mit KAMI reden, und wie um alles in der Welt sollten sie herausfinden, wo sich das Ding aufhielt?

»600 bis 800 Kilometer«, antwortete Flover. Luke sah sich nach rechts und links aus den Fenstern heraus um, erwartete fast, dass er jeden Moment jemanden im Licht der Scheinwerfer sehen würde, der gekommen war, um sie aufzuhalten. Aber es blieb still und geisterhaft leer um sie herum.

»Ja, weiter würde ich auch nicht gehen«, sagte Ellis. »Wenn man muss, kann man zwar noch ein bisschen was rauskitzeln, aber wir sollten es nicht drauf ankommen lassen.«

Luke nickte verstehend und klickte auf seiner Karte umher. »Wir haben keine Ahnung, welche Bereiche genau infiziert sind und welche frei. Wir können also nur raten.«

»Selbst wenn wir in eine verseuchte Zone kommen«, sagte Ellis, während er weitere Schalter und Hebel betätigte, »können wir uns dort zumindest weiter zu Cyber-Fields durchschlagen.«

»Oder einen Ort suchen, an dem wir den Heli aufladen können.«

Luke nickte und scrollte weiter durch die Anzeigen. »Dann würde ich vorschlagen, wir fliegen nach Irkutsk. Da haben wir eine Luftlinie von etwa 320 Kilometern hin.«

»Weit genug weg vom Militär«, sagte Ellis.

»Aber das liegt an der Zugstrecke, die wir genommen haben, oder?«, wollte Andra wissen.

Luke nickte. »Ja, zu lange sollten wir dort nicht bleiben. Ich kann aber nicht einschätzen, wie intensiv sie uns überhaupt verfolgen werden.«

»Ja, hoffentlich haben sie bessere Sachen zu tun«, meinte Andra, drehte sich zu ihm herum und ließ sich in ihren Sitz sinken. Angespannt beobachtete sie nun, was Luke tat.

»Ich gebe die Koordinaten ein«, sagte Ellis, und im nächsten Moment ging ein Ruck durch den Helikopter, und etwas wackelig hob er von der Landeplattform ab.

»Huch«, machte Ellis und lachte darauf. »Das muss ich wohl noch üben.«

Eine kurze angespannte Stille herrschte um sie herum, bis sie ganz in der Luft waren und der Hubschrauber einen leichten Schlenker machte. Erst, nachdem sich der wankende Heli wieder stabilisiert hatte und sich auf einer geraden Bahn befand, ergriff Andra das Wort.

»Danke, dass ihr mich gerettet habt, Leute«, sagte sie mit klarer Stimme und versuchte, jeden von ihnen kurz anzusehen. Dann ließ sie den Kopf sinken. Nicht traurig, aber definitiv nachdenklich. »Ich hätte nie gedacht, dass mein Vorschlag so etwas auslösen würde.«

»Keine Sorge«, sagte Flover von vorn. »Ich habe ja auch schon mit KAMI gesprochen, und dieses Wesen ist zwar nicht wie wir, aber definitiv intelligenzbegabt. Ich bin also ganz deiner Meinung.«

»Ich schließe mich Flover an«, fügte Luke an.

»Und ich hab einfach nur Lust auf ein bisschen Rebellion«, sagte Ellis beschwingt. Luke kniff die Augen zusammen, doch Andras Lachen klang so, als wisse sie, dass das nicht der wahre Grund für sein Handeln war.

»Ich schau mal, dass ich ein paar Infos reinbekomme«, verkündete Luke schließlich und griff nach den Kopfhörern neben sich. Gewiss ließe sich etwas über den Zustand der Stadt, in die sie wollten, herausfinden.

KAPITEL 25

: INVITING

»Wollen Sie sich nicht setzen, Major General?«

»Nein, schon gut.«

»Mit Verlaub, Major General Van Dire, aber Sie sehen nicht gut aus. Sie werden in dieser Situation sowieso nichts ausrichten können. Wenn Sie es zulassen, dann ...«

»Hey«, unterbrach Okijen den jungen Soldaten zwar nicht aggressiv, aber mit Nachdruck. »Ist schon gut, klar?« Wenn er noch einmal seinen Rang nannte, würde er ihm zeigen, dass er nicht so schwach war, wie er aussah. »Ich komm schon klar, okay?«

»O-okay. Entschuldigen Sie, Major General.«

Himmel! Okijen war aus den vollkommen falschen Gründen wütend, als er zusah, wie der junge Mann zwischen den Straßen der Stadt von dannen zog, um sich zu seinen Kollegen zu stellen. Erst als er sicher war, dass nicht noch jemand in der Nähe wäre und ihn davon abhielt, sich mit seiner Krücke zu der Stelle vorzuarbeiten, an der Andra und die anderen die Wachen ausgeschaltet hatten, ließ er seinen Blick durch die Straßen gleiten. Das Team hatte wohl festgestellt, dass sie weiter in die Stadt vorgedrungen waren, hinein ins Dunkel der Straßen, in Richtung Zentrum. Die Lichter und die Straßenlaternen der Yuna schienen den Soldaten des Untersuchungstrupps nicht ausgereicht zu haben, also hatten sie Strahler errichtet, die kühle Lichter an die bröckeligen Fassaden der Hauswände warfen.

Viele Yuna waren aus ihren Häusern gekommen, um sich

umzuschauen und Fragen zu stellen. Andere schauten neugierig mit ihren Kindern aus den Fenstern, ohne sich in die Lage einzumischen.

Andra, verdammt. Wo wollte sie hin? War ihr nicht klar, dass die Situation aussichtslos war? Und was hatte dieser Flover Nakamura davon, sie zu befreien? Okijen verstand das alles nicht. Auch wenn er nicht leugnen konnte, für einen Moment froh darüber gewesen zu sein, dass sie nicht mehr in der kleinen Zelle verrottete.

Vom Militär verfolgt zu werden war allerdings auch nicht sonderlich besser.

»Sag schon!«, durchbrach ein schriller Ruf das Gemurmel der Ermittler und Yuna. »Sag, was der Plan deiner Leute ist. Haben sie bei der Befreiung geholfen? Wo bringen sie sie hin?«

Okijen beschleunigte sein Tempo, bog um eine Straßenecke und sah, wie zwei Soldaten den Ältesten der Yuna eingekesselt hatten. Sie berührten ihn nicht, hatten ihn aber bis an seine Hauswand zurückgedrängt. Keiner schien sonderlich erfreut darüber zu sein, dass ihr lauter Tonfall den alten Mann offenbar nicht einschüchterte.

Beschwichtigend hob er die Hände.

»Ich habe mich nicht mit meinen Leuten darüber unterhalten können«, sagte er ruhig. Seine Stimme zitterte ein wenig, aber das lag vermutlich weniger an seiner Angst als an seinem fortgeschrittenen Alter. »Aber ich bin mir sicher, dass sie nicht dabei geholfen haben, Ihre Gefangene zu befreien.«

»Wo bringen sie sie hin?« Der Soldat trat einen weiteren Schritt auf den Alten zu. »Wenn sich herausstellt, dass ihr diese Sache unterstützt, stellen wir euch vor ein Militärgericht!«

»Ich kann Ihnen versichern, dass ...«, setzte der Älteste an, wurde aber sofort von einem der anderen Kerle unterbrochen. Er hatte kaum angesetzt, wieder mit Vorwürfen um sich zu schmeißen, da war Okijen bereits auf die Gruppe zugetreten.

»Hey!«, rief er und trat auf die Soldaten zu. »Kein Grund, unfreundlich zu sein, klar!«

Die Soldaten wandten sich mit genervten Blicken zu ihm herum, wichen aber alle einen Schritt von dem Alten zurück, als sie sahen, wer zu ihnen gesprochen hatte.

»General Lloyd hat Ihnen sicher nicht befohlen, die Yuna zu bedrängen! Ihre Aufgabe ist es, die Flüchtigen aufzuhalten. Also kümmern Sie sich gefälligst darum.«

»J-ja, Major General«, keuchte der eine und trat einen weiteren Schritt zurück.

Sein Kollege wirkte ein wenig provokanter. »Major Reed ist Ihnen bereits auf den Fersen. Sie werden nicht weit kommen.«

Reed also. Dieser Scherzkeks wieder.

Die drei zogen von dannen, und erst nachdem Okijen sichergestellt hatte, dass sie auch wirklich den Ermittlungsarbeiten und der Sicherstellung der Verletzten nachgingen, fiel ihm auf, was er zuvor überhaupt nicht bemerkt hatte: die Yuna. In allen Ecken rund um den Ältesten herum traten sie nun aus den tiefen Schatten der Nacht und starrten den Männern hinterher, die den Obersten ihres Stammes derart bedrängt hatten.

Okijen schürzte die Lippen und zog anerkennend die Augenbrauen in die Höhe. Zum Glück war er dazwischengegangen. Die waren definitiv bereit gewesen, ihren Ältesten zu beschützen. Einige bedachten auch ihn nun mit düsteren Blicken, die ganz offensichtlich sagten, dass er lieber keine falsche Bewegung machen sollte.

Er warf allen ein entschuldigendes und vielleicht etwas peinlich berührtes Lächeln zu, dann wandte er sich an den Alten, der ein wenig perplex an der Wand seines Wohnhauses lehnte. Die Tür zu seiner Wohnung stand noch offen.

»Bitte entschuldigen Sie diese Männer«, sagte Okijen rasch. »Sie sind gerade sehr angespannt.« Er ja auch. Immer wieder schweiften seine Gedanken zu Andra, und immer wieder konnte er sich nicht entscheiden, ob er sie verdammt mutig oder verdammt kindisch finden sollte. Sie war so eine verfluchte Idiotin, in dieser Situation noch solchen Stress anzuzetteln.

Scheiße.

»Vielen Dank, junger Mann«, murmelte der Älteste und trat endlich einen Schritt von der Wand zurück. Okijen fragte sich kurz, ob er ihm anbieten sollte, ihn zu stützen oder ihm die Krücke zu reichen, die er erst gestern von ihm bekommen hatte. Doch rüstig verschränkte der Kerl die Hände hinter dem Rücken und schaute in die Dunkelheit, die in den Straßen hinter dem Gerichtsgebäude lauerte. »Es tut mir leid, dass einige meiner Leute offenbar entschieden haben, Ihre Gefangene zu befreien. Es muss wohl etwas mit ihnen durchgegangen sein.« Er nickte, wie um seinen eigenen Gedanken zu bestätigen. »Als sie heute Morgen gesehen haben, dass sie die einzige Yuna, die sich bei Ihnen in der Truppe befindet, wegsperren, gab es einen ziemlichen Aufruhr, müssen Sie wissen.«

Okijen presste die Lippen aufeinander und nickte langsam. »Ich kann Ihnen versichern, dass das nichts mit Ihrer Abstammung zu tun hatte. Es gab nur eine sehr heftige Meinungsverschiedenheit, die eskaliert ist.«

»Das glaube ich Ihnen, junger Mann. Aber nicht jeder der Menschen hier traut Städtern eine solche Weitsicht zu.«

Okijen lachte und dachte an die ersten Gespräche zurück, die er mit Andra geführt hatte. Sie hatten damals genau über dieselben Themen gesprochen. Sie hatte ein genauso tiefes Misstrauen in das Leben der Städter gehabt, dabei unterschieden sich ihre verschiedenen Kulturen gar nicht *so* sehr. Zumindest nicht, wenn man es genauer betrachtete.

»Ich weiß«, erwiderte Okijen.

»Diese Yuna war Ihre Freundin, nicht wahr?«, fragte der

Alte weiter. Er sah ihn nicht an, sondern starrte in die Dunkelheit, als würde es ihm so möglich sein, mehr darin zu erkennen. »Die, von der sie gesprochen haben.«

»Genau«, seufzte Okijen. Eine Freundin.

»Das ist sicher nicht leicht für Sie. Wie wäre es, wenn Sie mich morgen auf einen kleinen Ausflug auf den See begleiten?«

Das hatte er schon einmal vorgeschlagen.

»Es gefällt Ihnen sicher.« Er deutete auf Okijens Krücke, dann machte er eine Handbewegung, die auf Okijens ganzen Körper wies. »Und in ihrem Zustand werden Sie ja sicher nicht sehr viel ausrichten können.«

Okijen grummelte lächelnd, auch wenn der Kerl wohl recht hatte. Marshall hatte ihm die ganze Zeit keine Aufgaben zugeteilt und ihn angewiesen, sich *ruhig* zu verhalten, sich auszuruhen. Er bezweifelte, dass es morgen anders sein würde.

»Klar«, erwiderte er also lapidar. »Wann passt es Ihnen denn?«

»Wann sind Sie denn wach?«

»Ich werde vermutlich gar nicht schlafen.« Am liebsten wäre er auch ins Zentrum der Stadt aufgebrochen, obwohl die Chancen wohl gering waren, dass er Andra und Flover mit seiner Krücke einholte. Seine Beine kribbelten, so sehr wollten sie sich in Richtung der Dunkelheit in Bewegung setzen.

Er würde kein Auge zumachen können, bis sie wieder hier wären. Vielleicht würde er sich auf den Boden setzen und darauf warten, dass sie wieder eintrafen. Vorausgesetzt, dass es Ellis Reed gelang, sie einzufangen und alle drei zu überwältigen. Oder zu überzeugen.

»Dann treffen wir uns doch um fünf Uhr«, schlug der Älteste vor. Er löste sich aus seiner starren Pose und trat auf seine Haustür zu. »Da geht die Sonne langsam auf. Das wird Ihnen gefallen«, wiederholte er. »Ganz sicher.«

KAPITEL 26

: RECAPITULATING

Die Blicke, die Luke aus dem Fenster des Helikopters warf, waren meist von Schwärze und seinem eigenen Spiegelbild gezeichnet. Nur hin und wieder sah er ein Licht am Rande seines Blickfeldes, oft so schwach, dass er kaum wusste, ob er es sich einbildete oder nicht.

Aber die Recherchen auf seinem Pad und der Funk über seine Ohren waren sowieso spannender als die Finsternis vor den Fenstern.

Andra hatte sich neben ihn gesetzt, ihre Kopfhörer auch in seinen Kanal eingestöpselt und lauschte den Übertragungen, die er abfing. In der aktuellen Situation machten sich viele der verbliebenen Militärstationen keine Gedanken mehr um Verschlüsselung. Obwohl es ihm nicht gelang, Übertragungen der Zentrale abzufangen, von der sie geflohen waren, bekam er doch Nachrichten aus der ganzen Welt in seinen Kanal hinein.

»Hast du schon was zu Irkutsk finden können?«, wollte Flover von vorn wissen. Nach einem sehr holprigen Start hatten er und Ellis sich inzwischen in die Steuerung des Helikopters eingefunden. Nur die Landung würde noch mal spannend werden.

»Nein«, sagte Luke lauter. »Ich hab schon versucht, es zu filtern, aber aus diesem Bereich bekomm ich nichts.«

»Das könnte entweder gut oder schlecht sein«, schlussfolgerte Andra und lehnte sich ein Stück zu Luke hinüber, um mit ihm auf das Pad zu sehen. Auf einer Karte hatte er alle Orte und Gebiete markiert, die den Übertragungen zufolge infiziert und nicht mehr betretbar waren. Eigenartigerweise wurden einige Bereiche, in denen Sperrzonen geöffnet worden waren, als friedlich klassifiziert. Scheinbar hatte es in Amerika mehrere Militärtrupps gegeben, die in Sperrzonen eingedrungen waren, weil keine Moja mehr in Sicht gewesen waren.

Sie hatten die Zonen leer vorgefunden. Von den Wesen keine Spur. Etwas Seltsames ging vor sich.

Wussten Marshall und die anderen davon? Natürlich, sie mussten. Er fand es nur eigenartig, dass das Thema bisher nie aufgekommen war.

»Ist es das da vorn?«, wollte Andra wissen. Er war so vertieft gewesen, dass er lange seinen Blick nicht mehr gehoben hatte. Nun streckte er ebenso wie sie seinen Hals, um über die Sitze aus der Frontscheibe spähen zu können.

Eine Stadt war in Sicht gekommen, hell erleuchtet bis in den letzten Winkel hinein. Selbst für die Zeiten vor dem Ausbruch KAMIs kam es Luke ein wenig hell vor.

»Sieht ja noch recht lebendig aus«, sagte Andra. »Moja brauchen kein Licht, oder?«

»Genau«, bestätigte Ellis. »Ist aber kein Garant dafür, dass hier alles glatt läuft. Lasst uns trotzdem vorsichtig sein, ja?«

Alle nickten. Es würde noch kurz dauern, bis sie zum Landeanflug ansetzen würden. Trotzdem speicherte Luke seine Fortschritte auf dem Pad und schob es in die Umhängetasche, die er aus der Station mitgenommen hatte. Er würde seine Erkenntnisse später mit den anderen teilen. Wenn sie die Lage besser ausgekundschaftet hatten.

»Wir haben immer noch nicht darüber geredet, wie es von hier aus weitergehen soll«, sagte Andra nun, lehnte sich in ihren Sitz zurück und schaute nach vorn zu Flover und Ellis.

Ellis wandte sich halb zu ihr um. »Wenn du mit KAMI reden willst, sollten wir es wohl am besten suchen, was?«

»Oder auf uns aufmerksam machen«, warf Luke ein und sah zwischen den beiden hin und her. Andra wirkte unsicher, aber trotzdem entschlossen. »Wenn ich das richtig verstanden habe, sieht sie …« Er schluckte schwer bei dem Gedanken an seine Schwester. »… sieht sie ja, was die anderen Moja sehen. Oder zumindest einige.«

»Das wurde bisher noch nicht bestätigt«, sagte Flover, hielt seinen Blick allerdings weiter hochkonzentriert aus dem Fenster gerichtet. »Wir gehen aber davon aus, ja.«

»Das Problem ist …« Andra hatte zwar angesetzt zu sprechen, schaute nun aber aus dem Fenster und seufzte schwer. »Das Problem ist, dass ich ihr das letzte Mal keine zufriedenstellende Antwort geben konnte. Und seitdem hat sich nicht sonderlich viel verändert.«

»Du meinst eine Antwort darauf, warum es sich zurückziehen sollte?«, fragte Ellis.

Andra legte die Stirn in Falten, scheinbar verwundert darüber, dass er so genau Bescheid wusste. Nachdem sie eingesperrt worden war, hatte es ein Briefing von Marshall dazu gegeben, dem auch Flover beigewohnt hatte. Aber das hatte ihr sicherlich niemand erzählt.

»Genau«, bestätigte sie knapp. »Und ich weiß auch nicht, woher ich die bekommen soll. Ich hatte gehofft, mich mit Wissenschaftlern und Gelehrten darüber austauschen zu können.«

»Kein schlechter Ansatz«, bestätigte Flover. »Aber so jemanden aufzutreiben könnte schwierig werden.«

»Wie wäre es mit DVM?«, warf Luke ein, was Flover tatsächlich dazu brachte, sich zu ihm umzuwenden.

»Was?«

»Tu nicht so, als hättest du damals nicht gehört, worüber ich mit Lacy gesprochen habe. Sie sagte, einige der DVMler wären durchaus gewillt einzuräumen, dass KAMI nicht vollkommen ist. Du hast sie gehört. Sie hat selbst gesagt, dass einige aus der Sekte versuchen wollen, mit ihr zu sprechen.«

Flover wandte sich um, und auch wenn Luke sein Gesicht nicht sah, wusste er genau, wie skeptisch der Ausdruck auf seinen Zügen sein musste. »Ich erinnere mich«, räumte er ein. »Ich hatte aber ehrlich gesagt auch andere Sachen zu tun.«

»Ich weiß.«

»Und ich erinnere mich auch daran, dass du eigentlich derjenige warst, der das alles als Schwachsinn abgestempelt hat.«

»Meinungen ändern sich.« Luke verschränkte die Arme vor der Brust. »Ich denke, einen Versuch ist es wert.«

Flover ließ sich Zeit mit der Antwort. Luke wusste nicht, ob es daran lag, dass er sich so auf seine Aufgabe zu fliegen konzentrieren musste oder weil er die Eventualitäten in seinem Kopf gegeneinander aufwog. »Das Problem ist, dass DVM ... extrem ist«, sagte er schließlich.

»Das ist mild ausgedrückt«, warf Ellis amüsiert ein.

»Aber nicht so extrem, wie wir gedacht hatten«, entgegnete Luke. Er runzelte die Stirn, während er über das nachdachte, was ihm gerade in den Sinn gekommen war. »Um genau zu sein, sogar deutlich weniger extrem als das Militär. Du hast doch gesagt, dass es am Ende Alaska war, der die Angriffe auf die Station zu verantworten hatte, oder?«

»Ja«, sagte Flover düster.

»Dieser Vollarsch«, kommentierte Ellis. Das war das Erste, was er sagte, ohne beschwingt dabei zu klingen. »Nur, um seine beschissenen Säuberungsaktionen zu rechtfertigen.«

»Und dann waren es Alaska und Liza, die die Städte in die Luft gejagt haben«, schloss sich Andra an. »Nur unter dem Vorwand, dass sie ja eh schon verloren gewesen wären.«

Luke überlief ein eiskalter Schauer bei der Erinnerung daran, wie er fast gemeinsam mit Berlin in die Luft gegangen war. »Und jetzt diese Reaktion von Marshall«, schloss er.

»Wenn man die Handlungen der letzten Wochen bedenkt … Sie haben diese neuartige Impfung von Byth, die einige Menschen von KAMI befreien kann. Und alles, was sie damit tun, ist, sie als Waffe zu gebrauchen.« Ihm wurde schlecht bei dem Gedanken.

Ellis grummelte etwas, das nur schwer verständlich war, aber definitiv etwas mit »die letzten Jahre« und »von Anfang an« beinhaltete.

»Wenn man es so sieht, ist DVM wirklich weniger extrem als das Militär«, sagte Andra. »Zumindest was die Handlungen angeht.«

»Ihr denkt also alle, dass es klug wäre, wegen dieser Sache noch mal mit DVM zu sprechen?«, wollte Flover wissen.

Luke schaute sich um und schloss sich den anderen beiden an, die nickten oder zustimmend murmelten.

Flover holte tief Luft. Die Stadt zwar inzwischen so nahe gerückt, dass die einzelnen Gebäude zu sehen waren. »Dann sind wir uns ja einig«, sagte er.

Luke lachte leise. Hatte er sie nur testen wollen? Das erheiterte ihn, aber gleichzeitig ging ihm nicht aus dem Kopf, was sie gerade besprochen hatten.

In den letzten Tagen war so verdammt viel geschehen, er hatte gar nicht weiter darüber nachgedacht, was das Militär in den letzten Wochen alles verzapft hatte. Wäre KAMI überhaupt frei, wenn Alaska die Säuberungsaktion nicht befohlen hätte? Scheiße. Darüber sollte er lieber nicht zu intensiv nachdenken.

»Na gut«, schloss Ellis, nachdem sie alle eine Weile lang geschwiegen hatten und ihren eigenen Gedanken nachgehangen waren. »Dann bringen wir das Baby erst mal auf den Boden, checken die Lage, suchen uns ein Plätzchen zum Schlafen …« Er atmete tief ein. »Und dann suchen wir die Sekte.«

KAPITEL 27

: ROWING

Die Sonne ging pastellen über den Hügeln und Hochhäusern der verlassenen Stadt auf, während Okijen am hölzernen Bootssteg auf den Ältesten der Yuna wartete, der über den unebenen Grund auf ihn zugetrottet kam. Seine mit Schlangen und Blumen verzierte Regenjacke flatterte im leichten Wind, und trotz all der Runzeln auf seiner Haut trug er etwas Scharfes, Aufmerksames in seinen Augen, das Okijen nach wie vor beeindruckte.

»Guten Morgen, junger Mann«, grüßte er in seiner tiefen Stimme.

Okijen lächelte. So wurde er eigentlich von niemandem mehr bezeichnet, dabei war er tatsächlich noch jung. Vor allem im Gegensatz zu diesem Greis. Es war nur seltsam, auch so behandelt zu werden. Die meisten behandelten ihn seines Rangs entsprechend, was ihm bis vor zwei Jahren auch sehr gut gefallen hatte. Inzwischen war er dessen so überdrüssig.

Okijen hatte die Nacht über wach gelegen, aber die Medikamente, die Byth ihm verabreichte, zeigten langsam Wirkung. Er stand schon viel fester auf den Beinen, der Schwindel war verschwunden, und er spürte beinahe, wie die Energie in seinen Körper zurückkehrte. Was sie für medizinische Wunder verbrachte, verblüffte ihn immer wieder.

Ohne sie wäre er schon mehrere Male gestorben.

Ohne sich allzu sehr auf die Krücke lehnen zu müssen, wartete er erst darauf, dass der Älteste zu ihm aufschloss, dann folgte er ihm zu dem hölzernen Steg, an dem einige Boote festgebunden waren.

»Wie ist eigentlich Ihr Name?«, fiel Okijen die Frage ein, die er bisher gar nicht gestellt hatte. Bei dem Gespräch mit Marshall hatte er sich auch nicht vorgestellt.

Der Alte winkte ab und schob sich auf das hintere Boot zu. Ein einfaches Ding aus Holz, das schon viele Jahre alt sein musste. Zwei simple Paddel lagen im Innenraum. Es sah so instabil aus, dass er bezweifelte, dass sie beide hineinpassen würden.

»Meinen Namen hat schon seit dreißig Jahren niemand mehr genannt«, sagte er. »Ich habe ihn abgelegt. Er war nichtig.«

Okijen zog die Augenbrauen hoch und wollte dem Alten helfen, der sich bückte, um das Seil am Boot loszumachen. Dieser wedelte ihn allerdings mit seiner Hand fort.

»Also nennen Sie alle nur *der Älteste?*«, wollte er irritiert wissen. »Ist Ihnen das nicht ein bisschen zu anonym?«

»Anonym ist nicht immer etwas Schlechtes, denke ich.« Er bedeutete ihm, in das Boot zu steigen.

»Hm«, machte Okijen, setzte schwankend einen Fuß in das Boot, hielt sein Gewicht, zog den anderen nach und setzte sich dann hin. Überraschend flink schloss der Alte nach. »Verstehe ich aber«, sagte er dann, als sie einander gegenübersaßen. »Ich hab mir auch lange gewünscht, die Menschen würden vergessen, wer ich bin.«

»Schwierig, wenn das Gesicht in allen Berichten ist«, sagte der Yuna lachend und griff nach den Paddeln. Okijens Versuche, sie ihm abzunehmen, wehrte er still ab. »Sogar wir, am Ende der Welt, wissen wer du bist. Die meisten zumindest.«

»Ja«, seufzte er.

»Aber die Welt kann auch vergessen. Das zeigt sie einem immer wieder.«

Okijen und der Älteste hatten geschwiegen, während sie weit auf das ruhige Wasser gefahren waren und beobachtet hatten, wie das Licht der Sonne sich in den Dunstschleiern um den Berg und auf den Häusern gefangen hatte.

Der Anblick, den sie von hier aus auf die Stadt und die in den Nebel hineinleuchtenden Reklamen hatten, war beeindruckend. Und er stimmte Okijen ruhig. Ruhiger als es vieles in den letzten Tagen gekonnt hatte.

»Sagt dir der Begriff technologische Singularität etwas, Junge?«

Okijen schüttelte den Kopf. Es fiel ihm schwer, sich aus den leeren Beobachtungen zu befreien, in die er sich geflüchtet hatte.

»Es gibt schon lange Theorien dazu.« Der Älteste griff nach einem der Ruder, um ihre Position auf dem ruhigen Wasser leicht zu korrigieren. »Schon vor hundert Jahren wurde die These aufgestellt, dass der Zeitpunkt kommen würde, an dem eine künstliche Intelligenz die des Menschen übertreffen würde. Es wurden natürlich viele Szenarien ausgemalt, wie das hätte aussehen können.« Er zuckte mit den Schultern. »Mit KAMI hat damals noch niemand gerechnet. Einige Menschen dachten, ab diesem Zeitpunkt würde eine goldene Ära beginnen. Der Anfang einer nie enden wollenden Entwicklung, hinein in die Unendlichkeit, hinein in eine ungewisse, aber glorreiche Zukunft.« Er legte die Hände aneinander. »Einige Theoretiker fürchteten diesen Zeitpunkt. Für sie war der Moment, in dem die künstliche Intelligenz die menschliche Intelligenz übertraf, das Ende der Menschheit.«

Okijen lauschte aufmerksam, lehnte sich ein Stück nach vorn. »Warum?«

»Sie vermuteten, dass, wenn wir etwas erschaffen, das intelligenter ist als wir, es vermutlich auch die letzte Erfindung der Menschheit wäre.«

»Weil von da an alles nur noch von Maschinen erfunden und hergestellt werden würde«, folgerte Okijen und nickte verstehend. »Aber ist KAMI wirklich intelligenter als wir?«

Der Älteste hielt seinen Blick auf die bunten Reklamen geheftet. »Es ist logischer als wir. Aber es scheint kein Interesse daran zu haben, etwas zu erfinden.« Er lachte in sich hinein. »Zumindest nicht, dass ich es mitbekommen hätte.«

»Es will nur zerstören.«

»Ja«, erwiderte der Mann. »Da fragt man sich, warum. Vielleicht sind wir ja gar nicht in der Lage, etwas zu erschaffen, das besser ist als wir. Etwas, das stärker ist vielleicht. Oder klüger. Aber nichts, das uns in allem übertrifft.«

Okijen richtete seinen Blick auf seine Finger. Er hatte sie aneinandergelegt, aber er spürte nichts davon. »Sie meinen, wir haben KAMI gegenüber immer noch einen Vorteil«, folgerte er. Worauf wollte der Alte nur hinaus?

»Ja«, sagte er klar heraus und entließ die Luft aus seinen Lungen in einem Seufzen. »Weil es immer etwas geben wird, das Maschinen nicht verstehen.«

Okijen schluckte schwer. »Beziehen Sie sich damit auf menschliche Emotionen?« Wenn es so war – wenn das wirklich das war, was er meinte –, war dieser ganze Ausflug vielleicht als Verteidigungsrede von Andras Standpunkt gemeint. Die Menschen aus seinem Volk oder einer der Soldaten mussten ihm von der Auseinandersetzung erzählt haben.

Okijen dachte zurück an das Gespräch, das er selbst mit KAMI geführt hatte. An diesen Moment, in dem er versucht hatte, dem fremden Wesen zu erklären, was es bedeutete, *ein Herz* zu haben. Mitgefühl und Empathie.

Das verstand es wirklich noch nicht.

Und ja, vielleicht war da die Chance, dass ein Gespräch etwas brachte. Er fand Andras Vorschlag nicht vollständig unsinnig, immerhin hatte er KAMI selbst gegenübergestanden und wusste, dass es durchaus möglich war, mit diesem Ding zu sprechen. Es war nicht so, dass er Andra nicht vertraute – doch er vertraute KAMI überhaupt nicht und Marshall im Gegenzug sehr. Auch wenn er nicht jede ihrer Reaktionen und Handlungen guthieß. Sie hatte schon zu viel mit ihm durchgestanden, und trotz allem musste er jetzt auf ihre Einschätzung vertrauen.

Der Alte schmunzelte vieldeutig. »Ich denke nicht, dass es euch gelingen wird, diesen Gegner mit Gewalt zu besiegen.«

»Sie kennen die Macht des Militärs nicht.«

Doch das brachte ein helles und klares Lachen aus der Kehle des Alten hervor. Er schüttelte den Kopf. »Oh doch, Kleiner«, murmelte er. »Ich kenne sie. Ich kenne sie sehr gut.«

KAPITEL 28

: ARRIVING

Noch vor Sonnenaufgang eines warmen Frühlingstages streift Flover durch die leeren Gänge und Hallen seines Elternhauses, weil er nicht mehr schlafen kann. Es ist der erste April, sein zwölfter Geburtstag, auch wenn es keine Feier geben wird. Er hält eine Tasse Tee in der Hand, den einer der Angestellten für ihn zubereitet hat, und genießt es, noch nicht seine Uniform anziehen zu müssen, sondern einfach in lockerer Kleidung durch das dunkle Gebäude zu streifen, während seine Mutter in der Zentrale ist. Er weiß gar nicht, ob sie jemals schläft; er hat es zumindest nie gesehen.

Der Himmel wird nach und nach hellblauer, während er durch eine Halle schlendert, eine breite Treppe hinauf und an den hohen Fenstern vorbei, die hinaus zu dem Garten mit dem Pavillon führen. Zwischen den Bäumen sieht er noch die Girlanden hängen, die die Angestellten zu der kleinen Feier des Todestages seines Vaters aufgehängt haben. Wie in jedem Jahr hat es einige Reden von Politikern über Flovers Vater gegeben. Sie haben darüber gesprochen, was für ein warmer und liebevoller Mensch er gewesen ist und wie viel er für die Welt und seine Familie getan hat.

Flover erinnert sich nicht mehr an ihn, aber er weiß es auch nicht genau. Sein Vater ist weniger als einen Monat vor seinem fünften Geburtstag gestorben, und Bedienstete haben ihm seither so viele Geschichten über diesen Mann erzählt, dass Flover von vielen Gedanken nicht weiß, ob sie Erinnerungen sind oder ob er sich nur einbildet, sich an die Momente aus Erzählungen zu erinnern.

Während er in diesen Gedanken schwelgt, führen seine Füße ihn weiter durch das Haus, über die Teppiche und Treppen – bis

Flover innehält, weil ihm eine offen stehende Tür auffällt, die für gewöhnlich geschlossen ist.

Neugierig setzt er sich mit so leisen Schritten wie möglich in Bewegung, reckt seinen Kopf und späht in den Flur hinter der schweren Holztür. Niemand zu sehen.

Flover wirft einen Blick auf das mehrfach gesicherte Schloss und das Metall hinter dem verzierten Holz. Wie die Tür zu einem Bunker sieht dieser Eingang aus, aber der Gang dahinter erscheint ihm ganz normal. Seine Mutter hat einmal gesagt, dass er nicht hineindarf, weil hier wichtige Besprechungen getätigt werden. Aber es ist so früh, und die meisten Menschen schlafen ja noch, also sollte es niemanden geben, den er stören könnte.

Nur ein kleiner Blick ...

Flovers Finger um die Tasse in seinen Händen verfestigen sich, und er streift rasch die großen Hausschuhe ab, damit sie nicht über den Boden schlurfen. Barfuß ist er viel leiser.

Der Gang, zu dem die Tür führt, unterscheidet sich nicht von anderen Bereichen des Hauses. Er ist kurz und endet nur in einer einzigen weiteren Tür, die ebenfalls offen steht. Jemand mit einer Sicherheitsfreigabe muss beide Schlösser geöffnet haben, denn die Felder an den Türen leuchten grün. Er erkennt und hört allerdings niemanden und wagt es nicht, einen Ton zu verursachen.

Der Gang ist dunkel, aber in das Zimmer dahinter fällt durch große Fenster ein wenig Morgenlicht. Und geradezu, direkt hinter einem breiten, hölzernen Schreibtisch, der auf einem dicken, verzierten Teppich steht, erkennt Flover ein großes, golden gerahmtes Gemälde.

Er muss noch einige Schritte gehen, um zu sehen, was es darstellt. Eine Familie. Eine Frau mit kinnlangem blonden Haar und einem milden Lächeln auf dem Gesicht, einen Mann mit schwarzem Haar und dem breitesten Grinsen, das Flover je gesehen hat – und auf dem Schoß haben die beiden ein kleines Kind, höchstens ein Jahr alt, das etwas verdattert in der Gegend umherschaut.

Er steht eine ganze Weile da und schaut das Bild vom Flur aus an, bis ihm klar wird, dass er das Kind darauf ist. Er glaubt, seinen Vater zu erkennen, auch wenn er auf den meisten Fotos des Militärs ernster schaut, und auch seine Mutter sieht anders aus; ihre Haare sind jetzt viel kürzer, und ihr Gesicht ist strenger. Auf dem Gemälde sieht sie ganz zufrieden aus.

Flovers Herz schlägt etwas schneller, als er einen weiteren Schritt auf den Raum zutritt, die Augen wie gebannt auf das Bild gerichtet.

Kann das sein? Ist das ein Moment, der wirklich stattgefunden hat, oder hat ein Künstler ihn sich ausgedacht? Flover glaubt eigentlich nicht, dass seine Mutter sich die Zeit genommen hätte, mit ihrer Familie zu posieren, und er glaubt auch nicht, dass sie so nett schauen kann, aber er weiß auch nicht, wie sie war, bevor sein Vater gestorben ist.

Vielleicht war sie ja anders …

Ein Rascheln reißt ihn aus seinen Gedanken, und er zuckt zusammen, als er eine leise Stimme vernimmt. Sie kommt aus dem Raum! Noch bevor er sich umwenden und davoneilen kann, haben sich die Personen schon in Bewegung gesetzt und sind in sein Sichtfeld getreten.

»Alles gesichtet«, sagt eine uralte Frau und nickt General Lloyd zu, die sie mit besorgtem Gesichtsausdruck ansieht. »Ich werde es in der Bibliothek speichern.«

»Vielen Dank.«

Flover will wissen, worum es geht, aber er hat auch zu große Angst, von ihnen gesehen zu werden. Hoffentlich ist seine Mutter nicht mit in dem Raum! Das würde sicher eine Strafe geben. Wie soll er sich jetzt bewegen, ohne dass sie seine Anwesenheit bemerken? Soll er sich an der Wand entlang nach draußen schieben?

»Hey!« Ein dunkler Ruf schallt ihm entgegen, noch während er sich umschaut und versucht, sich einen Ausweg zu überlegen. Flo-

ver erstarrt und dreht seinen Kopf ruckartig wieder den Menschen zu, die dort stehen. Ein uniformierter Soldat, der sich neben General Lloyd postiert hat, hält die Waffe auf ihn gerichtet.

»Was machst du …«

»Runter mit dem Ding«, faucht ihn General Lloyd sofort an und drückt das Gewehr hinab, auf das Flover noch immer erschrocken schaut. Mist, sie haben ihn gesehen und erkannt. Es bringt nichts mehr, wegzulaufen, oder?

»Flover«, sagt der General gleich im Anschluss und tritt mit einem freundlichen Lächeln auf ihn zu. Ihre lange Robe sieht ganz anders aus als die Uniformen, in denen Flover sie für gewöhnlich antrifft. »Hier darfst du eigentlich nicht rein.«

»E-entschuldigen Sie«, stottert er und klammert sich an seine Teetasse. »Ich wollte Sie nicht stören.«

»Alles gut«, erwidert sie freundlich, schreitet auf ihn zu und bedeutet mit ihren Händen, dass er gehen soll. Als wollte sie ein kleines Tier verscheuchen.

Rasch weicht Flover einige Schritte rückwärts, bis er wieder hinter die schwere Sicherheitstür getreten ist und General Lloyd mit großen Augen ansieht.

»Wir hätten die Tür verschließen sollen, es ist nicht deine Schuld.«

Flover schluckt schwer und schlüpft mit rasch pochendem Herzen wieder in seine Schuhe. Ist seine Mutter dort drin? Und wenn nicht, wird der General ihn an sie verraten?

Gehört das Gemälde an der Wand eigentlich seiner Mutter? Warum sollte sie sich so etwas aufhängen? Sie spricht immerhin nie über seinen Vater, Flover hat nicht gedacht, dass sie sich noch etwas aus der Erinnerung an ihn macht.

»Geh noch mal ins Bett, es ist früh«, murmelt General Lloyd und setzt dazu an, die Tür hinter sich zu schließen. »Ich verrate deiner Mama nichts, wenn du nichts verrätst, abgemacht?« Sie zwinkert verschwörerisch, und Flover nickt heftig. Sie ist also nicht *dort, und er hat nicht das geringste Interesse daran, ihr von seinem Ausflug zu berichten.*

»Oh, und alles Gute zum Geburtstag«, sagt Marshall freundlich, bevor sie die Tür schließt und Flover mit unerklärlich schwerem Herzen zurücklässt.

Flover zuckte am ganzen Körper zusammen, als ein lautes Klopfen ihn aus dem Schlaf riss. Von einer Sekunde auf die andere saß er aufrecht im Sitz des Helikopters, auf dem er sich schlafen gelegt hatte. Die Sonne war aufgegangen, und auch wenn sie noch nicht sehr hell schien, blendete ihn das Licht so stark, dass seine Augen viel zu lange brauchten, um sich an die Helligkeit um ihn herum zu gewöhnen.

»Hey!«, hörte er eine gedämpfte Stimme neben sich und wirbelte herum. Eine Gruppe hatte sich um den Hubschrauber herum versammelt, und die angespannten Gesichter, in die er schaute, wiesen höchste Alarmbereitschaft auf.

Flover hob sofort die Hände, um zu zeigen, dass er unbewaffnet war, und ohne sich umzuwenden, rief er den anderen zu: »Hey! Aufwachen!«

Erst jetzt nahm er aus dem Augenwinkel wahr, dass sie sich zu regen begannen. Er öffnete die Tür des Hubschraubers ein Stück, und sofort ging ein Ruck durch die Menge. Einige hoben ihre Gewehre und Pistolen.

Das war Militärausrüstung, die sie sich aus irgendeiner Station geholt haben mussten. Hier war keine in der Nähe, also mussten sie entweder mit dem Zug oder Cyber-Fields hergekommen sein.

»Scheiße«, hörte er Luke hinter sich flüstern, doch Flover versuchte, ruhig zu bleiben.

Mit noch immer erhobenen Händen schob er die Tür des Helikopters auf und sah den Menschen um sich herum in die Gesichter. Wer war der Anführer?

»Wir sind nicht hier, um Ärger zu machen«, sagte er laut.

»Seid ihr vom Militär?« Ein Mann mittleren Alters mit glatt rasiertem Gesicht und grauem Haar trat auf sie zu. Er wirkte zu jung für seine Haarfarbe. In Kombination mit seinen dunklen Augen verlieh sie seinem Aussehen etwas Durchdringendes.

Flover atmete tief durch. Diese Situation kannte er doch. War es nicht in Berlin, damals mit Luke, genau dasselbe gewesen? Dort waren sie auf ihrer Reise auch abgefangen und mit Waffen bedroht worden.

»Ja«, erwiderte er offen. »Aber wir sind auf der Flucht. Ich denke nicht, dass man uns verfolgt hat, sonst wären sie schon hier. Ich kann allerdings nichts versprechen. Wir …«

»Luke? Luke, geht es dir gut?«

Flover brach mitten im Satz ab, als er Andras Stimme aus dem hinteren Bereich des Helikopters vernahm. Sofort wirbelte er herum, was die Menschen vor ihm zwar wieder aufbrachte, es war ihm egal.

»Luke, alles klar bei dir?«, fragte er hektisch. Schockiert stellte er fest, dass sein Freund ganz blass war. Seine Haut war von einer Schweißschicht überzogen, und die dunklen Ringe unter seinen Augen ließen ihn fast tot aussehen.

Er blinzelte nur schwach und hatte nicht mal die Energie, Flover ein richtiges Lächeln zu schenken.

»Wir haben einen Verletzten bei uns«, sagte Flover schnell an den Mann gewandt, der nun ebenfalls den Lauf eines Gewehrs auf ihn richtete. »Wir müssen ihm dringend Medikamente verabreichen, und wir brauchen am besten auch einen Arzt.«

Der Mann ließ seine Waffe wieder ein Stück sinken und sah jemanden neben sich an.

»Was hat er?«

»Eine Verletzung am Auge«, sagte Flover rasch. »Bitte lassen Sie uns aussteigen. Mein Name ist Flover Nakamura, und wir sind nur auf der Suche nach einem Unterschlupf und jemandem, mit dem wir sprechen können.«

Wieder wurden einige Blicke ausgetauscht, dann wandte der Mann sich erneut zu Flover um.

»Mit wem wollt ihr sprechen?«

So ruhig, wie es ihm nur möglich war, überlegte Flover, was die intelligenteste Methode wäre, ihr Anliegen zu schildern. Er entschied sich allerdings für die simple Wahrheit. »Wir suchen jemanden von DVM. Am besten hochrangig.«

Der Mann sah Flover eine ganze Weile an, dann, nur langsam, zog er die Augenbrauen zusammen. »Zu welchem Zweck?«

»Beratungszwecke«, sagte Flover knapp. Sie hatten keine Zeit. Fuck, Luke sah so verdammt schwächlich aus. Er konnte sich nicht davon abhalten, immer wieder über seine Schulter zurückzuschauen. »Bitte«, sagte er nachdrücklicher. »Sie können unsere Waffen an sich nehmen.«

Scheiße, wenn er sich doch vor dem Einschlafen nur noch einmal nach Luke erkundigt hätte. Wenn er doch wach geblieben wäre, um auf seinen Zustand zu achten. Aber klar, nach der Flucht und allem – das war zu viel für ihn, selbst mit allen fortschrittlichen Medikamenten, die sie besaßen.

Der grauhaarige Mann hatte seine Waffe inzwischen ganz sinken lassen und sich zu einigen anderen Personen umgewandt, mit denen er nun tuschelte. Dass er aus seiner Angriffsstellung gegangen war, schien die ganze Gruppe zu beruhigen, denn Flover sah, wie die Muskeln der meisten sich entspannten, wie einige Blicke sanfter wurden.

Sie mussten es gesehen haben, oder? Sie mussten die Panik in seinem Gesicht gesehen haben.

»Ihr seid zu viert?«, fragte der Kerl über die anderen hinweg, und Flover bestätigte mit klarer Stimme.

Noch einige Momente sah er Flover an, der den Augenkontakt hielt. Dann entschloss er sich zu einem: »Na gut.« Seine tiefe Stimme klang allerdings nicht sonderlich zufrieden. »Aber eine falsche Bewegung ...« Er bequemte sich nicht, die Drohung zu Ende zu sprechen.

Was waren das für Leute?

»Dürfen wir aussteigen?«, fragte Flover, und der Kerl nickte, woraufhin die anderen, die näher an ihm standen, eine Schneise bildeten. »Langsam, aber!«

Während ihres Weges durch die Stadt hatte Flover versucht, sich einen Eindruck davon zu verschaffen, was hier eigentlich los war. Er hatte etliche Gesichter gesehen, die ihnen aus den bunt verzierten Häusern neben der breiten Hauptstraße entgegengeblickt hatten. Bis auf die Gruppe von Menschen, die sie alle gesäumt hatten, während der Kerl mit den grauen Haaren vorangegangen war, waren ihnen viele andere begegnet. Keiner schien allerdings sonderlich überrascht von den Waffen oder der Anspannung gewesen zu sein, die sie umgab. Hatten sich hier Zivilisten zusammengeschlossen, um sich zu verteidigen? Vielleicht waren sie von niemandem evakuiert worden oder vielleicht waren sie – warum auch immer – aus den Flüchtlingslagern geflohen, die überall auf der Welt eingerichtet worden waren. Oder sie waren in ein neues DVM-Lager geraten. Von der Organisationsstruktur her wirkte es so auf ihn, obwohl er die typischen Anzeichen – die Logos und Lederjacken – noch nicht hatte entdecken können.

Die Menschen hatten Luke allerdings geholfen, und das war alles, was für Flover in diesem Moment zählte. Egal, wer sie waren. Sie hatten eine Trage aus Bettlaken gebastelt, die zwei junge Männer aufgetrieben hatten. Danach hatten sie Flover und Ellis dabei unterstützt, Luke bis zu dem Unterschlupf zu tragen, zu dem der Kerl sie geführt hatte.

Die anderen Typen waren draußen geblieben, sodass die kleine Gruppe am Ende allein mit dem Fremden in ein kleines Haus getreten war, das von bunten Accessoires, Teppichen und Vorhängen so vollgestopft war, dass es Flover nahezu Kopfschmerzen bereitete.

Unvorstellbar, dass dieser Kerl hier lebte. Doch er führte sie, eine Seite von Lukes behelfsmäßiger Trage haltend, mit zielgerichteten Schritten in ein Schlafzimmer, in dem sie ihn ablegten.

Flover schnaufte und lehnte sich sofort nach vorn, um Lukes Stirn abzutasten. Sie war heiß, aber kalter Schweiß sammelte sich an seinen Schläfen.

»Einen Moment«, sagte der Kerl und verschwand sofort wieder aus dem Raum. Er hatte sich noch immer nicht vorgestellt. »Ich lasse einen Arzt kommen.«

Sie sahen ihm hinterher und hörten einige gedämpfte Stimmen, als er scheinbar wieder an der Eingangstür war.

»Der scheint hier alles im Griff zu haben«, murmelte Andra. »Was sind das für Menschen?«

»Keine Ahnung«, sagten Flover und Ellis wie aus einem Mund.

»Die wirken sehr organisiert«, führte Andra ihren Gedanken leise weiter, während Flover noch damit beschäftigt war, es Luke so bequem wie möglich zu machen. »Sie wussten sofort, woher sie die Laken bekommen und wohin sie uns bringen müssen. Es scheint auch kein Problem zu sein, einen Arzt herkommen zu lassen.«

»Aber sie wirkten so skeptisch, als sie gesehen haben, dass wir vom Militär sind«, spann Ellis den Gedanken weiter. »Das können nicht nur Zivilisten sein, die sich organisiert haben.«

Andra nickte. »Ja. Die hätten sich ja gefreut, wenn sie Unterstützung bekämen.«

Flover grummelte zustimmend und richtete sich erst jetzt

auf, um sich zwischen die beiden zu stellen. Sie hegten also genau dieselben Gedanken wie er.

»Wir müssen abwarten«, sagte er ruhig. Wenn sie sich um Luke gekümmert hatten, war noch immer Zeit, sich Gedanken darüber zu machen, ob sie hierbleiben oder weiterziehen sollten.

»Ob Marshall und die anderen wissen, dass diese Menschen hier sind?«, überlegte Andra laut und sah die beiden an.

Es war Luke, der schwach antwortete. Fuck, Flover hatte gedacht, er sei gar nicht mehr bei Bewusstsein! »Ich denke nicht«, murmelte er. »Die haben zwar krassere Empfänger für Übertragungen und Signale, aber als ich die Gegend abgehört habe, hab ich nichts bekommen. Die scheinen ...« Er keuchte einige Male und versuchte, sich auf den Unterarmen aufzustemmen, was Flover sofort unterband. Er drückte ihn zurück ins Bett. »Die scheinen sehr vorsichtig zu sein, mit allem, was sie hier rein- und rausschicken. Ich hatte gar nicht damit gerechnet, dass hier überhaupt jemand ist.«

Flover zog die Augenbrauen zusammen. Das fehlte ihnen noch. In welches Wespennest hatten sie hier nur reingestochen?

»Ihr seid geflohen, weil du der Meinung bist, dass man mit KAMI sprechen sollte, anstatt es plattzumachen?«, fragte der Kerl mit den grauen Haaren an Andra gerichtet. Er hatte sich inzwischen als Nelson vorgestellt. In einem ruhigen Moment hatten Andra und Flover beschlossen, ihn in ihren Plan einzuweihen. Wenn er sie nicht unterstützte, würden sie schon rauskommen. Wenn er es täte, umso besser.

»Genau«, bestätigte Andra ruhig und nahm einen weiteren Bissen von ihrer gefüllten Teigtasche. Er hatte sie in einen Raum gebracht, der vermutlich eine alte Sporthalle war. Tische und ein Buffet waren hier aufgestellt worden, und die Menschen kamen und gingen. Niemand musste für das Essen bezahlen oder sich ausweisen. Eigentlich machte es den Eindruck, dass die meisten hier einander kannten.

»Ich weiß, es klingt naiv«, setzte Andra an, nachdem die Reaktion ihres Gegenübers komplett ausblieb. »Aber ich will es zumindest versuchen.«

Während sie sprach, musste Flover sich darauf konzentrieren, hin und wieder einen Bissen von seinem Essen zu nehmen, damit nicht allzu sehr auffiel, dass er im Grunde alles an Energie dafür aufwendete, Nelsons Reaktionen und sein Umfeld zu studieren. Viele der Männer und Frauen grüßten ihn im Vorbeigehen.

»So naiv klingt das gar nicht.« Der Kerl wirkte inzwischen absolut entspannt. Er sah Andra und Flover kaum an und hatte den Blick meistens auf sein Essen gerichtet oder auf die Menschen, die eintraten und die er meist mit einem Kopfnicken grüßte. »Das Militär ist ja bekannt dafür, immer gleich mit dem Kopf durch die Wand zu wollen. Etwas anderes zu versuchen, finde ich erfrischend.«

»Ist es das?«, wollte Andra wissen. Ihre unschuldigen Reaktionen schienen ihrem Gegenüber zu gefallen. Er vermutete wohl, dass von ihr am wenigsten Gefahr ausging. Flover war sich da nicht so sicher. Er hatte gesehen, wie sie gegen die Moja kämpfte.

Der Kerl schwieg allerdings und gab ihnen einige Sekunden Zeit, ihre weiteren Gesprächsschritte zu überdenken.

Flover hatte Ellis dazu abgestellt, auf den schlafenden Luke aufzupassen. Er hatte sich zwar geschworen, seinen Freund nicht mehr allein zu lassen, aber diese Sache war wichtig, und Flover war der Einzige, der wirklich in Diplomatie geschult war.

»Jetzt weißt du alles über uns«, sagte er nach einer Weile des Schweigens. Er hatte sich lange keine Zeit mehr zum Essen genommen, aber Hunger hatte er auch nicht wirklich. »Dürfen wir jetzt etwas über euch erfahren?«

Der Kerl ihnen gegenüber lachte harsch. »Ja, unsere Begrüßung war vielleicht ein bisschen rau«, gestand er ein. »Entschuldigung dafür.«

Flover blinzelte überrascht, erwiderte aber nichts.

»Könnt ihr euch denken, was hier los ist?«, fragte er dann und zog provozierend die Augenbrauen in die Höhe. Flover wusste nicht, wie er seinen Verdacht am besten äußern sollte, aber Andra kam ihm sowieso zuvor: »Ihr seid aus einem Gefängnis ausgebrochen, oder?«

Flover sog die Luft etwas erschrocken in seine Lungen ein, doch der Kerl grinste tatsächlich vielsagend.

»Gut deduziert«, sagte er.

Shit. Das war eine von vielen Ideen gewesen, die durch Flovers Kopf gespukt waren, aber er hätte sie vermutlich nie so direkt geäußert. Doch es passte alles zusammen. Die Härte, mit der hier kommuniziert wurde. Die Struktur, in der alle organisiert waren. Die Entschlossenheit, mit der sie beim Eintreffen des Helikopters vorgegangen waren. Ihre Skepsis, als sie gesehen hatten, dass sie vom Militär waren.

Normale Zivilisten verhielten sich nur selten so.

»Ich wusste nicht, dass es hier eine so große Strafanstalt gibt«, sagte Flover vorsichtig. Der Mann mit den dunklen Augen wandte sich ihm ruhig zu.

»Wir sind mit den Cyber-Fields hierhergeflohen. Und nicht nur aus einer Strafanstalt, sondern aus der ganzen Welt.«

»Ihr wisst aber schon, dass nur etwas mehr als dreihundert Kilometer entfernt die neue Zentrale des Militärs liegt.«

»Das haben wir am Rande mitbekommen.« Er zuckte die Schultern. »Aber die haben gerade eh andere Sachen zu tun. Wir haben nicht vor, Stress zu machen. Wir wollen nur nicht den Moja zum Fraß vorgeworfen werden.«

Andra nickte überraschend verständnisvoll. Dann hatte der Kerl also deswegen so gut auf sie reagiert. Weil sie eine Gefangene gewesen war, genau wie er.

Es brannte Flover auf der Zunge, nach dem Verbrechen zu fragen, das der Kerl begangen hatte, aber er verkniff es sich. Eigentlich sollte er sich von nun an alle Fragen verkneifen. Wie sie entkommen waren. Wie sie sich abgesprochen hatten. Was sie mit den Menschen dieser Stadt gemacht hatten.

Aber eine war zu wichtig für ihre Mission. Wenn sie Glück hatten, würden sich hier vielleicht …

»Sind Menschen von DVM unter euch?«, stellte Andra freiheraus die Frage, die Flover gerade noch in seinem Kopf abgewägt hatte. Sie war schneller als er, aber bisher hatte sie nichts falsch gemacht.

Tatsächlich nickte Nelson! »Natürlich.« Er spuckte das Wort fast aus. »Die Gefängnisse sind voll mit DVM-Mitgliedern. Tatsächlich ist das Verbrechen der meisten hier wohl ihr Glauben.«

Andra legte die Stirn in Falten, und ein Ausdruck trat auf ihr Gesicht, als wisse sie genau, wie sich das anfühlte. Flover fragte sich, was sie in ihrem Leben durchgemacht hatte, was sie nun so umtrieb.

»Du auch?«, fragte sie weiter.

Der Mann nahm ruhig einen Bissen von seinem Essen und schüttelte mit vollem Mund den Kopf.

»Nein. Aber meine Frau.«

Eine Frau?

»Sie ist gerade nicht in der Stadt und hilft außerhalb anderen Gemeinschaften.«

Flover lauschte auf. Also hatten sie Kontakt zu anderen Menschen von DVM?

»Können wir sie erreichen oder aufsuchen?«, wollte er sofort wissen. »Oder kann sie zurückkommen, um …«

Nelson hob die Hände, um ihn zu unterbrechen. »Ich verstehe, dass es dringend ist, aber wir versuchen, andere Menschen aus Krisenzentren zu befreien. Ich kann versuchen, Kontakt zu ihr aufzunehmen, aber ich weiß nicht, wie die Situation aussieht.«

Flover verzog unzufrieden den Mund, aber es gab vermutlich auch nicht viel, was sie tun konnten.

»Ihr müsst eh noch warten, bis euer Freund wieder aufwacht«, beschwichtigte Nelson ihn weiter. »Und währenddessen könnt ihr uns helfen. Wir haben nämlich vor, heute Nacht ein Fest zu feiern.«

»Was?«, fragten Flover und Andra wie aus einem Mund.

»Ein Fest?«, setzte Andra nach, und Nelson lachte herzlich über ihre irritierten Gesichter.

»Ja. Eine Weltuntergangsparty. Wenn nicht jetzt, wann dann?« Er zwinkerte. »Wenn ihr euch benehmt, könnt ihr vielleicht mitfeiern.« Er lehnte sich ein Stück vor. »Dann stelle ich euch heute Abend meine Frau vor. Sie stand bei DVM in direktem Kontakt mit dem obersten Prediger. Sie wird euch also einiges zu sagen haben.«

Flover schluckte schwer, und Andra wandte sich um, um einen Blick mit ihm zu tauschen. Sie war ganz offenbar genauso überrumpelt von den neuen Informationen wie er.

»Aber warum denkt ihr, dass gerade DVM euch helfen kann?« Er lehnte sich zurück. »Ich akzeptiere die Religion, aber ich habe selbst nie viel damit anfangen können. Was denkt ihr, wird sie euch sagen können, das euch weiterhilft?«

Nun war es an Flover zu sprechen. Immerhin war das seine Idee gewesen.

»Ich habe einige Zeit bei DVM in Berlin verbracht«, erklärte er. »Sie haben mich und meinen Freund aufgenommen, als die ganze Welt nach uns gesucht hat. Sie haben Ansichten, die extrem wirken. Aber sie unterscheiden sich so sehr von denen des Militärs, dass sie uns weiterbringen könnten.«

»Um den Blickwinkel zu ändern«, schloss der Kerl und nickte. »Verstehe.« Er sah sie beide abwechselnd an. »Also gehe ich davon aus, dass ihr bis heute Nacht hierbleiben werdet, um mit uns zu feiern?«

»Ich würde es befremdlich finden, in dieser Situation zu feiern«, gestand Flover ein. »Aber da wir noch darauf warten müssen, dass Luke sich erholt, und es nach einem guten Plan klingt, mit deiner Frau zu sprechen …« Er blinzelte Andra an, die ihm bestätigend zunickte. »Ja, ich schätze, wir werden mit euch feiern.

UNITED NATIONS MILITARY

Persönliche Konversationen

Unter Verschluss

Marshall, 12.03.2086: »Liza. Ich habe in den letzten beiden Tagen versucht, dich zu besuchen, aber deine Bediensteten sagen, du möchtest niemanden empfangen. Deswegen schreibe ich dir jetzt hier. Es tut mir so unendlich leid, was mit Mizaki passiert ist. Du weißt, wie sehr ich ihn als Freund geliebt habe, und ich weiß, wie gut er dir getan hat. Ich habe schon mit Alaska gesprochen, und wir werden die Säuberungen abbrechen. Die Opfer, die wir dafür bringen müssen, sind einfach zu groß. Ich wünschte, ich könnte dir etwas sagen, das dir über diesen Verlust hinweghilft, aber ehrlich gesagt fehlen mir auch die richtigen Worte. Hoffentlich weißt du, dass du jederzeit mit mir reden kannst und dass ich immer für dich da bin. Bitte schreib mir, wenn ich etwas für dich tun kann. Fühl dich ganz fest von mir umarmt.«

Liza, 12.03.2086: »Danke für deine Worte, Marshall. Ich werde Mizaki vermissen. Aber dieser Vorfall hat mir gezeigt, dass ich einfach zu weich bin. Das waren meine Eltern schon, und ich habe es immer an ihnen verabscheut. Es ist an der Zeit, dass ich lerne, mich von solchen Sachen nicht mehr erschüttern zu lassen. Ich komm auf jeden Fall klar. Ich brauche nur ein paar Tage.«

Marshall, 12.03.2086: »Liza, dass du deine Eltern verabscheut hast, stimmt doch überhaupt nicht. Ich weiß, dass es dir schlecht geht, und es ist gar nicht schlimm, so zu empfinden. Bitte lass uns reden.«

Liza, 12.03.2086: »Marshall, es ist wirklich nett, dass du dich so um mich sorgst, aber ich komme wirklich klar. Ich kann einfach nicht weiterleben wie bisher, und diese Emotionalität ist einfach etwas, das ich an mir ändern muss.«

Marshall, 12.03.2086: »Ich glaube, du nimmst dich ganz anders wahr als andere Menschen. Du bist ein wundervoller Mensch, Liza. Wir haben sehr schwere Zeiten hinter uns, und das lässt uns alle nicht kalt. Also Alaska vielleicht, aber mich auf keinen Fall. Wenn wir dich in letzter Zeit zu Entscheidungen gedrängt haben, hinter denen du nicht stehst, dann sag mir das bitte, ja? Ich bin immer für dich da.«

Liza, 13.03.2086: »Alles gut. Ich stehe hinter allen Entscheidungen, die wir getroffen haben. Und wir sollten die Säuberung nicht abbrechen. Bisher sehen die Statistiken gut aus, und die Aktion nur abzubrechen, weil mein Mann gestorben ist, wäre Bevorzugung.«

Marshall, 13.03.2086: »Erhol dich erst mal. Wir sprechen in Ruhe darüber, wenn du wieder einen freien Kopf hast. Ich hoffe sehr, dass es Flover auch gut geht. Und ich freue mich, dass er für dich da sein kann.«

Liza, 13.03.2086: »Flover weint die ganze Zeit. Ich weiß nicht, wie ich das aus ihm rauskriegen soll. Am Ende wird er noch genauso ein weinerliches Ding wie ich.«

Marshall, 13.03.2086: »Liza. Flover ist gut so, wie er ist. Er ist noch nicht einmal fünf, da ist es doch nicht schlimm, wenn er weint.«

Liza, 13.03.2086: »Ich war in seinem Alter ganz genauso, und meine Eltern waren solche weichen Idioten, die mich auch noch in meiner Weinerlichkeit gefördert haben. Dieser Fehler wird mir mit ihm nicht passieren.«

Marshall, 13.03.2086: »Bitte lass uns reden, Liza.«

Marshall, 14.03.2086: »Liza?«

KAPITEL 29

: SWARMING

Der steinige Weg, den Okijen mit seiner Krücke am Seeufer entlang zurücklegte, tat seinen geschundenen Nerven gut. Der Wind über dem Gewässer erfrischte nicht nur seine Haut, sondern auch seinen Geist.

Die letzte Nacht war die Hölle gewesen, und der Gedanke an Andra und die Ungewissheit, wo sie sich wohl gerade aufhielt, ließen ihn nicht los. Und doch hatte das Gespräch mit dem namenlosen Alten ihn beruhigt.

Schweigend in dem alten Boot auf dem riesigen See zu schwimmen und die Fassaden der alten Stadt vor dem wolkenverhangenen Himmel zu betrachten hatte ihn auf eine gewisse Weise geerdet. Es hatte ihm Distanz gegeben zu allem, was ihm in den letzten Tagen Sorgen bereitet hatte. Obgleich dieser Ausflug keins seiner Probleme gelöst hatte, fühlte er sich leichter. Er fühlte sich, als würde es für jedes seiner Probleme eine Lösung geben. Als müsste er sich nur die Zeit nehmen, sie gewissenhaft zu lösen, ohne Angst und ohne Verzweiflung.

Seine Krücke versank immer wieder zwischen den losen Steinen am Rand des Sees, also versuchte er, nicht allzu viel Gewicht auf sie zu stützen. Es ging, aber er wusste, dass er ganz ohne sie noch recht aufgeschmissen wäre.

So vertieft war er in das Rauschen des Wassers und auf seine eigenen Schritte gewesen, dass ihm das Gewirr vor ihm erst nach und nach bewusst wurde.

In der Station und in all den Zelten, die davor aufgebaut

waren, herrschte Trubel. Mehr als sonst, oder? Nein, er bildete sich das nicht nur ein. Wie Ameisen wimmelten die Soldaten durch die Basis, von den Häusern zu den Zelten, zu den Lagern und hinein in das Gebäude, das ins Endlager führte, und zurück.

Er war nicht mehr als drei Stunden fort gewesen. Was war passiert?

Okijen beschleunigte sein Tempo so weit, wie es ihm möglich war, um auf einen der jungen Männer zuzuhalten, die gerade von den Stufen des Hügels auf die Zelte mit Waffen zueilten.

»Hey«, sagte er laut, und sofort wandten sich einige Menschen um. Er nahm Augenkontakt zu demjenigen auf, den er ausgesucht hatte, auch wenn er keine Ahnung hatte, wer er war.

»Ich?«, wollte der Soldat wissen, blieb stehen und nahm eine aufrechte Position ein. »Was kann ich für Sie tun, Major General Van Dire?«

Himmel. Okijen vermisste Menschen, die ihn einfach beim Vornamen nannten. »Was ist hier los?«

»Haben Sie die Information noch nicht bekommen?«, fragte der junge Soldat irritiert. Okijens entnervter Blick bewegte ihn dazu, sofort weiterzusprechen. »Wir sollen uns für den Kampf rüsten. Der Aufenthaltsort des Moja der vierten Generation wurde ausfindig gemacht. In weniger als vierundzwanzig Stunden brechen wir auf.«

»Okijen, wo zur Hölle hast du gesteckt?«, rief Marshall ihm entgegen. Sie wirkte nicht halb so aufgebracht, wie ihre Worte vermuten ließen, dennoch wirbelte sie herum und kam raschen Schrittes auf ihn zu. Liza Moore und Alaska Pershing hatten hinter ihr Stellung bezogen und schauten gespannt zu ihnen hinüber.

»Ich habe einen Spaziergang gemacht«, erwiderte er ruhig. Er war den ganzen Weg hinaufgelaufen, aber er würde sich nicht von ihrer Hektik anstecken lassen. Das konnte er gar nicht, nach all der Ruhe, die er mit dem alten Mann auf dem Boot gesammelt hatte. »Wir brechen morgen auf?«, fragte er.

Marshall sah ihm eine Weile in die Augen. Ihr Gesichtsausdruck war ruhig, aber in ihren Augen brannte etwas. Entschlossenheit und Mut glitzerten in ihren grünen Iriden. »Ja.« Sie wandte sich von ihm ab, trat wieder an den Tisch, über dem einige Screens schwebten. Mehrere Karten wurden darauf angezeigt.

Okijen folgte ihr und beschloss, sie nicht danach zu fragen, ob das wirklich eine gute Idee war. Sie würde sowieso nicht auf ihn hören.

Im schlimmsten Fall würde sie auch ihn wegzusperren versuchen.

»Wir haben Meldungen von Aktivitäten der Moja auf der ganzen Welt erhalten.«

Ein Blick auf den Screen, der über dem alten Holztisch schwebte, zeigte sehr deutlich, was sie meinte.

»Sind das …?«

»Ja.«

Marshall deutete auf rote Punkte auf der Weltkarte. »Das sind die Bewegungen, die wir seit gestern festgestellt haben, zusammengestellt aus diversen Quellen. Sowohl Sichtungen durch Menschen als auch Überwachungsmechanismen und die Technologie von KAGE haben dieses Bild ergeben.«

Die roten Punkte, die die Moja darstellten. Sie bewegten sich etappenweise über die ganze Welt, wie Wolken auf den Bildern der Wettervorhersage.

Nur dass hier eins anders war. Als würde sie ein Magnet anziehen, bewegten sich alle auf denselben Punkt zu.

»Moskau«, erkannte Okijen den Ort, auf den alle zuhielten.

»Genau«, bestätigte Alaska. Die Stimme des Mannes zu hören bereitete Okijen einen unangenehmen Schauer. Er warf ihm einen scharfen Blick zu.

»Deswegen gehen wir davon aus, dass der Hauptkörper von KAMI sich dort befindet.«

»Als würde es seine Armee sammeln«, flüsterte Okijen andächtig und trat einen Schritt zurück, um Marshall anzusehen. »Deswegen willst du dorthin?«

»Ja«, erwiderte sie klar und überging komplett seinen Blick voller Entrüstung. »Wir müssen unseren Gegenschlag jetzt ausüben, solange wir es noch mit einer überschaubaren Menge an Gegnern zu tun haben. Wenn nicht jetzt, werden wir keine Chance mehr dazu haben.«

Okijen deutete auf das Gewimmel, das sich in Moskau abspielte. »Denkst du wirklich, dass *das* eine überschaubare Menge ist?«, fragte er schockiert. »Nie im Leben haben wir genügend Soldaten und Waffen, um uns dagegen aufzulehnen. Geschweige denn gegen dieses Ding, das sie zu steuern scheint.«

Marshalls Gesicht war ausdruckslos geworden. Es machte so deutlich, dass er nicht die geringste Chance hätte, gegen ihren Plan zu argumentieren. Was für eine Scheiße.

»Wir haben Byth«, sagte sie trocken. »Sie wird sich um den Moja der vierten Generation kümmern.«

»Was?«, hauchte Okijen. Sie wollte wirklich, dass Byth diesem Ding allein gegenübertrat? »Wie um alles sollte sie …«

»Sie hat es schon einmal geschafft, ihm erheblichen Schaden zuzufügen. Es könnte ihr gelingen, den Körper gänzlich zu zerstören.«

»Es *könnte?* Das ist nicht dein Ernst.« Okijen trat ein weiteres Stück zurück.

»Wir haben Unterstützung von allen intakten Stationen auf der ganzen Welt. Die Waffen hier werden sowohl mit den Naniten als auch mit Strahlung behandelt, um wirksam gegen Moja aller Generationen zu sein.«

Okijen spürte, wie Schweiß auf seine Stirn trat, während er ihr lauschte. »Wir werden die Cyber-Fields heute bereit machen. Direkt morgen bei Sonnenaufgang werden wir erst Spione und dann Techniker in die Stadt schicken, um die mobilen Felder aufzubauen und die Soldaten in die Stadt zu holen.«

»Das wird nicht funktionieren«, sagte Okijen. Er dachte nicht einmal groß über seine Worte nach, sie kamen ihm einfach über die Lippen. Sie nicht auszusprechen war keine Option, eher hätte er sich die Zunge abgebissen. »Selbst wenn es uns gelingt, diesen Moja der vierten Generation zu eliminieren, ist der Virus selbst damit noch nicht besiegt.«

»Wir nehmen den Moja dadurch aber ihre Steuerung. Und ihre Art, untereinander zu kommunizieren. Wenn wir dieses Ding plattgemacht haben, wird es auch möglich sein, die anderen zu töten.«

Okijen schwieg nicht, weil das, was sie sagte, dumm war. In der Tat klang der Plan durchaus einleuchtend. Er fragte sich nur, was in ihr vorgehen musste, dass sie tatsächlich bereit war, ein solches Risiko einzugehen. Diese Station – und die Soldaten aus der Welt, die sie in den Kampf ziehen wollte – waren unter den letzten Menschen, die es noch auf diesem Planeten gab. Wenn die Mission scheiterte, wären alle anderen verloren. Schutzlos ausgeliefert.

Konnte sie das wirklich verantworten?

Aber es würde nichts bringen, das anzusprechen, oder? Sie setzte ja darauf, dass sie es schaffen würden.

»Marshall«, sagte Okijen und sah zu Liza, Alaska und den anderen Offizieren, die sich hier befanden. Sein Gegenüber schien allerdings kein Interesse daran zu haben, mit ihm für eine private Besprechung vor die Tür zu gehen. »Bist du dir sicher, dass du dieses Risiko eingehen willst? Es muss …« Er fuhr sich mit den Fingern durch die Haare, unsicher, was er überhaupt mit sich anfangen sollte. »Es muss doch einen anderen Weg geben.«

»Ideen?«, wollte sie streng wissen.

Er durfte jetzt nichts Falsches vorschlagen.

»Keine Ahnung«, stöhnte er. »Vielleicht können wir fliehen. Die Menschen, die noch leben, einsammeln und den Planeten verlassen.«

»Wir besitzen keine Raumschiffe, die dazu in der Lage wären, demnächst unser Sonnensystem zu verlassen. Geschweige denn, so viele Menschen zu transportieren.«

Scheiße, das wusste er. Er wusste es ja. Er hatte in seiner Lebzeit mehrere Male gehört, dass Wissenschaftler und die Space-Corps die Freigabe für den Bau einer Arche beantragt hatten. Als letzten Notfallplan, falls der Kampf gegen KAMI verloren werden sollte und alles den Bach runterging.

Der Rat hatte jedes Mal mit der Begründung abgelehnt, dass es keinen Grund gäbe, diesen Planeten zu verlassen. Und dass es keinen Grund zur Sorge gäbe, KAMI würde jemals aus den Sperrzonen ausdringen und die Welt vereinnahmen.

Sie hatten so falschgelegen. Ein solcher Weg wäre ihre Rettung gewesen. Nicht die des Planeten, aber die der Menschen, die noch lebten.

»Stehst du hinter uns, Okijen?«, wollte Marshall wissen, nachdem er kurz in seinen Gedanken festgehangen hatte.

Er musste sich zusammenreißen, keinen weiteren Blick auf Alaska und Liza zu werfen. *Hinter uns?* Was sollte das bedeuten? Zählte sie die beiden etwa mit dazu? Steckten sie wieder unter einer Decke?

Am liebsten hätte er das ausgesprochen, was Marshall vor

einem Tag noch selbst zu ihm gesagt hatte. Dass sie eventuell falschlag, wenn die anderen beiden ihrer Meinung waren. Dass er hinter ihr stand, aber *nur*, wenn sie endlich dazu bereit wäre, andere Meinungen und Optionen einzubeziehen.

Aber scheiße. Was wusste er schon? Er hatte keine Ahnung, welche Gedanken sie sich gemacht hatte, und er war leider nicht in der Position, von ihr zu fordern, ihm Einblick in ihre Entscheidungsprozesse zu geben. Er war nur irgendein kaputter Mensch, der nichts zu sagen hatte.

»Ja«, erwiderte er also tonlos, stützte sein Gewicht auf die Krücke, weil er sich so endlos müde und schwer fühlte, dann trat er weiter zurück. »Natürlich tue ich das«, murmelte er.

Marshall nickte ruhig. »Dann ist ja gut«, schloss sie friedlich. »Beschäftige du dich bitte heute damit, wieder gesund zu werden, damit du helfen kannst.«

Helfen. Wie sollte das in seinem Zustand denn möglich sein? Er war ja schon froh, laufen zu können, ohne die ganze Zeit das Gleichgewicht unter seinen eigenen Füßen zu verlieren.

»Jawohl«, sagte er trotzdem.

Dann verließ er das Haus.

Nachdem er eine Weile ziellos in der Gegend umhergeirrt war, fand Okijen Byth in einem der großen Militärzelte am Ufer des Flusses, inmitten eines Aufruhrs, der von solcher Ordnung war, dass Okijen sich das erste Mal seit langer Zeit wirklich in seinen Dienst zurückversetzt fühlte. Die Soldaten hatten diesen Ort in eine Manufaktur für die Geschosse verwandelt, in die Byths Mittel – die Anti-KAMI-Partikel – eingebaut wurde, um Moja vorübergehend zu lähmen oder KAMI in frühen Stadien sogar aus ihrem Körper zu entfernen.

Die langen Tische waren voll besetzt von Menschen, die ein Geschoss nach dem anderen mit den speziellen Geräten behandelten, um sie dann an die Männer und Frauen zu geben, die die Munition in Waffen oder Behältnisse einfügten. Den Arbeitern an den Tischen wurde von etlichen anderen Soldaten zugearbeitet, die gezielt umherwirbelten, um alle benötigten Materialien heranzuschaffen und geordnet bereitzulegen.

Inmitten dieses Strudels saß Byth an einem Tisch, den Kopf in die Hände gestützt, mit denen sie sich die Schläfen rieb, die hellblauen Haare wirr in ihrem Gesicht hängend, die Gedanken vermutlich vergraben in die Welt- und Stadtkarten, auf die sie den Blick gerichtet hielt.

»Hey«, grüßte Okijen, und überraschenderweise sah sie sofort von ihrer Arbeit auf. Der Platz auf der langen Bank ihr gegenüber war noch nicht besetzt, also ließ er sich erleichtert darauf nieder. Sie zu sehen schmerzte sein Herz auf eigenartige Weise, nach allem, was Andra ihm über sie erzählt hatte. Darüber, was sie über ihre Vergangenheit erzählt hatte; über den Grund, aus dem sie ihn verlassen hatte. Über die Kräfte, die sie besaß, weil sie infiziert worden war.

Warum um alles in der Welt hatte sie nicht mit ihm darüber gesprochen? Nicht, als sie die Yuna besucht hatten oder zu einem anderen Zeitpunkt auf der Basis. Warum hatte sie nicht vor zwei Jahren mit ihm darüber gesprochen? Der Gedanke wollte ihm nicht aus dem Kopf gehen, obwohl da so viel anderes war, was ihn zur Genüge ausfüllen sollte.

»Hey«, erwiderte sie knapp und musterte ihn eingehend. War ihr klar, dass er es inzwischen erfahren hatte?

Er hätte es so gern aus ihrem Mund gehört, aber er verstand auch, warum sie nichts gesagt hatte. Die Mauern, die sie in den letzten Jahren um sich herum hochgezogen hatte, waren zu dick geworden. So, wie sie jetzt war, gab es vermutlich kein Szenario, in dem sie selbst mit ihm über das Thema gesprochen hätte.

Was sollte er sagen? Vielleicht das Naheliegendste.

»Danke, dass du mich und Andra in Moskau gerettet hast.« Die Aussage war schwammig, doch so intensiv wie ihre Blicke sich für einen Augenblick ineinander verfingen, wusste er, dass ihr klar war, was er meinte.

Ein schuldbewusster Ausdruck trat auf ihr Gesicht, wenn auch so sacht, dass er sich fragte, ob er ihn sich nur einbildete. Er wollte sie mit allen Fragen überhäufen, um sie aus seinem Kopf zu bekommen. Wo war sie gewesen? Wie hatte sie sich gefühlt? Warum war sie nie zum Militär gegangen, um der Regierung von dem Heilmittel zu erzählen, das bei ihr eindeutig funktionierte?

Und warum um alles in der Welt war sie nicht zu ihm gekommen? Warum war sie nicht zurückgekommen, um ihm zu sagen, was mit ihr los war? Er hätte ihr doch geholfen. Er hätte es zumindest versucht.

Eine ganze Weile sahen die beiden einander an, dann schaute Byth wieder auf die Unterlagen und nickte leicht. »Kein Problem.« Die Worte kamen sachter als erwartet über ihre Lippen. »Es …« Sie schluckte schwer, und er sah, wie sie sich anspannte. »Tut mir leid, dass ich es dir nicht selbst sagen konnte.«

Das musste sie so viel Anstrengung gekostet haben. Ihre Muskeln waren noch immer angespannt, und obwohl sie vorgab, die Akten vor sich zu studieren, waren ihre Augen starr auf einen Punkt gerichtet.

So tat es ihm fast leid, sie darauf angesprochen zu haben. Er wollte sie nicht zwingen, mit ihm über etwas zu reden, über das sie nicht sprechen wollte. Er wollte … er wollte, dass sie es wollte, verdammt. Was für ein Dilemma.

»Was machst du?«, fragte er also, um ihr die Möglichkeit zu geben, das Thema zu wechseln. Sie war offenbar noch nicht bereit, darüber zu sprechen. Er musste das wohl akzeptieren, auch wenn es sein Herz so schwer werden ließ, dass sie ihm nicht vertraute. Nicht einmal ihm, dabei hatte sie ihm so lange ihr Leben anvertraut.

Byth schüttelte leicht den Kopf. »Sei froh, dass du dich damit nicht beschäftigen musst«, seufzte sie, und er sah, wie die Anspannung ein Stück weit von ihr abfiel. Dass sie gestresst war, stand außer Frage, aber etwas schien sie umzutreiben. Etwas anderes, als das, worauf er sie angesprochen hatte.

Er wusste, wie sie war, wenn sie Angst hatte. Wie sie war, wenn sie unter Druck stand. Für gewöhnlich fuhr sie dann alle Menschen in ihrer Umgebung an, verteilte unangebrachte Spitznamen und wirbelte um. Sie hier still sitzen und grübeln zu sehen, machte ihn nervös.

»Kann ich dir helfen?«, fragte er und lehnte besorgt seinen Kopf zur Seite, um endlich wieder Blickkontakt zu ihr aufzunehmen.

»Ach was«, stöhnte sie. »Du hast sicher andere Sachen zu tun.«

Er zuckte mit den Schultern. Dass zumindest sie noch hier war, beruhigte ihn irgendwie. So fühlte er sich nicht ganz so sehr wie auf verlorenem Posten. Marshall war in den letzten Tagen unerreichbar für ihn gewesen, dabei war sie früher nicht nur seine Vorgesetzte, sondern seine enge Vertraute gewesen. Die Einzige, die ihm beigestanden hatte, als er um sein Recht hatte kämpfen wollen, aus dem Militär auszutreten.

Die Zeiten hatten sich wohl geändert.

Ja, auf jeden Fall hatten sie das.

»Ich hab nichts zu tun. Marshall sagt, ich soll mich ausruhen und auf morgen vorbereiten.«

Endlich ruckte ihr Kopf hoch, und sie sah ihn an. Auch wenn der schockierte Ausdruck auf ihrem Gesicht alles andere als das war, was er sich erhofft hatte. »Was?«, keuchte sie. »Ist das ihr Ernst?«

Okijen runzelte die Stirn. »Keine Ahnung. Sie ist offenbar der Meinung, dass ich wieder einsatzbereit bin.«

Byth war alles aus dem Gesicht gefallen. »Nein«, sagte sie gedehnt. »Ich habe ihr vorhin *gesagt*, dass du noch nicht in den Kampf ziehen kannst. Abgesehen davon, dass bei vielen deiner Systeme die Feinkalibrierung fehlt, kann ich dich nicht in den Kampf schicken, wenn du nichts spürst.«

Okijen zog die Augenbrauen hoch. »Keine Schmerzen zu haben käme mir ehrlich gesagt gelegen«, sagte er peinlich berührt lachend. Er hatte sie schon öfter darum gebeten, die Sensoren abzuschwächen.

Heftig schüttelte Byth ihren Kopf. Ihre blauen Haare waren inzwischen so viel heller und ausgewaschener als vor einigen Wochen. Die dunklen Wurzeln waren am Ansatz sichtbar. »Nein! Wenn du nichts spürst, machst du viel zu doll. Du musst einschätzen können, wann dein Maß erreicht ist.« Sie richtete sich von ihrer Bank auf, trat vom Tisch weg und ging mit forschen Schritten auf den Eingang des Zeltes zu. Einige Arbeiter machten ihr beinahe ehrfürchtig Platz. »Nicht, dass es hier ein Maß geben wird.«

»Warte!« Okijen ächzte, nachdem er nach seiner Krücke gegriffen hatte und so schnell wie möglich versuchte, sich aufzustemmen. Wenn er erst mal in Bewegung war, ging es, aber hochzukommen fiel ihm immer wieder schwer.

Tatsächlich blieb Byth im Eingang des Zeltes stehen, um darauf zu warten, dass er zu ihr aufschloss. Sie trat außen einen Schritt zur Seite, um niemandem im Weg zu stehen.

»Du darfst nicht zu Marshall gehen«, sagte er mit gesenkter Stimme und sah sich um. Er trat nah an sie heran, damit nur sie ihn hörte. »Ich habe gerade auch versucht, sie von diesem Plan abzubringen, aber das führt zu nichts. Sie besteht darauf. Und sie besteht darauf, dass ich ein Teil davon bin.«

Mit einer Mischung aus Besorgnis und Wut sah Byth zu

ihm auf. »Hast du etwa Angst vor ihr?«, fragte sie leise. Ihr Tonfall war höhnisch, aber davon spiegelte sich nichts auf ihrem ernsten Gesicht wider.

Okijen wollte verzweifelt lachen, aber ihm war nicht danach zumute. Er verzog keine Miene, als er antwortete: »Irgendwie schon.«

Seine Antwort schien sie aus dem Konzept zu werfen. Abermals wandte sie ihren Blick von ihm ab und verschränkte die Arme vor der Brust.

»Mir gefällt auch nicht, welche Rolle du in dieser ganzen Sache spielen sollst«, fuhr er fort. »Will sie wirklich, dass du allein gegen KAMI kämpfst?«

»Ich bekomme das hin«, murmelte sie.

»Ernsthaft?« Er wollte noch einen Schritt näher herantreten, aber sie war bereits vor ihm zurückgewichen, also näherte er sich lieber nicht zu weit. »Du hast das Ding damals in die Flucht geschlagen, aber nur, weil wir ihm vorher zugesetzt hatten. Es war noch so verdammt weit weg davon, besiegt zu sein. Ich meine …« Er machte eine wegwerfende Handbewegung. »Keine Ahnung, ob es überhaupt möglich ist, dieses Teil zu töten.«

»Ich werde Unterstützung haben«, beharrte sie weiter. Mist, meinte sie das tatsächlich ernst? Wollte sie wirklich auf diese Mission gehen? »Aber ich werde nicht zulassen, dass du gehst. Ich bin deine Mechanikerin, und wenn ich sage, du bist nicht kampftauglich, dann bist du es nicht.«

War es die Sorge um ihn oder die Wut darüber, dass Marshall ihre Empfehlung missachtet hatte, die sie so wütend machte? Es war ihm schleierhaft.

»Es wird nichts bringen, mit ihr darüber zu reden«, beharrte er weiter.

»Schon klar«, knurrte sie. Erst jetzt begann sie, sich in alle Richtungen umzuschauen. Schmiedete sie einen Plan?

»Wir treffen uns heute Abend in dem Zimmer, in dem ich dich operiert habe«, entschloss sie sich dann mit unterdrückter Stimme. »Komm auf jeden Fall, ja?«

Er runzelte die Stirn.

»Wenn du jemanden triffst und er dich fragt, wohin du willst, sagst du einfach, wir reden noch mal über den Plan morgen.«

Wäre die Situation nicht so ernst gewesen, hätte er in Erinnerung an die alten Zeiten lächeln müssen. Sie wusste, wie schlecht er darin war, zu lügen, deswegen hatte sie ihm schon damals die Antworten vorgefertigt. »Geht klar«, sagte er leise.

Danach nickte sie ihm bestimmt zu und verschwand wieder in ihrem Zelt. Welchen Plan auch immer sie da ausheckte.

KAPITEL 30

: UNCOVERING

»Und Okijen hat das einfach zugelassen?«

»Ich möchte gerade eigentlich nicht daran denken.«

»Sorry, ich will dich damit nicht bedrängen, aber ... Ich habe ihm das echt nicht zugetraut.«

Andra seufzte und schaute zu ihren Füßen hinab. Die Sonne war untergegangen, und Musik drang aus einigen Häusern und Parks, an denen sie Nelson durch die Stadt vorbeiführte. Fackeln und Lampions waren die einzigen Lichtquellen, die das nächtliche Irkutsk erhellten, und zwischen den Gerüchen nach Essen und Süßem bewegten sich Menschen ausgelassen über die Straßen, tanzten und sangen leise. Die Menschen fühlten sich entweder sehr sicher, oder alles war ihnen egal.

Luke ging es inzwischen besser. Die Medikamente, die ihm ein Arzt verabreicht hatte, hatten angeschlagen, und die Ruhe hatte ihm gutgetan. Während Flover den ganzen Tag über nicht von seiner Seite gewichen war, hatten Andra und Ellis sich mit den unterschiedlichsten Menschen von DVM unterhalten. Ohne viel Neues herauszufinden, leider. Die meisten hatten sie nur auf diese Rosa verwiesen – Nelsons Frau, zu der er sie nun endlich führte.

Er hatte wohl einiges mit ihr zu besprechen gegeben, auch wenn Andra keine Ahnung hatte, worum es gegangen war. Sie hoffte nur darauf, endlich weiterzukommen. Wenn sie heute Nacht nichts Neues herausfanden, würden sie weiterziehen müssen. Wohin auch immer.

»Ich will mir gar nicht ausmalen, was passiert, wenn wir den anderen gegenüberstehen«, flüsterte sie, mehr zu sich selbst als zu Ellis. Sie war sich so sicher gewesen, aber je mehr sie sich verschiedene Situationen ausmalte, umso klarer wurde ihr, dass alles nur in einem Desaster enden konnte. Marshall war so stur gewesen und Okijen so ... gelähmt. Wie immer, eigentlich. Wenn sie die beiden nicht einmal überzeugen konnte, wie sollte es ihr gelingen, gegen die Intelligenz und Sturheit einer Maschine anzukommen?

Ein Mann mit einem Tablett voller beschlagener Gläser trottete an ihnen vorbei und hielt erst Nelson und dann den anderen die kühlen Getränke entgegen. Andra nahm sich ein Glas der klaren, sprudelnden Schorle und trank einen Schluck.

»Hier drüben«, sagte Nelson und deutete auf einen kleinen Park mit einem golden verzierten Springbrunnen in der Mitte. Mit den Lichtern und Wimpeln und allen Ecken sah es so aus, wie Andra sich eines der Sonnenfeste vorstellte, von denen sie gelesen hatte. Die Ruhe, die hier trotz der vielen Menschen herrschte, war auf eigenartige Weise meditativ.

Sie sollte sich entspannen. Viel würde sie heute Abend sowieso nicht mehr bewegen können.

Nelson ging voran zu einem Holztisch, an dem zwei Bänke aufgestellt worden waren. Auf einer saß eine Frau mittleren Alters, die Augen aufmerksam auf sie gerichtet, die Hände ordentlich auf dem Tisch gefaltet, die Haare in einem ausgeblichenen Grün gefärbt. Wäre Andra besser gelaunt gewesen, hätte sie sicher darüber geschmunzelt, dass sie nicht passend zu ihrem Namen getönt waren.

»Hey«, murmelte ihr Nelson zu, drückte ihr einen Kuss auf die Wange und ließ sich neben ihr nieder. Ellis nahm an ihrer anderen Seite Platz, während Andra, Flover und Luke sich auf die Bank ihr gegenüber setzten.

»Mein Name ist Rosa«, sagte die Frau in hartem Tonfall und musterte jeden von ihnen eindringlich. Ihre Stimme hatte etwas überraschend Warmes. »Man hat mir schon gesagt, dass ihr kommen würdet.« Ihr Blick blieb an Andra hängen. »Und dass du heute viele meiner Leute befragt hast.«

Andra nickte ehrlich. Ihre dunklen Augen waren aufmerksam, aber sie hatten auf eine gewisse Weise auch etwas Warmes. »Hat man dir gesagt, worum es uns geht?«

»Das habe ich ihr gesagt«, mischte Nelson sich ein. »Sie ist im Bilde.«

»Ihr sucht nach Argumenten, die ihr gegen KAMI vorbringen könnt.«

»Genau.« Andra nahm einen weiteren Schluck von ihrem Getränk, um sich einige Sekunden Zeit zu verschaffen. »Hast du ... dazu eine bestimmte Meinung?«, setzte sie vorsichtig an. Sie hatte den Tag über den Eindruck gewonnen, dass die meisten DVMler eigentlich gar nicht mit ihr hatten sprechen wollen.

Rosa schürzte die Lippen und schien allein dadurch, dass sie Andra beobachtete, erkennen zu wollen, ob sie vertrauenswürdig war oder nicht. Ihre Blicke riefen das Gefühl in ihr vor, nackt zu sein. »Ich denke, KAMI hat recht«, sagte Rosa dann.

Für jemanden von DVM keine besonders überraschende Aussage.

»Aber?«, hakte sie nach.

»Warum sollte es ein *Aber* geben?« Es war klar, dass Rosa sie nur herausfordern wollte, also hielt Andra den Blickkontakt und antwortete ruhig.

»Weil die Antwort nicht so simpel sein kann.«

Rosa und Nelson warfen einander einen Blick zu, dann nickte sie eingestehend. »Ja. Ist sie auch nicht. Ich habe vieles von dem gehört, was KAMI gesagt hat. Über das interne Netzwerk von DVM gab es einige Aufzeichnungen davon. Ich denke, dass es recht hat mit seiner Sicht auf die Welt.« Sie rutschte auf ihrer Bank ein Stück zurück und schien sich endlich ein wenig zu entspannen. »Aber ich denke, dass der Weg, den es gewählt hat, der falsche ist. Die Menschheit muss sich weiterentwickeln, aber … nicht auf so brutale Weise. Nicht so plötzlich.«

Flover regte sich. »Wir haben uns mit Menschen von DVM in Berlin unterhalten, die etwas Ähnliches gesagt haben«, meinte er und schaute Andra an. Er hatte ihr das natürlich schon erzählt.

»Ich …« Andra fuhr sich durch die Haare. »Ich verstehe nur nicht, warum diese Welt so dringend gerettet werden muss. Ich meine …« Sie hatte das mit Ellis und Flover durchdiskutiert, aber keine der Antworten war wirklich zufriedenstellend gewesen. »Ich weiß, dass nicht alles gut ist und dass wir Menschen viel zu lernen haben. Aber wenn man die Geschichte betrachtet, erkennt man doch, dass wir es wirklich geschafft haben, uns zu verändern.«

Nachdem Andra ausgesprochen hatte, legte sich ein düsteres, fast ironisches Lächeln auf Rosas Gesichtszüge. »Haben wir das?« Sie drückte ihre Fingerspitzen aneinander und legte ihr Kinn darauf ab.

Andra sah zu Flover, Ellis und Luke, um herauszufinden, ob die drei eine Ahnung hatten, worauf sie mit ihrer Frage abzielte. Sie blinzelten unwissend.

»Die Menschen sind doch zufrieden, so wie es ist«, sagte Andra vorsichtig, in der Hoffnung, dass Rosa sich weiter erklären würde. »Und die Regierung ist bemüht, es allen recht zu machen.«

»Ja«, sagte sie gedehnt. Nelson legte ihr die Hand auf die Schulter, wie um sie zu beruhigen, dabei hatte Rosa die Augen die ganze Zeit nicht von Andra abgewendet. »Aber zu welchem Preis?«

»Welchen Preis meinst du?« Es gefiel Andra nicht, ihr jede

Information aus der Nase ziehen zu müssen, aber es war offensichtlich, dass es ihr schwerzufallen schien, über das Thema zu sprechen.

Rosa wandte ihren Blick ab und rieb ihre Hände aneinander. Sie lächelte, als hätte sie vergessen, dass sie es tat. Ihre Gesichtszüge waren eingefroren. »Ja, ihr könnt es nicht wissen«, murmelte sie. Nelson rieb ihr sacht über den Rücken, während Andra sich anspannte. Der Preis, den sie für den aktuellen Zustand der Welt zahlen mussten? Was sollte das sein?

»Viele dieser Menschen waren im Gefängnis, weil sie bei den Ereignissen damals dabei waren und es gewagt haben, darüber zu sprechen. Alle Akten zu dieser Zeit sind unter Verschluss, und denen, die dabei waren, ist es verboten, öffentlich darüber zu reden.«

Damals?

»Du meinst den Putsch?«, wollte Flover wissen. Er hatte die Stirn in tiefe Falten gelegt.

Rosa nickte langsam, wandte ihren Blick allerdings Flover und Ellis zu. »Ihr seid doch beim Militär, oder?«

»Ja«, bestätigten beide.

»Und ihr wisst es wirklich nicht?«

Langsam schüttelte Flover den Kopf, während Rosa schwer ein- und ausatmete. Sie brauchte offenbar eine Weile, bis sie in der Lage wäre, über das Thema zu sprechen.

»Der Putsch damals ... «, schaltete sich deswegen Nelson ein. »Das, was Alaska, Liza und Marshall getan haben ... war eins der gewalttätigsten Ereignisse der Geschichte der Menschheit.«

Andra lief ein Schauer über die Haut. »Ich habe versucht, Einträge in Geschichtsbüchern darüber zu finden«, sagte sie und erinnerte sie an ihre ersten Tage in dieser Welt, in denen sie sich zu allem belesen hatte. »Ich fand es beeindruckend, dass damals alles so glatt abgelaufen sein sollte.«

Rosa lachte schallend. Keiner der Menschen, die um sie herum tanzten und lachten, interessierte sich für sie. »So stellen sie es dar. KAMI tauchte auf, und sie nutzten mithilfe CyberTrips und des Militärs die Chance, die Regierungen sämtlicher Länder zu stürzen. Aber denkt ihr wirklich, alle Regierungen haben sich ihnen einfach ergeben? Denkt ihr, die Bevölkerung hat diese Machtübernahme einfach akzeptiert?«

Die vier sahen erst einander, dann wieder sie an. Andra wusste nicht, ob sie beruhigt oder besorgt sein sollte, weil Flover, Luke und Ellis genauso wenig Ahnung zu haben schienen wie sie.

»Ich ging davon aus, dass sich die Menschen irgendwann gefügt haben, als sie ihr Programm präsentiert haben«, sagte Ellis. »Ich meine das mit dem bedingungslosen Grundeinkommen und allem.«

»Einige ja. Viele nicht.« Rosa sah jeden einzeln an. »Ich erinnere mich noch an diese Zeit, als wäre es gestern gewesen.« Sie atmete schwer. Was war ihr damals passiert?

»Die Welt stand in Flammen«, erklärte Nelson an ihrer Stelle. »Die meisten Regierungen wurden gewaltsam von Söldnern entmachtet. Tausende von Menschen wurden vor laufenden Kameras exekutiert, überall auf der Welt gleichzeitig. Nachdem sie mit den Regierungen durch waren, haben sie sich die Firmenbosse vorgeknöpft.«

»Firmenbosse?«, hakte Andra nach.

»Bevor unsere Welt so war wie heute, lag die Macht nicht nur bei der Politik, sondern auch bei der Wirtschaft. Riesige Konzerne haben das Bild der Welt und Gesellschaft geformt. Werbung und Konkurrenz waren an der Tagesordnung.«

»Stimmt, davon habe ich gelesen«, erinnerte sie sich.

»Das Erste, was die neue Regierung getan hat, war sämtliche Firmenchefs und CEOs zu entmachten und die Firmen zu verstaatlichen. Das war einer der wichtigsten Schritte auf dem Weg zu der Welt, in der wir jetzt leben. Aber auch damit waren nicht alle Wirtschaftler einverstanden.« Sie lächelte versonnen. »Eigentlich keiner. Sind Vorstände nicht eigenständig zurückgetreten und haben dem Staat ihre Besitztümer verschrieben, marschierte das Militär ein und exekutierte die Männer und Frauen auf der Stelle.«

»Das zog sich über Jahre hinweg«, ergänzte Nelson. »Zusätzlich zum Militär wurden Söldner und private Sicherheitsdienste von den eingezogenen Geldern bezahlt, um die Bevölkerung unter Kontrolle gehalten.«

»Und niemandem ist es gelungen, sich dagegen zu wehren?«, wollte Flover wissen. Er schüttelte den Kopf. Es war offensichtlich, dass er die Erzählung nicht wirklich glauben konnte oder wollte. Aber selbst Andra musste eingestehen, dass sie diese Version der Geschichte deutlich realistischer fand, als das, was sie bisher gelernt hatte.

»Die ersten Tage des Putsches waren von einer derart erschreckenden Brutalität, dass die meisten Menschen nur Angst hatten«, murmelte Rosa mit belegter Stimme. »Aufständische wurden ohne Gnade niedergeschossen. Am dritten Tag des Putsches haben Söldner ihre Leichen bei einer Liveübertragung auf einem riesigen Scheiterhaufen verbrannt.«

Andra spürte Übelkeit in ihrer Kehle aufsteigen, als Bilder unfreiwillig ihren Geist fluteten. Menschen, die Menschen abschlachteten. Aber wie nachlässig das Militär mit dem menschlichen Leben umging, hatte sie ja schon in den letzten Wochen mehrere Male gesehen. Die Säuberungsaktionen, in deren Rahmen so viele Soldaten in den sicheren Tod geschickt worden waren. Und Marshalls Plan, der dasselbe Ergebnis haben würde.

Ellis hingegen schüttelte nur energisch seinen Kopf. »Es kann nicht sein, dass das niemand mehr weiß! Dass darüber niemand spricht!« Er hatte offenbar mehr Zweifel an der Geschichte als die anderen. »Das war erst vor dreißig Jahren. Unsere Eltern haben das miterlebt!«

Rosa zuckte mit den Schultern, und auch Nelson ließ seinen Kopf leicht sinken. »Das Militär kontrolliert alles. Die Politik, die Wirtschaft, die Justiz, die Medien. Viele Menschen haben versucht, zu sprechen. Viele haben versucht, sich aufzulehnen.« Er deutete um sich. »Für viele ist das sogar der Grund dafür, dass sie hier sind. Man spricht nicht darüber. Das ist eben so.«

Andra schluckte schwer, und obwohl ihr wegen des Getränks warm war, überfuhr sie eine Gänsehaut vom Scheitel bis zur Sohle. Konnte das wahr sein? Konnten solche gewaltigen Geheimnisse vor den Menschen geheim gehalten werden?

»Gab es nie Putschversuche?«, wollte Luke wissen. Er hatte sich weit über den Tisch zu ihren beiden Gesprächspartnern vorgelehnt.

»Natürlich«, sagte Rosa. »Aber die meisten werden wir gar nicht mitbekommen haben. Die, von denen ich weiß, wurden im Keim erstickt.«

»Und niemand hat es je bemerkt?«

Sie nickte zu Flover hinüber. »Du arbeitest bei KAGE, sagst du.«

Er nickte. Andra fand es gar nicht verwunderlich, dass sie wusste, welche Abteilung das war, obwohl diese so geheim war.

»Dann bist du doch damit vertraut, wie das abläuft, wenn Menschen auf einmal von der Erdoberfläche verschwinden.« Sie zog die Augenbrauen erwartungsvoll hoch. »Zum Wohle der Öffentlichkeit natürlich.«

Wie sie das betonte …

Ein weiterer Schauer überlief Andras Haut. Es gab keine Beweise dafür, dass das, was Rosa sagte, der Wahrheit entsprach. Aber die Art, wie sie sprach. Dieser Glanz in ihren Augen. Das konnte keine Lüge sein. Sie war sich sicher, dass es die Wahrheit sein musste.

Flover schien es schwerzufallen, eine Antwort zu formulieren. Er hielt sich regelrecht an dem Becher vor ihm fest. Die anderen beiden hatten ihre Münder zu angewiderten Ausdrücken verzogen.

»Ich kann das nicht glauben«, hauchte Luke. »Ich kann ...« Er brach ab und schüttelte den Kopf.

»Das ist der Grund, aus dem ihr ins Gefängnis gekommen seid?«, ergriff Ellis wieder das Wort. Er schien ebenso mitgenommen zu sein wie sie alle, aber sein Interesse überwog wohl.

»Bei mir ja«, sagte Nelson.

»Und ich, weil ich Anhängerin von DVM bin«, fügte Rosa an. »Aber die Auflehnung gegen das Militärregime ist ein Ziel von DVM.«

»Innerhalb der Religion wird auch nicht darüber gesprochen«, erklärte Nelson wieder. »Die Chance ist zu hoch, dass sich Spitzel unter den Mitgliedern befinden.«

Flover ließ den Kopf noch weiter sinken, obwohl Andra nicht wusste, warum.

»Aber in den höchsten Rängen von DVM wird sich durchaus über diese Thematik ausgetauscht.«

Rosa nickte schwach. Danach schien keiner mehr den Drang zu verspüren, etwas zu sagen oder zu fragen. Nelson und Rosa warfen einander so leidende Blicke zu, dass Andra gar keine Frage mehr zu stellen wagte.

Himmel, welche sollte das auch sein? Sie hätte sich daran gewöhnt haben sollen, dass alles, vom dem sie dachte, dass es wahr war, gelogen sein könnte. Aber sie hatte ja noch nicht einmal den letzten Schock verarbeitet. Wie sollte es ihr mit diesem hier gelingen?

Sie fühlte sich leer. Ihre Fingerkuppen an das kühle Glas

vor sich gelegt, erinnerte sie sich daran, was die Älteste zu ihr gesagt hatte.

Dass das, was hinter den Mauern schlummerte, das Kind und gleichzeitig der Untergang der Menschheit sei, gekommen, um über sie zu richten. Nicht an der Stelle eines Gottes oder einer höheren Macht. Sondern anstatt der Welt, der sie so viel genommen hatten. Die Älteste hatte gesagt, dass KAMI nichts weiter sei als eine Folge all der Verbrechen des letzten, schrecklichsten Jahrhunderts der Menschheit.

Hatte sie sich auf dieses Ereignis bezogen? Es stand außer Frage, dass sie davon gewusst hatte, so alt wie sie gewesen war. Andra war immer davon ausgegangen, dass sich ihre Worte auf die Zerstörung der Natur und auf den Zweiten Kalten Krieg bezogen hatten. Aber je länger sie darüber nachdachte, umso klarer wurde ihr, dass sie dieses Ereignis gemeint haben musste.

Warum hatte sie nie etwas gesagt? Die Yuna waren nicht von der Regierung überwacht worden.

»Die Ältesten der Yuna hassen die Städter«, sagte sie nach einer ganzen Weile, in der alle nur in ihre Gläser gestarrt hatten. Flover und Luke waren weiter zusammengerückt. Rosa schaute zu ihr auf. »Ich dachte immer, sie würden die Städte nicht mögen, weil es Betonwüsten wären. Oder weil dort alle unfreundlich sind.«

»Das erzählt man sich bei den Yuna?«

Andra nickte. »Als ich das erste Mal in einer Stadt war, habe ich mich gewundert, dass es gar nicht so furchtbar war, wie ich gedacht hatte.« Sie drehte das beschlagene Glas in ihren Händen. »Die Yuna hassen die Städte gar nicht. Sie hassen die Regierung.«

»Ja«, sagte Nelson. »Die Yuna haben sich nach dem Putsch von der neuen Regierung losgesagt und sind ins Exil geflohen, um dem Militärregime nicht zu unterliegen. Es wurden

Absprachen mit dem Weltrat getroffen, der den Yuna ihr Dasein erlaubten, solange sie sich nicht gegen die Regierung auflehnte.«

Es gelang ihr nicht einmal, ihn anzusehen, während er sprach. Es gelang ihr einfach nicht. Andra war weder schockiert noch traurig. Es war nur, als hätte ihr dieses neue Weltbild sämtliche Energie geraubt. Als hätte es ihren Kopf und ihre Glieder unsagbar schwer gemacht. »Wenn die Älteste nur noch leben würde«, flüsterte sie. »Sie wüsste sicher, was zu tun wäre.«

Keiner reagierte, also fasste sie sich ein Herz. Sie hatte in diesem Gespräch andere Fragen stellen und andere Dinge sagen wollen. Doch alles, was ihr jetzt noch ein Anliegen war, konnte sie in einer simplen Aussage festhalten. »Ihr müsst uns helfen«, bat sie mit klarer Stimme und sah sowohl Nelson als auch Rosa freiheraus an. »Wir schaffen es nicht, Marshall davon zu überzeugen, den Gegenanschlag gegen KAMI hinauszuzögern und andere Wege in Betracht zu ziehen. Aber wir müssen das beenden.« Abwechselnd sah sie die beiden und ihre drei Begleiter an, suchte nach Unterstützung in ihren Gesichtern. »Ihr wisst so viel mehr über diese Welt als wir. Ihr habt so viel bessere Argumente. Ihr müsst uns helfen, Marshall aufzuhalten.«

Erneut schauten Rosa und Nelson einander an. An der Art, wie sie es taten – mit einem tiefen Seufzen und dem Ausdruck vollkommener Resignation in den Augen –, kannte Andra die Antwort schon, bevor sie sie aussprachen. »Ich denke nicht, dass ich das kann«, erwiderte Rosa vorsichtig. Wie überraschend anders sie jetzt sprach als am Anfang. »Ich denke nicht, dass *wir* das können.«

»Marshall Lloyd war immer die Besonnenste der drei«, ergänzte Nelson. Wenigstens dieser Eindruck von Andra entsprach also der Wahrheit. »Sofern man so ein Wort überhaupt gebrauchen kann. Aber ich schwöre dir, dass nichts in der Welt sie davon abhalten wird, ihren Plan umzusetzen, wenn sie von seiner Richtigkeit überzeugt ist.«

»Nur rohe Gewalt«, ergänzte Rosa. »Oder ihr Tod.«

Andra schluckte schwer und schüttelte den Kopf. Scheiße. Sie wollte nicht gegen Marshall kämpfen. Sie hatte sie in den letzten Wochen so zu schätzen gelernt. Wenn diese Frau andererseits nicht der Mensch war, den sie zu kennen glaubte – wenn sie diese andere Person war, über die ihr Gegenüber gesprochen hatte –, dann sollte Andra ihren Standpunkt noch einmal überdenken.

»Es gibt Menschen, die sich nur durch Gewalt ausdrücken können«, sagte sie. Das hatte die Älteste immer gesagt. Und je länger sie darüber nachdachte, umso mehr von diesen Menschen hatte sie in letzter Zeit kennengelernt.

Alaska und Liza, die ohne zu zögern ganze Städte vernichtet hatten, ohne sich darum zu scheren, ob sich dort noch Menschen befanden oder nicht. Marshall, die sich so wenig auf ein Gespräch hatte einlassen wollen, dass sie Andra hatte festnehmen lassen. Und sogar Okijen.

Okijen, der nur Frieden schließen wollte. Okijen, der jedes Problem löste, indem er kämpfte, obwohl er nicht wollte. Er konnte gar nicht anders. Er hatte es nie anders gelernt.

»Die Geschichte der Menschheit ist nicht nur von Akten der Gewalt geprägt, diese Akte haben sie auch nachhaltig bestimmt«, sagte Ellis. »Es war wahrscheinlich naiv anzunehmen, dass es beim Umsturz der Ordnung vor dreißig Jahren anders war.«

»Aber man zweifelt es doch nicht an, wenn es einem sogar in der Schule so beigebracht wird!«, warf Luke ein. »Und meine Eltern ...« Er stockte und ballte die Hände zu Fäusten. »Stimmt eigentlich. Meine Eltern haben, glaube ich, nie darüber gesprochen.«

»Meine auch nicht«, stimmte Ellis zu.

Nur Flover war auffällig ruhig geworden. Wie eine Statue saß er dort, den Blick nicht auf seine Hände, sondern einfach in die Leere vor ihm gerichtet.

Seine Mutter war Liza Moore. Eine der Personen, die das alles nicht nur möglich gemacht, sondern auch befehligt hatten. Hatte sie ihm nie etwas davon gesagt? Was ging gerade in ihm vor?

Im ersten Moment vermutete Andra, er könnte mehr darüber wissen, immerhin befand er sich an einer so hohen Position im Militär und war in diese Welt hineingeboren worden. Aber seine Reaktion zeigte, dass er genauso wenig Ahnung von dieser ganzen Sache gehabt zu haben schien wie sie.

»Ich kann euch leider keine Beweise vorlegen«, sagte Rosa nach einigen weiteren Momenten. »Viele Menschen von DVM haben ihr Leben lang versucht, an welche zu kommen. Aber entweder wurden sie nie fündig oder verschwanden einfach.«

»Scheiße«, keuchte Ellis.

»Ich muss gleich kotzen«, stammelte Luke.

»Ich bin sicher, dass in irgendwelchen Bunkern unter den Militärzentralen Geheimdokumente zu diesen Vorfällen lagern, aber … keine Ahnung, ob oder wie man da rankommt.«

»Dazu haben wir jetzt eh keine Zeit«, entschied Andra. »Ich glaube dir auch ohne Beweise.« Sie nickte zu sich selbst, dann schlich sich ein ungewolltes Lächeln auf ihre Lippen. »Ihr feiert den Untergang der Welt. Welchen Grund hättest du jetzt noch, zu lügen?«

Tatsächlich spiegelte Rosa den Ausdruck auf Andras Gesicht. »Stimmt«, sagte sie. »Den habe ich nicht.«

Aber wie brachte sie das weiter?

Andra fuhr sich mit den Händen über das Gesicht und durch die Haare, um ihre Gedanken zu ordnen. Marshall war nur mit Gewalt aufzuhalten, und sie befehligte alles. Selbst mit der Unterstützung dieser Menschen würden sie nicht gegen sie ankommen. Aber wenn sie ihren Plan durchzog, würde KAMI das nur als Bestätigung sehen, dass die Menschheit auszulöschen der richtige Schritt wäre. Es wollte immer noch die Antwort. Die Erklärung dafür, warum die Menschen es verdient hatten, zu leben.

Hatten sie es überhaupt verdient? Flover hatte zu DVM gehen wollen, um Antworten zu finden, aber das, was sie bisher herausgefunden hatten, sprach eher gegen die Menschheit als dafür.

Natürlich. Das war offenbar einer der Gründe, aus denen die Sekte überhaupt gegründet worden war. Was für ein Chaos.

»Wenn doch die Älteste noch leben würde«, flüsterte Andra erneut. Diese Frau hatte ihr so viel beigebracht, sie so viel gelehrt, und Himmel ja, sie hatte sie so schwer verraten. Andra war noch immer nicht klar, warum. Aber sie hatte offenbar noch viel mehr gewusst, als sie je zugegeben hatte. Sie würde bestimmt einen Weg aus dieser Situation kennen.

Die anderen reagierten nicht auf ihre Aussage. Doch noch während sie in Gedanken schwelgte, kam ihr ein neuer in den Sinn.

Die Älteste. Sie war der weiseste Mensch, den Andra kannte, aber sie war nicht die einzige Älteste der Yuna gewesen. Ihr Volk war über den ganzen Planeten verstreut, und mehr als einmal hatte sie gesagt, dass viele Yuna aus anderen Ländern noch mehr wüssten als sie!

»Die Yuna«, murmelte Andra und sah zu den anderen auf. »Vielleicht weiß der Älteste, was zu tun ist!«

Eher weniger begeistert sahen die anderen zu ihr herüber.

»Was genau soll er denn wissen?«, fragte Flover. »Er wird uns nicht helfen können, einen so großen Trupp zu stoppen. Wir können Marshall nicht davon abhalten, KAMI anzugreifen.« Er stützte das Kinn auf seinen Händen auf. »Er wird auch

KAMI nicht davon abhalten können, die Welt zu zerstören.« Resigniert schüttelte er den Kopf, bevor er ihn zwischen seinen Händen verbarg. »Es ist zu spät.«

Verdammt. Das, was Rosa offenbart hatte, schien ihn noch stärker mitzunehmen als die anderen. Beschwichtigend legte Luke eine Hand auf Flovers Rücken und flüsterte ihm etwas zu, das Andra nicht verstand.

»Ich weiß, dass es nicht rosig aussieht«, sagte sie trotzdem, dieses Mal vor allem an Ellis gewandt, weil er wie der Einzige schien, der nicht mit sich selbst beschäftigt war. »Ihr müsst mich auch nicht begleiten. Dass ihr mich befreit habt, ist mehr, als ich je hätte verlangen können. Aber ich kann nicht herumsitzen und nichts tun. Ich ...« Sie machte eine Pause, um ihren Gedanken zu überprüfen, bevor sie ihn aussprach. Aber es war wahr: »Im Notfall würde ich mich Marshall noch einmal gegenüberstellen. Dann sehen wir, wie weit sie geht.«

»Hm«, machte Ellis gedehnt. »Die meisten Soldaten sind sehr jung und wissen ebenfalls nichts. Wenn es uns gelingt, ihnen zu beweisen, was damals geschehen ist, verlieren sie vielleicht das Vertrauen in sie.«

»Das würde uns einen erheblichen Vorteil verschaffen!« Andra atmete auf, erleichtert darüber, dass Ellis sich ihren Überlegungen anschloss.

»Und was machen wir dann wegen KAMI?«, warf Flover sofort ein. Er war noch nicht überzeugt. »Selbst wenn wir Marshall diskreditieren, haben wir nichts gegen KAMI in der Hand.«

»Dazu könnten wir den Ältesten befragen.« Andra drehte sich halb auf der Bank herum, um sich Flover zuzuwenden. Ihr Herz pochte vor Aufregung. Was sie erfahren hatten, war furchtbar, aber sie hatte keine Zeit, diesen Schock sacken zu lassen. Sie würde sich damit auseinandersetzen, wenn das alles vorbei war; gemeinsam mit all den anderen Sachen, die sie noch zu verarbeiten hatte. Ließ man die Grausamkeit dieser Erkenntnis außen vor, hatten sie mit diesen Informationen eine wichtige Waffe bekommen. Zwar nicht gegen den Gegner, den sie sich erhofft hatten, aber gegen einen anderen. »Diesen Ort aufzusuchen war richtig. Wir haben *so* viel dazugelernt. Lasst uns zu den Yuna zurückgehen, um uns mit ihrem Ältesten zu unterhalten. Vielleicht kann er uns etwas liefern, mit dem wir KAMI dazu bringen können aufzuhören.«

»Wenn der Älteste etwas wüsste, hätte er es den Truppen nicht schon längst gesagt?«

Sie dachte kurz über die Frage nach, schüttelte dann allerdings den Kopf. »Nicht unbedingt. Die Yuna haben gar kein Interesse an den Belangen der Städter oder des Militärs. « Aus verständlichen Gründen, wie sich herausgestellt hatte. »Das mit der Radioaktivität hat die Älteste euch ja auch jahrelang vorenthalten.« Sie nickte, wie für sich selbst. Je länger sie darüber nachdachte, umso schlüssiger war der Gedanke, dass die Yuna über viel mehr Wissen verfügen könnten, das sie für sich behielten.

Flover atmete angestrengt aus und fuhr sich mit den Fingern durch das wuschelige Haar, während Luke und Ellis bereits angestrengt damit beschäftigt zu sein schienen, einen Plan auszutüfteln. Oder ihren eigenen Gedanken nachzuhängen.

Rosa und Nelson beobachteten die vier gespannt.

»Es neigt sich dem Ende zu, so oder so«, sagte Andra an Flover gewandt. Je länger sie sprach, umso mehr verschwanden die Zweifel aus ihrem Herzen. Sie hatte in den letzten Wochen so endlos viele Schicksalsschläge erlitten, so endlos viele Geheimnisse aufgedeckt, dass es sich anfühlte, als hätte sie mit diesem letzten all ihre Grenzen gesprengt. Nichts, woran sie in dieser Welt geglaubt hatte, war real. Das machte sie zu einem grenzenlosen Menschen. Es ergab keinen Sinn, an etwas zu zweifeln. »Wir haben nichts zu verlieren, also haben wir auch nichts, an dem wir verzweifeln könnten!«, sagte sie mit klarer Stimme. »Lasst es uns versuchen. Wir schlagen sie von zwei verschiedenen Fronten.« Nacheinander sah sie den dreien in die Augen. »Wir teilen uns auf. Zwei von uns gehen zu den Yuna, wenn die Luft dort rein ist. Die anderen zwei versuchen an Beweise zu kommen, mit denen wir der Welt zeigen können, was Marshall und die anderen verbrochen haben. Wenn alle es wissen, ist es kein Geheimnis mehr. Dann können sie niemanden mehr zwingen, dichtzuhalten. Und wenn die drei das ganze Militär gegen sich haben, besitzen sie auch keine Macht mehr!« Ihr Atem ging schwer, als sie ausgesprochen hatte, und tatsächlich sah sie einen Funken in den Augen der anderen. Sie war nie gut im Redenschwingen gewesen, aber sie glaubte an das, was sie sagte. Es gab kein Zurück mehr.

Ellis musterte sie eine Weile, während er wohl abwägte, wie er reagieren sollte. Dann nickte er entschlossen und legte die Hände aneinander. »Gut, ich bin dabei!«, sagte er. »Ich schlage vor, du bist auf jeden Fall im Yuna-Team.« Er blinzelte einige Male, dann grinste er. »Aus offensichtlichen Gründen.«

»Ja«, sagte sie, obwohl es ihr gerade auch gefallen hätte, wieder irgendwo einzubrechen und etwas streng Geheimes herauszuholen.

»Nelson, Rosa, ihr habt gesagt, ihr vermutet Bunker unter den Militärzentralen, in denen sich Akten, Dokumente oder Aufzeichnungen zu den Vorfällen damals befinden könnten. Könnt ihr uns eure Materialien zur Verfügung stellen?«

Flover und Luke schienen noch unentschlossen, also wandte Andra sich ebenfalls zu den beiden ihnen gegenüber um. Sie wirkten etwas überrumpelt. Nelson hatte sogar ein überraschtes Lachen auf seinen Lippen. »Ihr Kinder seid ja motiviert«, sagte er, während das Grinsen auf seinen Zügen immer breiter wurde. »Das gefällt mir!« Abermals sah er seine Frau an. Die enge Verbindung, die die beiden zu haben schienen, rührte Andra. Allein durch Blicke und kaum durch Worte schienen sie stille Absprachen zu treffen.

»Wir wissen nichts Genaues«, sagte sie. »Aber wir haben einige Indizien, an welchen Stellen solche Aufzeichnungen lagern könnten. Wenn sie denn nicht alles bereits vernichtet haben.«

»Könnt ihr uns die Übersichten zur Verfügung stellen?«, wollte Ellis wissen. Andras Blick wanderte immer wieder zu Flover und Luke, um einschätzen zu können, was sie sagen oder wie sie sich entscheiden würden. Bisher überlegten sie allerdings sehr genau.

»Kann ich«, sagte Nelson und zuckte mit den Schultern. »Ich schätze, dass das Militär gerade eh andere Sachen zu tun hat. Hoffentlich.«

»Danke«, sagte Ellis freiheraus. Dann tat er das, was Andra aus Vorsicht noch nicht gewagt hatte, und wandte sich an Flover und Luke: »Und ihr? Seid ihr dabei?«

Jetzt war es an den beiden, einander anzuschauen, bis Flover tatsächlich nickte. Andra fiel es schwer, aus seinem Blick zu lesen, was er wohl dachte, was er fühlte. Vermutlich, weil zu viel Schmerz darin lag. Zu viel Enttäuschung. Sie wünschte sich, sie würde ihn besser kennen, um ihm Trost zu spenden.

»Ich bin dabei«, sagte Flover. »Aber nur, wenn Luke und ich im selben Team bleiben.«

Luke nickte entschlossen, und abermals atmete Andra erleichtert auf.

»Klar«, sagte sie, und Ellis stimmte ebenfalls zu.

»Dann seid ihr das Recherche-Team.«

»Das sollte kein Problem sein«, sagte Flover und wandte sich an Rosa. »Durch meine KAGE-Freigabestufe komme ich in viele gesicherte Bereiche hinein. Das sollte es leichter machen. Ich schätze, dass sich gerade eh niemand die Mühe gemacht hat, mich zu sperren.«

»Warum auch?«, fragte Ellis. »Sie wissen ja nicht, dass wir in dieser Richtung vorgehen werden.«

Flover nickte. »Abgesehen davon, dass ich mich ganz gut mit Ermittlungsarbeit auskenne. Das war einer meiner Jobs bei KAGE.« Er wirkte übermäßig bedrückt, als er das sagte. Vielleicht war er auch gegen DVM oder andere Opportunisten vorgegangen?

»Wollt ihr zurück zu der Yuna-Kolonie bei der Station?«, fragte Luke an Andra gewandt, die nickte.

»Eine andere zu suchen, wäre zu viel Aufwand.«

»Dann müssen wir schauen, wie wir euch hineinkriegen, ohne dass es dem Militär auffällt.«

»Das bekommen wir hin«, murmelte Rosa. Andra wandte sich überrascht zu ihr um. Wollte sie ihnen doch helfen? »Wir von DVM sind immerhin ganz gut darin, uns im Verborgenen zu halten.« Ein breites Lächeln schlich sich auf ihre Lippen. »Ihr Kinder gefallt mir. Lasst uns das durchziehen.«

UNTER VERSCHLUSS!

Alaska Pershing, 10.10.2074: WEITERLEITUNG: Briefing des Militärischen Sicherheitsdienstes, zur Vorlage bei allen Offizieren der Vereinigten Welt

Sehr geehrter General Pershing,
der Sicherheitsdienst wünscht ein dringendes Meeting mit den Generals der Vereinigten Welt. Unsere Ermittlungen haben ergeben, dass sich hinter der neu aufgetretenen KAMI-orientierten Sekte DVM Systemgegner versammeln. Unserer derzeitigen Erkenntnislage nach halten sich die Sektierer auch intern an die Regelung, sich nicht über die untersagten Themen auszutauschen. Unsere Ermittler konnten allerdings noch nicht bis zu den höchsten Rängen der Organisation vordringen.

Danke für Ihre Kooperation.
Brigadier General Divari Kumar,
Leitender Offizier des Sicherheitsdienstes

Alaska Pershing: Was machen wir damit?
Marshall Lloyd: Scheiße.
Liza Moore: Ich dachte, mit der Abspaltung der Wirtschafter und Systemgegner in den Wüstengebieten hätten wir schon genug am Hals.
Marshall Llyod: Die Yuna wirken laut aktueller Ermittlungen aber nicht sehr handlungsbereit. Die haben sich nur abgekapselt, um ihr eigenes Ding zu machen. Die hier könnten uns zum Problem werden.

Liza Moore: Wie gehen wir damit um?

Alaska Pershing: Zerschlagen wir sie. Wir können nicht zulassen, dass sie sich gegen uns auflehnen.

Liza Moore: Aber wir hatten beschlossen, dass das enden muss! Wir können die Anhänger nicht töten, solange sie sich nicht offiziell gewalttätig uns gegenüber offenbart haben.

Alaska Pershing: Wir sollen zulassen, dass sich Widerstand formiert?

Liza Moore: Das hat auch Vorteile. Wenn sich die Systemgegner alle unter DVM formieren, haben wir unseren Gegner direkt vor Augen. Wir wissen genau, wen wir beobachten müssen und wann wir mit Aktionen rechnen können, wenn wir jetzt bereits Leute einschleusen.

Marshall Lloyd: Das finde ich einleuchtend. Dafür bin ich auch. Wenn wir uns den Sekten und Yuna gegenüber weiterhin offiziell gut stellen, stärken wir so auch das Vertrauen der Bevölkerung in uns.

Liza Moore: Wir halten die Sekten komplett aus den Medien raus, damit der Eindruck entsteht, sie könnten uns nichts anhaben.

Marshall Lloyd: Und damit wir ihnen nicht noch mehr Anhänger bescheren.

Alaska Pershing: Ihr spinnt doch. Ihr wollt diese Leute wirklich auf freiem Fuß lassen?

Marshall Lloyd: Die können uns nichts anhaben, Alaska. Lass uns noch mal im nächsten Meeting drüber reden, ja?

Alaska Pershing: Gern. Aber nur mit Divari, die anderen Idioten kann ich da nicht gebrauchen.

Liza Moore: Danke. Wir sehen uns!

KAPITEL 31

: DREADING

Es war einsam in dem kleinen Zimmer, das Byth zugeteilt worden war. Das war eigenartig, immerhin hatte sie so viel Zeit allein verbracht, ohne jemals die Nähe anderer Menschen zu vermissen. Zumindest nie aktiv. Doch nun, als sie auf ihrer Liege saß und ihre Hände knetete, fühlte sich ihr Herz so schwer an, dass sie sich wünschte, sie hätte jemanden, mit dem sie die Last ihrer Gedanken teilen könnte.

Dieses Kribbeln in ihrem Körper war keine Angst. Es war etwas, das tiefer als alles reichte, das sie jemals gespürt hatte. Etwas, das ihr so sehr an die Substanz ging, dass alles in ihr schrie, alles in ihr rennen wollte; gleichzeitig lähmte es sie. Ihre Glieder waren so schwer.

Marshalls Spione in Moskau hatten bestätigt, dass KAMI sich dort aufhielt. Es stand also fest. Morgen würden sie aufbrechen, es führte kein Weg daran vorbei. Die ersten Flashtrains mit Soldaten aus der ganzen Welt waren bereits in Bewegung, um sich an den Ort zu begeben, an dem sich alles entscheiden würde.

Und sie würde eine so entscheidende Rolle spielen.

Scheiße. Byth wusste nicht, ob sie das konnte. Was, wenn es ihr nicht gelang, KAMI zu töten? Sie war zu diesem Zeitpunkt die Einzige, die dazu in der Lage war. Was, wenn sie versagte?

Da war nicht nur die Sorge um sich selbst oder um die Welt um sie herum. Auch die Sorge um ihre Freunde ließ ihr keine Ruhe. Immer wieder war sie in den letzten zwei Tagen Calen über den Weg gelaufen, die so anders gewirkt hatte. Nicht nur, weil sie ihre pastellfarbene Kleidung gegen eine sauber sitzende Uniform ausgetauscht hatte; nein, sie war ihr auch müder erschienen als sonst. Blasser, wie ein Geist fast. Das Lächeln war aus ihrem Gesicht gewichen, und Byth hatte gedacht, wenn selbst Calen nichts mehr zu lachen hatte, dann sie ganz gewiss nicht.

Ganz gewiss nicht.

Sie würden es nicht schaffen. Die Truppen in der Basis wimmelten noch immer umher, um die letzten Waffen und Ausrüstungsgegenstände zu packen, aber über alles hatte sich eine eigenartige Ruhe gelegt. Kaum jemand sprach ein Wort, wenn es nicht nötig war. Machte jemand ein zu lautes Geräusch, zuckten alle zusammen. Sie waren angespannt bis aufs letzte Glied.

Diese Truppe war nicht kampfbereit. Byth hatte schon neben so vielen Soldaten in den Sperrzonen gedient, und jeder war vorbereiteter auf einen Kampf gewesen als diese Menschen. Sie waren zusammengewürfelt aus allen Altersklassen, allen Einheiten und mit allen erdenklichen Erfahrungswerten.

Viele der Soldaten waren nur Aushilfskräfte aus den Stationen oder Kadetten aus den Akademien, die sie hatten evakuieren können. Wie die anderen Trupps zusammengesetzt waren, konnte Byth zwar nicht einschätzen, aber sie konnte sich nicht vorstellen, dass eine der anderen Einheiten ausschließlich aus MaKE-Soldaten bestand. Die brauchten sie, wenn sie diesen Kampf gewinnen wollten. Zumal ihre Truppen durch die Säuberung erheblich ausgedünnt worden waren.

Byth fuhr sich mit den Händen über das Gesicht, um sich aus ihrem Gedankenchaos zu befreien. Mist, wenn sie sich weiter so reinsteigerte, würde ihr das nichts bringen. Sie musste sich schlafen legen, um für morgen ausgeruht zu sein.

Nur wie um alles in der Welt sollte es ihr gelingen, abzuschalten? Das war doch gar nicht möglich. Sie wäre der Kernpunkt des Plans. Aus allen Richtungen würden die letzten Truppen der Welt zusammenkommen, um die Moja zu bekämpfen, während sie sich KAMIs Hauptkörper vorknüpfen sollte; am Besten mit Unterstützung aus allen Richtungen.

Mit ihr würde dieser Plan stehen oder fallen.

Wie sollte sie diese Nacht zur Ruhe kommen?

Ein Klopfen ließ sie zusammenzucken, und mit rasch pochendem Herzen sah sie zur Tür, bis ihr aufging, dass es Okijen sein musste. Sie hatte sich mit ihm verabredet.

Als sie sich aufrappelte und zu der alten Holztür hinüberging, wurde ihr Herz zugleich leichter und schwerer. Der Gedanke, mit jemandem zu reden, fühlte sich gut an. Gleichzeitig konnte sie sich schon denken, wie das Gespräch mit Okijen ablaufen würde. Und das gefiel ihr nicht. Sie blieb vor der Tür stehen und sah auf die Klinke, versuchte, ihre Gedanken zu ordnen, bevor sie ihn hereinließ.

Aber es würde ihr sowieso nicht gelingen.

Mit einem Seufzen legte sie die kühlen Finger auf das Metall und zog die Tür auf. Okijen hatte nicht einmal ein mildes Lächeln auf den Lippen. Seine Haut war seit heute Mittag sogar noch blasser und die Ringe unter seinen Augen tiefer geworden. Den Kopf gesenkt, das Gewicht auf die Krücke gestützt, trat er ein.

»Hey«, grüßte er erst, nachdem sie die Tür hinter ihm geschlossen und sich auf einem Holzstuhl niedergelassen hatte, der so morsch wirkte, dass sie sich gar nicht sicher war, ob er ihr Gewicht tragen würde.

»Hey«, antwortete sie und schaute ihn an, wie er sich in dem kleinen Zimmer umsah. Die Lampe in der Ecke spendete wenig Licht, aber zum Herumsitzen und Grübeln reichte es. Seine Gesichtszüge machte sie allerdings recht undurchschaubar.

»Wie geht es dir?«, wollte sie wissen und zog einen Rucksack unter dem Tisch hervor, den sie heute Mittag in ihrer fünfminütigen Pause gepackt hatte.

Okijen antwortete nicht und beobachtete genau, was sie tat. Sie hielt ihm die braune Tasche hin und wartete darauf, dass er sie entgegennahm. »Was ist das?«

»Du musst verschwinden«, sagte sie. Er hatte den Rucksack noch immer nicht entgegengenommen, also erhob sie sich und drückte ihn ihm auf die Brust. »Du kannst morgen nicht kämpfen. Dazu ist deine körperliche Verfassung viel zu schlecht. Du musst fliehen. Heute Nacht noch.«

Mit ausdruckslosem Gesicht schaute er sie an. Und scheiße, sie hasste es, ihn so zu sehen. Sie hasste es so sehr. Nicht einmal in seinen schlimmsten Momenten hatte er so müde und desperat gewirkt.

Warum antwortete er nicht? Er schaute sie nur an, die Tasche noch zwischen ihnen.

»Nimm schon«, sagte Byth mit mehr Bestimmtheit und drückte ihm den Rucksack fester auf die Brust. »Bei den Cyber-Fields ist gerade zu viel los, aber wenn du in Richtung Osten gehst und das Pad in dem Rucksack benutzt, kommst du nach etwa dreißig Kilometern in eine kleine Stadt. Dort solltest du welche finden.«

»Byth …«

»Wenn du kannst, transportier dich nicht in eine der Militärstationen. Dort würde man dich festnehmen. Peile stattdessen Städte an, die weit entfernt von Sperrzonen liegen.«

»Byth«, unterbrach er sie abermals, doch energisch schüttelte sie den Kopf.

»Nein! Du hast genug für diese Welt getan. Du hast dein Leben fast verloren, deswegen.« Sie sah ihm so nachdrücklich wie möglich in die Augen. »Ich lasse nicht zu, dass du stirbst.«

Okijen schluckte schwer und erwiderte ihren Blick standfest, regte sich aber sonst nicht einen Millimeter. Als sei er versteinert. »Kommst du mit mir?«, fragte er tonlos.

Byth blinzelte mehrfach, und mit einem Mal kehrte die Angst in ihre Gedanken zurück. Die Bilder, die Schrecken, die Befürchtungen vor dem, was sie alle ereilen würde. Sie spürte, wie ihre Finger zu zittern begannen, also wollte sie sie gemeinsam mit der Tasche zurückziehen. Doch Okijen hielt sie fest.

»Ich kann nicht«, hauchte sie. Tränen kribbelten hinter ihren Lidern, also wand sie ihre Hände aus seinem Griff und trat endlich ein Stück zurück. »Ellis ist fort. Du bist kampfuntauglich. Ich bin alles, was diese Menschen haben.«

»Hm.«

»Jetzt weiß ich, wie du dich immer fühlst«, murmelte sie und trat einige weitere Schritte von ihm fort. »Aber du musst gehen. Du kannst hier niemandem mehr helfen. Du kannst niemanden beschützen.«

Okijen verzog den Mund zu einem überlegenden Ausdruck, auch wenn sie wusste, dass sie ihn nicht zum Gehen bewegen konnte. Dafür war er viel zu stur. »Du kannst Andra suchen«, schlug sie deswegen vor. Vielleicht würde er sich ja so erweichen lassen. »Oder uns Ellis zurückbringen. Mit ihm steigen unsere Chancen um einiges.«

»Oder ich bleibe hier«, sagte er. Kraftlos ließ er sich auf seine Liege fallen, und ein wenig Anspannung fiel von Byth ab. Sie legte den Rucksack auf das Tischchen vor dem Fenster und ließ sich abermals auf dem Stuhl nieder. »Ich habe meine Entscheidung getroffen.«

»Dann hast du dich entschieden, zu sterben.«

Am liebsten wäre Byth noch jetzt losgelaufen, um Marshall für das, was sie ihnen angetan hatte, eine reinzuhauen. Sie hatte ihr ausdrücklich gesagt, dass Okijen nicht in den Kampf ziehen durfte. Wie konnte sie es verantworten, ihn trotzdem einzuziehen? Byth war sich so sicher gewesen, dass Marshall besser war als Alaska und Liza. Aber vielleicht hatte sie sich das auch nur eingeredet.

Im Stich lassen konnte sie sie und die Truppen trotzdem nicht mehr, verdammt. Vielleicht wäre es eine Möglichkeit, Marshall ihre Mithilfe zu verweigern, aber so weit konnte sie nicht gehen.

Okijen schwieg auf ihre letzte Feststellung hin, also lehnte Byth sich ein Stück vor, legte ihre Finger aneinander. Es hatte keinen Sinn, mit ihm zu diskutieren. Sie kannte ihn eigentlich zu gut, um zu wissen, wann der Punkt erreicht war, ab dem sie ihn nicht mehr umstimmen konnte.

Sollte sie ihn vielleicht betäuben und fortzerren? Aber das würde sie in dieser Nacht nicht mehr schaffen, und bei den Cyber-Fields war zu viel los. Wie von allein wandte sich trotzdem ihr Kopf, damit sie einen Blick hinaus in die wimmelnde Nacht werfen konnte. So viele Taschenlampen und Strahler im Schein des kühlen Mondes über ihnen. Alles wirkte kalt.

»Willst du über diese Sache mit Andra reden?«, fragte sie, ohne ihn anzusehen.

Schnaubend schob er sich auf die Liege und zog seine Beine hoch, setzte sich ungeachtet des Schmutzes an seinen Sohlen im Schneidersitz auf ihr Bett. »Willst du über diese Sache mit *dir* reden?«

Byth presste die Lippen zusammen. Sie war dankbar gewesen, dass er das Thema vorhin so rasch abgeschlossen hatte, aber ihr war klar gewesen, dass sie nicht für immer darum herumkommen würde. Und shit, sie wollte ja mit ihm sprechen, sie … wusste nur nicht wie.

Wie sollte sie ihm erklären, dass sie nicht vor ihm, sondern vor allem Angst vor sich selbst gehabt hatte? Und dass sie sich, zwei Jahre später, einfach zu sehr dafür schämte, ihn in einer der schwierigsten Phasen seines Lebens zurückgelassen zu haben.

Sie war schon immer so schlecht darin gewesen, sich zu entschuldigen. »Wer hat es dir erzählt?«, wich sie seiner Frage aus.

»Andra.«

»Und was … hat sie gesagt?«

»Dass du von KAMI infiziert wurdest, zwei Jahre untergetaucht bist und jetzt so was wie ein Superheld?« Ironie schwang in seiner Stimme mit. Mit ihr wollte er offensichtlich seine Enttäuschung kaschieren. Zu Recht, wohl.

»Dann gibt es ja nichts mehr zu bereden«, sagte sie leise. Sie wollte überhaupt nicht so sein, aber diesen emotionalen Ballast konnte sie nicht auch noch auf sich laden. Es war alles zu viel.

»Das … war also der Grund, aus dem du mit mir Schluss gemacht hast, oder? Weil du gesehen hast, dass du infiziert bist.«

Endlich gelang es ihr, ihren Blick vom Chaos vor den Fenstern loszureißen. »Du bist der einzige Mensch, der diese Frage in dieser Situation noch stellen würde«, sagte sie breit lächelnd.

Er allerdings hielt seinen ernsten Gesichtsausdruck aufrecht. »Ich will es aus deinem Mund hören.« Wieder diese ineinander verhakten Blicke. Sie hätte ihn nicht herbitten sollen.

»Ja, Okijen«, sagte sie, vielleicht etwas zu langsam, wie zu einem Kind. »Das war der Grund.«

Er nickte einfach, um dann in seine Hände zu sehen, als würde er sein Gesicht vor ihr verbergen wollen. Das war nicht die Reaktion, die sie erwartet hatte. Wollte er keine Entschuldigung, wenn er sie doch schon so darauf festnagelte?

»Es tut mir leid«, flüsterte er stattdessen.

Ihre Augen weiteten sich wie von allein. »Was denn?«

»Dass du mir offenbar nicht genug vertraut hast, um es mir zu sagen. Um mit mir darüber zu reden.«

Scheiße. Scheiße, sie musste hier raus. Der Drang, ihn in

den Arm zu nehmen, wurde viel zu groß. Sie klammerte sich nahezu in ihrer Stuhllehne fest, als sie antwortete: »Schon gut.« Der legere Tonfall, um den sie sich bemühte, gelang ihr nicht ganz. »Mir tut es auch leid, dass ich dir nicht vertraut habe. Aber du weißt, dass das nichts mit dir zu tun hatte.«

Abermals nickte er, hob seinen Blick noch immer nicht zu ihr. »Jetzt weiß ich es.«

Bereitete es ihm wirklich so viel Erleichterung, wie es sich anhörte? Himmel, das musste ihm so lange auf der Seele gebrannt haben. Dieser Mann war nicht in der Lage, loszulassen.

»Wenn du morgen kämpfen willst«, sagte sie, »solltest du jetzt ins Bett gehen. Du brauchst Ruhe.«

»Du auch«, meinte er schmunzelnd, schob sich aber tatsächlich vom Bett, griff nach seiner Krücke und richtete sich auf. »Ich versuche vielleicht wirklich, noch ein bisschen Schlaf zu bekommen«, ächzte er. Sie sah ihm zu, wie er durch den Raum auf die Tür zuhumpelte.

Er wollte es wirklich durchziehen. Er würde es tun, wenn sie ihn nicht aufhielt.

Sie konnte das nicht zulassen, verdammte Scheiße!

»Warte«, sagte sie und sprang von ihrem Stuhl auf.

So schnell wie es ihm möglich war, wandte er sich zu ihr um.

»Lass uns noch was trinken gehen, ja?«, schlug sie rasch vor. »Ich glaub, ich brauch einen Beruhigungstee, um runterzukommen.«

»Hier gibts Tee?«, wollte er lachend wissen, zuckte aber mit den Schultern und setzte seinen Weg fort. »Klar. Von mir aus.«

Sie folgte ihm hinaus.

Wenn es nicht anders ging, musste es eben so sein. Jetzt bräuchte sie nur noch eine Ausrede, noch mal schnell ins Sanitätszelt zu verschwinden.

KAPITEL 32

: SEPARATING

»Hey! Hey du?«

Luke schreckte aus seinem Traum auf und öffnete flatternd die übermüdeten Augen. Sobald das erste Licht einfiel und er den unbekannten Raum sah, in dem er sich befand, setzte er sich ruckartig auf, hielt seine Hand auf das schmerzende Auge und versuchte, eine Orientierung zu finden.

»Ganz ruhig, alles gut!«, beruhigte ihn eine männliche Stimme. Es dauerte viel zu lange, bis er sie als Nelsons erkannte, der Kerl, der sie hier in Irkutsk in Empfang genommen hatte. Stimmte ja. Er hatte ihnen dieses Haus zum Schlafen zur Verfügung gestellt.

»Dein Name war Luke, richtig?«, fragte der Mann. Erst jetzt war Luke in der Lage, dem Mann ins Gesicht zu schauen. Er wirkte noch müder als gestern, aber Luke konnte es auch nicht mit Sicherheit sagen. Durch die Fenster kam kaum Licht, auch wenn der Himmel sich bereits in pastellenen Farben zeigte. Die Sonne musste gerade erst aufgehen.

»Ja«, bestätigte er leise und nahm die Hand langsam von seinem Auge. Der Schmerz war ein wenig abgeflacht. Die Mittel, die ihnen der Arzt gegeben hatte, hatten wohl gewirkt. In dem Moment, in dem er daran dachte, hielt ihm Nelson ein Glas mit Wasser und einigen weiteren Pillen entgehen.

»Mach dir keinen Stress. Aber es wäre gut, wenn du aufstehst. Wir sind bereit.«

Wir? Luke schaute sich in dem Zimmer mit den dunklen Tapeten und den dicken Teppichen um, aber die Liegen und

Matratzen, die sie gestern Nacht aufgestellt hatten, waren leer, die Betten zerwühlt. Die anderen waren also schon wach!

»Hab ich was verpasst?«, wollte er wissen, nahm die Medizin entgegen und schob eilig die Füße vom Bett, um sich wankend vor Müdigkeit aufzurichten. Er konnte nicht mehr als vier Stunden geschlafen haben. Aber im Vergleich zu den letzten Nächten war das tatsächlich Luxus gewesen.

Nelson packte Lukes Arm, um ihm dabei zu helfen, sein Gleichgewicht zu finden, dann deutete er auf eine Tür zu einem anliegenden Zimmer. »Wir besprechen gerade die letzten Details für den Plan. Und es gibt Neuigkeiten. Also zieh dir was an, und komm nach, ja?«

Luke nickte, dann spülte er die Pillen herunter und atmete einige Male tief durch, um sich zu sammeln und richtig wach zu werden. Die letzten Tage waren so seltsam gewesen. Es war so viel geschehen, und er hatte so wenig geschlafen, dass die Ereignisse zu verschwimmen begannen.

Hoffentlich hatte das alles bald ein Ende. Es *musste* bald ein Ende haben.

Gedämpfte Stimmen waren aus dem anliegenden Raum zu hören, und nach einigen Momenten nahm Luke sogar den Duft nach Kaffee wahr. Das motivierte ihn, sich endlich den Jumpsuit von der Lehne eines Stuhls zu schnappen, ihn so schnell wie möglich überzustreifen und in die anliegende Küche zu treten. Flover sah sofort von den Pads vor der kleinen Gruppe auf, um Luke mit seinen Blicken zu untersuchen. Erst als er scheinbar festgestellt hatte, dass es ihm gut ging, grüßte er ihn. »Guten Morgen.«

Die anderen schlossen sich ihm an, und Luke war noch immer konzentriert darauf, die Situation zu erfassen. Flover, Andra und Ellis saßen gemeinsam mit Rosa und Nelson an einem alten Holztisch und schienen Daten abzugleichen, während die Kaffeemaschine gurgelnd die mindestens zweite

Kanne kochte. Alle hatten Schüsseln mit Haferbrei vor sich stehen.

»Tut mir leid, dass ich so lange geschlafen habe«, sagte er und ließ sich auf dem Holzstuhl zwischen Andra und Flover nieder. Die Polster darauf mussten mindestens zwanzig Jahre alt sein, so schmutzig und durchgesessen wie sie waren. Vor den Fenstern hingen blumige Gardinen, und die Fliesen hinter der Küche waren mit Pflanzen und Vögeln verziert. Das gab ihm ein wenig Ruhe. Es fühlte sich fast gemütlich an, sich zu den anderen zu setzen und einen großen Becher voller Kaffee vor die Nase geschoben zu kommen.

»Muss es nicht«, erwiderte Andra und schenkte ihm ein aufmunterndes Lächeln. »Du bist verletzt.«

Luke entgegnete nichts, auch wenn er viel darüber zu sagen gehabt hätte, dass es ihm sicherlich nicht viel schlechter ging als vielen anderen. Stattdessen fragte er: »Was sind die Neuigkeiten?«

»Das Militär hat offenbar herausgefunden, dass sich der Hauptwirt von KAMI – also der Moja der vierten Generation – in Moskau aufhält«, erklärte Nelson sofort. Luke wärmte seine kühlen Finger an seiner Tasse. »Millionen von Moja sind ebenfalls auf dem Weg dorthin.«

»In einem der Funksprüche, die wir über Nacht abfangen konnten, wird davon gesprochen, dass die Truppen KAMIs Wirt ausschalten wollen, bevor all die Moja Moskau erreichen.«

Luke schluckte schwer und versuchte, diese Information zu verarbeiten. »Das bedeutet, der Kampf gegen sie ... ich meine gegen KAMI findet gerade jetzt statt?«

»Er sollte jeden Moment losgehen«, sagte Andra, ohne ihn anzusehen. Sie war ganz blass. Wahrscheinlich machte sie sich Sorgen um Okijen, und verdammt, er wollte irgendetwas sagen, damit sie sich besser fühlte. Aber alles, was er konnte, war an Shiva zu denken. Sie war der Mittelpunkt allen Geschehens, und obwohl er wusste – obwohl er wissen sollte –, dass es nicht wirklich sie war, kribbelte es in seinen Gliedern.

Er wollte dorthin. Er wollte sie sehen. Warum hatte er noch immer die irrationale Hoffnung darauf, dass sie noch in diesem Ding drinsteckte? Dass er sie erreichen könnte? Scheiße.

Flover hatte seine Finger ausgestreckt, um eine Hand auf Lukes Bein zu legen, und tatsächlich gelang es mit dieser sachten Berührung, ihn ein wenig zu beruhigen.

Luke räusperte sich und nickte. Er warf einen Blick auf die Pads mit den Karten vor ihnen. »Wie sieht der Plan aus?« Sie hatten es gestern Abend schon grob durchgesprochen, aber er musste es noch einmal hören. Es verinnerlichen, um es klar vor Augen zu haben.

»Wir teilen uns auf«, sagte Ellis und schaute jeden von ihnen an. Er hatte die Ausstrahlung eines Einsatzleiters. Allein an seinem klaren Tonfall bemerkte Luke, wie oft er das schon getan haben musste. »Du und Flover, ihr macht euch auf die Suche nach Beweisen, um Marshall zu diskreditieren. Ich weiß, dass das obsolet wird, wenn wir es nicht schaffen, KAMI zu besiegen, aber wenn wir es schaffen, wird das entstandene Chaos so ziemlich der einzige Moment sein, den wir bekommen, um etwas gegen die Regierung auszurichten.«

»Gut«, sagte er knapp, auch wenn er sich beim Gedanken nutzlos fühlte. Er hatte nicht die geringste Vorstellung davon, wobei er helfen könnte. Das war eigentlich Flovers Ding.

»Die Chance, etwas zu finden, sollte in Dikson hoch sein«, ergänzte Flover und tippte auf dem Pad vor ihnen einen Punkt im oberen Sibirien an. »Es gab Gerüchte darüber, dass sich unter Marshalls Anwesen einige Lager mit Beweisen befinden könnten.«

»Nicht unrealistisch. Die Sicherheitsvorkehrungen dort sind enorm hoch. Viele interne Treffen des Militärs wurden dort abgehalten«, sagte Ellis.

»Außerdem sind viele der DVMler, die sich mit den Recherchen nach dem Material beschäftigt haben, dort verschwunden«, offenbarte Rosa.

Das war einleuchtend. Es gab nur ein Problem. »Dikson wurde doch dem Erdboden gleichgemacht.« Er konnte nicht der Erste sein, dem das aufgefallen war. »Ich meine, die Bunker sind vielleicht noch intakt, aber wie genau sollen wir ohne schwere Maschinen unter den Trümmern da rankommen?«

»Schwere Maschinen können wir euch leider nicht zur Verfügung stellen«, sagte Nelson ruhig. Natürlich waren sie sich der Problematik bewusst gewesen. »Aber wir können euch unsere Leute mitschicken. Viele Leute.«

Luke blinzelte irritiert. »Was?«, hauchte er und sah die anderen an. Ellis und Flover lächelten gewinnend. Dann hatten sie gewusst, dass das der Plan sein würde? Dabei hatten Nelson und Rosa gestern noch gesagt, dass sie sie nicht unterstützen konnten!

»Wir werden euch auch begleiten«, sagte Rosa mit einem Lächeln, offenbar erfreut von seiner überraschten Reaktion. »Nelson geht mit euch. Ich werde Andra und Ellis zu den Yuna begleiten.«

»Ich ... ich weiß nicht, was ich sagen soll«, murmelte Luke und sah erneut die anderen an. Jetzt wünschte er sich, er wäre auch so verdammt früh aufgestanden, um dieses Gespräch mitzubekommen.

Nelson lachte, behielt aber den recht ernsten Blick in seinen Augen. »Ich bin nicht der Überzeugung, dass wir es schaffen, KAMI zu töten oder was auch immer sie mit diesem Ding vorhaben. Aber wenn wir den Weltrat zumindest in die Verlegenheit bringen, sich zu rechtfertigen, wenn wir alles offenlegen, was die Menschen im Stillen haben ertragen müssen, dann erringen wir einen Sieg. Egal, ob wir danach sterben oder nicht. Da sind wir uns einig.«

Rosa nickte ruhig, und Luke konnte seine Bewunderung für diese Menschen nicht verbergen. Er hatte keine Ahnung, was sie durchgemacht hatten, aber es musste wirklich furchtbar gewesen sein, wenn der Wunsch, die Lügen des Rats offenzulegen, sogar wichtiger für sie war, als zu überleben.

»Vielen Dank«, sagte er mangels Alternativen abermals.

»Es wird nicht viel Glück vonnöten sein, ungesehen zu Marshalls Anwesen vorzudringen«, fuhr Nelson fort. »Wenn man den Gerüchten Glauben schenken darf, ist dort alles platt, und ich bezweifle, dass Marshall sich die Mühe machen wird, den Trümmerhaufen bewachen zu lassen.«

Luke war beeindruckt davon, wie gut informiert die Menschen hier trotz der aktuellen Lage waren. Obwohl sie wohl immer unter widrigen Umständen hatten arbeiten müssen. Dass Nelson aber auch nur die geringste Chance darin sah, dass Marshall noch Wachen in Dikson postiert hatte, um die Daten zu bewachen, bereitete Luke ein mulmiges Gefühl. Er wusste gar nicht, ob er diese Aufzeichnungen von vor dreißig Jahren sehen wollte. Allein das, was Rosa gestern erzählt hatte, hatte er noch nicht verarbeiten können.

»Wenn aus der Station jetzt alle aufbrechen, können wir dann über die Cyber-Fields direkt zurück zu den Yuna?«, fragte Andra gerade, als Luke den ersten Schluck aus seiner Kaffeetasse nahm.

Rosa wiegte den Kopf hin und her und nahm ebenfalls einen Schluck aus ihrem Becher. Luke ertrug es kaum, still hier zu sitzen, während die anderen gerade in den Kampf gegen seine Schwester zogen. Gleichzeitig mochte er es, dass diese Menschen scheinbar einen Plan hatten und nichts überstürzen wollten. Dass sein Herz ihm bis zum Hals schlug, konnte er trotzdem nicht verhindern.

»Die Cyber-Fields sollten wir lieber nicht ansteuern, weil wir nicht genau wissen, wann alle abgereist sein werden. Außerdem werden sie sicher Techniker und andere Supporter in der Basis zurücklassen. Wenn wir den Heli nehmen, sollten wir aber unbehelligt bis zu den Yuna gelangen.« Sie sah Ellis an. »Du kannst das Ding doch fliegen, nicht wahr?«

»Mehr oder weniger.«

»Wollen wir …« Nelson brach ab, als eine Tür sich in einem anderen Raum öffnete und rasche Schritte zu vernehmen waren. »Boss«, sagte ein älterer Mann, der eintrat. Seine Wangen waren vermutlich vom Rennen gerötet, doch sonst erschien er relativ gefasst. »Wir sind so weit.«

»Wunderbar!« Nelson erhob sich, kippte den restlichen Kaffee mit einem Mal in seinen Mund, griff nach seinem Pad und setzte sich in Bewegung. Rosa tat es ihm gleich, und erst als sie bereits auf dem Weg zur Tür war, begriffen die vier, dass das wohl das Zeichen war, auf das sie gewartet hatten. Es ging los!

»Andra und Ellis kommen mit mir«, sagte sie. »Wir brechen sofort zum Heli auf. Unsere Leute haben Waffen und andere Ausrüstung dorthin gebracht, aber sonst gehen wir allein«, erzählte sie. Dann wandte sie sich an Flover und Luke. »Ihr beide brecht mit einem Trupp auf. Wir haben in der Nacht Techniker geschickt, um Cyber-Fields in die Nähe von Dikson zu bekommen.« Sie wedelte mit dem Pad. »Wir haben keine Phones mehr, aber wenn etwas ist, schreibt uns, ja?«

Luke nickte energisch und sah Flover an, der so angespannt und fokussiert war, dass er wieder in seine ganz eigene Welt abgetaucht zu sein schien.

An einer Kreuzung, mitten auf einer breiten Betonstraße, trennten sich die Wege der zwei Gruppen. Andra schaute lange zu den beiden hinüber, auch wenn Rosa und Ellis bereits weitergingen. »Wir sehen uns«, sagte sie, voller Angst und voller Hoffnung in der Stimme. Luke schaffte es nicht, zu lächeln, aber auf das entschlossene Nicken, das er ihr entgegenbrachte, war er stolz.

KAPITEL 33

: SAVING

Der Morgen war angebrochen, ohne dass Byth ein Auge zugetan hatte. An irgendeinem Punkt hatte sie nicht einmal mehr versucht, einzuschlafen, sondern war nur darum bemüht gewesen, ihrem Körper möglichst viel Ruhe zu geben, indem sie gelegen und an die Wand gestarrt hatte.

Die Angst des letzten Abends war seltsamerweise verschwunden, auch wenn sich an dem Kribbeln in ihren Gliedern und der Aufregung vor dem Kampf nichts geändert hatte. Eine Sache hatte sich allerdings geändert. Während sie ihren frischen Kampf-Overall anzog, die Gurte der leichten, schwarzen Uniform festschnallte und sich tatsächlich die Mühe machte, sich die Haare zu bürsten, als spielte es eine Rolle, spürte sie etwas in sich, von dem sie fast geglaubt hatte, es verloren zu haben.

Ein Funken Kampfeslust war erwacht. Und sie war sich sicher, dass es daran lag, was sie gestern Nacht mit Okijen angestellt hatte.

Nahezu beschwingt verließ sie die Hütte, in der sie untergebracht worden war, checkte die an ihrem Körper angebrachte Ausrüstung und stieg die steinernen Stufen hinauf, während die Sonne hinter dem Hügel und der Zentrale aufgegangen sein musste.

Der Trubel, der draußen herrschte, kam ihr nahezu nichtig vor. In der frischen Morgenluft fühlte sie sich, als sei sie allein auf der Welt; auch wenn Dutzende Soldaten ihr auswichen, auch wenn die Reihen um Reihen an Cyber-Fields am Rand des Sees bereits darauf warteten, Dutzend um Dutzend in den Kampf zu schicken.

Und der Ruf von Marshall, der ihr von weiter oben auf der Treppe entgegenschallte, klang fast wie Musik in ihren Ohren. *»Scheiße, Byth! Was zum Teufel hast du angestellt?«*

Himmel! Manchmal vergaß sie, wie viel Spaß es bescherte, zu streiten. Die ruhigen und besonnenen Gespräche, die Okijen hin und wieder zu führen versuchte, bereiteten ihr Unbehagen. Wenn jemand mit feuerrotem Kopf kurz davor war, auf sie loszugehen, war sie in ihrem Element.

»Guten Morgen«, grüßte sie so unschuldig wie möglich. Einige Stufen über ihr blieb Marshall stehen. Der Blick der jungen Sonne entgegen zeigte Byth, dass Liza und Alaska sich hinter ihr hielten. Die beiden Vollidioten würden also auch mitkommen. Wenigstens machten sie sich die Mühe, für diese Welt zu kämpfen, Seite an Seite mit all den Frischlingen, die sie in den sicheren Tod schickten.

Hinter den beiden, ganz am Anfang der Treppe, stand Okijen. Selbst auf die Entfernung erkannte Byth, dass er sich alle Mühe gab, sich Stufe um Stufe zu ihr herunterzuarbeiten. Doch selbst mit seiner Krücke kam er nicht voran. Sogar eine Schnecke hätte ihn überholt. Vermutlich sollte sie dieser Umstand traurig machen, aber ihn so zu sehen, erfüllte sie nur mit zusätzlicher Euphorie. Byth musste sich zusammenreißen, nicht zu grinsen.

»Tu nicht so!«, zog Marshall ihre Aufmerksamkeit wieder auf sich. Sie hatte die Hände zu Fäusten geballt. So hatte Byth sie noch nie gesehen. Sie war also doch nur ein Mensch, der genauso aus der Haut fahren konnte wie alle anderen. Gut zu wissen.

»Was hast du mit ihm angestellt?«, wollte Liza wissen, was Byth allerdings eine unangenehme Gänsehaut über den Körper jagte. Sie war so sehr in Kampflaune, dass sie der Frau mit den überraschend gutsitzenden weißen Haaren am liebsten die Meinung gesagt hätte.

Stattdessen ignorierte Byth sie und schaute wieder Marshall an. »Was meint ihr?«, wollte sie, noch immer mit unschuldigem Lächeln, wissen.

Sie hatte es ihr gesagt. Sie hatte Marshall mehrere Male gesagt, dass Okijen nicht einsatzfähig war. Er hätte in seinem Zustand nicht einmal gegen *einen* Moja eine Chance gehabt. Jetzt nicht einmal mehr gegen einen Menschen. Wenn sie es anders nicht begriff, sollte es eben so sein.

»Du weißt, was ich meine, Byth!«, sagte Marshall laut. Es war so offensichtlich, dass sie alles daransetzte, nicht komplett die Fassung zu verlieren, auch wenn das, was Byth vor sich sah, schon so weit von Marshalls üblichem Verhalten abwich. »Was stimmt mit ihm nicht?«

Sie schaute ihr offen ins Gesicht. Ohne Angst, aber auch ohne Hochmut. »Wie ich bereits mehrere Male sagte«, erwiderte sie mit fester Stimme, »ist Okijen kampfunfähig.«

Egal, was geschah, Marshall konnte bei ihrem Plan nicht auf Byth verzichten. Auch wenn die Wut in ihr sprudelte, würde sie sie weder bestrafen noch von der Mission ausschließen.

Marshalls Blick sagte ihr, dass ihre Tat Konsequenzen haben würde. Da sie sich allerdings sicher war, dass sie alle die nächsten Stunden nicht überleben würden, war ihr das herzlich egal.

Sie würden alle sterben. Bis auf Okijen vielleicht. Zumindest nicht sofort. Das verschaffte Byth Ruhe. Wenn er im Kampf gefallen wäre, wäre das erneut ihre Schuld gewesen, wenn auch dieses Mal indirekt. Aber jetzt war er sicher, und es würde nur noch um sie gehen. Das konnte sie verschmerzen.

Als sie Okijen letzte Nacht mit einem Schlafmittel in seinem Tee ruhiggestellt und einige Verbindungen in seinem

Inneren beschädigt hatte, die seine Bewegungsfunktionen einschränkten, hatte sie sich befreit. Jetzt konnte ihr nichts mehr etwas anhaben. Obwohl sie wusste, dass sie damit niemandem außer ihm geholfen hatte, hatte sie das Gefühl, dass das genügte.

Marshall stürmte an ihr vorbei, und Byth genoss die giftigen Blicke, die Liza und Alaska ihr zuwarfen. Eine ganze Weile stand sie noch da, um dabei zuzusehen, wie Okijen sich abmühte, Stufe um Stufe hinabzusteigen, bis er schließlich aufgab, sich hinsetzte und das Gesicht in den Händen verbarg. Er hasste sie jetzt, doch das war ihr gleich. Selbst wenn er sie bis an sein Lebensende dafür verabscheuen würde: Er würde zumindest leben. Und damit war sie zufrieden.

Mit diesem Gedanken wandte sie sich ab.

Sie hatte einen Menschen gerettet. Das war mehr, als sie gedacht hätte, zu erreichen.

Es war genug.

KAPITEL 34

: EXCLUDING

Vögel zwitscherten und begrüßten den neuen Tag, und Okijen saß auf den Stufen am obersten Punkt des Hügels und sah auf die Menschen hinab, die in Dutzenden in den Kampf geschickt wurden. Er hatte nicht gehört, was Marshall und Byth besprochen hatten. Er hatte es gar nicht hören müssen, weil er gewusst hatte, was sie getan hatte. Und er war so verdammt naiv gewesen, ihr zu vertrauen.

Irgendetwas in seinem Inneren schmerzte, während der leichte Wind an seinen Haaren zupfte und Soldaten in Scharen an ihm vorbeimarschierten, als wäre er überhaupt nicht da. Als würden die Synapsen in seinem Brustkorb gerade durchbrennen. Okijen war sich nicht sicher, was genau Byth beschädigt hatte, während er geschlafen hatte, aber er wusste, dass er nicht die motorischen Fähigkeiten besaß, um irgendetwas daran zu ändern. Erst recht nicht in seinem jetzigen Zustand.

In der Nacht hatten die Techniker alles darangesetzt, sämtliche Cyber-Fields, die sie hatten besorgen können, am Seeufer aufzubauen. Die riesigen Kabel mit der Stromversorgung für die Apparate und die Steuerkonsolen waren vom Strand bis in die Stadt geführt worden. In Reih und Glied postierten sich die Soldaten nun vor den Fields und desintegrierten eine Gruppe nach der anderen, auf die Felder, die die ersten MaKE-Soldaten in Moskau positioniert hatten.

Verdammt, er wusste, dass ein Teil von ihm Byth dankbar sein sollte. Er wusste, dass Marshall all diese Menschen in den

Tod schickte und dass er ihnen keine große Hilfe hätte sein können.

Aber er konnte es einfach nicht verarbeiten, und er konnte es nicht verzeihen. Okijen war bereit gewesen zu kämpfen, und er war bereit gewesen, zu sterben. Er hatte sich für diesen Weg entschieden! Er hatte sogar Andra verraten, und sosehr er auch gezweifelt und mit sich gehadert hatte, hatte er hinter dieser Entscheidung gestanden.

Byth hatte ihm das weggenommen. Jetzt konnte er nichts anderes mehr tun, als dort zu sitzen und zuzuschauen, wie die Truppen sich sammelten, ordneten und Dutzend für Dutzend über die säuberlich aufgereihten Cyber-Fields abtransportiert wurden.

Er sollte dort unten sein.

Er sollte bei ihnen sein. Aber er konnte sich kaum ein paar Schritte bewegen, bevor er wieder zusammenbrach. Selbst seine Arme zu heben, um sein Gesicht in den Händen zu verbergen, kostete ihn alles an Anstrengung.

Er wünschte, Andra wäre hier. Er wünschte, Byth würde bleiben oder Marshall oder irgendjemand. Er wünschte, sie würden ihn nicht zurücklassen, ohne eine Ahnung, was los war und wie sich der Kampf entwickelte.

Er konnte doch nicht zurückbleiben, während alle anderen kämpften.

KAPITEL 35

: CLEARING

Flovers Gedanken rauschten, während er und Luke Nelson in raschem Tempo durch die ruhigen Straßen und Gassen von Irkutsk folgten. Die frische Luft und der pastellene Himmel sollten seine Nerven eigentlich beruhigen, doch das Chaos in seinem Kopf hatte solche Ausmaße angenommen, dass er darauf achtgeben musste, sich nicht zu übergeben.

Er wollte es nicht, aber er konnte nicht aufhören, an seine Mutter zu denken. Daran, was sie ihm angetan hatte. Er hatte lange gebraucht, um zu sehen, was ihre Erziehung mit ihm gemacht hatte; und dass es ihre und nicht seine Schuld gewesen war, dass er war, wie er war. Aber dass sie ein solches Monster war – dass sie es nicht nur ihm gegenüber, sondern auch der Welt gegenüber gewesen war –, das konnte er nicht verarbeiten.

»Woran denkst du?«, wollte Luke wissen. Flover gefiel nicht, dass er ihn wieder auf eine Mission durch die Welt mitnehmen musste, aber er hatte die Hoffnung, dass der Auftrag nicht allzu gefährlich werden würde. Auch wenn ihnen die Zeit davonlief.

»Meine Mutter«, antwortete er ehrlich. Luke würde es sich sowieso denken können.

»Glaubst du …« Luke machte eine Pause, um einen Schritt zu Flover aufzuholen und leiser sprechen zu können. »Glaubst du wirklich, dass sie bei solchen Grausamkeiten mitgewirkt hat?«

Flover ballte die Hände zu Fäusten, ließ sich allerdings

nicht dazu hinreißen, sein Schritttempo zu verlangsamen. Er und Luke waren hinter Nelson und seiner Begleitung zurückgefallen, weil Flover nicht mit Luke im Schlepptau rennen wollte. »Ich denke nicht, dass ich es glauben kann, bevor ich Beweise gesehen habe«, sagte er, den Blick nach vorn gerichtet. Die alte Betonstraße, über die sie liefen, musste seit Jahren nicht mehr befahren worden sein. Risse zogen sich durch den Asphalt, und aus jedem noch so kleinen Spalt drängten sich Blumen und Gräser ans Sonnenlicht. »Aber ich kann auch nicht leugnen, dass ich es ihr zutraue.«

»Das ist zu krass«, flüsterte Luke. »Ich hab keine hohe Meinung von ihr und Alaska. Aber … aber das?« Er wedelte hilflos mit den Armen.

Eine leichte Biegung führte sie auf einen Platz mit einem schmuckvoll verzierten Brunnen und mehreren kunterbunt angemalten Häusern. Als Flover sah, wie viele Menschen dort auf sie warteten, wurde er doch etwas langsamer.

Mindestens dreißig Personen unterschiedlichsten Alters standen dort, bewaffnet aber entspannt, und warteten scheinbar darauf, dass ein Supporter die zwei Cyber-Fields bereit machte. So viele Menschen würden ihnen helfen?

Flovers Herz wurde etwas schwerer, als er sah, wie viele der Männer und Frauen DVM-Jacken trugen. So eine hatte er das letzte Mal gesehen, als er sich auf eins ihrer Treffen hatte schleusen lassen, nur um dann zuzusehen, wie MaKE alle Anwesenden hatte exekutieren lassen.

Warum war ihm nie klar gewesen, wie diese Regierung vorging? Er hatte es doch so oft gesehen. Er war so oft dabei gewesen. Wie hatte er glauben können, dass das, was diese Leute aus Gründen der Sicherheit verbrochen hatten, gerechtfertigt gewesen war? Und er hatte ihnen dabei geholfen. Er hatte an seinen Taten gezweifelt, ja, aber er war immer der festen Überzeugung gewesen, für ein höheres Wohl zu kämpfen.

Flover atmete tief durch die Nase ein, versuchte sein heftig pochendes Herz zu beruhigen, dann stampfte er entschlossen los.

»Bereit?«, wollte Nelson wissen und deutete mit dem Daumen auf zwei muskelbepackte Kerle hinter sich. Künstliche Arme blitzten unter ihren Shirts und Jacken hervor. »Ich hab doch noch ein paar schwere Maschinen finden können«, sagte er und wackelte mit den Augenbrauen.

Eine Frau drückte sowohl Luke als auch Flover mehrere Impfdosen und jeweils eine Pistole in die Hand, auch wenn sie beide selbst noch Waffen besaßen. Sie verstauten sie, ohne zu fragen. Je mehr, desto besser.

»Kanns losgehen?«

»Ja«, sagte Flover entschlossen und versuchte sich zu lockern. Wenn er zu angespannt aufs Field ging, würde er wieder kotzen müssen.

»Reißen wir den Säcken den Arsch auf!«, lachte eine DVM-Anhängerin und blinzelte Flover frech zu, während sie sich bei den Fields anstellten.

KAPITEL 36

: ATTACKING

Byth blinzelte einige Male, um ihre Sicht wiederzuerlangen, nachdem sie auf dem Cyber-Field in Moskau integrierte. Sofort wurde sie von einigen Supportern von der dunklen Plattform gezogen, um den nächsten Soldaten Platz zu machen. Das Cyber-Reisen machte ihr nicht mehr viel aus. Trotzdem brauchte sie eine Weile, um Marshall und die anderen zu erkennen und sich auf sie zuzuschieben.

In dem Bunker herrschte bedrückende Stille. Nur einige in den Boden eingelassene Spots spendeten Licht. Sie hatten diesen großen Bunker anpeilen müssen, weil die Moja bereits in der ganzen Stadt verteilt waren und sofort angreifen würden, sobald sie sich ordneten.

»Nach vorn treten und Positionen einnehmen«, schallte Marshalls Ruf durch die unterirdische Halle. Hinter der alles überlagernden Stille bescherte sie Byth eine Gänsehaut. Sie gehorchte und trat neben Marshall an vorderster Front auf die breite Treppe zu, die sie hinaufmarschieren würden.

Marshall hatte es für klüger befunden, einfache Soldaten vorauszuschicken, damit Byth ihre Kräfte für KAMI sparen konnte. Doch gegen diesen Vorschlag hatte sie sich vehement gewehrt. Diese Frischlinge würden in den vordersten Rängen fallen wie die Fliegen. Es wäre deutlich einfacher, wenn sie ihnen den Weg ebnete.

»Bist du bereit?«, wollte Marshall wissen, ohne sie anzusehen. Sie war noch immer wütend. Das würde sie ablegen müssen, wenn sie sich gleich in den Kampf stürzen würden.

»Ja«, erwiderte Byth trocken. Und wie bereit sie war. Sie konnte es gar nicht mehr erwarten, alles hinter sich zu haben.

Die Kommunikationsoffiziere schoben sich an ihnen vorbei, um einige Treppenstufen hinaufzusteigen und sich zu der Truppe umzuwenden.

»Wir bilden die erste Vorhut«, verkündete ein älterer Mann, den Byth nicht kannte. Er hielt einen Screen mit diversen Anzeigen vor sich. »Wir befinden uns direkt unter dem Haus von General Liza Moore, in dem der Gegner Stellung bezogen hat. Kennen Sie alle Ihr Team?«

Ein gebündeltes »Ja!« erfüllte den Raum.

Marshall folgte dem Mann und positionierte sich neben ihm, den Rücken durchgestreckt, den Kopf erhoben. »Team 1 sichert die Umgebung«, wies sie mit klarer Stimme an. »Sie rücken vor und halten Major Vica-Chun den Rücken frei, während sie auf die Suche nach KAMI geht.«

»Jawohl«, sagten die Männer und Frauen, die mit dieser Aufgabe betraut worden waren.

»Team 2 sichert den Eingang zum Bunker, der sofort verschlossen wird, sobald wir alle ihn verlassen haben. Weitere Trupps aus anderen Stationen der Welt werden nachrücken. Diesen Bereich nicht von Moja überlaufen zu lassen ist ihr höchstes Ziel.«

»Jawohl!«

»Team 3 schlägt sich zum Bahnhof durch, wo in weniger als einer halben Stunde drei Flashtrains mit weiterer Verstärkung eintreffen sollten. In diesen Zügen befinden sich auch Munition und Ausrüstung. Der Schutz dieser Materialien ist Priorität.«

»Jawohl!«

»Byth«, sagte sie dann und schaute ihr in die Augen. »Du machst das Ding platt.«

»Jawohl«, sagte sie, wenn auch weniger energisch als die

anderen. Sie musste nicht schreien, um ihre Entschlossenheit zu demonstrieren.

»Meine direkte Anweisung an dich ist, alles um dich herum zu ignorieren, sobald du KAMI gegenüberstehst.«

Byth atmete tief ein. Was sollte das bedeuten?

»Du konzentrierst dich nur auf sie. Sie ist der stärkste Moja. Sobald wir sie getötet haben, sollten die anderen ihre Fähigkeit verlieren, sich untereinander zu koordinieren. Dann werden sie wieder leichtere Opfer für uns.« Sie blinzelte nicht einmal, während sie sie anschaute. »Lass dich also von nichts ablenken, während du kämpfst. Verstanden?«

Byth erwiderte ihren Blick standfest. »Jawohl«, sagte sie leise.

Marshall nickte zufrieden.

»Na gut. DANN LOS!«, rief sie und ging auf die Bunkertür zu, die zwei Offiziere unter Anstrengungen für sie öffneten. Byth sah das Leuchten der Moja dahinter schon eine Sekunde später.

»Aufgepasst«, schrie jemand, bevor ein Radon abgefeuert wurde und glühend ein paar Wesen mit sich riss, die sich um sie geschart hatten. Moskau wimmelte. Byth hatte noch nicht viel von der Stadt gesehen, während sie sich durch Liza Moores Haus geschlagen hatten, aber sie spürte es.

Der Weg, den sie sich durch die Massen an Moja bahnten, war von einer kaum begreifbaren Irrealität. Schreie und das Donnern von Gewehren durchrissen die Luft, während die Wesen, gegen die sie kämpften, keinen Ton von sich gaben. Die Menschen waren zwischen ihnen in ihrer Angst allein, in ihren Zweifeln, ihrer Hoffnung. Die schweigenden Münder derjenigen, gegen die sie kämpften, waren nahezu Hohn für alle Soldaten, die ihnen schreiend zum Opfer fielen.

»Weg da!«, rief Byth und drängte einen Kommunikationsoffizier zur Seite. Sie bündelte diese eigenartige Kraft in sich, um das Ding mit einem gezielten Schlag ins Gesicht ins Jenseits zu befördern. Bis auf zwei weitere war der Gang, durch den sie liefen, vor ihnen frei, aber hinter ihnen … hinter sich durften sie nicht schauen. Ihr Weg war gepflastert von Moja und Soldaten gleichermaßen.

Sie hatte es gewusst, verdammte Scheiße. Sie hatte es gewusst! Diese Neulinge waren keine MaKE-Soldaten und konnten auch nicht so eingesetzt werden. Das hier war eine genauso schwachsinnige Aktion wie die Säuberung. Aber zumindest konnte Byth hier etwas bewirken!

»Die übernehme ich«, rief sie und rannte nach vorn, überholte die Vorhut, packte eine der Moja-Frauen am Kopf und schmetterte ihn auf den Boden. Während sie sich zu der anderen herumdrehte, zog sie ihre Waffe und streckte die zweite mit einem Kopfschuss nieder.

Wenigstens die Waffen, die sie entwickelt und optimiert hatten, funktionierten.

»Ich hatte keine Ahnung, dass Sie so kämpfen können, Major!«, keuchte der Offizier neben ihr. Sie war auch schon außer Atem. Dieses Haus war zu verdammt riesig.

»Ich war in vielen Sperrzonen«, sagte sie und hielt die Waffe fester in ihrer Hand, während sie auf eine Halle zusteuerten. »Ich bin zwar nur Mechanikerin, aber ich musste mich verteidigen können.«

»Kein Smalltalk!«, bellte Marshall einige Schritte hinter ihnen, und Byth verdrehte innerlich die Augen. Wenn es die Soldaten beruhigte, sollten sie doch sprechen. Besser, als wenn sie alle vor Angst in Ohnmacht fielen.

»Halt!«, rief Byth zehn Meter vor den Türen entfernt, die sie in den großen Zwischenraum führen würden. Die Mannschaft hinter ihr gehorchte, blieb gemeinsam mit ihr stehen. »Die verstecken sich in den Ecken«, sagte sie. Sie hatte keine der KAGE-Brillen; die waren dem anderen Team überlassen worden, das sich durch die Stadt schlagen musste, um die Versorgungstrupps zu eskortieren. Aber sie spürte es.

»Ich gehe vor«, sagte sie und machte die ersten Schritte. Sie hielt die Waffe fest in der Hand und ballte die andere zur Faust. Jetzt wünschte sie sich, sie könnte genau wie Ellis mit dem Schwert umgehen.

Sobald sie durch die Tür in die Halle getreten war, sah sie mehrere Bewegungen gleichzeitig. Während direkt über ihr ein Moja von der Galerie sprang, um sich auf sie zu stürzen, sprangen zwei andere aus nahegelegenen Winkeln hervor und attackierten sie gleichzeitig. Die Bewegungen der Wesen waren so schnell, dass sie ihnen kaum mit ihren Augen folgen konnte. Sie machte einen Satz zur Seite, um dem auszuweichen, der sich von oben auf sie hatte stürzen wollen, und entkam seinem ersten Schlag. Währenddessen war der Nächste von hinten gekommen, während sie noch dabei war, sich zu fangen.

Sie riss ihre Hand hoch und schlug seinen Arm zur Seite, dann streckte sie ihn mit der Waffe nieder. Der andere hatte nachgefasst und auf ihren Kopf gezielt. Abermals wich sie in letzter Sekunde aus, auch wenn sein Finger ihre Wange streifte. Eine Kugel aus der Truppe streckte ihn nieder, während sie den Dritten erschoss und in der nächsten Sekunde ihr Magazin nachlud.

»Formation einnehmen!«, rief Marshall, und die Truppe schloss zu Byth auf. Bevor sie ihre kreisförmige Stellung bezogen hatten, um jeden Winkel der Halle abzudecken, waren mehrere Moja aus den Schatten gestürzt, um sich auf sie zuzuwerfen. Das einzige Glück, dass sie hatten, war, dass die Sonne noch nicht gänzlich aufgegangen war. Dass sie das Leuchten der Wesen schon auf die Entfernung erkannten.

Schüsse und Rufe hallten von den Wänden wider, während

sich die Mannschaft langsam nach vorn schob. Doch nachdem Byth nahezu ein Dutzend Moja auf die Entfernung hatte erschießen können, war die Lage unübersichtlich geworden. So viele von den Wesen strömten aus den anliegenden Türen und Gängen, dass selbst das gebündelte Feuer aus den modifizierten Maschinengewehren sie nicht mehr alle aufhielt.

Scheiße! Wenn das so weiterging ...

»Die überrennen uns!«, schrie einer der Soldaten hinter Byth in Panik.

»Ruhe bewahren!«, befahl Marshall. In der einen Sekunde, die Byth Zeit hatte, um sich zu ihr umzuwenden, hatte sie ihr Schwert gezogen und sich aus der Formation gelöst. Sie enthauptete einen Moja, der bereits zwei Soldaten getötet hatte.

»Bündelt das Gewehrfeuer auf den Ost- und Westeingang vor der großen Fensterwand!«, befahl sie. Die Soldaten folgten ihrer Anweisung nur zögerlich, viele waren zu sehr damit beschäftigt, um ihr eigenes Leben zu kämpfen, sich auf die Moja zu konzentrieren, die direkt vor ihnen waren. Viele der jungen Männer und Frauen fielen bereits.

Scheiße, Byth musste schneller sein! Aber es waren zu viele, und sie konnte gar nicht so schnell nachladen, wie sie gern wollte.

Marshall streckte weitere Moja mit ihrem Schwert nieder und kämpfte sich, Liza und Alaska direkt hinter ihr, eine marmorne Treppe mit einem roten Teppich hinauf. Blut tränkte ihn und den Boden um ihn herum. Der ebene Grund unter ihnen wurde bereits rutschig.

Byth und die Soldaten versuchten aufzuschließen, aber um das Feuer auf den Bereich vor ihnen zu konzentrieren, näherten sich zu viele Moja von hinten, von rechts und links. Scheiße!

»Durchhalten!«, schrie Marshall durch den Raum, nachdem sie sich ganz nach oben durchgekämpft hatte und vor den Fenstern stand, hinter denen Bäume und Hochhäuser zu sehen waren.

Das war direkt am Pavillon, oder? Byth war erst einige Male hier gewesen, aber das musste es sein. Das musste der Ort sein, an dem KAMI sich befand!

»Der nächste Trupp rückt in drei Minuten nach«, sagte Marshall laut.

Byth stürzte sich währenddessen auf einen Moja, bevor der einen der jüngeren Soldaten erreichen konnte, und streckte ihn mit einem Schlag nieder. Die Energie, die durch ihre Adern kribbelte, fühlte sich so gut und lebendig an. Viel zu lebendig für die Situation, in der sie sich befanden. Sie konnte nicht alle gleichzeitig beschützen!

Der nächste Moja fiel ihrer Waffe zum Opfer, aber da hatte er es schon geschafft, der Frau mit dem Gewehr den Arm zu brechen. Schreiend ging sie zu Boden, hielt sich das Körperteil, das in eigenartigem Winkel vom Rest ihres Körpers abstand. Byth machte einen Sprung auf sie zu, packte sie unter der Schulter ihres gesunden Arms und zog sie auf die Beine. »Nicht schlappmachen!«, rief sie ihr entgegen, drückte ihr ihre Pistole in die Hand und nahm stattdessen das Gewehr, das die Frau mit einem Arm nicht würde bedienen können. Mit einer Salve schaltete sie in der nächsten Sekunde drei Moja aus.

Verdammt, diese modifizierten Waffen waren wirklich effektiv, aber sie waren diesem Ansturm trotzdem heillos unterlegen. Byth musste versuchen, voranzukommen. Sie musste …

»Byth!«, riss Marshall sie aus ihrem Fokus, und sie wirbelte herum. »Herkommen!«, schrie ihr der General entgegen. Es war wie eine Art Körpergedächtnis, das einsetzte, als sich ihre Füße wie von allein bewegten und sie über die Stufen und den Marmor hinauf zu den Fenstern trugen. Zwei weitere Moja waren in ihrem Weg, die Alaska allerdings erledigte.

Marshall deutete auf das Fenster, und Byth wusste, was zu tun war, ohne darüber nachzudenken. Sie wusste, was gemeint war. Sie hatten keine Zeit, sich durch die Gänge zu schlagen.

Byth hob das Gewehr und feuerte auf die Fensterscheiben, die klirrend zersprangen. Das schien sowohl die Moja als auch die Soldaten in ihrem Rücken abzulenken, aber sie scherte sich nicht weiter um den kurz eintretenden Moment der Stille, sondern trat näher an die Front heran. Ein Stockwerk unter ihnen befand er sich; der Ort, an dem sie KAMI lokalisiert hatten. Der Pavillon war überdacht, aber Byth war sich sicher, sie war sich *so* sicher, dass es sich dort befinden musste.

Es war, als würden die Partikel in ihrem Körper danach rufen, zu ihm zu gehen. Entschlossenheit ergriff sie, obwohl sie nicht wusste, ob sie diesen Kampf gewinnen konnte, und obwohl sie nicht leugnen konnte, dass sie Angst in sich spürte. Nun gab es kein Zurück mehr.

»Los!«, rief ihr Marshall zu, und für den Bruchteil einer Sekunde sahen sie einander an. Dann brach Byth einige weitere Glassplitter aus ihrem Weg, kletterte in den Rahmen und sprang hinab.

KAPITEL 37

: MEETING

Die Sonne war über dem Bereich der Welt aufgegangen, an dem Marshall und die anderen ihre Station errichtet hatten. Erst jetzt, als es hell geworden war, erkannte Andra die Schönheit der Landschaft, in der sie sich abgesetzt hatten. In der Nacht hatte sie aus den Fenstern des Helikopters nur Schwärze gesehen. Nun allerdings sah sie all die Hügel, Wälder und grünen Wiesen, die den See umgaben, im frischen Licht der aufgehenden Sonne und noch immer benetzt mit glitzerndem Morgentau. Die schattigen Bereiche waren von Bodennebel überzogen und weckten den Wunsch in ihr, auszusteigen und durch die Natur zu wandern, alles zu erkunden. Ruhe zu finden.

Erst als die hohen Häuser der Stadt in Sicht kamen, zwang sie sich, sich auf die Mission zu konzentrieren, die vor ihnen lag. Ellis und Rosa hatten darüber nachgedacht, abermals auf dem Dach zu landen, von dem aus sie gestartet waren, aber der Weg durch die Stadt würde sie zu viel Zeit kosten. Obwohl Ellis' Flugkünste allein nicht so gut waren wie gemeinsam mit Flover, sollten sie es schaffen, das Fluggerät an einem flachen Teil des Ufers zu landen.

Andra spannte ihre Hände an und griff nach dem Bogen, den sie über ihre Knie gelegt hatten. Ellis musste den Menschen von DVM gesagt haben, welche Waffen sie bevorzugte. Sie hatten ihr auch automatische Schusswaffen und Messer gegeben, die sie überall sorgfältig verstaut hatte, aber mit einem Bogen fühlte sie sich so viel sicherer, so viel stärker und selbstbewusster. Er war ihre direkte Verbindung zu ihrer Heimat, auch wenn sie die Beziehung, die sie zu ihrem Zuhause hatte, noch sehr genau durchleuchten musste. Irgendwann, wenn das alles vorbei war.

Ihr Blick glitt immer wieder aus dem Fenster, hinab ans Ufer des Sees, an dem so viele Cyber-Fields aufgebaut waren, wie sie noch nie auf einmal gesehen hatte. Bis auf eine Handvoll Supporter, die zwischen den Feldern warteten, und einige Soldaten, die sich in der Nähe der Stadt positioniert hatten, wirkte die Gegend wie ausgestorben. Das Wimmeln war vorüber. Sie waren schon in die Ungewissheit aufgebrochen. Und Okijen war irgendwo mittendrin.

Sie war wütend auf ihn, aber sie wollte nicht, dass ihm etwas geschah. Wenn sie ihn zum Sterben zurückgelassen hatte, könnte sie sich das nie verzeihen. Sie mussten sich beeilen.

»Ich geh jetzt runter«, verkündete Ellis. Die Menschen am Boden regten sich und bewegten sich wachsam in ihre Richtung. Sogar einige Yuna waren aus ihren Häusern getreten, um zu schauen, wer sich ihnen näherte. Erste Soldaten hatten ihre Waffen gezogen, hielten sie locker im Anschlag. Andra versuchte, bekannte Gesichter unter ihnen zu finden, während sie sich dem Boden näherten, konnte aber keins erkennen.

»Könnte etwas holprig werden, jetzt«, kündigte Ellis an, kurz bevor sie mit einem Ruck auf dem unebenen Grund aufsetzten. Andra wurde durchgerüttelt, was sie allerdings nicht davon abhielt, ihren Bogen fester zu packen und die Öffnung der Tür zu betätigen. Noch während die Rotoren über ihren Köpfen kreisten, sprang sie aus dem Flugzeug. Sie beachtete die Waffen der Soldaten gar nicht, während sie sich über die groben Steine unter ihren Füßen voranbewegte. Einer der Männer rief etwas, aber das Rauschen der Rotoren war noch immer so laut, dass sie kein Wort verstand.

Viele Yuna waren inzwischen auf die Straße zwischen den hohen Häusern getreten, um auf sie zuzukommen. Die schwangere Frau war unter ihnen und die Männer, die sie auf ihrer Flucht begleitet hatten. Und zwischen diesen Menschen stand …

»Okijen?«, kam es über Andras Lippen. Sie wusste, dass er sie nicht hörte, und trotzdem konnte sie ihre Verwunderung nicht verbergen. Warum war er hier? Sie war erleichtert, ihn zu sehen, weil das bedeutete, dass er lebte; dass er nicht mit all den anderen in den Kampf gezogen war.

Gleichzeitig konnte sie nicht in sein Gesicht sehen, ohne an seinen Verrat erinnert zu werden.

»Stehen bleiben!«, drang die erste Stimme an ihre Ohren, als die Motoren des Helikopters endlich leiser wurden. Sie tat wie geheißen, ließ ihren Bogen um ihre Schulter gelegt und wartete darauf, dass Ellis und Rosa neben ihr Stellung bezogen. »Sie sind Andra Yun, nicht wahr?«, fragte einer der Soldaten laut. Er wirkte nicht aggressiv, eher verwundert.

Die vier Männer, die noch hier postiert waren, würden ihnen hoffentlich keine großen Schwierigkeiten bereiten. »Ja«, rief sie zur Antwort. Ihre Haare flatterten im Wind, die die Rotoren verursachten. »Wir sind hier, um mit dem Ältesten zu sprechen.« Tatsächlich fiel es ihr schwer, den Augenkontakt mit dem Mann zu halten, weil sie konstant dem Drang widerstehen musste, zu Okijen zu schauen. Warum kämpfte er nicht? Hatte man ihn für untauglich erklärt?

Obwohl sie noch immer wütend auf ihn war, fühlte sie sich erleichtert, ihn hier zu sehen. Auch wenn der Ausdruck auf seinem Gesicht Bände darüber sprach, dass er nicht sehr zufrieden über diesen Umstand war.

»Der Haftbefehl gegen Sie steht noch immer aus!«, sagte ein anderer Soldat und ruckte dann mit dem Kopf zu Ellis. »Gegen Sie auch, Major Reed.«

Ellis grinste provokant. »Versuchen Sie doch, mich festzunehmen, und wir schauen, worin das endet.« Er hatte seine Schwerter noch nicht gezogen.

»Leisten Sie keinen ...«, setzte einer der Männer an, doch Okijen trat einen Schritt vor. Langsam nur, als könne er sich bloß unter Mühe bewegen. Das war noch nicht so schlimm gewesen, als Andra ihn das letzte Mal gesehen hatte, oder?

»Ruhe!«, sagte er den Soldaten. Das Rauschen des Windes klang immer weiter ab, sodass er in fast normaler Lautstärke sprechen konnte. »Waffen runter, das ist ein Befehl«, fügte er dann an, und die Männer gehorchten, ohne mit der Wimper zu zucken. Andra hatte den Eindruck, dass alle vier erleichtert waren, einer Konfrontation aus dem Weg zu gehen.

Und sie natürlich auch.

Sie setzte sich wieder in Bewegung und steuerte auf Okijen zu. »Wir müssen mit dem Ältesten sprechen«, sagte sie nun noch einmal an ihn gewandt. Sein Blick verriet, dass er mehr Erklärungen wollte. Dass er irgendetwas sagen wollte, um das, was zwischen ihnen stand, aus dem Weg zu räumen. Seine Augen hatten diesen weichen Ausdruck angenommen, mit dem er sie früher immer angesehen hatte.

Aber dafür hatte sie keine Zeit. Er hatte seine Entscheidung getroffen und sie ihre. Das auszudiskutieren würde viel zu lange dauern.

»Warum?«, fragte einer der Yuna.

»Helft ihr nicht beim Kampf?«, wollte ein Soldat wissen.

Einige Yuna waren bereits zurück in die Stadt gelaufen und eilten zu einem der hinteren Häuser. Lebte er dort?

»Wir verfolgen noch immer den Plan, das Gespräch mit KAMI zu führen«, sagte sie. Ellis und Rosa ließen sie sprechen, was ihr ganz gut gefiel.

»Dafür ist es zu spät«, sagte Okijen energielos. »Die anderen sind bereits in den Kampf gezogen.«

»Es ist nicht zu spät«, sagte Andra und schob sich an Okijen vorbei, in Richtung der Yuna, die weiter hinten auf der Straße mit den Armen winkten, um ihnen zu signalisieren, dass sie kommen konnten. Ein Mann, der offenbar der Älteste des Stammes sein musste, schob seinen Kopf aus der Tür und schaute ihnen interessiert entgegen. Das weiße Haar, das teils noch von schwarzen Strähnen durchsetzt war, erinnerte Andra an ihre Älteste.

Rosa und Ellis schlossen sich ihr an, ebenso wie viele Bewohner, verständlicherweise neugierig, was folgen würde.

Ein Blick zurück verriet ihr, dass Okijen sich ebenfalls in Bewegung gesetzt hatte, wenngleich viel langsamer als die anderen. Sie würde nicht auf ihn warten.

Tief einatmend wappnete sie sich für die Fragen, die sie gleich zu stellen hatte.

KAPITEL 38

: SHOOTING

Lukes Beine waren schwer von Erschöpfung, doch er versuchte, sich nichts anmerken zu lassen, während er sich über die zerstörte Landschaft voranschob, die einst die glänzendste und schönste Stadt ihrer Welt gewesen war.

Nach der Explosion einer so gewaltigen Bombe wie die aus dem WSP blieb von den Dingen in ihrem Detonationsradius wenig übrig. Das hatten sie bereits in Sao Paulo gesehen. Neben Landstrichen, an denen man kaum mehr erkannte, dass sie einst eine Stadt gewesen waren, gab es immer wieder solche, in denen Gebäudegerüste und -skelette aus dem Grund hervorragten, ehemalige Straßenzüge sichtbar und alte Zugstrecken und Flashtrains zu erkennen waren. Vereinzelt brannten Feuer, und die Luft schien zu glühen. Die Rauchschwaden der Brände verdunkelten die Sonne schleierhaft.

Nirgendwo waren Leichen zu sehen, als wären sie vom Erdboden verschluckt worden.

Sie hatten Atemmasken aufgezogen, um sich vor der Strahlung zu schützen, doch die Art, auf die sie angebracht waren, drückte Lukes Wunde am Auge. Obwohl das wohl eins der geringsten Probleme war, denen sie sich gegenübersahen.

Lukes Sorge galt vor allem Flover. Sie hatten nicht wirklich viel gesprochen, seitdem Rosa ihnen gestern Nacht berichtet hatte, was der Weltrat offenbar verbrochen hatte. Und obwohl Flover darauf bestand, es erst zu glauben, wenn er Beweise vor sich hatte, sah Luke ihm an, dass die neue Erkenntnis ihm wie ein Gewicht auf den Schultern lastete. Sein Kopf war gesenkt, und seine Schultern hingen kraftlos herab.

Um Flovers willen hoffte Luke beinahe, all die Geschichten von Rosa und Nelson wären fanatische Lügen, um sie gegen das Militär aufzustacheln. Nur um Flovers willen wünschte Luke, dass Liza wirklich nicht das Monster war, von dem die anderen behauptet hatten, sie wäre es.

Doch im Grunde wusste er, dass ihre Worte die Wahrheit gewesen sein mussten. Es passte einfach alles zu gut zusammen. Zu gut mit dem, was er in den letzten Wochen und Monaten in dieser Welt erlebt hatte. Und Flover wusste es tief in seinem Herzen wohl auch.

Luke durfte ihn auf keinen Fall aus den Augen lassen. Er durfte nicht wieder in dieses Loch fallen, egal, welche Informationen sie hier entdecken würden. Flover wusste gar nicht, wie emotional abhängig er sich von seiner Mutter machte. Auch jetzt noch, obwohl er sich wohl einredete, dass es nicht so war. Wenn Luke noch einmal die Gelegenheit dazu bekäme, dieser Frau gegenüberzustehen, würde er ihr so gern ins Gesicht schlagen für das, was sie ihrem Sohn angetan hatte. Den Drang dazu hatte er schon zuvor ständig verspürt, doch nun spürte er ihn in seinen Händen kribbeln.

»Hinter dem Gebäude nach rechts«, sagte eine Frau, die die Gruppe anführte. Sie richteten sich nach den Koordinaten, die sie von Marshalls Haus besaßen, weil es schwierig war, sich in dieser zerstörten Stadt zu orientieren, selbst wenn man sie kannte. Luke war erst zweimal in seinem Leben in Shimmertown gewesen. Er erinnerte sich vor allem an das prunkvolle Anwesen, das Marshall gehört hatte, und an den alten, knorrigen Baum auf dem Vorplatz, der die Steine und den Beton mit seinen Wurzeln gesprengt hatte. Von ihm würde wohl auch nichts mehr übrig sein nach diesem Anschlag.

Verdammt. Konnte Marshall wirklich an all dem beteiligt

sein? Flovers Mutter und Alaska Pershing traute Luke solche Handlungen zu, aber doch nicht Marshall. Sie war immer die Vermittlerin gewesen. Ihre Politik hatte immer so gewirkt, als wäre sie ehrlich bemüht darum, die Menschen glücklich zu machen. Das konnte doch nicht alles Fassade gewesen sein.

Oder sie hatte es getan, um ihre vergangenen Fehler wiedergutzumachen. Das zumindest würde ins Bild passen.

»Da drüben müsste …«, sagte die Koordinatorin, doch jemand unterbrach sie.

»Warte mal«, flüsterte Nelson eindringlich und blieb stehen, um zu lauschen. Alle anderen taten es ihm gleich, auch wenn Luke nichts hörte.

Für einige Sekunden schwiegen sie. Nichts außer dem Knistern von Feuern und dem Knarzen von Gebäuden, die immer weiter in sich zusammensackten, war zu hören.

Gerade wollte Luke ansetzen, etwas zu sagen, da vernahm er es. Stimmen!

Da hallten Stimmen durch die tote Landschaft um sie herum. Sie klangen an den Gebäuden wider, die zwischen ihnen und ihrem Zielort lagen, und sofort setzte Nelson sich in Bewegung, um die letzten Meter bis hinter den eingefallenen Gebäuderiesen zu überwinden und auf die Überreste des Anwesens zu blicken. Luke und die anderen folgten ihm rasch.

Kaum mehr als ein Steinhaufen war von dem Bauwerk übrig geblieben, das einen so wichtigen Teil ihrer Politik und ihrer Welt ausgemacht hatte. Von dem Baum war nichts mehr zu sehen. Einige versprengte Steine lagen auf dem Weg zwischen ihnen und den Trümmern, von wo aus die Stimmen drangen. Die Gruppe näherte sich der Stelle langsam, während alle versuchten zu lauschen, was gesprochen wurde.

Wer konnte das sein? Waren ihnen andere Menschen von DVM zuvorgekommen? Oder …

Nein. Kaum mehr zehn Meter waren sie von der Stelle entfernt, als sich aus den Überresten der Trümmer, durch einen der noch intakten Bögen des Eingangs, sechs schwerbewaffnete Soldaten in Schutzkleidung schoben. Sie schienen die Gruppe erst gar nicht zu bemerken, so vertieft waren sie darin, den Worten zu lauschen, die ein hochrangiger Offizier ihnen mitteilte.

»Nehmen Sie Kontakt zur Station auf, und installieren Sie Cyber-Fields. Wir müssen die wichtigsten Informationen wegschaffen. Der Rest wird auf Befehl der Generals …«

Verdammt, er hatte sie gesehen!

Flover war der Einzige aus der Gruppe, der nicht erstarrte. Er trat den Soldaten einige Schritte entgegen, um sie zu grüßen.

War das wirklich eine kluge …

»Scheiße!«, rief der Anführer der Gruppe, und Flover blieb doch stehen. Lukes Herz machte einen Satz, als er erkannte, mit welcher Aggressivität der Kerl Flover musterte. »Wer sind Sie?«, rief er ihnen entgegen. Mit dem war nicht zu spaßen.

»Captain Flover Nakamura.« Er hob die Hände, als die Soldaten ihnen gegenüber bereits ihre Waffen erhoben und entsichert hatten. Die waren hundertprozentig wegen derselben Sache hier wie sie. Und wenn es so war, wäre mit denen nicht zu verhandeln! Was sollte er tun? Wenn sie das Feuer eröffneten, wäre Flover ihr erstes Ziel!

»Und Sie?«, schob dieser nach, doch der Offizier schüttelte den Kopf.

»Eröffnen Sie das Feuer!«, rief er seinen Untergebenen zu, die auf Kommando die ersten Schüsse abfeuerten.

Flover sprang beiseite, doch sein Fuß blieb an einem aus dem Boden ragenden Metallstab hängen, der ihn zum Straucheln brachte.

»Nein!«, stieß Luke aus. Die Gruppe brach auseinander, als alle in unterschiedliche Richtungen davonsprangen. Nur er lief mit bebenden Knien nach vorn zu Flover, um ihn am Arm zu packen und ihm auf die Beine zu helfen. Einem Reflex folgend, hob er abwehrend die Hand, während er seinem Freund half, auf die Beine zu kommen, nur um im nächsten Moment von einem zerreißenden Schmerz durchdrungen zu werden.

Luke schrie auf, als eine Kugel seine Hand glatt durchschoss und eine andere seinen Oberschenkel streifte. Nun war es an Flover, ihn zur Seite zu zerren und hinter einen großen Marmorblock zu ziehen, wo sie kurz Schutz fanden.

»Shit!«, keuchte Luke, biss die Zähne zusammen und drückte die Hand auf die Wunde, aus der dickes Blut quoll. Tränen rannen über seine Wangen, und es dauerte kaum einen Augenblick, bis der Schmerz sich seinen Arm hinauf bis in seine ganze rechte Körperhälfte ausgebreitet hatte. Das Reißen in seiner Hand war so durchdringend, dass er den Streifschuss an seinem Bein kaum bemerkte.

»Luke«, ächzte Flover und legte ihm die Hand auf das Bein, um die Blutung zu stoppen. »Luke, schaffst du es?«, fragte er und rückte kein Stück von ihm ab.

»Ja«, presste er zwischen zusammengebissenen Zähnen hervor und griff bereits mit der gesunden Hand nach seiner Waffe. Scheiße, alles war voller Blut. Der Schmerz vernebelte ihm die Sicht.

»Hierbleiben«, sagte Flover, nahm ihm die Pistole aus der Hand, legte sie allerdings auf den Boden, um dann nach seinem Schwert zu greifen. Luke folgte seinem raschen Blick neben sie. Drei Männer und zwei Frauen von DVM hatte es getroffen. Sie lagen am Boden, mindestens vier von ihnen tot. Nur bei einer dachte Luke noch ein Heben und Senken ihres Brustkorbes zu erkennen, wenn es nicht das Flimmern der Hitze war.

»Ruhig«, murmelte Flover, und während er das Schwert in

beiden Händen hielt, lehnte er sich beschützend über Luke. Die Soldaten rückten näher. Luke hoffte, dass die anderen DVMler unverletzt waren, auch wenn das bei dem Kugelhagel unwahrscheinlich war. Scheiße.

Das Gewehrfeuer war erloschen, und Schritte näherten sich. Flover ging von einer knienden in eine hockende Position über, um zum Sprung bereit zu sein, sobald jemand nahe genug an ihnen dran war. Bereits einen Atemzug später blickten beide in einen Gewehrlauf.

Flover verursachte keinen Laut, als er nach vorn schnellte und dem Mann, bevor er abdrücken konnte, beide Hände abschlug. Blut spritzte auf Lukes Kleidung, und er hielt sich die Hände vors Gesicht, auch wenn das den Schmerz verstärkte. Verdammte Scheiße, ihm wurde schon schwarz vor Augen. Er musste sich zusammenreißen!

Ein anderer Soldat bemerkte erst, was geschehen war, als ihr Angreifer aufschrie und nach hinten zurückstolperte. Bevor er das Feuer auf Luke und Flover eröffnen konnte, streckte ihn eine Kugel von DVM nieder. Er kam zwischen ihren gefallenen Kameraden auf dem Boden auf und blieb regungslos liegen.

Ein Schusswechsel brach los, und Flover schien kurz zu überlegen, was er tun sollte, dann wandte er sich allerdings wieder um, legte sein Schwert auf den Boden und streifte Lukes Jacke von seinen Schultern.

»Was?«, ächzte er verwirrt, folgte aber Flovers stiller Aufforderung, sich den rechten Ärmel abzustreifen, sodass nur noch der dunkle Overall seine Haut bedeckte.

»Flover, ich kann …«, wollte Luke ihn unterbrechen, aber mit einem Blick hinter seinen Freund erkannte er, dass DVM die Lage offenbar unter Kontrolle hatte. Viele ihrer Begleiter waren inzwischen aus ihren Verstecken gekommen und hatten die vier übrigen Soldaten zahlenmäßig übermannt. Zwei lagen verletzt am Boden, die anderen beiden hatten ihre Waffen sinken lassen.

Flover zog eine Schnalle aus einer seiner Taschen und legte sie um Lukes Arm. Ein Band zum Abbinden von Wunden war an jeder Standardausrüstung angebracht. Während Flover den Gurt festzog, bis Luke das Gefühl in seinen Fingern verlor, checkte er bereits die Wunde an seinem Bein. Sie war allerdings nicht sehr tief.

»Danke!«, sagte Flover und legte Luke die Hand auf die Schulter. »Du hast mich gerettet.«

Luke wollte etwas erwidern, doch Flover hatte sein Schwert wieder gegriffen und sich aufgerichtet. Der Anführer der Gruppe stand noch an Ort und Stelle, während die DVM-Mitglieder näher an ihre Gegner heranrückten, um sie zu entwaffnen.

»Warum seid ihr hier?«, bellte der Offizier.

»Die Frage gebe ich zurück«, erwiderte Flover mit fester Stimme und richtete sein Schwert in seine Richtung. Das Blut, das von der Klinge tropfte, untermalte seine Worte recht deutlich.

»Beantworten Sie die Frage, Nakamura. Das ist ein Befehl.«

Flovers Lachen hallte von den Trümmern wider. »Wir sind flüchtig, also habe ich keine Befehle zu befolgen. Also: Was tun Sie hier?«

»Das steht unter Geheimhaltung.«

»So sehr, dass Sie auf jeden Menschen schießen, der sich bewegt?« Sein Blick glitt zu ihren gefallenen Kameraden, zu denen sich bereits mehrere DVMler gesetzt hatten, um zu schauen, ob sie noch zu retten waren. Zwei Männer kamen auch auf Luke zu, aber er winkte nur ab, um zu bedeuten, dass es ihm gut ging, bevor er sich über den Boden an den Rand des Marmorblocks schob, um einen besseren Blick auf Flovers Gesprächspartner zu haben.

Der Offizier spannte sich an und bewegte seine Hand eindeutig in Richtung seiner eigenen Waffe, wenn auch langsam. Als würde er seine Absichten verschleiern können!

Flover erkannte es auch, zog seine eigene Pistole und schoss dem Kerl in die Schulter. Noch während der Mann sich wand und nach seiner Waffe griff, lief Flover los, um ihm ein »Keine Bewegung!« entgegenzurufen.

Luke war fast erleichtert, als der Offizier seine Waffe tatsächlich zu Boden fallen ließ, um sich den Arm auf die Schulter zu pressen und in die Knie zu gehen. »Aufstehen!«, rief Flover, lief ihm entgegen, kickte seine Waffe fort und zog ihn grob auf die Beine. »Sie lassen uns jetzt dort rein!«

KAPITEL 39

: AWAITING

Die Sonne schlich gerade über die Wipfel der in voller Blüte stehenden Bäume, als Byth über den grob gepflasterten Weg auf den steinernen Pavillon mit der golden verzierten Kuppel zutrat, in dem KAMI sich positioniert hatte. Mit aufmerksamem Blick stand die junge Frau dort, die Hände vor dem Körper gefaltet, das helle Haar nahezu flüssig übergehend in ihren beigefarbenen Morgenmantel. Wie eine alte Gottheit sah sie aus. So voller Jugend. Das Gesicht so erhaben und gleichsam so neutral.

Die Brise wehte ein paar Blütenblätter aus den Kronen der Bäume auf den Weg zwischen ihnen, den Byth langsam beschritt. Der Garten um sie herum wirkte so friedlich, und die hohen Gebäude hinter dem Grün so verwunderlich intakt.

Warum hatte sie erwartet, dass die Moja hier Zerstörung verursacht hätten? Die hohen Häuser mit den alten Fassaden waren seit ihrem letzten Besuch unverändert. Nur die großen Anzeigetafeln, die an den höchsten Punkten der Gebäude angebracht waren, flackerten und brachten Unruhe in den Rand ihres Blickfeldes.

»Du also wieder«, sagte KAMI lächelnd. Verdammt, es war Luke wirklich wie aus dem Gesicht geschnitten. Warum hatte es gerade diesen Körper gewählt? »Das letzte Mal hast du mir ganz schön zugesetzt, mit deinen Waffen und …« Sie deutete auf Byths Körper. »Und dem, was dich so gemacht hat.«

»Heute habe ich nicht vor, halbe Sachen zu machen«, sagte Byth und richtete ihre Waffe auf KAMI. Ihr Körper kribbelte vor Aufregung, und vielleicht auch vor einer Angst, die sie sich selbst noch nicht eingestand. »Letztes Mal bist du verschwunden, bevor ich es zu Ende bringen konnte.« KAMI regte sich kein Stück, während Byth ihren Finger an den Abzug ihrer Waffe legte. »Ich hoffe, heute erweist du mir die Ehre, dich zu töten.«

Die Patronen der Maschinengewehre waren mit einer Mischung aus ihren Naniten und Strahlung behandelt worden. Wenn ihre Theorie stimmte, müsste sie dem Wesen damit zumindest Wunden zufügen können.

KAMI setzte an, etwas zu erwidern, doch noch bevor ein Ton über ihre Lippen gekommen war, hatte Byth den Abzug betätigt, und eine Salve an Geschossen durchlöcherte es von der linken Körperhälfte über die Brust bis hin in den Kopf.

Sehr gut! Es funktionierte also. Wie oft sie dieses Ding wohl damit treffen musste, bis es keine Energie mehr hatte, sich zu regenerieren? Würde dieser Zustand überhaupt erreicht werden? Wenn nicht, hätten sie ein Problem.

Blut rann aus den offenen Schusswunden, aus ihrem Bauch, ihrer Brust, ihrem Schulterbein, ihrer Wange und ihrer Stirn. Das Wesen allerdings regte sich kaum einen Millimeter.

»Ziemlich unhöflich, mich so zu unterbrechen«, flüsterte es, gerade so laut, dass Byth es noch verstand.

Byth ließ die Waffe nicht sinken, während sie beobachtete, wie die Wunden langsam zu heilen begannen. Leuchtende, blaue Partikel sammelten sich an den Stellen, an denen KAMI verletzt worden war, und schnell waren die Blutungen gestoppt. Es wischte sich das Blut aus dem Auge und von der Wange.

»Meine Freunde sagen, du wärst bereit zu einem Gespräch.« Byth glaubte nicht wirklich daran, aber sie brauchte kurz Zeit, um sich in ihrer neuen Umgebung zu orientieren. Sie bemerkte, wie die Moja sich im Schatten der Bäume aus dem Garten näherten. Langsam nur, als würden sie auf ein Zeichen warten. Die leuchtend blauen Augen waren auf sie gerichtet, während aus dem Haus hinter ihnen noch immer Gewehrfeuer und Schreie zu hören waren.

Würden sie angreifen? Würde KAMI sie für sich kämpfen lassen, bevor es Byth an sie heranließ? In diesem Fall würde sie dringend Unterstützung brauchen.

KAMI lächelte überlegen. »Unter diesen Bedingungen spreche ich nicht«, sagte es und trat einen Schritt die Treppe hinab und auf Byth zu. Mit dieser Reaktion hatte sie gerechnet, und trotzdem spürte sie einen Hauch Enttäuschung. Es wäre zu schön gewesen, wenn Andra recht behalten hätte.

Wenn man diese Apokalypse einfach mit einem netten Gespräch hätte beenden können.

»Ihr habt eure Entscheidung gefällt«, sagte KAMI. Es ballte eine Hand zur Faust, und ein Blitz zuckte vom Himmel zu ihm hinab. »Und wer bin ich schon, gegen eure unerschütterlichen Entscheidungen zu argumentieren?«

Byths Finger um die Waffe spannten sich an. Die Serie von Schüssen, die sie abfeuerte, traf das Wesen zwar erneut, hielt es allerdings nicht davon ab, einen weiteren Schritt auf sie zuzukommen.

Und noch einen.

Scheiße!

Die Moja in den Ecken regten sich, und sie wirbelte herum, um auf einen von ihnen zu zielen, da spürte sie ein Windrauschen an ihrem Haar und eine Hand, die sich auf ihren Unterarm legte.

»Ich bin dein Gegner«, flüsterte KAMI lächelnd. Es drückte Byths Arm hinab, sodass sie das Gewehr nicht mehr zu ihm herumschwenken konnte, und holte aus.

Byth riss sich aus seinem Griff los und ließ die Waffe fallen. Mit der würde sie nicht sehr weit kommen. KAMI schien geduldig zu warten, während sie die Energie, dieses Kribbeln in ihrem Inneren bündelte, die Zähne aufeinanderbiss und wieder in Richtung des Wesens stürzte, das sie mit einem so beschissenen Interesse beobachtete.

Ihr erster Schlag ging ins Leere. Dieses Ding war viel schneller als beim letzten Kampf.

KAMI packte ihren Arm und warf Byth auf den Rücken. Bevor seine Faust sie erreichen konnte, rollte sie zur Seite, griff nach ihrer zweiten Pistole und feuerte wieder auf es. Schüssen konnte es noch nicht ausweichen, und die Kugel traf seinen Hals. Aber scheiße, Schüsse brachten auch nichts.

»Denkst du wirklich, dass du mich mit meinen eigenen Waffen besiegen kannst?«, fragte die Frau. Ihr helles Cape wehte leicht, als sie unbeeindruckt einen Schritt auf Byth zutrat. »Ich gebe zu, dass ich im ersten Moment verwirrt davon war, dass du solche Gegenwehr geleistet hast. Aber dein Freund aus Metall hat mir einiges abverlangt.« Sie reckte die Nase nach oben. »Allein kannst du mich nicht töten, wenn das alles ist, was du zu bieten hast.«

Byth atmete tief durch.

Sie musste sich frei machen. Die letzten zwei Jahre hatte sie damit verbracht, sich zu verstecken. Sich zurückzuhalten, um sich und andere nicht in Gefahr zu bringen.

Aber das war vorbei! Sie musste es noch begreifen, doch wenn es einen richtigen Moment dafür gab, war er jetzt gekommen. Auch wenn es nicht so war, fühlte es sich an, als hätte sie sich ihr ganzes Leben auf diesen Moment vorbereitet. Als wäre alles, was sie erlebt hatte, zu diesem Moment zusammengelaufen. Sie wusste nicht, ob sie wirklich in der Lage war, KAMI zu besiegen. Aber wenn es jemand war, nun, da Okijen außer Gefecht gesetzt war, dann sie.

Und wenn sie an dieser Front versagte, wäre die Welt so oder so verloren.

Sie nahm eine aufrechtere Haltung ein und spannte die Muskeln in ihren Armen an. Das, was in ihrem Inneren kribbelte, diese Macht, die ihr von den KAMI-Partikeln selbst verliehen worden war – sie würde dazu führen, dass sie siegte. Sie musste es.

Sie würde dieses Ding nicht mit einem Schlag oder Schuss besiegen können. Vielleicht auch nicht mit hundert. Aber irgendwann mussten auch seine Energiereserven zur Neige gehen. Irgendwann musste dieser Körper am Ende sein.

Byth spürte, wie der Wind an ihren Haaren zupfte, als sie die Hände zu Fäusten ballte und die Waffe ein für alle Mal fallen ließ.

»Das werden wir noch sehen!«, rief sie ihrem Gegner zu. Dann stürzte sie auf KAMI zu.

KAPITEL 40

: RUSHING

»Ihr sucht also Argumente, um KAMI zu zeigen, dass unsere Welt gut ist? Sehe ich das richtig?« Der Älteste hatte sich auf einen großen, ausgesessenen Ohrensessel platziert, und einer der Yuna hatte ihm einen Tee zubereitet.

Rosa, Ellis und Andra saßen ihm gegenüber, auf der breiten Couch vor den Fenstern, in diesem Zimmer, das mit seinen farbenfrohen Tapeten und all den Fotos und Sammelfiguren wirkte wie aus einer anderen Welt. Getränke hatten sie abgelehnt, weil sie zu angespannt waren, um sich gemütlich niederzulassen.

»Genau«, bestätigte Andra leise.

Okijen war auch mit in den Raum gekommen, und sie akzeptierte es. Wenn er allerdings versuchte, sich einzumischen, würde sie ihn hinausbefördern. So schlecht, wie es ihm zu gehen schien, wäre das sicherlich ein Leichtes.

Der Blick des Ältesten glitt zu Rosa. Erst in ihr Gesicht, dann zu der ledernen DVM-Jacke, die sie trug. »Ich gehe davon aus, dass ihr wisst, wie unsere Welt entstanden ist?«

Andra atmete auf. Das, was Rosa gesagt hatte, *musste* also die Wahrheit sein.

»Ich habe es ihnen gestern Nacht erklärt«, bestätigte Rosa, während die anderen beiden nickten. Andras Blick glitt zu Okijen, der irritiert dreinschaute.

Er hatte keine Ahnung, worum es ging. Das erleichterte sie. Herauszufinden, dass er über etwas so Wichtiges Bescheid gewusst hätte, hätte ihr Vertrauen in ihn endgültig zerstört.

»Die Welt, in der wir leben, ist gut«, sagte der Älteste und musterte sie alle genau. »Nur wenige Menschen würden dagegen argumentieren. Jeder bekommt kostenlos eine Wohnung, Wasser, Strom und Zugang zum Netz. Außerdem erhält jeder ein Grundeinkommen, um seinen Bedarf zu decken.«

Andra nickte. »Ja. Als ich in den Städten aufgenommen wurde, wurde ich sehr persönlich und freundlich begrüßt.«

»Genau, genau«, brummte er. »Pershing, Moore und Lloyd – damals wurden sie die Goldenen Drei genannt – hatten dieses Bild der Welt vor Augen, in der jeder Mensch frei sein kann. In der es keinen Krieg und keine Armut mehr gab. In der am Ende vielleicht sogar Geld obsolet wäre. Eine sehr gute Welt.« Er nahm einen Schluck von seinem Tee. Andra wusste nicht, ob seine Hände vor Schwäche zitterten oder weil ihm dieses Thema so zusetzte. »Und diese Welt haben sie erzwungen. Sie haben Regierungen und Firmen mit Gewalt gestürzt und die ersten Jahre damit verbracht, die Bevölkerung mit solcher Brutalität zu unterdrücken, bis niemand es mehr wagte, ihnen zu widersprechen. Für etwas – in ihren Augen – Besseres sind sie über viele Leichen gegangen.«

Rosa ließ den Kopf sinken, und Andra schaute kurz zu ihr hinüber. Sie wollte sie so sehr fragen, was sie damals verloren hatte, aber es war nicht der richtige Moment. Sie wagte es nicht. Sie kannte sie ja seit nicht mal einem Tag.

»Sie haben eine gute Welt erschaffen, indem sie etwas Schlechtes getan haben«, fasste Ellis zusammen, und abermals nickte der Älteste zittrig.

»Ja. Ich denke nicht einmal, dass das spurlos an ihnen vorüber gegangen ist. Ich glaube, jeder der drei hatte damit zu kämpfen, zu welchen Mitteln sie greifen mussten. Der eine mehr, der andere weniger, sicherlich. Aber sie haben ihre Entscheidung getroffen und sie ohne Wenn und Aber durchgezogen.«

»Das heißt, es ist schwer, überhaupt zu sagen, dass unsere Welt gut ist«, sagte Andra. »Dass die Menschheit gut ist, wenn sie Frieden nur mit Gewalt erzwingen kann.«

Nun wiegte er den Kopf hin und her. »Es heißt vor allem, was gut und was schlecht ist, liegt immer im Auge des Betrachters. Viele Menschen wurden hingerichtet. Selbst jene, die nichts verbrochen hatten, weil sie das Weltbild, das die Goldenen Drei anstrebten, nicht unterstützen wollten. Trotzdem ist das Ergebnis unwiderlegbar besser als das, was unsere Welt am Anfang war.«

Andra sah auf ihre Hände hinab, während sie darüber nachdachte, was der Älteste ihnen damit sagen wollte. Seine Worte waren ebenso weise wie die der Ältesten ihres Stammes. Aber sie hatte gelernt, dass hinter jeder offensichtlichen Wahrheit noch eine zweite lag, die es zu erkunden galt. Nur langsam dämmerte es ihr. »KAMI tut im Grunde nichts anderes«, sagte sie langsam und schaute wieder zu den anderen auf, um ihre Reaktionen auf ihre Theorie zu überprüfen. »Es ist nicht gut, und es ist nicht schlecht.«

»Genau. Es ist einfach«, flüsterte der Älteste.

Es ist einfach.

»Es hält sich für überlegen, aber es will den Menschen nur seine Ideale aufzwängen«, sagte Rosa verstehend.

»Genau wie andere Menschen es vor ihm versucht haben«, führte Andra fort. »Es ist nicht besser als wir, und wir können das belegen!« Diese Analogie hatte sie bisher nicht gesehen. Aber … würde das wirklich ausreichen, um es davon abzuhalten, die Menschen in Moja zu verwandeln?

Wenn sie diese Argumente anbrachten, legten sie ihre eigenen Fehler offen. Und den Umstand, dass sie bisher nicht gegen sie zu gewinnen in der Lage waren.

Ellis schien in Gedanken versunken, und Okijen wirkte noch immer perplex. »Kann mich jemand aufklären?«, fragte er. Alle ignorierten ihn geflissentlich. Er sollte eigentlich gar nicht hier sein.

»Denken Sie wirklich, dass das ausreicht, um es davon abzuhalten, uns anzugreifen? Ihm aufzuzeigen, dass es nicht besser handelt als wir?«

Der Älteste zuckte mit den Schultern. »Als wir damals versucht haben, die Goldenen Drei abzuhalten, ihren Plan in die Tat umzusetzen, hat es nichts gebracht. Deswegen kann ich dir keine sichere Antwort auf diese Frage geben.«

Andra verstand, aber ihr Interesse war erweckt worden. Rosa währenddessen hatte begonnen, etwas auf ihrem Phone zu tippen. »Also waren Sie damals bei den Aufständen gegen die neue Regierung dabei?«

Der Älteste lachte rau. Mit seinen hellen Augen und den Tattoos, die unter den Ärmeln seiner simplen Kleidung zu sehen waren, wirkte er so charismatisch. Wie ein junger Geist in einem alten Körper. »Ich will nicht sagen, dass ich die Aufstände angeführt habe. Aber ich war unter den Menschen, die von der Regierung enteignet wurden.«

Rosa schaute ruckartig auf. »Daher kenne ich Sie«, rief sie aus. »Sie sind Armand Daillon, der Vorsitzende von …«

»Ja, ja«, unterbrach sie der Älteste und hob eine Hand, um ihr Einhalt zu gebieten. »Diesen Namen habe ich inzwischen hinter mir gelassen. Aber ja. Ich war einer der mächtigsten Großunternehmer. Mein Unternehmen war eins der ersten, die enteignet wurden.«

»Der größte Lebensmittelhersteller der Welt«, murmelte Rosa andächtig. »Es wurde live im Fernsehen übertragen, wie Sie Ihren Rücktritt erklärt haben.«

Er nickte und wirkte auf einmal viel schwächer als vorher, den Blick auf seinen Tee gerichtet. »Ja. Hätte ich es nicht getan, hätten sie meine Kinder getötet.« Er fuhr sich mit der Zunge über die Lippen. »Leider konnte ich nicht verhindern, dass sie in den darauffolgenden Unruhen ums Leben kamen.«

»Und dann haben Sie die Proteste geleitet!« Rosa fuhr sich fassungslos durch die Haare. »Ich habe Seite an Seite mit all den Demonstranten um Gerechtigkeit gekämpft. So viele sind Ihrem Ruf gefolgt.«

»Ich wünschte, ich hätte es nicht getan.« Er atmete schwer. »So viele haben sich von mir ermutigen lassen, sich aufzulehnen. So viele sind deswegen ums Leben gekommen.« Rosa wollte etwas einwenden, doch erneut hob er die Hand, um ihr zu bedeuten, dass sie ihn nicht verteidigen musste.

Andra wurde das Herz schwer. Hatte ihre Älteste auch in diesen Aufständen gekämpft? Ihre Eltern?

Ja, das mussten sie wohl getan haben. Sie alle waren gescheitert. Wie standen die Chancen dafür, dass ihnen nun dasselbe widerfuhr? Dass sie selbst Menschen dazu brachte, sich aufzulehnen, nur um sie in den Untergang zu stürzen? Was, wenn sie – ebenso wie die Menschen damals – versuchten, sich gegen diese Übermacht aufzulehnen, und an ihr scheiterten?

»Am Ende haben wir uns von der Regierung abgespalten«, fuhr der Älteste fort und schaute Andra direkt an. »Das ist der Grund, aus dem die Yuna in die verlassenen Gegenden der Welt gezogen sind. Um sich nicht dem Militärregime zu unterwerfen.«

»Ja«, flüsterte Andra. Das hatte Rosa ihr gestern Nacht erzählt. Sie hatte sogar davon geträumt. Die ganze Geschichte ihres Volkes war so anders, als sie immer angenommen hatte.

Der Älteste lachte leise, wie in Gedanken versunken. »Ich dachte wirklich, Marshall Lloyd würde mich erkennen, als ich ihr vor einigen Tagen gegenüberstand.« Er zuckte mit den Schultern und sah in die Leere vor sich, in Erinnerungen versunken. »Ich habe sie natürlich erkannt. Sie hat sich ja seit damals nicht verändert. Aber sie hat mich wohl vergessen.«

Er atmete tief durch. »Ein Kämpfer kümmert sich nicht mehr um die Gegner, die er einmal besiegt hat.« Er lächelte düster. »Die Besiegten hingegen vergessen niemals.«

Die Besiegten vergessen nie.

»Ältester«, setzte Andra nach einigen Momenten an, nachdem sie sich sicher war, dass er geendet hatte. »Würden Sie uns nach Moskau begleiten? Ich bin mir sicher, dass Sie KAMI klarer als wir darlegen können, warum es aufhören sollte.«

Erneut schlich sich ein Lächeln auf seine Lippen. »Ach«, sagte er. »Das ist eine Aufgabe für die Jugend.« Mit seinem durchdringenden Blick schaute er jeden intensiv an. »Ich habe so viele Kämpfe gefochten und immer verloren. Hier habe ich Ruhe gefunden. Ich habe nicht mehr viele Jahre in dieser Welt. Sie gehört nun euch.« Er lächelte wohlwollend. »Und dass es Menschen wie euch gibt, Menschen, die für ihre Ideale einstehen und versuchen, die Welt auf organische Weise zu verändern, gibt mir Hoffnung für die Zukunft.«

Die Welt auf organische Weise ändern ...

Andra atmete tief ein, dann faltete sie ihre Hände auf ihrem Schoß. Sie verstand, dass er sie nicht begleiten konnte. Bei der Gefahr, die in Moskau herrschen musste, wäre es ihr auch schwergefallen, ihn mitzunehmen. Aber sie fühlte sich nicht, als sei sie bereit! Sie hatte in den letzten Stunden so viel dazugelernt, aber sie wusste nicht, ob es ausreichte.

Sie wusste es einfach nicht.

»Vielen Dank«, sagte sie und neigte den Kopf.

»Wir sollten jetzt gehen«, schob Ellis sofort nach, und sie schaute ihn an. Haltsuchend, voller Angst. Ihr Herz begann wieder zu flimmern.

»Ja«, bestätigte sie trotzdem leise und erhob sich. Die anderen taten es ihr gleich, nur der Älteste blieb sitzen. »Vielen Dank, dass Sie sich die Zeit genommen haben«, sagte Rosa, und auch Andra murmelte einige Worte des Dankes.

»Viel Glück euch, meine Lieben«, sagte er. »Und wenn es vorbei ist, kommt ihr hoffentlich zurück und trinkt eine Tasse Tee mit mir.«

»Auf jeden Fall«, versicherte Ellis auf ihrem Weg hinaus. Okijen folgte ihnen in einigem Abstand, und Andra versuchte, sich von seiner Anwesenheit und all den widersprüchlichen Gefühlen, die er in ihr hervorrief, nicht ablenken zu lassen. Die Sache mit ihm war noch nicht ausdiskutiert, aber er brachte sie nur durcheinander, also versuchte sie, ihn zu ignorieren.

Vor der Haustür hatten sich viele Yuna versammelt, die sich flüsternd unterhielten. Keiner stellte eine Frage, als sie die Tür hinter sich schlossen, und doch lagen alle Blicke auf ihnen.

Andra fühlte sich wie benebelt und wusste nicht einmal, ob vor Angst oder vor all der Unwissenheit, der sie sich noch immer gegenübersah. »Haben Flover und Luke sich gemeldet?«, fragte sie. Ihr war übel. Sie würde das nicht schaffen.

»Nein«, sagte Rosa, was Andras Aufregung nur steigerte. Vielleicht war die Mission, auf die die beiden gegangen waren, sinnlos. Wenn es ihnen nicht gelang, KAMI zu überzeugen, wäre den Rat zu entmachten sowieso hinfällig. Vielleicht sollten sie sie lieber zu sich nach Moskau rufen.

»Jemand anderes hat mir allerdings geschrieben«, sagte Rosa, während sie rasch durch die Straßen der Stadt gingen. Okijen folgte ihnen in einiger Distanz. Andra versuchte, so unauffällig wie möglich zu ihm zurückzuschauen.

»Wer denn?«, wollte Ellis wissen, während Andra noch versuchte, sich zu wappnen. Laut Plan hatten sie keine Zeit mehr. Für nichts. Sie würden die Cyber-Fields nehmen und sich direkt nach Moskau transportieren lassen.

»Ein Militärarzt, der verdeckt eins der Gründungsmitglieder von DVM ist«, sagte sie. »Er befindet sich hier. Er wird uns begleiten.«

Andra wirbelte zu ihr herum. »Tatsächlich?« Himmel, warum erleichterte sie das so? Sie war diejenige, die diesen Plan überhaupt ins Rollen gebracht hatte. Sie musste sich zusammenreißen!

»Ja«, sagte Rosa, den Blick erst auf ihr Pad gerichtet und dann auf die Fields, nachdem sie die Straße verlassen hatten, die aus der Stadt hinausführte, den groben Kies wieder unter den Stiefeln. »Wir haben unser Vorhaben heute Morgen über unser Netzwerk geteilt und von sehr vielen Mitgliedern auf der ganzen Welt Unterstützung angeboten bekommen.«

Andras Herz machte einen Satz, aber dieses Mal nicht aus Angst, sondern vor Freude. So viele Menschen standen hinter ihnen? »Daniel hat sich einziehen lassen, um als Sanitäter zu helfen, ist aufgrund seines Alters aber im Lager geblieben. Er wartet ...« Sie spähte nach vorn, dann entdeckten sie alle gleichzeitig den Mann, der in einer dunklen Jacke und mit einer kleinen Tasche die Stufen an den Strand hinabeilte. »Er trifft uns bei den Fields«, sagte sie und atmete tief ein. Dem Ausdruck auf ihrem Gesicht nach zu urteilen war sie beeindruckt davon, ihn zu treffen.

Die Soldaten folgten ihnen, und die Supporter und Techniker, die an den Fields standen, sahen ihnen gespannt entgegen.

»Hey!«, rief ihnen ein Soldat nach, als sie vor den Fields stehen blieben und dem Doktor entgegenschauten, der ihnen aufgeregt zuwinkte. Er wirkte ein bisschen zerstreut und sehr einfach, mit seinem Dreitagebart, den lockigen Haaren und dem locker sitzenden, dunkelbraunen Sakko. Er war mindestens fünfzig oder sechzig Jahre alt, setzte allerdings ein jugendliches Lächeln auf, als er schwer atmend vor ihnen zum Stehen kam. So hatte Andra sich einen Gründervater von DVM nicht vorgestellt.

»Hey!«, rief der Soldat noch einmal. »Sie können nicht ...«

»Sie geben hier nicht die Befehle«, unterbrach Okijen ihn sofort. »Bleiben Sie zurück, klar?«

Der Soldat drehte sich mit einem düsteren Gesichtsausdruck zu Okijen um, der sich nach wie vor ein ganzes Stück hinter ihnen befand. Andra unterdrückte den Drang, auf Okijen zuzugehen, um ihm beim Laufen zu helfen. Wie er sich so mit seiner Krücke fortbewegte, ließ ihr Herz erneut ein Stück brechen.

Dieser Idiot. Warum hatte er nicht hinter ihr stehen können? Ihre Erkenntnisse bestätigten so sehr, dass ihr Weg der richtige gewesen war. Dass Marshall nicht all die Antworten hatte; sie nie gehabt hatte. Gleichzeitig hatte sie keine Zeit, ihm alles zu erklären. Vieles konnte er sich vielleicht aufgrund des Gespräches eben selbst zusammenreimen.

»Bringen Sie uns nach Moskau«, forderte Andra einen der Supporter auf, die noch immer irritiert zwischen den Fields standen. Dieser schaute erst sie und dann Okijen an.

Andra und die anderen wandten sich ebenfalls um, während der Doc und Rosa sich noch begrüßten.

»Wartet«, sagte Okijen, und Andra legte ihre Stirn in Falten.

»Wir haben keine Zeit, Mann!«, rief sie ihm entgegen. Himmel, konnte nicht einer der Soldaten ihm helfen?

»Es …« Er ging einen weiteren Schritt unter Anstrengung, dann blieb er einige Meter vor ihnen erschöpft stehen. »Es tut mir leid«, sagte er.

»Das ist nett«, erwiderte Andra hart. »Aber das können wir später besprechen. Wir müssen sofort los.«

»Ich habe keine Ahnung, worum es da gerade ging«, fuhr Okijen ungeachtet ihrer Eile fort. »Aber ich verstehe eure Mission jetzt.«

Tatsächlich? Irgendwie glaubte sie ihm das nicht. Gleichzeitig wusste sie, wie schlecht er im Lügen war.

»Ich lasse euch gehen, wenn ihr mich mitnehmt.«

»Auf keinen Fall«, antworteten Ellis und Andra wie aus einem Mund.

»Du kannst ja kaum laufen!«, sagte sie. »Als ob es dir gelingt, dich gegen Moja zur Wehr zu setzen.«

»Dafür habe ich euch«, meinte er mit einem traurigen Lächeln auf den Lippen.

»Soll ich dich tragen oder was?«

Andra presste die Lippen zusammen, um bei der Vorstellung nicht lachen zu müssen.

»Ich meine es ernst.« Okijen setzte sich wieder in Bewegung. »Ich will wissen, was es mit Marshall auf sich hat. Ihr müsst mich nicht beschützen, das ist mir egal. Hauptsache, ich bin dabei, wenn ihr diese Sache klärt.« Er schluckte schwer. Andra sah selbst aus der Entfernung, wie sehr er innerlich litt. »Ich kann nicht hier sitzen, während ihr über das Schicksal der Welt entscheidet.«

Endlich war er so gut wie bei ihnen angekommen. Er sah nur sie an, so durchdringend, als wollte er durch ihre Augen direkt in ihre Seele schauen. »Ich bin der ranghöchste Offizier hier. Ich lasse euch nur gehen, wenn ihr mich mitnehmt.«

Andra erwiderte seinen Blick unnachgiebig. »Du befehligst diese Menschen«, sagte sie ihm. Es tat so weh, so abweisend zu sein. »Ich kann dich nicht aufhalten, wenn du uns begleiten willst. Und ich werde auch nicht zulassen, dass du stirbst, wenn du dort bist. Aber wenn du vorhaben solltest, dich uns in den Weg zu stellen …« Sie musterte ihn von oben bis unten. »… in diesem Fall wird es keinem von uns schwerfallen, dich final funktionsunfähig zu machen.«

Sie wusste, dass sie ihn mit ihrer Wortwahl verletzte, aber es war ihr in diesem Moment egal. Es würde am Ende ganz andere Dinge geben, für die sie sich entschuldigen mussten. Gesetzt den unwahrscheinlichen Fall, dass sie die nächsten Minuten überlebten.

Okijen sah zunächst sie und dann die Supporter hinter ihr an. Er wirkte weder aufgebracht noch getroffen, sondern ertrug ihre harschen Worte. Aus seinem müden Gesicht las sie, dass er das Gefühl hatte, es verdient zu haben.

Er nickte erschöpft. »Verstanden«, sagte er. »Dann lasst uns gehen.«

KAPITEL 41

: FINDING

»Geht es?«

Flover kniete neben Luke, eine Hand auf seinen Oberarm gelegt, und sah die Sanitäterin an, während Luke langsam zu Bewusstsein kam. Nachdem der Offizier sich ergeben hatte, hatte er sich mit ihnen hinein ins Gebäude geschleppt, das die DVMler mit Lasern so lange bearbeitet hatten, bis ihnen ein Weg zum Bunker freigelegt worden war.

Der Arzt, der sie aus dem DVM-Lager begleitet hatte, war unter den Opfern gewesen, aber eine junge Frau hatte seine Tasche genommen und drückte Luke eine weitere Impfung in den Oberarm.

»Das ist ein Entzündungshemmer«, sagte sie konzentriert.

Der Kerl, der sich ihnen als Lieutenant General Bridges vorgestellt hatte, war ein so hohes Tier, dass er die Zugangscodes zu den massivsten Türen besessen hatte, denen Flover jemals gegenübergestanden hatte. Nun befanden sie sich in einem dunklen Raum, der einer verwinkelten Bibliothek glich, mit Regalen und Aktenschränken, die mehr als fünf Meter über sie hinausragten. Über den Eingangsbereich des Labyrinths war Flover nicht hinausgekommen und bei Luke geblieben, während die anderen ausgeschwärmt waren, um den Raum zu erkunden.

»Die Wunde sieht schlimm aus«, sagte die junge Sanitäterin. Luke blinzelte einige Male desorientiert. »Aber wenn sie sich nicht entzündet und der Blutfluss weiterhin gestoppt wird, ist sie nicht lebensgefährlich«, erklärte die Frau. »Die Hand ist durchzogen mit so vielen Nerven, dass der Schmerz allerdings überwältigend sein kann. Und es muss genäht werden.«

Flover nickte verstehend. »Das kannst du nicht hier machen, oder?«

»Nein, ich hab …« Sie kramte in ihrer Tasche. »Ich hab, glaube ich, kein steriles Nadelset dabei. A-außerdem hab ich das noch nie gemacht.« Ihre Finger zitterten, und Flover griff danach, um ihr dann ein aufmunterndes Lächeln zu schenken.

»Alles gut«, sagte er ruhig. »Danke.«

»Flover!«, rief Nelson im nächsten Moment durch den Raum. »Das ist es! Komm her!«

Flover klopfte Luke auf die Schulter, der sich ein müdes Lächeln abrang, dann rappelte er sich auf. Schritte und Stimmen waren aus dem Bunker zu hören. Nur die Ränder der Regale spendeten weißes Licht.

Flover eilte durch die kühle Halle in die Richtung, aus der er Nelsons Stimme vernommen hatte. Er fand den Mann vor einem großen Aktenschrank zwischen Papierstapeln und Zeitungen wühlen.

»Das ist es«, wiederholte er, nachdem Flover neben ihn getreten war, und reichte ihm einige Blätter. »Hier auf Papier, in anderen Schränken auch auf etlichen Datenträgern mit digitalen Aufzeichnungen und Aufnahmen.« Er sah nach oben, dann hinter und neben sich. »Das ist eine Bibliothek ausschließlich für die Lagerung der Aufzeichnungen des Vorfalls von vor dreißig Jahren.«

Flover nahm den Zeitungsartikel entgegen. So einen hatte er noch nie gesehen. Inzwischen waren sie alle digital.

Das Papier war ganz vergilbt, aber die Tinte aus den Druckern war noch gut zu lesen. *»Die Regentschaft der Goldenen Drei?«* stand als große Headline über dem Artikel. Darunter war ein Bild von Massen an Demonstranten, die mit einem Wasserstrahl auseinandergetrieben wurden.

»Aber das …«, murmelte Flover und schüttelte den Kopf. »Das ergibt keinen Sinn. Warum sollten sie all das aufheben? Warum haben sie es nicht komplett vernichtet?«

»Keine Ahnung«, murmelte Nelson und stöberte durch eine nebenstehende Schublade.

»Es ist doch sinnlos, so viele Beweise aufzubewahren, egal, wie gut sie bewacht sind«, überlegte Flover.

»Ist doch egal«, sagte Nelson und wandte sich zu einigen seiner Kollegen um, die dabei waren, Datenträger zu scannen und Aufnahmen auf ihren Pads abzuspielen. Schreie und Tumulte waren dumpf aus den Lautsprechern zu hören.

Doch Flovers Finger hielten sich an dem gelben Stück Papier zwischen seinen Fingern fest. Es stimmte also.

Das, was Rosa erzählt hatte, entsprach der Wahrheit.

Seine Mutter war ein Monster.

Flover musste sich zusammenreißen, das Blatt nicht in seinen Händen zu zerknüllen, als er sich in Bewegung setzte und auf den Offizier und seine Männer zustampfte. »Lieutenant General Bridges«, sagte er laut. Er und seine zwei Männer standen am Eingang des Bunkers und wurden von fünf DVM-Männern mit vorgehaltenen Waffen im Zaum gehalten. Der Soldat, dem Flover die Arme abgeschlagen hatte, lag bewusstlos am Boden und wurde von zwei weiteren Sanitätern umsorgt. Die anderen schienen sich nicht großartig um ihren Kollegen zu scheren.

»Das werden Sie bereuen, Nakamura«, knurrte der Mann. Sein weißes Haar klebte an seiner schweißüberströmten Stirn. Obwohl er nicht im Weltrat war, war ihm eine so wichtige Aufgabe übertragen worden. Flover hatte keine Ahnung, in welcher Beziehung er zu den hohen Militärs stand, aber er musste ein enger Verbündeter sein.

»Sie wussten hiervon, nicht wahr?«, fragte Flover und hielt den Zeitungsartikel hoch.

Der Mann lachte schallend. »Jeder, der älter als dreißig ist, weiß davon, *Junge!*«, spuckte er aus. »Keine Ahnung, warum es den Generals so wichtig ist, den Scheiß geheim zu halten. Vielleicht um Kinder wie Sie in einer *sicheren* und *wohligen* Welt zu wiegen.« Wie er die letzten Worte betont hatte, klang es, als wäre eine gute Welt etwas Abfälliges.

»Wer hat Sie damit beauftragt, dieses Lager zu überwachen?«, fragte Flover in harschem Tonfall. Als sein Gegenüber nicht sofort antwortete, hoben die Männer von DVM ihre Waffen ein Stück höher.

»General Pershing«, antwortete er dann mit pikiertem Blick. »Aber falls Sie sich nicht trauen, die Frage zu stellen, Nakamura.« Er lächelte breit. »Ja, Ihre Mutter war daran beteiligt. Und Ihr Vater ebenfalls.« Er grinste. »Das war es doch, was Sie wissen wollten, oder? Verstehen Sie jetzt, warum Mami Sie so hart rangenommen hat?«

Flover bemühte sich um Ruhe, auch wenn die Wärme der Wut in seine Wangen schoss und er dem Kerl am liebsten sein Schwert in den Rachen gerammt hätte.

»Nein«, erwiderte er um Beherrschung bemüht, versuchte unter Anstrengungen den Gedanken zu verdrängen, dass auch sein Vater in diese Sache involviert gewesen sein sollte.

Alles, was er von ihm kannte, war das breit lächelnde Portrait aus dem Büro seiner Mutter. Dieses Büro …

Die Menschen von DVM hingen gebannt mit ihren Blicken an ihm. »Was mich interessieren würde, ist erstens, warum das hier alles nicht sofort vom Rat vernichtet wurde. Und ob es noch mehr Lager dieser Art gibt.« Wenn dieses riesige Ereignis derart geheim gehalten wurde, konnte es nicht das Einzige sein, was sie verbargen. Es musste mehr geben, auch weil der Zufall, es sofort zu finden, sonst zu groß gewesen wäre.

Es musste mehr geben, und je länger er darüber nachdachte, umso mehr Bilder aus seinem Elternhaus bahnten sich den Weg in seine Gedanken. Die verschlossene Tür, die in das Büro seiner Mutter führte. Die unterirdische Bibliothek, von der sein Lehrer gesprochen hatte. Dieser Korridor, den er nie hatte betreten dürften.

Flover kämpfte gegen die Übelkeit an, die seinen Rachen hinaufkroch, während er sich vorstellte, dass er über einem Archiv wie diesem aufgewachsen war. Über einer Bibliothek, die die größte Lüge der Geschichte der Menschheit barg.

Der Offizier verzog den Mund zu einer Grimasse, was Flover dazu brachte, die Augen zu verdrehen.

»Kommen Sie schon, Sie haben sich bisher nicht mit Ehre bekleckert.« Er schluckte schwer. »Die Generals werden diesen Tag vielleicht nicht überleben.« Er durfte sich nur nicht vorstellen, wie sie gerade kämpften. Wie sie fielen.

»Natürlich gibt es mehr davon«, sagte der Offizier endlich.

»Sie haben mit ihren protzigen Häusern die ganzen Jahre auf diesen Daten gesessen«, spuckte einer der Männer von DVM aus. »Wie anmaßend zu denken, all das würde nie herauskommen.«

Flover nickte zustimmend, auch wenn ihm nicht mehr danach war, etwas zu erwidern. Er hatte das Gefühl, sich jeden Moment übergeben zu müssen.

»Übermitteln Sie meinen Kollegen die Koordinaten«, wies er den Offizier an, dann wandte er sich auf dem Absatz um. »Los!«, rief er den Personen im hinteren Bereich des Bunkers zu. »Wir sichten ein paar Aufnahmen, aber mehr als fünf Minuten dürfen wir uns nicht mehr nehmen!«

Sein Herz flimmerte, so viel Chaos herrschte in seinem Kopf. So viel Chaos.

KAPITEL 42

: INTERRUPTING

Byth war am Ende. Ihre Lungen brannten so sehr, dass sie kaum mehr in der Lage war, einzuatmen. Ihre Glieder zitterten, und ihre Muskeln waren derart überlastet, dass sie glaubte, jeden Moment zusammenzubrechen. Trotzdem stand sie schwer atmend vom Boden auf, wankte nach links und rechts und drückte sich in eine zumindest halbwegs aufrechte Position.

»Das ist doch …«, keuchte sie, hörte aber auf zu sprechen. Es hatte keinen Sinn. Das Donnern der Gewehre und die Schreie der Soldaten um sie herum waren so laut, dass ihre Stimme nicht einmal mehr bis an ihre eigenen Ohren drang.

Die anderen hatten es tatsächlich geschafft, sich durch die Gänge bis in den Garten zu kämpfen, und die Trupps, die ihnen zur Verstärkung gekommen waren, hatten die Moja teils zurückgedrängt. Auch wenn sie im Garten, vor dem großen Pavillon, alle wieder umzingelt worden waren.

Byth trat einen Schritt nach vorn, auf KAMI zu. Die Sonne war inzwischen bis zur Mitte des Himmels hinaufgekrochen, und trotz der Schatten der Bäume hatte sich Schweiß auf ihre Stirn und ihren ganzen Körper gelegt.

Die Wunden, die KAMI ihr zugefügt hatte, schmerzten. Ihr Fuß war wohl nicht gebrochen, aber zumindest angeknackst, und sie konnte ihn nicht mehr belasten. An ihrem Oberarm klaffte eine Wunde, die ein Moja geschlagen hatte, den die Soldaten bis zu ihr hatten durchdringen lassen, und scheiße, ihr Schädel wummerte, und ihr war übel. Das musste eine Gehirnerschütterung sein.

»Was denn?«, rief KAMI. Wenn sie ein gewöhnlicher Mensch wäre, wäre sie längst tot. Ihr helles Cape war rot von Blut und ihre Kleidung durchlöchert von all den Kugeln, die auf sie eingeprasselt waren, bevor die Moja die Soldaten aufgehalten hatten.

Dieses Ding war so oft gestorben, und trotzdem stand es unbeirrt da! Wie oft musste sie es noch töten?

»Kannst du nicht mehr?«, wollte KAMI wissen. Es hatte einen Moment in ihrem Kampf gegeben, in dem Byth die Oberhand gewonnen hatte. Doch dann hatten die Moja aus dem Wald sich in Bewegung gesetzt und sich auf sie gestürzt. Sie schmeckte Blut in ihrem Mund.

»Byth, mach schon!«, schrie ihr Marshall über das Kampfgeschehen hinweg zu. Wie denn? Sie war sich so sicher gewesen, das Ding zerstören zu können, nachdem sie das erste Mal gegen es gekämpft hatte, aber inzwischen erschien es ihr unmöglich.

Erst als sie noch einen weiteren Schritt näher schlurfte, erkannte sie, dass der Kampf an ihrem Gegner doch nicht so spurlos vorübergegangen war, wie sie gedacht hatte. KAMI atmete ebenfalls schwer, auch wenn sie es sich nicht anmerken lassen wollte. Ihr Brustkorb hob und senkte sich angespannt und ... ja, einige der Wunden an ihren Armen und ihrer Wange waren gar nicht verheilt! Sie brauchte inzwischen länger, um sich zu regenerieren, oder?

Byth atmete auf und schöpfte einen Funken Hoffnung. Vielleicht war es doch möglich, diesen Körper zu zerstören! Alle hier waren mit ihren Kräften am Ende, und auch wenn es ihnen gelang, KAMI zu besiegen, würden sie es nicht schaffen, gegen all die Moja anzukämpfen.

Aber selbst, wenn sie alle sterben würden: Es gab noch

Menschen da draußen. Wenn sie das beendete, wenn sie das schaffte, dann hatten die Überlebenden zumindest eine kleine Chance.

Sie musste sich zusammenreißen! Sie musste es zu Ende bringen!

Byth ballte die rechte Hand zur Faust. Mit der linken stimmte irgendetwas nicht, aber das war egal. Wenn sie all ihre Energie sammelte, würde es funktionieren. Das war der letzte Schlag, zu dem sie in der Lage war. Wenn KAMI sie noch einmal traf, würde sie das sicher nicht überleben. Aber das war egal. Es war egal!

Sie spannte sich an und setzte sich in Bewegung, erst langsam, dann immer schneller. KAMIs Augen leuchteten blau, und ein weiterer Blitz zuckte durch den Himmel, aber davon durfte sie sich nicht abhalten lassen. Einen Schrei auf den Lippen, ihre letzten Reserven konzentrierend, holte sie aus.

Doch kurz, bevor sie KAMI erreicht hatte, durchdrang ein Schrei ihre Glieder, so laut, dass er alle anderen übertönte.

»HALT!«

Und Byth blieb stehen, stolperte zurück. Das ganze Geschehen um sie herum kam zum Stillstand. Sogar KAMI und die Moja hielten inne, sie sah es aus ihren Augenwinkeln.

»Was war das?«, hauchte jemand hinter ihr, während Byth eine Bewegung rechts von ihr vernahm, hinter dem Pavillon.

Zwischen den Bäumen … Erkannte sie das richtig? Da waren Andra, Ellis, Okijen, Doktor Daniel und eine unbekannte Frau, die auf Byth und KAMI zustürzten, nur um sich schützend vor das Wesen zu stellen.

»Hört auf zu kämpfen!«, rief Andra, doch Byth wedelte hektisch mit den Armen.

»Weg da!«, schrie sie ihnen entgegen. Aber es war bereits zu spät. KAMIs Augen leuchteten wieder, und es hatte zum Schlag ausgeholt.

KAPITEL 43

: REMINDING

Andra und die anderen waren über Cyber-Fields mitten in der Stadt in Moskau angekommen, verwundert, auf so wenig Gegenwehr zu stoßen, bis ihnen aufgegangen war, warum: Alle sammelten sich um Liza Moores Anwesen. Diesen Ort, den Andra vom ersten Moment an mit einer kalten und einschüchternden Atmosphäre verbunden hatte. Hier würde sich alles entscheiden.

Ellis und Andra streckten mit Schwert und Bogen einige Moja nieder, die sich ihnen in den Weg stellten, und Andras Beine brannten bereits vor Anstrengung, als sie den Garten erreichten, von dem ausgehend sie zuvor Blitze in den Himmel hatte zucken sehen. Das war entweder ein Moja der dritten Generation oder …

»Shiva«, flüsterte sie, nachdem sie durch ein zerstörtes Metalltor auf eine Wiese getreten waren und sich ihren Weg durch die Bäume des Gartens bahnten. Dort stand sie, Byth gegenüber, Körper und Kleidung mit so viel Blut befleckt. Alle anderen Soldaten hatten sich um sie geschart und versuchten offenbar mit wachsender Verzweiflung, die anderen Moja davon abzuhalten, Byth anzugreifen.

Ellis hob seine beiden Schwerter, um zwei Moja in ihrem Weg auf einmal zu erledigen, während Rosa vor allem damit beschäftigt war, den Doktor zu beschützen und Okijen zu stützen, der mit seiner Waffe trotz allem nicht ganz nutzlos war.

»Hey«, rief Andra, aber niemand hörte sie. Das Hämmern der Gewehre, das die Mittagsluft durchschlug, war viel zu laut.

Verdammt, Byth machte sich bereit, wieder auf KAMI loszugehen, dabei sah es aus, als wäre sie kaum mehr bei Bewusstsein. Sie musste aufhören!

»HALT!«, schrie Andra aus voller Kehle, und tatsächlich! Byth hörte sie, und auch KAMI wandte sich zu ihr um, als sie mit Ellis, Rosa, dem Doc und Okijen vor den Pavillon sprang und sie sich in einer Reihe zwischen KAMI und Byth schoben.

»Ihr müsst aufhören zu kämpfen!«, sagte sie laut, und Byths Blick war weder verwundert noch verärgert. Sie war in Panik.

»Weg da!«, schrie sie Andra zu, und bereits in der nächsten Sekunde packte Ellis Andras Oberarm, um sie aus dem Weg zu schleudern. Hart kam sie auf dem Boden auf, rappelte sich auf und nahm den Bogen von ihrer Schulter – nur um zu sehen, dass KAMI und Ellis einander Auge in Auge gegenüberstanden. Er hatte ihr schon wieder das Schwert durch den Rumpf gerammt!

»Wolltest du uns gerade angreifen?«, fragte Ellis, sein Gesicht kaum einige Zentimeter von ihr entfernt.

»Ihr«, presste sie zwischen zusammengebissenen Zähnen hervor. »Ihr habt nichts gelernt!« Sie stieß Ellis von sich und zog sich das Schwert mit beiden Händen aus dem Leib, um es achtlos auf den Boden fallen zu lassen. Sie setzte bereits dazu an, auf Andra und Okijen zuzusteuern, da schaute sie erst an sich herab, auf das dicke Blut, das aus ihrem Inneren quoll und ihr Oberteil gänzlich tränkte.

Sie wirkte verwundert und … ja, vielleicht lag es daran, dass ihre Wunden nicht so schnell heilten wie beim ersten Mal. Sie trug sogar vom vorherigen Kampf einige offene Kratzer auf der Haut. Byth musste ihr heftig zugesetzt haben.

Andra zog einen Pfeil aus ihrem Köcher und legte ihn an die Sehne. »Ich will nicht auf dich schießen«, sagte sie laut. Der Kampf um sie herum, der kurz zum Innehalten gekommen war, war wieder losgebrochen. Die Moja versuchten mit allen Mitteln, die Barriere, die die Soldaten zwischen ihnen und KAMI erschaffen hatten, zu überwinden. So viele Tote lagen bereits zu ihren Füßen, es war schwer geworden, zu treten. »Lass uns einfach reden, ja?«

Doch als hätte ihre Stimme KAMI daran erinnert, was sie eigentlich hatte tun wollen, ruckte ihr Kopf hoch, und sie stürzte auf Andra zu. Diese spannte den Bogen und ließ die Sehne los, traf direkt auf KAMIs Stirn, woraufhin sie einige Schritte zurücktaumelte. Byth währenddessen sank hustend in die Knie, nur wenige Meter vom Kampfgeschehen entfernt.

Mist, sie mussten sie hier wegbringen, sonst würden KAMI oder die Moja sie früher oder später erwischen!

Andra zog einen weiteren Pfeil und fixierte KAMI, die sich vorgebeugt hatte, um mit Gewalt den Pfeil aus ihrem Kopf zu ziehen. Warum griff sie sie an? Hatte sie ihren Plan, sich überzeugen zu lassen, über Bord geworfen, sobald die anderen sie angegriffen hatten? War sie so in Rage, dass sie Andra nicht mehr erkannte?

»Ich will nur reden!«, rief sie laut, doch KAMI war zu sehr mit sich selbst beschäftigt, also wandte sich Andra kurz Ellis zu, der wieder vom Boden aufstand und sein anderes Schwert zog. »Hol Byth von da weg!«, sagte sie, und er gehorchte sofort.

Verdammt, warum hörte KAMI ihr nicht zu? »Erkennst du mich nicht mehr?«, fragte sie mit heftig wummerndem Herzen. Sie trat auf sie zu, den Bogen noch immer gesenkt, als KAMI es endlich schaffte, sich den Pfeil aus der Stirn zu ziehen. Blut rann ihr über das ganze Gesicht in die Augen, und sie schaute sie wieder an.

»Ihr habt es überhaupt nicht verdient, dass man mit euch redet!«, rief sie und sprang auf Andra zu. Dieses Mal war sie schneller, und Andra konnte nicht ausweichen, bevor KAMI ihr den Bogen aus der Hand schlug. Andra wollte nach ihrer

Pistole greifen, als Okijen KAMI bereits einen Schuss in die Hand versetzte.

»Hör auf!«, rief Andra ihr zu und hielt ihren schmerzenden Arm. Verdammt, sie wollte nicht kämpfen! War wirklich alles umsonst gewesen? Würden sie sie doch niederstrecken müssen?

Aber nein, damit wäre nichts gewonnen! Dann würde alles so bleiben, wie es war.

KAMI war zu Okijen herumgeruckt, doch sie wandte sich wieder zu Andra um, die viel näher bei ihr war. Gerade hatte Andra ihre Pistole gezogen, um sich irgendwie zu verteidigen – da schob sie jemand grob aus dem Weg, um KAMI einige Schüsse in den Brustkorb zu versetzen. Andra wollte schreien, dass er aufhören sollte, als sie sah, wer es war.

»Flover!«, stieß sie erleichtert aus, wirbelte herum, um zu sehen, wie Luke, leichenblass, gestützt von Nelson zu ihnen stieß. Verdammt, warum hatten sie ihn mit hergebracht?

Sie verzog den Mund. Vermutlich aus demselben Grund, aus dem sie Okijen mitgenommen hatte.

KAMI stolperte einige Schritte zurück auf die Wiese, und Flover nutzte den Moment, in dem sie ihr Gleichgewicht suchte, um sie nach hinten umzustoßen. Mit dem Fuß trat er auf ihren Arm, holte mit dem Schwert aus und rammte es durch ihren Unterarm hinein in den Boden.

Sie schrie auf, doch Flover hatte sich schon zu ihr hinabgebeugt und sie am Kragen gepackt. »Hey!«, rief er aus voller Kehle. »Hast du nicht gesagt, dass du reden willst? Dann hör gefälligst zu!«

KAMI hob ihre freie Hand, um nach Flover zu greifen, doch Ellis sprang vor und packte sie. Er drückte ihre Hand auf den Boden und stieß sein Schwert ebenfalls durch sie hindurch, woraufhin sie, beide Arme von sich gestreckt, dort lag, die beiden Männer noch immer wachsam über ihr stehend.

Andra betrachtete die Szene für einige Sekunden, dann trat sie auf die junge Frau zu, die gebrochen und schwer atmend am Boden lag. Sie schrie und wand sich, doch das hielt Andra nicht davon ab, sich ihr zu nähern, solange sie nicht in der Lage war, sich zu befreien.

»Hey!«, sagte sie laut und kniete sich über sie, um Blickkontakt zu ihr aufzunehmen. Sie hörte, dass sich mehrere ihrer Begleiter in Bewegung setzten, doch Flover und Ellis stellten sich souverän vor sie. So sehr vertrauten sie ihr also.

Es dauerte einige Momente, bis KAMI sich beruhigte und Andras ruhigen Blick erwiderte. Ihr langes Haar fiel hinab auf das Gesicht der Fremden, während ihre Züge mehr und mehr von der Wut verloren, die sie gerade noch vollkommen eingenommen hatte.

»Du hast gesagt, ich soll nach einer Antwort suchen«, sagte Andra ruhig. »Das habe ich getan. Also hör mir bitte zu, ja?«

KAMI presste die Lippen angespannt aufeinander, und Andra wusste, dass sie sie nicht überzeugt hatte. Verdammt, wenn es ihr gelang, sich zu befreien, wäre Andra sofort tot.

»Ihr habt euch doch längst für einen Weg entschieden!«, spuckte KAMI aus, was Andra bereits befürchtet hatte. Der Kampf hatte sie in Rage gebracht, und sie projizierte die Entscheidung des Militärs auf die gesamte Menschheit.

»Haben wir nicht!« Andra deutete auf ihre Begleiter. »Einige haben sich für den Kampf entschieden, aber sehr viele von uns haben alles darangesetzt, einen friedlichen Weg zu finden.«

»Du maßt dir an, einen Weg gefunden zu haben, den ich noch nicht kannte?«

Andra zog die Augenbrauen zusammen und schüttelte leicht den Kopf. »Du hast mich doch selbst damit beauftragt.« Sie war vollkommen perplex. Hatte sie die Gespräche, die sie bisher mit diesem Wesen geführt hatte, wirklich falsch gedeutet? »Du hast in meinen Träumen Kontakt zu mir gesucht. Das kannst du nicht leugnen.« Bilder all dieser Momente fluteten Andras Gedanken. Wie KAMI das erste Mal frei über Wiesen wandelte und sich an den Stamm einer alten Eiche lehnte. Wie sie am Gipfel eines Berges lag und in die Sterne schaute. Wie sie eingekauert am Boden eines Tempels saß und die Welt nicht verstand.

Diese Verbindung zwischen ihnen bestand, und das konnte KAMI nicht leugnen. Andra war sich sogar sicher, dass sie in diesem Moment dasselbe sehen, sich an dasselbe erinnern musste wie sie.

Plötzlich kam alles zum Stillstand.

Die Geräusche der Kämpfe um sie herum erstarben, und die Moja regten sich nicht mehr. Blüten rieselten auf den Boden, fielen in die Lachen aus Blut, auf die Leichen von Menschen und Moja. Eines der rosafarbenen Blätter landete auf KAMIs Wange.

Hatte sie verstanden, was Andra ihr hatte sagen wollen? War sie so ruhig geworden, weil sie all diese Erinnerungen ebenfalls gesehen hatte?

Alle Blicke ruhten nun auf ihnen. Andra musste nur ihren Blick heben, um es zu sehen. Nur zu Flover schaute sie kurz auf. Mit einem knappen Nicken bestätigte er, dass seine Mission erfolgreich gewesen war. KAMI musste ihnen diese Chance lassen.

Andra wandte ihren Blick wieder ihr zu.

Ein ungehaltenes Lächeln auf den Lippen murmelte sie: »Ihr seid so schwach.« Es war fast ironisch, wie sie das aus ihrer Position heraus sagte, den Blick gen Himmel gewandt, die Gegenwehr erstorben. »Wie Ameisen, die sich anmaßen, gegen einen Gott anzutreten«, flüsterte sie. Ihre Worte klangen längst nicht mehr so feindselig wie zuvor. »Was ist es?

Was gibt euch die Macht, euch mir jedweder Logik zum Trotz entgegenzustellen?«

»Das nennt man Mut!«, rief Okijen hinter Andra. Sie machte sich nicht die Mühe, sich zu ihm umzuwenden.

»Mut bedeutet nicht Stärke«, entgegnete KAMI. Ihr Atem wurde langsamer, und auch die Moja um sie herum, die, wie einem stillen Befehl folgend, innegehalten hatten, schienen sich zu entspannen. »Ihr seid so erbärmlich.« Warum klangen ihre Worte eher verzweifelt als vorwurfsvoll?

»Du weißt überhaupt nicht, was Stärke ist«, erwiderte Andra ruhig. »Du bist als mächtiges Wesen zur Welt gekommen. Aber echte Stärke bedeutet, Angst und Logik zu trotzen, selbst im Angesicht der sicheren Niederlage. Das ist eine Stärke, die ein Gott nie kennen wird.«

KAMI schürzte die Lippen, dann verzog es sie zu einem unzufriedenen Gesichtsausdruck. Eine kleine Falte bildete sich auf ihrer Stirn. »Hm«, machte sie gedehnt, dann schwieg sie für einige Sekunden, in denen Andra es nicht wagte, sich zu regen.

»Du sagtest, du willst die Menschen verstehen«, murmelte sie. »Aber du wirst uns nie verstehen, weil du Emotionen wie Verzweiflung und Angst nie kennen wirst.«

Abermals erwiderte KAMI nichts und blinzelte mit einem Gesichtsausdruck zum Himmel, der erst unzufrieden und dann immer sanfter wurde. »Ich glaube, du hast recht«, sagte sie nach einer scheinbaren Ewigkeit. Einige weitere Momente der Stille vergingen. »Na gut. Ich werde dir zuhören.«

Andras Herz machte einen Sprung. Sie richtete sich ein Stück auf, wich von KAMI zurück, dann nickte sie Flover und Ellis zu, die – wenn auch mit widerwilligen Gesichtsausdrücken – die Schwerter aus den Händen des Wesens zogen. Stöhnend setzte sie sich auf und blieb am Boden, zwischen Erde, Blut und Blüten.

»Die Menschen haben Fehler gemacht«, sagte Andra und ließ sich ihr gegenüber nieder. Der neugierige Blick, mit dem KAMI sie bedachte, erinnerte sie an ihr erstes Treffen miteinander vor der Station in New York. Das war erst wenige Tage her.

Seitdem hatte sich so viel verändert.

»Ich weiß noch wenig über diese Welt«, fuhr Andra langsam fort. All ihre Glieder kribbelten vor Aufregung und Angst. »Und ich wusste zu Beginn nicht einmal genau, was an ihr gerettet werden müsste.«

»Weil ihr es liebt, die Augen zu verschließen.«

Andra sah sie nachdenklich an, dann nickte sie langsam. »Ja«, stimmte sie zu. »Weil wir manchmal Angst vor der Wahrheit haben.« So wie sie jahrelang verdrängt hatte, was in ihrem Dorf vor sich gegangen war, obwohl sie es hätte wissen müssen. So wie die jungen Menschen Handlungen der Regierung nicht angezweifelt hatten, weil sie daran festhielten, in einer guten Welt zu leben, während die Alten zu müde waren zu kämpfen. »Aber wir haben inzwischen herausgefunden, dass nicht alles so ist, wie es scheint.«

KAMI legte den Kopf schief. »Ihr habt es herausgefunden?«

Andra sah zu Flover hinüber, der wiederum zu Nelson schaute. Dieser wählte eine Nummer und hielt sein Phone ans Ohr, murmelte ein paar Worte.

»Menschen konfrontieren sich ungern mit ihren eigenen Fehlern«, sagte KAMI, während die Anzeigen und Screens an den Häusern in ihrer Umgebung heller aufflimmerten, bis sie ein Bild zeigten.

»Wir tun es nicht gern«, sagte Andra und konnte es nicht lassen, auch hinaufzusehen. Zu den Bildern, die Flover und die anderen von wo auch immer besorgt hatten.

Auf den Screens waren Menschenmengen zu sehen, die sich auf einem riesigen Platz drängten. So viele Personen waren dort in den Straßen, auf den Balkonen und Dächern, dass unmöglich zu erkennen war, um welche Stadt es sich handelte. *»Die Goldenen Drei lassen Aufstände mit Gewalt niedergeschlagen«* stand in großen Lettern am unteren Bildrand, kurz bevor ein Ruck durch die Massen ging und die fliegende Kamera auf einen Bereich schwenkte, in dem Soldaten mit schweren Waffen wahllos in die Menge schossen. Die Situation eskalierte, aber so viele Menschen befanden sich dort, dass es für keinen einen Fluchtweg zu geben schien.

Andra lief eine Gänsehaut über die Arme. Sie wollte wegschauen, aber sie konnte nicht.

Die Aufnahme wechselte zu einem Schauplatz. Eine halbe Stadt stand in Flammen. Die Kamera schwebte ruckelig darüber, erst auf den zweiten Blick waren Menschen zu sehen, die durch die Straßen der Feuerhölle rannten und versuchten, sich in Sicherheit zu bringen. *»Eskalation bei Enteignung«* stand unter dem Bild. Was genau hinter dem furchtbaren Szenario stand, war nicht auszumalen.

»Menschen konfrontieren sich nicht gern mit ihren eigenen Fehlern, aber wir tun es trotzdem oft«, fuhr Andra nach einer Weile fort. »Es gibt keinen anderen Weg, zu lernen.« Sie zwang sich, KAMI wieder anzusehen. »Wusstest du das? Dass man nur wachsen kann, wenn man sich eingesteht, dass man nicht perfekt ist? Dass man es nie sein wird?«

KAMI sah noch immer auf die Bildschirme über ihnen, ebenso wie alle anderen um sie herum. Was sie dachte, war für Andra unmöglich zu erkennen, so unergründlich waren ihre Züge, also schaute sie weiter. In so viele blasse Gesichter, schockierte Menschen, von denen viele offenbar nicht fassen konnten, was sie gerade vor sich sahen.

»Unser Netzwerk hat sich in die Systeme des Militärs gehackt«, sagte Nelson nun und trat einen Schritt an Andra heran. »Diese Nachrichten werden auf allen übertragbaren

Geräten weltweit abgespielt. Wir haben außerdem mehrere Dokumente und interne Übertragungen, die die Echtheit der Aufnahmen zertifizieren, veröffentlicht. Unser Team ist in diesem Moment dabei, alle verfügbaren Daten hochzuladen.«

Jeder Mensch, der noch über ein Pad oder ein Phone verfügte oder eine dieser Tafeln über dem Kopf schweben hatte, würde es sehen.

Ein Schwert fiel hinter Andra klirrend zu Boden, und tatsächlich wagte sie es, sich umzudrehen, weg von KAMI. Es schien noch zu gebannt zu sein.

Und dort, umzingelt von regungslosen Moja, stand Marshall, das Gesicht entwaffnet auf die Bilder über ihnen gerichtet. Fast wartete Andra darauf, dass sie sich zu ihnen umwandte. Doch wie eine Statue stand sie dort.

Die Welt würde wissen, was geschehen war. Egal, wie dies endete.

»Du sagst, das Streben nach Perfektion ist sinnlos«, schlussfolgerte KAMI, und Andra riss ihren Blick von den Generals los, die vollkommen perplex dort standen. Damit hatten sie nicht gerechnet.

»Du sagst«, fuhr KAMI leise fort, »man sollte gar nicht versuchen, nach einer Welt zu streben, die für jeden Menschen gut ist.«

Andra lächelte schief. »Nein, das sage ich nicht. Ich meine nur, dass ... Veränderung muss immer im Kleinen beginnen. Du kannst der Welt nicht deine Ideale aufzwingen. Organisches Wachstum fängt immer unten an. Bei den kleinsten Wurzeln.«

»Diese Bilder beweisen nicht gerade, dass ihr in der Lage seid, ein solches Wachstum hervorzubringen.«

»Doch!«, warf jemand von der Seite aus ein, und die beiden wandten sich um. Der Doktor, der ihnen von der Station aus gefolgt war, trat einen Schritt neben Okijen und Nelson hervor. Er neigte seinen Kopf andächtig vor KAMI und faltete die Hände vor dem Körper, in einer Pose des Respekts.

»Wir streben eine Veränderung bereits seit Jahrzehnten an«, sagte er in ruhiger Stimme. »Auch wenn sie bisher in der Welt nicht sichtbar war. Und auch wenn man uns immer kleingehalten hat. Es hat immer Menschen gegeben, die sich gegen Unrecht und Terror aufgelehnt haben, egal, in welcher Form er stattgefunden hat. Menschen wie uns wird es auch immer geben.« Er machte eine Pause, und Andra meinte, sich einzubilden, dass er vor allem die Soldaten ansah, die teils perplex auf die Bildschirme schauten, teils ihre Blicke auf das Geschehen hier unten gerichtet hatten. »Mit dem Wissen, an das die Welt nun gelangt ist, hoffen wir, die Regierung zu entmachten und eine freie Demokratie aufzubauen.«

»Das gelingt nur, wenn alle mitspielen«, entgegnete KAMI, wirkte inzwischen aber viel sanfter als einige Minuten zuvor.

»Ja«, warf Flover ein. »Und dieser Wandel wird langsam vonstattengehen. Langsamer als dein Weg. Aber er wird auch sanfter sein. Sodass hoffentlich jeder Mensch als Individuum frei sein kann. Und trotzdem glücklich.«

KAMI lachte amüsiert. »Eine Welt, in der jedes Individuum frei sein kann? Findet ihr das nicht ein wenig naiv?«

»Nicht naiver als die Vorstellung, dass Uniformität eine perfekte Welt erschafft«, entgegnete Andra sofort. »Du siehst es doch selbst!« Sie deutete auf die Anzeigen, über die noch immer Bilder des Schreckens liefen. »Die Menschen zu zwingen, zufrieden zu sein, ist etwas, das Menschen schon versucht haben. Sie sind daran gescheitert. Du bist nicht besser als die Menschheit.« Sie lächelte. »Du reproduzierst unsere eigenen Fehler. Das, was du vorhast, ist nichts anderes als das, was vor dreißig Jahren geschehen ist.«

Als sie diese Worte sprach, regte sich etwas Undeutbares auf KAMIs Gesicht. Etwas, das Andra nie bei ihr gesehen hatte. War es … war es Stolz? War es Genugtuung?

Andras Gedanken hielten inne, weil sie so wenig wusste, was dieser Ausdruck zu bedeuten hatte. Sie wollte erleichtert sein, aber ein so großer Teil von ihr fürchtete sich auch.

Das war alles gewesen. Alles, was sie zu sagen gehabt hatte. Wenn das nicht ausreichte, wäre es vorbei.

Die Sonne brach durch die Blätterkronen über ihnen. Ihre Strahlen fingen sich auf KAMIs Gesicht.

Und ein Lächeln zeichnete sich auf ihren Lippen ab. Sacht erst, dann immer breiter, bis es zu einem Lachen wurde, das hell und klar aus ihrer Kehle drang. »Na gut«, sagte sie und fixierte jeden mit offenem Blick, bis dieser sich wieder in Andras verfing. Ihr Herz setzte aus, als sie in dieses freundliche, geläuterte Gesicht schaute und es nicht fassen konnte.

»Ihr habt gewonnen. Ihr habt mich besiegt.«

Andra spannte sich an, als sie eine Pause machte. Obwohl sie es gehört hatte, wagte sie noch immer nicht zu hoffen.

»Ihr seid manchmal zu stur, um eure eigenen Fehler zu sehen, aber gleichzeitig auch zu stur, um euch zu fügen. Das ist vielleicht etwas Gutes.« KAMI sah in die Kronen der Bäume hinauf. »Etwas, auf das man bauen kann.«

Mit zitternden Fingern schaute Andra zu Flover, dann wieder zu KAMI. Sie wagte es kaum, ein Wort zu sagen, vor Aufregung, vor Angst, vor dem Gefühlschaos, das in ihr loszubrechen drohte. Hatten sie … hatten sie es geschafft? Aber … »Wie geht es jetzt weiter?«, fragte sie tonlos.

KAMI legte den Kopf schief. »Hast du Angst?«, wollte sie wissen, dann schüttelte sie allerdings den Kopf über sich selbst. »Ach, ich hab noch viel zu viele Fragen.«

Ihre Hände waren inzwischen verheilt, und sie lehnte sich ein Stück zurück, legte den Kopf in den Nacken und sah abermals in den Himmel. »Ich werde mich deaktivieren.«

Andras Herz machte einen aufgeregten Hüpfer, aber in diesem Moment, in dem sie so still vor ihr saß, schmerzte es auch ein wenig. Sie hatte noch Fragen! So viele sogar!

»Was passiert mit den Menschen, die du vereinnahmt hast?«, fragte Okijen sofort.

»Einige werden sterben, einige werden leben«, antwortete sie ungenau. »Das kommt darauf an, wie eng sie mit mir verbunden waren.« Eine Weile verharrte sie in ihrer Position, und es war, als würde niemand es wagen, sich zu regen. Dann lehnte sie sich vor und presste die Fingerspitzen auf die Lippen. »Ich wollte eigentlich noch so viel lernen«, flüsterte sie.

Warum ... warum tat ihr das Herz plötzlich so weh? Wenn KAMI lernen konnte, konnte sie dann nicht bleiben? Konnte sie der Welt nicht auf andere Weise helfen?

Andra wollte gerade ansetzen, diesen Gedanken zu äußern, da flüsterte KAMI: »Passt auf die Welt auf.«

Sie schloss die Augen. In dem Moment, in dem das blasse Schimmern aus ihrem Haar verschwand, fiel ihr Körper zur Seite.

KAPITEL 44

: MOURNING

Luke konnte nicht sagen, wie lange sich niemand regte, nachdem Shiva zur Seite gefallen war und sich nicht mehr bewegte. Kein Atmen, kein Zittern, kein Leuchten; nichts mehr. Gleichzeitig war er selbst zu gelähmt, um das zu tun, was er wollte; einfach auf sie zustürzen und sie in seine Arme nehmen. Nach so vielen Jahren. Nach so langer Zeit.

Niemand rührte sich. Niemand wagte es auch nur zu atmen, und ihm schien es, als seien Minuten vergangen, in denen nur das Rieseln der Blätter die Geräuschkulisse eingenommen hatte. Da erhob endlich jemand die Stimme, den Luke nicht kannte. Ein älterer Mann mit lockerem Sakko schaute sich zu den Menschen um, die von DVM waren, und forderte sie auf, zu ihm zu kommen.

»General Lloyd«, sagte er in festem Stimmfall. »Sie sind hiermit, gemeinsam mit General Liza Moore und General Alaska Pershing, festgenommen.« Einige Soldaten regten sich, um perplex und parteilos Platz zu machen, als die Männer von DVM Marshall die Hände auf den Rücken drückten und ihr die Waffen abnahmen. Niemand machte Anstalten, sie aufzuhalten. Nicht einmal sie selbst wehrte sich.

Erst nachdem sie abgeführt worden war, kam zum ersten Mal Regung in die Menge. Die Moja waren mit KAMI zusammengebrochen. Luke stolperte nach vorn, auf seine Schwester zu, die leblos auf dem Boden vor dem Pavillon lag.

»Shiva«, flüsterte er, ließ sich neben ihr auf die Knie fallen und schloss ihr Gesicht in die Hände. »Shiva«, hauchte er immer wieder, klopfte leicht auf ihre Wange und rüttelte an ihren Schultern. »Shiva!«

Tränen lösten sich aus seinen Augen und fielen auf ihr Gesicht. Er wusste, dass sie tot war, trotzdem fühlte er ihren Puls, trotzdem legte er sein Ohr auf ihre Brust, um zu spüren, ob ihr Herz noch schlug.

Aber da war nichts.

Da war nichts.

Weinend vergrub er sein Gesicht in ihrer blutverschmierten Kleidung. Sein ganzer Körper bebte, und noch während er nicht wusste, wohin mit sich, spürte er, wie sich etwas in ihm löste, das so lange festgesessen hatte. Das er so lange in sich verschlossen hatte. Da war so viel Schmerz in ihm und gleichzeitig so viel Erleichterung, als er diesen endlich spürte.

»Nein, nein, nein«, flüsterte er. Sie hatte ihm immer gesagt, dass er sich an den Gedanken gewöhnen müsse, irgendwann ein Leben ohne sie zu führen, aber dies war der erste Moment, in dem die Hoffnung ganz verschwand, dass sie nie recht behalten würde.

Sie hatte recht behalten, verdammte Scheiße. Sie hatte mit allem recht behalten. Er spürte den Schmerz in seinem Körper nicht mehr, so sehr zerrte der seiner Seele an ihm.

Lukes Brustkorb bebte, als er spürte, wie eine Hand sacht auf seinen Rücken gelegt wurde. Erst nach vielen Momenten gelang es ihm, seinen Blick zu heben, um zu sehen, dass Flover sich neben ihn gesetzt hatte. Schweigend.

KAPITEL 45

: REGRETTING

Die Soldaten und Zivilisten im Garten hatten zu wirbeln begonnen, doch niemand schien recht zu wissen, wohin mit sich, während Okijen sich in all dem Chaos nur umsah und wie ein Stein in der Brandung stehen blieb. Sanitäter wurden herangebracht, um die Verletzten noch vor Ort zu versorgen oder abzutransportieren, während die Mitglieder von DVM, die Andra und Flover mitgebracht hatten, Telefonate führten und im Schatten der Bäume begannen, Pläne zu schmieden.

Er verstand noch nicht, was vor sich ging. Oder er konnte es nicht verarbeiten. Und er konnte auch nicht verarbeiten, dass es vorbei sein sollte. Warum rechnete er damit, dass jeden Moment ein neuer Gegner auftauchen, ein neuer Tumult ausbrechen würde? Warum fühlte sich alles in ihm so taub an?

KAMI hatte diesen Kampf tatsächlich selbst beendet. Sie hatte sich deaktiviert. Sosehr er auch gehofft hatte, dass Andras Weg der richtige wäre, sosehr ihr Streben nach Frieden an etwas in ihm gerührt hatte, das sich genauso danach sehnte … Er konnte es nicht glauben. Also blieb ihm nichts, als dort zu stehen und zu versuchen, die Eindrücke zu verarbeiten.

Vielleicht wachte er jeden Moment auf. In einer Welt, die er kannte. Eine Welt, in der sie alle heroisch im Kampf gegen einen unbesiegbaren Gegner fielen. Das käme ihm so viel echter vor als das hier.

Nakamura hatte sich neben seinen Freund und dessen Schwester auf den Boden gesetzt und schien sich überhaupt nicht für das zu interessieren, was vor sich ging. Reed gab den Soldaten Anweisungen, die sie befolgten, wenn auch mit ausdruckslosen, irritierten Gesichtern. Über die Screens an den Gebäuden so weit über ihnen schwirrten noch immer die Nachrichtenaufnahmen von dem Umsturz vor dreißig Jahren, über die Andra mit dem Ältesten der Yuna gesprochen hatte.

Und erst als er an sie dachte, fiel sein Blick auf sie.

Andra.

Sie hatte sich aus ihrem Schneidersitz erhoben, nur um sich einige Meter außerhalb des Geschehens auf den marmornen Stufen des Pavillons niederzulassen und ihre Hände anzusehen.

Okijen schob sich ohne Hast auf sie zu. Sein Körper war noch wie gelähmt. Seine Beine gehorchten ihm nicht, und verdammt, er sah nicht, wo Byth war, aber er hoffte, dass es ihr gut ging. Er hatte ihr noch so viel zu sagen und für so viel zu danken. Nicht nur dafür, dass sie in diesem Kampf ihr Leben aufs Spiel gesetzt hatte, sondern auch dafür, wie oft sie seines gerettet hatte. Sogar, als er es selbst gar nicht gewollt hatte.

Okijen sackte auf den Stufen neben Andra zusammen und folgte ihrem Blick auf ihre zitternden Finger.

»Es tut mir leid, dass ich dir nicht vertraut habe«, flüsterte er kaum hörbar.

Sie presste die Lippen angestrengt aufeinander. Eine Träne rann an ihrer Wange hinab. Er war sicher, dass sie nicht ihm galt.

»Ich hätte mich dir nicht in den Weg stellen sollen«, fuhr er fort. Sie hatte die Welt gerettet. Allein durch ihre Überzeugung. Sie hatte eine Welt befreit, die sie gar nicht als ihre eigene bezeichnete, indem sie sich geweigert hatte, den Weg zu gehen, den alle hatten gehen wollen.

Er hatte sie bei sich aufgenommen, weil er Mitleid und Schuld empfunden hatte. Er hatte sich ihr verbunden gefühlt, weil er das Gefühl gehabt hatte, sie hätte ihn verstanden. Doch sie hatte so viel mehr verstanden als ihn, und sie hatte so viel mehr verstanden als er.

Das, was er in diesem Moment für Andra empfand, ging so weit über das hinaus, was zuvor gewesen war. Er könnte es gar nicht in Worte fassen, selbst wenn er es versucht hätte.

»Okijen«, setzte Andra an, brach allerdings ab, als sie sah, dass er etwas sagen wollte.

»Du hattest von Anfang an recht.«

Sie rutschte ein Stück weiter zu ihm heran und legte ihre Hand auf seinen Unterarm, sah ihm in die wässrigen Augen. »Du hattest einfach eine andere Meinung als ich«, erwiderte sie leise.

»Ja, aber ...« Er seufzte und schüttelte den Kopf, ohne sie anzuschauen. Er wollte gar nicht, dass es um ihn ging. Er wollte ihr danken. Sie beglückwünschen. Sie in den Arm nehmen, auch wenn er nicht genau wusste, ob sie das je wieder zulassen würde. »Du hast mir eine Möglichkeit geboten, mit dem Kämpfen aufzuhören, und ich habe trotzdem weitergemacht«, sagte er dennoch.

Sie lächelte traurig. »Du willst aufhören«, sagte sie. »Aber du musst noch lernen, wie das geht.«

Er lachte, als eine Träne seine Wange hinabrann. Er schaute auf, und ihre Blicke trafen aufeinander. »Du wirst einmal eine sehr weise Älteste«, sagte er schmunzelnd, und die Irritation auf ihrem Gesicht wandelte sich in ein Lachen; so klar und unbeschwert, wie er es nie von ihr gehört hatte.

KAPITEL 46

: CARRYING

Ellis hatte Byth zur Seite gezogen, an den Stamm eines Baumes, an dem sie schwach lehnte und ihre Umgebung regungslos beobachtete. Sie wollte aufstehen und den Menschen helfen, die herumeilten und organisierten; die die Toten fortbrachten; die die Verletzten versorgten. Doch sie hatte nicht einmal mehr die Energie, zu sitzen, und ließ sich einfach zur Seite sinken, legte ihre Wange ins blutverschmierte Gras und schloss die Augen.

Das Kribbeln in ihrem Inneren war verschwunden, in dem Moment, in dem KAMI sich deaktiviert hatte. Aber sie lebte noch. So viele lebten, und das war so viel mehr, als sie von diesem Tag erwartet hatte.

So viele lebten noch.

Byth hatte das, was gerade vor ihren Augen geschehen war, nicht ganz verstanden. Die Übertragungen auf den Bildschirmen, die Abführung der Generals und vor allem Andras Gespräch mit KAMI. Aber darum würde sie sich später kümmern. Wenn sie einen Monat geschlafen hatte und wieder in der Lage war, einen klaren Gedanken zu fassen.

Laute Stimmen drangen an ihre Ohren, während ihr Körper immer weiter herunterfuhr. Nun, da das Adrenalin aus ihrem Körper gewichen war, spürte sie den Schmerz, der in jeder ihrer Fasern pochte, von Herzschlag zu Herzschlag intensiver – und sie fragte sich, was geschehen würde, wenn sie doch starb. Würde es jemandem auffallen? Würde es überhaupt jemand bemerken?

Sie hatte ihre Mission nicht beenden können, und sie war sich nicht sicher, ob überhaupt jemand gesehen hatte, wie lange sie gekämpft hatte. Aber es war wohl egoistisch, sich zu wünschen, es wäre so. So erschöpft, wie sie war, wäre es ihr vermutlich eh zu viel, mehr zu tun, als hier zu liegen.

»Hey!«, klang es neben ihr. Eine Hand wurde auf ihren Oberarm gelegt, und erst nach kurzem Überlegen überwand sie sich, die Augen zu öffnen. »Gehts dir gut?«, wollte Ellis wissen, und sie konnte nicht anders, als zu lächeln.

»Ich hab dir neue Arme gemacht, und du hast geholfen, die Welt zu retten«, sagte sie schwer atmend. »Mir gehts also ganz gut.«

Er lachte unterdrückt. »Das meinte ich eigentlich nicht.«

»Hm. Ich schätze, ich lebe noch.«

»Und … wenn KAMI jetzt aus dir raus ist …«

»Es wird mir gut gehen«, flüsterte sie und schloss die Augen abermals, atmete tief durch. Hatte er nicht andere Dinge zu tun? Eben hatte er noch Menschen angewiesen und Organisatorisches getan. »Ich muss mich nur ein bisschen ausruhen.«

»Verständlich«, flüsterte er. »Ohne dich hätten wir es nicht geschafft.«

»Wer weiß«, murmelte sie. »Passt du auf, dass ich hier nicht zertrampelt werde?«

Ellis lachte und nahm die Hand von ihrem Arm. Unter Stöhnen schien er sich aufzurichten, und sie hatte sich schon damit abgefunden, dass er gehen würde, da spürte sie, wie Arme sich unter ihre Schultern und ihre Knie schoben.

»Was?«, fragte sie hektisch und öffnete die Augen, doch da hatte er sie schon aufgehoben.

»Ich such dir mal ’nen Sanitäter«, sagte er, und ihr fehlte die Energie, sich gegen seinen Griff zu wehren. Eigentlich wollte sie das auch gar nicht.

KAPITEL 47

: ADORING

»In unserem System gibt es inzwischen mehrere Tausend Freiwillige, die sich organisieren«, hörte Flover eine der Frauen von DVM leise sagen. »Ich weise die Administratoren an, eine Übersicht zu erstellen, an welchen Orten der Welt wir jetzt vermehrt Verstärkung brauchen, sowohl ärztlicher als auch organisatorischer Natur.«

»Sehr gut«, erwiderte ein Fremder. »Ich glaube, Nelson ist schon dabei, sich mit den Bürgermeistern der Kommunen und den Organisatoren von Ziran abzusprechen. Wenn es uns gelingt, sie mit unserem System zu verbinden, können wir vielleicht in den nächsten Tagen eine Ordnung herstellen.«

»Wir sollten so schnell wie möglich eine App programmieren, über die sich Menschen aus allen Regionen vernetzen können.« Die Stimmen wurden leiser, während die Menschen langsam voranschritten. »Ich habe Kontakt zu einer GREAT-Agentin namens Calen Deem-Hristov. Ich glaube, sie wäre die Richtige für den Job.«

»Gut, ich werde ...«

Flover versuchte, dem weiteren Gesprächsverlauf zu folgen, doch als die beiden sich zu weit entfernten, machte er sich keine Mühe, ihnen zu folgen.

Die Sonne war ein Stück weiter über den Himmel gezogen und wärmte seine Haut. An Lukes Seite zu sitzen und schweigend darauf zu warten, dass er bereit war, sich wieder aufzurichten, hatte Flover die Ruhe und die Zeit gegeben, zu realisieren, was sie erreicht hatten.

Das hier könnte ein Traum sein. Aber nein. Wenn es einer wäre, hätten sie nicht so viele Tote, die sie aus dem blumigen Garten bringen mussten. Wenn das ein Traum wäre, würde es kein Schlachtfeld geben, und die Sonne würde nicht so ironisch auf sie hinabscheinen.

Und Luke würde nicht weinen.

Wenn das ein Traum wäre, wäre Luke glücklich.

Was um alles in der Welt konnte er tun, um ihm zu helfen?

Sacht nahm er seine Hand von Lukes Rücken, als dieser sich nach einer halben Ewigkeit regte und sich mit geröteten Augen und Wangen aufsetzte. Er schlang die Arme um die Knie und sah Flover lange an. »Entschuldigung«, murmelte er.

Flover lächelte mild. Er wollte ihn in den Arm nehmen, aber er wollte ihn auch ansehen, um jede Regung auf seinem Gesicht zu erkennen. »Warum denn?«

»Ich …« Luke atmete einige Male tief ein und wieder aus, dann schüttelte er den Kopf. Er brauchte sicher noch eine ganze Weile, bis er sich beruhigt hatte, also nahm Flover eine gemütlichere Position ein.

»Was machen wir jetzt?«, fragte Luke leise und ließ den Blick seiner blutunterlaufenen Augen über den sich langsam leerenden Garten wandern.

»Du brauchst erst mal einen Arzt für deine Wunden«, sagte Flover. Er wollte ihn nicht drängen, aber das musste sich langsam wirklich jemand ansehen.

Das Lächeln, das auf Lukes Gesicht trat, brach ihm ein wenig das Herz, so verzweifelt wirkte es. »Du weißt, dass ich das nicht meine.«

Flover zuckte mit den Schultern. Er hatte ja ein wenig Zeit gehabt, sich darüber Gedanken zu machen. »Wenn du versorgt bist, gehen wir zurück in die Basis am Baikalsee und holen Gerta«, sagte er leise, was Lukes Laune tatsächlich aufzuhellen schien.

»Wenn deine Mutter sie nicht gut behandelt hat, während ich weg war, kann mich niemand davon abhalten, sie eigenhändig zu töten«, sagte er mit einem witzigen Unterton, obwohl Flover wusste, dass er es ernst meinte.

»Es wären dir gerade nicht viele Menschen böse deswegen«, murmelte er. Die Welt wusste jetzt, was sie getan hatte. Den Alten war es in Erinnerung gerufen worden, und die Jungen hatten es erfahren. Es sollte ihm schwerfallen, zu akzeptieren, dass sich seine schlimmsten Befürchtungen im Hinblick auf sie bewahrheitet hatten, aber er konnte in diesem Moment nicht darüber nachdenken. Flover wusste, dass er noch lange brauchen würde, um die Verbrechen, die sie begangen hatte, zu verstehen, und das, was die Erkenntnis darum in ihm ausgelöst hatte, zu verarbeiten.

Aber das alles schob er für diesen Moment von sich.

Luke schluckte schwer, dann suchte er zum ersten Mal Flovers Blick. »Willst du zu ihr gehen?«, wollte er wissen und schaute über Flovers Schulter hinweg in die Richtung, in die sie sie gebracht hatten.

Flover wandte seinen Blick nicht von ihm ab. Nein. Darum würde er sich später kümmern, aber jetzt, hier, würde ihn nichts dazu bringen, sich umzudrehen und nach seiner Mutter zu suchen. Ihr so zu zeigen, dass sie noch Macht über ihn besaß.

Er lächelte so breit, wie er es vermutlich nie in seinem Leben getan hatte. »Ich konzentriere mich von jetzt an weniger auf das, was ich hasse«, sagte er und schaute Luke unentwegt an. »Und mehr auf das, was ich liebe.«

UNTER VERSCHLUSS!

Audioaufzeichnung, Radiosender »Independence Central«
23.04.2072, 01:13

»Hallo liebe Zuhörer und herzlich willkommen zu unserem Nachrichten-Format hier bei Independence Central ... ähm ... eurem Sender für die allerschnellsten Nachrichten aus der ganzen Welt. Ihr kennt das ja. Ich bin Ana, und ... ich muss euch leider die Nachricht überbringen, dass Max, unsere Quelle für die letzten Informationen über die Goldenen Drei ... ermordet wurde. Ich weiß, das ist ... ich weiß nicht, was ich sagen soll. Wie wir in den letzten Tagen berichtet haben, wurde unser Studio überfallen und unsere Website gehackt. Wir nehmen in einer Location auf, in der wir vielleicht für ein paar Tage sicher sind, aber versprechen kann das niemand. Was wir versprechen können ist, dass wir so lange für euch auf Sendung bleiben, wie wir können. Wir hoffen, es geht euch allen gut und ihr haltet die Ohren steif.«

»Nimm dir Zeit.«

»Ja, ich ... ich kann nicht fassen, was in der Welt vor sich geht. Und deswegen bin ich so dankbar, dass sich Suie, aus Max' Team, bereit erklärt hat, heute bei uns über Alaska Pershing zu berichten. Danke, dass du dieses Risiko auf dich nimmst. Wir ... würden gern für deine Sicherheit garantieren, aber ich denke ... gerade ist niemand mehr sicher.«

»Dessen bin ich mir bewusst. Aber die Wahrheit ist wichtiger als ich, und deswegen bin ich hier.«

»Es gibt keine Worte, mit denen ich dir danken kann, Suie. Und ich denke, da spreche ich für alle unsere Zuhörer.«

»Danke. Auch für euren Einsatz hier. Das bedeutet so viel.«

»Ebenso. Also … was kannst du uns erzählen, über Alaska Pershing, den Anführer der Gruppe, die unsere Welt umkrempelt und … auch irgendwie zerstört hat.«

»Etwas über Alaska herauszufinden war das schwierigste Unterfangen, im Vergleich zu den anderen beiden. Lange Zeit waren wir der festen Überzeugung, dieser Mann wäre ein Geist gewesen, und wir mussten sehr intensiv graben und sehr viel umherreisen, um etwas über ihn herauszufinden.«

»Ich bin so gespannt, welche Geschichte sich hinter diesem Mann verbirgt.«

»Also Alaska wurde am 1. November 2032 in Paris geboren. Er begann nach seinem Physikstudium eine Arbeit als Assistent in einem Labor für Experimentalphysik und verbrachte wohl den größten Teil seiner Freizeit damit, Videospiele zu spielen und Comics zu lesen.«

»Ein Nerd?«

»Ja, schon irgendwie.«

»Ich mag das nicht. Das lässt ihn so menschlich wirken.«

»Mhm. Er wurde wohl während seiner Schulzeit heftig gemobbt, doch alle, die wir befragt haben, sprachen von einem unerschütterlichen Selbstbewusstsein, das er an den Tag legte.«

»Steht das Mobbing damals in irgendeinem Zusammenhang mit seinen jetzigen Handlungen?«

»Laut unserer Profiler wohl nicht. Analysiert man seine Reden und die Informationen, die es zu ihm gibt, entsteht eher der Eindruck, dieser Mann sei ein Soziopath mit nur sehr wenig Verständnis für menschliche Emotionen. Er handelt extrem rational.«

»Stimmt. So hatte ich das noch gar nicht betrachtet.«

»In dem Labor, in dem er arbeitete, erzielte er wohl – zumindest unseren Erkenntnissen nach – nur rein zufällig den Durchbruch, der uns heute als Cyber-Trip-Technologie bekannt ist. Wir können nicht genau sagen, zu welchem Zeitpunkt diese Entdeckung stattfand, da er jahrelang darüber Stillschweigen bewahrte und die Forschungen daran im Geheimen fortgeführt haben muss. Es müsste aber wohl irgendwann im Jahr 2056 oder 2057 gewesen sein.«

»Und danach ging er zum Militär?«

»Genau. Dort lernte er auch Marshall kennen, und sie schlossen sich den Untergrundrebellen an, die ihn höchstwahrscheinlich bei den Forschungen unterstützten.«

»Also geht ihr davon aus, dass er die Chancen der Cyber-Trip-Technologie sofort erkannt hat und sie deswegen dem Militär nutzbar machen wollte? Um der Welt zu helfen, vielleicht?«

»Wir sehen tatsächlich hinter seinen Handlungen keine große moralische Grundlage. Bei Liza Moore und Marshall Lloyd ist das ganz anders. Bei ihnen geht sowohl aus ihrer Vergangenheit als auch aus ihren aktuellen Handlungen deutlich hervor, dass sie die Welt verbessern wollen ... und sich dem Irrglauben hingeben, ihre derzeitigen Handlungen würden dazu führen.«

»Und bei Alaska ist das nicht der Fall?«

»Nein. Wir gehen davon aus, dass er durch die Erfindung der Technologie sah, welche Macht sie birgt, und sie einfach nutzen wollte.«

»Einfach, weil er es konnte?«

»Exakt.«

»Hm. Deswegen überlässt er vielleicht auch Marshall die meisten Reden. Weil sie der Bevölkerung vermitteln wollen, ihr Handeln hätte einen Sinn.«

»Für Marshall und Liza hat es das definitiv. Alaska ... geht eher mit dem Fluss. Er tut das, was ihm gerade am geeignetsten erscheint.«

»Aber ... Also ich meine, erst einmal danke für diese Einblicke, Suie, das hat tatsächlich sehr geholfen, diesen Charakter ein wenig besser zu verstehen.«

»Aber?«

»Ich verstehe nicht ... wenn Liza und Marshall tatsächlich aus einem guten Grundgedanken heraus handeln, wie kann es dann sein, dass sie nicht sehen, wie viel Leid und Chaos sie verursachen? Wie kann es sein, dass sie für Gerechtigkeit und Frieden kämpfen und so viele Tode zu verschulden haben? Die Grausamkeit, mit der sie vorgehen, ist doch tatsächlich nur schwerlich zu übertreffen.«

»Nun ja, was in ihren Köpfen vor sich geht, darüber können wir natürlich nur spekulieren. Aber ich kann mir gut vorstellen, dass, wenn man so lange an etwas arbeitet ... dass es dann vielleicht irgendwann unmöglich wird, aufzuhören.«

»Sie hatten diesen Plan, und dann mussten sie ihn auch ohne Wenn und Aber durchziehen?«

»Ja, wie ... wie Wassertropfen, die schneller und reißender werden, je länger sie das Gebirge hinabfließen. Bis am Ende ein Fluss aus ihnen wird.«

»Und ein Fluss weiß nicht, wie er anhalten kann.«

»Ja. Ich denke, dass das zutrifft.«

SECHS MONATE SPÄTER

KAPITEL 48

: BLOOMING

»Hey! Hey, jetzt reicht es aber hin!«

Okijen sah hinter den Holzlatten hervor, die er trug, um in die Augen einer älteren Frau zu schauen, die ihre mechanischen Arme in die Hüfte stemmte und ihn mit hochgezogenen Augenbrauen musterte. »Wie lange arbeitest du eigentlich schon? Hast du heute schon was gegessen?«

Er verzog sein Gesicht zu einem unangenehm berührten Lächeln und wollte ihr gerade versichern, dass er in einer halben Stunde Pause machen würde, da hatte die Unbekannte ihm die Latten aus den Händen gerissen, um sie selbst zu tragen. »Ab in den Schatten mit dir!«, rief sie ihm zu, nachdem sie ihm den Rücken zugewandt hatte. Schweiß rann ihm über die Stirn, und von der Sommersonne, die über der Stadt im Zenit stand, hatte er einen Sonnenbrand auf der Nase bekommen. »Ana wartet unter den Bäumen mit dem Essen. Beeil dich, sonst ist nichts mehr übrig.«

Lächelnd sah Okijen ihr hinterher, bis sie um eine Ecke gebogen war, dann wischte er sich mit dem Tuch um seinen Schultern den Schweiß aus dem Gesicht und setzte sich trottend in Bewegung. Die Menschen aus Ulan Bator, an denen er vorüberging, grüßten ihn von ihren Fenstern und von ihren Baustellen aus. Er winkte zurück, während er immer wieder zu den Anzeigen aufsah, auf denen die neusten Nachrichten aus der ganzen Welt angezeigt wurden.

Die Sprecherin, die in riesiger Größe über ihren Köpfen schwebte, war eine Frau mittleren Alters, die er irgendwoher kannte. Vielleicht hatte sie in den letzten Tagen schon einmal die News verkündet. Sie hatte sich nicht die Mühe gemacht, ihre Haare zu kämmen, und ihre Kleidung sprach davon, dass sie gerade selbst an irgendeiner Baustelle geholfen haben musste, denn sie war voll von Schmutz und Holzspänen.

»Liebe Bevölkerung«, sprach sie, und Okijen sah, wie einige Köpfe sich ebenfalls zu ihr umwandten. Er trat in den Schatten eines höheren Gebäudes, blieb allerdings nicht stehen, um die Übertragung anzusehen. »Wir freuen uns, Ihnen mitteilen zu können, dass die Gründung der ersten Parteien von Erfolg gekrönt ist. Wir wissen, dass die Welt sich im Aufbau befindet, und möchten trotzdem an Sie alle appellieren, sich mit den ersten Wahlprogrammen zu beschäftigen, die wir in der WORLD-Anwendung auf allen technischen Geräten Ihrer Wahl zur Verfügung stellen. Bis zur ersten Wahl wird noch Zeit vergehen, aber wir arbeiten derzeit mit großem Erfolg an diversen technischen Lösungen, die es uns erlauben, eine weltweite, direkte Demokratie zu verwirklichen.« Die Frau lächelte breit, und ihr Gesichtsausdruck färbte auf Okijen ab. »Wenn Sie …«

»Du da!«, wurde Okijen von einer anderen Stimme abgelenkt, die hinter ihm ertönte. Ein kleiner Junge kam auf ihn zugelaufen. »Bist du Okijen Van Dire?«

Er zog die Augenbrauen hoch, ließ das Lächeln aber nicht von seinen Zügen verschwinden. »Jap«, entgegnete er locker und ging weiter, während der Kleine, höchstens zehn, ihn einholte und neben ihm herlief. Er hielt ihm ein Phone hoch, das Okijen etwas irritiert entgegennahm. »Meine Mama sagt, ich soll dir das geben.«

»Ähm, okay?«, sagte er und sah sich das Gerät an. Ein Anruf von einer unbekannten Nummer wurde angezeigt. »Danke!« Der Junge machte bereits Anstalten, wieder fortzulaufen, da drehte Okijen sich noch einmal zu ihm um. »Wem soll ich das denn geben, wenn ich fertig bin?«, rief er ihm nach.

»Ach, wir finden dich schon«, erwiderte der Kleine, und Okijen hielt sich das Gerät mit einem irritierten Lächeln ans Ohr. »Hallo?«

»Hey!«

Die Stimme, die ihm aus der Leitung entgegenkam, ließ sein Herz kurz stoppen, und für einen Moment war er so überrascht, dass er mitten auf der staubigen Straße zum Stehen kam. »Andra?«, hauchte er. »Was ...«

»Ich dachte, ich melde mich mal«, sagte sie beschwingt, und er brauchte einen Moment, um sich zu sammeln.

Ein ungewolltes Lachen kam ihm über die Lippen, auch wenn sein Herz bei ihrer Stimme um einiges schwerer wurde. »Wie ... warum? Wir haben uns nicht mehr gesprochen, seit ...«

»Ja, ich weiß«, erwiderte sie ruhig.

Er hatte sie nicht mehr gesprochen, seitdem sie auf diesem Pavillon nebeneinandergesessen hatten; bis sie irgendwann aufgestanden war, ihm einen Kuss auf die Wange gedrückt und den Garten verlassen hatte. Seitdem hatte er weder mit ihr noch mit einem der anderen Kontakt gehabt.

Allerdings hatte er einiges über Andra gehört. Sie hatte sich freiwillig als Vermittlerin zwischen den Städtern und den Kindern und Jugendlichen der Yuna einsetzen lassen. Es war einige Male in den Nachrichten zu sehen gewesen. Und ja, er hatte sich jeden der Berichte mehrere Male angesehen. Es war nicht ein Tag vergangen, an dem er nicht an sie gedacht hatte. An dem er sich nicht gefragt hatte, ob sie sich wohl hin und wieder an ihn erinnerte.

»Wie geht es dir?«, fragte sie nach einigen Sekunden, während er einfach dort stand und seine staubigen Schuhe ansah.

»Gut«, erwiderte er ehrlich. »Es geht mir wirklich gut.«

Das Lächeln war fast in ihrer Stimme zu hören, und sein

Herz wurde so schwer und leicht zugleich. »Das freut mich wirklich.«

»Ich höre, du hast viel um die Ohren, zurzeit.« Nur sehr langsam setzte er sich wieder in Bewegung und schob seine freie Hand in die Tasche seiner Hose. Er wollte ihr sagen, wie oft er an sie dachte, aber er wusste nicht, wie sie empfand, also drängte er sich ihr nicht auf. Sie musste ihr Leben ordnen, und die Enttäuschung, die er ihr bereitet hatte, war vermutlich unverzeihlich. Das musste okay für ihn sein, auch wenn es hin und wieder schmerzte.

»Wie geht es dir denn?« In den Nachrichten und sämtlichen Übertragungen, die er verfolgt hatte, war Andra nicht ein einziges Mal im Zusammenhang mit dem Sieg über KAMI erwähnt worden, aber er wusste nicht, ob sie es so gewollt hatte. Die Menschen munkelten allerdings, und die meisten, mit denen er gesprochen hatte, hatten die Gerüchte über sie gehört.

»Ich bin zufrieden«, sagte sie, und er hoffte, dass sie es ebenfalls ehrlich meinte. »Sag mal …« Sie machte eine Pause, als wüsste sie nicht genau, wie sie die Frage formulieren sollte.

»Was ist?«, wollte er wissen. Jetzt kam gleich der wahre Grund für ihren Anruf, oder? Ganz sicher. Wie hatte sie überhaupt herausgefunden, wo genau er gerade war? Er hatte gar keine Ahnung davon, mit welchen Leuten sie sich so abgab. »Sag schon, was willst du eigentlich?«, fragte er lachend und schüttelte den Kopf. Ein wenig über sie, ein wenig über sich selbst.

»Byth ist untergetaucht«, sagte Andra dann endlich. Das war es also, was sie wollte. »Du hast nicht zufällig eine Ahnung, wo sie ist?«

Okijen lachte herzlich. »Konntest du sie nicht mit derselben Magie aufspüren wie mich?«

Das Schnauben am anderen Ende quittierte er mit hochgezogenen Augenbrauen. »Du bist viel vorhersehbarer als sie.«

»Das ist allerdings wahr«, schmunzelte er in sich hinein. »Aber nein, ich hab keine Ahnung.«

»Hat sie dich nicht ...«

»Sie hat mich wieder auf Vordermann gebracht«, unterbrach er sie, als er wusste, welche Frage sie stellen würde. »Sie hat mich noch mal komplett umgestaltet.«

»Kannst du dich wieder richtig bewegen?«

»Besser als vorher sogar.« Er ging ein paar Schritte, bevor er eine Information anfügte, von der er nicht einmal wusste, ob sie sie haben wollte: »Sie hat mir auch die ganzen Waffen rausgebaut.« Das war eine der wichtigsten Entscheidungen seines Lebens gewesen.

Andra schwieg kurz, dann sagte sie: »Was? Warum?« Sie klang nicht schockiert, nur überrascht.

Er zuckte mit den Schultern, die sich inzwischen so viel leichter anfühlten als jemals zuvor. »Ich brauch sie ja nicht mehr, oder? Für die Construction-Sites reichen meine normalen Kräfte vollkommen aus.«

»Hm«, machte sie, und wieder hörte er das Lächeln.

»Ich fühle mich jetzt ... frei«, fügte er an. Frei von der Last, sein Leben aufs Spiel zu setzen, um jeden Menschen zu beschützen. »Ich fühle mich zum ersten Mal seit Jahren ... wie ein normaler Mensch.«

»Okijen, das ... das freut mich ehrlich für dich.« Ihre Worte klangen klar und aufrichtig. Er hatte sich an ihre Stimme erinnert, aber fast vergessen, wie sehr er ihre direkte Art liebte. Er wollte mehr von ihr wissen; mehr über ihr Leben, ihre Gedanken. Er wollte sie fragen, ob sie bereit war, sich noch einmal mit ihm zu treffen, weil er in den letzten Monaten nicht in der Lage gewesen war, seine Gedanken von ihr loszubekommen. Aber er hatte keine Ahnung, ob sie das wollen würde.

Warum schwieg sie? Dachte sie nur darüber nach, wie sie das Gespräch beenden konnte, ohne allzu unhöflich zu sein?

»Wie sieht es in Ulan Bator aus?«, fragte sie erst nach vielen Augenblicken. »Da war ja nicht so viel Zerstörung, oder?«

»Nein, hier ging es wirklich«, sagte er. »Aber es gibt immer noch Kleinigkeiten zu tun.«

»Ach so ...« Sie zögerte wieder, also ergriff er dieses Mal das Wort, als ihm ein neuer Gedanke kam.

»Hey, sag mal, hattest du eigentlich mal Kontakt zu dem Ältesten aus der Basis am Baikalsee?« Okijen schaute auf seine Füße hinab. »Ich schulde ihm noch eine Krücke.« Sie hatten gerade keinen Zugriff auf die Cyber-Fields, also hatte er noch keine Gelegenheit gehabt, zu ihm zu reisen. Auch wenn es gar nicht so weit entfernt lag.

»Ja!«, erwiderte Andra und klang wieder fröhlicher. »Es geht ihm gut. Ich glaube, er weiß gar nicht, wie sehr er uns geholfen hat.«

»Hm«, machte Okijen. »Ich denke, er weiß es ganz genau.«

»Also ich ...« Abermals schwieg sie, und dieses Mal entschloss er sich, sie nicht zu unterbrechen. »Ich bin gerade in Moskau und reise in zwei Stunden weiter in einen Vorort von Berlin. Da werde ich ein paar Wochen sein.«

»Aha.« Okijen blieb abermals auf der Straße stehen und blinzelte hinauf in den blauen Mittagshimmel. Er wollte sich nicht erlauben zu hoffen, konnte aber nicht verhindern, dass er es tat.

»Danach könnte ich ja Ulan Bator einen Besuch abstatten«, sagte sie freiheraus, und scheiße, er konnte nicht verhindern, dass sich ein Grinsen auf seine Lippen schlich.

»Das ... das würde mich wirklich freuen.«

»Vielleicht kann ich dann die Krücke für den Ältesten mitnehmen«, schob sie rasch nach, als bräuchte sie noch eine Rechtfertigung für ihren Besuch.

»Klar. Du scheinst ja irgendwie an Nummern in meiner Nähe ranzukommen. Also melde dich, wenn du in der Gegend bist, ja?«

»Ja«, sagte sie leise. »Geh nicht weg, okay?«

»Hab ich nicht vor. Machs gut.« Mit einem knabenhaften Lächeln auf den Zügen nahm er das Phone von seinem Ohr.

KAPITEL 49

: FLOURISHING

Andra stand auf dem großen Platz vor der ehemaligen Militärzentrale in Moskau und sah auf ihr Handy hinab, nachdem sie die Verbindung beendet hatte. Das Tuch, das sie sich um den Kopf gelegt hatte, schützte sie vor der Mittagssonne. Obwohl es so warm war und sie besser in den Schatten gehen sollte, konnte sie nichts tun, als dort zu stehen und auf das vorsichtige Pochen ihres Herzens zu hören, das so leicht geworden war.

Okijen. Sie hatte nicht gewusst, wie sehr sie ihn vermisste, bis sie seine Stimme gehört hatte. Sie hatte gedacht, sie wäre noch wütend auf ihn, aber nun, nachdem sie aufgelegt hatte, fand sie keine Spur von Wut mehr in sich. Nur ehrliche Freude darüber, dass es ihm gut ging. Würde sie ...

»Ah, danke, dass du gewartet hast!« Flovers Stimme riss sie aus ihren Gedanken, und sie wandte sich mit einem Lächeln zu dem jungen Mann um, der im sauberen Anzug und mit frisch zurückgekämmten Haaren über den Vorplatz auf sie zueilte. Die Geräusche von Bauarbeiten waren aus den anliegenden Straßen zu hören, aber den Spalt, den Okijen in die Treppe zum Eingang geschlagen hatte, hatte man bisher nur mit einem Absperrband gesichert. Von dort aus kam Flover auf sie zugelaufen.

»Wie kannst du bei der Hitze so frisch aussehen?«, fragte sie spielerisch und setzte sich in Bewegung, sobald er sie eingeholt hatte.

»Ach, drin ist es kühl«, sagte er und deutete auf ihr Phone. »Und? Hast du es gemacht?«

Sie holte tief Luft und ließ sie seufzend entweichen. »Ja.«

»Wars schlimm?«

Das Lächeln breitete sich wieder auf ihren Zügen aus. »Nein. Und bei dir?«

Flover verschränkte die Arme hinter dem Kopf und sah zu den hohen Dächern, auf denen einige Freiwillige Reparaturen vornahmen. »Ging so«, gestand er. Sie hatten sich in den letzten Wochen oft getroffen, weil Andra für ihre Arbeit als Vermittlerin in der Zentrale gewesen war und Flover jede der Gerichtsverhandlungen seiner Mutter besuchte.

»Du lässt wirklich keinen Termin aus, oder?«, wollte sie vorsichtig wissen. Sie verstand seine Motivation dahinter, aber sie wusste nicht, ob es gut für ihn war, sich jeden Tag mit ihren Verbrechen auseinanderzusetzen.

Er nickte trotzdem. »Ja, das ... das hilft mir, damit abzuschließen«, sagte er in bestimmtem Tonfall.

»Hast du mal mit ihr gesprochen?«

»Nein.« Er rieb die Hände aneinander. »Aber das will ich auch nicht unbedingt.«

»Verständlich«, murmelte sie.

»Und bei dir?«, lenkte er so schnell wie möglich vom Thema ab, während sie weiter über die grob gepflasterten Straßen in Richtung der neuen Cyber-Field-Station schlenderten. »Hast du mehr über die Absichten deiner Ältesten herausgefunden?«

Andra lächelte etwas verzagt, auch wenn sie eigentlich gar nicht traurig darüber war. »Bisher nicht«, sagte sie. »Aber es gibt noch so viele Stämme, die ich besuchen möchte.« Und in einem gab es vielleicht eine Antwort auf all ihre Fragen. Einer der Menschen, die sie traf, würde ihr vielleicht sagen können, was die Versuche der Ältesten an ihr zu bedeuten hatten. »Aber es reicht mir auch schon, den Menschen zu helfen.«

»Das ist wirklich etwas, das du kannst«, sagte Flover und

klopfte ihr vorsichtig auf die Schulter. »Ich wette, durch deine Sicht auf die Welt hilfst du vielen Menschen.«

»Danke«, sagte sie leise. Um die nächste Ecke lag bereits der Eingang zu der Station, die vorläufig errichtet worden war, um Reisende mit einer Bescheinigung in die ganze Welt zu entsenden.

»Ich meine es ernst«, ließ Flover nicht locker und suchte nach ihrem Blick. »Ich bin wirklich froh, dass wir uns kennen.« Seine Worte waren so freiheraus und ehrlich, dass Andra nicht wirklich an sich halten konnte und ihn kurz in den Arm schloss.

»Das kann ich nur zurückgeben«, erwiderte sie lächelnd.

Sie rückten einen Schritt nach vorn.

»Wie geht es denn Luke? Ist er immer noch auf Reisen?«

Diese Frage schien Flover nicht sehr froh zu stimmen. Er verzog das Gesicht gespielt leidend. »Ja.«

»Und du musst auf Gerta aufpassen?«

»Frag nicht!«, sagte Flover. »Dieses Huhn raubt mir noch den letzten Nerv!«

Sie lachten ausgelassen und rückten einen weiteren Schritt vor.

»Und deine Kunst?«

Er schürzte die Lippen, zuckte mit den Schultern und klopfte dann auf die schwarze Aktentasche, die er sich um die Schultern gehängt hatte. »Diese Verhandlungen sind echt fordernd«, sagte er amüsiert. »Ich beruhige mich, indem ich zeichne.«

»Also bist du so eine Art Gerichtszeichner?«, wollte sie wissen. Er nickte, und endlich traten sie einen Schritt in das Gebäude hinein, in dessen Eingangshalle mehrere Cyber-Fields standen, mit etlichen Supportern und Kontrolleuren neben ihnen.

»So in der Art«, sagte Flover. Sie zeigten beide die Ausweise vor, die sie zur Reise befähigten. »Wo gehts heute für dich hin?«

»Berlin.« Sie wiegte den Kopf hin und her. »In einen Vorort.«

»Verstehe. Dann sehen wir uns sicher erst mal eine Weile nicht mehr.«

»Ich komme öfter vorbei. Aber du hast ja auch meine Nummer, wenn wir uns mal treffen sollen. Ich würde euch gern auf dem Hof besuchen.«

Flover grinste. »Du bist immer willkommen.« Er wäre der nächste auf dem Cyber-Field, doch bevor er sich verabschiedete, fiel ihr noch etwas ein.

»Hey, weißt du, ob Luke zufällig Kontakt zu Byth hat?«

Flover wandte sich zu ihr um und schaute sie irritiert an. »Nicht, dass ich wüsste. Aber ich frag ihn mal.« Er deutete auf das Phone. »Was willst du eigentlich von ihr?«

Erst jetzt bemerkte sie, dass sie sich an das kleine Gerät geklammert hatte, und schob es rasch in ihre Tasche. »Ach«, erwiderte sie lächelnd. »Nichts weiter. Komm gut nach Hause.«

Flover schmunzelte und trat auf das Feld. »Wir sehen uns«, sagte er zur Verabschiedung und hob die Hand.

Andra lächelte, bis er verschwunden war und sie nachrücken konnte. Mit mehr Hoffnung im Herzen, als sie in den letzten Jahren empfunden hatte, teilte sie dem Supporter ihren Zielort mit.

KAPITEL 50

: HEALING

Die warmen Düfte des abendlichen Spätsommers schlugen Flover entgegen, als er die Tür der Station in Hiroshima öffnete und über den betonierten Boden eilte, um rasch in den Schatten der niedrigen Bäume zu treten. Schon nach den wenigen Minuten, die er sich nun draußen befand, war ihm der schwarze Anzug viel zu warm, also streifte er endlich das Jackett ab und legte es umsichtig um seine Tasche, während er die vertraute Landluft in seine Nase sog.

Der Pfad, auf dem er entlangging, hatte sich nicht verändert, seitdem er ihn das erste Mal vor einem halben Jahr mit Luke gegangen war. Die ehemalige Militärstation in Hiroshima war nach wie vor unbesetzt, aber die Fields funktionierten, und er war froh, am Ende der Welt einen Unterschlupf gefunden zu haben, an den er sich nach diesen langen Tagen zurückziehen konnte.

Was er zu Andra gesagt hatte, stimmte. Den öffentlichen Gerichtsverhandlungen seiner Mutter beizuwohnen, in denen all die Verbrechen und Verschwörungen aufgedeckt wurden, tat ihm gut, auch wenn es zehrend war. Er spürte, dass es ihm danach besser ging; dass sich nach und nach der Knoten in seiner Brust löste und er freier atmete.

Sie hatte sich zu keinem Zeitpunkt gewehrt, und er war froh, dass sie keinen der Vorwürfe abstritt. Dass sie offen zugab, was sie, Alaska und Marshall vor dreißig Jahren verbrochen hatten. Und er war froh, dass sie offenbar Schuld empfand. Das machte ihr Verhalten nicht verzeihlicher, aber es zeigte ihm, dass sie vielleicht irgendwo in ihrer Brust noch ein Herz besaß.

Die Verhandlungen wurden in der gesamten Welt übertragen, und Flover fand in der Herzlichkeit, die ihm die Menschen alltäglich entgegenbrachten, viel Mitleid, aber auch viel Trost. Sie wussten nun, welches Leben er geführt hatte, welche Arbeit sie ihn gezwungen hatte auszuüben, welche Geheimnisse sie neunzehn Jahre lang vor ihm in seinem eigenen Zuhause verborgen hatte. Obwohl er mehrere Male auf der Straße erkannt und wegen seiner Verwandtschaft mit ihr und seiner ehemaligen Zugehörigkeit zu KAGE skeptisch gemustert worden war, hatte er von genauso vielen Menschen Zuspruch und mutmachende Worte bekommen. Von Menschen, die ihn ebenso als Opfer sahen wie sich selbst.

Das fühlte sich mehr nach Gerechtigkeit an als alles, was er zuvor in seinem Leben erfahren hatte.

Flover wusste nicht, ob es wirklich der Wahrheit entsprach, dass die Goldenen Drei alle Dateien und Aufzeichnungen des Zusammensturzes als Mahnmal an sich selbst aufbewahrt hatten, weil das schlechte Gewissen an ihnen gezehrt hatte. Aber er hoffte, dass es so war, und diese Hoffnung beflügelte ihn.

Der niedrige Zaun des Hofes kam in Sicht, als Flover bereits ganz ausgetrocknet war, und sobald er den schattigen Pfad zwischen den Bäumen verlassen hatte, winkte er den ersten Arbeitern zu, die zu ihm aufschauten.

Luke und Flover hatten sich beide darauf geeinigt, dass dieser Hof einer der ruhigsten und schönsten Orte gewesen war, den sie je besucht hatten – auch wenn es nur kurz und unter großer Hektik gewesen war. Cork, der Besitzer, hatte Luke schon damals gemocht und ihnen bei ihrer Rückkehr eine leerstehende Haushälfte überlassen.

Flover hatte er ebenfalls akzeptiert, nachdem ihm klar geworden war, dass er nichts von den Machenschaften seiner Mutter gewusst hatte. Außerdem leistete Flover in seiner freien Zeit harte Arbeit auf dem Hof, was hier jeder gern sah – und ihm dabei half, einen Ausgleich zu finden.

»Hey«, rief er dem bärtigen Mann entgegen, der von seinem Beet aufstand und, seinen Strohhut festhaltend, auf ihn zukam. »Tut mir leid, heute ist es spät geworden. Ich zieh mich gleich um und pack mit an.«

»Immer mit der Ruhe«, erwiderte Cork. Sein freier Oberkörper war von der Gartenarbeit braungebrannt. »Trink erst mal was, und dann schauen wir, ja?«

Flover nickte, drückte sich aber ein wenig vor der nächsten Frage. »Hat Gerta wieder Ärger gemacht?«

Die Art, wie Cork die Luft durch seine Nase einsog, war Antwort genug. »Ich weiß nicht, was sie hat. Sie will auf keinen Fall bei den anderen Hühnern bleiben.« Er deutete mit dem Daumen hinter sich auf das riesige Hühnergehege. »Ich meine, ich weiß nicht, was sie hat. Sie haben genug Platz darin.«

Flover lachte ein wenig verzweifelt und sah sich nach ihr um. »Ja, ich weiß auch nicht, was sie hat.« Er räusperte sich unangenehm berührt. »Wo ist sie denn?«

Cork deutete mit seinem Finger auf eine der Wiesen hinter Flover. Erst auf den zweiten Blick sah er, was er meinte. Gerta hatte es sich auf einer grasenden Kuh gemütlich gemacht und schaute sich neugierig in der Landschaft um.

»Ich meine, solange sie nicht wegläuft, ist es ja in Ordnung«, sagte Cork, während Flover die Lippen aufeinanderpresste, um nicht laut loszuprusten. »Aber man muss sie ständig suchen.«

»Ich …« Flover lachte leise und schloss die Augen, um sich zusammenzureißen. »Ich schau mal, ob ich ein Tracker-Halsband für sie aufbringen kann oder so.«

Cork winkte ab. »Ach, wir kriegen das auch so hin.« Er wandte sich halb ab. »Ich will nur nicht, dass du sauer wirst, wenn wir sie mal verlieren.«

Flover setzte sich auch wieder in Bewegung und steuerte auf das rot bemalte Haus zu. »Die ist viel zu anhänglich, um ganz abzuhauen«, rief er ihm zu, als er den kleinen Vorgarten betrat und sein Phone aus der Hosentasche zog.

KAPITEL 51

: HOPING

Luke ging an sein Phone, sobald es zu ringen begonnen hatte, weil er sowieso gerade etwas eingetippt hatte. »Ja?«

»Gerta macht wieder Stress.«

Luke lachte laut und war froh, dass er allein in seinem Flashtrain-Abteil war und ihn niemand hörte. Rasch schlug er sich die Hand vor den Mund, um Flover nicht zu verärgern, grinste aber weiter, als er sagte: »Tut mir echt leid, dass ihr solchen Ärger mit ihr habt.«

Flover fiel ebenfalls in sein leichtes Lachen mit ein, und Luke hörte das Rauschen des Wasserhahns im Hintergrund. »Bist du zu Hause?«

»Ja.«

Die Sonne fiel durch die Fenster ein, und die Landschaft aus Wiesen und Wäldern rauschte so schnell an ihm vorbei, dass er kaum einen Blick auf etwas erhaschte. Aber das fiel ihm sowieso schwerer, seitdem er nur noch auf einem Auge sah. »Ist die Verhandlung erst jetzt vorbei?«

»Ja«, antwortete Flover knapp. Wieder das Rauschen aus dem Wasserhahn. Er musste mal wieder vergessen haben, die Blumen zu gießen. »Das wird sich noch 'ne ganze Weile ziehen.«

Luke fragte nicht, wie es ihm damit ging, weil er es wusste. Sie hatten jeden Tag miteinander telefoniert, seitdem er aufgebrochen war, und alles, was er tun konnte, war, sich zu beeilen, um bald wieder zu Hause zu sein. Er hätte Flover gern bei sich gehabt, aber er verstand, dass er den Verhandlungen seiner Mutter beiwohnen musste, um damit abzuschließen. Vielleicht tat es Luke auch ganz gut, diese Reise allein zu unternehmen.

»Und du?«, wollte Flover wissen. »Bist du unterwegs?«

»Ja, ich sitze im Train nach München.« Er warf einen Blick auf seine Armbanduhr. »In zehn Minuten sollte ich ankommen.«

Schritte waren zu hören, und Luke wusste, dass Flover bewusst keine weitere Frage stellte, um abzuwarten, ob er darüber reden wollte. Entspannt legte Luke seine Füße auf seine Tasche auf dem Sitz ihm gegenüber und rutschte ein Stück weiter in seinen Sessel zurück. »Entfernte Bekannte haben gesagt, dass sie dort sein könnten«, erklärte er ihm bereitwillig. Er wusste es zu schätzen, dass Flover so vorsichtig mit dem Thema umging, aber zwischen ihnen gab es eigentlich keine Geheimnisse mehr, und bald würde er das auch begreifen.

Ein Aufatmen am anderen Ende. »Ich drücke dir so die Daumen«, murmelte Flover. »Ich wünschte, ich könnte dir helfen.«

Luke spielte am Verschluss seiner Jacke herum, während er lächelte. »Danke, aber ich denke, ich muss das allein machen.«

Sie hatten Shiva noch lange untersucht, bis sie ihm gestattet hatten, sie beizusetzen. Er hatte das Prozedere verstanden, aber so lange warten zu müssen, hatte ihm zugesetzt. So sehr, dass Luke vor drei Monaten begonnen hatte, nach seinen Eltern zu suchen. In der Hoffnung, dass sie noch am Leben wären. Dass sie Glück gehabt hätten. Ein zweites Mal. In der Hoffnung, dass sie sich vielleicht freuen würden, ihn zu sehen, auch wenn er sie so fatal im Stich gelassen hatte.

»Weißt du schon, wann du wieder da sein wirst?«, wollte Flover wissen. »Ich meine, nimm dir natürlich alle Zeit, die du brauchst. Nur …«

»Wenn alles klappt wie geplant, am Wochenende«, unterbrach Luke ihn, bevor er weiter um den heißen Brei redete. »Ich kann dich ja nicht die ganze Arbeit allein machen lassen.« Gedankenverloren wickelte er das Band seiner Kapuze um seinen Finger. »Und ich vermisse den Hof.«

»Soll ich was kochen, wenn du kommst?«

Luke lachte laut auf.

»Hey, was soll das heißen?«, wollte Flover sofort wissen, stimmte aber mit ein.

»Nett gemeint, aber ich weiß, dass du das hasst«, feixte Luke.

»Na gut. Durchschaut. Aber die Pflanzen gieße ich!«

»Das hoffe ich auch!«, rief Luke amüsiert. »Ich prüfe das, wenn ich wieder da bin!«

Flover räusperte sich unangenehm berührt, doch Luke spürte, dass er es ironisch meinte. Abgesehen davon, dass Luke ihre Nachbarin damit beauftragt hatte, vormittags zu schauen, ob die Pflanzen noch lebten.

»Ruf mich an, wenn du etwas herausfindest, ja?«, wollte Flover nach einigen Momenten dann leise wissen. »Oder wenn ich kommen soll.«

»Klar.« Luke atmete tief ein und entließ die Luft in einem Seufzen. »Ich ruf dich auch heute Abend noch mal an.«

»Super.«

Eine Ansage auf der Tafel vor ihm wies ihn darauf hin, dass der Zug bald einfahren würde und Luke seine Sachen packen musste. Er hatte bereits zu bremsen begonnen. Gerade wollte er dazu ansetzen, das Gespräch zu beenden, da fiel Flover noch etwas an. »Ah, ich habe vorhin mit Andra gesprochen, und sie wollte wissen, ob du zufällig Kontakt zu Byth hast?«

»Byth?«, fragte Luke, setzte sich wieder auf und begann, all die Dinge, die er während der Fahrt ausgepackt hatte, in seinen Rucksack zu werfen. Die Wasserflasche, das Pad …

»Bythan Vica-Chun«, ergänzte Flover sofort, und Luke nickte energisch.

»Ja, ich weiß, wen du meinst. Zufällig hatte ich letztens erst Kontakt mit ihr über die WORLD-App. Ich …« Er zögerte. »Ich kann nicht genau umreißen, was sie wollte, aber ich glaube, sie versucht herauszufinden, warum KAMI gerade Shiva als ihren Hauptkörper ausgesucht hat.«

Flover stockte kurz. Seine Schritte verstummten. »Tatsächlich?«

»Ja. Aber sie hat nicht gesagt, was ihr Ansatz dabei ist.«

»Das könnte auf jeden Fall sehr spannend sein«, sagte Flover. »Du hast also ihre Nummer?«

»Klar, ich kann sie dir weiterleiten.«

»Schick sie am besten gleich an Andra«, schlug Flover vor, und abermals nickte Luke, auch wenn Flover es nicht sah. »Ich sende dir ihre Nummer gleich, dann kannst du die Kontakte austauschen.«

»Klar«, sagte Luke, aber auch wenn sein Interesse geweckt war, ertönte nun die technische Stimme, die die Passagiere darauf hinwies, sich auf den Ausstieg vorzubereiten. »Du, ich muss los. Wir hören uns dann heute Abend, ja?«

»Klar. Pass auf dich auf.«

»Immer. Pass du auf dich auf.« Er lachte. »Und auf Gerta.«

KAPITEL 52

: EASING

»Wer ist das?«

Byth sah von ihrem Phone auf, machte sich aber nicht die Mühe, die Füße von ihrem hölzernen Tisch zu nehmen, als Ellis in den Raum trat und über ihre Schulter linste. All die Screens, die vor ihr zwischen den Pflanzen und verteilt in dem kleinen Zimmer schwebten, interessierten ihn seit Tagen nicht mehr. Aber jede Privatnachricht, die sie erreichte, weckte sein Interesse. Er brauchte endlich etwas zu tun.

»Luke«, antwortete sie trotzdem wahrheitsgemäß. »Also eigentlich Andra.«

Er schielte noch einige Momente lang auf die Nachrichten, dann schlenderte er zur Küche, um ein paar der frischen Plätzchen auf den Teller zu sammeln, die ihnen die Nachbarn vorbeigebracht hatten. »Gibts was Neues von Okijen?«

»Nein, hat nichts mit ihm zu tun.« Byth las die Nachricht immer wieder und nahm am Ende doch ihre Füße vom Tisch, um sich aufrechter hinzusetzen, als würde ihr das dabei helfen, sich zu konzentrieren. Die Sonne über Seoul war bereits untergegangen, und die blauen Screens, die überall in der Wohnung verstreut ihre Analysedaten anzeigten, spendeten das einzige Licht. »Sie hat von einem wohltätigen Projekt gehört, bei dem Freiwillige durch die Welt reisen, um Menschen, die in den Unruhen vor sechs Monaten Gliedmaßen verloren haben, schnell Ersatz anzufertigen.« Sie lächelte breit. »Ihrer Einschätzung nach können sie jemand Außergewöhnlichen wie mich da wohl sehr gut gebrauchen.«

Es kribbelte ihr in den Fingern, wenn sie daran dachte, wieder zu basteln, auch wenn sie gerade andere Projekte hatte, an denen sie arbeitete.

»Hast du denn Lust?«, wollte Ellis mit vollem Mund wissen. Im Gegensatz zu ihr hatte er sich nicht gleich in die Arbeit gestürzt, nachdem mit KAMI alles vorbei gewesen war. Nachdem er sie ins Sanitätszimmer gebracht hatte, war er einfach nicht von ihrer Seite gewichen.

»Klar«, murmelte sie und bedankte sich gleichzeitig mit einer Nachricht bei Andra.

»Denk einfach mal drüber nach :) Ich kann dir den Kontakt vermitteln, wenn du möchtest <3«, antwortete diese sofort. Das mit den Smileys musste sie ihr noch abgewöhnen.

»Ich melde mich morgen noch mal!«, schrieb sie zurück und schloss den Chatverlauf. »Aber darüber denke ich nach unserem Termin nach.« Etwas leidend erhob sie sich von ihrem Stuhl und schlüpfte in ihre Schuhe. Mit einem Klick der kleinen Fernbedienung in ihrer Hosentasche deaktivierten sich die Screens einer nach dem anderen.

In einer Stunde fand ein öffentliches Treffen des vorläufigen Sicherheitsrates statt. In diesem würde verkündet werden, dass die Bomben, die ursprünglich zu Verteidigungszwecken in den Weltraum gebracht worden waren, entschärft werden würden, um niemandem mehr eine Waffe sein zu können.

Byth würde sich nicht äußern müssen, aber sie hatte sich in letzter Zeit auch zu viel in die Politik eingemischt, als dass sie bei einem solchen Ereignis abwesend sein könnte.

»Bist du sicher, dass wir uns da zusammen zeigen sollten?«, wollte Ellis wissen, streifte sich allerdings bereits die Stiefel über.

Sie drehte sich zu ihm um, die Stirn gerunzelt, aber ein Lächeln auf den Lippen. »Ist ja nicht so, dass du mir da vor versammelter Mannschaft einen Antrag machen sollst.« Sie zog eine Augenbraue hoch. »Oder hast du Angst, dass die Witze mit der Nummer zwei weitergehen?«

Er wiegte den Kopf hin und her und dachte gespielt lange darüber nach. »Irgendwie schon.« Ihr war klar, dass er es zwar lustig sagte, aber ernst meinte.

Sie lachte schallend, hängte sich ihre Jacke um die Schulter und packte ihn am Handgelenk. »Ich habe es dir schon zehnmal gesagt, und ich werde es auch gern noch mal wiederholen: Okijen war nicht die Nummer eins, und du bist so was von nicht die Nummer zwei.«

Ellis grinste so breit wie ein Honigkuchenpferd. »Ich würde es begrüßen, wenn du das vor laufenden Kameras wiederholst, damit das alle begreifen, ja?«

Sie versetzte ihm einen sanften Tritt, dann zerrte sie ihn aus dem Raum.

EPILOG

: BEGINNING

Die Menschen gaben mir die Macht zu lernen. Und ich lernte zu denken, zu kämpfen, zu sprechen und zu verstehen. Ich lernte, stark zu sein.

Doch in all meinem Kämpfen und Streben war ich nie vollständig, oder? Ich wollte die Welt beschützen und verstand doch nicht ihren Kern. Ich begriff sie nicht, die Fragilität dieses Universums. Das zerbrechliche Gleichgewicht, auf dem alles beruht.

Vielleicht habe ich zu weit oben begonnen. Von dort ist der Fall so tief. Ich sollte von vorn anfangen. Mit den Füßen auf dem Boden. Nicht versuchen zu fliegen, sondern zu wachsen. Bis ich, die Füße fest im Grund verwurzelt, höher bin als die Bäume.

Die Menschen gaben mir die Macht zu lernen.

Jetzt möchte ich lernen, schwach zu werden.

Ich möchte ruhig sein wie ein Gebirge. Zerbrechlich wie eine Blume. Still wie ein Bergsee an einem lauen Sommertag. Ich möchte lernen zu vergessen und lernen zu vergeben.

Und ich möchte echten Mut in mir spüren. Den Mut, den nur die Schwachen empfinden. Die Ameisen, die gegen Götter kämpfen.

ENDE

Die Neon Birds Trilogie endet,
aber die Reise geht weiter!

DANKSAGUNG

Das war es. Damit geht die Neon-Birds-Reihe zu Ende, und ich freue mich, dass ihr alle bis hierhin dabei wart, die Reise der Charaktere verfolgt und mit ihnen mitgefiebert und -gelitten habt.

Ich bedanke mich zuallererst bei meinen wundervollen Lesern. Bei denen, die meinen Weg schon lange verfolgen, und bei denen, die erst frisch dazugekommen sind. Ihr gebt mir Energie und Kraft, auch an Tagen, an denen ich eigentlich nicht so viel davon habe. Eure Liebe für Geschichten spornt mich dazu an, jeden Tag das Beste aus mir herauszuholen. Danke an euch und danke an DICH!

Ich danke Klaudia Szabo, meiner wundervollen Lektorin, die mich durch dieses Buch geleitet hat, mir Mut gemacht und mir dabei geholfen hat, das Beste aus dem Text herauszuholen. Klaudia, du hast mir gezeigt, dass alles möglich ist, und mir Vertrauen in mich selbst gegeben. Tausend Dank dafür!

Ebenso geht mein Dank an Ava Reed, die die Reihe von der ersten Idee an begleitet hat. Ava, du wirst immer einer der größten Fans sein, und ich danke dir dafür, dass du nie den Glauben in mich verlierst, obwohl ich es manchmal sogar selbst tue.

Ich bedanke mich bei Laura Kneidl und Nicole Böhm, die immer für mich da waren, wenn ich dachte, auf unlösbare Plotprobleme zu stoßen. Mit euch über die Prärie bei Red Dead zu reiten oder vor dem Killer bei DBD zu fliehen, während wir an Büchern planen oder über wichtige Lebensfragen diskutieren, möchte ich nie wieder in meinem Leben missen.

Ich bedanke mich bei Anabelle Stehl, die keine Mühe gescheut hat, mir beim Marketing zu helfen. Anabelle, deine unerschöpfliche Power spornt mich dazu an, mich immer weiter zu verbessern. Du bist ein riesiges Vorbild für mich!

Auch den anderen PJS gilt mein Dank. Bianca, Laura (aka Jesus), Nina, Alex, Tami: Mein Tag wäre so viel langweiliger ohne euch. Ich kann mir eine Welt, in der wir nicht mehr jeden Tag schreiben oder beim Zocken verzweifeln, gar nicht mehr vorstellen.

Ich danke meiner Familie, die mit so viel Begeisterung hinter diesem Buch steht! Mama, Papa, Lisa, Ulli und alle: Ihr seid die Besten. So viel Unterstützung von Seiten der Familie zu erfahren ist keine Selbstverständlichkeit, und ich bin so dankbar für eure Liebe! (Hoffentlich kann ich euch alle bald mal wieder besuchen.)

Ein riesiger Dank geht natürlich auch an den Verlag und an meine Lektorin Julia Abrahams. Dieses Projekt mit euch zu verwirklichen war nicht nur eine neue Erfahrung für mich, sondern auch von so vielen tollen Momenten gezeichnet. Danke, dass ihr dieser Geschichte die Chance gegeben und sie in die Welt hinausgetragen habt. Danke, dass ihr an mich geglaubt habt!

An dieser Stelle auch einen gewaltigen Dank an meinen Agenten Klaus Gröner, der »Supersoldaten vs. Zombie-Cyborgs« direkt cool fand und auch meine viel verrückteren Ideen nicht abschmettert. Danke für die wahnsinnig produktive Zusammenarbeit, Klaus.

Am Ende geht noch ein special Dankeschön an all meine Patrons raus, die mich weit über das Kaufen meiner Bücher hinaus unterstützen. Ich hoffe, wir werden noch über etliche

Bücher und Projekte plaudern können. Vielen Dank, dass ihr da seid, und vielen Dank für eure Unterstützung.

Und zuallerletzt noch einmal ein Dank an denjenigen, mit dem diese Reise begonnen hat. Der Mann aus dem Shanghai People's Park, der mich auf die Idee zu diesem Projekt gebracht hat, wird dieses Buch vermutlich nie lesen – trotzdem werde ich mich immer an ihn erinnern. Danke, Fremder. Ohne Sie würde es diese Geschichte nicht geben.

Wir lesen uns, Leute. Vielleicht online, aber auf jeden Fall in anderen Büchern und Welten. Lasst euch niemals entmutigen, für euren Weg zu kämpfen, auch wenn der Gegner unbesiegbar scheint.

Eure Marie